仮往生伝試文

furui yoshikichi
古井由吉

講談社文芸文庫

目次

仮往生伝試文

厠の静まり

——されば、まことに最後に思ひ出でむこと、かならず遂ぐべきなり。

今日は入滅という日に、寝床の中から弟子に命じて、碁枰《ごばん》を取り出させ、助け起き直らせてそれに向かうと、碁を一枰打たん、と細い声で甥にあたる聖人を呼んで、呆れる弟子たちの見まもる中、念仏も唱えずに石を並べはじめる。たがいに十目ばかり置いたところで、よしよし打たじ、と石を押しやぶり、また横になる。

多武峯の増賀上人の往生の話である。甥の聖人がおそるおそる今の振舞いの訳を聞くと、むかし小法師であった頃、人の碁を打つのを見たが、ただいま念仏を唱えながら、心に思い出されて、碁を打たばやと思ふによりて、碁を打ったのだと答えた。

心得はないままに石をただ並べてみた。人が碁に興ずるところを、むかし、通りがかりにうち眺めたことがあるのだろう。それもおそらく、生涯でたった一度の関心だった。

しばらくしてまた、かきおこせ、と弟子を呼んで、今度は泥障《あふり》というものを持って来させる。馬具の類で鞍の左右に垂らして泥の跳ねかかるのをふせぐ革の物らしい。それを自分の頸に懸けさせる。鞍にあたるところに頭が出るかたちになる。そしていかにも苦しげなのをこらえて、左右の肱をさしのべると、古泥障を纏《ま》きて舞ふ、と多少の節はつけて歌ったのだろう、二、三度ばかり舞ってから、これ取り去《の》けよ、と泥障をはずさせる。

甥の聖人は先よりもよほど仰天したにちがいない。また、おそるおそるたずねると、答えて言うには、若い頃に、隣の房に小法師どもが多く集まって、なにやら笑いののしるので、のぞいてみたら、その中の一人が泥障を頸に懸けて、胡蝶胡蝶とぞ人はいへども、古泥障を纏きてぞ舞ふ、と歌って舞っていた。それを、

——好ましと思ひしが、年頃は忘れたりつるに、ただいま思ひ出でられたれば、それ遂げむと思ひてかなでつるなり。今は思ふことつゆなし。

胡蝶の舞いとは、宮中などで童が四人、蝶の装束をして背に翅を負い、山吹の花をかざして舞うのだそうで、いとあはれに、なまめきてみゆ、などと源氏物語にもきこえ、それに見立てて、にくさげな小法師が、ごわごわの馬の泥よけを背から着こんで、両肱を張って翅のこころで左右の端をはねあげ、おそらく屁っぴり腰でことさらむさくるしく舞う。身をもてあました若い者のやりそうな悪戯で、そのどぎついおかしさは目にうかぶようだが、これを物陰から、十歳で叡山に登り天台座主の弟子となった秀才が見ていた。好ましと思った。八十歳を越した往生の日に、ふと思い出して、遂げんと思った。

俗世の名聞には狂気をよそおって拒んだという。ことにふれて狂ふことのみありけれど、それにつけて貴きおぼえはいよいよ増りけり、とある。狂えば貴ぶ、貴べば狂う。聖《ひじり》と俗世との関係だ。老いてからは物狂いの度も進んだ様子で、三条の太皇太后の出家に導師として招かれて、髪を挟《さしはさ》んでおろした、その一同悲歎の絶頂で、ところで、ほかならぬこの増賀を召されたのは、心得ぬことだ、もしや一物が人よりも大きいことを聞こしめしたか、と口走ったり、そのあと、腹をくだしているのでと言ってさっさと御前をさがるや、簀子《すのこ》の縁に出て、御簾《みす》の内から見えるあたりで、やおら尻を掻きあげ派手な排泄に及んだり、たしかに、この太皇太后なるお人は、信心が形式に過ぎてヲコのところがあったようで、それに対する諷刺の念もはたらいていたのだろうけれど、いかにも傍若無人な、どちらも下《しも》にかかった物狂いには、生涯徹底しておこない澄ました中で、歳月に侵蝕されずに保存された、童の奔放さも感じられる。しかし最後の日のあの振舞いには、物狂いはなかったと思われる。

生涯の際《きわ》に何となく思い出された古いささやかな欲求は、往生の障《さわ》りともなるので、あっさりと果たせるものなら果たしておいたほうがよろしい、と平たく実践上の教訓と取ればそうなるが、真意はそんなことでもないのだろう。もっと端的に、そんなふうに思い出した、そんなふうにちょっとやってみる気になった、とそれだけで十分の、往生のしるしだ、という意ではないか。

今までに心の安静のさまたげとなりかねなかったのは、一場の囲碁と泥障胡蝶の舞いと、この両度にわたってつかのま淡く動いた関心だけであり、それほどの聖人であった、とまさか言うつもりでもなかろう。かつてすこしでも心をおのずと惹いたことならば、何事でもいいようなもの、ほんのちょっとした、無数度《たび》のたたずみの、ひとつにちがいない。賭博や放蕩やの方角へのひそかな関心を、とくにあげつらうこともない。いずれ些事のひとつだ。些事だから心を惹く。かりそめに好ましと思ったその事柄を、六十年七十年と隔てて、好ましと思ったその心の動きもふくめ、また好ましと思う、そしてそれをふたたび、いや初めて、すでに苦しい息のもとで、身をもってかつがつなぞってみる。これもかりそめとしても、今一度の、仕舞いのかりそめ、人生そのものに等しい。情景と気安く呼ばれているものは、ほんとうのところ、こういうものなのだろう。しかし、

——好ましと思ひしが、年頃は忘れたりつるに……

この年来の忘失の、おそらく、清浄さが大事なのだろう。でなければ、ただいま思ひ出でられたれば、と言ったところで、何の節目にもならない。なにも難儀なことではなくて、いつのまにかすっかり忘れてました、と本心からそう言えれば、それですでに清浄のはずなのだが、それがあんがい、聖人の聖人たる所以なのだろうか。

われらはたいてい、忘失すら不浄の者である。なま忘れに、そら忘れ。抑圧に隠蔽、捏造に転化。思い出しました、とそれなりにさわやかに眉をほどくことが、どれだけある。殊勝なところでせいぜいが、おそれいりましたと悪びれるぐらいなもの、それも一部自供であったり、虚言なかばであったり、下心があったり。あげくには、隠しているのか忘れているのか、そもそもそんなことは初めからなかったのか、大ありだったのか、自分で感じ分けもつかなくな

り、記憶の底をのぞけば真っ白で、人の心はこうも白くなるものか、とつくづく呆れるが、それはもとより、忘失の清浄さとは異なる。

あるいは、事をそう陰気にばかり取らず、ささやかながら楽しい事柄の、ながらく忘れていたのが、ふいに思い出されたとする。そういう時についほころぶ人間の顔は、よほど卑しい楽しみでないかぎり、ほかの時よりはずいぶんと品がよろしいようだ。そんな記憶でもしかし、なにか厭なもの、汚いようなものを、一緒に引いて来はしないか。あるいは、その記憶自体がくたびれて哀しげなことはないか。

囲碁の情景と言い、泥障胡蝶の情景と言い、どちらも歳月を渡る間に、その好ましさをすこしも損われなかった。苦心惨憺、克服された跡も見えない。そんなものがあれば、年頃は忘れたりつるにという言葉は、天真ではなくなる。それを遂げんとする心にも、生涯ついに免れたという安堵のうちに、恐れがまつわりつくところだ。臨終を前にして、由なき物狂いとなる。忘失を渡るうちに、おのずと浄化された、ということでもないのだろう。浄化されたものなら、わざわざ起きあがってなぞらえたところで、元と異なるのだから、遂げたことにはならない。むかし、ふと立ち止まって目を惹かれた時が、今のこの往生の時に、そっくりそのまま甦ったのでなくてはならない。長い忘失を相隔てて、あいだにいかなる経緯、いかなる苦闘があったかは知らず、どちらもひとしく無垢なのだ。

今は思ふことつゆなし——生涯の心のこしを、最後に果たした。人のやっていたのを眺めて、自分もやってみたいと思ったが、やらずじまいで来たことを、最後に形ばかりなぞって往く。やりおおせた、遂げたことになるのだろうか。いや、これはすでに反復である。自分もやってみたいと、うち眺めたことが、やったにひとしい、そんな瞬間はある。それが臨終の際に、思い出され、繰り返される。充足がひとつに重なり、忘失の輪が円結する。すでに遂げた、つねに遂げた、いままた遂げた。生涯、聖人はかりそめに、碁を打っていた、泥障をかぶって胡蝶を舞っていた、おもしろくもおかしくもないが、好ましと思った。反復ながら悪夢の色はすこしもない。そのやすらかさを確めるために、あるいはすでにそうした生涯への感謝の念からか、苦しい身を床の上にかき起させ、碁石を十目ばかり並べて押しやぶり、重い泥障を頸に懸けさせ、息をこらえて、ひょこひょこと、すこしばかり小手に舞う。寝床にまた横になり、相変らずおもしろくもおかしくもないが、とつぶやいて満足する。往生とは、これに近いものか。

忘失の清浄さの中から、生涯の反復が淡くうかんで棄てられる。

されぱまた、まことに最後に思ひ出でむこと――。

最後とは往生の際になるわけだが、しかし、そうと限ったものでもない。日常坐臥の内にもおのずと、そのつど最後はある。その時までの最後だと考えられる境はある。常住即何やらと、そんな尊げな見当ではなくて、生きる心がいきなり、先をつかのま堰かれて、何事かがいまにも思い出されかかる。遂げばや、と歎息する。遂げるというほどの、おもおもしい事柄が念頭にあるわけでない。情念がどこかへ粘るでもない。ただ、いつかたまたま心にのこして過ぎた、ささやかな時が振り返られる。しかし何時だか、何事だか、定まらない。自身の行為だか、人の姿だか、それも分からない。過去に実際にあった事なのか、それとも、今ここで何事かを振り返る自身を、すでに一身を超えた情景として、自身がまたどこかから振り返り、眺めているのか、泣き濡れて……。

睡眠中の夢のことだが、綺麗な夢を柄にもなく続けて見るようになったら、心身の弱っているしるしなので、しばらくは気をつけたほうがよいと言われる。遠くに清い水があり、そのむこうにお花畑があり、そこで人が楽しそうに呼んでいる、という夢は重い病人たちがよく見るらしい。本人は夢の中で懸命に足を踏んばっている、と体験者から聞いた。尻ごみしながら、行ってもいいか、行ってもいいだろう、と家族や知人たちに懇願している。とんでもないとまわりは縋って留めてくれるものと思ったら、はかばかしい返事もせず、なんだか日常的なことをささやきあっていた。それが恐ろしくて目を覚ましたそうだ。

この夢などは、自身の姿がどう見えているのだろう。夢を見る自身と、夢の中の自身とがほぼ一体で、呼ぶ声に惹かれたり竦んだりしているのなら、まだしも大丈夫のように思われる。しかし夢の中の姿が、夢を見る者から離れて、すこしも乱れず、花に目をやらず呼ぶ声も耳に入らぬ様子で、まるで別の何かを眺めているとしたら、これはだいぶあやうい。このあやうさには、花畑もいらない。夢である必要すらない。現《うつつ》であるほうが、怖さはまさる。ある日、道でつくづくと物を眺めている自分を見たとか。分身の変異ではない。身はやはりひとつなのだ。無数度の反復の、原図のような境に踏みこんだ心地か。

しかし反復に嫌厭や恐怖を覚えるうちはまだ元気、生活欲も見かけよりは旺盛なのだ。それにやすらぎ、と言わないまでも、ほのかにも懐かしさを呼びおこされるようになると、吉凶はともかく、妙な分岐点にさしかかった——いや、さしかかるのはのべつのことで、たいていはちらりと睨んで通り過ぎてきたのが、いつのまにか歩みが止まり、はてしもなく眺めている。あまりにも濃い反復感というものは、その中に踏みこんでついたたずんだ者にとって、日常の内から、思いがけない時空へつながる、抜け穴の入口みたいなものだ。周囲の目に消えるのは、それから何カ月、あるいは何年か後かもしれないが。厠の中から消えた人もある。叡山は東塔の僧、名は長増といい、長年の修行により法をきわめた上に、年頃道心しきりに起り、いかで極楽に往生せむと思い歎き、人にも語るうちに、ある日、厠へ行ったきり戻らず、手を洗った様子もなく、念珠や袈裟から経文持仏に至るまですべてを置きのこしたまま、行方知れずとなった。弟子どもは泣き迷《まど》いて探し求めたが甲斐なく、やがてその跡の房に住まうようになった。経文は同法の弟子が引き取った。死んだと思われたらしい。

それから数十年後とある。経文を譲り受けた僧も六十ばかりになり、さる人の国司となって伊予へ下るのに従って、その地で新しい房などをしつらえられ人にも仰がれて暮すうちに、その消えた師に出会った。黒い田笠の破れさがりたるをかぶり、蓑の腰までそそけかかりたるをつけ、調布の帷《かたびら》、つまり麻の単衣の、濯《そそ》ぎけむ世も知らず朽ちたるをきて、藁沓を片方だけはいて竹の杖をついていたというから、足はある。

門から門へ乞食をしてまわる、カドカタイの老法師に身を落していたわけだが、この僧、消えた時にはどれほどの歳だったのか。幼くして叡山に登って早くから秀才の誉《ほまれ》が高かったようで、それに、あれだけもどかしく、往生へ心が急《せ》くのは、かえって男盛りのしるしなのだろう。今は八十というところか。

その本人の話すには、あの日、厠に居る間に、心静かにおぼえたので、世の無常を観じて、この世を棄て仏法の少ない土地へ行って乞食をして命ばかりを助け、ひとえに念仏して往生を求めようと思い立ったままに、平足駄をはいて山を駆けくだり、その日のうちに山崎まで行き、伊予へ渡る便船をたずねた。叡山をくだって八瀬、下鴨、川を舟でくだって淀あたりまで運ばれたか、それとも京の町を斜めにつっきって鳥羽、長岡あたりから山崎まで走ったか、とにかく途中、あとで弟子どもが手を尽くしてたずねまわったはずなので、人には目撃されなかった。異様に道を急ぐ姿は、人目にひどく立つか、そうでなければ、かえってすっぽりと抜ける。

しばしの対面の後、この上は人に顔を知られていない土地へ行くと門を走り出て、また行方知れずになる。やがて弟子の僧も、国司の任がはてて、京にのぼる。それからまた三年ほどして老法師は伊予の国にもどり、顔を覚えていた国の人間たちに敬われるうちに、ほどなくて、さる古寺の裏手にある林の中で、西に向かい端坐合掌して、眠り入りたるごとくに、往生したと伝えられた。

この数十年という歳月のことだ。その仔細を語らないのが、物語の物語たるところなのかもしれない。無縁の地で門乞食をしてまわり、ひたむき念仏して往生を願った、その一色でよい。東塔の厠の中から、心静かにおぼえて、平足駄のまま叡山を駆けくだった、その心の一色でよい。かくも長い歳月にわたれば、なまじの仔細よりも一色のほうが、たったひとつの人影のほうが、深みはまさる。赤児が青年から中年まで老いるほどの間……。

ところで、いつ往生したことになるのだろう、この僧は。もちろん、伊予の古寺の林の中で死んだ時だ。しかしそれまでの数十年の間、往生を念じながら、東塔の厠の中でおぼえた静まりが、たえず続いていなかったか。それが往生だとは言えない。寿命がまだ尽きていない以上は、さまざま曲折を経る。初めの静まりも或る時期には遠くなり、往生話の中の見知らぬ姿のように本人にも想われ、この身が厠から走り出てここまで来たこともおぼろになり、ただ荒涼と求める心から念仏を続ける。あるいは、機縁であったはずのものが、念仏によって向かう目標として感じられる。過去が未来へまわる。それに惹かれて刻々が、過ぎたところから前方へまわる。時の中を行く心が、門から門へ乞食をしてまわる心と、変りもなくなる。念仏を唱えていないと、時の方向が失われる。

夜中に寝覚めして、とうの昔に往生していた自分を、まだ往生していない身でもって、思い出すような、そんな心地になったこともあったかもしれない。やがて厠から立った姿が、念仏に縋ってこちらへ転げるように駆け降りてくるのを、訝しく眺める。

土地の人間に顔を見知られたので逃げ出したその伊予の国に、末期近くに、またもどってくる。弟子の僧の京へひきあげたことを、その頃になって知ったためではない。国の者たちが敬うのを、すでに忌まなくなっていた。おそらく、末期がすぐ目の前まで来るにつれて、叡山から奔《はし》った過去もすぐ背後に迫った。数十年がわずかばかりのひろがりとなり、その内で人の既知から未知へ逃れる必要もなくなった。知られていようといまいと、無数の乞食念仏法師の一人にすぎない。足が向かうなら京まで、叡山までものぼっただろう。古寺裏の林は、寿命の尽きたときにたまたま行き着いた場所であり、どこでもあり、どこでもない。

　最後の日の、最後の時に、林の中で、厠の静まりが完全な現在として甦ったにちがいない。いつ往生したことになるかという問いは、やはり愚問だった。あれ以来つねに往生していた。往生していながら往生を求めてやがて往生した。

　極楽往生とは大いに隔たるが、私は死にました、と書き置いて蒸発した男がいたそうだ。この男、どこかの土地でまた根を生やし、また妻をめとり子をこしらえ、以前とまるで変らぬ暮しを、ほぼ同じぐらいの歳月続けたあげく、どこかで死んだと思ってくれと譫言につぶやいて、死んだという。ある意味では、一段と徹底した生涯だ。

　往生をあながちにもとめる。あながちとなればこれはもう、ひとえになどという控え目のものではなくて、痴癡《をこ》すれすれの境まで押し出す。ひとつ堕ちれば妄《みだ》りごと、いや、もともと妄りごとであるのだ。しかしそこから尊き験があらわれるのは、ヲコがまことに超越まで貫かれるその結果か、それとも衆《まわり》の気紛れな観念情念の振れの、協力もおのずと必要とするのか。

芝居がかりというものを、自分は徹底して嫌って生きてきたので、生涯の土壇場ではあんがい無残な芝居がかりに熱して人を悩ませるおそれがある、と今から心配していた人もあったが――。

大晦日の後夜と言うから、正月の暁にあたるのか、柴の戸を叩く者があり、誰ぞと房の住人の僧がたずねると、極楽世界より阿弥陀仏の使いで文《ふみ》を届けに来たと答える。たちまち僧は泣き泣きまろび出て、何ごとにおはしましつるぞ、と文を押し頂き、開き読んで身をまた投げて感涙にむせぶ。

文には今日のうちにかならず来たれとあり、これがじつは僧が自分でしたためて小僧に持たせ、暁、自分がまだ後夜の勤行に起き出さぬうちに戸を叩けと、使いの口上まで言いふくめておいたものだ。阿弥陀仏の使いと聞いて、寝床からがばと跳ね起きた。何ごとにおはしましつるぞ、とはよく言った。しかもこれが毎年の大晦日、同じ小僧を使っておこなう、この僧自家用の年中行事だという。

大晦日には死者たちが家を訪れる。そんな民俗が各地にあったと聞く。古い古い起源のものなのだろう。だから、この僧の大晦日の儀式もまんざらひとり勝手の発明ではなくて、それなりの根のあることにちがいない。しかし霊《たま》迎えであれ何であれ、大体、儀式はひとりでやるものではない。幽明異にして門口で問答をかわすにしても、個人の呼び出しなどあるわけもない。件《くだん》の小僧は祭りの成員ではない。あくまでも僧ひとりの、私のはからいでしかない、すべて。

私事でないほうの口上すら、今の世のわれわれには、めっきりうとくなった。口上に立った私の言いわけから始まり、ずるずると私が垂れこんできて、ぶざまなことが多い。お定まりの儀式風の問答ともなれば、これを品のよいたどたどしさで演じる人はまずまれである。あらわに照れるか、悪達者であるか。ましてや、自分であらかじめふくめおいたはからいに、ありがたやと泣く泣く伏しまろび拝みまくる、そんな熱烈な一人芝居は思うだに恥かしさで腸《はらわた》も腐れる、ようやらない——そうだろうか。

毎度困惑させられるのは当の小僧だ。ひとりで感激して見境もなくなる師のお人柄は日頃よく呑みこんでいて、ヲコの芝居のお手伝いと思えば気が楽なようなものの、この寒空に御苦労なことだと戸を叩いて、例年の口上を棒調子に読みあげれば、幾度繰り返してもこればかりは馴れるわけにいかない、すぐ足もとでわが師が地に転げて乙女のように泣き悶えている。いくらただの使い走りだからと言って、建前《たてまえ》上、使いの出どころが出どころなので、呆れて突っ立っているわけにもいかず、大丈夫ですか、とそばに寄って背でもさすろうものなら、どんなに口汚く罵られることか。夢から落ちた人は邪慳になる。是非もなく我身も少々、西方浄土からはるばる遣わされた、その人にまた近間から使い走りさせられた程度の、ありがたさを顔につけ、顔がありがたければ身もすこしはありがたく、いまは来迎を待つばかりの師の上へしばし影を落し、それにしても毎年寸分変らぬ恰好でひれ伏すな、それでも歓喜にうち震える端々に、夢を破ったら承知しないぞと怒りの色がひそむ、と見えるものはやはり見えて、早々に戸口から脇へしりぞき、足音を忍ばせて裏口へまわる。そして師の感泣が一段とまた息たえだえの、聞えよがしの嗚咽に入る頃、房の奥からあらためてばたばたと駆けつけ、土間へ飛び降りて、何ごとにおはしましつる、とかきおこす。魂の抜けたような顔をようやくあげた師の口から、うちひしがれた声で、いましがた現われて消えた荘厳の光景を悔み語られて、いちいち歎きうなずき、今頃は妙なる楽の音の渡る天へ輿にのせられて去る影をはるか山の背まで見おくる心で、ただからんと冴えた戸の外の闇へ目を瞠りながら、来年こそはと慰めるのもどうかと思われて黙っているうちに、何をしているんだ、早く戸を閉めんか、と先に芝居から覚めた師の、突慳貪が飛ぶ。さっそく後夜の行の仕度にかかり、細かいことに日頃やかましい上に、いっそう気むずかしくなる。

それにしても、幾年となく大晦日の阿弥陀の使者の口上をやらされ、師の往生狂いと心をひとつにするつもりはさらさらなく、是非もなきヲコの沙汰と眺めているのに、やはり師なる人の、あれだけの熱心が荒涼たる一人芝居と浮くのが、いくら何でもいたわしく思われて、なるべくは戸口の前で貌《かたち》を改めて口上もおごそかにするよう心がけるうちに、声が年々、我ものならず尊げになり、人をほんとうに伏しまろばせるほどになり、これはひょっとすると、十年一日の陳腐な恰好で躁《さわ》ぎまどう師よりも、自分のほうが先に、すくなくとも声だけは早くに往生してしまうのではないか、それどころか、身はともあれ、声はすでに、仮りに往生しているのではないか、と空恐ろしさを覚えさせられるほどになった。

それにつれて年々、戸口の声に接した師の僧の感泣は烈しくも恍惚となり、そしてまた年々、時雨が木の葉をもうひとしお染めてやがて寂しくなる頃から、日々の行ない澄ましもけわしさが失せて穏やかになり、人にも和んで、春になったら連れ立ってあの里この仏を訪ねみるか、京の女人の姿もちょっと拝んでみようかね、とめずらしいことを楽しげに話す口調に、それどころでない遠方へ旅立つ者の、やすらぎと、埒もないこの世への懐かしさがほんのりと潤んで、例の口上役の弟子には長年の世話をいたわって形見をなにくれとしたため、さて年の瀬も深くなり大晦日も迫ると、日常坐臥にいちいち心がこもり、その夜には何事もない様子で、いつに変りもなく、ただ後夜の勤行の始まるまでの床につく。元旦のちょっとした用事を弟子たちに指図しておくことも忘れない。ところが一夜明けると、弥陀の走り使いの弟子を、とたんにうとむ。日々に往生を待つべき身の、なにゆえに、このような先々のおもんばかりに心を労して過すのだ、と事毎に口汚いように怒鳴りつける。

丹後の聖人とだけあり、どこの僧とも知れないが、国の守に帰依されていたというから、さる者だったのだろう。かくのごとく観じて、年ごとの事として、年積りにければ、と説話は後段へつなぎ、古文というものはじつにまあ、歳月の経過をあっさりと、歳月そのもののように流して、しかもその間の事の厚みを想わせるものだと感歎させられるが、職業上の関心はさて措くとして、この「観ずる」というやつ、日想観とか月想観とか、あの観想のことではないか。ずいぶんと躁々しい観想があったものだ。泣きつまろびつ。小僧の存在は方便として、たった一人の行であるから、祭事行事というよりはたしかに観想にふさわしい。仏想観のひとつか。しかし来迎の顔を、普通の見るという意味では、見てはいない。そもそも、戸の外にも、その西の方の上空にも、現実にはさしあたり何も来ていないことを、本人は知っている。そこにあるのは、思いもよらぬお呼びを受けたという想定《こころ》で、地にまろび感涙にむせぶ自分自身だけだ。その烈しさをまた自分で見る、となれば、もう芝居もいいところだ。いや、ひとり芝居、これも観想のひとつなのかもしれない。

芝居も観想のひとつ。見えぬ来迎に接して狂喜する者となりきって、元の自分のはからいもなくなる、とそんな風にしかし首尾よく行くとは、思わないほうがよい。いかに熱烈な感謝の情をもってしても、初めにあった自分一個のはからいの、外には出ることができない。いまわの物狂いがはてしもなく、そらに躁ぐばかりだ。しかも日常の期限のあることも知っている。後夜の行に立つまでの間だ。むしろ、そんな自分のわざとの狂態を、自分でまた眺めざるを得ない、その空しさの中にこそ、なにがしかの機縁はある、と感じられているのではないか。もともと観想はそのまま往生ではない。躁ぎに躁ぎまわっても、来迎の相は影も見えない。身を投げ出しても、まるで見えない。そのことを知るのも、観想のひとつではないか。

佯狂は佯狂である。いくら本心の悲願が純一であっても、その時その瞬間には真実に迫ろうと、いや、そうであればあるほど、熱狂の波の過ぎたあと、自分のはからいが剝出しの棒杭となってのこる。そしてその棒杭のごとき心身をもってまた日々生きることになるが、あの大晦日の夜、狂言ながら真に切迫したその絶頂で、どうなることかと分き目もつかなくなったその瞬間、この身の内からすっと抜けるものがあった。背を静かに伸ばし、戸口を出て、振り返りもせず西の方へ去った。往生するものはあるのだ、大年《おおどし》の夜ごとに。そして年々、自分は往生の抜殻として荒涼とした日を暮す。寝て起きて、もろもろの行を熱心に果たし、人とも物ともできるだけ交渉をもちたくないので、万事につけて清廉一方にしていると、善報で極楽往生間違いなし、待て遠しいほどのものでしょう、と人はからかい半分の世辞を言うけれど、厠の中などに屈んでひとり静かに思えば、大年に往生するのは、この自分よりほかにあるはずもない、しかしこうして何年たっても往生していないのもたしかにこの自分だ、年々往生していて、しかも年々往生していない者は、いったいいつ往生するのだ、と途方に暮れる。当初の十年二十年と経って、初めの自分のはからいもとうに忘れた。忘れた以上のことだ。当初の自分と、今の自分とは、まるで違う。往生していないのと、往生しているのとの、隔たりぐらいはある。あながちに往生を求めたのが、今ではあながちに往生していない。使いの文も初めのはもう破れて棄てられ、今のは自分の手に成るものではない。自分のあずかりも知らないような、大仰に尊げな口上となっている。使いの役を形ばかりつとめてくれた小僧は、今はどこぞの山のやんごとなき僧になって、年に一度、大年の夜に輿に担がれて、来迎衆のような賑やかな従者をつらねて、導師のつもりで、この地まで下ってくる。もう往生話として出来あがっていて、導師はしびれをきらしているとか、埒もない噂がこの耳にまで入ってくる。

戸を叩く音を聞いても、老いの身は跳ね起きることもできない。ようように這い出して戸口までよろぼい、何ごとにおはしましつるぞ、とたずねるのが精一杯で、あとは地に小さくうずくまりこんで寒さに震えているばかりだ。それが泣きむせんでいるように見える。人がいなくなると戸を閉めて、また寝床に這いもどり、後夜の行も怠るようになった。朝までに冷たくなっていれば、往生の繰り返しもそれで片づく。

いつのまにかヲコの名、大年往生の聖なる評判が立った。約束をせまられたり悪戯が露見したりすると、何ごとにおはしましつるぞ、とふしまろび笑いののしるが流行《はやり》だという。ヲコの名を取るのは承知の上であり、実際にヲコの沙汰と今では自分で呆れるぐらいになっているので、それには苦笑するだけだが、しかしその揶揄の中に、弥次馬ながら、なにやら熱い期待の情がまじる。

ある日、人ばかりか物ですらくりかえし往生しているように思われて、年来目も呉れずに来た鏡をたまたまそこにあったので手に取り、それこそ十何年ぶりに、自分の顔というものをひょいとのぞきこんで、初めは怖気《おぞけ》をふるったが、そのうちにだんだんに他人事のごとく、感歎させられた。生涯に三度ばかり、人の使いでのぼった京の町の、市で賑わう辻のあたりで、破れ衣に腰には荒縄を巻き、ひとり立ちはだかって念仏を叫んで鉦を叩きまくり、往来する貴賤の顔をじわっと睨み渡しては、いよいよ憤ろしく叩きつのる乞食法師、人目をここに一斉に惹きつけなくてはやまぬ、もしもあたりの恐怖がここに集まり一瞬でも静まりかえったなら、ふたたびざわめき渡る閑もやらず、たちどころに往生、凄惨にも荘厳なる死を遂げて見せる、と挑むような面構えだ。言いののしりもせず、寺より奔りもせず、ひとり芝居に熱をあげ、ヲコの名に隠れて、やがてはひとりの床の中で生涯のなま往生の始末を黙ってつけて済ますか、とそのつもりで年来暮してきたが、顔はひとりでに大辻に立って往生のために大声で衆を呼び集めていたか、と静かに苦笑して鏡を包んで箱に蔵い、それから数日して、国の守のもとに使いをやり、迎講《むかえこう》なるありがたい儀式があるので、この国でも衆生済度の機縁のために、始めてはいかがなものか、と申し出た。

たやすいことと国の守は二つ返事で受けて、さっそく京から楽人や舞人を呼び寄せる。迎講というのは現在でもそれを年中行事としている寺があるようで、人が阿弥陀仏や観音勢至菩薩などの来迎衆の装束をして、大きな面もつけ、楽の音とともに練り歩く。この迎講の時に、われ極楽の迎へを得るぞと思はむに、命終らばや、と件《くだん》の聖人は心に願い、そのことを守にも話す。願いというよりは、かならずと心に期していたのではないか、と私は見る者だ。

さてその日になり、儀式ども微妙にして事始まり、聖人は娑婆と呼ばれ現世になぞらえた、なぞらえなくてもどのみち娑婆には違いないが、その席に香炉を焚いて居た。来迎衆は待たせに待たせた末におもむろに登場する。観音は紫金の台《うてな》を捧げ、勢至は蓋《きぬがさ》をさしかけ、楽天の菩薩は音楽を唱えて、阿弥陀仏に随って近づいて来る。静々とおごそかに進んでも、重い装束をつけているので、たどたどしいところもあっただろう。仮装というものは、人間から懸絶した存在を象《かたど》ろうとすればするほど、人体の質感をかえっておのずと誇張して、露《あら》わすものだ。とかく、思わぬ愛嬌がこもってしまう。いかめしくしていても、全体がどこか笑っている。

すでに聖人は涙を流して念じ入っていた。ただでさえ感激性のヒジリだから、と周囲の人間たちは満足して眺めていたことだろう。そのうちに観音が、おそらくその日はその聖人が娑婆方の主演と衆目に見なされていたのだろう、その前に立ち止まって、西方浄土へ迎え取る趣向《こころ》で、紫金の台を差し寄せる。聖人はうずくまりこんで身じろぎもしない。感きわまって魂も消え入ったものと見えた。大年の夜ごとに、幾十度《たび》繰り返された、ひとり芝居のひとり往生の、そのヲコの沙汰がいまここで、白日の下、衆目の中、すでにありがたい往生として生前に、仮りながら成就した。衆生感激、さらにさまざまな儀式のながながとうち続いた末、今日の往生の聖が台にのったこころの、弥陀を中央に来迎衆が紫金の雲に囲まれて西へ浮んだこころの、天上に光が輝き渡り微妙の楽の流れるこころの、ここを先途にやゃどぎつく、鄙びた人たちむけに京の楽人たちがもったいをつけてかなでる終曲の中、まだ物も言わずむせぶような聖人のもとに、人々は走り寄り、祝福を述べようと肩を揺すると、聖人は娑婆の庭で、からだもすでに硬直していたという。

ながらく人とろくに立ちまじわらず、ひたすらひとり往生のひとり芝居を、後生ばかりか今生の頼みとして、仏も知らずただ架空のものの前でふしまろびむせぶことのみ年々に積みながら、人には痴癡と、それからたぶん吝嗇の名を取り、自分ではなま往生に立往生させられ、いくら自分のはからいだと言っても、これだけ年を重ね、これだけ熱烈にあらかじめ感謝しているのに、なぜ、仏の側のもよおしを呼ばないのか、と怪しみ訝りしてきた末に、自分はじつは生まれながらの、衆の目を惹きつけ衆の目に促されなくては生きることも死ぬこともかなわぬ質であった、と身も心も枯れた頃になって淡々と悟る。壮年に厠の中から駆け出す聖人もいれば、末期におよんで迎講などという躁々しい芝居がかりをわざわざ設けようと言い出す聖人もあるわけだ。

目の前に仮装の菩薩に立たれ、まがい物の紫金の台を寄せられ、観音、ありがたや、とそうつぶやいたかもしれないが、そんな芝居がかりに感じて心臓が停まったのではあるまい。それで済むものなら、もっと早く、大年の後夜に房の戸口で埒を明けていたことだ。そうではなくて、台が前に出されたその瞬間、あの大年往生ヒジリ、どんなに躁ぎ狂うことか、と背後から一斉にじわりと注がれた弥次馬どもの期待に押されて、今こそ時と、自分からその俗の力をもろに受け止めて、往生とは言いながら日頃から覚えのある、いかにも馴染んだ静かさの中へ、頭から突っこんだ。

そこにいる一同、聖人往生しにけり、と見ののしり泣きたふとびける、とある。聖人往生とは同語反復のようでもあり、かねて予定していたことなのでつい、結果論をその場で早々に叫んでしまったようでもある。

人の亡くなった家の棟のあたりには、夜にはそこはかとない光がこもるとか、そんな話を聞いた。ほんとうの事とも思われないが、私などにも、夜道を歩く時に、あたり一帯ひとしなみに静まる家々のうちで一軒だけ、同じ暗さながらくっきりと浮き立つ家のあるのを見たことはある。それ自体が光るというよりも、どこにも見えない遠い火を背負っている風なのだ。なにかの光学現象なのだろう。追って忌中の札の掛かっているのを見受けた記憶はない。それに、頻繁とは言わないけれど、けっこう出会うことなのだ。

大体、もしもそれが何事かの予兆か後兆だとしたら、大病院などは、三夜とおかず、屋上の煙突か避雷針あたりに妖しい光が差していなくては済まない理屈になる。私の現に住まっているような団地式の集団住宅では、窓がほの赤く染まったところで、夫婦がめずらしく睦んでいるなと見て通り過ぎられるぐらいの目出度さがオチだろう。

また、夜中にいきなりどっと、大勢と思われる、人の囃し声がどこかしらで立つ。あれも、聞くほうの精神状態によっては、妙な心地にひきこまれる。人通りの絶えかけた夜道で聞くこともあり、家の内に居て、不機嫌に黙りこんでいるのにも飽きて床にもぐりこもうとするその矢先のこともある。見れば出所が知れて、半分開いた二階の窓から真赤に酔った半裸が大童《おおわらわ》にいきまいている。そんな躁ぎもやや遠ければ面妖な影と映る。まして出所が知れない。見渡すかぎりそれらしい灯のもれる家もない。それでも二度三度と声が続けてあがれば、場所は分からぬまま得心もなろうが、ぱったりと止んでその後の余韻《なごり》もない。空耳かと思ってやすむと翌日、ほど遠からぬ電柱に、黒枠の道しるべがあったり。

夢に往生が知らされる。本人が見て、やがて往生する。知人が見て、駆けつけると、弟子どもが泣き躁いでいる。大勢がそれぞれに、あまねく夢に見る。本人はつゆ知らず過して、生きつづけることもあるか。

今日往生の旨、本人があらかじめ触れまわらせて堂に籠る。その念仏の声を、山中の者がそれぞれの房の内から聞いている。人が堂から消えても、寝起き三年も聞いている。

山上に紫雲がたなびき、西の方から微妙の音楽が天を渡る。よそに聞いて何事かと怪しむ者もいれば、教えられて耳を澄ましてもとんと聞えぬ者があり、そういう手合いにかぎって、あとで尊びののしる。あの音なら、谷に風が渡れば、毎夜でも聞えている、と耳の遠くなった賤《しず》の年寄りが笑ったとか。

家の内に、えもいわれず馥しき香りが満ちる。訪れた者たちは、つかのま眉をひそめてから、ありがたがる。

大きなる光が、あまねく山を照らし、木の葉笹の葉の一枚ごとが見分けられ、翌日、麓から登ってきた者たちが、火事ではなかったのかと口々におそれたずねる。そう言えば、なるほど、どこぞの谷で、人の集まって酔って躁いで、陽気に囃し立てる声が、天まで昇って降ってくるのを、夜じゅう夢うつつに聞いていたな、とやがて思い出してお互いにもつぶやきあいながら、聖人の入滅まで山の奥から大勢の念仏の合唱がとよめいて、あとでたずねると人の跡も見えなかった、これは化人の供養か、と語られると、ありがたがって手を合わせる。

空に声あり、聖人に告げて言うには、念仏の数多く積りにたれば、明日の未《ひつじ》の時に、われ来てなんぢを迎ふべし、ゆめゆめ怠ることなかれ、と。明くる日、聖人は沐浴清浄にして、香を焚き花を散じ、弟子どももろともに念仏を唱えて、西に向かいて端坐するうちに、西の峰の松の木の隙《ひま》より、ようやく光のほのめき射すように見えて、艶やかなる頭がぬっと出た。髪の生え際は金色に磨かれ、眉間は秋の月の天に照りわたり、額には白光を放ち、眉は三日月の細く切れて、両の眼見《まみ》もてようやく月の出づるごとし、ごとしごとし、またごとし、菩薩の衆に例の微妙の音楽、雨と降る花、やがて、仏、眉間の光を射して聖人の面を照らしたまひ、聖人、礼《おが》み入りて念珠の緒も絶えつべし。

さてまた、紫雲厚く聳えて庵の上に立ち渡り、聖人は蓮華の台《うてな》に這い寄り、よろぼい昇り、妙音妙香とともに、尊き衆に囲繞《いにょう》されて、はるか西の方を指して尾根の上へ飛び去った。その七、八日後に、深山幽谷の、椙《すぎ》の大樹のはるか木末に、薪《たきぎ》を採りに入った下働きの僧どもがふと見あげると、裸体で縛りつけられて叫んでいた。

念仏聖たちの沐浴の世話に柴を刈りに来たところが、先刻人を集めて沐浴して西方浄土に旅立ったはずの聖人が、むさくるしい梢の木末に裸でまだ長逗留している。魂消《たまげ》た薪採法師が、身は軽くて大木に攀じ登り、なさけない師のありさまに心やさしくも泣く泣く、荒い葛《かずら》の縛《いまし》めを解こうとすると、当の聖人は瞋《いか》りののしる。仏さまはじきに迎えに来られる、しばらくはこうしておれ、と約束して行かれたのに、知りもせぬ者が、何を邪魔立てする、と逆らって聞かず、かまわず助けてしまったところが、阿弥陀仏、われを殺す人ありや、をうをう、と大声に泣き叫んで助けを求めた。房にもどされてもうつし心なく、狂心のみありて、二、三日ばかりありけるほどに死にけりとあるが、これも往生か。

しばらくかくてあれ、とまさか梢の木末の高きに裸で懸けられた身だとは自分のことを思わないけれど、仮ながらせっかく立《たち》往生に居《すわり》往生しているのを、何が閑《ひま》で懇切な邪魔を入れる、この人殺しが、とささやかな事どもに内心、瞋りののしりかけては、いや、ありがたい、おかげで命も助かってますとあやまりながら、日々まず無事息災に過ぎていく。厠の中で心静まって取るものも取りあえず、どんな遠方まで奔るか知れないけれど、まもなく雑誌などを手にまるめて出てくるので、家の者は嫌らしがるだけで、泣きののしり探しもしない。家の者と一緒に夕飯を喰いながら、ときにふいと、うつし心もなくて、狂心のみありて、二、三日ありけるほどに、とその言葉が浮んで、どこぞに本人はいっこうに気がつかないままに、内ではうつし心もなくて、狂心のみありて、それでいながら周囲を困惑させるごとき奇異の振舞いもなく二十年三十年、人とともに、人に頼られて、平穏篤実に生きる男《ひじり》もあるだろうな、とそんなことをひそかにつぶやきながら、やはり静かに飯を喰っている。

十二月十三日、金曜日、晴。

馬事公苑の門前のトウカエデの並木が、一夜の内のごとく、根回しされて持ち去られた。

夜半、エッセイ集の手入れを終える。結語めいたものとして、そこの世界の色に染まることを拒むつもりなら守るべき禁止事項三、一にそこの世界の会食に加わるな、二にそこの葬式に参列するな、三にそこの女人と交わるな、もうひとつ加えて、そこで往生を遂げたと人に思わせるな、としたらどんなものか。思案尽きた。

嵩ばった校正刷を最後の苦労、大封筒に押しこんで速達にして、目方をはかったら五百に二十グラムだけ超過、どこぞのヒジリの瞋恚、寒中夜道を走って、ポストの狭い口からまた押しこもうと粘ったが、こちらはてんで受けつけなかった。明日は宅急便にしてやる。火宅火急便。

十二月十四日、土曜日、晴。

枯木の林の中でところどころ金茶色に枯れ盛るのは櫟《くぬぎ》の木、櫟馬という題の短篇を書いたのはもう十年も前になる。人物は皆、死者だった。あの世の場末にある、不景気な派出会にそれぞれ登録されていて、明日の競馬の予想紙を握っていたから、あれも土曜の暮れ方だった。姿婆の出向から戻った早々に、人の空きがなくて主任さんに泣きつかれてしぶしぶ、日曜日は競馬場に行って運だめしをして、その足で日曜の宵の閑散とした郊外電車に乗ってまた娑婆へ員数合わせに出張する。往生話ではなくて、往来話だった。自分で身につまされて書いていたからおかしい。

モガミの娘、メジロラモーヌは強かった。ああも華やかに大駆けされると、テレビを消して机にまた向かう時に、もう宴が果てた気分になって困る。

夕飯は羊の骨つき、ヤンという音を思い出した。天山山脈の近く、トルファンの朝飯に、これのでかいやつ、仔牛ぐらいの大きさの放牧羊の骨つき肉を、つい何本も喰ったら、一行の女性たちが風邪気味の目で見ていた。どんなに神経の細い男かと、噂で得た先入観が十日経っても払拭されていなかったと見える。

誰でも、放っておけば、ミイラになりますよ、ここでは、と中国人の案内者がつぶやいた。どんな生き心地だろう。しかし浄土往生の思想もあの沙漠、ゴビタンを渡って来たはずだ。

暮れ方に、都内で小雪のちらついたところもあったそうだ。

十二月十五日、日曜日、晴。

葦毛のダイシンフブキ、ネハラージャの弟《した》、種《たね》はドン。頸から胸にかけての線ががっしりと詰まって、どう見ても短中距離《マイラー》馬だが、直線に来て速度に乗ると、太くて短い頸を高いながら一所懸命に使って、全身が魚のようにしなやかに伸びる。無理をしている馬を好きになるのは、やめたほうがいい。衆人環視の中、やがて幕で隠されるというのは、いやなものだ。煎餅などをかじりながらテレビの前で観戦していると、年に何度かは、それがある。あの馬はしかし無事だろう。

厠の中で漢籍を読むとは奇怪な癖がついたものだ。机の前に改まっては、もっと柔らかな仕事をしているわけだ。

天狗にたばかられた例の往生聖の話、考えてみたら、死んだおふくろが女学生時代に登った美濃の伊吹山だ。おそらく生涯に唯一踏んだ高い山なのだろう。

何年前になるか、旅先で宿の予約に行き違いがあり、町からすこしはずれた海辺の、行商人宿に泊まることがあった。急な階段をあがってすぐの狭い、畳も焼けた部屋で、その窓の外、空地を挟んだ隣の、地元でも二流どころの料亭と見えて、あかあかと照る窓の内に、小座敷らしく四、五人程度の宴会の賑わいがこもっていた。さほどの躁がしさでもなくて、もともと海鳴りが甲高いほどに降り、夜も更けかけていたので、こちらは酒の力を借りてすぐに眠った。夜半頃か、寝覚めして厠に立った。戻ると、自分の部屋の中にあちらの賑わいがほのかに漂っているような気がした。窓を開けてのぞいたが、向かいの窓はもう暗かった。しかしよくよく見れば、仕舞ったようでもなくて、ほの赤い明るさが、深い軒の下にやわらかに差している。耳を澄ませば、海鳴りを分けて、もう睡たげながらひとしお興に入り、ゆるりと心地よさそうに囃す声も伝わってきた。

それからもう一度起きた。自分の寝ている床を囲んで、色物のよれよれのを着た老若の男女が十人ばかり円く坐り、目は半眼につぶり腰をゆらりゆらりとくねらせて、声は出さずに小手舞いに遊び耽っている。と見たのは夢だとすぐに分かり、念のため起きあがって外をのぞくと、向かいの窓は暗く静まっていた。ただ、その暗さが、海鳴りの渡る一面闇の中で、同じ暗さでも妙に暖かいように、ふっくらと見えるのが妙だった。

もう一度起きあがって外をのぞき、暗い窓に刻々と、紫がかった赤みの差してくるのに、しきりと首をかしげていたのは、あれは完全に夢だった。

部屋の内が明るくなって目をあけると、一夜のうちに生き心地が改まったみたいに、身も心もひさしぶりに爽やかで、暖かい蒲団の中でもうひとまどろみしながら、あの窓の内では、じつは肌の馴染んだ男女が何年かぶりで二人になれて、夜すがら睦んでいたのかもしれない、と甘い想像にひたった。男女二人きりのまじわりといえども深さがきわまれば、その気は密やかな房《へや》からはるかにひろがり、大勢の人間の宴の賑わいと化し、故人たちの静かな円居《まどゐ》を呼び、縁なき男の眠りもつつみこんで、紫金の雲となって沖の上までたなびく、となかば目覚めながらに壮大な淫夢を宙に虹とかけたが——

起きあがって青い窓を開ければ、前にひろがるのは破れ舟やら崩れかけた掘立小屋やらの捨てられた砂地で、料亭どころか人家らしいものもなく、だいぶ遠くにつらなる防波堤の、その手前から、小ぶりの倉庫が一棟、窓らしいものもない壁をこちらへ向けているだけだった。

賑わいもないところに賑わいを聞くのは、良くないしるしだ、と昔、人が話していた。身近の人が亡くなるとか。そんな体験を語った人自身がまもなく死ぬとか。

しかしその後、何事もなかった。

何事もなかった、というのも、考えてみれば、おかしな物言いだ。

水漿の境

それにしても強《あなが》ちな。

ある僧のこと、死期を知りたいと多年願ってきたその末に、たまたま夢に、今年死すべしとの告げを得た。以来世事を抛《なげう》ち念仏をもっぱらに修めたが、その春は過ぎ秋も越し、ついに大晦日まで事なきに追いつめられて、夢は妄想であったことを悟らされた。それにつけて、その日のうちに湯の設けをして僧たちを房に招き、仏に虚誑《こおう》はない、邪魔が我を欺いたか、と恨みの思いを涙ながらに衆に訴えた。満座これを異《あやし》んで、かつはいたみ、かつはよろこんだという。まあ、しかし、よかったではありませんか、というこころか。さて客が帰り人も静まり、大年の夜のいよいよ更ける頃、件《くだん》の僧の房から火が出た。内に僧の声があり、火事だあ、皆、逃げてくれと叫んで、自身は火の中に留まり、念仏をたやさず、それきりになった。定めて知りぬ、往生の人なるを、と伝は結んでいる。放火焼身とは一言も記していない。

また別の僧の話、往生講なるものをもっぱらに営んで多年に及び、すでに死期に臨んで、それまでによほど恃むところがあったか、あるいは生前管絃を好んで楽曲をなし往生の便りとしたというから美的な資質でもあったか、涙を垂れて言うには、天に音楽なし、室に薫香なし。往生の願は本意相違せり、と声を挙げて再三嘆くと、やおら三尺の阿弥陀仏像を掻き抱いて、居ながらにというから、坐ったまま息絶えた。この時に、室の内に妙香が満ちわたり、雲にあらず煙にあらず、かつは陰《くも》りかつは晴れたり、と伝は補っているが、三尺の持仏にむしゃぶりついたこの姿は、仏にゆすりをかけている図に見えはしないか。往生の先取りを数々積んできたあげくに、いま無残な恰好で持仏にしがみついている。長年の恍惚の行を破って、最後にこの物狂いがはじき出された。その境目に、荒涼とした、目覚めがある。

天に音楽なし、室に薫香なし。山に風の音があり、湿寒が忍び寄り、そして人のかつがつに暮すにおいが立ちこめる。飯のにおいがする。糞尿のにおいも漂う。

物を食うことと、往生を願う心と、このふたつの間に深い関係はないか。ないわけがない、あらゆる意味で。

多武峯の増賀上人、あの聖《ひじり》も若い日には叡山にあって秀才の聞えが高く、天台座主にも大事にされて昇進の道へ歩んでいたのが、後世菩提をたのむ心が深くついて、叡山を降りたいと願ったが、座主も周囲の学生たちも才を惜しんでその願いを許さない。そこで狂気をよそおった。その一例、というよりも、その手初めであるらしく、こんな話が伝えられる。山のうちに僧供《そうぐ》を引く所とあるのは、学僧たちのための給食センターみたいなものか。それぞれ下っ端の僧に取りに行かせる。そこへ増賀みずから、黒く穢れた折櫃を提げて、やって来る。それだけでも人を驚かせる振舞いであったらしい。おまけに、偉い人のすることだからなにか考えがあるのだろうと思い直した係の者たちの手から給食を受け取ると、房には持ち帰らずそのまま道端で、夫役の者たちに交わって、木の枝を折って箸とし、自分も食い、下人たちにも分けて食わせた。

それだけのことで、この人の後《のち》の奇行にくらべれば何ほどもないと思われるが、人々これを見て、これはただにはあらず、物に狂ふなり、とうたてがり、穢がりけり、と説話にはある。ただにはあらず、物に狂ふなりとかいう言葉はまだしも、いささか時の常軌を逸した人の振舞いに触れて出がちなつぶやきと取るとしても、うたてがり、きたながりとは、目撃した人間の実感を伝えたものなのだろう。とくに、きたながったというのは。これはまた、黒くよごれた折櫃からじかに木の枝の箸で食い散らしたとか、下人たちと一緒に食ったとか、そんなことだけから来るものでもなさそうだ。

公衆の面前で物を食うことがすでに、おこないすました僧の行為として姿として、きたないと人には感じられた。あるいは、自分の食い物を自分で取りに来て自分で食う、というあたり前を、人前にあらわにしたことが、人の目をそむけさせた。後年、人もこの聖の奇行に馴染んだ頃の、貴人たちの前で尻をまくって排泄におよんだという行為にもまして。だからこそ、増賀自身、まずここから踏み出さなくてはならなかった。叡山から解き放たれるための佯狂とばかりは言えない。物を食って生きるあらわさの中に、我身をさらすことこそ、やんごとなきと通る学僧にとって、往生への第一歩ではなかったか。

往生と、物を食うことの間には、なかなか微妙な事情があるらしい。いよいよ臨終の期《とき》が迫れば、飲食を断ち沐浴して心身を潔め、ひたすら念仏して待つ。それが往生の定式として伝えられる。まず食を断つ。わづかに淡き水を服して、濃漿を用ゐず、などという言葉が或る僧の往生の記に見える。濃漿は「こみづ」と読ませる。濃水とも書き、おもゆのことだという。淡き水とはただの水のことになる。しかしまた漿の一字でも「こみづ」と読ませ、おもゆのことを言うそうで、となると濃漿とは濃いおもゆの意味になり、それにたいして淡き水とは薄いおもゆの言い換えとなってしまう。濃水と書くべきところを、濃・漿と重ねてしまった記のあやまりか。それとも飲食の観念も、断たれるぎりぎりのところまで来ると、わずかながら方便のふくらみをふくむものなのか。

それにしても濃水とはよく言ったものだ。病気のためにやむを得ず五日も食を断ったことのある人間ならば、その後で初めて口にするおもゆの、ただの水にくらべて言いようもない濃さを思い出すだろう。あれはまさに濃水、まさに重湯、そして臭いがきつい。あれは食い物の鬱陶しさの精のようなもの、あるいは、物を食うということの憂鬱さをひとつに煮つめたようなものだ。飢えを癒されながら、衰弱した身体は、おもむろにあげかかるものをそっと抑えこむ。

ところで、往生のために飲食を断つ所以は、食は分段の身を養ひて、悪業の命を続《つ》ぐ、というようなことにあるらしい。身を養い命を続ぐものにはちがいない。これを言った僧はさらに、瘦せこけた我身をかえりみて、脂肉《あぶらじし》に至りては、これ小さき身体《すがた》にて、すでに枯れるなり、とすこし誇るようにして、それにつけてまた、それ善業の人は、命終の時に、地水先づ去るとは、即ちこの謂ひか、と自分で感に入っている。地水とは、風火地水の四大元素のうちで、地はさしづめ、脂や肉にあたるのだろう。ちょっと厭味な言葉だ。去りはしないのだ、地も水も。

最後にわずかにのこった脂肉は、いよいよ脂肉として煮つまる。水も同じこと、尽きなんとするほどに仲間を、沢の水どころか溝《どぶ》の水まで呼んで躁《さわ》ぐ。食物は、それを断たんとする時に、もっとも濃厚になる。そして物を食うということは、それを断った時に、真になまなましく身に迫る。だから、脂肉をぎりぎりまでへずったあげくに、かえって深く地水のうちに閉じこめられ、食を求める存在となりきり、その中から往生を願って喘ぐことになりはしないか。

天に音楽なし、室に薫香なし、と嘆く境が、ここでもかならずあるはずだ。しかしこの上人、往生の時に八十歳だったという。それを思えば、言うこともない。食は悪業の命を続ぐと信じながら、それほどの高齢まで飲食を続けてきた、生きてきたというのはやはり感嘆すべきことだ。

往生の際まで飲食を拒まなかった人の話も伝えられる。叡山の成意という名の僧は物に染著することのない人だったそうだが、持斎を好まなかった。持斎とは定められた斎食《とき》を守ることで、具体的には、午後には食を摂らないことになるらしい。午後の食事を非時食《ひじき》という。呼び名があるからには臨機応変のこともあったかと思われるが、それはさておいて、この僧は心にまかせて朝夕に食った。そのことで弟子が、ほかの僧の手前聞えが悪いのでたまにはどうかとすすめるぐらいの気持だったのだろう、なぜ持斎をなさらないのかとたずねたところ、師の僧は答えて言うに、われもとより身貧しくして、この院の日供のほかにまた得るところの物なし、されば、ただあるに随ひて食するなり、と。

　さらにつけ加えて言うに、ある経にいはく、心、菩提を障《さ》ふ、食、菩提を障へずと、されば食によりて更に後世のさまたげとなるべからず、と。

　なるほど、と弟子は本心そうなずいたかどうかは知らないけれど、黙ってひきさがった。それから数年して、ある日、師の僧は弟子に命じて、今日のわが食を常のほどには増して食せしむべし、と言った。弟子がそのとおりにすると、師はそれを食い、弟子たちにもあまねく分けて食わせたあと、なんぢ等、もはらにわがこの備へを食せむこと、ただ今日ばかりなり、と告げた。

　そして弟子たちの一人に、さる寺の和尚の房まで行って、成意はただいま極楽にまいります、御対面はかの極楽でいたします、と伝えるように言う。さらにもう一人の弟子に、同じ口上を別の和尚のもとへ伝えさせようとする。当惑した弟子どもが師に面と向かって、いまのお言葉はきっと妄語では、などと口走ると、もしもこれが妄語であってわたしが今日死なかったとしたら、わたしが狂ったと知れるまでで、どのみちお前たちの恥にはならない、と言って行かせる。その弟子たちの戻る前に、西に向かって掌を合わせ居ながらに往生したという。天に音楽とも室に薫香とも記されていない。

さりげない引っ越し、引き払いみたいな、人好きのする往生話だ。荷作りもあらかた済んで、人の住まいの表情もなくなった家の中で、揃って店屋物を食うことがあるではないか。主人《あるじ》の僧にとっては周囲がすでにそんなふうに見えていたのだろうか。食こそ人の生涯の内で数限りなく反復するものだ。それがこれでいよいよ仕舞いとなれば、すでにして懐かしい。その仕舞いを身に病いなく日頃と変らず行なえるとなれば、これはありがたい。食、菩提を障へずとは、身に染む言葉だ。しかしほんとうに切実なのは、その前段のほうなのではないか。

――ほかにまた得るところの物なし、されば、ただあるに随ひて……。

長年、日々の僧供、つまり給食によって命をつないできた。斎食を守ろうと、時に断食に従おうと、僧供を引かせにもっぱら下僧を遣ろうと、その事情に変りはない。人により待遇の厚い薄いはあっただろう。この成意には、先の増賀よりも、たぶんよほど薄かった。だから、あの増賀の振舞いがあり、この成意の言葉があった。いずれにせよ、里から下民たちの惨憺たる労苦によって山まであがってくる物を食っている。みずから権力のはしくれではある。成意とて十禅師なる位のある僧だ。しかし所詮は山の、食客ではないか。経営も知らず、拠るべき土地もなく。湿寒のきびしい山上に追いあげられ、貧しい房を分けてひしめいて。垢と空腹に苦しめられ。そして十年、二十年、三十年、物を食うといういとなみがかえって露呈して、肥大していく。被給食者集団。

　僧どうしが食物を施しあうということもあったらしい。三宝の一に施すので功徳を積むという互いに手前味噌のかたちになるが、実際のところ、日供とは別に手に入った、そのかぎりでは自前の物でもって、時に呼ばい呼ばわれあうということなのだろう。たいそう喜ばれたようだ。やはり徳とされたわけだ。麦の粥などを同じ院内の僧たちに施すという記事も見える。これは修行の意味のほうがまさるのか。それともやはり、食の乏しい僧たちにとって、時になかなかありがたい、人助けとなったのか。とにかく、それを思い立った僧は夜にみずから湯屋まで行って、そこにある鼎で粥を炊いている。湯屋とはこの場合、日用の湯をわかす小屋ぐらいのものなのだろう。施しはおそらく朝のためだろうから、夜と言っても夜半過ぎ、もう明け方のほうに近い。床に就いていたのが後夜起きをしたことになる。なんとなく冬場のように思われる。

　水を汲んで火を焚きつける。煙にむせび灰にまみれ、睡気をしたたらせて、辛気臭い仕事だ。念仏まじりに咳きこんだり。そのうちに、火がまわって鼎がぐつぐつと音を立てはじめた頃なのだろう、俄かにえもいわれず馥しき香が山に満ちて、微妙の音楽が空に聞えてきた。粥炊きの僧は怪しんだが、何事ともわからず、やがて鼎の前でついまどろんだ。その夢に来迎衆があらわれ、それに囲繞されて西方へ飛び去るきらびやかな輿の内に、峯のひとつにひたすら籠って往生を願っていた、顔見知りの僧が乗っていると見えて、夢は覚めた。あとは目をのごって、とろとろと粥の番を続けたらしい。

つまり他人の往生を夢に見て、はからずもその証人となった脇役の話になるが、なぜほかならぬ、山中清濁さまざまに眠る中でこの粥炊きの僧のつかのまのまどろみに、峯の僧の往生が伝えられたのか。照応・交感というものがしかとあるならば、この往生、夢の間のかぎり、まどろむ鼎の前にかぎり、粥炊きの僧本人のものとしてもよいのではないか。薪の炎が小屋の闇をほの赤く染めてときおり紫金色にゆらめき、麦粥の煮える湯気が流れる。その重い哀しい香が、灰にまみれて火の前にうずくまる僧の身の内に長年のひもじさを揺すり、小屋からひろり出て、あちこちの房に手足をこごめて眠る僧たちの、垢をためた身の内にもおなじひもじさと、これをかぎりの飽和の夢をふくらまし、大勢の淡い夢が虚空にひとつに融けあい、切なく煮つまりながら輪を縮め、小屋の中へまた吸い寄せられると、そこにぽつんとひとり、炊きあがってくる粥へ、仏に向かうごとく、額を傾けて身じろぎもせず眠る僧の姿がある。峯の僧も最後の衰弱の中から、この反復を夢に見て、そしてほぐれた……。

三月十九日、水曜日、シエーナ着。

半月になる。あちこちの街の宿で、知らぬところで寝ている夢を見ては捨ててきた。現実に、知らぬところで寝ているわけだ。しかし夢は夢である。現実と変らぬ夢を見て、夢と変らぬ現実に目覚める。あいだに一寸ほどのずれはあるか。

どこで寝ているか、知らぬ他国だけに、明快だ。城郭の内懐だ。寝台の右手の壁に木の扉つきの窓があり、四階の高さになり、真下に三つ辻がある。辻と呼ぶよりほかにない。三方から石壁の底を縫って集まる石の小路がそこで小広くふくらんで、押しこめば百人ぐらいはひしめけるか。宵の口にはひきもきらず人の往来のあったのが、ある刻限から急に寂しくなった。その辻を左へ行って右手に階段を降りれば大広場の縁に出る。赤い石畳がはるばると前さがりに流れて、向岸の中央を要《かなめ》に扇型か、一枚の貝殻のかたちに開いている。広所恐怖とは狙撃か逮捕のおそれに源があるのではないか。あなたは、いつからそんな癖がついたの、左右に揺れて運ばれるみたいに歩いている、と人に指摘された。身体を虚にして感じればわかることだが、敷石道に平らなところはほとんどない。壁を寄せあってひしめく建物だって、それぞれの床がすっかり水平だとはかぎらない。お互いにわずかずつもたれあっている。極端に言えば城郭全体が、誰も知らぬ重心に向かって傾《かし》ぎあい、微妙によじれあっている。それが住人の生き心地をなし、死に近づいた者だけがそれをしかと身に感じる、人の足音に聞く。広場をくだりきって歩道にあがり、手っ取り早い路地に入ったとき、背後になった大広場の中央に太い木組みのものが突き立った気がして、声にならぬどよめきが石の底から湧き、絞首台かと思われたが、振り向きもせずに先へ進んだ。路地はすぐにまた階段になり、ゆるい弧を描く道へ降りた。城郭の中腹を巻いているらしい。両側にはやはり家が壁に壁を継いでつらなり、左手のほうへ行くとやや前方、道がくねって家並の間に吞みこまれるあたりの、とある戸口の窪みの陰の内にぴったりとはめこまれて、三人の男が手をつないで立ち、こちらの視線を受けるとにこやかに、礼服でも着ていそうな会釈を、三人して睦まじそうにおくった。こちらも相応の礼を返して、ちょうど右手がまた石段となったので、いましがたの優雅におのずと染まったかろやかな足取りで爪先立ちに降りていくとその背後で、羞恥をつつむ低い呻きがもれて、重いものがたまらずどさりと地にくずおれ、端正な足音が左右に別れて去った。ああ、これだな、石のにおいに馴染むのは、と段を降りきって駐車場の広場に立ったところでつぶやいた。たちまち、幾重にも城郭を巻く家並の、門々に心ならずも恍惚とした様子の屍体がころがった。やがて塔の上からカランカランと調子っぱずれの鐘が鳴り出すと、それぞれむっくりと起きあがり、面目なさそうに寝床へもどっていく。

しかしこちらに向かって大童《おおわらわ》に駆けてくる影がある。石段をのぼり、その上の道を右往左往、戸口という戸口を叩かんばかりに焦り、為すすべもなげにまた次の石段をあがり、右のほうへ飛びこんだかと思うと左へ抜け、また次の石段にかかり、際限もない反復に見えたのが、いつのまにか大広場を渡ってくる。静かな石畳の上を真一文字に中央まで来て、いよいよ疾駆しながら、しかし床がずりさがっていくみたいに、あとの半分が、四分の一が、八分の一がどうにも詰まらない。なにしろ、自殺が許されないので、死ぬこともままにならないので、と喘ぎ喘ぎつぶやいている。

霊山と呼ばれる境では、寺院の内で人はそもそも、死ぬことが許されたのだろうか。私房の内ですら、死は人の忌むところではなかったのか。伝えられる多くの房住みの僧たちの居ながらの往生は、人の意表に出た、人に有無を言わせなかった、その意味でも強《あなが》ちな往生なのではなかったか。

沙門蓮待は、石蔵《いわくら》の聖とも呼ばれ、徹底した苦行の人であった。やがて金峯山に籠り穀塩を断ち、身体已に枯れて筋骨露《あらは》る、という状態に至った。死相も見えたのだろう。そこで諸僧が相語り、上人が死ねば院の内が穢れるということで、衆議によって霊居を立ち退かせたという。

霊居とは寺院の境内のことなのだろう。もっと広い聖域を指したのかもしれない。そこを出てひとまずどこに身を置いたのか、伝には記されていないが、この時には蔵王権現の告げがあって院へ呼びもどされ、寿命もまだ尽きていなかったと見えて、院に住みつづけた。しかし周囲のわだかまりはのこったのか、やがて幽棲を求めて高野山に移った。

ここで数年を過した後、さらにまた、内心発願して、貧家の人に仕えるために、離山を思い立った。この時には衆人引き留めた。それを強いて振りきって山を降りた。その際、ただし終焉の時が来たらかならず山に帰って来ようと約束して行った。よほど衆人に慕われていたものと見える。あるいはその衰体が、衆人にとっては、見ながら遣るに忍びなかった、もっと露骨に言えば、どうも困ったことだった。生きて帰るとは誰も信じていなかったのかもしれない。

そのまま修行経歴《きやうりやく》して、去留を定めず、土佐の国まで到ったという。後の時代のお遍路と同じような道だったのだろう。

さて、それから何年後のことだか、伝からは読み取れないが、齢はすでに八十六歳、約束を違えずに高野山に帰ってきた。衆僧に面会して、日来心神煩ひあり、寝食快からず、と往生の時の来たことを告げる。僧たちはこの聖の帰山を相応に迎えたらしい。困惑がささやかれたとはどこにも見えない。ただしこの聖、常に門弟を誡めて、吾臨終の時、葬斂すべからず、と言っていた。つまり屍体をおさめずに、ただ野原に置いて、鳥獣に施せ、食らわせろ、と言う。それにつけて、ある人が、もし然らば爛れたる骨狼藉して、浄き地汚穢せむものか、と疑義を表した。面と向かって忠告したのか、さりげない様子でつぶやいて首をかしげてみせたか、それとも人の耳口を通して風と伝えたか、そこはわからない。とにかくそれを聞いた聖は嘆息して、然るべし、然るべし、と答えたという。やがて命いよいよ旦夕に及んだとき、俄かに下山を決意した。帰り去らむと欲す——帰るという言葉を伝はつかっている。この時も僧たちは引き留めた。しかし聖は頭を振って聴かない。しかたなしに、聖の望むにまかせて、ともに見遣った。いや、何人かの僧が最後を見届けに聖に伴った。

道はまた遥かに土佐の国に到った。すでに人里も遠く離れたところで、樹の下に輿を税《おろ》させ、服を整えて西方に向かい、念仏その他を大声に唱え、端坐入滅したという。高野山に帰ってからここまで、わずか半月あまりのことと数えられる。高野山には数日しか留まれなかったとしなくては勘定が合わない。

伝記者は筆をさまざま屈折させて、難所を迂回しいしい、最後に荘厳な往生話におさめているが、途中なかなか微妙な、やはり難儀な話である。まず金峯山で往生の間際に至って衆議により院から追い出された次第は、死穢を人の極楽往生よりも重く見るとは彼岸を仰ぐ仏徒の集団として言語道断の本末顚倒と憤られもするが、しかし社会上の存在として見れば古代の大寺官寺は、もっぱら祈禱礼拝修行および僧制管理の場であり、屍体や葬いとは、いわゆる、馴染まない。本来、往生の場所ではない。末期の迫った一般の僧たちは浄域のはずれの、涅槃堂とか呼ばれる、施設へ移されたのだろう。まして客分の沙門には、もっとはずれたところにしつらえられた、小屋のようなものであったかもしれない。またそのことに当の聖も不足はなかったはずだ。しかしまだ往生の時ではなくて、結局はこの山を降りることになった。高野山に移り住んで、数年後にまたその山を離れて流浪に出た。貧者に仕えんとの発願のためであり、山の衆もしきりに留めたとあるが、この山でも往生はかなえられないという、予感はすでにあったのだろう。

屍体を野に棄てて鳥獣に施せとの遺言の、常日頃からとは、実際に何時頃からなのだろう。金峯山では、ただ死なれれば院内が穢れると周囲の僧がおそれたところを見ると、その思いはまだそれほど強く聖自身をとらえていなかったはずだ。高野山に住むうちにその思いが深くついて、そのために山を離れたのだとしたら、往生の時に帰るとは約束しなかっただろう。旅のうちに思い定めたのにちがいない。あるいはかつがつの旅そのものが、いつなんどき野に倒れて鳥獣の餌となるかもしれないというばかりでなく、生きて野を行くその現在、その一刻一刻においてすでに、行き倒れの境にあった。旅からそのまま引いて来たものだ。約束を守って山に帰ってきたものの、聖にとってその遺言は自明のことだった。遺言というよりは、自明の生き心地を表白したものだった。

それにもかかわらず、食い散らかされ糜爛した屍体が浄地を穢すことになりはしないか、と人が陽にだか陰にだか、いずれにしても露骨なことを忠告すると、ただ嘆息して、そうだろうな、そうだろうな、とうなずく。このいまさらの気よわさは何だろう。聖地だろうと俗界だろうと、この世はすべて穢土だ、肉体はいずれ蛆に食われるか腐れて土に帰るものだ、と喝破できるだけの境地ではないか。さかしらを一言でおそれいらせるだけの生き方ではないか。それに山の上は狭いと言っても、人の居所を離れた野や藪や谷はいくらでもあったはずだ。所詮は無縁の者だと再三感じさせられても、また先に老衰の身で自分から旅に出なくてはならなかった所以を重々承知していても、それでも往生の時には山の衆に受け容れられるものと信じて疑わなかった、人並みはずれた純樸さの困惑だろうか。それはあったのだろう。人にたいして根が純樸でなければ、一切空無の達観の手前までもたどりつけはしない。

そうだろうな、そうだろうな、とうなずいた。

とにかく深い嘆息であったようだ。人を世を恨む口調でもない。自嘲でもない。清浄の地を穢すことへの戒めでもないはずだ。その点でならばむしろ、人の迷惑のほうを思っている様子だ。端的に、人が迷惑するだろうということを。それに、なにがなし、自嘲ではない微笑がほのかに差すようではないか。案外なところに、結局、往生はあったな、と驚きつぶやくようにな。

往生でさえ、人間《じんかん》に身の置きどころがない。逆に、人間にすっかり身の置きどころがなくなることが、すなわち、往生だ。悟るのに手間のかかった後段こそ、じつは誰でも初めから知っていたことであった、と。

最後にこの聖、どんな往生のしかたを見つけたことになるのだろう。老衰の身を引き起し、留める僧たちを振りきって、帰ったばかりの山をまたくだり、人に伴われ輿にかつがれてはいるが、はるか遠国まで行き人里も離れ、野中の樹下で端然と往生を遂げた。この時に当りて、西天に雲聳《そび》き、前林に風惨《いた》む、雲の上に雷の音あり、風の下に香しき気《けはひ》あり、須臾にして天晴れて、雲の処《を》る所なし、と伝はここではかならずしも常套ではない暗い熱のこもった言葉で往生の様子をつたえて、それから型にはまって、弟子の夢に聖の西方往生が告げられた話で締めくくっているが、屍体は樹下に野に置き去りにされたのだろう。あるいは物でざっと覆われたか浅く埋められたか、いずれ爛れた骨が烏や野犬に掘り返され散乱し、ここでも聖の凄惨な願いがかなえられたことになる。生きながら運ばせるのと、死んでから運ばれるのとでは大いに違う。しかも村はずれの谷などではなく、紀州は高野山からはるばる土佐まで来ている。しかし最後のところは、当時、あらかたの死者たちの葬られ方と同じではないのか。いかにいとおしき人のなきがらでも、集落の境の内に埋めて、生きつづける者たちの一所懸命の拠り所である田畑を穢すわけにいかない、埋葬のための十分の土地もない、それと一緒ではないか。

屍骸を林野に置いて鳥獣に施せとの遺言は、捨身の願望として人の想念にも馴染んでいたものか、ほかの往生話にも見える。その志を師の僧が聞いて、往昔、釈尊は飢渇の世において身を赤き魚となし、先づ吾が肉《しし》を食らふ者は、我成仏の時、最初にこれを度せむとのたまへり、と古事を引いて、善きかな善きかなと、末期に臨む弟子の沙門をはげましたりしている。施す者受くる者、同じく菩提を証す、と。施す物が物だけに、たまたま端から、通りがかりに、このやりとりをのぞいたら、ずいぶん奇怪に聞えかねないところだ。弟子の聖はすぐさま沐浴して草庵に移り、なまじ受ければかならず破って地獄に堕ちることになるとしてこの際まで避けてきた戒をここで師から受けた後、わが肉を鳥獣に施すにもやはり、身に汚穢を厭ひて口に水漿を断ち、往生におもむいている。

誠に無智文盲なることこの聖に如かず、念珠を提《ひさ》ぐといへども常に利剣を横《よこた》へけり、博奕の音《こゑ》は雲を穿ちて、酔酒の狂は隣を驚かしけり、その体《すがた》勇めり、その詞《ことば》悪しかりけり、と往年の破戒沙門の姿についての証言を、なぜだか最後に添えている。若い時から京で長年人に仕えた後、どうやら高年になってから、流れ出たものらしい。

遺言によりこの聖の亡骸を林野に送ったところが、数日を過しても顔色変ぜず、十日の後、一夜の内に群獣に食らい尽くされて一片の骨ものこらなかったとあるのは、幾月も人はそこに寄りつかなかったと取るのが実際なのだろう。遺言があろうとなかろうと、肉体は同じ道をたどったとも考えられる。それはともかくとして、なぜここでもこれほどに、食うということにこだわるのか。埋葬の人為を嫌って身を野に晒すというだけでは、不十分であるらしい。命失せた後は身が野犬に食い散らかされようと鳥に突つかれようと知ったことではない、というものでもないようだ。所詮は人の施しによって食ってきたこの身を、最後に同じ食として、鳥獣《ひと》に施し返さなくては済まない。鳥獣も人であり、人であればまた我でもあり得る。

さる沙門などは、夜に仏前で経を読むうちに、左右で睡り臥した者たちの夢に、耳の垂れた大きな老犬が、声高に吼えながら立ちつ居《すわ》りつ仏を拝んでいる。夢から覚めて眺めると、目の前で件《くだん》の沙門が大声をはりあげて仏を拝んでいた。前生が持経者の房に住みついた犬であったことがやがて、七日食を断って堂に籠った本人の夢に知らされる。つまり前生の姿がまず複数の他者の夢にあらわれたという話になり、どの夢にもひとしくというからまず一頭の犬ではあるが、何人かの夢に犬であったという点では、何頭かの犬、と言えないでもない。もしもこれが大勢の夢にあらわれ、それらの夢を本人がまた一身に夢見るとしたら、われは大勢の犬、群れる犬、と感じられはしないか。

また別の沙門は、夢の中で死んで野に棄て置かれる。そこへ千万にも及ぶ犬たちが集まりその屍体を食らう。ひしひしと競って食ったのだろう。沙門は食われる屍体でありながら、またそのかたわらで眺める者でもあり、これはいかなる因縁かとひとり訝ると、天上に声があって、これは実の犬ではなくて、昔祇園精舎に法を聴いた衆であり、聖人に結縁せんがために犬の身に変じて集まったのだと告げる。つまりここでは、犬は人や我やどころでなく、尊き衆の権化であり、千万もの権化が我に結縁するために群れ集まるとは、たいそう自己肥大した夢想に見えるが、しかし権化とてほかならぬ犬たちであり、結縁とてほかならぬ沙門の屍肉を食らう。しかもその夢の情景は沙門の遠からぬ将来において、千万という数はともかく、夢とばかり言えない。むしろ現実のほうに近いのではないか。過去現在においては、沙門自身、結縁と称して、他人の血肉の苦労の果である乏しい食い物に群がり、たちまち食らい尽くす者たちの一人であった。生涯に、悲田院の病人に食薬を供養すること十六度と言っても、その事情には変りがない。

前生が犬であった沙門の場合でも、仏前にしきりに吼えて礼拝していたというのは、房の軒下に住みついた野良犬らしく、戸を開けて出てきた持経者に向かって、餌がもらえるのではないかと、期待と不安にうちふるえて居たり立ったり、一心に吼えまくる痩せ犬の姿を思わせる。余残の習気《じっけ》、つまり前生の習性の名残りが、汝の身心にあり、この故に他人の夢の中に犬の形となって仏を礼拝したまでのことだ、と天上の声に告げられて、沙門は慚愧、宿業を羞じ歎き、いよいよ身を捨てて誦経に没入し、かつは六根懺悔につとめたとあるが、食い物を求めて吼えまくるのは、往生を求めて仏に縋るのに、文字どおりの一所懸命という点ではすこしも劣らない。輪廻が輪廻として極まったところに、往生はあるのかもしれない。持経者の聖がそこでひとり往生を遂げたなら、犬はやはりその屍肉を食うだろう。

人が往生の時に至ると、野という野から、それぞれ自分の分身である、過去現在の犬どもが、一所懸命の犬どもが押し寄せてくる。あるいは、その逆の順序か。

野犬と言わず屍肉と言わず、日常物を食ういとなみがすでに、往生を求める心には、凄惨の業《わざ》と感じられていた。あるいはここそ順序が逆で、そう感じることが往生への願望の機縁と言うべきか。この感じ方はおそらく、亡骸を林野に鳥獣に施すことを遺言してみずからは沐浴して水漿を断ち死に臨んだ元破戒の沙門にも、長年持斎を嫌って最後の日には平生に増して沢山の飯を用意させ弟子どもと一緒に寛いで食った後に往生を引っ越しのごとく人のもとへ伝えさせた叡山の僧にも、ひとしく通じるものなのだろう。今の世のわれわれの無邪気な日常でも、物を食うといういとなみは、会話やいささかの作法に守られていないと、どうかして凄まじい面相を居ながらに剝くことがあるようだ。親のそんな顔をちらりと見て、少年の生存本能に、初めの亀裂が走るような。

大安寺の別当というから、大寺の長者になり、僧としてよほど権力をほしいままに豪勢な暮しをしていたにちがいなく、見目《みめ》佳《よ》き娘までかしづいていた。その娘のところへ蔵人の某が通うようになり、ともに馴れ親しんで、親たちにも認められ、時には昼まで女のところに逗留することもあった。ある日、また女の家に居つづけて午睡などをしていると、俄かに家の内が騒々しく、家人たちの泣きあう声がする。何事かと立って行って見れば、主人の僧、主婦の尼より始めて、ある限りの者たちが、それぞれ大きな器を捧げて泣き迷《まど》っている。何事かと読むほうもその先を知る前に、なにやら、自分もいつか、午睡から覚めて怪しみ眺めたことのある光景であるような気がされるから不思議だ。ついいましがたまで寛いでいた家人が、揃って顔色を失ってうろたえまわっている、と。

さらによく見れば、捧げた器には赤熱した銅の湯が盛られている。それをてんでに呑む。それも、鬼みたいなものが責めて呑ませるわけでなく、泣く泣く、自分から呑んでいる。ようやく呑みくだして、もう一杯、おかわりを乞う者もある。下《しも》の下の者に至るまで、一人として呑まぬ者はない。

そのうちに、女房がこちらにやって来て、男の傍に臥していた女も呼ばれる。大きな銀の器に銅の湯をなみなみとついだのを、女房から手渡され、細く愛らしげな声をあげて泣く泣く呑めば、目からも耳からも鼻からも、焔と煙が吹き出す。

やがて、客人にもまゐらせよ、と声があり、女房が例の湯を台に据えて持って来る。いよいよ自分の番かと男は怖じ騒いで、目を覚ますと、ちょうど女房が食い物を据えた台を運んで来るところで、舅の僧の居る部屋のほうからも賑やかに物を食う声が聞える。

お斎食ならぬ飯の時間であったわけだ。家中、上から下まで、こぞって騒々しく食っていた。どうも食いすぎていけない、と笑いながら、空の椀をまた差し出す者もいる。食っている物は、いずれ寺の物である。別当の地位を利して、一族下人に至るまで、寺の物をほしいままに食い散らしているので、さてはあのような地獄図となって午睡にあらわれたか、と男はそう思うと、女への心もたちまち冷め、気分が悪いのでとその飯を食わず早々に退散して、それきり絶えたという。じつに、寺の物を私することを戒める、この類の説話は多いのだ。その悪弊が古代からよほど一般だったしるしと言えるわけだが、しかし——。

この話を虚心に見るに、別当家の贅沢とは、実際のところ、どれほどのものだったのだろう。夢の中で銅の湯と化したのは、あれはたぶん粥だろう。泣く泣くもどうやらほとんど一息に呑みほすのは、貪欲をあらわしたものなのだろうが、あまり濃い粥でもなかったとも取れる。食えば食うほど腹が空くというやつだ。ほかに、蛇に化したとか蛆に化したとか、そんな食い物も夢にあらわれていない。奢侈と言えるほどのものだろうか。寺にあるまじきという非難はあろうが、家中あげての騒々しい食いっぷりは、むしろ庶民風の、あけっぴろげの食欲を思わせる。あまり淫靡な美味をたしなんでいるけはいでもない。人生の行き詰まりからは、死ぬほど懐かしく振り返られる、日常の食事の情景、平和な飯時の賑わいではないか。

てんでに大きな器を捧げていた。これはすでに科《とが》なのだろう。つまり飽食の図である。粥にせよ、まがりなりにも存分に食っていた。しかも遠慮もなく食い騒いでいた。余剰の乏しい世のことで、日々の飽食そのものが罪悪と見なされる。すくなくとも憚りのあるべきことだ。ましてや坊主、聖職者にあっては。妻帯して娘までかしづいているということにはしかし、あまり目くじらも立てられていない。非難はもっぱら飽食に向けられている。それがこの話の凄いところだ。寺の物とは元をたどれば里の民からの施し、ひらたく言えば搾取になる。飽食どころか飢えのすぐ手前で生きる者たちからの。しかし土地に付いた者たちはまだしも生きられる。土地から離れて流れ出した者こそ、飢餓にゆだねられる。大量の人口を長きにわたって養うほどの流通があったわけでなし、大方が根なしとして、飢餓の際《きわ》をそのつどのはたらきと、運によってすり抜けて行くよりほかにない。坊主とて本来、それと変らぬ存在のはずなのだ。

米穀が里から集められ、大小幾重もの権力の層に濾し取られながら、山上にあろうと平地にあろうと、寺の高みへ吸いあげられていくにつれ、夢の中で赤熱の銅の湯と化すような、魔性を内に煮つめる。俗界の権門の者たちがいかに飽食したところで、人の恨みは買っても、目から鼻から耳から焰を吐くというような話はなにぶんふさわしくない。まことに、大寺の高僧なればの話だが、しかしこの別当一族の基くところはまだまだ安定した権力の層のひとつであり、俗界とあまり隔たりはない。尊くもないかわりに、夢の中の火焰地獄にも、物を食いののしる俗の陽気さが響いている。これがここからさらに僧供として、細々となって吸いあげられ、山上の給食所やら、貧寒とした僧房やら、湯屋の鼎の中やら、さらに霊域にもはずれかけた草庵やら涅槃堂やら、峯や谷の洞やらまで、かつがつに届くとき、どうだろう、乏しさが清浄を回復させるとも言えるのだろうけれど、生存にとって貴重になるほどに、真に陰惨な魔性を凝集させるのではないか。いかに熱烈に往生を願おうと、往生するまでは僅かな食に懸かる、これもおのずと熱烈に懸かる生存である。

野にさまよい出てやがて飢餓へ追いこまれるかわりに、山へさまよいあがり、細々と養われるうちに降りる足場を失って、降りる道も忘れ、厠の内からいきなり駆け降りた者もいたが、たいていは何十年もかけておもむろに、醇化された飢餓の中へ追いこまれるにつれて、みずからも追いこんでいく。

山上の聖こそ清浄のはてに、たった一椀の、たった一口の、薄い薄い粥を念じて、水と漿とのあわいで初めて濃さの極まった食の粘りに、枯れはてた身の、目から鼻から耳から、哀しみの火焔をゆらめき立たせる者なのではないか。それが人の夢の中を薫香となって流れ、紫雲となって山上にたなびき、妙音となって天に渡り、野犬となって野に集まる。やがて白く焼け静まって、真如の月のごとく、山の端にぽっかりとかかる。

それをどこぞの軒端から、女がひとりはるかに眺めやる。肌にまとう衣を始めとして、くさぐさの品が身のまわりに繞らされ、おもての風をふさいで、どれも女のにおいに深く染まっているが、それらの品々がどこから来るのか、どこから新らたに補われるのか、最後の届け手は知れていても、そこから先の道すじは定かでなく、ましてその源は遠く霞んで見えない。文庫の内には古い書付けが幾通か大事に蔵われていて、どこそこの土地の領有を書面では保証しているものの、それがいまこの時、その土地をつなぐとはもう言わず、その土地に実のところどれだけつながっているものやら、同じ地所の上に幾重にもひしめくという権利のどこにかかっているものやら、それともそのあたりに漠と散ってしまって、わずかな名残りとして、今のところまだ存《なが》えているだけのことなのか、それで生きているはずの家の者たちの誰ひとりとして、はかばかしくも答えられない。

だいたい、それにあたる土地が今でも、存在すると言えるのかどうか。土地がなくなるわけもないけれど、とびとびに分かれて人の地所と入りまじる、たがいにくねりこむ、その境界が年ごとに、月ごとに、どこかで血が流れるそのたびに、またうねうねと動くと言われる。それどころか、そもそもそんな境界はとうの昔から、遠く離れてそこにかかる者たちの頭の中にあるだけで、現場では跡形も失せているとも伝えられる。人の地所ともども押しなべて均され、なにやら知らぬ新規に仕切られ、縁もなき者たちに耕され、古い領主のことなど耳にしたこともなげな、おそろしげな者が睨みをきかせている。このあたりが当家の地所と、指を差せるところもない。ただの歩合として、素っ気もない数字としてどこぞの帳面に記され、それもこちらへ何の相談もなしに決められて、年々また勝手にへずられる。そのことを握る者たちも事の起るたびに入れ替っていくという。それにつれて昔の記憶もいよいよ薄れて、季節の物を少々ずつ納める先方《さき》について、その由来に首をかしげる者たちが今では大方だとか。

ここひさしく通わぬ男を、女は待っている。待ち暮している、と家の者たちは見て気を遣う。たしかに一人の男を、たしかにひたすら待っている。追われ者のように音をひそめて物を食う男を、またひそやかに、灯の陰へやや退いて眺めるのも、物憂い習いとなり喜びとなった。肌も馴染んで、初めに触れられるけうとさを思っている。たまたま寄せられた衣の襞までがどうかしてふと息をこらす。そうには違いないのだけれど、じつは何を待っているのか、一人の男なのか、押しなべてのことではないのか、女にはときおりおぼろになる。それにつれ、待つ身のほうも我身一人なのか、それとも自分はただ待つ姿を取らされて、ここに、外へ向かって据えられているだけのもので、この姿にかかってほんとうに待ち暮しているのはこの家の者たち、当主から下人に至るまでの、家全体ではないのか。

あるかなきかの、どころではなくて、存在もとうに疑わしくなった所領でも、家の者たちはどういう筋道でか、その土地がここに居る女の、この存在に深くつながっているように、感じているらしい。外にたいして打つ手が尽きてからというもの、所領の存否をただ坐して案ずる時とそっくり同じの、うらめしげな頼みの目つきを、しばしば女に向ける。とくに、待つ心のくずおれかけた女の立居を、かわるがわるそれとなげに見まもっている。女が気をとりなおして男を迎える仕度にかかると、縛を解かれててんでに腰をあげ、声をまだ憂わしげにひそめながら、それでもいそいそと、まめまめしく世話をやきはじめる。まるで女がここでおおらかに待ちつづけるかぎりは、かなたで土地もおおらかに在りつづけるかのように。女がこのまま何事かを待ち取れば、土地もついに安堵されるかのように。

女の存在そのものが、ここに居ながらに、かなたの所領であるかのように。

しかしその時、眉をひそめながら、女の待つ心はいっそう深くなり、身体《からだ》もなにやら土地のひろがりの感をおびる。自身は見たこともない、これからも見ることもないだろう、家の者も同様であるらしくて、また現情を定かに伝え聞かせる者とてない、しかし今でも日用の品々を細々ながらあげてくる、遠い失われかけた土地を、女は身の底に想う。境界がくねって他所と入りくんで、そのために人が走り、あちこちから喚声があがって、大勢の屈強の男たちが土を踏みしだいて荒れ狂い、血にまみれてのたうつ者もあり、やがて重々しい陰惨な足音があたりを静まらせて近づいて、酷い、杭のようなものを後から運ばせており、すると女の身体のどこかがひとりでに細くくびれ、長くよじれ、赤剝けになってうねり、さらにゆらめきあがろうとするところへ、火に黒く炙った切先を押しあてられる。疼きのあまり叫びかかるのを、女は息を詰めてかろうじて抑えこむ。そのままこらえるうちに、土地はいつかくねりも入りくみも失せてただひとしなみにひろがり、女の身体も漠と散って、そこにあるともかしこにあるとも所在の定まらぬままに、見も知らぬ者たちの手によって無造作に、すでに仕切られている。その地に沿ってあまねく、えもいわれず厭な臭いが漂う。飢えの臭いだ、地の肥えだ、とつぶやく声がある。薄粥の、水漿の境の臭いだ、とどこかでつぶやき返す。成仏の臭いだ、と消え入りそうな顫え声で答えて、そのひろがりの中を、杖にすがってよろぼい行く、痩せこけた影が見える。枯れきった膝を地に落して断末魔の苦悶を尻から吐いてその上にへたりこむ、その影をそのつどかろうじて背後に置きのこし、野犬の群れにゆだねて、刻一刻、まだ倒れずに、まだ倒れずに、永遠のように進んで行く。

ある夜、外《おもて》の白みかける頃に、男はもう一度女を胸にゆるくひき寄せ、ひさしく洗わぬ髪に頤を埋めて、長い息をくりかえし熱くひろげるうちに、何かを訝るふうに、その息が静まっていった。どこそこの峯の、聖の命はまだ尽きていないか、様子をたずねなくては、とそれからつぶやいて、そそくさと起きあがりかけたかと思うと、ぼんやり薄目で追う女の顔を、眉からゆるんだ口もとへかけて眺めやり、かすかな怯えを剃きながら女の膝を押しひらき、ひとしきり荒く、やがて物思わしげに抱いたあげく、死びとのような蒼ざめた面相になり、物音を立てずに抜け出して戸の外へ消えた。いささかの仏心はあるが、山に登るよりは、盗人の聟になるぐらいの仏心か、と日頃は笑って言う。

五月十三日、火曜日、晴。

地元の奉仕団から葉書の呼出しを受けて、午食後、バスと徒歩で二十分、畑の際にある保健所まで血を採られに出かけた。注意事項に見えた海外旅行のことは、すでに一カ月以上経っているので構わないとのこと。問題はこちらのほうなんですよ、と温厚そうな老医師が笑って、手もとに隠れた別の箇条書のしまいの一項をちらりと指さし、そばにいた美人の看護婦ものぞきこんで微笑んだ。考えてみれば、重病人の増えるという二月と八月の年二回の定期のほかに、こんな良好の季節にも番外で献血を頼まれるのも、それが原因の血液不足のせいであるらしく、まわりまわって、この自分も仮のベッドの上に靴をはいたまま寝かされて太い針に片腕を差し出している縁になる。淘汰の徴候かとあの病いのことを見る人もいる。往昔のペストやコレラ、飢餓という名の疫病のことを連想しているのだろう。ソドムの全滅の神話もその見当の根拠のあることか。しかし人口過剰の果てにおける淘汰のことなら、自分はもっと平和な光景を思いうかべている。

帰りのバスに乗りこんだとたんに、肌がざわついて、冷房の入っていることに気がついた。たしかに初夏の陽気で、道を歩いて来た身に、冷房が快いと言えば快いが、暑い陽差しの下で汗ばむほどでも、風に冷気がのこっている。何年か前の五月にもこんなことがあった。別に身辺何事も起らなかったが。空気の芯が冷たいという感覚、それを凶徴としておそれる習性。暮れ方に蝙蝠がいつもより低く、忙しく飛びかっていた。明日はたぶん雨と、これぐらいのことならわかる。

五月十四日、水曜日、晴のち雨。

朝のうちは晴やや陰《くもり》、傘は持たずに出た。関ヶ原、近江の辺から雨、京都を過ぎてあがる。復路は名古屋過ぎから雨滴が車窓を走った。夜のことで降りの程度は分からず、東京に着いて自宅の最寄りの地下鉄の駅を出ると大雨、タクシー乗り場の列も長くて、徒歩十五分あまりの道を、途中で二十四時間ストアに飛びこんでビニールの傘を買ったが、冠婚葬祭用の背広が、濡れネズミになって帰った。

日帰りなどという言葉もひねりようによっては妙な色をおびる。不帰の客、日帰りの客。一日であちらから帰った例は説話にある。こちらから一日であちらへ帰った、つまり日帰りでこちらに来ていた例も探せばあるだろう。日々に日帰りしている、ということはあるだろうか。その場合、どちらの客になる。勤め人の一日を日帰りとは言わない。朝の七時に出かけて、夜の十時過ぎに帰る。その点では平生と変らぬ一日でも、これが出張だと日帰りと呼ばれる。とにもかくにも旅であるから。昔は一日で帰れない距離だったので。しかしついふた昔ほど前までは一日往復が苦しいと考えられていた遠郊から日々都心に通う人間はいまどき無数にいる。それに、遠い近いにかかわらず、朝に戸口を出る時と、夜に戸口に立つ時と、まったくひとつながりの、同質の時間と言えるのかどうか。家に居る者にとっては、日々に日帰りの客のように映ることがあるだろう。本人にとってもまれには、その間が何やら行方不明のような訝しさのすることもあるのだろう。

ひさしぶりに朝の通勤時の地下鉄に乗った。満員の乗客たちの顔が男も女も、老いも若きも、妙に白くなまなましく、そして陰気に見えたものだ。なにか水中に沈んだ飯粒を思わせた。自分こそ馴れぬ朝起きのため、三時間ほどしか眠っていないので、腐れかけた面相をしているにちがいない、と気がひけて顔を伏せ目をつぶると、悪酔いを抱えて運ばれているのに似た心地になった。あの車中の感じ、周囲の顔がにわかに粘って迫るのを、飛行機の旅の前などに、ちょっと嫌がる人もあるとか聞いた。

五月十五日、木曜日、晴。

こんな話を聞いた。人に電話で伝言を頼まれたところが、間違った内容を先方へ伝える結果になった。少々ではない間違いだった。これに懲りて、つぎにまた言《こと》づけられた時には、受話器のそばでメモを取った。ひと区切りずつ、復誦して丁寧に書きつけた。しまいに要点を拾って相手の確認を求めるという駄目まで押した。そしてそのメモを頼りに、さらに慎重に電話で先方へ伝えたところが、またしても、前《さき》におおおさ劣らぬ間違いを知らせることになった。ごくごく具体的な内容の事柄である。一節ずつ青鉛筆で傍線を引きながら読みあげたので、先方にはメモ通りに伝えている。その覚えはたしかにある。こちらのあやまりであることは、二、三の事実を引き合わせただけでも、否定できない。とすれば、復誦しながらメモを取る時に、間違いが用心を出し抜いて手のほうに、ひとりでに忍びこんだとしか考えられない。こちらの感情がからんで曲げるというような、そんな込み入った事情もない、ごく事務的な用件だった。依頼者に最後に要点を確認した時にも、取ったばかりのメモに目を凝らして読みあげるようにしたはずなのだけれど、ただ、窓の外で新緑の葉の、痛いように風に揉まれていた光景が、その時の記憶としてのこっているのが、不思議と言えば不思議だ、という。

日常の中に静まったヒステリイは、こういうあらわれを見るのではないか。

五月十六日、金曜日、晴。

時衆とか、遊行の集団がはるばる旅をしてまわるうちに、あれは道中つぎつぎに落伍者、行倒れが出るものらしい。そしてまた、発心して新らたに加わる者もあるという。いずれ土地から離れた者たちだ。行く先々に奇特なもてなしがあるというわけにいかない。大方の道のりが食うや食わずの苦行なのだろう。順々に往生しながら進むわけだ。水辺に来ると、生涯をここに定めて、入水する者もあったそうだ。それについて、自殺という言葉をつい使った歴史の本があり、その文字を見て眉をひそめたことがある。

自殺には違いない。しかし今の世の人間の思うような、まだ盛んな肉体の、命を強いて絶つのとは、同じではない。餓死と、この惨憺たる遊行者たちの場合、どれほどの隔たりがあるだろう。歩きつづけてきた者が、道に坐りこんだが最後、立ちあがれなくなる。膝上までの水を渡っていたのが、流れの中で立ちつくす。劣らず蹌踉と歩む仲間たちは、しばらく行ってから背後のけはいを感じて振り返るが、そこまで戻る体力がない。立ちつくした者はわずか数間の向こうから、すでに境を異にした目で見送っている。やがて膝を折って水の中に坐りこむ。つられて立ち止まった何人かの者たちが同様にそれぞれその場に沈む。そのすぐ傍を通りかかり、坐りこんだ仲間の腕にたまたま手をかけた者も、一度は引き起しかけて、自分からその傍に沈みこむ。皆、腰まで水に漬って、うっすらと笑いのようなものを口もとにうかべながら、行く手を見つめる目の光が薄くなっていく。

そして一行は人里に入ってくる。道中変らぬ群れと里の者には見える。一行の心地もほとんど変りがない。坐りこんだ者とまだ歩む者と、それぞれの存在の内で、差別も定かでない。それでも人の施しを受ければ、たった一椀の薄粥でも、餓死の境を来た肉体には、たちまち精気が差してくる。念仏を叫んで、身のこなしは緩慢ながら、半夜でも踊り狂うことができる。誘われて群れに加わる者もいる。

なぜ往生を願うかと言えば、死ぬまで生きるためであり、死ぬまで生きるというあたり前を、ぎりぎり切りつめたのが、往生というものではないか。


五月十七日、土曜日、晴。

この時季の木の花の押しなべて白いのはなぜだろうか、と閑なことを考えた。卯の花は何だろう。これと定めて眺めるものでもないような気がする。あの花この花を目にしては卯の花を想うのだろう。樹名は空木と言うが、何々ウツギとなればさまざまあり、いくつもの科と属にまたがっている。それぞれに、人は卯の花を眺めてきたのだろう。ガクアジサイやエゴノキの花あたりまでひろげてもよさそうだ。しかし条件はある。花の形状と密集度のほかに、においではないか。白く目に染みて、青く鼻の内にひろがる、白い物の青いにおいか。

豆腐のほうのオカラのことだが、あれを卯の花と呼ぶのは、どうも言葉のアヤとばかり言えないようだ。あの出来たての、まだ湯気の立ちそうなのを店前《みせさき》の桶の中に放りこんで置く。鍋を持って買いにやらされたことがある。野菜と煎りこんだり、汁でひたしたり、母親がどう手を加えても、喉に通りにくい物だった。今から思えば量のせいだ。あれをまるまる、お菜の代りとしたのだから。

落ちぶれて行き迷った人間が往来で空腹に堪えかねて豆腐屋の店前の桶に手を突っこみ、卯の花を手摑みにしてほおばる。そんな話がある。落語のほうにも覚えているだけでも二つある。ひとつは業平の千早振るの歌のこじつけ話で、カラクレナイのカラを卯の花と曲げたのはいずれ傑作だ。もうひとつはたしか江戸に上って食い詰めた甲州者が桶の卯の花に摑みかかったのが縁でやがてそこの豆腐屋の聟となる人情話だったかと思うが、どちらの話も、十歳そこらの少年がひもじさを抱えて雑音の混るラジオで聞いていて、卯の花を口に押しこむ場面に来ると、青い臭いを口いっぱいにかまされた苦しさが話から離れて肥大したものだ。あれをのみくだせるほどの、空腹とはどんなものなのだろう、とひそかに思った。

これも昔、町の市場の魚屋でゴム長にゴム引き前垂れの若い衆が井戸端に立ったまま茶碗に冷飯を盛り、香の物も添えずに、片手でポンプを漕いで水をぶっかけてはさくさくと搔きこんでいた。あれだけ盛んに水で流していたのは、いくらか饐えかけていたのか、しかしいかにも飯を食っているという光景だった。

五月雨のことを、卯の花朽《くた》しと言うそうだ。

命は惜しく妻も去り難し

よくもまあ、とっととあの世へ駆けこみやがって、と御亭主の急逝に心のやる方なくそう叫んだ細君があり、これを伝え聞いて人が眉をひそめた中で、これほどの情も世に尊い、と涼しい顔で感に入っていた男性があったそうだが、

――我狗留孫《くるそん》仏の時より、この人の菩提を妨げむために、随逐《ずいちく》して給仕すること、宛《あたか》も形と影のごとし。

一生不犯の僧が五十歳に至って女事に着いた、と聞けば人はつい艶婦嬌女の出現と男の惑乱を思うところだが、この話の女性は、殊に貞操を懐きて専らに婦の礼を致せり、とある。僧のほうも、遅い恋に耽って修行をおろそかにしたかと言えば、別室を立てて観念の処となし、怠りもなかったらしい。さて、歳月がまた流れたのだろう、亭主の僧はいささかの病いを得て寝食も変り、ある日、弟子の僧をひそかに呼び寄せて後々の扶持のことを約束したあと、臨終の

時に及んでも、妻には告げてくれるな、すっかり終った後に知らせてくれ、と言いふくめた。ゆめゆめ、などと駄目を押している。やがて西にむかって往生を遂げた。弟子の僧はいましめを守り、その後になって細君に知らせた。すると細君は、手を拍《う》ち目を瞋《いか》らして、身を投げ地に躃る、ととはしると読むらしい、いざりまわった。一本では、もだへ迷ひて絶え入りぬ、とある。それからほんのしばらくして蘇り、声を揚げて叫んだのが、先の言葉である。妬ましきかな、と続く。今生已に得脱せしめたり、心事已に違へり、何《いづく》にか往かむ、そう言って行方不知になった。同時代の出来事だと伝はつけ加えている。

ひどいと言えば、男性が読んでも、なかなかの話だ。女を魔物に仕立てているが男のほうも劣らず、その往生の戦略に至るまで、怪物である。分別の怪物というやつか。五十の坂で女人に落ちても、これもまた知命とばかり、一身の修行は攪乱されない。妻室と隔てて別室を設け、そこでひそかに行を積んで、ついに女を出し抜いて往生した。満足げに連れ添ったと見えた男に、何喰わぬ顔で別の本願を抱えこまれ、病気を匿されて臨終も告げられず、これでは女の身として生涯、歳月をさかのぼって立つ瀬もない。魔物でなくても、怒り叫ぶところだ。何《いづく》にか往かむ、そのとおりだ。

しかしこれは実際にたいそう睦まじい夫婦だったのではないか。でなければ、男の往生の願望はどうしてもけわしくなり、火宅を出でんと急いで、女との葛藤を免れられなかっただろう。女のほうにしても、いつでも彼岸へ高飛びせんものとただ汐時を待つ男の了見をおのずと感知して、ああも迂闊ではあり得なかった。まあ、迦葉仏の太古から世々生まれ変り、男女として添ってきたというのだから、肌合いが浅かろうはずもない。悲恋、邪恋、酷恋の世もあったろう。幾度かは、どちらかがどちらかを殺した。あるいは、生涯まるで無事の恋であった。男女入れ換った世もあったにちがいない。性別の逆転再逆転の中で、男は男としての、女は女としての、それぞれ存在の一貫性が保たれるのに、どういう輪廻上の手続があるのか、知りたいところだがそれは措くとして、幾世にも重ねて愛憎をともにしてきたあげくに今生、男の五十の坂で出会う。女もそうそう若くはなかったと思われる。肌を合わせてたちまち馴染んだ。初生《はつな》りの堅さから、熟れたの、饐えたのまで、すでにしてあらゆる味があった。今生の晩年と言わず、長い輪廻のこの涯《はて》まで手つかずに取って置かれた、男女の睦みと見うけられる。どうして、その中で、やすらわないことか。女は寛《くつろ》いだ。男も寛いだ。そこからひそかに、これを限りの、逐電を決めた。また荒涼とした話になる。

分別の怪物と呼んだが、そんな物でもなかったのかもしれない。妻室と睦みながら、別室に籠って一身の往生のための修行にはげむ、それも妻室の存在を頼りにしてのことであった、とそんなあらわな矛盾を、男は女と和《なご》んだ時に、悪気もなしにおかすものだ。女人に触れては念仏、念仏してはまた摺り寄る、とは古人がいくらでもやって来たことのようではないか。女は男のその矛盾を端《はな》っから見抜いて、片腹痛いながらに、いとおしくも眺めていた。なにしろ別室から出てくるそのたびに、女の肌に縋る熱が、また更《あらた》まっているので。そして油断した。

臨終をひた匿しにしたのは、往生のためにはありがたい用意なのだろうが、妻から見れば、底意は底意である。この土壇場でのはしこい裏切りのために、無邪気に妻と寛いですごした歳月がすべて、さかのぼって底意ある日々と変ずる。妻が恨み叫んだのも無理のないところだ。しかし夫は往生の際まで、妻を疎んずる心はさらさらなかったのではないか。それどころか、ここに至るまでの矛盾を妻への裏切りとも、ろくに感じていなかった。ただ、ほかはもう要らぬような、妻との往生の日々がそのまますんなりと、我身一人の往生へつながっていくけはいに、困惑してつぶやいていた。往生ばっかりは、あの往生もこの往生も、来る時にはむこうから、むこう次第で来てしまうものだからな。その期になって女房の顔を見ればやはり、ひとり先に往くことになったのが口惜しくて情なくて、心が乱れるだろうからな。そばで泣いて躁いでくれても、何とも甲斐もないことだし、おい、よろこんでくれ、お前のおかげで、俺は往生が叶ったぞ、とささやけもしないしな。

いくら睦んでも、三途の川は一緒に渡れやしない。おくれてやって来るまで、途中で立ち止まって待つわけにもいかない。さむざむと引いて渡るのは、たまたま岸で行き合わせた見も知らずの、肌合いも何もない、女の手だろうからな……。

今生已に得脱せしめたり、と女は叫んだ。その今生とは、解脱を得たとあるからには、長い輪廻もこれを限りの今生となる道理だが、しかしどうも、今度はまんまと逃げられましたけど、また会いましょうよ、というふくみに読めてならない。凄惨な面相ながら、どこかおかしがって笑っているようにも感じられる。男の往生への心がけはなかなか天っ晴れではあったが、女色の点でいささか難もあったので、もう一度、前と似たり寄ったりの、しかし往生にはもうひとつ近い生涯へ送り出される、ということはありそうだ。男は我に返ると、月日の経つのは早いもので、一生不犯などという僭越を犯すこともなく、幾人かの女たちとのどかに睦んで、その女たちと生き別れ死に別れ、凡俗として五十の坂もなだらかに越し、心身も穏やかに衰えて往生も近いと思われる頃、行く手の辻で、はてどこぞで見たような、なにやらこの手をかけたような様子の女が、袖で顔をひたすら隠しながらあいまいに歩みを止め、肩が細かく震えているのは、どうやらたまらず笑っているらしい、とか。

それにしても、男に出し抜かれた女はどこへ駆け去り、その今生ののこりを、どんな気持ですごしたことやら。


八月七日、木曜日、晴のち曇。

無事。この二文字を日々書き留めるだけで、立派な日記になるのだろう。なまじの記述があるよりはそのほうが、後から読んで、その間の記憶と照らし合わせて、はるかに起伏や曲折が感じられる。無事とは何としても書けない日もまれにはあるので。何事かが起ったということよりも、それまでに無事が何日続いたかのほうが、振り返って、そらおそろしい場合もある。

無事、とことさらに記すのを、不吉だとして嫌う人間もあるだろう。それもまっとうな感じ方だ。それでは、何事もない、とほぐせばよいか。ところがこの「何事もない」が、やや仔細に見れば、たいてい嘘なのだ。では「無事」のほうには、嘘はないのか。そこのところの差は微妙なようだ。

だから、不吉を忌んで、嘘を避けて、記述はあるのかもしれない。たとえば、先日記録破りの大雨を降らせた熱帯性低気圧がもうひとつの低気圧ともども東の海上へ去って、すがすがしい真夏日が続いている、とか。戸外は炎天でも、冷房の入ったガラス張りの内から眺めると、昨日の暮れ方などは、空は淡くて風も渡り、日はあかあかとして秋の景色と変らない、今年の夏は短いのかもしれない、とか。去年の今頃は猛暑に茹《うだ》って北海道日高の牧場を歩き回ったものだが、あれも撮ってきた写真で眺めるかぎりすっかり爽やかになった秋の野の風景であり、もしもあの時の気息奄々の姿がその中に映っていたら、人は涼風が立って衰弱のすでに進んだ病人を見るのではないか、あの旅あたりを境に白髪がめっきり増えたことだ、とか。

昨日の夜半前に、すこし息苦しいようになった。空気がなにやら薄いように感じられた。さほどに蒸す夜でもなかった。風も窓から通っていた。空を見あげるとかすかに赤く濁って、曇天というほどではないが、火星のほかは見えなかった。一時間ほどして、はっきりと楽になった。雨は降らなかった。

一日ずつ、日付を朝晩確認しなくては分からなくなりそうな、そんな日々の続いた時期があった。

それにしても、その後の生涯をどんな心地、どんな抱かれ心地で、送ったことか。

——その後その物どもを少しは売りなどして、それを本として便り出で来て、夫などをまうけてあり付きて過しけり。

観音の霊験話の結末、夫を得て落着いて暮したというから女の話である。京にありける若い女で、年来貧乏に苦しんで清水に参っていたが、すこしの験《しるし》と思われることもなかったという。身貧しくして少しの便りなし、たとひ前世の宿業なりといふとも、いかでかいささかの利益を蒙らざらむ、とそんな口説き方をする。覚えておくとよいかもしれない。人にたよるよりほかに道もなくなった時に、なまじの神経のこだわりからかえって言動が粗雑になるのが、今の世の人間の通弊なのだそうだ。そのわれわれでも神仏の前に出た時には、とくに霊験あらたかということで善男善女が熱心に参っていれば、周囲へ角を立てないためにも、いちおう神妙に手を合わせる。その恰好を取れば、その了見はなくても、たのむ心はおのずと湧いても来るようで、せいぜい一身および家の者の無事息災を祈るのが穏当のところだが、どうかして気がついてみると、それにしてはしぶとい、押しつけがましいような構えになっていることがある。

まあ、境遇に不足を言えばきりもない、けっして充分とは申せないがこれぐらいが御の字、せめてこのまま安穏でいさせてほしい、とほかに欲もないことを願っているだけなのに、拝むにつれて世にしきりと行き迷っているような、たよりもたづきも失せて一寸先も闇であるような、それでいて旺盛な気分が湧いてくる。地にあまねくひろがった欲求が足もとから、膝へ腹へ、ひたひたとあげてくると言えばよいか。それだけならまだしも、家もありいささかの生業《なりわい》もある身でありながら、にわかに天涯孤独のよるべなさに捉えられて、ありとあらゆる好運の本《もと》となるはずの、見も知らぬ女との出会いを願ったりする。まことに、現にこの身をたよりとしている者たちには、その内をのぞかせられない。

もしこの世にかくて止むべくは、この御前にして干死に死なん、とこれは長谷寺だが、はてには観音を恐喝《おどし》にかかった男もいた。食い物も所持してなければ、食わせてもらう所もない。まさに捨て身である。これには寺の僧たちも困りはて、浄所に死穢の出来するのを恐れて、されば集りてこの人を養はむ、と交代で食物を施したというから、全員が大真面目だけにおかしい。この男はそれだけ粘ったあげくにお告げがあって、藁しべをもらった。そんなものでも、いったん手にすると、得心してしまう。その後の振舞いもあれほどの欲求にしては恬淡として、ときに気紛れでさえある。

観音からのようやくの賜わり物を、いまさらこれでは往生できませんとばかりに押し返した女もいる。これは貧しさもきわめつけの女のようで、長年、あながちに清水に参っていたが、貧しさはまさるばかりで、ついには何という訳もなく宮仕えからも離れて、寄りつくところもなくなった。さればこそ、泣く泣く観音を恨んで、いりもみて口説くという烈しさだった。やがて御前にうっぷして寝た夢の中に内陣から人が現われてお告げがあり、御帳の帷《かたびら》があたえられる。これを、われ更に給はらじ、これじゃあとっても帰れませんと、犬防ぎという格子の衝立の内へ差しもどした。内へ三度押し返し、内から三度突き返されてようやく、これ以上辞退するのは無礼とも思い、人に見つかれば御帳を盗んだと疑われかねないとおそれて、運のつたなさに泣く泣く、帷を懐に入れて退出した。この用もないような帷を、ちょうど着る物もなかったので、衣袴《きぬはかま》に裁ったという。それからというもの、これを着て出れば、見と見る男にも女にもあはれにいとほしき者に思はれて、人から思いがけぬ贈り物はある、人に物をたのめばかならず叶えられる、やがては良き夫にめぐり会って楽しく暮したとか。

この、見と見る男にも女にもあはれにいとほしき者に思はれて、というやつだ。これがまず常人には叶えられない。これさえあれば、あとはどんな福でもおのずとついてまわる。だいたいが、人にあわれにいとおしと思われてもよさそうな窮地に落ちこんだ時こそ、人にあわれにもいとおしくも思われないものだ。この女だって、不遇のどん底に来て、宮仕えまで離れてしまっている。それと理由もなく、と書いてあるが、人に疎まれたのだろう。あの強引な求め方はいかにも、人好きのするものでない。端から見る目には薄気味悪くさえ映る。一事が万事に及んだのだろう。その執拗さがきわまって、無心のごとくになって、観音の御心にかなったというところか。観音だけがそれをあわれともいとおしいとも感じた。不信心の徒には一言もない。

しかし粘りに粘ったはてに下された尊い御帳の帷を、さらに先の御利益をたのんで奉《たてまつ》ってもなく、しようがないわねえとばかり、普段着に裁ってしまう。是非もない着たきりの必要から出たことではあるが、この一転してからりとした思い切りのよさにも、秘訣はあるのだろう。会う人ごとに好かれるというのは、これはもう唯事ではない。人を驚かすようなことは何もなくても、これこそ霊異と言ってもいいぐらいのものだ。この世にあるまま、本人はそれと意識せずに、どこかでこの世を超えている。

追いつめられた欲心は、なまじ行ない澄ますよりも、霊異を世俗のうちに呼ぶことがあるらしい。

さて初めの女の話にもどると、この女には夢に御帳の内から尊げな僧が現われて、これから京へ戻る道で物を言いかけてくる男があるだろうから、すみやかにその男の言うことに随え、とお告げがあった。

お告げがあると深夜にでもすぐさま退出するのが作法であったと見える。清水坂を下って大門の前まで来ると、暗がりから男が寄ってきて、思うことがあるので自分の言うことに随えと、女の手を摑んで東のほうへただ引きずって行く。八坂寺の内に入り、その塔の中へ引き入れて、そこで二人臥した。

夜が明けて、からだを交えたほかは知らぬ男女の、睦言めいたものがある。自分はたよりもない身なので、これからは君を憑《たの》みにしたい、と男は言う。そして奥のほうから上等の綾やら絹やらを取り出して女にあたえる。自分も憑む人がないので、おっしゃることがほんとうなら、憑みにいたしましょう、と女は答える。切りつめたやりとりだが、考えてみれば、世にこれ以上の睦言もない。

さて、男はちょっと用があるので夕方には戻ると、女にくれぐれもここに居るよういましめて出かける。のこされた女が塔の内を見まわすと、年老いた尼一人しかいない。すこし隔たった所をのぞけば、そこにおよそさまざまな財物が隠され、さては盗人の隠れ家であったかと悟る。観音助けたまへと念じたのは、すでに男への裏切りになるか。

やがて老婆が塔の戸を細目に開けて外の様子をうかがってから、桶を頭にのせて、水を汲みに行った。女はその隙に逃げなむとの心が付く。やはり逃げるわけだ。ただし今朝がた男から契りのしるしとしてもらった綾絹は忘れず懐へさし入れ、肌身離さず、外へ忍び出るとあとは走るように八坂から西へ南へ、こんな時の女人の姿には日高川よりもはるかに鬼気迫るものがあるのだろう、賀茂川を押し渡って五条京極辺の、ほのかに知った人の小家へ駆けこんだ。

それからひと息ついた頃か、表が騒がしく西のほうから人が大勢通る。捕物だと弥次馬の声がするので戸の隙間からのぞくと、われと寝つる男を搦めて、捕吏どもが引いていく。女これを見るに半ばは死ぬる心地す、とある。それはそうだろう。これから塔の隠れ家まで検分に行くところで、あのままそこにいたら、同罪は免れなかった。これを思ふに身の置き所なし、とある。これにつけても、観音の助けたまひけるなりと思ふに、哀れに悲しきこと限りなし、とある。

哀れに悲しきこと限りなし。まず我身にかかる悲歎にちがいない。引かれていく者に昨夜、暗がりの中で懇《ねんごろ》に抱かれたばかりの、その感触もまだ肌にのこる。和んだ男の手から渡された品を、身寄りもないどうし憑み憑まれるきぬぎぬの形見みたいに、まだ後生大事に懐に抱きしめている。それにつけてもまた、難は避けられたというものの、身の置き所もない。これもすべて観音の助け、ありがたいおぼし召しと思うことによって、やがて自愛の悲しみへやわらいでいくか。これほどまでにして、我身はいとおしいものだ、と。盗人は自分にとって誰でもない、観音の仮りに現じた方便にすぎないと考えるか。しかし、自分と寝た男を物陰からこうもつくづくと、眺めさせられた女もすくなかろう。

これを本として女は往生、いやそうではない、暮しのたよりがいろいろとついてきて、夫にも恵まれてやすらかな生涯を過したらしい。悪銭身につかずの反対である。なにせ観音の賜わり物なので。こうしたきわどい運によって窮地を逃れて這いあがった人間はたいてい先々、家の者たちを人一倍大事にするもののようだ。この女も後に夫を憑む心がたいそう篤かったのではないかと思われる。そうして歳月が重なり夫婦の睦みにも落着いた厚みの出てくる頃にしかし、その底からあらためて、あの盗人と余儀なく肌を合わせた一夜のことが、女の内に蘇ってくる。それを女は今にのこった唯一の疵と疎むだろうか。現在の幸いの発端であるものを、人は疎むわけにいかない。それをおろそかにしては、元も子もなくなる。先の御帳の帷を裁って着た女を例に引けば、着る物によって得られた幸いは、もしも失われる時があるとすれば、やはり着る物によって失われるだろう。

おなじおそれからこの女も、塔の一夜のことを内から払ってはならないと、夫に抱かれているさなかにもいましめたにちがいない。この抱擁もふくめて今の幸いのすべての秘訣はひとえにかかって、あの夜の切りつめた睦みにある、と。あそこでは、観音のお告げどころか、ただやみくもに手を引いていく見も知らぬ男を、受け容れるよりほかになかった。人が憑むので自分も憑むよりほかに、世にたよりはひとつとして、何ひとつとしてなかった。それを思うとあの時の自分にも男にも、あの時どこかでやはり見知らぬ男としていた夫ににわかにいとおしさがまさり、すべてをひとつにして、今の男に肌が寄り添っていかれる。こうしている今でも、見も知らぬ男とただ憑み憑まれることを契っている自分がある。今でも、相手の留守中にその秘密をのぞきこんで、観音助けたまへ、逃げなむとの思いの付く自分がある。大事な境は過ぎ去りはしない。今でも、男のおくり物を肌にしっかり押しつけて身も空に走りつづける。罪人の臭いを滴らせて引かれていく男を、懐を抱きこんで下で膝をひっそり合わせ、見送っている。

あの日、女はひとたび往生した、と言えるか。その往生が穏やかななごりを末長く引いて、今の幸いを家の者たちの上にひろげている、と。生涯の暮しに落着くのと、西方へひとり去ると、往生としてあんがい隔たりはすくないのかもしれない。その機縁の暗さもふくめて。女の幸いの本となった盗人の運命はと言えば、盗品の押収の後で欲心のついた検非違使の下役や放免どもによって人知れず物陰へ連れこまれる、といったこともあった時代のようなので、どう往生させられたか、分かったものではない。

観音の御利益により、死人《しびと》を背負わされた男もある。

例によって、生侍《なまざむらい》の身貧しき、妻はあるが父母もなく憑みとする主君もなく、京から長谷まで徒歩《かち》で通って、男だけに唱える言葉はだいぶいかめしげになるけれど要するに、せめていささかの便りを、と月並みに願をかけたが霊夢も見えない。それでもまだ通うのを妻は見かねて、仏もみな縁によりて利益を施したまふとこそ聞け、かくまゐれど少しのことも見えぬは、縁のおはさぬにこそはあるめれ、と止める。かしこい女のようだ。さかしら、でもない。たぶん働き者で、思いきりの悪い夫になりかわって、張りつめて世を渡っているのだろう。そんな願かけより先に、貧乏は貧乏と腹を据えて、やることがたくさんあるでしょう、ともどかしがる声が聞えるようだ。それにたいして男は、それはそうだけど、どうせだから三年、月々参ってみようかと思ってね、と答える。たとひ現世こそ叶はざらめ、後世こそ助けたまひかし、と亭主がさらに細君に面と向かってひとり言につぶやいた時には、さすがに家の観音もついとそっぽを向いたかもしれない。女房に現世でさんざん苦労させておいて、ひとりでどこへなりと、往生するがいい、と。

さてその三年が満ちて、年の瀬も二十日過ぎになった。やはり夢ばかりの験《しるし》もなかった。そこは男の聞き分けの哀しさ、土壇場で女たちほどの粘りはない。前の世の果報なれば、観音の力及ばせたまはぬことにこそは、と泣く泣く申して引きさがる。恨み言をいいかけた様子もない。ただ、京まで歩いて帰る道すがら、涙雨のごとく落ちてかなしきこと限りなし、とある。この泣きっぷりが観音の心を動かしたのだろう。でないとすると、あの律儀さはどうも、あながちに霊験を呼ぶ性分とも思われないのだ。

九条まで来た時には日も暮れ方になっていた。そこへ検非違使庁の放免どもが来かかり、いきなり男を捕まえる。そのまま有無を言わさず上ざまというから北のほうへ引きずって、大内裏のうちまで連行した。誤認逮捕ではない。通りすがりの者を都合により力づくで夫役に調達するということがあったらしい。

大内裏の内野《うちの》に十歳ぐらいの死人がいた。これを河原へ運んで棄ててこいと、放免どもは男に背負わせる。わざわざ九条くだりまで出て代役を求めたところを見ると、いささかの労を惜しんだというよりも、死穢に触れることを嫌ったと見える。捕物には触穢もかまわないようなもの、本職のほかあちこちのお屋敷に裏から出入りしていささかのものを頂く、それに差し障るので困る、という事情があったのだろう。五体具わった死人の発見されたその場に居合わせただけでも三十日の忌みに服せられて公の行事に参加できないとかいう厳重さだったらしいので、ほかならぬ大内にそんな無縁仏がいたことを、表沙汰になり上つ方に迷惑が及ぶ前に、無縁の者に押しつけて始末してしまおうと、そんな了見だったと考えられる。知らぬが仏とは、このことだ。それにしても、九条までさがる間に通行人もほかにいただろうに、こういうまじめな人こそ、こういうえげつない役を負わされるものだ。あまり落胆して歩いていたせいもあるだろう。

三年前に女房の言うことを聞いておけばよかった、と男はさすがに悔んだ。しかも死人は子供のくせにむやみに重い。放免どもに責められて歩き出したものの、結願《けちがん》むなしく長谷から遠路足を引きずってきた身には、とても川原まで行き着けそうもない。そこで泣きを入れて、いったん自宅に寄ってそこから妻と二人で運びたいと願い出ると、これには放免どももあっさり承知して、家の前までは従いて来たが、あとは監視するのも面倒がって立ち去った。門前に黙って放り出されては公事に障るようなお屋敷の並ぶ界隈から、すでにはずれていたのだろう。

お前、変なもの、もらって来ちまったよ。

だから言ったでしょう、と妻は眉をひそめたが、だけどこうしてもいられないわ、とさっそく夫に手を貸して始末にかかったところは、さすがにしっかり者だ。そして二人して、三年の結願の夜に、触穢とか、貧乏人にはいちいちかかずりあっている閑もない上つ方の忌みのしわよせに、無縁仏を抱えこんで、夫が背負い妻が尻押しか、いくら何でも身の不運をしみじみ歎きながら、警蹕《さきばらい》の行列にでも出会いはしないかと小路から小路を隠れ伝って、二人一体よたよたと賀茂の川原に向かう。まさに夫婦の図である。蘆《よし》の間へただ放り出したか、ありあわせの丸石でほんの多少のこともしたか、あとは物も言えず寄り添って貧屋にもどり、死穢にべったりと触れ染まったどうし、すこしの物を食べたあと、さらに荒涼さがきわまってたがいにしきりといとおしく、いつか肌を求めて触れあう。まさにこれ以上はない夫婦の睦みである。

ところが、そうは成り行かなかった。二人して死人を家から運び出そうとすると、これがいよいよ重い。異常に重い。怪んで死人の肌をさぐるときわめて固い。夫婦して顔を見合わせたか、ここから話は陰惨なようになり、木の端を死人に立ててみると金のような手答えがある。火を燃《とも》して小石で叩いたら、中ははたして黄金色だった。早う長谷の観音のあはれびたまふなりけり、とかなしくたふとくて、とめでたい逆転となるわけだが。

その死人を深く家の内に隠し置いて、明くる日から、妻夫《めおと》して金の死人を打ち欠いては売って世を渡った。ほどなく並びなき富人となった。財も出来たので、おのずから官《つかさ》などなりて、公《おほやけ》に仕へてやむごとなかりけり、とある。

売官の盛んな世とは言いながら、触穢のしわよせのお陰で幸いにありついた男が、あれほど七面倒に穢を忌む大宮人の仲間入りをして重きをなした、というのも知らぬが仏もいいところ、ずいぶん皮肉なめぐりあわせになるが、それはそれとして、夫婦末長く相睦んで、というような一文が、もはや蛇足として末尾に省略されているのだろう。

夫婦末長く相睦んで、深夜ひそかに、金の死人を打ち欠きつつ。

和合ということにも、こうして見ると、人さまざまの度合いはあるのだろうけれど、なかなか気味の悪い内訳があるようだ。男は実直でグズで未練、女は気の強い利発者、いずれも善男善女の部類で、たがいにちぐはぐなところはあっても、まずは寄り添っていた。しかし金の死人を奥に隠した後《のち》の心にくらぶれば、昔は相睦んでいたとも言えないのかもしれない。それでも善男善女には変りない。観音公認の夫婦だ。

八月十四日、木曜日、晴。

もう一週間あまり籠居している。何もしなかった。それにしては疲れた。考えてみれば毎日、午後の日盛りいっぱい、仕事をしている。暑中、生業にはげんでいることになるのにこの無為感は、奇妙なことだ。

仕事が停まって、机の上に散らかった道具のひとつが必要になる。しかし手が届かない。狭い机の上のことだ。ついさっき、自分の手でひょいと置いたところだ。同じ手が今ではそこまで届きそうにもない。遠いなあ、と眺めている。気温が三十度を超えるとよく起る現象だ。寝たきりの病人にもあることのようだ。

日中、気息奄々と堪えて、夕方の涼風の立つのをひたすら待つ。仔細は思い出せないが、そんな日が今までに幾度もあった。涼風の立ったところで何事かが好転するわけでもないが、それですっかり片がつくような気分でいる。ほかに当てがないのだ。

泥棒、と午睡の最中に叫びがあがって、窓のすぐ外の川縁の道を足音が駆け抜けた。泥棒だ、清水さん、清水さん、泥棒、ともうひとつの足音が追っかけて叫んだ。四十年も昔の話だ。窓続きの隣に清水さんという町で人気者の若い巡査が下宿していた。ちょうど非番で同僚がひとり遊びに来ていた。すぐさま二人して外へ走り出ると、さすがに本職だけあって、橋のたもとを折れて鉄道のガードにかかるあたりでもう、逃げる男に追いすがった。橋のところに立って見物していたら、男はまっすぐガードを突っ切っては逃げなかったものだ。その手前でやおら道から逸れて鉄道の土手を斜めに駆けあがりだした。

背は高くて脚も長かったが、なにせ天頂の赤茶けた丸禿が遠くからも目に立つほどの年だったので、これでは若い巡査との体力の差はいよいよ出る。中途の高さまでも登らないうちに手をかけられ、片腕をあっさりひねられ、うしろへまわされた。あとは抵抗もしなかった。鉄道の向こうで人に見られたくない事情があったのかもしれない。

盗んだのは川縁の家の、窓に干してあったタオルケットのようなものだった。それも見つけられ叫ばれると早々に、道に捨てていた。初めてです、と捕まるとまず言ったそうだ。それがかえって専門家には怪しまれたようで、巡査の一人がさっそく自転車に飛び乗って、署まで走って照会したら、はたして初犯ではなかったという。

しかしささやかな自家の用にせまられ、妻子の苦しげな寝相などがふと思われて、出来心を起したのだとしたら、前科がいくらあろうと、それは別にして、そのつど初犯みたいなものではないか。

好青年の清水さんがすぐ近くに住んでいなかったら、品物を取り戻した被害者は、拾って塵を払うほうにかまけて、後を追いそびれたはずだ。

五月から六月にかけて暮れ方と早朝にしきりと飛びまわっていた蝙蝠たちが、七月にかかる頃からぱったり姿を見せなくなった。きわめて感覚鋭敏な動物と聞いていたので、天変地異の兆しかとひそかにおそれていたら、ここのところまたちらほら見えるようになった。出産のせいだったのかもしれない。哺乳類の仲間なので、妊娠が進んだら重たくて、空など飛んでいられない。また子を背負って飛ぶなどという話も聞いたことがない。存分に喰い溜めておいて、暗いところにさかさまに吊りさがったまま子を産んで、乳をやって育てるのだろう。

これは雌のことだが、では、雄の連中はどうした。ま、どこかへ往ってしまったのだろう。春にはもういなかったとも考えられる。なんでも、秋に交尾したその精子が、そのまま雌の体内で越冬して、春になってから受胎があるという。奇妙な仕組みだ。

人間もまた、とくに女性の側から見ればこれと似たような、しかもどうかして何年にもわたる時差に、苦しむことのある者なのではないか。

哀れと言えば、こんな哀れな話も伝えられている。伯耆の国の出来事で、その年、国一帯は飢饉に見まわれた。国府には非常時の備えの蔵があったが、その中の物もすべて下に施されて空になっていた。ある日、その前を人が通りかかると、内から叩く者があり、盗人に侍り、この由とく申し上げ給へ、と神妙に告げる。聞けば、ひもじさに迫られて命惜しさに蔵の上に登り屋根を穿ち、乾飯《かれい》の上へ落ちかからんものと手を放したはいいが、さて落ちてみれば中は無一物で、さりとてまた天井へ登り返る力もなく、そうして四、五日もするうちに今は飢えて死ぬばかりになった。同じ死ぬなら、出でてこそ死に侍らめ、と言う。聞いた者は呆れて守《かみ》に注進し、庁の役人が呼ばれて蔵の鍵を開け、中から年四十ばかりのいときららかなる、水干装束直くしたる、顔色も失せた男が引きずり出された。

この男、人の同情は惹いたが、蔵の傍で幡物結《はたものゆ》いとやらに掛けられて、処刑されてしまった。かりにも国府の蔵を破った重罪にはちがいない。後の見せしめということもあっただろう。しかし現場即決の、まあ殺っちまえと、私刑に近いものだったのだろう。この処置を非難する声もあったそうだ。男の顔を見知ったものはさらになかったという。

盗人に侍り、と自身で名乗るのが説話のおかしさだ。術もない名乗りではあるが、これはしかし盗人などというものではない。飢饉の年の流亡者の一人だ。様子から見るに貴族のはしくれだが、どの程度の身分だったのか。重い年齢がやはり心を惹く。そんな尾羽打ち枯らした者たちも大勢、わずかでも誘う水があれば、どうせ浅い根を離れて流れ出ていたのだろう。行く先の土地が凶作にでもなればたちまち飢えに追いつめられた。命惜しき者の是非もない行為であり、しかも未遂だった、初めから未遂にしかならなかった。盗人などではない。むしろ盗人になれなかったその結果として、警備のなさからして空っぽと知れそうな蔵の中へ飛び込んだ。水干装束をただして縄目の辱を待っていたぐらいのものだ。

盗人とは、ただ物を盗む人間の謂でもなさそうだ。世俗尋常の欲心やら逼迫やらとは、どこかで、生きる境を異にする。何かのかたちで、きっぱりと世を捨てる。たとえばやむごとなき辺にいた人間が落髪して墨染めを着る、あるいは山に深く籠り、あるいは捨身の行をして世を回る、それとはるかに通じあうものがあったようだ。聖になるように、盗人になる。聖になれず盗人にもなれず、もとより権力にもあずからぬ身ならば、善男善女でいる。その善男善女の粘りも太さも持ち合わせず、その変り身のあやしさもたのめず、拝みっぷりも泣きっぷりも悪ければ、みずから手を放して空の蔵の中へ落ちる。

だから貧しくして便りもなく世に行き迷いかけた者が、自分からは聖になれないかわりに、どこぞの聖に出会ってその導きによりいくらかでも世を捨て後生を願い今生をせめて心安らかに送ることを夢見るように、自分からは盗人になれないかわりに、何かを盗人に見こまれその身内となり世俗から離れて今生をせめて心楽しく過すことを夢見る。どちらも結縁の夢であり、夢があれば物語が生まれ、だからこそ、世にあてもなくどこぞの辺をほっつき歩いていると、道に面した半蔀《はじとみ》から鼠鳴きがして細い手が差し招き、それだけの合図で、召すにや候ふらむ、ともう若くもない大の男が窓の傍に寄る。

そこの戸は、と女の声に言われて、戸を押せば開く。思ひがけぬことかなと驚きながら、戸をさせと言われてさし、上《あが》り来《こ》と言われて上り、簾の内へ呼び入れられて見れば、清げなる女の、形愛敬づきたる、二十あまりのがただ独り居て微笑みかける。かばかりの女のむつびには、男となりなむ者の過ぐべきやうなければ、とあつらえた夢のような現《うつつ》がうち続く。時も忘れて二人臥すうちに、日が暮れれば戸を叩く者があり、侍めいた男たちと女房めいた女が下女を連れて現われ、部屋の内を整え、いと清げなる食い物を銀の器に盛って、女にも男にも食わせる。それが示し合わされたともなく朝昼晩と繰り返される。尋常ならぬところであることは、男にも早々分かったはずだ。たぶん仔細を女に敢えてたずねもしなかった、たずねないものなのだろう。

だから、そのまま二十日ほども何不自由なく過したあと、女があわれな睦言から始まって、されば、生くとも死ぬとも我が云はむ事はよもいなまじな、とおそろしげなことを言い出した時にも、げに今は生けむとも殺さむともたゞ御心なり、と男は軽はずみみたいに答える。さて試験となる。別棟に連れて行かれて裸で物に縛りつけられ、水干袴に烏帽子姿となった女から、笞で背を八十度打たれるが、その程度のことには男は堪える。今の幸いを以前の寒貧とくらべれば、堪えないわけもない。ましてや叩いているのは、日夜やさしく肌を馴染ませた女だ。同じ試験が日数を置き程度を強めてさらに二度繰り返されるが、男は先の杖目に随って血走り肉乱れながら堪えて、あとで女にいよいよいたわられる。さてその傷も癒えはてた頃、物の具をあたえられ、心得をふくめられて、押込みの現場へ、実習に遣られる。

現場で男は言われたままに弓矢を取って立ち働くうちに、盗賊たちの中に一人、色白で小柄の、首領らしい姿を目にしているが、役目を果たして家に戻ったあと、待ちかまえていてなにかとねぎらう女に、そのことは口にしなかったようだ。それに触れずにいるのがこの幸いの秘訣だったのだろう。いよいよ楽しく一、二年も過したという。それから、女がどうかすると心細げに泣くようになる。

秋をなほ泣く盗人の妻　越人
明るやら西も東も鐘の声　野水

いやいや、これは盗人の夫の話だ。やがて男が二、三日外へ出るうちに、女は家や蔵や従者もろとも、跡形もなく消え失せる。明けの鐘を聞いて泣いたのは、男のほうであった。その後、詮方なく、また習いともなってひとりで盗みを続けるうちに、捕吏の手に落ちたという哀れな結末だ。併せて二、三年は女のもとで暮したらしい。

一体、この男はどこを見込まれて盗人の夫となったのか。それを説話にたいしてたずねるのは約束違反だろう。貧しかった、依るべもなかった、女たちにも相手にされなかった、それで沢山だ。妻と安楽に隠《こも》る夢に切なくふくらんでいた、とそれだけで。それに、年は三十ばかりで、背はすらりと高く少し赤鬚なる、という容姿なので、貧乏の苦労がだいぶ老けて出ていたようだが、心根はいっそ青年であった。思いがけず得た妻と、このまま煩いのない日々を続けられるなら、命すら妻にあずける、世に許されぬ筋と分かってもさらさら疎む心は起らない、と無造作な思いきりがある。あらゆる桎梏を見ずにいれば見ずにも済む、まるで火宅でないような、まるでそれ自体が出火宅であるような、二人居の暮しがいつまでも続くことを、疑いもしなかった。それがまた、最後にすべてを失う咎《とが》ともなった。

あの笞打ちは採用の試験であっても、結末から見るに、入門ではなかった。女のためにその苦痛に堪えて女の情はつないだが、あれだけでは盗人の一味と認められない。そのためにはおそらく、禁忌のことをたずねなくてはならなかったのだろう。それからおもむろに、もっと陰惨な、入門のことどもは始まっていたにちがいない。盗人の夫というだけでは不充分なのだ。盗人の聟にならなくては、その身内には留まれない。

聟ということになれば、ただ夫のように、生かすも殺すも御心のままに、とはいさぎよく行かない。出会いもまたさほどに奇異でも劇的でもない。妻と馴染んで、それが平穏な日常となってから、ほんとうの出会いは起る。

父母におくれて、世をいかにせむと思ひわづらひて、妻も無かりければ、便《たより》あらむ妻もがな、と探していた男というから、先の赤鬚侍と似たり寄ったりの境遇とはいうものの、そこはたずねもとめるだけの、もうすこしの余裕《ゆとり》はあったようだ。そこへ、親は無くて身ひとつ便々《びび》しく暮す女があると人に教えられて、たずねて懸想するうちに、女も承知したので、女の家に行って会うことになった。これはまことに男としてあつらえむきの、まれもまれなる好運であるが、奇跡というほどのことでもない。女の家の様子を見れば造りも暮しぶりもよろしく、女房や従者たちは数いてその着る物も見苦しからず、どこから持ち運んでくるのか、男の装束やら従童の着物やら牛車までよく調えてくれる。仏神の助けなめり、と男は喜び思ったとあるが、さほどの信心でもないようだ。先に熱心な願をかけた形跡も見えないので、我ながらよくよくついたものだ、とひとりひそかに舌を巻いたという程度だろう。親《おや》なる者もいないというのに万事都合の良すぎることを、怪しんだり危ぶんだりした様子もない。禍いの由来については後々まで悔むくせに、幸いの出所となると、人はとかく横着になるものだ。

こうして夜離《よが》れもせず棲みつくうちに、妻は懐妊して三カ月ばかりになり、ある日の午前《ひるまえ》のこと、年嵩の女房たちに腹をさすらせている。男は近くに臥して出産は無事に済むだろうかと今から心配している。そのうちに傍にいた女房たちが一人ずつ立って去り、まわりに人もいなくなった。はて、自分に気をつかったかと男がいぶかるうちに、北面のほうから人が来て、境の障子を立てる。

やがて思いがけぬ方角の障子が開いて、紅の衣に蘇芳染めの水干の襲《かさ》ね、というからずいぶん赤っぽい、その袖口が差し出され、そのむこうに、髪を後ざまに結って烏帽子もかぶらず、舞楽のほうの落蹲《らくそん》に似た顔が見えた。落蹲の面と言えば常人の目にはかなり醜怪な、額から眉にかけて深く皺ばんだ、猿面に近い顔になる。昼盗人が押し入ったかと、男はとっさに枕上の太刀を取り、あれは何者ぞ、人やある、と大声で呼ばえば、女は衣を引きかずいて汗水を流す。それを聞いて落蹲に似た男は、きと近くに寄りて、どうかこの姿を見て恐れないでいただきたい、とさめざめ涙を流せば、女もまた泣く。これとどこやら似通った場面を後に思い出して自分こそいまさら冷汗をかいた覚えのある男性もすくなくはないだろう。

御舅の登場、聟殿との対面であった。母親もなくここに隠してかしづいてきた一人娘のところへ、志篤く棲みついていただいたことに、まず丁重な感謝の挨拶を述べ、聟殿としてはさぞや面映くもおそろしかったことだろうが、それにつけても、このような者の娘と知ってもしも疎んで離れるようなことがあるなら、生きて世を廻《めぐ》れるとは思ってくださるな、草の根分けても探し出す、かならず恨み奉りなむとす、と釘を刺す。かわりに、志変らず棲みついてくださるなら、身ひとつは楽しく暮させてさしあげる、このような素姓の娘とは世に知る者もないだろうし、自分も今後二度と参上しないつもりだ、とそう約束して蔵の鍵を五つ六つ、それと、近江国に知行する所の券と言って証文を三束、取り出して前に置き、もう一度いましめて立ち去る。

さて、男の思案が始まる。生かすも殺すもと、先の赤鬚侍ほどには思いきりがよろしくない。世に立ち交われなくなる身を思い、かつは舅一味の追及の逃れがたさを考え、結局は命が惜しい。命も惜しいし、さめざめと泣く女を見れば、妻もまた去り難い。すでに盗人の物をさんざん食い、手厚く着せられている、と我身をつくづく見まわしもしたにちがいない。盗人の娘の腹には自分の胤も宿っている。

ここに往生することに決めて、末長く安穏に暮したらしい。

後日、例の舅から文《ふみ》が届いて、娘を去ることなく蔵の物をも存分に使ってもらっていることをよろこび、死に候ひなば御護りとぞまかりなるべき、と恐いような深情《ふかなさけ》を示したあと、じつは自分は近江国のさる者であったが、人に欺かれ敵討とばかり思い込んで盗人の加勢をしたあげくに捕えられ、うまくかまえて脱走したものの、このような恥を見た上は人とも交わらず、世に隠れて生きる者であり、近江の領地も先祖伝来の地であって人からとやこうされるすじあいのものではない、と書き添えているが、素姓はともあれ、後段は聟を安心させるための嘘であろう。それだけの者ならば、世に地力ある地下として公々然たる存在であり、少々の後指を気にかけなければ、どこぞの少将殿だって聟になりたいぐらいのものだ。当の聟殿も、読

う。

人によってはずいぶん虫のよい往生と聞えるかもしれないが、さるにてもすこしすみにくき妻なりかし、という感想で説話は結んでいる。

少しすみにくき、まあ、そうだろう。命あっての物種と思い定めても、それで即、往生のできるものではない。知らぬ間とは言いながら自分もどうせ世をはずれた者だからともう一度腹を括りなおして、それで舅殿がよろこぶのなら蔵の物をせいぜい使わせてもらい、子が生まれて妻のこともいよいよいとおしく、そうして歳月をすでに重ねて、考えてみれば一味の追及もおそろしいけれど、ここを離れたら、見つけ出されて殺されるその前に、まず生きるすべを知らない。たとえ果ては官憲の手が一味に及んで自分も連座させられることになったとしても、累はまさしく累、盗人の娘と子をなし盗人の財を食んで暮してきたのだから悔んでも間に合わない。そう淡々と思える頃になっても、のどかな午さがりや暮れ方、家の内が急に静まった時など、逃げなむとの心がふとついて、いまさら出来もしない、やる気もないことを、と自分で苦笑しながらおのずと髪の根が締まり胸も締めつけられ、盗人よりも怪しげな目つきであたりをひっそりと、徒らにうかがう。あるいは午睡の子に添寝する妻の顔をしげしげと見る。親には似もつかぬおおどかな面立ちに、それでも親の面影は見える。

ひとり身を悔まして後難を避けようとするような、卑怯未練な了見ではない、と眠る妻へ胸の内でつぶやきかける。ここまで来れば、一味に殺されるのも捕吏の手にかかるのも同じこと、かえって逃げ隠れもない。それなのに無事平穏のただ中で、いまこそ千載一遇の機と焦りに取り憑かれて髪も太る。これは繰り返される、生涯、繰り返されるだろう。月に一度、十日に一度、まわりの者たちがなぜだかひとりずつ立ち去って、それに思わず誘いこまれたように、妻の傍からひとり身を起して家の内のけはいに耳を澄まし、遠くからゆっくり近づいてくる足音との間合いを微妙にはかりながら、そらおそろしさに静まりかえる。あさましい。盗人に養われているそのことよりも、これだけ楽しく妻子と過した上で、いまだに隙あらば落ちのびようと機をうかがう姿のほうがよほどあさましくも気味が悪い。しかし時にはほとんど夜毎、寝覚めの際《きわ》の夢に、ついに思い切って妻の傍を離れる。足音忍ばせて遣戸《やりど》の手前まで進んだところで、いまにも妻が頭を起して舅の面《おも》をこちらへ向けそうで、わずかな時の隙間から向岸へ飛ぶ心で目をつぶり立ちすくむ。それから切迫がきわまって、観音助け給へ、とそろそろと歩み出して遣戸をくぐり、おなじ恐怖につながったまま見知らぬ部屋の内へまた入り、いよいよ危うい道を踏んで、いつのまにか、子までなしたその妻のもとへ一心に忍んでいる。眠る妻をひしひしと抱いて夢から覚める。そのつど、妻への情が改まる。この逃亡の悪夢が、その恐怖の反復がこの家の夫妻の、睦みの秘訣となる。

そのつどまた、その裏切りの恐怖によって、舅との契約は更新される。盗人の身内であることが保証される。妻に厭くわけにいかない。これはなまじの自発の情よりも、はるかに濃やかなものだ。命がけのことだ。

御身ひとつは楽しくておはしましなむ、と舅は初めに約束した。世間への体面やら係累やらを忘れれば心やすらかに生きられる、とそれぐらいの意味にその時は聞えたが、ここまで来れば、身ひとつとは不思議な言い方だ。身ひとつ世を逃れることが、やがて身ひとつで世と向かいあうことに等しくなると言うような、おそろしい含みの言葉だ。

それにしても、命は惜しく妻も去り難し――いじましいような言訳だが、追いつめられてつぶやいていると、なにやら念仏に似た、ありがたい音色を帯びかける。


八月二十三日、土曜日。曇、涼。

鎮西某国の男が、要事があり京に上った。月頃京に滞在していたが、便りもなかった。便りとはこの場合、身のまわりの世話をする女のことだ。一方、宮仕えをしていた女の、年は若くて形は美麗なるのがいた。この女を、宿所の隣に住む下女が男に合わせた。

男は女を去り難く思うまでになったが、やがて本国へ帰る時が来た。女は京に憑む人も知る人もない身であり、誘う水あらばとかねがね思って来たので、男に言われるままにともに鎮西へ下った。男には国に以前から便りがあり、不自由もなく二、三年が経った。この便りとは、生活の方便《たづき》のことらしい。

この男の生業《なりわい》がじつは盗人であった。妻はようやくそのことに気づく。しかし夫が変らず自分のことを去り難く思っているのを見て、そらおそろしいながらに知らぬふりをして日を過した。この悪業を止めさせたいとは思うものの、夫の荒々しさにおそれをなして口に出せない。

それでもどうにか止めさせたいものと、静かに睦んだ夜、二人臥してよろずのことを語らい、行く末のことをあらためて契ったついでに、話したいことがあるので聞いてもらえないかと持ちかけると、夫は何事でも聞こう、たとえ命を失う事であってもいやとは言わぬと答えるので、妻はうれしく思いついに切り出した。

年ごろ怪しきことを見るに、それ止めたまひてむや、と。

それを聞くなり男は気色《けしき》が変り、物も言わずに終った。由なきことを言ったと女は悔んだが、取り返しもつかず、また口をつぐんだ。それ以来、男は女のそばにも寄りつかなくなり、女は男の殺意を感じた。

それから、ある日、男は女を山本へ連れ出して殺そうとするが、女は策を構えて裸で沼の中へ逃れて身ひとつを救う、という波乱が物語の中心になるが、これは措く。また最後に、国司の息子の妻となった女が一部始終を新しい夫に語ることになり、驚いた夫はその盗人のことを父親に告げ、搦め取られた男が国司の前で問い責められて落ちる、それを簾の内からもとの妻が見ている、男は野に引き出され首をはねられた、という哀れな結末になるが、これも措く。

ありふれた展開のように見えるが、念頭に粘るのは、女の一言に男の心が一変した、あの境のことだ。

物語のことだから、女はすぐさまその変化に気がついてやがて男の殺意すら感じ取る運びになるが、現実では、境をすでに越したものが、いや、俺もそろそろ考えているところだという程度の気色のまま、また日常の底へ押しこまれ、何年も、しかも相互に、殺意とは感知されずに過ぎることもあるだろう。

境そのものが、越すか越されぬかに、歳月に持ち越されることもある。男女逆の場合も、無論ある。

八月二十四日、日曜日、晴。

例の盗人、あれはいつから盗人だったのか。前から国にあった方便とは、この稼業のことなのか。京に上ったのは、そのための出張ではあるまい。京にあるかぎりは堅気だったと見える。国に戻って、本業に復したわけか。いや、どうも、その頃からこの渡世にだんだんに、やがて本格的に入ったように思える。初めは妻の目にも猛者とは映っていなかったようなので。とすれば、妻を養うため、貧乏の苦労をさせないため、とも言える。

年ごろ怪しきこと、この妻の言葉は夫にとってどれだけ、おのずと毒を含んだか、その辺のひびきの微妙なところは分からない。今の言葉に直せば、おかしなこと、妙なこと、むずかしいこと、あぶないこと、間違ったこと……どれも気を遣って柔らげたその分だけよけいに、言われたほうの胸にじわりと染む。しかし夫をとたんに強《こわ》ばらせたものは、妻にはひた隠しに通していた渡世をその妻にあばかれた、先刻悟られていた、その衝撃だけではないのだろう。それもこれも、お前のためであるのに、という恨みだけでもない。それだけなら、叫びとなり呻きとなり口をついて出る。打擲や足蹴となって身にもあらわれる。

ところが静まり返った。そして悪心ふつふつと起り、すでにして殺意だったのだろう。あるいはそれに先立つ殺気か。

おそらく、なにかの秘訣に触れられた。秘訣はしばしば逆鱗ともなる。まず妻との仲に関わる。妻いとおしさに、妻に隠して悪業に世を渡る、それがいつか逆転して、妻に知られず悪業に世を渡るそのことが、妻をいよいよいとおしい者とする。その辺が秘訣ではなかったか。

罪をつゆ知らぬ者への、殺意とわずか一線を境にした、だからこそ命も惜しからぬほどに濃やかな情であった、と。

つぎに渡世《たづき》に関して。妻いとおしさの、万やむを得ぬ感情が、男にとって盗みを悪業とせず、切ない方便に留めた。それがまた働きの自在さとなり、要所で深入りへの戒めともなり、男の身を守る秘訣であった、と。ここでも、妻が何ひとつ知らずにいることが、男の身のこなしを保証する大事であったにちがいない。

とすれば、その秘訣が妻に触れられ破られたとき、男は悪心の起るよりも先に、まず自身の死を遠からぬ将来に見たはずだ。静まり返った所以である。あるいは安心して身を委ねる妻の存在が、せめて殺生への妨げとなって男を救っていた。とすればまた、妻を殺すことは男にとって殺生のかわきりであり、自身をあらかじめ殺すことでもあった。

八月二十五日、月曜日、快晴。

仕事の手が滞ると、蝉の声が聞える。長くなった午睡から覚めた心地がする。起きあがって家の者の顔を何となくまじまじと見る。思わず長いこと遊ばせてもらったので、そろそろ帰らせてもらいます、と誰にたいしてだか、泣き叫んだあげくにようやく和んだような暇乞《いとまご》いの挨拶が、胸の内というよりも、暮れかけた軒の辺を風と流れる。

今時、蟬はもう真夏日にも出なくなったか。そう思われる夏も末の頃になり、気がついてみると、遠く近くでけっこう鳴きしきっている。自分は日頃どころか年頃、聾啞同然の状態で過してきたのではないか、とまた訝られる瞬間だ。昔と比べて声がずいぶん遠く弱々しく、跡切れがちに聞えるのが、わずかに歳月の流れの跡のように感じられる。しかも、アブラゼミもニイニイもツクツク法師も、カナカナも一斉に名乗り出る。本来なら、気が狂うか、往生の時を思うか、それぐらいのものだ。夜中に街灯の明るさに欺かれて蟬が鳴くのを初めて聞いたのは、あれも十六、七の歳だからもう三十年あまりの昔になる。蛍光灯というものが街灯にまで普及しだした頃だ。幾夜か続けて、ひどく眉をひそめて耳を傾けたものだ。風雨の中からたしかに聞えた夜もあった。

蜩《ひぐらし》がもしも深夜に、ほんのひと節でも鳴いたら、さぞや気味が悪かろう。あれは、知らぬ間に夜が明けそめて家の外でひと声鳴き出すのを耳にしても、一瞬、ぞくりとさせられるものだから。そう人に話したら、今時の男たちは夜中に、家の内で追いつめられると、怒鳴るでもなく、いや、怒鳴っているつもりなのだけれど、奇声を発するようだよ、子たちもある一家の主《あるじ》が、と相手は答えた。蜩みたいの、とこちらは目を剝いてたずねた。うむ、そんなのも聞いた、と相手は自分から言い出したくせに憮然とした声で受けた。馬の嘶くみたいのもあった、それも元気のない嘶き。幽霊が泣くと言えば凄味が出てしまうか、それじゃあ、身の置きどころもなくなって笑う。幽霊も身の置きどころがなくなるものかどうか、知らないけれど。とにかく洞《う》ろ高な声だ。顫えている。

あれで男の、かなり追いつめられた叫びなのだ。女の声ではない。女の嗚咽はああも洞ろ声にならない……。

稼業というものはどんなに公明正大の職でも、歳月が重なって、その一所へ我身および家の者の命運がもっぱら懸かるところまで押しつめられると、大なれ小なれ盗人渡世に通う陰惨さを帯びるものではないか。その逆鱗に触れるのは、それ自体、たやすいことなのだ。お前は何者だ、と言ってやればよい。社会上の自己認識と楽天的には叫ばれるところのものだ。いかにも見え見えで、言破するほどのものではなくても、時と場合と、相手によっては、言われた者に殺意のごときものが走る。すくなくとも、殺気は立つ。

蟬の声を聞いて、長い長い午睡から、幼児となって目覚める。寝床の上にちょこんと起き直って、重い頭をまだゆらゆらとさせ、口をむにゃむにゃと鳴らしては深い息をつく。枕元に置かれたお目覚《めざ》の甘いものを見つけて、大儀そうな手を伸ばして口に押しこみ、唇の隅から茶色の汁を滴らして嚙みながら、目がまだとろんとしている。それからふっと精気が差してみるみる全身にひろがり、手の甲で口を拭ってすっくり立つと、太い声で人を呼ばう。

おい、そこの太刀を取れ。

八月二十六日、火曜日、晴。

日没から蟬の声が地上に渡り、六時半、四十五分、五十分、その声のすっかり静まった後まで空は暮れのこった。雲を抜けて高空を行くと、主翼に吊り下げたエンジンのまるみが、ほのかな茜《あかね》を集める刻限だ。一日何事もなくても、それを境に眠りの変る夜もある。

いかゞせむと鳥部野に

某月の二十日に長年の奉公をひいて、翌月の十三日に出家、十六日に死去、その一切を元の主人が伝え聞いたのはそれからさらに一月半ほども後のことだったと。この間合いを、現在の人間はどのように感じるか。陰暦であるから、下弦の月がさらに欠け、また満ちて、また欠けはじめるまでの命になる。月決算の日取りを思う人もあるようだ。その知らせが旧主人の耳に届くまでのひと月半ばかり、これも何かの距離だ。

人は皆、死んで遠くなるのではなくて、遠くなって死ぬものだ、と親を亡くした人がつぶやいた。それは遠隔の地とか、別居とか、入院とか、そういう事情とは本来、あまり関わりのないことなのかもしれない、とそう話す本人は病人の世話をかなりぎりぎりまで、拠ん所なく、自宅でしたらしい。日々、一人の病気に家中が振りまわされ、それが幾月も続いて、ようやく病人の根《こん》が折れ、ちょうどそれと同時に家の者の力も尽きた感じで、入院の運びとなった。それを境に病人は静かになり、看護婦や付添婦にも手間がかからないと言われ、家の者にとっても、一年ほど前の日常に復したかたちの生活に、日は妙にひっそりと、それでいてなにか寝起きのあらわなというか、物を喰うのもつましくなまなましく、ひたすら明けては暮れるというふうに流れた。最後の夜にはひと気ない病院の廊下を足音ひそめて往き来する家の者の顔が、血のつながらない夫婦まで、同じような骨相をぼってりと剝いていた。だから仕舞いまで病人の身近にいてつぶさに苦労したといえるほどのものであるのに、四十九日が近づいて、ある日、家の主人《あるじ》はふと、親の死をその時になって初めて、しかも遠くから知らされた、思い返そうとすると前後のひと月ばかりの間が、真っ白とはいわないが、いたずらにあざやかなばかりで遠い像のようになった、そんな心地にひきこまれたと。

病人のまだ家にいた頃、夜中に寝覚めしやすくなった主人が寝床を立って廊下から病人の部屋をのぞくと、薄明りの中に病人が、蒲団の上にちょこんと起き直っていることがあり、肩まで掛蒲団にくるまって、枕上《まくらがみ》のほうへ背をまるめこみ、腕には何もあてがっていないのに、物に寄りかかるような釣合いから、視野を低く前へ、寝床の縁から先は畳も敷居もなく、暗い地面に沿ってほのかにひろげている、とそんなふうに眺めていた。あれはまさにこの家の内の、ついそこの部屋のことであったのに、今では月日の隔たりばかりでなく、遠く離れた場所のことと感じられる。障子をひろくあけて見ていても、病人は気がつかない。小声で何度か呼んだ末に、ようやく顔をわずかに振り向けるが、すぐにまた枕上へ眺めふける。そばに寄って、生温くやつれた身体に手を触れて、寝かせてやらなくてはならなかった。それから蒲団の中に落着くまで待って、苦しかったら呼ぶようにたしなめ、廊下に出て病人の様子を確めながら障子をそろそろとひき、閉めきったそのとたんに、そのむこうで病人が先とそっくり同じ恰好で起き直っている想像に取り憑かれ、きりもなくなることをおそれて振り払う。全体にまた一段と小さくなったな、とそのつどつぶやいたものだが、あの当時すでに、初めに障子をあける間際と、終りに閉めきった直後と、この遠い感じは、病人の姿にも部屋にも、あったようだと言う。

家にいた最後の日、往診の医者に即刻入院の必要を申し渡され、その手続きも済んでいる旨を知らされると、病人は一変して壮健な様子になった。医者がひきあげるとすぐに寝床の中からあれこれ、所持品の指示をてきぱきと始め、やがて自分から起きあがり、もどかしげに家の者に手伝わせて身仕度を整え、長年馴れた背広の上着も着こんで足腰がすっくりと伸び、午前の小一時間ほどのうちに、なにやら勇み立って玄関の三和土《たたき》にひとりで降りた時には、家の者はまだむこうの角にも入って来ない車を迎えに駆け出すありさまだった。

式台に出る前に、玄関の奥に吊った神棚に向かって、弾みをつけて柏手を打っていた。これも昔から、勢こんで仕事に出かける朝の習いだった。いつ帰れるのか、退院の予定についてはひと言も口にしなかった。寝床をあげてがらんと片づいた家の内を、振り返ることもなかった。配偶者《つれあい》はとうに亡くしていたが、晩飯は遅くなる、と言い置いてふらりと出かける姿だった。

十二月三日、水曜日、小雨。

地面を湿らす程度の降りの中を風が渡り、正午頃から刻々と冷えこんで暮れ方の感じになった。団地式の住居にも、玄関というものはある。そこに、客はなくて、家の者の履物《はきもの》が脱いである。四人家族でも、少々揃え方が悪ければ、大勢いるような、乱雑の賑わいが生まれる。こういう暗い肌寒い十二月の日にはとくに、何事かを思い出させる。そこにあるのは今風のサンダルのほかは革靴ばかりだが、さまざまに歯の磨り減った、なかには鼻緒のゆるんだ、下駄も見える。はきつぶしかけた草履も見える。そしてボロ靴も混《まじ》えた履物の群れを、上り口からそそくさと片寄せたかたちで、はき穢《な》らされてはいるが、ほかにくらべれば目に染みるように白い女物の草履が、戸口のほうへ先を向けて、すこし気色悪げな、場所《ところ》見知りする様子で、脱ぎ揃えられてある。それが半時間一時間と経ち、土間に薄暗さが淀むにつれて、もう半日も居る顔になっていく。

十二月の上旬か、あるいはもうすこし遅くて中旬にかかる頃だったか、とにかく年の瀬に入ると、町に女性たち、とくに年配の、年寄の姿が目についた。風もなくて穏やかな日和が、午さがりからやや曇ってそのまま静かに冷えこんでいく日など、繁華でもないところを、胸に風呂敷包みをかかえこんだり、大きな手提げをぶらさげたり、普段着とあまり変らない地味な外出着《よそゆき》姿をかがめぎみに、風の吹き出しと早い日の暮れに追い立てられるみたいにせかせかと先を急ぐ。あれをすべて、子供心に、年の瀬の女たちの、お寺参りの道々と眺めたものだ。どうしてそう思いこんだのかは、分からない。たまたま身辺に、この時期になるとお天気と家事の暇を盗んであちこちの寺へせっせと暮れの挨拶に通う年寄でもいたせいかもしれない。あるいは近所の、名代でもなさそうな、しかしなにか人知れず御利益のありげな町寺の、寒々とした本堂の前でわずかな供え物をしていつまでも手を合わせている、耳を澄ますと小声ながらずいぶん烈しく呪文を唱えている、くすんだみたいな姿を幾度か見かけて印象を受けたせいか。家のお参りとは違うように、子供の目は見ていた。家の者には相談せずにひとりでやって来て、ひとりで熱心にお参りをして、泣き濡れたようになって、またひとりで黙って帰っていく。家うちの、病人や禍やのことは子供にも思われた。男たちは、実際の配慮はするけれど、それ以上に、気に病んでも甲斐のないことに煩わされたがらない、という観察も子供ながらに積んでいた。人や我身の後生を願うということは、本式の仏壇もなかった家の子なので、知らなかった。それでも、年の瀬の町を急ぐ女たちの姿を見て、どこかしらに、それぞれ縁のある死者《ほとけ》の影はうかべていた。それも菩提寺とか家の墓所とか、おおっぴらなところへ出かけるのではなく、まとめて幾人ものご先祖ではなくてそのつどひとりの死者が相手で、もとはその死者とも家ともゆかりのない、女がひとりで見つけて縁を結んだお寺かお堂か、それとも境内の隅の祠ぐらいのものか、ひそやかな場所に呼び出しに行く。ちょうど家にさしさわりのある縁者に、すこし離れた町の、裏通りの蕎麦屋などに待たせて会いに行くように。

そして疲れて帰ってくる。往きよりも背はまるまり、腰もつらそうに、顔つきもまたひときわ年が寄り、寒くなった道端にいっそすわりこんでしまいたげなのが、それでも日を置かぬ外出を家の者にとやこう言われぬ時刻にもどろうと、小児みたいにちょこちょこと足を急がせる。その姿がふいに表通りから角を折れて、路地を入ってくる。

何のことはない、歳暮の挨拶に寄った女客だ。寺参りの帰りだか、買物の帰りだか、ほかの家《ところ》を訪ねたついでだか知らない。主人《あるじ》の代参になるが、いずれ大げさなものでもない。そんな家までまわる必要を主人はもう認めていないぐらいのものだ。この忙しい時季に、外をほっつき歩くのが好きで困る、などと出がけに渋い顔をされて、どうでも、長年やってきたことですから、いまさら急にやめたら、相手は何と思うか知れませんし、こちらも気分が悪いですから、どうせついでですので、と自分こそもうあきあきしたような目つきで家を出てきた。

あがるつもりはないという恰好で客は敷居の手前に立ち、迎えた主婦のほうもあげている閑はないという構えで上がり口のだいぶ手前からあいまいに腰をかがめていたのが、言葉の間が合わなかったばっかりに、主婦が急にしどろもどろになり脱ぎ散らかされた履物を片寄せはじめたのをきっかけに、二人して茶の間のほうにすわりこむことになる。

噂話が生きている人間たちから、死んだ人間たちの上へ移る頃には、土間のあたりから日の暮れかけたのも知らなくなる。

あそこの大旦那、いよいよ入院だそうですよ、とすでに死者のことを話すような口調が聞えてくる。

所在ないうすら寒さの中で、脱ぎ揃えられた履物の白さが、線香のにおいをほのかに、薄暗がりへ昇らせる。

十二月四日、曇のち晴。

平安京の南門にあたる羅城門の上層《うわこし》には、葬《はふ》りもされぬ死者たちの、遺体が数多く棄て置かれていた。この今昔物語集中の記事は芥川龍之介のつとに属目したところだが、その若き芥川がこれを下敷に短篇「羅生門」を書くにあたって、あえて落した事柄がふたつある。ひとつは、門の上層の中で白髪の老婆が若い女の死体の枕上にすわって身の丈に余るその髪を抜き取っていた場面になるが、あの女の死者は老婆にとって、行きずりの者ではなくて、女主人として仕えたお人であり、無縁になりかけた死者をここまで運んで、仮にも往来ならぬ場所に葬ったのは、ほかならぬ老婆自身であったこと。もうひとつは、最後に悪心を解き放たれた盗人が剝ぎ取ったのは老婆の衣だけでなく、死者の衣も容赦しなかった、抜かれた髪も忘れずに持ち去ったこと。

大事なのは前者のほうだ。そういう話ならば、死者の髪を抜くという行為も、おのずとおもむきがひとつ変ってくる。髱《かつら》にして売ろうという欲心の中にも、形見を手もとにしばし留めたいという、情もなにがしかふくまれる。かりに、たったひとりで死者の面倒をここまで見てきた、その労苦へのせめてもの代償と老婆が意識したとしても、姫君の病いが重り臨終に至るまでさびしく付き添った月日の、感慨はやはりまじるはずだ。人目を忍んで冷い遺骸をなかばひきずるようにして担《かつ》いできた末に、ほかの屍体の横たわる暗がりの中で、それはもはやかすかな情の、すでに名残りみたいなものにすぎなかったかもしれないが、しかしそのわずか一抹の、いとおしみの色が加わるだけで、死者の髪を抜く光景は何層倍も、陰惨さを増すことだろう。

これに芥川は思い至らなかった。いや、そうではない。情というものの鬱陶しさ、その是非もない醜怪さにたいして、人一倍敏感だった人だ。むしろ、これにこそまず感じたので、あまりの陰惨さに、題材から払ったのだと思われる。しかし払われたものはかえって作品の底にあまねくひそんで、要所で人物の姿に影を差している。その証拠に、元の説話では老婆は死者の髪をただ、かなぐり抜き取っているのにひきかえ、芥川の作品では、燈を点して死者の顔をのぞきこむようにして眺め、やがてその首に両手をかけ、猿の親が猿の子の虱を取るように、長い髪をひとすじずつ抜きはじめると、髪は手に従って抜けるらしい、とある。

欲心から旧女主人の髪を抜きながら、おのずとやさしげに、いつくしむようになる手つきが、作者の目には見えている。死者の髪も、その手に従って、慕うように抜けていく。猿の虱取りとはいえ、親子の姿もうかんでいる。

生前、死相のすでにあらわれた病人の傍でただひとり夜伽をした。薄い粥を気長に病人の口へふくませた。ときには痩せこけた肌を湯で拭いて、ついでに抱き起して髪の手入れもしてやった。そして最後の時には背からかかえ起して、耳もとへささやきかけ、西方へ合掌させて、自分も念仏を早口に唱えた。それから、後《のち》の事をするすべもないので、穢を嫌われて人に追い立てられるより先に、すぐさま死者を肩に掛けて荒屋を抜け出し、まだこまやかに話しかけ、いたわってはうながすようにして、人影のない裏小路伝いに、どこの築地の陰にも楽に棄てられるのを眺めながら、二人してどこまでも、とにかく京はずれの方角を目ざして、あてもないような道中を続けた。

これらすべてと、せめて死者の髪を抜き取る行為とは、ひとつながりの、いつくしみとは言えないか。

また生前、それだけはすこしも衰えないばかりか、命の細るにつれて青味のかかった深い艶を帯びてくる長い髪を丁寧に、しみじみいとおしく、くしけずりながら、すでに鬘のことを思ったとしても、それは欲心とか悪心とか、言えるものだろうか。

その噂を耳にしたとき、世間はどんな顔をした。眉をひそめた。死者をあわれがり、その最後を我身に照らし、かつは縁者の心なさをうとんだ。それは記事からすぐに読み取れるのだが、実際にはもっと入り組んだ、恥もおそれも混った、重たるい感慨だったにちがいない。時代の泣きどころに触れる記事はとかく短く、大まかで、どこか奥歯に物の挟まった曖昧さをのこすものらしい。話に経緯や細部が乏しいというのも、かえって何事かの表現だ。

一口に言ってしまえば、老人を捨てた話である。その老人がたしかな家柄の女性で、心ばへなどもいとをかしく、歌読みの内にも数えられて、いささかは名も知られた才媛であったことが、当時の話題を呼んだらしい。いっときは尾張守なる人の世話になっていた。その以前から子は二、三人いたが、いずれも母親には似ぬ不覚の者で、それぞれ遠国へ迷い出て失せた。そのうちに年老いて尼になり、尾張守もたずねなくなり、兄なる人にかかった。おちぶれても誇り高く暮していたが、やがて病いになった。その重る様子を見て兄は、家にては殺さじ、と家から出した。そこで昔の友達の清水辺に住むのを頼って牛車で出かけたが、その家でも、ここにてはえ殺さじ、とことわられて、行きどころもなくなった。結局、鳥部野まで行って車を停め、清げなる高麗縁の畳を敷いて、おおどかな人だったようで、塍の陰《くろ》にかくれて、ひきつくろひて、すわっていた。やがて畳に寄り臥したのを見て、従者の女は帰ってきた。

塍とは畔《あぜ》のことだそうだが、塚と取る説もあるという。いずれ、人目から隠せるだけの高さはある盛り土だったのだろう。

老いていよいよ病いを得れば、出家する。どうやらそれに劣らず一般に、家を出されるということがあったらしい。あわれな話として伝えられてはいるが、格別の驚き怪しみも文中からは感じ受けられない。尾張守の不人情は非難されているが、病いの老女を家から出した兄のほうはとやこう言われていない。老女も家を出るよう申し渡された際にあまり騒いだ様子もなく、友達の家を頼って出かけている。それがたった一軒、たずねた先でことわられると、たちまち路頭に迷う。

家にては殺さじ。ここにては殺さじ。この「殺す」という言葉がどうしてもひっかかる。死なせるという意味なのではあろう。辞書を引くと、不注意で死なせるとか、手を尽くしたが死に至らせたとか、懇切な説明があり、たしかに現在でもそうした悔恨の意をこめて使いはするけれど、年寄の病人を家から出したり、門前から払ったりする際には、かりに面と向かっては言わないとしても、どんなものか。当時の語感はわからないが、すさまじい物言いだ。おそろしい諧謔になりかねない。辞書の例文を見たらただ一文、まさにこの説話の、この箇所が引用されているのには苦笑させられた。

清水辺から京に引き返す道は、いずれ鳥部野を通りかかる。やがて主従ともに無言になる。女主人は低く念仏を唱えていたかもしれない。それからふと、牛を引く童に声をかけ、車を停めさせる。停まったとたんに、途方に暮れる、ということはある。それと同時に、事はのがれがたくなる。おそらく、鳥部野もすでに京に近いほうのはずれまで来ていたのだろう。あとは主従、導く者と導かれる者と、因果をふくめるほうとふくめられるほうと、どちらがどちらともつかぬ、いたわりなぐさめあいの情景となった。まるで車に疲れた病人を盛り土の風陰に、綺麗につくろってやすませるような仕度を、牛童が何も悟らぬ顔つきでのろくさと手伝っている。

野辺にひとりおっとりとすわる女主人の姿を、女は牛車の中から眺めていた。やがてその姿がゆっくりと前へ伏して畳にうずくまり、女は脇見をする童に声をかけて車を出させた。それを境に、女にとって、地にくずおれた衣は、あたり一面風になびく草や、ところどころにのぞく塚と、同じ物となった、ならなくてはならなかった。振り返りはしなかっただろう。

帰って来た女から一部始終報告を受けた兄なる人が、野中に場所を選んだ妹の心をあわれがり、清水辺の知人の不人情を罵ったとしたら、それは身勝手もきわまれるもの、と言えるのかどうか。ひいては、尾張守が年ごろ絶えきりにはならずほそぼそでもせめて表向きの志を見せていてくれていたら、どこの小家でも借りられたものを、と怨み悔んだとしたら、お門違いもよいところ、と笑えるのかどうか。天を仰いで身の運のつたなさに涙して、鳥部野の方《かた》に向かって手を合わせ念仏して、それきり迎えもやらず、鼻水を啜って床に就いてしまったとしたら。

兄なる人も、尾張守との縁が切れた後は、ほかに身寄り便りというほどのものもなく、わずかに今の住まいに拠って、老いの身でしがない宮仕えに縋って、かつがつに家を保っていたとしたら、どうだろう。実の妹とはいえ、家の内で死なれれば、別棟もないかなしさで、もろに穢に触れて、ひと月ほどは出仕を憚らなくてはならぬうちに、そうでなくても働きの衰えた老残のことだから、いつなんどき、お払い箱になるか知れたものではない。似たりよったり四苦八苦して宮仕えの世を渡る息子たちにも、まわりまわって穢が及ぶか、あるいはそう疑われて遠慮を申し渡されるおそれもある。そこで是非もなく、取りもあえず、病人を清水辺の家へ送り出した。

いかに京中ほどは憚りのやかましくない郊外といえども、命の旦夕に迫った病人を受け容れそうなところとは、まったくの俗人の家でもなかったのだろう。寺ではないにしても、庵か山荘のようなもの、主人は法師か尼だったかもしれない。とにかく病人自身も、送り出した兄のほうも、かならず迎え取られると思ったようだ。そこを、もとの家を出されたのと同じ迷惑を言い立てられことわられた。考えてみれば、かりに出家した家だろうと、やむを得ぬ縁でもない他家の出《いだ》した穢を、代って引き受けるいわれはないわけだ。病人はもとの家にもどるよりほかになく、泣く泣く鳥部野まで下ってきて、もう京も近いあたりで、車を停めさせた。もとの家にたどり着いてもどうせすぐにまた、息のまだあるうちに、家を出される。生きながらに鳥部野へ送り返したという評判をおそれるならば、あとは僧も住まぬ破れ寺の、壁も満足でない本堂か回廊か軒の下か、露もしのげぬ廃屋か、そんなところしかない。息が絶えれば、この墓っ原まで運ばれるのはまだ幸いのほうで、せいぜい川原へ投げ込まれるか、悪くすればそこらの小路の築地の陰などに置き去りにされる。それは、兄なる人にとっても思いのままになることではかならずしもない。

ひとり帰った女から話を聞いて兄は、思いも寄らぬことであったと呆然とつぶやいた、と考えるのはどうか。男の立場をあまりにもかばいすぎる取り方にはちがいないが、しかしあり得ることである。まず、清水から追い返されたとは、思いも寄らぬことであった、とこれについては、人は窮すると、ずいぶんあてにならぬことでも、一途に頼んで疑わぬものだ。つぎに、病人が自分から鳥部野に最期の場所を定めたとは、思いも寄らぬことであった、とここで悲歎はひときわ深まるが、これはなかなか内訳の微妙なつぶやきだ。家を出るよう申し渡された時に、身をひきつくろって、つかのま静まり返った顔が、草原の間からまた、くっきりと白く浮んで見えたはずだ。やはりそうしたか、とそらおそろしいような得心を、人はしばしば、思いも寄らぬことであったという呻きで受け止める。

それなら、なぜ、女と牛童を叱りつけて、すぐさま鳥部野まで迎えに走らなかったのか。そうなじり、なり代って悔むのは、むしろ物を恐れぬ後世の人間の勝手なのだろう。病人を家から送り出したのが、人目を避けて、早くても日の暮れあたりであっただろうから、すでに夜も更けかけていた。今では取り返しもつかない。鳥部野の闇の中から、いったん地に沈んでゆだねられた者を見つけ出して家まで連れ戻すとは、当時の人間にとっては、冥界から死者を奪い返すのにひとしい、おそれある行為、不可能な恣意と感じられたのではないか。

世上の多くはいずれ、息のあるうちに、野辺とは言わず、家から出される者たちだ。

十二月八日、月曜日、晴。

昨日は一日、夜半過ぎまで風が吹いた。朝刊をひらいてつい死亡記事に目が行くのもこの時期だ。今朝はすくなかった。空も穏やかに晴れた。しかし正午を過ぎてから風のけはいが出ている。吹く日には、ほとんどひと吹きを境に、走りだす。

俄に寝つく。そして日一日と病いが重り、半日ほどは小康の間があり談笑ももれたが、六日目の未明には臨終を迎える、というような話は近年、あまり耳にしなくなったように思われる。

今の世にもないわけがない。例を数えればすくなくもないのだろう。ただ、医学用語の知識が増えたので、伝え方が違ってきた。聞いたほうも、なるほどと説明に得心してしまって、近い人間でもなければ、その迅速さにさして深い印象も心にのこさない。そういう事情もあるのだろう。あるいは、かりそめに寝ついてから、やがて思いがけぬことになるまでの、間《ま》が昔とくらべてひどく伸びてしまった、とそれだけのことなのかもしれない。

半年一年はざらにあり、これぐらいなら早かったと人は思う。二年三年もまれではない。しかし五年六年、その間寝たきりでも寝がちでもなく、入院はおろか町医者の手にもかからず、一週間ばかりで床をあげてあとは年来と変らぬ生活が続き、それどころか端から見ればいよいよ煩《うるさ》くて、別れるの切れるの、飛び出すの独立するの、散々に大騒ぎして人を巻きこんだあげくに、病みついて入院して、ふた月ほどして、いけないらしい、と噂が伝わってくる。さらにひと月もして、あっけないものだったな、とよその人間たちが歎息する頃、身辺でつぶさに苦しめられた人間がつくづく思い出して、訳のわからない熱を出して一週間寝こんだのが、今から考えれば、始まりだった。あの時すでにあの顔があらわれていた。あれからいろいろと血の気の多いような騒ぎが続いたけれど、いきまいている最中にもあの面相は落ちなかった。いや、どうかしていっそう濃くあらわれて、自分で自分の喚き立てる声がもう聞えないような、眉をほどいてきょとんとこもった目つきをしていた。激昂するほどにどこか根もとあたりに弱りが感じられて、執念みたいなものにかえって無関心の色が差した。とその間のことをつぶさにたどりながら、あっけないものだった、と同じことをつぶやく。五年六年が十日ほどに感じられる際《きわ》もあるのだろう。

春先の晴れた午前の陽ざしの、縁側の硝子戸から長く伸びたその中で、寝巻に丹前を羽織って蒲団の上にちんまりとすわり、心地良さそうに目を細める老女の、一夜のうちに皺の失せたような、ほんのりと白い顔がうかぶ。

一昨日までは元気だった。前の年の暮れあたりから、気分がいくらか乱調になりがちで、だいぶ昔にちょっとした不義理のあった客がある日訪れたのを、その始末は何年も前について出入りもちょくちょくになっていたのに、何でもないことを話すうちに血相が変り、いまさら過ぎたことを怒鳴りつけて追い返すというようなこともあったが、これまでいろいろと辛抱が続いただけに年を取って気も短くなったのだろう、とぐらいにまわりは見ていた。昨日の朝から八度ばかりの熱を出して、こまめな人がまる一日、ろくに物も言わず、敷き放しの蒲団の中でとろとろと過していた。

それが夜の更けがけに、廊下のはずれの厠のあたりから、身のまわりの世話に来ていた遠縁の若い娘が悲鳴をあげて、大騒ぎになった。いつのまに寝床を抜け出したのか、厠の、それも手前の男用のほうの床が水びたしになっていて、老人は寝巻の身づくろいをしながら、手水場のありかもすでに見えないようで、蒼白に張りつめた顔をあらぬ方へ向け、わなわなと両手を前に伸ばして探りはじめたが、足のほうは水たまりからすこしも動かない。寝床に戻されても、ただ目を瞠《みは》るばかりで人の顔も見分けないので、すぐに医者が呼ばれた。

動くと脳に及ぶ危険な状態とかいうことで、医者は数日の絶対安静を申し渡して、明晩また様子を見に来ると言って帰った。鎮静剤でも打たれたのか、その夜は昏々と眠って過ぎた。

翌朝、老人は元気な様子で目を覚ました。初めのうちは、医者に絶対安静を命じられたと聞かされて寝床の中から、境の襖を開け放しにさせて、台所で働く娘にあれこれ指図していたが、もともと癇性な人でそれでは気が済まず、安静にしてりゃあいいんだろう、と自分から蒲団の上に起き直ってしまった。家の者はそれを見てはらはらさせられたが、言われて聞く人でもなく、昨晩のことを話しても、糞壺に落っこちて迷惑かけるよかましだと考えたまでだよ、どうせ床下に流れこんで同じところに集まるんだから、と涼しい顔をしている。朝飯の粥を濃い目に炊かせてたっぷり食べると、日溜りの中に具合良さそうにすわりついた。

また翌朝、障子は立てられていたが、同じ日和の明るさの中に、まだ布もかぶせられず、同じ静かな顔をさらしていた。前夜、ほんの一時《いっとき》のことだけれど、男たちが蒲団のまわりに寄って、手足を抑えつけていなくてはならないほどの狂乱のあったことが、ほのかな笑みの影をふくんだ口もとを見ていると、おそろしい冗談のように思われた。


九十歳を越した老人が、末期に至ったのを感じて、苦しい息の下から子息たちに、すぐさま寺へ渡せ、家から出せ、と強く要望する心は、どんなものだったのだろう。他事を知るべからず、という言葉は、どう訳したら適切なのだろう。ほかのことはいざ知らず、まず為すべきはこの一事だ、という意か。俊成卿のことだ。子息の定家が「明月記」に伝えている。元久元年、十一月二十六日、晴れた日の朝方になる。

四十三歳の定家も老父のたっての願いを是非もないと聞き、さらに、京中まことに見苦しかるべし、とつぶやいている。

寺とは定家の母方のゆかりの寺らしい。あるいは山荘でもあったか。どういう事情からか、すでに荒廃していた。無住のようで、堂も四壁満足でなかった。まして、その堂のほうは憚って、老歌人が遠路ほとんど前後不覚になった病身をようやく横たえたのは、廊の一郭であった。できるかぎりの仕度は設けた上のことだろうが、冷気堪ふべからず、と定家も書いている。通路も必要とあれば部屋と変る自在さが当時の建築のありようだったとしても、廊はやはり廊、家を出されたという感はおのずと深かったのだろう。はるか遠く離れた後世の粗い目には、羅城門や鳥部野と、五十歩百歩のようにも見えてくる。

　初日には定家と、七つ年長の兄の成家と、五つ上の姉が病人のもとにつめる。暮れ方からもう一人、九つ上の姉も加わるが、晩には帰る。定家も自身の病気を理由に夜には兄姉二人にまかせて退出する。これは現代の入院当日の様子と似たり寄ったりである。兄は散位の新三位、定家は相も変らぬ四位の権中将、姉はそれぞれ宮仕えする古手の女房である。

　二日目、定家は早朝にやって来る。病人は今日は元気で、歌の話をしたりする。午前中に俊成卿女と呼ばれたかの才媛が、だいぶ仲の険悪になったはずの夫の通具にめずらしく伴われてあらわれ、亭主ともども、養父に面会している。その頃から病人の具合がまた悪くなり、熱に苦しみだす。その頃また、定家のもう二人の姉、九つ上と四つ上と、それから二つ下の妹と、それぞれやはり宮仕えするのがやって来て、姉妹集うことになる。その間、定家は堂のほうで通具と、宮中のことや人の噂話をしていた。暮れになり病人はいよいよ苦しんだが、定家は私病術なくと称して退出する。それでいて、夜には女院のところへ参上している。

　三日目は終日雨で、定家は朝から夜まで病人のもとにつめていた。雨のせいか、病人は終日、殊に苦しんだ。

　四日目、雨は降りやんで、朝のうちに定家は九条兼実のところに参上、老父の危篤を告げ、兼実から臨終の大事を諭されるが、しかし実際上の格別の配慮を受けた様子もなく、退出したその足で病人のもとに向かった。寝ついてからというもの病人は雪をほしがり、十一月の末でも京の近郊では運ぶほどの雪もないとまわりは見たか、面倒がったか、探し出さずにいると、そのことをしきりに怨む。そこで人に申し付けて手配させた。暮れには息子の一人の、已講なる学階を持つ僧が来て、病人に戒を授ける。病人はおおむねはなはだ分明だったという。夜に入り定家はまた例の、冷病術なく、帰る僧と同車して退出した。

夜半ばかりに、寺に留め置いた青侍が戻り、今夜は病人が閑《しずか》なのを、かえって不吉かとまわりは心配していると報告する。さらに、喉鳴りがすると聞かされて定家は、喘息のせいか、それとも冷い物の取りすぎで喉を傷めたか、と首をかしげる。連夜つめている四歳姉の健御前のほかに、今夜は九歳姉の延寿御前も泊まっていることを心強く感じ、明朝は暁に行こうと思う。

夜半ばかり、というから同じ頃、寺では病人が北山から届いた雪をふたたび賞味していた。雪の届いたのは先の青侍のさがる以前だったようで、最初に枕もとへ差し出すと、病人は大いに喜んで、しきりに口にふくんでは感歎した。

めでたき物かな。

猶えもいはれぬ物かな。

おもしろいものかな。

八百年隔てて耳にしても、美しい声だ。つかのま死とも和ませるような言葉だ。命の終りに臨んで、これだけ純粋な喜悦に溢れるならば、すでにして、これ以上の往生もないのではないか。

あまりの熱心さに、まわりはおそれをなして、雪を取り隠したほどだった。それから夜半ばかりに、また雪を求めるので、取り出してすすめると、ひとしきりまた感に入ったあと、やすらかな眠りに就いた。傍で小僧《しょうそう》が一人、念仏の声を絶やさなかった。

翌日も晴れで、早朝に定家が寺へ向かおうとするところへ寺から使いが来た。駆けつけると、念仏の声が高く聞えて、老父はすでに目を閉じて、わずかに息ばかりが通っていた。姉の健御前に話を聞くと、夜明けに病人は目を覚まして、しぬべくおぼゆ、とつぶやいた。その声を聞いて急ぎ傍に寄り、つねより苦しくおはしますかとたずねると、うなずいた。普門品をすすめると、一品を停滞なく読んだ。さらば念仏して極楽へまゐらむとおぼしめせ、とさらにすすめると、またうなずいた。かきおこされむとやおぼしめすとたずねると、諾の気色があり、介添にまごつく小僧に、いだきおこせ、と病人みずから命じた。それから少時経ったのだろう。健御前がいったんさがり、代って延寿御前が添ううちに、あの御顔の、と延寿御前の呼ぶ声がして、面がわりが始まったようで、抱き起すと息が苦しげで、小僧を近寄せて念仏をすすめるうちに、御念仏御気色安穏に終らしめ給ふ、という。話を聞いて定家が見まもるうちに、息も絶えて、床に寝かされた。この間に、健御前と延寿御前は二人とも退出した。

この間とは、まだ息のあるうち、と取れる。どうやら、触穢の微妙な境または度合いにかかわることらしい。あるいは方便か。これ以後、もっとも献身的であったこの二人の娘たちも、老父の遺体には近づかない。あとには骨肉として定家と兄の成家だけが寺にのこり、まず定家みずから格子を降ろし妻戸を閉め、小僧二人に交替で死者の守りをさせ、兄と後の事の相談を始める。

死者の遺言は六角、というのは成家の屋敷だろうか、そこに保管されてあったようで、事を定めるに先立ってその遺言を取りに人を遣ったところが、使いの者はなかなか戻らない。どういうわけか、待つうちに、空しく日が暮れた。夜に入ると、定家はその日門前まで訪れたさる入道から借り請けた、近間ではあるらしい小屋に退出する。此の堂荒廃し四壁なし、盗の畏怖極まり無きの故なり、という。兄はのこったようだ。

翌日、定家は鶏鳴に参入する。前夜、成家のもとに届いた遺言には、入棺は入滅の日を用ふべし、との指示があった。その入滅の日は無為に過されたことになる。また遺言には、一切方角等の事を沙汰せず、とあった。いささか沙汰あるは、還りて事の煩ひ候ふべきなり、となかなか、質実廉直な人であったようだ。そこで今日が入棺埋葬の日と定められる。まず天明とともに寺の巽にあたる山中に入り、先に妻を亡くした際にすでに用意した墓所を下見する。穴を掘るよう指図して寺に戻り、食事の後、入棺の仕度にかかり、これは僧たちにまかせる。事毎に不如意のようで、九条家から何かの届いた形跡も見えない。また入棺の場として、堂のほうには憚りがあり、病人のふせっていた例の廊の間よりほかにところもなく、三間《みま》のうち、死者の安置された一間を護摩所に、二間を読経の道場にあてる。仕度のととのう頃には日も入りかかり、暮れて入棺、仏経を供養し、例時とやらも終えて出棺、山中に埋葬をしまえた頃に、初夜の鐘を聞く。往きとは道を違えて寺に戻り、風雨の煩いもなくて思うように事が果たせたことをよろこびあい、定家はすぐに宿所へさがり、兄の成家もやがて京へ帰る。

翌日、御所の辺ではまだ、この歌人の死を聞き及んでいなかったという。使いの者を寄越して問う人もあり、堂荒廃し男女止住せず、尤も尋常ならざる事か、とまさか他人がそんな露骨なことをたずねたわけでもあるまいが、定家自身、人の音信につけてもいまさらそのことに気がひけた様子で、しかし故人の遺言だからしかたがないと払っている。姉妹たちには、未だ音信せず、とある。そんなものなのか。その日のうちに、七日毎の法事の担当の割りふりがなされ、喪服の手配もされた。

これが十二月の二日のことで、明けて元久二年の元旦には、家の翠簾を改めず、几帳も去年のを出したまま、しかし喪中のことも知らない客がひょっとして迷いこんで来はしないか、とそんなことを定家はおそれて、不在の旨家の者に言いふくめ、ひそかに籠居している。自身は新年の歯固めもしないが、女子供には例年のようにさせている。前夜の大晦日に僧の人事があったようで、その細目は例により耳ざとく伝え聞いて記している。

同じ年の五月には、さる権門の人の訃音に触れて、臨終正念殊勝なり、手に五色の糸を繋ぎ念仏の音断たず、往生の相、眼に現ると云々、異香又薫ず、これを聞く者八人、そのうち三人天の楽を聞くと、と噂の伝えるところを記したあと、此の間、早世の人、往生せざるは無し、と皮肉にも聞えることを書き添えている。

十二月十一日、木曜日、晴。

櫟が見事に焼けた。陽の差しようによっては、楓の紅葉よりも華やかに照る。この秋は好天に恵まれたが、雨がすくなかったせいか、木の葉の燃えきらぬうちにちりちりと巻いて枯れるのが多かった。紅葉は不作の年かと思っていた。最後には盛りあがるものだ。乏しい年こそ、あかあかと終る。

角馬場のひろい枯芝の中に、老馬がたった一頭放牧されている。肉は落ちて、脇腹から肋は浮き、頭ばかりが大きく目立って、もう老いさらばえたという年齢だ。二十何歳か。一面に降る陽ざしの中でも、風の渡りの穏やかなあたりはあるようで、ひとところに、身じろぎもせずに立っている。人が柵に寄っても見向きもしない。群獣の性も老いると独りになるものか、身の内にじっと感じ入っている様子だ。やがて風に吹かれたみたいにのろのろと動き出し、枯れかけた草を熱心に喰う。寒冷の地ならば、この冬を越せるかどうかというところだ。馬は早い。頭を振り立てて縦横無尽に駆けまわるのが、一年のうちに、立っているのがやっとのほどにまで衰える。それでも、あたえられた飼料のほかに、草をはみつづける。

最後に寝床の上に抱き起されるのは、どんな心地だろう。念仏往生を面と向かって、顔をのぞきこんでやさしげに、すすめられるのは。そろそろ、往きなさいね、とばかりに。

あの護法とか加持祈禱とか、高声念仏とか、僧たちにまわりで猛々しくやられるのは、仮に想像してみただけでも、たまらない。まるで取り込められて、無理やり往生させられるみたいなものだ。もっとも、その躁ぎがもはやほどほどの賑わいにしか聞えないのなら、どうでもいいようなものだけれど。

今のわれわれには葬式にあたるものを、昔の人間はまことにそそくさと済ませて、後の法事をたいそう丁寧に、長々とやったものらしい。とにかく、人がいよいよ臨終の境にかかると、その屋内につめていたのが一人去り二人去り、仕舞いには念仏の声のほか、まわりにほとんどひと気が失せる。それも今と正反対かどうか、疑問の余地はのこるけれど。

自身が出されるか、人が出て行くか。

死骸道に満つ、逐日増加す、東北院の内、其の数を知らず、と「明月記」七月二日の記に見える。翌三日の記には、草廬西の小路、死骸逐日増すが如し、臭香徐ろに家中に及ぶ、凡そ日夜を論ぜず、死人を抱き過ぎ融《とほ》る者計《かぞ》ふるに勝《た》ふべからず、とある。

寛喜三年、前年より諸国に飢饉がひろがり、多数の餓死者を出した。定家はすでに七十歳になる。

同じく七月十五日の記にも、京中の道路死骸さらに止まず、北西の小路連日加増す、東北院の内数を知らずと云々、小阿射賀庄民、六月二十日の比《ころ》より近日に至り六十二人死去、触穢の身を憚る等に依り上洛する者無しと云々、と京中だけではなく、自身の生活の拠り所である庄園のほうの惨状も伝えている。触穢にかこつけて抵抗している気味もあったのか。七月二十二日には、さる朝臣の息子が清水に参ずると称して出かけた途中、寺の角で何者かに斬り殺され、それから何日も後のことらしく、縁者がようやくそのことを聞きつけて、川原に捨てられた屍を尋ね取りて葬送した、被害者の兄にあたるご落胤が疑われている、と物騒な事件を伝えているが、おそらく賀茂の川原こそ屍体の山だったのだろう。

同じ七月の初めに、当時の関白藤原道家が上表、辞表を提出している。その道家について、七月四日の記に、こんな話がしるされている。近頃、この道家にしばしば邪気が発り、夕に夜に、妙な事がある。ある時には親季なる者が、道家の睡眠中らしく、道家の脚を揉んでいるあいだに、見知らぬ女房が二人、道家のからだに取り付いている。それを見て人が追い払おうと駆け寄ると、姿も形もない。また、黒い手に、睡眠中に背中をさすられた気がして、驚いて目覚めて、その後で吐く。娘の中宮にも違例がある。これすべて、怨霊の仕業だという。

上表というのは、早目に関白の職を嫡子に譲って、摂関家の地位を固く継ぐ策なのだろうが、神経のほうもだいぶ病んでいた。あるいは、京中に屍体累々の時、一の人、為政者たるものは、このように病むべき存在なのか。それとも、屋敷の内まで流れる屍臭を薫香の煙で紛らわしながら、無数の死者の呻きに苦しむでもなく、人事抗争の果ての、元はと言えば私憤から出た怨霊に悩まされるとは、やはり命惜しき一個の人間として、是非もないと言うべきか。それはともかく、翌七月五日、上表は受理されて、即日嫡子の左大臣教実に関白を命ずる詔がくだされ、夜には大勢の公卿殿上人を供奉させて拝賀の儀となった。父親と異なって病気ひとつしたことのない人だったらしい。

その関白教実のことであるが、それから四年後の、嘉禎元年の三月二十七日の暮れ方、その屋敷から祈禱の僧たちがばらばらと先を競って退出していくのが見えた。すでに関白でも摂政でもなく、先月の二十一日から寝ついて、日々に病いが重り、小康の間も挟まったが、今では旦夕を待つ命となり、つい前日、父親の道家がふたたび摂政に還ることになり拝賀の儀は二十八日と定まったという話が定家のもとに伝わったところだ。定家自身は、この年の間に、すでに出家の身となっている。

祈禱の僧たちが退出していくのは、臨終のしるしであるらしく、それもそんな沈痛な際《きわ》にしてはだいぶ躁々しく、駆けるようにして出ていくようだ。僧すら触穢を忌む、できるかぎりすくなくしようとするものなのか。夜になり、病人の屋敷に参入した息子の為家などの口から定家に分かったことは、まだ陽のあるうちに医者たちがまた三カ所に灸をすえたところが、病人は熱がった。すでに灸にも感じなくなっていたらしく、これは良いしるしかと医者たちは話しあった。そのうちに、病人はしかし絶え入った。やがて祈禱の僧たちに暇が出された。その僧たちが、雑人牛童どもの目撃して伝えたように、競って走り出る間にまたしかし、病人は息を吹き返し物を言いだした。その後、女房たちも皆立ち去り、屛風を立てて、その中に三人の僧が入り、臨終の作法をなし、病人に念仏をすすめる。病人はまだ事切れず、苦しんで起きたり臥したりして、時が経った。母親にあたる、准后なる人が屛風の外にいた。父親の道家と外祖父の公経はまた他所、というのは同じ屋敷の別棟だろうか、そこに対面して控えていた。

夜半近くになり、定家のもとに、屋敷に詰めていた為家から使いの者が来て伝えるには、公経がまず退出し、その公経のすすめを為家の口から受けて、道家もひきあげた。為家はその帰還のお伴をして、それから教実の屋敷に帰参すると、念仏の声が殊に高くて、此の間に終らしめ給ふかの由、内から伝え聞いたようで、とりあえずその旨を定家へ知らせた。

翌二十八日の朝、臨終の役を勤めた僧たちの一人の、興心房なる者が屋敷からさがるついでに定家のもとに立ち寄り、定家はその口からその間の経緯をやや詳しく聞き出している。それによれば、前日の暮れ方、灸の後で病人の息が絶えて、祈禱の僧を退出させる間にその息がまた蘇り、言談があり、それを盛長なる者が執筆して、慈心房なる僧が読みあげ、病人はそれをつぶさに聞いた上で手に取って目を通し、筆を召し判を加えて返した。しばらくの後、病人は書いた物をもう一度見たいと言って、また手に取るうちに、気色が忽然と変った。種々の雑言、喚ぶが如きであったという。あまりの高声なので外聞を憚り、僧たちはまた読経念仏したという。なるほど、僧たちの読経念仏には、病人の叫びを掻き消して外へ聞かせないという効用もあるらしい。僧二人が抱きかかえて、さらに不動本誓なるものを念じる間に、すこしく鎮まった。苦しみはしかし続いた。

それから夜半ばかりに、病人はいきなり高声に念仏を唱え出した。十五反という。間が絶えて、また十反唱え、同様のことが繰り返された。為家が帰参して耳にしたのはそれだろう。僧たちの鍛えあげられた念仏の声も、病人の声を包んで閉じこめて、重くうねっていたと思われる。それを耳にして人はいよいよ臨終の時と取ったようで、為家もその旨を定家に伝えたが、病人は朝まで持った。夜の明けはなたれた頃、道家のもとから、今日は無事であるかとの問合わせが来る。危篤の旨を返事させると、使いの者に得心の行かぬ色が見えた。この辺の事情が読み取りにくい。夜半以前に病人の前をさがった慈心房と澄月房の二人の僧がそれぞれ同じ問合わせを受けて、格別の事もないだろうと答えたせいだというが、二人とも夜半からの高声念仏を耳にしなかったのだろうか。かりにこの二人が屋敷から退出していたとしても、ほかに誰か、外から念仏の声に驚いて、臨終らしいというささやきを耳にとめ、病人の父親のところへ使いを走らせる者はいなかったのか。触穢のおそれについてなら、伝言程度のことには、何とでも方便があるだろう。それとも、責任ある地位にある場合、生者はそれほどに、死者から遠ざからなくてはならないのか。死者はそれまでに生者から遠ざけられなくてはならないか。とくに今日は摂政還任という大事の日には、できるかぎり知らせない、思わせもしない、という慎みがあるのか。とにかく、夜じゅう使者が往来した形跡も見えない。いよいよ危篤を知らされて、親兄弟や妻子や祖父が枕辺に駆けつけるわけでもない。

病人に死相は早くから顕われていたらしい。最後に息を引き取ったのは、夜明けからまた時が経って、辰の時というから、朝の八時頃になる。今に於いては穢るべからざる由、道家の仰せを伝え聞いて、興心房自身も退出し、本房へ帰る道すがら、定家のもとに寄ったところだ。訪れたのが辰終りというから、このひきあげ方もなかなか迅速だ。

客に死者のもとからじかに足を運ばれて、定家が触穢のことに困惑したという様子も見えない。僧と入道と、どちらも出家の身なので、差障りはないということか。それにしては、ほかの僧たちの、だいぶ周章の色の感じられる退出の素速さがいぶかしい。おそらく僧の地位や役割により、さまざまな忌みの程度があり、それにつれて方便の機微もあったのだろう。

その日、二十八日のうちに、道家は摂政還任の詔書を出して詔がくだっている。拝賀の儀はおこなわない。内覧は伝言により果たすようで、出仕もないという。穏当だと定家も記している。

北政所、死者の正室が即日出家する。准后の出家は許されないだろうと見られている。仏事の御所と墓所が定められる。それから定家は政治向きの関心をいささか、この交替によって何やら好ましい展開がありげな模様でだいぶ熱心に記したあとで、昨今の事、手振ひ心迷ひ、始末錯乱し、注し付く能はず、などとかこちながら、その前々日に洛外で起った殺伐とした事件の経緯をわざわざ書き留めている。それによると、大谷の辺に住まう日向の前司なる入道が不時の備えにかこつけて、どうやら武者どもを屋敷に集めたようで、この前司を憎む者が当時京中に流行の群盗の嫌疑をこれにかけ、大炊助入道と呼ばれる者が一味を一網打尽にしようと企てて手下を集め、まず六波羅へ触れたが、その返事の来ぬうちに、日向の前司の屋敷で会飲する客人たち、たぶん掻き集められた武者どもなのだろう、その輩が事を察知して逃げ散りはじめたので、是非もなく討ち入った。日向の前司はありかを探し出され、突き殺された上、頸をはねられた。ところがこの日向の子には天台座主宮の童あり、山法師あり、妻の兄弟も武者であり、仇討の合戦に及ぼうとしている。六波羅はこれを制して、仔細を関東へ触れ、その成敗に随うよう言いふくめている。

その日向入道の屋敷では以前から血の付いた物を洗っているのが見受けられた。近頃になり群盗の疑いをかけられると、蛭《ひる》を使った跡だと言訳していたという。治療用の蛭である。蛭を飼う、という言い方をして、定家自身も何かにつけて、鬱血した頸や頤を吸わせている。扱いようが悪ければ衣を血で汚すこともあったのだろう。その治療自体がいささか不浄の事になり、蛭を飼う間、おおっぴらに客に面会するわけにいかないとか、多少の忌みを伴った。

翌三月二十九日の夜、教実の遺体はひそかに法性寺へ渡された。

十二月十四日、雨のち晴。

傘をさして散歩の途中で、ダートコースに足がつぶつぶとめりこんだ。馬場の砂というものも妙なものだ。ほどほどに湿ると、きしっと締まる。それがさらに水分をふくみつづけるうちに或る境から、一度に沼のようになる。表面は滑らかで固そうに見えて、内はどろどろに融ける。雨の急な時などには、往きには気持良く渡った砂の上で、帰りには足を取られる。

雑木林の雨霧の中から晩い紅葉が浮びかかる。あれはいきなり、人が立っているように感じられる。あんなに赤い人間もないものだろうに。

櫟の葉が焼けて寒雨に濡れている。あれが東京では在所の風景だ。あれさえ見れば、郊外住宅地も昔の在所にもどる。場末よりもまだまだ先のところだ。病気が思わしくないので在のほうへ出されたという話は子供の頃に聞いた。今では達者なうちから旧在所のまたはるか先へ出されているわけだ。霊場さえ都心の方角になる。知らぬマンションで寝覚めして、ひとりベランダに出て空の白むのを眺めるうちに、直下からも何やら白んでくる、駐車場かなと思ったらやがて墓石の群れがうかび出た、とそんな話があるが、これなどはよっぽど都心のことだ。

また郊外にはこんな場所もあるそうだ。やはりマンションになるが、夜半を過ぎると、ほど遠からぬ道を走る車の音が耳につく。つい近年まで辺鄙の地と言われたところでも、今ではこの先まで住宅がひしめき、道も幹線道路をつないでいるので、夜半過ぎまで交通量はすくなくはならない。馴れない客にはうるさいぐらいのものだが、どうかしてそのざわめきの中からただ一台、はるか先から分けて聞えてくる車の音があり、なにやら耳を惹き、しきりと物を思わさせ、やがて近間をあいまいに過ぎて、またくっきりとした音となって遠ざかりかかる頃、ガシャーンと行く。パトカーが来る、救急車が来る。ガウンを引っかけて飛び出す弥次馬もいて、ほとんど即死だったなどと、まるで仕舞いまで立ち会ったみたいな噂も翌日には伝わってくる。年に三、四度はあるという。

ある人は秋口の暮れ方に自宅の近くまで来て、近辺の地形をあらためて見渡し、自分はもう二十年近く、裏山に住んでいたわけだ、といまさら呆れた。親を入れた病院からの帰り道だったという。近間に病院の見つかったのはせめてさいわいだった。バスの便は少々よろしくないが、面倒なら歩いてしまっても半時間あまりで自宅に着く。初めの頃は、それだけの道のりを歩いて来るのが救いだった。そのうちに、同じ道が日を追って長くなった。途中、いかにも場末風の酒場の提灯などへちらちら目をやっている。すっかり終ったら、一度ここで、ゆっくりと呑んでみよう、などと不埒な考えが頭をかすめる。もう一年も続いている疲れのせいかと思っていたが、こうして見ると、病院は川岸近くにあり、そこから自宅まで、目にはつかないが、ゆるやかながら登りきりになる。とぼとぼと山へ帰る図だ。商店街でときに魚の干物などを買って手に提げていく習慣もついた。

鉄筋コンクリートの建物は地上の物音を、どんな狂躁であれ、そこから幼児の甲高い叫びのほかは人の音をすっかり漉し取って伝える、と高い階に住まう人が話すのを、なるほどとうなずいて聞いたことがある。やはり人身事故を八階あたりから目撃したことのある、その感想だったが、そう話したあとから、いや待てよ、幼児ばかりがあの惨事にあれだけ集まるわけはないな、あれは大人たちの叫喚だったか、あの後すぐにかかってきた電話はどうだった、とちょっと物に怯えた目をして首をひねっていた。

またこんなことを言うマンション住人もある。夜更けによその人の声が、つぶやきほどだけれど、聞えることがある。壁の中からではなく、外から来るのでもなく、遠近の感じもなく、しいて推測すれば、コンクリートか鉄筋かパイプかを伝う響きをたまたま部屋の空間が共鳴函となって受けるのか、寝床に横になっていると、天井からだいぶさがったあたりの宙でひそめく。あるいは窓から、カーテンを透して薄明りみたいにふくらむ。どれも呻きか喘ぎ、苦悶をふくんだ声に感じられるが、ときたまその中からいきなり、そんな暗さのまるでない、ごくごく日常の、言葉のきれはしが聞き取れる。幻聴とは違う。ただ、直接に耳にする人の声よりも、人の声として煮つまっているというか、いかにも話しているという色が濃いと。

居間の壁に寄せた長椅子に寝そべって物を読むうちに、壁から椅子にまでずむずむとこもる音があり、どこぞのステレオのベースの音響かと聞いていたが、だんだんにつぶやきつのるようになって神経にかかり、やがてはっと身を引き起した。壁一枚隔てた隣家の通夜の、僧の読経の声であった。自身もついさきほど、黒い背広に黒いネクタイを締め、扉一枚分の道を出かけ、仏前に参ったあと、末座にほんのしばし控えて、僧侶たちの入来を見てひそかに退出してきたところだ。

十二月十六日、火曜日、快晴、風強し。

昨日今日と世田谷のボロ市の日になるが、近間にありながら仕事につなぎとめられて、今年も足を運べない。一時期、有馬記念と前後した。日の重なった年もあった。もう十何年も前のことだ。わざわざ有馬記念をはずしてその前日の土曜の中山まで出かけ、前売りも買って今年の〆《しめ》の中山の酒を呑んで、翌日は正午頃からボロ市に行き、急ぎ戻ったその足で有馬記念のテレビの前にすわった。すでに暮色の馬場を馬たちが、なにかこの世ならぬ者たちのように、ゆらゆらと走っていた。あの頃はまだ閑だった。

ボロ市も近頃では五万もの人出を見るそうだが、昔はどうせわびしいものだったのだろう。わびしくて、賑わっていた。とくに土地を出たくて出られない者の目には、古着やら古道具やら金物やら、死ぬほど憂鬱な眺めだったにちがいない。今では土地から離れた者たち、その子その孫どもの群れが、遠くからもぞろぞろと寄ってくる。

競馬場にはよく日溜りか風陰に、ひとりぽつんとすわっている老人を見かける。皺々になった予想紙を大事に手に握っているので、馬券は買うのだろう。しかし目にするたびに、日がなひとところにちんまりとすわりついた姿に見える。実際に幾レースも、予想紙を熱心に読みながら、腰のあがった様子がない。一度、歩き出したその後をつけて売場の窓口に並んでみたら、固いほうの馬券を二点、二百円と百円ずつ買っていた。三百円の予想紙を惜しんで、スポーツ新聞や、場内で無料配布される番組表を、小さく畳んで読んでいるのもあれば、持参の古ノートの、細かく書きこまれたのを、ひたすらのぞきこんでいるのもある。あれなら一日、二千円もあれば、ひとりで過せる。最終レースにも立ちあがらず、売場へも行かず、そのくせレース後の払戻金の発表まで粘って、うたた寝からさめたみたいな顔で帰って行く。

そうかと思うと、これも老人と呼んでいい年恰好のが、観客席《スタンド》の冷い通路にごろんと転がって正体もなく、顔色も土気立ち、妙な相もあらわれ、これはと通りがかりに思わされるものの、寝そべり方がいかにも破れかぶれで、酔漢とも見える。こちらもレース間近で気がせいて、ほんとうに悪ければ誰かが騒ぎ出すだろう、とぐらいによけて通るが、やはり少々は気がかりなところへ、馬たちが走り出してまもなく背後で大きな叫びがあがり、振り向くと例の老人が血相を変えて、まだ遠くをのどかに行く馬の群れを怒鳴りつけている。レースが始まると目をさますらしい。しかしスタート早々、出遅れた馬があるでなし、先の展開も知れぬ形勢に向かって、あの忿懣の爆発は、どうやら馬券を持っていない、資金が尽きてしかも帰りそびれた客だと読める。騎手の名を叫び立てて激烈に罵っているが、じつはそのレースに当の騎手は乗っていなかったりする。あげくは泣きわめき、縋るような声になる。その狂乱も途中でふいに落ちる。

家にては殺さじと思ひて家を出しければ……。

病人の野に臥せるのを見定めて車を帰すのと、極楽へまゐらむとおぼしめせと病人に枕もとからささやいて抱き起すのと、どれだけの隔たりがある。時間および手続の上で。さらに情において。

苦悶の末に抱き起されて、聞えるかとたずねると、聞えるとの気色があり、僧が戒を授けはじめて、第七の戒からはそのつどうなずき、やがて合掌して果てた。さる女院の最期だが、この貴女も息が絶えるとすぐに女房の肩に懸けられて近き辺に、というのはいずれ端のほうの間なのだろう、そこへ出されてようやく寝かされる。出棺の後には、御在所の跡を竹箒で掃くのはよいとしても、寝殿の板敷を、大工を召して削り取らせ、カンナクズを川へ流させている。そばの者が抱きかかえるうちに、物が見えない、と病人はいう。そこで掌燈を簾の外まで持って来させたが、顔色を確めるより先に、肩に病人の頭が擲げ懸けられ、驚いて見る間に、喉鳴りがして息が絶えた。これはさる上皇の最期だが、その日御所に法事のため集まっていた公卿や殿上人たちはいったん危急の知らせに触れて早々に散ったようで、祈禱の僧もろくにいなかったらしく、まわりはまことにさびしかった。

遺体は翌々日の夜に御所から出されて、もちろん行列を伴ってのことだが、洛外に定められた所へ渡され、朝には埋葬された。供奉の人々は鶏鳴には帰参し、御所での仏事の後、天曙には退出した。というのは正確にはどれだけの間か知らないが、万事の礼法甚々等閑なり、と定家は憤っている。たしかにここまでなら、今の世のわれわれの葬送と、時間のかけ方は似たり寄ったりだ。いや、われわれよりも、短いぐらいのものだ。

長屋中で通夜兼葬式をざっと済ましてその夜のうちに、早桶がわりの菜漬の樽を今月の月番と来月の月番に担がせて、身なりも揃わぬ連中がぞろぞろと、下谷の山崎町を出て上野の山下、三枚橋から上野広小路、御成街道から五軒町、神田須田町、新石町、鍛治橋、今川橋から本白銀町、石町、本町、室町から日本橋を渡って中橋、南伝馬町から京橋を渡ってまっすぐ、新橋を右に切れて土橋、久保町、愛宕下、飯倉六丁目から坂をあがって飯倉片町、おかめ団子という団子屋の前をまっすぐに、麻布永坂をおりて十番、大黒坂をあがって一本松から麻布絶口釜無村の木蓮寺なるボロ寺まで、来たときにはみんなずいぶんくたびれた、あたしもくたびれた、と落語のほうでは陽気な息がはいる。今のわれわれには、おかめ団子やら絶口釜無の木蓮寺はどうでもいいけど、どいつもこいつも、死んでも住めねえ一等地ばかりだ、と陰気なつぶやきがついもれる。あの噺とも似たようなものか。

あれも、骨のあがるまで、新橋辺まで戻って、夜明しで一杯やっている。

ああも気が走るのは、年の瀬の話であってもよいわけだ。

いま暫くは人間に

──たゞこれ程もてなし興じあへるに、身の力なくて、そこばくおほかる殿原《とのばら》の中に、我ひとりよそなるが、おもひつゞくれば、これならぬまして大事にもさぞかしとおもふに、今更《いまさら》身の程うたてくて、かくはなにしに人にまじるらんとおもふなり。

男の繰《く》り言《ごと》である。口調は品がよろしいと言える。零落した貴人の、袖に涙のかかる頃、と取ってもさしつかえない。もっともたいていの愚痴は、そのなまのうらみつらみを洗いながせば、いずれこの程度には醇良な詠歎となる。とくに詮方《せんかた》もなくなれば、もとはどうあれ、口から洩れる言葉はそうなる。ひとりでにせつせつとながれて、屈折は屈折なりに、なかにはずいぶん手前味噌のもあるけれど、それ自体、なよやかにすらなる。

これほどまでに人がもてはやし楽しんでいる事柄とは、賽子《さいころ》賭博のことだ。七半と称して、丁半のようなものらしい。右大臣家に仕える侍どもが邸内で老いも若きもこぞって昼夜それに打ち興じて、主人の大臣が制しても、いっこうに聞かないという。大臣の名は花山院忠経、定家と同時の人で、「明月記」の中でところどころ悪口を言われているが、晩年出家の頃には、末代の善人ともほめられている。さてこの邸内にあってただ一人、賭博にまじわらなかったのが、先の繰り言の主《ぬし》、年老いた下端侍である。もちたる物なければ、その人数にもれて、うたざりけり、とあるが、貧しさのせいばかりではなかったはずだ。貧しくて賭博にのめる人間は世に無数にいる。しかし一文半銭も不如意が生活の現実ならば、ある日、その一事が手遊《てすさ》びに加われなかった理由として強く意識される、悔まれることはある。しかも長年、賭博にたいしては、まるで無関心にすごしてきたその末に。

ある夜、床に就いたが、そのことを思って眠るに眠れない、というほどのものとなった。大きな溜息までつくのを妻もあやしんで訳をたずねる。いや、何でもない、ただ、いまさら身のほど、思い知られてな、と一度は紛らわしたものの、ただごとではないと感じた妻にまた問われて、つくづく洩らしたのが、先の繰り言である。

大かたそのゆくゑも知らぬ身なれば、この事の好もしう、打ちたきにては更になし、とその前にことわっているが、これに嘘はないだろう。先行《さきゆき》どうとも知れぬ身だから、せめて今の遊《すさ》びにふけりたいという感じ方もあれば、そんな気晴らしをしても甲斐がないという感じ方もある。

もともと自分からしたいと思っていたことではないのなら、これでいいじゃありませんか、とたいていの心やさしき女房なら、そうなぐさめる。ところが、世には賢なる女房もあるものだ、という話になる。夫の訴えを聞いた妻はうち泣きて、こう答えたものだ。

——のたまはすること、もつともそのいはれあり。まことにさる事なり。人にまじはるならひはよき事にもあしき事にも、そのことにもる、は口惜しきなり。

それればかりか、夜が明けたらわたしがかならずどこかで工面してきますから、と約束する。男として感謝のほかはない。ありがたい言葉だが、そうも執着はしていないので、そんなできないことは言ってくれるな、とさえぎったのも自然である。女房の好意に感じて、その辺でまあ、気持を折り合わせておくか、とそう思ったのにちがいない。ところが妻は、また何をおっしゃいます、夜の明けるのを待ってくださいと言いきって、実際に翌朝、一枚きりの衣を質に置いて五百文の銭をこしらえてくる。男はよろこんでその銭を受け取り、さっそく生涯ただ一度の賭博に出かける。ここは、物語の運びとしても、読者もまたすなおに男のよろこびを受け取るべきところだ。

——この銭にて心ゆかし給へ。人の十廿貫にてうたんも、またこの少分の物にてうたんも、心をやることはおなじなり。わが心にまたおもしろしともおもはぬ事なれば、あながちにおほくうち入れてもせんなし。

かさねがさね心やさしの言葉だ。夫の欲求への洞察にも、妻としての分別にも、欠けるところがない。しかし夫はその銭を懐に、日々わびしいように通《かよ》った奉公先へ、今日は改まった気持で向かうその道々、妻の言葉を思い返して、いかにも物の分かった女だ、十貫二十貫打ちこむのもはした五百文も同じこと、まったくそのとおりだ、自分ではおもしろいとも思っていないことなのだから、とそこで足がはたりと止まりかけるのではないか。一貫は千文か、と知れきったことをいまさらつぶやいて、つかのま喘ぐようにするのでは。

これほどまでに生涯を見抜かれて、その不足の機微に添われるのも、なにやら否定されるのに近い、と。

あまりすなおな取り方ではない。ただし、人まじらいは良きにつけ悪しきにつけ、そこからはずれるのは口惜しいものだと、たしかに世にも賢なる女房の言ではあるけれど、そんな配慮なら世の女房たちは、亭主にたいして、のべつ不言実行している。あまりろくな結果にもならないけど、とつぶやく女房も世にすくなくない、という蛇足はやはりつけ加えておいたほうがよいだろう。

三月三日、火曜日、晴。

中山競馬場の観客席は東向きなので、午後に入るとめっきり翳ってくる。年々、冬場に来てはそのことを思い、花の頃には忘れる。正午すぎには馬場の四コーナーのほうへ日溜りが寄り、その辺の芝生の上に人も溜まる。三時頃には西側の下見所《パドック》のほうへ日がまわり、その西向きの石段にまた大勢が、馬が本馬場へ消えたあとも、スタートぎりぎり間際まで日なたに粘っている。日のうつりを追って這いまわっているように見えるが、そういうのに限ってたいてい、天を見あげる暇もないほどに入れこんでいる。知らず識らず日を追うものらしい。

中山ではよく一風変った男女の組合せを見かける。若い男に、その母親ほどの年配の女が、ときどきあっさり手を腕に置いたりしている。男は顔つきも身なりも、まあ端正な部類だ。競馬はやはりかなり好きと見える。女のほうは商売のひとつも長年ひとりで切りまわしてきた風態で、ごてごてと着飾っているように一見みえるが、どちらかと言えば身なりにはもうあまり構わない。こちらも競馬場でふるまい馴れている。けばけばしいような組合せでもなく、競馬場の風景の中に紛れてほとんど人目にもつかない。世間ではすぐに想像をつけるところがあるのだろう。実際にそうなのかもしれない。ただ、長年競馬をやってきた男たちは、すこし別のことを思うようだ。べつに関係へ深い洞察があるわけでなく、男のほうにたいして、競馬場まで来てなにやってやがるんだとうとむ一方で、うらやみともまた違うが、なにがしかの理解の、影ぐらいは動く。金のことではない。運とかツキとか言われる見当のことだ。

ある男、三十の手前まで来て、妻もあり子もうまれ、安給料では暮すのも苦しいのに、独身時代からの競馬熱がやまない。月に一度ならばそれでも穏当なのに、土曜の暮れ方になると気が躁ぐ。そこで、鬱屈して万端に意気地がなくなるよりはましだと思い定めて、月にもう一度、細君にたいしては、競馬はロマンだ、金はいらない、と宣言して日曜の朝から堂々と出かけることにした。細君は黙って弁当だけをつくってくれる。それを持って、ああは言ったものの懐にはやはり、電車賃もふくめて千円と少々、もう二十年も昔のことなのでこれもせつない身銭になり、それだけのものを忍ばせて中山へ府中へと来るわけだが、その資金ではどうしても、買うよりは、ただ見るだけのレースが多くなる。それでも、競馬は金でないと自分でも意地があり、買わないレースでも下見所の前列に行って馬たちをつぶさに眺め、その足を返して本馬場に走り、キャンターの具合をたしかめ、しかし、窓口に並ばないその分だけ時間は余る。張りつめたまま余る。とくに勝負所を早目にして金も尽きた時など、細君に宣言した手前も、最終レースを見るまでは帰れない。

とにかく、しきりに夢を見るのには閉口した、と近頃になって苦笑して話した。勝負から置かれてしまうと、見るつもりもない白昼夢が、むこうから取っ憑いてくる。それも初めのうちは、競馬をやる者なら誰でも見そうな、感動的で虫のよろしいストーリーなのだが、そのうちに競馬からも、金の縁の空想からもはみ出して、不思議な往来が見え、野が見え林が見え丘陵が見え、あの頃の中山辺はそれと似たような風景だったけれど、はるばる、はるばるとひろがって、しまいには内容も情景もない、夢の奇遇の雰囲気だけがひたひたと寄せてくる。

五百文が一貫になり、一貫が二貫になる。丁半の理であり、丁半の夢である。知ってる者には、できないよ、と人はよく言う。

朝夕、邸内でこの七半とかいう賭博に朋輩どもがあげて熱中するのを身近から目にもし耳にもして、おそらく長年にわたり、一夜は生涯このまま仲間はずれに終るのかと眠れぬまでに悔みながら、この男、いざ賭場に寄ると、賽の目の勝ち負けもはかばかしく知らない。これほどまでに人が打ちこんで飽きないのは、複雑な遊戯であるわけがない。通り一遍の興味の男でも、年端も行かぬ子供でも、はたからのぞきこんでいればたちまち覚えてしまうような、剝き出しに単純な勝負であったにちがいない。それを、自分から手をおろしたこともなかったので、知らなかったという。単純そうなことでも、自分で手を染めてみないことにはわからない機微はある。しかし賽の目の決まりなどはそれ以前のことだ。

人並みはずれて魯鈍な男だったとも見えない。年のせいとも言えないだろう。年寄こそ、小児同様、こういうことはよく見覚えるようだ。それほどまでに禁欲的だったのか。禁欲的になるには貧乏が過ぎた、と言えば不穏当になるが、すくなくとも本人は、一文半銭も懐中になかったので仲間に加われなかったと、そう意識している。それでは疎外され内心鬱屈して、人の楽しみへまともに目も向けずに来たのか。それにしては一夜、よじれのない、あまりにもすなおな悲しみの流露である。いくら疎外されてもいっこうによじれない、それどころか、本人は人生おしつまるまでそのことをろくに思いもしない、とそんな人物もあるのだろうか。

いや、ザラにある。われわれにしても、身のまわりのもろもろの俗事にいちいち、半端に染まって生きているようで、周囲の大方が多少の関心を寄せるのに自分ひとりは身近にしながらいつまでも疎い、疎いままに生涯深くまで来てしまう、そういう事柄はさまざまあるはずだ。何がおもしろくて、生きているんだ、と人はそのことでこちらをあきれ眺め、あげくはその無関心をあわれみ疎むようになるが、本人はその欠如を苦にしていないばかりか、気づいてさえもいない。その部分において、われわれもまた、神仏の心にかなう者なのだろうか。

とにかく、男はその見馴れた七半とやらの、遊び方もよくは知らなかった。それで、人にまかせるのが世話ないと思って、そばにいた者にそのことを頼むと、相手はおどろいて、なんだ、いままで「賢人だて」をしていたのかと思っていたら、どういう風の吹きまわしだ、と顔を見る。それに答えて、その事に候、今日よりくはゝり候べし、と。なにがなし心を打つ言葉だ。

それでも、銭の張り方まで人まかせにしたのではない。五百文きりの銭を小出しにするのも見苦しいので、取られればそれまで、と一度に張ろうとする。初めはよしきたと請け負った男もその意を聞いては、せこい腕のふるいようもなくて、いいよ、爺さんにまかせるよ、と早々に投げ出し、うしろにひっそり屈みこんだ年寄りの、手の代わりをつとめることになったのだろう。しかも、行きあたりばったりの張り方をしたのでもないのだ。物語の記述を信じるならば、賽の目の出方をうかがって、一方の目がつづいて出るところで、まとめて押し出したという。五百文がたちまち一貫になる。

それからまた程良いところで一貫をまとめて押し出せば二貫になり、そこで妻に返す五百文を取り分けて、一貫五百を押し出せば三貫になり、そこからは一度に張るのはやめて、一貫二貫ずつ、それぞれ程良いところで賭けて、勝ちに勝って三十貫になった。良いところで打ったので良い結果になったでは、同義反復じゃないか、とこういうことにいささか苦労した人ならば叫ぶところだ。しかしほかに、言いようはあるだろうか。代わりに賭場に坐って銭を言われるままに押し出したり掻き集めたりした男もさぞやあきれたことだろう。

ただのビギナーズラックか。いや、そういう事ではないのだ、話そのものが。初心ということの不思議さを、初心に思えば、話の内側には入る。あるいは長年、五年十年十何年、朝夕打ち興じる朋輩のそばにいて、懐には一文もなく、賽の目のことも分からず暮すうちに、その七半とやらの、単純にして深い勘所がすこしずつ、おのずと心の内に忍びこんで、本人も知らぬうちに邸内で随一の、ただし一度かぎりの、名人となっていた。荒唐無稽のようだが、この想像のほうがおそらく、話の芯をかすめる。

それよりも、どういう姿を思い浮べるかだ。初めは控え目に、頼みとする男のうしろについて、肩ごしにおずおずと指示していたのが、勝ちこむにつれて目は血走り頰は削げ、やがて前の男を押しのけてじわりと坐りこみ、気の立った大猿の面相に、金物の焼けるような臭いを身から立ち昇らせて手つきも凄く打ちつのり、爺さん、死神がとっつきやがった、とまわりではささやきだす……そうではないだろう。

勝ちこんでも勝ちこんでも、終始、うっすらと所在なげな顔がそこにある。仲間に加えられて、楽しげにはしている。勝てばそのつど嬉しそうに笑う。賭ける時には張りつめた目を壺の上に注ぎもする。つきにつきつづけることに、素朴な驚きをあらわす。いや、これはおもしろいものだ、と感嘆の声も洩らす。しかし座から、一枚、隔てられている。年来、来る日も来る日も、閑な時には壁際から、何も分からぬまま、それでもにこやかに、すこしうわのそらに眺めていた姿と、いよいよ変らなくなる。

恬淡なようでも、賭博の心は、賭博の心だ。初回に五百文を一度に張ったのは、長年の心をあっさりゆかすためとしても、儲けた一貫をまたまとめて押し出した時には、女房の一張羅のことを思わなかった。二度目の勝ちでそこへ分別がついたというのも、なかなか生臭い。三貫まとまれば、取り分けて打つ。出すと留めるとに、賭博のさまざまな機微もあれば情念もある。粘ると断つとに。三十貫になってようやく、この上手荒なことはやるまいと思う。一日と言わず半日と言わず、わずかな時の間に、この手遊びの過程をほとんどすべて踏んだことになる。負けた時の心もおのずとふくんで。

哀しみの色は見えなかったか。自分ではおもしろいとも思わないことなのだから、と女房は言った。もとは自分の口から出た言葉であるのに、連れ添った者から言われてみればまた人生さむざむと見抜かれたような心地がしたものだが、生まれて初めて賭博にまじってみれば、またこの勝ち方だ。おもしろい、いかにもおもしろいものだ、と気がついたらひとりでしきりに唸っていた。まわりの者はあきれきわまって、まるで痛い意見でもされたみたいな、うす笑いをそろってうかべている。こんな埒もないことにふけって、何がおもしろい、と人の手遊びを見てそう思ったことは、これまでに一度としてない。それよりも先に、人の熱中がただもう不思議なものと目に映った。壁際からこちらもずいぶん熱心に眺めていたようだ、毎日毎日。熱心に眺めて、何ひとつ分からずにいた。自分もやってみたいと惹かれたこともまるでない。昨夜、寝も寝られずにつぶやいていたのも、今から思えばやったことがない、生涯やらずに終る、とその一事だけだった。女房に重ねて問いつめられてようやく涙とともに、一度でいいからやってみたいものだ、とじつは思ってもいなかった望みがこぼれた。いや、そうでもない。やはり、やったことがないと訴えただけだ。泣いたのも、聞いた女房のほうだ。

おもしろい、いかにもおもしろいものだ、といよいよ感に入って唸っているのは、何者だ。まるで生涯、この手遊びを明け暮れ続けてきたあげくに、今になって初めて、そのおもしろさがつくづく分かったというように。壁際にひとりはずれて相も変らずきょとんと眺めているのは、何者だ。さびしがるでもわびしがるでもなく、人をそねむでもうとむでもなく、ただときおり、賽の目に何が起ったわけでもないのに、たとえ起ったところでいっこうに分かりもしないくせに、目の内に驚き訝りの色がふいにひろがり、みるみるはちきれんばかりにふくれあがり、それからすっと懐へ手をやり、そこにはない銭をなぜるようにして安堵の顔にもどるのは。

しばらくやすませてもらおう、と三十貫になったところでことわった。勝った者のおのずと心得た手管や振舞いではなくて本心、しばらくやすみたいとただ思ったのだろう。座から立ちあがり、いまさらもう一度あきれる朋輩どもの視線を引いて、邸の外へ出たとたんに、懐に手をやり、ずっしりとかかる銭に、はて、これは何だ、と首をかしげた。

女房はどこにいる、と途方に暮れてつぶやいた。

三月六日、金曜日、晴。

左腕が痛む。肱のすぐ上の、ちょっと外へ寄ったあたりだ。春先になるとそれが出る。毎年そうなのかは、我事ながらよくも覚えがないが、なんとなく春の近づきと結びつけて感じている。

たゞ居るまゝに肱《かひな》わづらふ　野坡

春の句と思いこんでいたが、閑居やら腕痛やらを季語とするのは無理だ。前の句の春には、受けて染まっている。春の句よりも春めいた。

神経痛のようなものではない、こちらのは。疲れの澱《おり》が溜まったにすぎない。物を書くにも、最後の始末は腕がする。恥がもっぱら腕にかかる。しかし使わない左腕のほうに出るのが殊勝だ。あるいは右腕があまり凄いこわばり方をするので、左腕のほうがそばで辟易して、それでくたびれるのか。

東《こち》風々《かぜ》に糞《こへ》のいきれを吹《ふき》まはし　芭蕉

これが前の句だ。なるほど、腕がまたほのぼの疼きだした。馬事公苑の芝馬場でも、この時季になると芝に肥《こえ》をほどこす。芝生の上に土を撒いて、土入れをしたのか、とそう思って風下に来ると、肥の臭いが鼻をつく。梅の香と、しばし紛らわしい。あれは特別製の堆肥なのだろうか。自然に醸《かも》したにしては、臭いが甘たるい。

毎年三月になるときまってゴタゴタと、いまさらの不平を事毎に並べ立てる人間がいるものだ。たいそう気が立っているのかと思うと、目がどこかとろんとしている。声も言っていることのはげしさにしてはかったるくて、舌のまわりきらないような感じがともなう。話が半端にあちこちへ飛んで、忿懣の脈絡もつかなくなり、こんなこと、もういやだ、とぶった切る。何がいやなのかと聞くと、何もかもだと言う。旅行でもして、気分を変えておいでよとすすめると、どこへ行っても同じことだ、とむっつり黙りこむ。

去年の今日頃、成田空港にいた。これからひと月の旅の始まりになるが、夜の十時発の便を待つ間、ロビーのソファーの端にちょいと腰をおろして、ものの五分ほどか、とろりとした。

発ってしまうまでが、仕事に追われて忙しい。空港の構内に入って、ようやく仕事をふりきった気がしたものだ。酒も少々入っていた。これからひと月は遊んでいてもいいのだな、とそう思うと、にわかな落胆に似た安堵感があった。人のいない部屋と、机を思ったものだ。やがて搭乗がはじまり、変ったこともなく、機内に落着いた。

同行者が二人と、もう一人知人も乗り合わせていて、今から聞けば三人ともおそらく、空港のロビーで眠っているのを見た覚えはないと言うだろう。たしかに人と話もしていた、その辺をのそのそと歩きまわってもいた。しかし機内へ向かう間、雰囲気はまるでかけ離れているのに、帰りの夜汽車へ乗りこむところの気持でいた。長い列車のその先で駅の構内灯が煤煙を照らしているのまで見えた。いがらっぽい臭いも鼻の奥にあった。とにかく、くたびれた。先のことも後のこともさしあたり考えられない。今はただ坐って眠りたい一心だった。覚めて、朝の電車でも走るのを窓から目にすれば、何もかも変るだろう、とそう思った。懐もずいぶん心細くなっていた。

それから機内で昏々と眠ったわけでない。極地の上空を抜けるとき、旅なれた人が、オーロラを見に行こう、と席まで誘いに来た。ステュワーデスの詰所あたりの窓に顔を押しつけて、教えられるままに、両手で機内の灯を遮って、埒もなげな真っ暗闇をのぞくうちに、はじめは気のせい程度に、やがてはっきりと光の壁が宙に突き立った。そのとたんに、おやと首をかしげる気持で、搭乗ロビーの居眠りのことを思った。

いや、あれは乗り込んだのと同一の機内のことだが、東へ向かって夜は一度明け、さらに北西へ転じてまた暮れきったあとのことだ。ひと続きの夜ではない。ロビーで眠っていたな、と思い出したのでもない。誰かがロビーで眠っていたな、という感じだった。まだ同じところで眠っていた。

朋輩どもは女牛に腹つかれたる心地がした、とある。比喩としてちょっとなまなましい。まあ、太らせておいて、あとでいただくか、と気を取り直したそうで、これも出そうな捨台詞だが、この三十貫はそれ以上に太るわけがない。皆から掻き集めた福を、今度はこの自分がまとめてこちらへいただこう、とそれぞれその腹だったのだろう。

三十貫の銭がどれだけの値打ちであったか、これは花山院忠経が右大臣の時の話だというから、それからせいぜい六、七年後のこと、どこぞで搦め取られた強盗どもの中に、さる三位の兵部卿に縁《ゆかり》の法師があり、三位夫妻がこの法師をいとおしがり当時随一の女権門に運動したところが、もともと魚心に水心の事柄でもあったようでめでたく釈放され、そのお礼に納めたのが銭五十貫だという。この兵部卿というのが定家の兄の成家であり、この事につけて、定家は兄の細君のことを、狂妻と日記の中で罵っている。驚きあきれるすじはいろいろあっただろうが主として、父祖伝来の荘園か知行地をどうにか曲げて、こしらえ出した五十貫という銭に、怒りは向けられている模様だ。

それだけの銭をたずさえて男はむろん、まず妻のもとへ報告に行った。それから一日妻と相談して、あたらしい長櫃などをあつらえ、きらきらしく仕度して、翌朝、大臣邸の朋輩どもにたいして何か趣向があったらしいが、その辺は読み取れない。またそれで三十貫のうち一文も減らなかったようだ。

とにかく、男は起請文を一枚書いて、侍詰所の柱に張りだしたものだ。今後ながく博打には手を出さない旨、誓ったその中でわざわざ、これまでもいたしませんでしたが、このたび皆の衆におつきあいして、はじめていたしました、とことわっているのもおかしい。朋輩どもの顔の見たいところだ。起請された神のほうも、なんとなく苦笑させられたことだろう。これでは、今後やりませんという誓いというよりは、一度はやりましたという申告みたいなものだ。これで満足いたしました、と。

さてそれからまた妻のもとにもどり、三十貫のうち十貫を渡し、のこりの二十貫ももとはと言えばお前のおかげだから、ほんとうはぜんぶ取ってもらうのがすじなのだが、とそうことわっておいて、じつは自分も年老いて、先も長くはないので、これを汐時に出家をしたい、と切り出す。

生涯ただ一度賭博に手を染めてみて、人生の無常やら空無やらを悟らされたので、という理由では、さしあたり、ないのだ。そうではなくて、もう年来、出家のこころざしはあったのだが、一日分の斎料《とき》もままならぬので、そのことに思いわずらっていた、と言う。斎とは午前中に定められた僧侶の食事のことで、斎料とはその費用、早い話が食費である。食費がないので、出家ができない、なるほど。

法界の権門に取っつきたいとか、ひとかどの導師を呼んで威儀も正し、立派な法名も頂きたいというのなら、それは金がかかる。出家も金次第というところはあるだろう。しかし、髪もさびしくなった頭をいっそまるめたい。一文半銭の金も不如意の宮仕えからまだ元気なうちに足を洗いたい。ことさら仏門とかを叩く了見もないので持参金やら入会金やらの掛かりもない。ただ出家して、世俗のいとなみから離れたい。それだけのことにも、いや、それだけのことにこそ、金が絶対必要の条件となる。斎と言っても、頭をまるめるのでそう呼ぶまでで、精進だろうとなかろうと、つまりは三度三度の、いや、この場合には日に二度きりの、飯のことだ。喰うに追われる暮しを厭離するには、何よりまず、喰いしろが要るとは、考えてみればあまりにもあたり前のことで、誰でも中年を越えればその見当の壁に思案の頭を何度でもぶっつけるものだが、あらためて聞かされれば何度でもがっかりさせられる。ほんとうに、一丁、大博打をうって、出離を賭け取りたくなるところだ。しかし、そのために賭場に坐ったら、さぞや手が震えることだろう。

たしかに、出家を賭け取った結果にはなる、この男。生涯やりたいともつゆ思わなかった賭博を、金がなくて一度もやれなかったと思うとにわかに口惜しくて、夜中にこぼしたところを女房にすすめられ、今でもやりたいとは思わなかったが、五百文一回こっきりのつもりでやってみたら、生涯やっても会わなかっただろう運につかれて、まるで生涯やりつづけたあげくのような手際も冴えて、生涯やらずに働いても稼げなかったところの、出離の資金を手にした。神仏の冥助ということをはずしても、そこになにやらありがたい機微がありそうで、それが今にもつかめそうでつかめなくて、結局何もわからないのは、やはり欲心のせいか。欲心も即菩提であるが、しかし欲心があっては駄目だ、と誰やらがむつかしいことを言った。生涯の賭博を自分からすすめたほどの女房であるから、亭主のこの決心にはよろこんで、かへすがへすも目出たく思ひとりたまへり、とここでもはげましている。長年のこころざしは忘れない、と亭主も言う。わしのことがいやにならぬうちは、ときどきたずねて来てくれ、洗濯物の面倒も見てほしい、と枯れた睦言を言いかけている。これで即出家、頭はどこでまるめたか知らないが、要するに、家を出ることになった。

家と言ってももともと、今の人間に通常の感覚からすれば、あってないようなものだった。夫は右大臣家の下侍、主人《あるじ》の貴族の暮しを本《もと》とした、昼夜定めもない勤めだったのだろう。忙しい時は忙しいが、待ち時間がむやみとはさまる。それで詰所あたりに賭博が大いに流行《はや》った。妻のほうも別の大納言家で下仕えをしていて、夜は夜で仁和寺に行く、というのも泊まりこみで働いていたのだろう。まさに共稼ぎの夫婦であり、それもなかば住みこみみたいな勤務であり、長年、すれ違いも多かったはずだ。家と言っても、それぞれときおり手足を伸ばしにさがる、宿みたいなものだった。

それでも妻は夫の口から出家の決意を打明けられたとたんに顔つきにわかに変り、今生のこころざしのたがひつるこそ口惜しけれ、と鬼面を剝いて身悶え、あなたはどこまで、自分のことしか、考えられないのですか、家を出たいとおっしゃるけれど、その家さえきちんとつくらなかったではありませんか、あたしは何のため、一人で駆けずりまわってきたのかしら、とやがて金縛りみたいに目の据わったその前から、夫はそろそろと腰を浮かし、いっときの怯えのあまり妻の言葉も耳に入らず、まして妻の心を思いやるゆとりはなく、神仏の助けなどを念じながら、こっそりと戸口のほうへ寄り、いつまでも遊び暮れた童なんだから、と妻のもうひとつぶやきに弾かれて、履物かかえて表へ走り出て行った、とそんなふうに曲げれば、これはこれでなかなか、あじわいの深い話になるところだが、ここは控えておこう。

三月八日、日曜日、晴。

馬が動いてます、とラジオの実況アナウンサーが叫んだものだ。昨日のことだ。四時半近く、ガラス戸の外は木の枝から白くなりはじめていた。雪の降り出した時刻はちょうど仕事室にこもっていたので知らない。先頭は何、二番手は何、三番手は何、とその辺まで伝えては言葉が詰まる。大きな双眼鏡をあてていても、遠くは灰色に霞んでよくも見えないのだ。先団にもう一頭並びかけて、これが何。それから、馬が動いてます、と。後続の馬が動きはじめました、という意味なのだろうが、言葉がつづまったのは、まず実感にちがいない。

十八年前か、あるいは十九年前の、やはり三月の初めのことだったかと思う。春休み中の大学の研究室に三人ばかり午前中から詰めて追試験の採点をするうちに、ちょうど出前の物で昼飯をすませてまた仕事にかかる頃、閑散とした廊下から足音がゆっくりと近づいて、この雪はこれからもっと、ひどくなるそうですので、早くお帰りになったほうが無難だと思いますが、と職員の一人が眠たそうな顔をのぞかせた。静かな雪道を池袋の駅まで出ると、街はまだ平生の顔をしているのに、国電は完全に停まっていた。地下鉄の丸ノ内線で赤坂見附、そこから銀座線で渋谷、その先のあてはなかった。警報を聞いて会社官庁が一斉に早退を決めたのか、それとも土曜日だったか、大手町を過ぎると車内は身動きもならなくなった。赤坂見附ではよけて吐き出された。渋谷行のホームへは、それから階段をあがらなくてはならない。銀座線しかなかった昔から、ホームが上下《うえした》になっていた、この駅は。少年の頃に朝夕ここで乗り降りしていたのでよく知っている。いや、おかしい。丸ノ内線の新宿方面行と銀座線の渋谷行とは、同じホームからフラットに乗換えられる。二十年前も今も、それには変りないはずだ。しかし、階段の上までぎっしり詰まって動くともない人の列に、しばらくついていた記憶がある。いよいよおかしい。池袋のほうから来る電車は、階上のホームにつく。

お前は何をしたのか。どんな間違いを。

覚えがない。とにかく、連絡階段をのぼる行列の後についていた。そしてのぼり口のすぐ手前までようやく進んだ頃、ふっと列を離れた。出口へ通じる、これは人もすくない道をまっすぐ行った。青山通りを渋谷へ向かって歩き出した。雪は止んでいた。車が道いっぱいにつらなり人の歩くほどの速さでじりじりと進んでいた。歩道の雪は踏み返されて融けかけてはまた凍りつくようで、革靴の底にむずかしくさわった。そのまま渋谷まで歩いた。疲れも知らなかった。足もとに難渋させられながら、歩くほどに、免れて去って行く安堵の気分にひたされた。その足で渋谷の街をつっきって道玄坂へ、くだって大橋、またのぼって三宿、三軒茶屋、右へ世田谷通りに折れて若林、上町、上用賀の自宅まで歩いて帰るつもりだった。実際にそれだけ息の長い、もはや先を急がぬ足取りになっていたのが、道玄坂をあがりかけて、道端の店さき

てくれた。

坂上に友人の宅があった。往生したような声で訴えていた。やがて、酒を用意して待ってい

から、人の取りついていない赤電話が目にとまった。

赤坂見附の駅でのことは、少年の頃の帰り道には毎日下のホームへ降りて浅草行に乗った。初め新橋で国電に乗換えて品川まで行く。その習性がそんなところでにわかによみがえった。初めに上のホームに押し出された時に、どの階段を伝ってか、とっさに下のホームへ降りてしまった。あの混雑の中ではかなり傍若無人のふるまいとなる。錯覚に気がついて上へもどろうとした時には、階段は人で塞がっていた。その尻にしばらくついていたが、失敗はもう取り返しがつかないような気がして、列から離れた。そうとしか考えようもない。ほかに血迷いようのないところだが、なにぶん、当時から数えても、十二、三年も昔の習性になる。その間にも、この駅にはよくよく来馴れていた。それに、途方もない間違いに気がついた時の、驚きや焦りや腹立ちは、記憶に影もない。渋谷までむやみと恬淡とした気分の時間だった。そのおかげか、思いがけぬ客となって、懐かしいような酒にありつけた。

妻子もすでにあった頃だ。

家を出て、どこへ行くのか。寺には入れず、野にも山にも伏せず、羅城門の上層《うわこし》にも登らないとしたら、やはり馴れた街なかに、雨露しのぐところは要る。それまで楽をしてきた者ならともかく、この老人にとって、あまり以前と変らぬ暮しとなるのではないか。仁和寺に住みこ

んだ妻もときどきは通ってくる。宮仕えはなくなり、手もとに二十貫の銭がある、これは大違いだ。しかし、あと何年生きるか、長短いずれも知りがたい。それまではこの銭を喰いのばさなくてはならない。銭の尽きたところで命も尽きるという冥助は、なかなか望めない。もとより物欲のすくない人なのだろうが、余生の「生涯計算」は、涯《はて》の知れぬまま年々、以前に劣らずせちがらいものになる。世間から離れて生きるには、世間にまじわって生きるよりも、よほどしぶとい経済が要求されるところなのだが。

この老人の後のなりゆきを見ると、あの日の大臣邸の賭場からなにやら、博才とか博運とかいうものがひきつづきついてまわっているように思えてならない。むろん虚心のうちにだ。まず十貫の銭を懐にか首に掛けてか、四条は繁華の町へ行き、往来から多少は物色もしたのだろう、一軒の小家をたずねて、その十貫をまるまる差し出して頼んだことは、この家に月々、月の前半の十五日、それも昼間だけ、置いてもらえないだろうか、と。日に二度の斎料《とき》をこの銭からさっぴいて、十貫が尽きたら、そこまででやめにしてもらいたい、と。この家にとっては悪い取引きではなかったようだ。二度のまかないと言っても、どうせ老いぼれ法師のこと、粗末な物しか喰わないだろうし、また喰ってはならぬ道理だし、それに銭のほうが先に尽きるとはかぎらない、とそんな胸算用、他人の「生涯計算」までひそかにしたことだろう。おまけに、二つ返事で承知しておいてから、そうは言っても、はて、どこに置いたものやら、とおそらく自分の無責任さに自分であきれるところへ、むこうからわざわざ、ご商売の家だから手ぜまなところに坐りこまれてもお困りだろう、屋の上に居るのはよろしいか、とそう申し出るので、それはいっこうにかまいません、どうぞどうぞとばかり家の上へ押しあげた。二階であるわけはない。屋根の上だ、もろに。

この話は右大臣花山院忠経の名からして承元年間、後鳥羽院の世、承久の乱の十四、五年前の時代にあたるが、それから三百年以上もさがって、戦国期に入る京の街の賑わいを写したと言われる洛中洛外図をつぶさに眺めても、壁と壁を寄せて立ち並ぶ商家に、二階というものは見あたらない。物干しらしい台もない。屋根は板葺きで、重しに、ずいぶん整然と描かれているがゴロタ石のようなものが並べ置かれている。店の間口はそれぞれ、往来する人の丈から割り出すに、せいぜい一間半ぐらいのもの、奥行もそれとどっこいで、壁は荒い土壁、後世から見れば掘立小屋に毛の生えたぐらいのものだ。実際に地面からじかに掘っ立てのようだ。それもひと町内、道に沿ってずらりとつらなっているのではなくて、数軒まとまっては跡切れるようだ。コの字型に組合されて、ひろくもない中庭のあるところも見える。この共同の庭で日常いろいろの、用を足したのだろう。戸口には表も裏も、ノレンを下まで長くしたかたちの、カーテンのような布がかかっている。引き戸は見えない。敷居はある。総じて、人で賑わっているとは言うものの、絵画の華やぎをよくよく割り引いて眺めれば、家並にくらべ往来も辻もずいぶんひろくて、まだまだ土の気の支配する領分だ。まして、その三百あまりも昔は——。

その屋根の上に坐って念仏三昧に入ったという。はるか後世の間口八間の大店でも、もしもその正面軒の上に人ひとりが端坐していたら、通行人はびっくりして立ち止まるだろう。今の京都の街に、家ごとに鍾馗さんの像が軒の上に立つ界隈があり、あれは人にくらべればよほど小さなものだが、夜などに通りかかると、ふと見あげて、睨みつけられた気がして、やはり魔除けだけのことはあると感心させられる。まして間口一間半ばかりの、軒も低く、掘立小屋と似たり寄ったりの、その板屋根の上に、年寄とは言いながら、大の男がひとり往来に向かって坐りこんで念仏にふけっているのは、どんなに面妖な光景であったことか。むやみとでかいものが、なぜだか、家の上にのっかっている。

いや、そうでもなかったのかもしれない。ああ、法師か、とその一言で人はそれぞれ得心して、法師だからなぜ、屋根の上に居るのか、といぶかり返しもせずに通り過ぎた。たぶん、そうなのだろう。屋根には夜中になるといろいろ、変なものが来るというから、と昼日中なのにそんな答えで間に合わせてしまう。たまたまつくづくと眺めて仰天しかけても、まわりが一向に平気で往来していれば、こういうこともある、としかつめらしくつぶやいて仰天をやめる。そんなものだ。

こうして繁華の巷の、小家の屋根の上から、念仏しながら往来を見おろし、人の躁《さわ》ぎ奔《はし》るのを眺めて、世間の無常を悟っていったという。これはある。簡単なことなのだ。屋根にあがるまでもない。大道を人に混って往く。前からも大勢が来る。ふいに自分ひとりが異なった境に踏みこんで、往来の顔を啞然として見渡す。ああ、一年後にはこのうち何人もが、骨になっているのだろうな、とつぶやく。その返しで自分こそすっと、時差に迷い出た幽鬼のごとき心地に足もとからひきこまれる。ただし、ほんのわずかな間しか、その境は続かない。

あれを持続させるには、念仏を絶やさぬことなのだろうが、凡夫にはその前に、やはり屋根の上にあげられて日がなそこにひとり居る、それに類したことが必要であるらしい。念仏しながら往来の人を見おろしていた。それ以上にしかし、見られてもいたわけだ。人がろくに目も向けないとしても、身をすっかり外へさらして隠れようもないのは、見られていることにひとしい。通り過ぎる者たちはかならず、妙なところに居る法師の姿を、目の隅には止めているはずだ。大勢がそれぞれ、訝りにもならぬ訝りを運んで、四方八方へ散って行く。八方四方からまたやって来て、また妙な物を目の隅に止めて、やはりそれと気づかぬままに、なにがなし反復の思いに苦しめられる。屋根の上に反復が居る。それからだしぬけに、これも一時のことだが、物事の無常を感じさせられる。そこはかとない無常の風に吹かれて先をまた急ぐ。

見ながら見られている、見られながら見ている、しかもそこに相互性はない。物を乞うわけでない。法を説くでもない。ただ一方的に見ている、ただ一方的に見られている。その荒涼の中に、かえって、別の相互性は生じないか。居ながらに抜ける境はないか。水平方向へ抜けて行くように想像される。まわりの狂躁がそのままに静まり、寂しくなり、その中を地に沿って、ひとところで念仏しながら無常の心が八方へどこまでもひろがる。街の殷賑に往来され、賭場の血気に触れられ、それにまじわり、それに染まり、さらにたいらかに敷きのべられていく。忙しさがきわまって念仏の端をうわのそらに洩らし洩らし大道を奔る者たちとも、声はひとつになる。

そうして四条の屋根に日を暮して、夜はどこへ行くのか。おそらく年来の宿に今までどおりに泊まった。ただ妻は奉公先に住みこみきりになり本人も生業を離れたのですでに家ではなくなった。家でなくなればほかに寝所をもとめる煩いもさらさら無用となった。とそういうことではないかと思われるがそれはともかく、月の前半が満ちると今度はもうひとつの繁華の街七条へ行き、そこで同様の小家を見つけて同様に十貫を差し出し、これで無一文の身になり、月の後半、屋根からまた人の繁華を観じ念仏して過す。そうして四条と七条で月をなかばなかばに、無常を念じて、何年かが経ったらしい。

ここでも賭けは通った、と言うべきか。同じく虚心の賭けである。有金を二つに分けてそれぞれ一度に押し出したところなどは、右大臣邸での初心の手際を思わせる。今度は賽の目がすぐに出て決まるわけでない。しかも最初に一切張ってしまっている。半月の替り目ごとに、空の月が満ちるたび欠けるたびに、宿の主人のただの欲心が、悪心へ変るのではないかと、並みの分別ならば、腰は据えたつもりでも、多少の薄氷を踏む思いはしなくてはならない。こちらに不安や用心の色が見えれば、それに反応して、相手の悪心の動くおそれがまたある。いや、そんな疑惑よりも先に、主人がまず達者で、家に格別の厄災もなく、商いもほどほどに繁盛していてくれなくては困る。もっとも平均的な、ということは平均的に無常な賽の目を、人と家とを選んだことになる。初心に虚心に、しかもおのずと長《た》けた眼でもって。

仕舞いはめでたく往生となる。無論のことだ。ハッピーエンドにこそ物語の深みはある。その前に、二十貫の喰いしろのやがて尽きる心配は解消した、という劣らずしあわせな成行きがある。屋上の念仏法師に人が目をつけた。四条でも七条でも。どれだけの歳月が積もった末のことなのか、地元の人間たちがありがたがり、それにつけても夢にお告げのようなものを見たと言い出す者もあったようで、やがてわれもわれもとあらそって、結縁のために、その日の斎料、法師の食費の仕度をしたがった。おかげで、初めにあずけた銭も余って、それぞれ家の主人の所得になった、とそんなことまで物語はわざわざつけ加えている。ひとつの賭けの顚末として、その余得のことも落せないのかもしれない。

何年目かは知らないが、ある境から、人は一斉に目を向けるようになった、と考えられる。しかもその時には気持がさかのぼって、かねがねから通るたびにありがたいと仰ぎ仰ぎしていたと言い出す者たちがあり、そう言えば、ありがたかった、と聞くほうもうなずく。たしかに、通りがかりに何となくちらりと目の行く習慣は知らぬまに積もっていたので、かならずしも嘘にはならない。月に十五日ずつ、姿の見えなかったのも、人の心に染み入るのに、かえって効果があったのだろう。いよいよ往生したか、と人はそのつどちょっとさびしがる。不在の内でこそ、影はふくらむ。家の主人たちは、初めに損な話じゃないと目先のことばかり考えて老法師をあっさり屋根にあげたが、その後も人目が悪いとも屋根がいたむとも気にやまなかったらしい。先々のこともどうやらろくに考えなかった。その無心の徳が積もったことになるのか。

いくら何でも、往生する時には、どこかへ行ってくれるだろう、と四条でも七条でも、屋上の聖が人の関心を集めるまでは、そう思っていたにちがいない。しかしそう都合よく片づくとはかぎらないおそれが、やがて法師の面相から見えてきた。たまたま見あげてはっと足の停まりかけた者たちもおいおい出てきて、何とかしないか、と非難のつぶやきも主人の耳に伝わった。店の屋根に、大道へ向けて、死人《しびと》みたいのを置いとくことはあるか、と。まあもう何日か様子を見よう、と主人はさらに思い思い、夜になれば法師はどこぞへ帰る、それにつけてひそかに僥倖を頼みとした。しかし来る日も来る日も法師はあらわれる。月の十五日が無事に満ちて、今度こそこれが見おさめ、と暮れにしみじみ送り出し、なにか隙間風の吹くような心持で日を送るうちに、十日ほどもして、七条の屋根に今日も居た、とそちらから来た者が伝える。それを聞いた時にはさすがに追いつめられた気分になったが、数日してあらわれた法師の顔を見れば、この前の時よりも、こころなしか、つややかですがすがしい。ここに居るかぎりは喰わせて持たせなくてはならない、とそう思うので、食事の仕度もすすめ方もいきおい懇切に、かしづきやしなうごとくになり、それにつれておのずと、真心のようなものもこもっていく。とにかく、あの法師が来てから、うちの商売、なんとなく、悪くはないので、と自分の熱心さに自分で言訳している。

心をつかうのは屋根の下の主人ばかりで、通りかかる人間が揃ってわずかずつ、屋根から目をそむけた時期はあったのだろう。そうなれば、しかし、時はすでに近い。目をそむければ、かえって、目につく。通行人たちのしばしの沈黙の中で、往来を覆う念仏の声が、初めてのように耳に聞えてくる。ある日、思わず立ち止まって屋根の上を見つめてしまった者が、始末に困って、手を合わせる。その辺がきっかけか。それを内から見て驚いた主人が物を放り出して屋根へよじのぼり、無事の姿を見て穢をまぬがれた安堵のあまり、法師の膝にすがりつく。下に見物人がぞろぞろと集まってくる。また月の半分が満ちて七条のほうへ渡る日には、後をついて送る者もあり、町の入口では大勢の者が出迎えている。

屋上の念仏聖として人に仰がれて暮したのもしかし、法師の身に即すれば蛇足、あるいはお礼奉公みたいなもので、いずれ長い月日ではなかったと思われる。やがて往生の期が近づいた。聖往生の通例で、本人は先刻その日を心得ていて、仁和寺の妻の家に行き、威儀をただし、正念に住し、高声念仏おこたらず、端坐合掌して終ったという。

最後に女房のところへ行くなどは、話として聞きやすい。仁和寺の家とは、おそらく寺の外域か、もっとはずれにざっとこしらえられた下働きのための宿所みたいなものだったのだろう。往生のために寺へおもむくと言えば今の人間には世話がないように聞えるが、本堂はむろんのこと、小堂にせよ涅槃堂にせよ、どこぞの回廊の隅にせよ、寺の建物を往生の場に使わせてもらったとは、一言も記されていない。大寺の内で死ぬなど、当時としては考えられもしないことだったのだろう。女房の家も寺所属の宿所だとすれば、同じ屋根の下に人も大勢いて、それぞれ下仕えのためにも触穢が憚られただろうから、一体、どこで往生したのか。それも書かれていない。わざわざ書かなくても、人にはおおむね想像がついたことなのかもしれない。

——しばらくでも、すっかり人まかせに、暮してみたかった。これで気が済んだ。往生も人が決めてくれるものと分かった。ところで、お前は、どう暮していた……。

三月十四日、土曜日、雨。

雨のことを忘れるものだ。物語も月の十五日十五日と言いながら雨や雪のことには触れていない。これも論外なのだろう。山中苦行の僧ではあるまいし、降らぬ日に限る。四条七条辺の店も雨天には開かなかった。物を買うような人通りもなかった。店舗のごときものは構えていてもまだ露天の市に近い時代だったのだろう。人の賑わいがなければ、この話の場合、世の無常を観ずることもできない道理だ。

ようやく烟るように降っている。つい三、四日前には雪まじりだった。天気の変化を嗅ぎあてる勘が五、六年前までは少々あったものだ。雨になるなと路上でつぶやいて、何時間か後に人に感心されるということもあった。暖房のきいた室内で雪かなと感じて外に出るとただの雨が降っている。翌日、雨あがりの戸外を散歩していると、前夜から置かれていたらしい車のフロントグラスの下端にかけて、白いものがうっすらと付いている。後で人に聞くと、未明に一時だがかなり降ったところもあるという。この程度の嗅覚なら今でもときたまははたらく。

血縁および姻戚関係、続柄への感覚は人よりよほど劣るようだ。ほんのすこしでも遠くへたどられると、頭がたちまち混乱しかかる。血縁と姻戚の両関係をまぜて話されると、初めから理解を投げてかかる節が我ながら見える。簡単な関係でも、実際の生活ではまあそうでもないのだが、物を読む時など、長くもない文章のうちで何度も忘れている。従兄弟姉妹、いとこという観念すら自分には十分に発達していないのではないかと疑われることもある。

富夫の娘でございます、と中年の女性に前に立たれた。ああ、従兄の娘さんか、と自分からそう思いながら、従兄の娘とは、ずいぶんむずかしい命題をつきつけられた気がしたものだ。去年の十一月のことだ。船橋市まで出かけて人前で話す機会があった。その前日にその催しの担当者から電話の連絡があり、あれこれ確認のついでに、遠藤様という御親戚の女性が来られて会の始まる前に少々お目にかかりたいとおっしゃってられますが、と言う。その名の親戚には思いあたらない。だいたい、血縁者と言っても東京周辺には姉兄たちと甥が二人、それに自分の娘二人もふくめるべきか、知っているかぎり、それしかいない。しかし親戚としてたずねてきてくれるからには、どういうつながりだか、やはり親戚なのだろう、とあなたまかせに世田谷のはずれからやって来たところだった。

続柄は単純だ。困惑の分けもわかる。従兄と言ってもこちらよりひとまわりも年長になり、大阪は池田市の在住で、じつは物心ついてから会った覚えがない。女性はまたこちらよりひとまわりほど下になるそうで、年数からはだいぶの隔たりになるが、家庭も長くなり子たちも育って、自身もすこしずつ働きに出ているという。大阪の従兄だって、いま会ってみれば、おそらく、中年どうしの顔を見合わせることになるのだろう。初対面なのでもともと相互の歳月はないようなもの、同年配どうしとしていきなり骨肉に出会った奇妙さか。ここにはいない従兄もふくめて、三人の中年。いやいや、親子の関係が、こちらの頭からつい落ちる。そらおそろしいことだ。

古井の、古井の、と女性は歯切れよく連発する。実家のことをそう呼ぶわけで、当然の物言いだ。そのうちに混乱がややはさまった。亡くなった祖父、の話をするうちに、ずいぶんしっかりした、ひいおばあちゃんで、と女性が苦笑した。そうか、祖父とは伯父のこと、曾祖母とは祖母のことになるな、とこちらもすぐに呑みこんだが、呑みこむ時にちょっと重たかった。

大阪の池田の家では二十年ばかり昔に、まず主婦と、つぎにその姑とが何カ月かの内に、それから当主がたしか一年ばかりの内に、相継いで亡くなった。女性にとっては、おばあちゃん、ひいおばあちゃん、おじいちゃんにあたり、東京の分家の者がそんな話をこんな所でしはしないけれど、かりに話したとしたら、二代の主婦がたちまち消えたことへの驚きは伝わるか、と莫迦げた心配が頭をかすめた。通じないわけがない。相手こそ当事者、その当時にはもう成人しかけて両親とともにその家で暮していたはずだ。

まもなく女性は仕事があるのでとことわってその場を辞した。その聡明そうな後姿を見送ってから、こちらも仕事を前にして、こういう血縁の話になるとすぐに魯鈍になる頭のはたらきをおもむろに再調整した。無難に仕事を済ませたあと、その仕事の相手にあたる知人に、さきほどの「奇遇」のことをすぐに話してみた。頭の中がもう混乱を来たしているのではないか、とひそかにおそれていたら、あっさり話せた。そのことに驚き、あたり前じゃないか、とまた首をかしげた。

幼い頃、戦前の話になるが、三人兄弟がときどき家に遊びに来ていた。年はこちらの子供たちと似たり寄ったりなので、その来訪が楽しみだった。帰ればもう次の時を心待ちにしていた。従兄弟たちと思っていた。親どうし兄弟ではないと知りながら、ただイトコと思いこんでいた。そのうちに母親から、そうではなくて、あそこのお父さんと、うちのお祖父さんが従兄弟どうしなのだとただされた。母方の祖父のことだ。あの子たちと、うちの母親がハトコ、マタイトコどうしなのだ、と。あのときにわかに物が考えられなくなった。

中年に入った男性が母親のことを話した。母親がある土地で暮していた頃のことだ。息子は一緒ではなかったようだ。事情があったらしい。聞くほうには二十年前、せいぜい三十年昔の話と取れた。それで相槌も打てた。それが、ずっとあとになって知らされたところでは、話す本人がまだ生まれる前の話だという。歳月をすっかり落して物事を語ることがある。それとも、聞く耳のほうから、落ちていたのか。

「生まれる前の」と書くところを、あやうく、「生前の」とつづめそうになった。その「生前」へ追いもどされたような、と言えばよいか、あの少年たちと、自分の母親とが、再従兄弟《またいとこ》どうしと聞かされた時の心地は。ハトコという言葉がなにかいやな色をふくんだ。

夜じゅう降っていた雨が、午過ぎからまた落ちはじめた。雨あしもつのっていくようで春先の二日続きの降りになるかと思ったら、あとは降りみ降らずみ、薄日の差すこともあったが、地面は濡れたまま、暮れていった。夜更けから風が吹き出して、空が妙に明るく、雲間に望《もち》に近い月がかかった。

これだけの天気の移りでもほんとうは、一個の眼が、見たとは記せないはずのものなのだ。これもひょっとして、「生前」に属する事か。

ある日、見も知らぬ人間が二人家の戸口に立ち、こちらの顔をしげしげと眺めて、ひとしきり勝手に感に入ってから、やっぱり、あなただ、いや、夢に見ましたぞ、近いうちにかならず極楽往生をとげるお人だそうで、昨夜わしらに揃ってお告げがありましての、それで田舎からわざわざ連れだって拝みにまいりました、やれ、ありがたや、とほんとに拝みだしたとしたら、これはまた御丁寧に、遠路はるばる、縁起でもないことを、そうでなくても近頃、夢見が悪いんだ、と今の世の人間なら叩き出すところだ。追っかけ塩を飛ばそうにも、小瓶から振りかけ式の、食卓塩しか手もとにないことを残念に思うぐらいのものだ。

そこは極楽往生が世間にときどき現に起る出来事として信じられていた時代を思わなくてはならない。たとえば、思いがけぬ資産にあたって、それで長年の勤めを引き、海辺の家で余生を安楽に送るというような、その次元と気持の上でそうそう隔たらぬ幸《さいわ》いとして。ということはまた、信じると信じないとが、とくにわが身のこととしては、ずいぶん微妙なまじりあいになるが。

実際に、ある日、訪ねて来たのだ、いきなり。いきなりに決まっている、こういうことは。ある夜、一人の夢に、京のどこそこの何某はかならず極楽往生をとげるであろう、とお告げがある。覚めて異《あやし》んで近隣の里を聞いてまわると、もう一人、同じ夢を見た者がある。かならずもう一人はいるものだ、染まりやすいのが。そこで二人相語り、すぐさま京へ向かった。江州は蒲生の郡というから、当時、たしかに遠路である。単純に距離だけを比べても、東京は銀座あたりの往生が、佐倉の先で夢見られたのにひとしい。

往生必定と他人の夢に指名された主《ぬし》は蔵人所仕人、これも下侍、職は下走り役、居は上東門の裏、裏というのは門の外ではなくてすぐ内の、どこぞの片隅だったのだろう。上東門と聞けばつい、みやびな女人などをうかべるところだが、その辺に下侍どものむさくるしい宿所、長屋みたいなものがあったかと思うとおかしい。宿所とは言いながら、大方の貧乏侍には、別に自分の家というものもなかったのだろう。さいわい妻というものがあれば、ときおりその住まいへ通うだけで。朱愚、白痴、とある。まっかなおろかもの、まっしろなしれもの、まあ、そうほぐしてしまってはあたらなくなる。まじめな人だった。その性は未知、と伝記としては無責任なようだが、取り立ててどうこうという性格でもなかったのだろう。

言われて乗る人ではなかった。そんなこと、考えたこともないので、とただ困惑していた様子だ。しかしいったん熱中してしまったほうはあとへひけない。いったい、どんなことを日頃、おこなっておられるのか、とさらに熱心にたずねる。たしかに困った問いだ。そう聞かれても……まあ、阿弥陀三尊を造らせたり、法華経の四、五部も下手な筆《て》で写したり、形どおりのことはやってますが、それだけでね、とか口ごもっていたのだろう。それに続く、タダシ人ノ為ニ愛憎ナク、食ニ偏頗ナシ、来ル者往ク者、有ルニ随ヒテ与ヘツ、とあるのはどうか。誘導訊問の臭いがするが、それでも口調は漠と聞える。食ニ偏頗ナシ、これは善い。喰い物に好き嫌いがなくてね、とこの答えこそ、困惑の中から最初に、聞くほうにしてはだしぬけに、口からこぼれたのではないか。あるいは唯一の答え、答えのすべてだったかもしれない。なぜ、偏食がなければ極楽往生ができるのか、それは本人にも誰にも分かりはしない。いつも元気だね、と声をかけられて、ちょっと考えてからそう答えるのと一緒だ。

それは人さまざまだからね、あまりどうこう思わないな、だいたい、人のことはよく分からないほうで、と愛憎のこともそれぐらいの答えではなかったか。うちらあたり、その日の喰い物にも困るのがよく出てきますよ、こちらもいつそうなるかわからないし、あまりたくさんも喰わないので、あれば、分けてやることにしてます……。

来訪者たちは満足した。何を答えられても、この際、どうでも満足するところだ。結縁というのはつまり、その主に実際に会って話してきたということなのだから。落胆されなくて、結構でした、と主人もほっとして客を見送った。近頃、変なのが来るな、とそれからやはり首をちょっとひねったことだろう。変なもののとかく出る御時世ではあったらしい。白河院の院政期にあたり、まもなく京に大火があり、疫病が流行し、ついでに田楽も流行する頃だ。

あともさきも、本人の自由になることではなかった。しばらくしてまたどこぞで二、三人、同じ夢を見る者があり、やはりたずねて来た。また同じようなことを答えるよりほかにない。やがて人から人へと往生の夢ははるばると伝播していった。あげくには夢そのものもずいぶん凝ってきて、淀の津あたりで見られた夢の中では、華やかに彩られた船が三隻、すでに艤装も整えて海岸にあり、その内の二隻には人が乗っているが、一隻には人が見えない。異《あや》しんでそのわけをたずねると、答えがあり、この虚舟は仕人時武が乗るべき船なり、と。夢の八百長みたいなものだが、これではまさに聖の大往生、寄ってたかって、どうでもこうでも、待たれているかたちになる。

するうちに明けて長治三年という年の早々に、この男、ほんとうに死んでしまう。正月の三日からにわかにいささかわずらったのが、日に日に重り、七日には命を終えた。迅速なことだ。疫病の流行はその年にあたるので、そのはしりにちがいない。あるいは疫病猖獗のきわみから、巻き戻して掛けられた夢想か、という疑いも起る。この世の地獄の始まる前に、ひとり選ばれ、あの世の極楽へ人に慕われて去った、しあわせな善人の話として。いや、名もなき男の往生必定の夢が、本人を置いて、人の間へ急速にひろがったというような出来事は、規模はともかく、実際にその前年にあったはずだ。そのような夢想の伝染こそが、疫病流行の前触れであった。心が染まりやすい時には、身《からだ》のほうもおのずと染まりやすくなっている。その逆もまた成り立つか。

ともあれ、万人の見まもるうちに、夢の主は往った。ここで天上に妙なる楽の音や芳香が流れるか、あるいは地上にすでにして大勢の呻きと屍臭とが忍び寄るかすれば、往生話はいちおう成り立ったことになる。ところがそれでは終らせないのだ、この話は。

数カ月して男は、妻というものがあったようで、その夢枕に立った。ここまでは説話の常套のひとつだが、さて妻に報告して言うには――自分はもうしばらく人の間に住《とど》まるはずであった、ところが人は往生人ともてはやす、うるさくたずねてくるので、どうにも堪えられなかった、今はさらに精進を加えて、極楽に生まれることを得たい、どうか心配しないでくれ、と。

今の安堵が目にうかぶようで、生前の噪《さわ》ぎのさなかでもけっして他人の思いを無下には拒まなかったであろう人だけに、読むほうもつい苦笑させられる。生前の往生人というものも、殊に人から強いられたとなると、おかしなものだ。あなた、ほんとうに、ご苦労さまでした、せっかく静かに暮していたのに、と細君もねぎらったかもしれない。仰々しい往生舟などに乗せられなかったことに、かえってほっとしただろう。洗濯物はありませんか、とたずねそうなところだ。

俺も形どおりに後生をたのんでいた頃には、こんなまわり道をさせられるとは思っていなかったよ。往生してから、往生を願うとはな。往生しないことには、往生を願う閑もないんだから。

それまでのほうがかえって往生していたように、今では思われてな……。

しかし、この男、その今は、何処にいることになる。幽明いずれの境かと言えば、それは死者《ほとけ》さんだから、幽のほうに決まっている。それでも、我暫くは人間《じんかん》に住すべし、と夢枕に立たれると、俺はもうすこし人の間に居ることになったよ、事情《わけ》があって、と一瞬そう聞えてしまう。先の言葉へつなげばすぐに誤解とは分かるものの、いったん耳にそう入ってしまうと、その人間《じんかん》をいうところは、幽明の見当からすると、おい、どの辺だ、と粗忽ないぶかりがどうしてもおこる。三尺ばかり離れてどこにでもあるのか、しかしつぎの往生をそこで待つ了見なら、ほかよりもうすこし、人間《じんかん》な界隈というのがあるのだろう、四条か、それとも七条か、と急ぎかかる。

もうちょっと、ここにも、いられるんでしょう、ほんのすこし、と女はささやきかける。

三月十七日、火曜日、曇。

春日和が二日続いて、また寒くなった。風邪でも引くかなと様子をうかがってみたら、風邪気はすっかり抜けている。月初めにはもうほとんど抜けていたようだ。ということは、年末からまる二カ月も風邪を、悪くもせず良くもせず、養っていたことになる。一年中引きずっている人間も、近年、すくなくはない。妙なウイルスに怯えるよりは、世間全体にわたって進行しつつある、人体の変化を恐れたほうがよい。

熱はと訊くと、ときどき七度少々は出ますがすぐひいてしまいますと答える。咳はと訊くと、初めの一時ありましたがすぐにおさまりました。鼻水は、ティッシュを使いまくった時期もありましたがこれも長いことおさまってます。頭痛は、痛いというほどでもありません。食事は、まあ普通には食べてます、はあ、美味しく食べられます。お腹のぐあいは、酒を呑みますので、こんなものです。胸の苦しさや息切れは、もう若くはないので駅の階段など走らないようにしてます。ほかには、べつに。患者が面目なさそうにしていると、熟《な》れた医者はすぐに見当をつける。やはり風邪です、と。風邪は風邪です、しかし過労です、と。慢性の、という言葉は控えるようだ。

風邪にとっつかれても、熱でも咳でも頭痛でも、あまり際立った症状が出ない。それでいていつまでも良くはならない。ウイルスが特殊なのではなくて、人体のほうが弱っているしるしなのだそうだ。弱っていると、ウイルスに侵入された時に相応の、反応がはかばかしくもあらわれないという。壮健多忙の人が、あいまいな不調をそのまま半年も一年も、あるいは二年三年もひきずって、ますます旺盛に見える頃、ある日ちょっとくたびれたので宵の口から床に就き、七日目には身内が駆けつける、というかたちの無常迅速が、近年けっして、めずらしくはないのだとも聞いた。心臓発作でも脳卒中でもなくて。ただの「風邪」で。

疫病流行の前年とは、どんな雰囲気のものなのだろう。どんな生き心地のものなのか。もちろん、疫病はいきなり始まるものではない。余剰の乏しい時代ならば、ほとんどかならず、不作凶作が先行するのだろう。飢饉と疫病はやがて区別もつかなくなる。さらに凶作に先立っては大雨、旱魃、冷夏などの異変がある。悪政、苛政、頽政が長年うち続く。何年にもわたり、おもむろに始まるのであり、その前年というものはない。人の暦の段取りを待って起るものではない。にもかかわらず、生きながらえた者たちが後から振り返って、その前年とつくづく思われる、年とは言わず一時期があるのではないか。実際には前年とかぎらず、あしかけ三年でも四年でもよい。とにかく、その前年と感じられる、しかもほかの適切な表現では心に足らわぬ、前夜では形容に過ぎる、どうしても年でなくては、前年でなくてはならぬ、そのような境が。

さて、その前年を思いうかべようとすると、頭の中が真っ白になる。少々の想像力はあるのに。想像の意志もまるで欠けてはいないのに。これは何事かのようだ。この白さそのものに、なにか迫力がある。

うかびかかるのは、すでにして悪疫の図である。これは、この際、取らない。また、その源の飢饉、そのまた源の天災人災、堕政に遊興に耽溺、世人の甚しい頽廃衰弱、それと表裏一体の熱狂に狂躁、から信心のえせ道心、それ自体腐臭の昇る説法に苦行に禁欲に悟り顔、いや、これらもすでに悪疫の最中の図に属する。これも取らない。なにかこう、もっと穏やかなものだ。

穏やかというよりは、なまあたたかい。なまあたたかいというのは、実際に人の体温がどれもこれも、それぞれの平熱よりもすこし高目で揺らいでいる感じだ。しかももう長いことそうなので、それが平熱のようになっていて、微熱のけだるさに苦しむ様子もない。まず元気なのだ。疲れもほどほどのところだ。喜怒哀楽、忿懣鬱屈の種は、それは誰にでも尽きない。走りもすれば跳びもする。食べ物はまず美味しくいただける。異性とまじわりもする。まじわりに厭くこともある。さしあたり何事もない。ただ、夜のさして更けていない時刻の電車の坐席にずらりと、腰をずいぶん浅くかけ、肩からうしろへもたれこんで、そろって微熱みたいなものを、ひとつにくゆらせている。肌が触れあっても、おたがいに、あまり異和感も覚えなさそうな。

男たちだ。若いのもいれば、男盛りというのもいる。年齢はそれほど関係ない。傍若無人の態度ではない。脚はすぼめ、肩もほそめて、それぞれ隣におのずと遠慮している。見ていてだらしのないというほどのものでもない。

それにしても、あれだけ腰を浅くひいて、背をあれだけ深くもたれかけさせたら、二十歳やそこらのまだ柔軟な頃ならともかく、いくらかでも年齢が行けば硬くなるはずの背骨が、ああも弓なりにたわんだままなのは、苦しかないか。

とよけいな心配へ惹かれたとたんに、けはいほどにうかびかけたものが沈んで閉ざされて、頭の中がまた真っ白になった。

しかし真っ白のほうがやはり、どこか凄いようなところがある。

三月十八日、水曜日、晴。

晴れた日の未《ひつじ》の時ばかり、というから午後の二時頃、鳥が銜えてきた「物の骨」を邸内に落した。家の者に見させると、骨には血がついている。それで骨を取り棄てさせ、表には穢の簡《ふだ》を立てさせた。

穢の簡とは触穢のため忌みこもる旨の表示だ。穢の等級としては五体不具ということになる。五体が具わっていて、まだつながっている場合には、忌みが重くなる。そんな「物」がやんごとなき辺にも、床下などから、異臭やら犬どもの群がりやらを怪しんで、見つけ出されることもあった。骨一本なら、たしかに五体不具だ。

安貞元年、十一月十二日、「明月記」の記事である。近日、東北院の辺り、穢物山の如し、とある。邸からほど遠からぬ所だった。ついでに、宰相頗るよし、と当時すでに参議の地位にあった息子の為家の、病気のややよろしくなったことを喜んでいる。定家は六十六歳、父子並んで参議。

十三日の記には、下人等今月以後の死亡、数を知らず、とある。赤斑瘡、あかもがさ、ハシカだろうか、その流行だった。しかしその年、大流行となった様子は、その後の日記からは読み取れない。山の如しとあれば十分の大流行と思われるが、当時は事柄も言葉も、感じようが今とはだいぶ違うらしい。

十六日には、夜々の明月、老病の心を動かす、とある。

十七日には、定修、これは仏門に入った定家の息子の一人で、その妹の青女、とあるから定家の娘にもなりそうだが、どうとも知れない。この青女房が流行病に罹って容態が重い。零落しているようで、どこぞの小屋に、あるいは邸の小屋か、置かれている。その旨、他人事に記されている。

十九日には、近日、壮年があらかた病いで、宮中に出仕しないと歎いている。その大半は仮病であるようだ。それ以降、その年は疫病流行に触れた箇所も見あたらない。この程度は年並みだったのか。定家自身は顔の熱と歯の熱になやんでいる。長年の持病の、左腕の痛みも続いている。

十二月十日にはまた世間を歎いて、近年、大臣や公卿のところでよく長夜の宴をおこなう。それぞれ党をなして集まり、雉の代わりに鶴鵠などを喰う。兎も喰う。猫《いのこ》も今では月卿雲客の良き肴となっている。少年の頃、亡父俊成は、田舎の庄園から土産の兎や山鳥が届くと、こんなものは尋常の喰い物ではないので青侍どもにくだせ、と命じられたものだ。何某たちは、なんと、狸まで喰う。

この年の後、一年あまり、日記は欠ける。

明けて寛喜元年、この年はすでに諸国飢饉の前年にあたる。四月二日には、息子の為家が京極殿、それまでにいろいろ不吉な事のあった邸に住まうことになったのを、鬼と相撲を取るつもりか、とあきれている。四月二十三日には、この頃、天台座主はじめ山門要職の任命騒ぎがあり、摂関家の血筋と争って敗れた僧正の一人がまもなく死んだ。憤死と噂された。のちに怨霊となり、次の関白などに取り憑くことになる。六月二十九日には、日吉大宮拝殿の犬が笑った。七月七日には、息子の僧定修が、去年天王寺で刃傷殺害に及んで逮捕された或る童を、ひそかに検非違使の役人に語って請け出した。そこまではまだよろしいとしても、その童をひきつれて晴れの小路の、しかも天王寺宮じきじき御見物の前を渡って衆目を驚かせた。甚だ由無き者なり、親近すべからず、と書き捨てている。

七月十五日、東北院辺から雑人相撲の叫喚が定家の邸まで聞えている。夜から天に片雲もなく、涼気が渡って、定家は袷衣《あわせのきぬ》を着込んで満月に対している。治承以後、此の早涼未だおぼえず、と訝っている。

七月三十日には、已に旬月に渉りて雨露なし、井水已に乾く、と見える。しかし以後、やはり格別の不安が読み取れるわけではない。宮中行事人事、貴族どもの乱脈、市中の群盗などへの関心のほうがはるかに旺盛である。人はひきつづきよく死ぬ。八月五日には前右大臣花山院忠経が死ぬ。よほどの高齢かと思ったら、まだ五十七歳だった。八月十六日には、後鳥羽院からの女権門で、後鳥羽院よりも政治生命をながらえた卿二位高倉兼子が、臨終臨終と再三再四人に騒がれながら、だいぶ長いこと粘ったあげく、どうやら遺産の始末まで自分でつけて往った。享年七十五。とすると四十九で大納言宗頼に死に別れてから、太政大臣頼実、左大臣公継と、権門を夫にしたか、夫をさらに権門にしたか、とにかく三人の権門亭主にも生きながらえた。その最後に触れて定家は悪口がましいことも書かず、掻き集めた土地の分配相続の、伝え聞いたところを克明に記している。

十月二日には、高年になり実家《さと》へ退いていた娘を、また宮中へ出仕させるよう、関白家からもとめられ、よろこぶ以上にあわてている。衣裳の仕度だけでも、算盤を入れさせたら、六十一貫では足りない。結局は細君の西園寺の方角に泣きついたようだ。十二月二十七日には、往年時流に乗って中納言にまで昇った故人の、息子の不祥事を記している。偽文書を造り人を国司に任じて、手数料を騙し取ったという。おまけに、その兄がそれを知って憤り、弟を殺してしまった。この故人の生前の驕慢については、因果が子に及んだとばかり、激烈な批判をいまさら書き添えている。

しかしもっとも関心のあったのは、翌年に予定された、関白道家息女の立后の儀であり、年末二十九日の記には、その詳細きわまる人選の表を、ながながと書きつらねている。

明けて寛喜二年は、すでに飢饉の年に入るわけだが、しばらくはそれらしい事態を感じさせる記も見あたらない。二月十五日には立后の儀が賑々しく執り行われるが、前後の記事を読むと、宮中の諸儀も仕度も、大宮人の勤仕ぶりも、いよいよお粗末なものになっていたらしい。三月六日には、周防国で法事の最中に頓死した小僧が野に棄てられて五日目に蘇生し閻魔宮の事を語ったという話が記されている。

四月七日には、此の間、家中の雑人等瘧病多し、と見える。甚だ以て怖畏す、とある。

七月九日には、今年雨沢《ゆたか》に、時に順う、と豊年のようなことを書いている。ただし、盛夏にしては夜が涼しいのは、還りて人の疾をなす、とも添えている。

八月二十七日、夜半に寝覚めして厠に通うと、腹がひどくくだる。おかしいなと思ううちに、くらりと来て、下女を呼んだきり前後不覚、倒れてしまう。食あたりのようだが、それ以後、病みがちになる。

九月三日になってようやく、北陸道損亡、と凶作のことが記される。寒気の故という。飛脚がつぎつぎに京に着く。四国の損亡も伝わる。

五日には、凶作のことで、公に祈禱のあるべきかの旨、御教書が出されている。

十日には、鎮西滅亡の飛脚、今日到来。

九月十二日、夜半に寝床を出ようとすると、左膝がいきなり折れるように崩れて、立つこともならない。やがて脚の痛みと腫れにしつこく苦しめられるようになる。

二十七日には、知行する近江の庄園の、旅人の往来する大道の辺に、萱葺の小屋を建て、千体の地蔵をまつりたいとの、ささやかな宿願を記している。しかし主なる関心はこの頃でもやはり中納言人事のほうにある。

十月十三日、北の庭の前栽を掘り捨てて、凶年の備えに、麦畑とすることを考えている。嘲るなかれ、貧老他の計有らんや、と。

十一月二十一日、諸国所々の麦が多く熟るとの噂が近日あり、定家は信じてもいなかったところが、その日になって、どこでだか、麦の穂の出ているのを自分の目で見る。白河辺では桜も咲いている、筍《たけのこ》も出て人がそれを喰っている。

十一月二十五日、郭公が頻《しき》りに鳴いた。ホトトギスだ。陰暦霜月末である。つい前日の記には夜明けに小雪と見える。損亡の庄々、沙汰𡁠々。貴族たちにとって、そうでなくても在地勢力やら地頭やらに妨げられて収入《あがり》の思わしくない中小庄園が、おそらく凶作によって多くは皆滅同然になり、生活の根を絶たれかけた者たちが、日頃出仕にはげんだはずの権門に泣きつく。権門とて沙汰按配する余地はすくない。わずかな知行地の割りふりをめぐって、人は恩寵を争う。人口嗷々、やかましいわけだ。女院、関白家、そして天台座主の辺も。そこへ郭公頻鳴、これは現《うつつ》の声か幻か、実か虚か、それとも人の声のことか。伝聞と直聞とは、今の世よりもはるかに融通融合しやすかった。犬も笑った。

十二月二日、その一方では、近頃、公卿殿上人がなにかと言って宮中出仕を怠る、肥満を理由にする者もある、とそんなことも記されている。

十二月十六日、百カ日、長病籠居、とある。

十二月二十九日、往年の摂政関白、松殿基房が八十六歳で没している。

十二月三十日、天晴る、霞山を隔つ、午後雨降る。小除目に定家は例の、心肝を摧《くだ》いている。中納言になれぬ宿運を悲しみ、関白家の推挙の足らなさを恨み、生涯あきらめなくてはならぬ身かと歎き、それでも七十歳の新年を迎えるために、破損甚しきにより、南面の簾畳を改める。遠所に物詣と称して新年の客には会わぬつもりでいる。息子の為家にも来るなと申しふくめる。そして白氏文集から、古来人生七十稀を引いて、白髪を頂きながらこの年齢まで、入道もせず宮仕えした公卿を数えあげる。藤原氏始祖以来四十六人、いちいち書き出している。ましてこの百年には唯の十人と驚き、それにつけてもまた身の運のつたなさをかこち、しかしわしにも及ばなかった連中も、ないではないな、となぐさめる。ただ清貧の比類なきを以って、もしくは延齢の冥助となすか、これだけ貧乏なのが、あんがい長生きの助けになっているのかもしれんな、と結んでいる。この厄災の最中に。

寛喜三年、元旦は大風、次いで五日、六日、七日にも吹く。

一月十七日、またしても中納言昇進のことに心を摧いている。競争者の参議は三人、一人は別当の職を兼ね、今度の任に万一洩れるようなことがあればその職も投げうつ、と悲泣に及んだという。もう一人は帝の侍読で后の乳母の夫で、一日も人に後《おく》れは取らぬと頑張っている。もう一人は、序列からすれば一の宰相にあたる。この三人には勝ち目が薄いようだ。しかし四人任ずる沙汰とも聞く。ところがもう一人、関白家の青年がいて、三位中将から大納言へ一気昇進するにあたり、中納言を途中一時経過するらしい。もしもほかの若い者を一人と雖も先に任じられ、この年寄をお捨てになるようなことがあれば、二世の恨み、この事にありと存じおきます、と定家も重ねて関白家に申し入れてはいるのだが。

一月十九日、雪二寸ばかり。朝のうちに晴れる。午の時ばかり、自邸の南おもてに出て庭を見ると、堂前にというからまさに目の前に、子供の頭があった、つまり落ちていた。さっそく五体不具の穢の簡を表に出す。

二月十一日、皇子降誕、感涙を催す。

二月二十二日、厄災の年に栄華をきわめることも憚られ、職を辞したいとは思うものの、皇子誕生の慶事の際にそれもどうか、と迷う関白道家に、そうなれば親は一位太政大臣、子は関白と、御一門かえって栄華をきわめる結果になります、と定家は関白に留まることをすすめている。

三月二日、連日の大風。

三月二十六日、中納言補任の件にいちおうの片がついて、関白家の約束が違《たが》い、自身は洩れることになったが、昇進は二人に留まり穏当だったようで、それにまた、遺憾の弁も大臣の口から聞かれたようで、どうせなら初めから捨てて置いてくれればよさそうなものを、とうらみはしたものの、結果にはひとまず得心しているようだ。

四月、五月、六月と、日記は欠けている。大事な際《きわ》に限って欠けるのだ。

そして七月二日、すでにして、飢人且つ顚倒し、死骸道に満つ、逐日加増す、東北院の内、其の数を知らず。徳大寺家の雑色長がすでに飢に入り、先公左大臣公継の墓を拝したい、と言ってやって来た。徳大寺に向かって愁歎したという。じつは生きながらえるための、愁訴だったのだろう。ところが、その沙汰には及ばぬ旨、寺からか邸からか返答があった。その帰り道に顚倒して、一両日のうちに死んだという。そんな酸鼻の中で、関白道家が辞表を出し、その嫡子教実が関白の職を継ぐことになり、拝賀の準備が進められ、その供奉の人選に定家は相も変らぬ関心を寄せている。

七月三日、屍臭がすでに、定家の邸の中にまで漂ってくる。おそらく物を喰うところにも、寝るところにも。薫物を盛んにしたのだろう。大道には日夜を問わず、死人を抱えた者たちが無数に通り過ぎる。

七月十六日には、近日不食の病殊に無力。今日韮《にら》を服す。又以って汚穢。午未《うまひつじ》の時ばかり雨又沃ぐが如し。又暫く休止。夕陽忽ち晴る。山に入るの後、雲又晴る。終夜大雨。

ひねもす、人の日記をただただたどっているのも、これでなかなか、物狂おしいものだ。

諸行有穢の響きあり

これも後日の為にひとつの目安にはなるものか。やはり何の助けにもならないか。

左京九条は陶化坊なる界隈に住まう下人は、漁猟を生業《なりわい》としていた。ある日、その稼ぎの最中に肘のにわかに痛むことがあり、医者に見せたところが、悪性の瘡《かさ》と言われた。某月某日でよさそうなものを、永長二年二月七日と日付まである。

さっそく旧知の僧二人をせつに招いて、除病を祈り、かつは往生を願わせた。僧たちはそこで祈禱と念仏、留めるのと送るのとを兼ねておこなった。朝夕に勤めて、そして七日目、二月十四日の暁にはすでに末期が迫り、さらに上人なる僧を呼んで、戒を授かった上で法華経の一品を聴聞した。そのあと病人が心静かに申し出るには、家には貯えもなく親族もなく、死後の骸《かばね》をおさめる者もない、八条河原には荒地があるのでそこまで行って命を終えたいと。親族はないと言いながら妻子はあり、その労苦を慮っている。やがてましな衣を脱いで妻子にあたえると、自身は襤褸《ぼろ》をまとって河原へおもむいた。僧たちはその後にしたがい、近所の者たちも幾人かなごりを惜しんで送ってきた。河原に着くと草を押し分けて筵《むしろ》をのべた。西に向かって坐し、口には弥陀を唱えて心さらに乱れない。ようやく夜明けに及んで、念仏して絶えた。それを見定めて人は哀しみ帰った。二月十五日の朝になる。

天に妙音も芳香も流れない。そんな必要もない、それどころではない。

今の都会の家々では、通夜はたいてい葬式と変りがありません、しかし葬式とはそもそもすでに野辺送りの内なのです、と若い真宗の僧が通夜の読経の済んだあとでいまさら咎めるでもなく話した。通夜からホトケさまを祭壇の、こういう高いところへあげるものではないのです。お経もホトケさまに向かってあげるものではない。ホトケさまホトケさまと私も申してますが、亡くなった方はまだ仏ではない。本来は仏間に死者を北枕にお寝かせして、親族がここに一堂に会して、内仏つまり家の仏壇に向かって、死者とともに、死者のために最後のお勤めを皆でする、それが正しいやり方です、と。

さようでございましたか、良いお話をうかがいました、と親族たちは神妙にうなずいていたが、死者は九十をいくつも越えていたので、その子の世代にあたる組はおおかた、若い僧よりもよほど、昔の郷里の通夜の雰囲気にも労苦にも通じているようだ。そのうっとうしさから、何十年もかけて、なしくずしに逃れて来た者たちだ。孫の世代にあたる私でも、戦後まもない山の手の古ぼけた家で、仏間もなければ一同声を揃えてのお勤めもなかったが、すぐ続きの四畳半に枕飯を供えて死者が寝かされ、蒲団のふくらみが刻々とけわしく、老女の白毛がのぞくごとに荒いように光り、こちらの居間では客たちが寄合いめいた顔で寛いでいた、あの生死同居のけだるいような情景を覚えている。あの時にもすでに鮨桶が座の中心に据わり、線香の煙と競って芳香をひろげていた。

都心のほうのマンションの四階の通夜だった。夫婦揃って黒服を着て地下鉄で乗換えなしにやってきた。車内多少は身なりが人目を惹いた。地下鉄をあがりここ二十年ばかりの繁華街を行き、歩調はおのずと往来の人と異なった。しばらくして左へ脇道に入るとほぼ道なりに、左へ下り坂をひとすじ、ふたすじ、みすじ分け、その道もわずかに上りながら、迷わずに着いた。通夜にエレヴェーターを昇る。いまどき変った体験でもない。しかし廊下に出るとどの家もひとしく扉を閉ざしている。廊下は大道ではないので提灯のようなものを出すわけにいかない。弔中の札を貼り出して静閑とした扉の、ドアフォーンを押すのに、つかのまためらわれた。

内には大勢の人がいて読経が始まっていた。祭壇のある座敷から、直角につながる洋間まで人が詰めて坐り、洋間のベランダの前では椅子に腰かけた客もあった。三十人以上はいた。縁側も庭もない四階の部屋だ。焼香は盆の上にのせられて順々に送られた。前に座の隙間のない客は盆を支えたままの片手拝みとなった。鉤の手にはずれた洋間の客たちは、どの方向へ焼香したものか、結局は座敷に坐った人たちに向かって拝むかたちになった。

やがて前のほうからまた順々に、赤い小さな勤行の本が送られて、正信偈の斉唱が始まった。当家の郷里に縁《ゆかり》の僧だそうで、そのために郷里の通夜のやり方を大すじだけでも踏んだのだろうが、僧に続いて和唱するのは女たちばかりだ。死者の直接の子は娘たちばかりで、何十年も都会風の暮しに馴染んでそんなものに縁がなくなったとは言うものの、子としてやはり無言のままでは済まされない。戦中戦後のひどい時期に子を産んで育てた人たちだ。僧の声と本とを頼りに、詰まり詰まりたどたどしく唱える声が、あんがいに少女らしく聞えた。あるいは少女時代に法事などで、女学校にも行くようになったのがいやいや和唱させられたのかもしれない。それにひきかえ男たち、もっと年配であり郷里のほうでもっと心得のあっただろう御亭主たちは、本をひろげてつくづくと、目で読んでいるだけで声は立てない。ここで男たちが太い声を挙げたら、強い情念の力が部屋にみなぎるだろう。マンションの一郭から西の方、来迎を呼び寄せるほどのものだ。しかし今の男たちにとって、何事かを大声で朗々と唱えて、天地とは言わず人を動かす、場を動かす、というような機会もすくなければ、そういう立場に置かれることもまず、実直に暮していれば生涯に皆無のようなものだ。何かにつけて男たちの沈黙が際立つ。通夜の読経の場ばかりではない。

その斉唱のあいまにときおり、ちょうど節目に合わせたように、陽気な鳴り物が入り、聞く者をそのつどはっとさせた。ドアフォーンのチャイムの音だ。単純に二音に鳴る旧式のものではなくて、創意にあふれる技術者が和音を分析して組合わせたのだろう、人の来訪の心賑わいをおのずと響かせる。扉の前に遅れた通夜の客が神妙に立っている。開けはなしにしておけばよさそうなものだが、それはおそらくできない。通夜のけはいを廊下へ流してはならない。集合住宅の、無言の裏の約束みたいなものだ。前提として死者の存在を排除した結構だ。エレヴェーターから何心なく出た住人のほうとしても、門やら生垣やら、細目にあいた店の戸などから葬家の灯をちらりと眺めやるのとは困惑が違う。

読経の途中で部屋の電話が鳴る。近辺まで来て道の見えなくなった客がある。受ける声はどうしても分明に、歯切れがよくなる。夜道に迷った者にぼそぼそと暗い声で教えたところで通るものではない。指示する目標物もいきおい派手な看板などになる。

四十もなかばを越して、人の通夜というとかならず道に迷う、とこぼしていた男がいた。平生は人よりもさとく道を見分ける。知らぬ土地でもざっと説明された道すじの要所を間違いなく頭に留めて、距離にも方角にも確かで、すぐ近くまで来ればまた独特な勘がはたらく。本人がいつか洩らしたところでは、ごく幼い頃から、子が中学へ通うようになる近年まで、住まいのことでは戦後や当世の住宅難とはまた別の悪縁に、父親も自分も、親子二代よくよく見こまれたようで、並みの人よりは十倍も越した中で、今の最後のところはまずまず例外と思わなくてはならないが、それまでは一度として、御近所衆に惜しまれて見送られるような引越しはしたことがない。おおむね都心からはずれへはずれへと落ちたことになるが、たまさか逆に内のほうへ転がりこむことになると、事情は端《はな》から一段とうっとうしく、そこからまた越す時にはたいてい夜になった。ほかに家族も大勢いたのに、引越しとなるとなぜだか父親と二人きりで、わずかばかりの荷物を提げて、夜更けの閑散とした郊外電車に揺られていく。あるいは暮れ方に駅前に降りると、ちょっとここにいろと父親が場末の闇市めいた路地へ入っていく、それを待って二時間も立ち暮す。あるいは深夜にやはり父親と二人で、睡気でもう前後もわからず、廃屋のようなところにたどり着いて黴臭い蒲団に寝かされ、日が高くなって目を覚ますと、狭い家の内にいつのまにか着いた家の者たちがひしめいて朝の煮炊きのにおいがしている。

知らぬ道を知らぬ家へ、父親の大股の歩みに小走りで従いて向かう間、父親は辻ごと角ごとに、ここは右へ、ここは斜め道なりに、ここは三本目を、と息をひそめて教えて、あとは口もきかずに進む。子供はこれからすぐにまた一人で駅まで往復させられるような、ひとつでもまじめを忘れたら最後、どこまでも迷うことになりそうな恐怖心から、どれも同じような辻や角を、せめて一心に見覚えようとした。その習いが後年までのこった。しかしそれ以上に、青年の頃から、初めて来た土地だろうとその駅前に降り立つともう、恥のようなものがむこうから粘りつき、無縁のはずの町に、いやというほど馴染んだ心地がする。とにかく初めての目ではないのだ。

初めての家を訪れる時には、駅前に立ったところでそんな錯覚をまずいましめて、教えられた道順を頭の内で確めなおし、あとはむしろ目を伏せぎみに、少々迷ったところで同じようなものだと覚悟して、分れ道ごとにあなたまかせに行くと、やがて見覚えのあるようなところに出て、なにかまたいやな心地がして、地番を見れば目指す家は近い。最後にあいまいな角の手前などでためらわれると、その家の主人の、家のありかをおしえた時の、ちょっとした口ごもりが耳に聞える。

よくも迷わずにと主人に感心されて鼻のうごめくこともあるが、自分では内心、あまり品のよろしいことだとは思っていない。

そう苦笑していたその男が、通夜となると、いささか知った町でも道に迷うという。電柱などに貼られた案内に注意していても、途中でいつのまにか違った道に入りこんでいる。案内がはたと絶えても、偽《にせ》の勘がはたらいて、いよいよ勝手知って歩きつづける。ようやく進退きわまり、駅前までいったん引き返すかと足を速めたとたんに、当の家を逆方向からたちまち三軒ばかり通り過ぎたこともあるという。

なぜだろうとたずねたら、馴れない喪服なんぞ着こんでいるせいだろう、と答えた。身なりが改まれば、土地も改まるから、とつけ加えて、知った知らないは怪しげなもので、とつぶやいた。通夜の家まですこしも迷わずにたどりついたこともあるよ、とそれから言った。その日は始発駅の満員の車内から一人、黒服黒ネクタイの四十がらみの男に、今宵この長い沿線に通夜はいくらもあろうに、目をつけた。はたして同じ駅でその客は降りた。踏切で急行一台やりすごす間その客に遅れたが、暗い一本道に出るとはるか先を、黒服の背がどういう加減か路上の微光を集めて白く浮き立った。今日ぐらいは人の先導にまかせようと思ううちに、その白さが道の真中からふっと掻き消された。そう見えたのはいきなりの動きに攪乱された目のせいで、先の男はいつかこちらを向いて、初めはことさらに落着き払った大股の早足が、やがてあくせくとした小走りまじりに、引き返してくる。前方はすでに畑の闇が占めていた。

行き過ぎたらしいな、と他人の事になるとすぐに見抜けた。喪服を着ているとつい歩調も改まりひたむきのようになる、と自分でもいましめながら道の右手へ注意を向けてゆっくり行くとまもなく、角っこに葬家の方向を示す、貼紙どころか、太々と墨書した看板が立てかけてあった。これが通りがかりに目に入らぬとは信じられない。感心して眺めて角を折れかけると、すぐそこまで来ていた男と目がまともに合った。

何々家の関係の方ですか、とたずねる。その声に焦りが走って、顔つきは繕っているものの、夜目にもしるく、額に粒々の汗が浮いていた。ちょうど看板を道からふさぐ恰好でいたことに、こちらも気がついた。道案内のためここに陣取っていた世話人のように、相手には見えたかもしれない。いいえ、ただの客です、と答えて歩き出すと、道の向う角あたりの、片側生垣の暗さのつらなりの先に提灯の家紋も見えているのに、男はひたと背後についてきた。ずいぶん蒸す晩ですね、と額の汗ぐらい拭わせるつもりで声をかけても、返事もせずに、こちらの踵に爪先をぶっつけそうな近さから離れなかった。

当世、四十がらみも幼いものだ。門前まで来て男が挨拶もなく、知った顔を見つけたようで嬉しそうにそちらへ寄って行った時には、そう思ったという。その本人が帰り道には、往きに楽をさせてもらったそのむくいか、もうすこしのところで恐怖心の出かかるまで葬家の近辺を迷い歩かされた。理由はないでもなかった。その夜の死者はごく若い頃からの旧友にあたる。ここ十年二十年はつきあいも浅くなっていたが、前夜、旧友の一人が電話で知らせてきた。触れが回されたからには、焼香にあがるぐらいの縁はある。そこで昼を塞がれるのを嫌って通夜のほうに来たわけだが、知った顔はひとつも見えない。それも当然のことで、近年の関係からして、通夜に現われるのは差し出がましいほどのものだ。そう思って、焼香も始まったので、尻のほうに目立たぬよう付くうちに、ちょうど棺の祭られた座敷の敷居の手前まで進んだ頃、祭壇の両側に居並ぶ親族たちの間から、あきらかに死者の母親と見える面立ちの老女が、ひどい顰めづらをして、人の目もはばからずこちらを、たしかにこちらの顔を見ていた。やがて立ちあがり、座を分けて敷居の際まで寄ると両手をわなわなと伸べて、ついかしこまった客の、両肘をひしとつかんだ。やっぱり来てくれた、遠い遠いところをよく来てくれました、とおろおろ声で口説いて、顔は相変らず、臭い物でも口にふくまされたみたいになまなましく顰めたまま、祭壇のほうへ意外な腕力で引きはじめた。

間違いなく、人違いだった。故人とは若い頃から家へ往き来するような仲ではなかった。母親には会ったこともないので顔を見覚えられようもない。老女は名を呼びかけなかった。涙ぐんだ目には人を見分けたような認知の光も差さない。これは人違いにしても、老女にとってじつは、これと取っ違えるような特定の人物も存在しないのではないか。そう思うとよけいに身のやり場に困ったが、まさか大の男が腕を取られ尻を垂れて逆らうわけにもいかない。場を繕うため自分から腰をあげ、足もとのおぼつかない老女を庇って、見あげる客たちに会釈しいしい、祭壇の脇におっとりと坐りついた親族たち、面相からすると死者の老父と中年の弟妹とおぼしき四人に目をやり、哀しみに振れた年寄のことなので、どうか、するがままにさせてやってください、と無言のうちに懇請されるのを待った。ところがどの顔も揃いも揃って、ひらべったいように潤んだ目をして、ひっぱり出された客の立場を意にも介さぬ様子で、ただ老女のふるまいをにこやかに見まもっていた。訝りや戸惑いや、思いこみにせよ感慨めいたものは影も見えず、その心やさしげな笑みがかえって一斉に無表情のきわみと映った。

その間からただ一人、死者の細君らしい女性が怒りに似た、しかし哀願の目をこちらに向けていた。それに客はようやく得心させられ、旧友には違いないと祭壇の前に端坐して、さすがに丁寧長目に合掌瞑目するその間、お鮨は届いてますか、とかたわらから老女の声がたずねた。用意は整っているので心配はいりません、と祭壇の脇から口々に答えるのが、やはり異口同音、鈍い斉唱のように聞えた。

その上、一礼して立ったところをまた老女に肘をつかまれ、祭壇の北の端に導かれ、棺の窓をひらいて、目で招かれた。これには足を揃えて立ちつくすと、老女は背に手をあてがう。親族たちは和《なご》んでうなずいている。死者の細君だけがまた、うつむきこんで頰を紅潮させ、頭《かぶり》をこまかく横に振るのが髪の動きからうかがえて、見ないでください、お願い、見ないで、と胸の内の叫びが聞える気がしたが、老女はさらに背を押す。棺の前から尻ごみするかたちになるのがおそろしくて、ぎりぎり浅く見こむとさいわい、祭壇に飾られた男盛りの写真とは違う、十七、八頃そのままのような横顔があり、その静かさに触れて、本心、ありがたかった。拝み返りながら、しかしあの時、この家の人たちはおそらく、老母のいっときの乱心に気がついていないばかりか、後々までこの一場の出来事を、あれは何だったのかとまともに訝りあうこともないだろう、と直感した。祭壇の脇ではまた小声の打合わせがさざめいていた。

祭壇を離れて今度はきっぱりと未亡人の前に進んで膝をつき、詫びのこころから黙って頭を深くさげると、ありがとうございましたとやわらいだ声が返り、たすかりました、とすこし間を措いてささやいた。敷居の外までさがり奥へ一礼した時には、つぎの客が祭壇に参っている間、老女をはじめ親族たちは何事もなかった顔で遺影などをてんでに見あげたり耳うちをしたりしていた。未亡人が一人で客たちに気を配るあいまに、もう一度こちらへちらりと、羞恥の目色を投げてうなずいた。玄関口に出るまで誰も弁解のために追って来なかった。あの人たちは、あの客はいったい何者だったのか、後でたずねあうことさえないだろう、と三和土で靴をはきながら思った。

細君だけが初七日も過ぎた頃に、記帳を繰ってあの通夜の客の名前と住所をどうにか探しあて、古い名簿から亡夫の旧友だったと割り出して、言訳の手紙を書いたものか、それとも訳の分からない人違いのままに打ち捨てておいたほうが先方も気が楽なのか、とこう迷ううちに多事に紛れて日が過ぎていくのだろう。それが夫人としても賢明だ、未知ほど心やさしいものはない、と門を出る時にはそう思った。

門の前から道の左右をわざと確めたという。淡々と歩いてまもなく地平に懐かしいような、電車の近づく声を聞いた。駅前へ続く商店街のはずれの灯も見えた。こんな夜の更けがけに妙に賑わった店だ。そう思ったとき俄かに車輪のとどろきが天から降りかかり、すぐ目の前を光の嵐が、人の頭の黒くのぞく窓の列がなだれこんで、それにしては長閑《のどか》に通り過ぎた。我に返ると踏切は五十米ほども先にあり、あたりは畑のように暗い、住宅地の真只中だった。踏切まで出てのぞくと、だいぶ左のほうへはずれて、駅のホームが立っていた。線路沿いの道はなさそうなので辻まで引き返し、見当はまだたしかな気持で、しばらくまっすぐに歩いて、つぎに立ち止まったのは、通夜の家の灯の見える生垣の角だった。

それから半時間あまりも葬家のまわりを、線路端へかけて、うろついていたと見える。幾度でも踏切に出るなとあきれながら、仕舞いには通夜の提灯の取りこまれるのまで目にした。暗くなった門前にしばらく佇んだ人影が未亡人のように見えて、思わず生垣に身をすりつけ角から離れた。白い細かい花が咲いていたようで、茶のような香が黒服の袖にのこり、それがどうかして人肌の匂いのように感じられるのをいぶかり、やがて商店街の中へあっさり入った。つくづく見馴れたところへ来た安堵感の底からしかし、その頃になって焦りが動きはじめた。いよいよ見知らぬ境へ、おそれも知らず分け入っていくような、そらおそろしさも頭をもたげかけた。それにつれてまた道の両側の、すでに大半が店の表を閉ざした家並に、庇から棟まで、どぎついような既知感が盛りあがった。

人は多寡をくくるんだ、知ったと言ってはくくり、知らないと言ってはくくる、と調子はずれにつぶやいて歩いた。

まもなく駅舎の前に立って、宵の口に降りたところよりひとつ先にあたる駅名を見あげた。

六月六日、土曜日、晴。

夏の暑さが何日か続いている。さいわい風は吹く。十一階建ては高層ビルのはしくれなので、棟に沿って風の走る日は多い。中庭を眺めると、若いうちに移植した樹木たちが二十年目近くになり、旺盛に裏葉を返している。風の光景には、居ながらに事欠かない。

その中庭に砂場がある。滑り台も付いている。その砂場に近頃、暮れ方になると青いシートがかぶせられる。鉄の杭で周囲をしっかりと留めている。風で砂が飛んで一階の家々に吹きこむ。夏場になればガラス戸を閉めきるというわけにもいかない。子供の育ってしまった家ならどうしても苦情のひとつも出る。そんなことかと思って、つい先日、夕方にちょうど砂場にシートを打ちつけていた管理人にたずねてみたところが、そうではないという。犬猫が砂場に糞をする。一匹が垂れると、そのにおいを慕ってか、それともその分有に後れまいとしてか、つぎつぎに加わる。臭くて汚くて、子供が遊べないので、せめて夕方から朝まで犬猫を締め出すのだという。

なるほど、困った事だ。しかし十五年前、十年前、いやつい先頃までは、そんな難儀は耳にしなかった。砂場は昼夜開けひろげだった。理由は簡単らしい。幼児が少なくなったということだ。最初の入居者の子たちは、娘ならばもう母親ともなる年頃だ。その後、入れ替りもわりあい繁くて、二波三波と若い夫婦たちが幼い子を連れて移ってきたが、その子たちも大方、砂や泥をこねて遊ぶ時期は越したらしい。以前は、午前は昼食の前、午後は夕食の仕度にかかる前に、幼児たちが母親に見まもられて、砂にまみれていた。夜になり中庭に人の姿が消える頃にも、砂場には幼児たちの細工の跡が黒くのこり、甲高い声が聞えるようだった。それが近頃では昼間に来て見ても、砂の表面がたいてい固く乾いている。

それだけ砂場に人のにおいが薄くなったということだ。それで犬猫どもは自分の領有を主張できると思う。南北の両棟には併せて二百五十世帯あまりも住まっているので、相も変らず人はひしめいているわけだが、その中央にあたる、砂場の辺に、ひと気の少ないところができてきた。

人と人との間にも、場所とは言わず、ひしめいているようで、ひと気のないところができてくる。


六月七日、日曜日、晴。

また三十度を越して風は一段と強い。吹き込みが激しくて満足にも開けられないガラス戸越しに、じっとり汗ばんで、風にあおられる樹冠を眺めていると、それだけでけっこう物狂おしいような気分になるものだ。風の寄せるたびに、そのつどたいそうに身もだえる。自然のことながら、そのはてしもなげな反復に、見ているほうの気が徒らに立ってくる。

卯の花のような、一見かそやかに咲く小粒の花でも、足を停めてのぞくうちに、暗い繁みの奥からおびただしく群れてうかびあがって来る時など、花ごとに、花弁の先端の尖りに物狂いがわずかずつ点っているようで、気の躁ぎかけることがある。

つい数日前、宵の口と翌早朝とに都内で一人ずつ、四十代の男性がジョギング中に死亡した。一人は心臓発作、もう一人は脳出血だという。宵の口の人はさる公園前の遊歩道で前を走る人を追いぬいたその直後に倒れた。早朝の人はまた別の公園内のグラウンドでかなりの速さで走るうちにいきなり芝生に倒れこんだ。直前に予兆は、厭な体感はないものだろうか。重い予兆をすら駆け抜ける。その先には爽快な境がある。その境から、無事に還って来る人もある。今の今まで天を駆けるようだったのがにわかに興ざめして歩き出してしまい、その一日、あるいは三日五日、あるいは半月一月、世にも陰鬱な気分で過した末に、さしたることもなく生きながらえる。多少の脳出血や心臓発作ならたいていの高年者は知らずに幾度かやっているものだとか聞いた。

摂津の国は小屋寺の話だそうだ。御堂があり、吹き抜けながら廊もめぐらし、幾棟かの僧房も構えて僧たちを住まわせていた。そこそこの大寺であったらしい。そこへ、ある日、物語であるから、人がやって来る。今の世の物語はいっそ、人は所詮やって来ないというほどの腹の据え方でかかったほうがいさぎよいと思われるが、それはともかく、年は八十ばかりの、汚げな法師がやって来る。そして言うには、自分は西の国より京の方へのぼろうとする者だが、年は老い身は疲れて、とてもこのまま京までたどり着けそうもないので、しばらくお寺のどこぞに宿らせてもらえまいか、と。法師姿の浮浪者である。当時、寺でそのような法師を宿らせる、あるいはむこうから勝手に居つく場所と言えば回廊あたりだったのだろうが、あそこでは風が吹き通して居られたものではないと住持が困ったところを見ると、しのぎやすい季節ではなかったようだ。すると法師のほうから、鐘堂の下はどうかと申し出た。あそこなら囲いもある。共鳴函のはたらきも兼ねて楼下を板壁で囲った式の鐘堂だったのだろう。それはよいところに気づかれたと住持は感心して、ついでに鐘も撞かれたら、よい功徳となるだろう、とすすめた。法師は大いに喜んだ。遠く鳴り響かせて無縁の大衆にあまねく結縁させようという梵鐘を、さらに無縁の者に撞かせるという深い心か。もともと、常住の鐘撞法師も五十歩百歩の存在のようで楼下には宿直用のムシロゴモもあり、住持は放浪法師をそこに置いて鐘撞法師には、あれで鐘も撞くと言っているから、和院《おぬし》はそのあいだ骨休みしておれ、と閑をやった。きさくなはからいということだろう。

二夜ばかりは鐘が鳴った。なかなか立派な、堂に入った撞きっぷりではなかったか、と想像される。朝昼晩と撞いたのだろう。あるいは六時《ろくじ》にきちんと勤めたかもしれない。それから、朝の鐘は鳴ったのか鳴らなかったのか、巳の時ばかりというから、もう日の高くなった十時頃、閑になった鐘撞法師が来て、どういう男か顔を見てやろうと、声をかけて鐘堂の下をのぞくと、老法師は死んでいた。

戸を押しあけて這ひ入りて見れば、とあり実際にそのとおりだったのだろうが、住持の房に駆けつけて注進に及んだ時には、外からひょいと戸をあけてのぞいたら、とぐらいに繕ったはずだ。年八十ばかりなる老法師のいみじげなるが、丈高《たけたか》き賤《あや》しげなる、布衣《ほい》を腰に巻きてさしはだかりて死にて臥せり、とある。年八十ばかりなることも、賤しげな老法師たることも、先刻分かっているが、丈高きはしかし、ここで初めて出た。死んで初めて、いみじきものになったわけだ。それにしても、布衣というから庶民常用の衣服だ、それを腰に巻きつけて、あらく開《はだ》けて、死んでいたというのは、これはどこかで覚えのあるような図だ。はだけていたというのは、胸から腰から太腿まで、あらわにしていたというだけのことではないのだろう。四肢を四方へぐいと突っ張っていた。目も鼻も口も、そして顎もかっと開いていた。俺は死んでるぞ、と全身が威嚇していた。

住持も驚いて駆けつけ戸を細目にあけさせてのぞいた。これはほんとうに細目も細目で、しかも腰をできるかぎり引いて、ここの鐘堂に砌《みぎり》というものがあったかどうか知らないけれど、身は死穢の境の外にありますという恰好を守ったのだろう。やがて、間違いなく死んでおるとつぶやいて戸を閉ざした。その旨を寺の僧たちに告げると、よしなき法師を宿して寺に穢れを出しつる大徳《だいとこ》かな、と一同腹を立てまくった。これが聖職者たちの通常の感覚だったのだろう。法事の予定にもいろいろと障りが出る。さりともと、郷《さと》の者たちを召し出して屍体を取り棄てさせようとしたが、そちらはそちらであいにく、郷のお社の祭りが近づいているので穢に触れるわけにいかないと断わった。ご住持が往生を遂げられたということならともかく、とでも申しあげたかもしれない。これももっともな拒絶であり、京の月卿雲客などは、清浄なはずの法事ですら、あまり恩恵の芳しくない御所やら権門やらから参列奉仕を要請されると、あることないこと、神事の予定を楯に御辞退している。あるいは御利益の薄い神事を敬遠する時には、逆に身のいささかの穢を言い立てる。上つ方にとっても下つ方にとっても、何に加わり何を逃れるかは、なかなか死活問題であった。

もとより死人に手を出す者は寺に一人としてない。徒らに騒ぐうちに午未《うまひつじ》というから一時頃になり、年三十ばかりの男が二人やって来る。水干袴姿の、その袴のつまを取って高く挟み、前には大きな刀をあらわに差し、頸には綾藺《あやい》の笠を掛けて、下衆なれどつきづきしく軽びやかなるが、もしもこの御寺の辺に年老いたる法師のまかり歩くのを見受けられなかったか、とたずねるところから話の運びはだいぶ胡散臭くなる。いかにもそのような大男の老法師の死人《びと》がここの鐘堂の下にいると答えると、やれあさましいことになったと男たちはただ泣きに泣く。僧たちに事情をたずねられて話すには、老父があり、老いひがみて、すこしの事にも思うようにならないと、ともすれば家を出て行方をくらます。先日もまた姿が見えなくなったので、手分けをして探し求めていたところが、このありさまになった。播磨国明石郡の住人、四十余町の名田を持ち隣の郡まで鳴り響いた家の者たちだという。鐘堂の下に案内して、住持は外に立って見まもっていると、男たちは内に入って法師の顔を見るなり、臥しまろびまた声をあげて泣き叫んだ。

——老いひがみ給ひて、ともすれば隠れをし歩き給ひて、遂によしなき所にて死《し》に給ひつる。

どうも、耳にも胸にも、いたくこたえて困る声だ。

住持も貰い泣きをした。僧たちも伝えて聞いて、泣く者もあった。ここもどうせ僻者の多い世界だったにちがいない。死穢を嫌うのとはまた別の話だ。

これから葬式の準備を致しますので、とやがて男たちは、戸を閉《た》てていったん去った。死者の顔を見る前にも、もしも父ならば晩には葬りますと言っているのも、怪しいと言えば怪しいが、これは僧たちへの当然のことわりであり、また僧たちの耳にはさしあたり、これしか入らなかったのだろう。それから戌の時ばかりというから夜の八時頃、人が四、五十人ほども賑やかにやって来て、死者を運び出した。僧房は鐘堂から遠く、しかも僧たちは皆おそれて戸をさしていたそうだが、しかし一行の中には調度を負った者もあまたあったという目撃もあることだから、窓あたりからちらちらとのぞいていた僧もいたのだろう。だいたい、少々の権門では葬列に人が四十も五十も供奉するものだろうか。庶民なら二人で足りる、ときには死者もふくめて。躁々しさもさることながら、ずいぶんと怪しい雰囲気だ。おそらく僧たちは一人ずつ、あるいは二、三人ずつ、忌み籠っていたのだろう。だいぶまとまってささやきあわなければ、怪しみも怪しみにならないことはある。また、忌むべきことはもともと怪しいのだ。あるいは百鬼夜行か、すでに群盗を疑ったか。それなら、御堂や僧房のほうへ迫ってさえ来なければかまわない。さいわい、葬列は寺を出て、うしろの山本へ十余町も遠ざかり、そのあたりの松原から、終夜念仏の声、鉦を叩く音が聞えた。その間も僧たちはそれぞれ房の内にひた籠り、ただ耳を遣《や》っていたらしい。念仏行のお株を奪われて呆れていたか。山本からはるかに野を渡ってくる哀悼の情の烈しさ荒々しさに、ただもう気押されていたか。さらに耳を澄ませば、火の燃え盛る音も伝わったはずだ。峯には赤光が差して天に妙音が響き、芳香が僧房の内にまで漂った、とすでに往生話を想った僧たちもいたかもしれない。想った時には成ったに近い。そのうちに誰かが鐘堂まで降った来迎衆の霊異を語り出す時には、人はもうその荘厳を見知っている。夜明けまで松原の賑わいは続いて、葬儀万端を仕舞えたようで、朝には一党の姿も見えなくなった。

さらに三十日、鐘は鳴らなかった。五体具足、まさに生身の人間がそこで死んだ穢であるから、三十日というもの、人は鐘堂に寄りつきもしない。寺を中心としてあたり数郷にわたり、どんな心地の時期だったことか。見捨てられて、索漠と静かな日々だったかもしれない。五体を開けた大男の死者の影が、一帯をはるばると透明に覆いひろがり、さしあたり鐘の時を停めていた。人々の寝起きするその間、ひとりひたむきに往生していた。そして三十日の忌みが果てて、鐘撞法師が掃除のために鐘堂に近づくと、楼上から大鐘は影も失せていた、という偸盗の話になるわけだが。

六月十日、水曜日、曇のち雨。

昨日も西から熱い風が渡り、初夏に大風の続くのは異変の前兆とかどうとか、そんな言伝えはなかったかと思ううちに、暮れる前から空が暗くなり、大雨となった。ビルのガラス窓を通して眺めていると、宙が白く煙るばかりで雨足もみえない。人もわりとのどかに傘をもたげて歩いている。路上だけがはげしく飛沫《しぶ》いていた。雨音の伝わらないのも妙なものだ。見えていて聞えないというのは、それだけでも少々、心地に狂いが出そうだ。しかしまた、雨音のまったく断たれた室内でも、人は雨音に耳を聾された顔つきで喋っている。自分の声の通りの悪いのに苦しむ様子で、もともとそうほそやかでもない声がときおり、話題にかかわりなく、いきなり頓狂に高くなる。あれは室の内外おのずと通じた気圧のせいでもあるのか。それとも晴雨や静躁にかかわりなく、これがもはや常態なのか。夜じゅうかなり降って、午前中に一度あがったが、午後からまたいつのまにか落ちている。

六年前になる。ちょうどこの時節に比叡山まで、わざわざ時鳥《ほととぎす》の声を聞きに行くという酔狂なことをした。あの鳥は暮れ方などに、鳴く時にはけっこう気前よく続けるものだが、一声立って全山静まると、つぎになかなか鳴き出さない。これも風情ではあるけれど、人の耳のほうが、酔狂というよりは、執念深いようになる。いくらか陰惨なようにもなる。不意に鳴き出されればそれはそれで満足を覚えるとはいうものの、待つうちにやがて、不意討ちはされたくない、といささか怯えに近い感情にとりつかれる。そうさせるところがたしかにあの鳥の鳴き方にはある。通常の鳥とは違って、まるで葉隠れからいきなり立ちあがり、直立して、嘴から眼まで剝いて叫ぶふうに聞える。世間に通り魔の刃傷沙汰の続いた時期だった。

見イちゃった、と幼い子供が戸口から駆けこんで来て、見ちゃった、ともう一度、今度はすこしかすれた声でつぶやくと、調理台に向かう若い母親のうしろを通り過ぎた。その二度目のつぶやきが母親には可憐に聞えて、良かったこと、何を見ちゃったの、と背を向けたままたずねたが返事はなくて、あとは忙しさに取り紛れた。半時間ほどして居間に姿が見えないので子供部屋をのぞくと、窓際に寄せて下の赤ん坊を寝かせたベビーベッドと、壁との間の狭いところに、膝を抱えこんで坐っていた。どうしたのと聞くと、午睡から覚めたみたいな顔つきで立ちあがってきて、なにかちょうだい、とねだった。甘いものをやったらすぐに機嫌はなおった。それから二日後に、母親はたまたま近所の主婦から、一昨日の午後、この先の路上で人身事故があったらしいと聞かされた。人身事故という以上のことをその主婦も知らなくて、交通事故かしら、と二人して首をかしげて別れた。また半月もして、例の事故とは男女の刃傷沙汰だったらしい、とまた別の主婦がおしえた。怪我以上のことがあったかどうか、皆もよく知らないようよ、とその主婦は話を切りあげかけて、あら、そう言えば、とこちらの母親の顔を眺めて、お宅の何君、その時、すこし離れたところにじっと立っていたそうだわ、と言った。母親はすぐに帰って子供に問いただしたが、子供はキョトンとした顔をするばかりだった。父親とも相談して、それから幾度か、腫れ物にさわるようにして聞き出そうとしたが、子供はそのつど何のことか見当もつかない様子で、嘘もなさそうで、人違いだろうと親たちも思って、それきりになった。ただ、その場所の話になると、子供はかならずきっぱり、あの辺へ一人で遊びに行ったことは一度もないと答える。そのことだけがしばらく、子供がもっと遠くまで歩きまわるようになるまでは、親たちに気がかりとして遺《のこ》ったという。

鐘盗みの話になる。鐘のようなでかい物を衆人環視の中、今日《こんにち》はまた良いお日和で、とばかりに堂々と担いで去るというような興と、一対をなす話と言える。それにしてもこの一党は何者なのか。もちろん唯者たちではない。ただの群盗でもないようだ。うしろの山本の松原の中で、松の大木を伐って、それを燃料に鐘を焼いた。融かして地金にして運び去ったらしいところを見れば、これは技術者集団である。冶金やら鋳造やらを良くし、仮の炉を築くことも心得た、旅の金物師の一党にちがいない。金物師たちは女人の経血や産こそ忌むが、死穢はすこしも嫌わなかった、むしろ迎えるぐらいのものだったという。金山神はたしか黄泉から火口をくぐって出現した神のはずだ。終夜続いた念仏や鉦打ちも、鐘の解体の躁々しさを紛らわす役もあったのだろうけれど、金物のめでたい変成を促す呪術であったかもしれない。旅の技術者集団はまた、その流浪の存在のはかなさのために、すぐれた信仰集団であったとも考えられる。旅の行倒れ一人も葬れないばかりか、死穢に躁いで大切な梵鐘を三十日も撞《う》たず、かえりみもしない、そんな僧どもから衆生済度の鐘を、野に棄てられた無量の死者になり代り申し受ける。それぐらいのことをしても罰はあたらぬ。

ただの群盗にしては、たしかに金属は当時高価なものだったにちがいないが、技術者もふくめて四十五十の人数を大道具小道具備えて遠方まで動員するのは、すこしコストがかかりすぎていやしないか。それなら単刀に、御堂や僧房のほうへ押し入ってしまったほうが、すくなくとも持ち運ぶのにたやすい収獲には富むはずだ。

大男の老法師に関しては、どうしてああも、虚死《そらじに》して長いこと動かずにいられたものだろう、と記者は感心しているが、それはそう驚くべきことでもない。だいたい寺の者たちはろくに死人《しびと》を見てはいないのだ。初めの鐘撞法師は戸をあけて半歩ほど踏みこんでいるようだが、その前に声をかけているので、内の老法師に、おさおさ怠りはない。死人の威嚇を受けてたちまち鐘撞法師は立ちすくみ、あとは目もきかなくなった。むしろ、出会いがしらにこの身にまともに受けてしまった重い穢を、住持にどう軽く言いつくろうべきか、思案はそちらへ流れた。死人役の老法師にしても、ただただ死人となって横たわっていたのではあるまい。戸がひらいて、相手の視線がこちらへ届くか届かぬか、恐怖の色が点るか点らぬかの境で、目から口から手足までじわじわっと開《はだ》けてみせた。死んでいるところではなくて、死んだところを見せつけなくては、一瞬の内に相手を圧倒できない。あまり静かにしていると行儀の悪い恰好で眠る奴だと思われて、うかうかと近寄られる心配はある。相手がおそるおそる見つめるにつれて、こちらも顔つきをわずかずつけわしく変えていけば、相手は魅入られまいと目から先に濁っていく。まして呼ばれて駆けつけた住持などは、ごく細目にひらいた戸から及び腰でのぞいているので、内の暗がりの様子は見分けがつくわけもない。思いきって明るいほうへ顔をわずかに向けてやったら、たちまち得心して、戸をひたと閉めさせた。あとは外でいくら人が集まって躁いでも、戸にいきなり近づいてあける気づかいもないので、内ではムシロゴモの上に起き直って寛いでいてもかまわない。

やがて仲間がやって来て、三人しての芝居ともなれば、これは一段とたやすい。男盛りの息子たちが、老いひがんであさましい死を遂げた父親のなきがらに縋りつき、覆いかぶさるようにして号泣する。その間に死人の頭や膝ががくりがくりと揺らいだところで、見る者はそれを息子たちの悲歎と悔恨との、激情のあらわれと取る。われらは早《はよ》う骨肉のほだしを脱れてさいわいであったと、困った死人を始末できるめどのついたことにも安堵して、もはや何事も自分たちに都合のよいほうへ聞いて、貰い泣きをしている。一人が泣き叫ぶ間、もう一人の男が老法師の耳もとに口をつけてこれからの段取りを示し合わせても、死者を搔き口説いているとしか人は見ない。そして男たちは鐘堂から出て戸をさし、晩にはかならず引き取りに参りますのでと大声でことわって立ち去り、日も暮れれば、遠くに夕べの勤行の声が尊げに聞えて、鐘堂にはやや近くに寄る者さえなくなる。

さて夜も更けかかる戌の時まで鐘堂の内で死人《しびと》役の老法師はどう過したか。もはやそこでは無用の者のようなものだ。暮れれば戸をあけて忍び出ても誰も見ない。内が空《から》虚でも誰ものぞかない。仲間のもとに戻って作業の準備を手伝ったほうが見事である。しかも一党の首領立った者のように思われてならないのだ、この大男の老法師は。ただの小物達者による行倒れの芝居では、こうも深い忌みの感情は僧どもの内に呼び覚ませなかったのではないか。寺にも方便はある。ちょっと、お前、人の躁がぬうちに山のほうにでも棄ててきてくれんか、などと寺男の下っ端に多少の駄賃を呉れて、あとは知らぬ顔をきめこむこともできた。息子たちがたずねてきて愁歎場のあと、貰い泣きの涙の下から、あわれなことだがこれも前世の因果、ひとつこれから二人して、父者をとりあえず寺域の外へ運び出してはもらえないか、と死人を押しつけた上で僧たちには、鐘堂の内で死んだとはゆめゆめ人に洩らすでないぞ、とそれぞれの利害を引合いに戒めておいて、日没にはいつに変らぬ鐘の音が近郷に響きわたる、というほどのしぶとさにはもともと欠かない。それを一度に立ちすくませるほどの、重々しい死にっぷりであった。これればかりはなまじの誤魔化しは利かない。役者もまた、一党の命運を一身に担った、やはり重立った人間でなくてはならない。

それならばなおさら早く鐘堂を抜け出して、生者に立ち返って、後の事の指図にあたらねばならぬ道理になりそうだが、そこは違う。初めと終りが有効で両端が間違いなく応呼していれば、途中の実体実質は問わない、というのは近代の考え方だ。しかもこの一件は単なる狡知による詐術ではない。死の呪力の支配の事柄だ。死人《しびと》はその間ひきつづき鐘堂の内に、死人の重みをもって、じつに存在していなくてはならない。ここが虚構では全体に実のはたらきはたのめない。すくなくとも事を仕掛ける側からはそう感じられる。寺内の僧たちと、野に集まる一味との中心に、死人は境を占める。境域はとかくど真ん中にあるものだ。僧どもが揃って戸をさして、見ることを放棄したのは、ありもせぬ死穢の感染混合をおそれた虚妄の罪ではあるが、鐘堂の内の老法師にとっては、自分がここでこうして、刻一刻ひしひしと、死んでいるというそのことが、戸の内からともすればこちらへ耳をやる坊主どもに、ほんのわずかでも事をいぶかる、ささやきあう、その閑を封じている、という関係は持続する。悟るまいとしている者たちはどうかして耳だけがひとりでにむやみと鋭くなる。その分だけ聡くなるかと言うと、その分だけよけいに聞えなくなるのが大方だが、それでも、だいぶ隔たった場所でも、内に人がいるのといないのとでは、死人《しびと》だろうと生人《いきびと》だろうと、同じいるでもひたむきにいるのとただいるのとでは、吹き寄せる雰囲気に、長い時間にわたっては差が出てくる。物は悟らなくても、恐れはたるむ。死人の様子をひとつ見舞ってやるかというような肝はとうてい持合わせないにしても、野辺送りの者どもがやって来る時に、あまり賑やかなので、どうせ生者のことだから見るぐらいでは穢に染まるまいなどと、気紛れを起されかねない。

ましてて触れを受けて野から集まり、鐘の運び出しと解体の仕度に急ぐ一味の者たちにとっては、その間やはり刻一刻、首領が無縁の場所に死人となって置かれている。死穢の呪力によって大鐘を奪い取ろうとする老いの一徹はいっそう凄まじい。こそこそと盗むのではない。僧侶たちにたいして一夜、死者の支配を打ち建てる。首領はかりにも黄泉に就いた。黄泉には黄泉の、地上に涌出する刻限がある。それに合わせて、首領を迎え取り、梵鐘を野辺に送る。僧侶たちの畏怖にも、黄泉の刻限におのずと応じた、汐時がある。来るな、と一斉に耳を澄ます頃合いがある。それよりも早すぎて、すこしでも、急ぎ盗み出したという印象を後に遺してはならない。またそれに遅れれば、首領は自身運び出されることを拒むおそれがある。今ぞと僧どものひとしく固唾を呑んで待ったその時をむなしく、ムシロゴモの上にただの虚死法師《そらじに》として置き去りにされ、束の間と雖も、何事もなかった、と僧どもに安堵の息をつかれる。そうなったら最後、あとはいくら見事に鐘が消えても、詐欺に遭ったとしか連中は驚かない。やがては天晴れな盗人よと笑いあうようになり、一帯の郷の者どもをまた脅して絞めあげて、もっと大きな鐘をあらたに鋳る。無縁法師の往生を種に都合の良い霊異譚をこしらえあげて、有力所からでかい寄進をせしめる。

ならばいっそ、老いひがみさまよい出てあさましい無縁の死を遂げた、息子どもはその最後を確めるまでのことはしたがそれで安心して虚泣《そらな》きして葬式の仕度を口実に逐電した、とそのとおりの死者に実際になり、梃子でも動かせぬ穢となって地にへばりつき、ここ一帯の鐘の音を三十日はおろか百日でも停めてやる、撞ちはじめても腐臭をその響きにこもらせてやると、手下が戸をあけた時には、絶対に運び出させはしないぞとの意志を目にも五体にも開《はだ》けて、憤死の形相で迎えるかもしれない……。

しかし手下はかならず刻限どおりにやってくる。常の生業《なりわい》からして死活の事に携わる者どもなので、大事の刻限に疎略のあるはずもない。やがてたどり着いて対面しても、いきなり生人にたいして物を言いかけるような真似はしない。死人への儀礼を守って棺に納め、葬列の具えにも怠りはなく、大鐘は不思議な葬具のように軽々と担がれて後に従い、鉦を打ちながら寺から野へ出て、うしろの山本へ遠ざかり、松原にすでに設けた炉の前に棺を据えて蓋をあけてから、おもむろに後の指図を仰ぐ。

あの者たちが到着するまで、まだしばらくはこの鐘堂の内に無縁の者として留まる。ムシロゴモには幾代もの無縁法師の臭いが染みついている。コモをときおり変えたところで、長年かけて土の内にまで染みこんだのが肌の温みを慕って昇ってくる。鐘撞法師たちは生命が細るとおのずと、誰でも寸分変らぬ位置に寝所を選ぶ。それらの者たちをそのつど、足腰が立つか立たぬか、ときには息がまだあるかないかの、きわどい間合いで外へ運び出して、ここを穢から守ったつもりでいるらしいが、この上で鐘を撞ったびに、金の気がこまかくここに降りかかり、土の気にまじわる。どちらも死者を拒まない。これこそ地上にふと囲いこまれた黄泉の境だ。生温い棺の内のようなものだ。その中で鐘の響きはふくらんで、八方へはるばると鳴りわたる。

やや遠く隔たった房の内に僧どもが大勢籠っている。そちらから、異な臭いが寄せる。穢の近づきをおそれて、日頃よりも潔斎して、湯の音も立たず、咳までひそめているが、切りつめた立居がかえって何やらを剝き出しにしている。野で黙々と野辺送りの仕度を急ぐ者たちの息にくらべて、腐臭に近いものがある。抹香にも紛れない。

朝方、鐘撞法師が戸の内に身を入れてこちらをのぞいたとき、なかば仲間同士のつもりの、目配せほどのものを送ったら、とたんに相手の顔に死相が突出した。こちらはそれを鏡のように映したまでだ。つぎに呼ばれて及び腰に内をのぞきこんだ住持の顔ときては、明るい光の中で、まだこちらへ視線が定まらぬうちから、死人の面相をあらわにしていた。物陰から静まり返ってのぞく鬼の顔を、端からたまたま目にしても、これほどには凄くない。

鐘堂を遠巻きにしてさかしげに非を鳴らしあっていた僧どもの声は、てんでに叫び立てながらお互いの耳にもおのれの耳にも聞えていないことでは、亡者の叫喚にひとしかった。それらの者たちが今は沈黙して、ただ臭いを立てている。


六月十五日、月曜日、雨。

降り続いた暮れ方に煎茶をいれる。こんな日にはせめて芳醇なのがほしい。そう思って濃い目に丁寧にいれるのだが、呑んでみるとどうも香りが立たない。二番煎じも芳ばしくない。三番はまして苦いばかりになり、どうせ葉も水もよろしくないのだろうとあきらめて、急須をあけるために蓋を取ると、透きとおるような出がらしの茶の葉から、いとも爽やかな香が立ち昇る。梅雨時の、しかも一日降り続いた後では、その辺の樹々の葉が一斉に、人の鼻こそ気がつかないけれど、飽和した匂いを発散させる。それに、人間の体液のほうもおそらくやや煮つまる。だから、茶の香を味わおうとすれば、湯でふやかした茶っ葉をじかに嚙むでもするよりほかにない、と考えたくなるところだが、どんなものか。

朝から雨が降り続くと、午後にはもう人の声が耳に遠いようになり、暮れ方に近づけば気が空まわりぎみに立ってくるので、なるべくむずかしそうなからみの筋は避けるよう心がけているつもりなのに、そういう日にかぎって、むこうから来たみたいに、間違いが起る、と事の後でぼやいていた男がある。耳を聾する大降りの日ではない、と言う。昔は人並みに雨の日のほうが物はよく考えられた、とも言う。

雨の日には、晴れた日よりも、時間が地を押しなべて流れる。草木や地衣類や、さらに菌類、たとえば土の中で刻々朽ちていく物にもひとしく。仏飯に遺族の者が控え目に添えた、その箸をやおら握り取って飯の上にぐさりと突き立てる僧侶の腕も、厠から経血の始末をして出てくる女の眉も、ひとつに押しなべて。


六月十六日、火曜日、晴。

良く晴れた。正午前に銀行に寄って金を引き出し、その足で郵便局に回って二箇所に金を振りこんだ。これも長年馴染んだ道となった。帰りは病院の脇から緑の多い裏手の道を取り、ちょっとした坂を越して表通りに出るつもりでその下まで来ると、昔は岡だったにちがいなく、道の前方にぽっかりとひときわ青い空がひろがり、喪服姿の男女が並んでいるのが見えた。

鴉が鳴いている。朝方に近くの工事の音でいったん目を覚ました。そこで寝場所を音から遠い側の部屋に移して眠りを継いで、つぎにまた目を覚ました時には、知らぬ家にでも泊まったみたいに、静かだった。こんな寝覚めの日には耳の奥に、今にもどこかで冴えた響きの一点立つのを待つふうな、それ自身あらかじめ冴え返った感覚がのこるものだ。そうかと言って格別な音をとらえるわけでない。むしろ張りつめすぎて鈍いぐらいのものだ。そこへ午後になって鴉の声が聞えてきた。

何のことはない。昨日も雨の中で鳴きかわしていた。毎年、この季節になるとこの辺に集まる。朝夕と言わず日がな声を立てている。かわりに鵯たちが音をひそめる。見たところ嘴太《はしぶと》の仲間らしい。しきりと鳴きかわす時などは、交尾期の賑々しさがある。あの声ながらに、ときにはかなり甲高くもなる。どういう渡りの習性かは知らないが、つい先年、同じ季節の同じく晴れあがった早朝に、朝帰りの道からふと天を仰ぐと、爽やかに澄んだ高空を、一瞬雁かと見たが季節も姿もはずれる、黒い奴らが百羽ばかり整然と、末ひろがりのめでたい陣型を組んで、わずかに羽搏きながらかなりの速さで渡っていた。東から西へ、丹沢山塊の方角へ向かっていた。

あんなあざやかな去来の図を展べていた鳥どもが、いまさらこんな新興住宅地に留まっているのも了見の知れないようなものだが、とにかく、重い病人のいる家の棟やら松の木やらにこの鳥が降りるような、そんな世の中ではない。死へほぐれかけた息が家の棟からひとすじ空へゆらめき昇り、鳥の嘴に出会うには、そもそも大気がすでに臭いすぎる。それでも暮れ方に、どうしてそんな場所を選ぶのか、団地の屋上の共同アンテナに、それこそたわわに、群れ止まっているのを見れば、やはり気にはかかる。各戸、居間のテレビの映りぐあいに、障りはないかと。

身辺に異変が起ったとたんに、テレビを見る習性が失せていた、と話していた人があるが、身辺の難事がいよいよ迫るにつれて、一家の主人に閑さえあればテレビの前に坐りつかれて、往生させられたという主婦の歎きも耳にした。スイッチは切らせることはできても、さて事の相談の続きとなると、そこまでの経緯の感触が相手からすっかり消えているので、よけいに始末が悪い。あらためてたどり直せば、ずいぶん物分かりよく受けるが、それを先へ踏まえることには一向にならないので、さらに動かしがたいという。

家の内で女一人が往生したという話も当然ある。夫につれ添って子も何人かなし、人生なかばに入った頃から、法華経の一部を転読、というのは略式の読経のことらしいが、それをして日夜休まず、世事を営まず、ただ仏道に帰した。家事も捨てるとはどの程度の徹底かは分からないが、亭主はむろんのべつ苦情を言った。往生したほどの女人だから、むろん俗な説教には耳を貸さなかった。体験者によっては、これは往生譚ならずとも現実の世の主婦の心中にはすくなからず起ることで、ある日を境として家族に口をきかなくなる、いや、口も沢山きくし家事もひきつづきやるけれど、その境の気持がすでに取り返し難く持続する、こちらこそ深刻な往生譚であり、そこに至るまでの歳月が問題だった、とにらむ人もあるが、それはしばらく措いて——さてそのまま高年に至り、日来病むことあり、それが癒えた後、時を移さず沐浴して身を潔め、往生の仕度を整えて、亭主にはこう言った。我数十年来夫婦の契りありといへども、今この界を去りて他界に赴くべし、何ぞ相送らざる、と。また息子どもにはこう言った。

吾もろもろの子を生みて、自ら多く罪を造りつ、今ひとりこの界を去るに、何ぞ相随はざるや、と。

そしてさらに家の男どもに告げたそうだ。いいえ、あなたたちではなくて、長年お唱えした法華経ただの一品の、積もり積もって六万と九千三百あまりの文字だけが、手に手に炬火を捧げて、前後を囲繞して、極楽まで送ってくれることになってます、と。

そう語ると読経礼仏してたちまち入滅、その死骸は数日を歴ても、その薫香があたり一帯に及んだとあるが、それでも家の男どもはすぐさま渋い顔を寄せあって、もともと大した分限の家でもなさそうで、後の送りの事をぼそぼそと相談しはじめたにちがいない。

そうは言っても、わしらとして、出来るかぎりのことはしなくてはな、と。

六月十七日、水曜日、快晴。

一段とまた晴れあがった。鴉どもが今日も変らずのどかに鳴きかわしている。仕事部屋の窓の外に、あれはマテバシイというやつか、肉の厚い葉が旺盛に繁った。暑苦しげな樹だが、風らしいものもないのに、葉の一枚一枚がかすかに揺れている。眺めていると睡たさに惹きこまれかける。すこしは心がのびるというべきか。魂が離れかける。病床から枕辺に置かれた鉢植の、静かな葉の揺らぎに見入るうちに、垂れた葉の先がそれぞれくるりくるりと、巻きこむような動きを始めた。窓からはそよりとも風が渡らぬ。糞ッと目を宙に見ひらいたが上にぐいと剝いて、ようやくあぶない淵をしのいだ、と重病から生還した人が後に話した。

夏の日のことだろう。やんごとなき家《ところ》の女性が、おやしきの軒に近いあたりで写経にはげむうちに、雲雨俄に降り、霹靂殿に入る、というから雷がその棟を直撃した。そのとき女性は、如存亡とあるのは、存るがごとく亡きがごとくなのか、存って亡きがごとくなのか、どちらにせよそんな状態で、経を捧げ筆を拳《にぎ》ったままでいた。雷が騰《あが》り天が晴れてから、眼を開いて経を見れば、空紙は焼けて文字はのこった。白紙の部分は焼けたが、すでに書きこんだところはのこった、とそう取るのが穏当なところだが、経紙全体が黒焦げになった中から経文の金泥だけがくっきりとのこったとか、想像すれば凄みはまさる。御自分は、衣は燃えたが身は全《まった》し、焼傷ひとつ負わなかったらしいのだから。

皇太后なる身分の御方の話としては、いかに信心の篤さを特筆しようとの善意から出たにせよ、凄みが過ぎるというような謗りもあっただろう。烈しさのきわみから、おかしな方向へ、話を転じられるおそれはある。第一、その時の光景および御姿が目にうかんでならず、困惑させられる。御衣《おんぞ》はそうだとして、御髪《おぐし》はどうだったのか、とか。

どこかで見たような話でもある。こんな事をめったに身辺で目撃してはたまったものではないが、どうもどこかで実際に見たような気がとっさにされる。とっさにされて、やがて、しきりにされる。筆をにぎったまま、しばし表情の見えぬ顔も、やがて眼をひらく間合いも、なにやら遠くにうかびかける。どこかあどけない。しかしその人のあどけなさとも違う。その分だけ、見ているほうには、鬼気のようなものが迫る。紙は焼けて文字はのこったという霊異はともあれ、衣は焼けて身は無事だったというほうは、まさか身に覚えがあるとは言わないが、そん場面に居合わせたこともないが、衣は焼けるだろうな、とおかしな得心が起る。御身、おいくつの砌《みぎり》であったか。どうしても自分の年齢にひき寄せるか、あるいは思いきり若いほうへかけ離して考えるものだ、とそういましめて、注を頼りにたどたどしく数えてみたら、自分の算術にあやまりがないとしたら、はたして五十前後のことらしい。

十六の若さで入内と本文にはあるが、注ではこれはあやまりで二十七歳入内が正しいだろうと言う。立后は四十九歳のようで、ずいぶん遅い。それが四月の十六日で、同じ月の十九日に帝が崩御。時が迫って急ぎ立后を済ませたようだ。落雷の一件はその直後の事だとはどこにも書いていない。しかしその数年内の夏のことと取るのがふさわしい。いや、その年の内、喪中の夏の出来事と見たい。もともと気の強い、強くなるだけのいわれが長年あった人のように思われる。父者も性は悍なるお人と伝えられ、しかもその父恩に外戚の地位をもって報いることはできなかった。自身は八十二歳の長寿を全うしている。

長年、火炎を背負って生きてきたのを、霹靂の一撃がその炎を吹き消した、と取るのはどうか。あるいは実情はもうひとつ凄くて、雷の熱流も身の内の炎上を破ることはできず、ただ内外の火が一瞬つりあって、つかのまの清涼が生じ、つかのまの人心地がついた、と。つかのまと言っても、むなしいということではない。人心地などはまず、つかのまのつみかさねだ。いずれにしても、衣はひとたまりもない。

黒焦げの衣服をつけたまま、ようやく心が静まって、深夜にひとり水漬けを掻きこむ。だいたい衣服というものは、身に着きながら、自他の目にこそ見えないが、日夜炎をあげているのだという説もある。脱ぎ捨てたり壁に吊したあとも、ふすぶりつづける。畳んで箱や箪笥のなかに蔵《しま》いこむと、燠となって炎をたくわえる。だから衣類の片づけはどことなく火の始末に似通うというが、これはどんなものか。譫言に火の車のことがつぶやかれ、翌朝庭を見渡したら、垣根の一郭が黒く焦げていた、というような噂話が農村ではよほど近年までまことしやかにささやかれたそうだが、さて四十九日も済んで故人の形見分けに親族集まって箪笥をひらいたら、着物がどれもこれも裏から焦げていた、とそんな話は聞いたことがない。

喪に服するということがある。倫理上の要請はひとつ措き、宗教上の禁忌ももうひとつ措き、心情のことはさらに措いて、ごく親《ちか》しい死者の場合、肉体上の服喪というものはおのずとあるのかどうか、あるとすればどんなものか。谷中からその足で吉原へとか、昔の話もあるけれど、今まで聞いたうちで印象にのこったのは、女性の場合だが、髪の毛がもとに戻るまでまる一年はかかったという話だ。夏の日、冬の夜、と詩の一節がうかんだ。それから、雨の日、雨の夜と続いて、これは詩にはなく、あとがふっつり切れた。

六月十八日、木曜日、晴。

女が草花を植える。狭くて日あたりの悪い、甲斐もないような庭に、欲にかかって植える、一日一善という趣きで植える。それだけでは足りなくて、買物のついでに安い鉢植をさげて来ては、蜜柑箱などを積んで棚をこしらえて並べる。鉄槌《かなづち》はよう使わない女だった。それでも目立ての悪い鋸を気ながにひくことはあった。日々洗濯物を庭に干すのに自分の足場が不自由になっても、草花をふやすのをやめない。玄関脇の木戸を汲取屋が叩く時には、まず縁側から庭へ駆けおり、地面に並べた鉢をてきぱきと脇へどかして、桶の道をつくった。やがて梅雨時などには小さな平屋は庭から草の中へ埋もれる感じになった。立木があったわけでなく、壁や軒へ這いあがる蔓の物もなかった。おおよそ丈の低い草ばかりだったのに、それでも家は縁先から繁みの中へ傾きかかった。

越した当時には薔薇なども植えられた。しかし日あたりも地味も悪かったようで、貧相な花しかつかず、ひらくとすぐに萎れ、葉も巻きぎみで、あとは棘ばかりあらわなひょろ長い茨のようになって立ち枯れた。それにつけても、庭の薔薇の木が一斉に頭から火を吹いた光景が思い出され口にされた。もう十何年も昔になる空襲の夜のことだ。防空壕から飛び出した時には、家にはもう内に火が入って手のつけようもなかった。その夜も亭主は不在《るす》だったので、子供らをひと足先に大通りへ駆けくだる角のところまで逃がして、自分は庭に留まり、せめて壕に運びこんでおいた物は火から守ろうと、壕の板蓋にスコップで土をざっとかぶせて、防空団に日頃教えられたとおり、バケツで水をかけると、蓋には傾きがあって土が流れてしまう。同じことを幾度もくりかえして、あせりにあせった。その最中か、土がどうにか落着いたところでか、振り返って眺めたらしい。表門から踏石伝いに椿の木の脇を抜けて玄関に至る道と、家の縁先の庭との境に、目隠しの塀があり、その庭側の手前一列に薔薇が植わっていたが、その辺にも焼夷弾が落ちたようで、ひとつながりの炎が端から端まで真っ赤に走った。綺麗だったわ、とあの晩も、大通りまで避難したあとで、ようやく気落ちした声でつぶやいていた。三十六の歳のことになる。

草に埋もれるようになるにつれて、派手な花はなくなり、小粒の花を縁側から見えるか見えぬかにつける草ばかりになり、観葉植物もおいおい好んで置かれた。それでも本人は、死んだら、何もいらないから、花をいっぱい飾ってほしい、と口癖のように言っていた。部屋の内からしげしげと庭を眺め楽しむような閑もなかった。ただ湯あがりにはよく縁側に、夜更けの庭へ向かって長いことしゃがみこんでいた。ある夜、雨の降りしきる庭の、隣家との塀の根もとあたり、低い草の繁る中に大きな白い花が一輪咲いているようなのを目にとめて、あんなところに、あんなものが咲いているけれど、植えた覚えもないわ、と言った。息子が脇からのぞくと、たしかに、ぽっかりとひらいていた。沓石の上まで降りて見つめたら、どこから差しこむのか、光がそこに集まっているだけのようだった。もう一歩踏みこんで確めようと思ったが、雨に濡れることよりも、草の中へ足の置き場もなくてやめた。

十五年ほどその庭で草花を育てていたことになる。ふえすぎた鉢植を置くのに、着物の洗い張りの板が林檎箱の間に渡された。戦災を免れた着物は十年の内にあらかた消えたらしい。庭の真ん中あたりに、幾度もの引っ越しをどこからどう付いて回ってきたものか、古めかしいマホガニーめいた背がついて、腰のかかるところは籐張りの、脚は細長い椅子が置き去りにされていた。雨ざらしにされ、埃は厚くかぶり、誰が腰かけるでもない。鉢のひとつふたつがたてい仮りにのせられていた。狭い庭にはほかにもいろいろ、すでに無用になったがまだ捨てきれない遺物が、得体の知れぬ物となりかけて、草花になかば埋もれていた。
出棺はその庭からではなかった。

すゞろに笑壺に

自身では気がつかないのに人の鼻にはつくのが、とかく身に染みついた臭いの不都合さであるが、それとは逆に、人はまず勘づきもしないのに、自身の鼻先にときおり胸もとから臭ってくる。その場を遠く離れて人の間にいる時にも、初めはほのかに、そのうちに、あたりがはばかられるほど、つかのま濃くなる。

幾日か過ぎて、そのあいだ風呂に入り着替えをしていても、どうかすると肌から漂ってくる。すべてが済んだ後でもしばらくは、と言えば当人の心理のことになりそうだが、ずいぶん肉体のことであるようなのだ。

「また、暑かったねえ、この夏は」中年の男性がげんなりと長椅子に腰を落した。よれよれの浴衣を着ているので、これは入院患者だ。こぼしながらも声からはようやく快方に向かっている様子だが、顔にはまだやつれの色が深い。

「そうだったかしら。暑いも寒いも、もうわからないのよ」それよりは年上らしい女性が答えた。普段着と変りない身なりだが、肉のついた腰まわりをきっちり締めた着こみ方を見ると、こちらは入院患者ではない。それでもどこか先の男性よりも疲れた口調から、長い病人に付添った家族かと思ったら、

「もう年だから、我慢する気にもなれなくて。昼も夜も、一日じゅう家を閉めきって冷房はつけっぱなしにしているもので。外には出ないの。買物は夕方に涼しくなった頃を見はからって、ちょこちょことすましてね。帰ってくれば水を浴びて。冬には、ちょっとでも寒い頃になれば、暖房は入れたきりだし」

洗面所や処理室に近い廊下の角から、凹所《ふくろ》となったところに狭く設けられた、煙草も吸える談話室のことだ。親族らしいのが七、八人も席を占めて骨相を剝き出した顔をしいんと並べていることもあるが、おおむねここへ出て来る者たちは、患者も詰めている家族も見舞いの客も、妙にはしゃぎたって、小声にしてもよく喋る。廊下からは点滴の、車輪つきの架《だい》をゆるゆるところがして通りすぎがてら、賑やかな凹所をいぶかしげにのぞきこんで行く病人も見えた。角のあたりには車椅子が幾台も置かれ、見舞いに連れて来られて退屈した子供がそれに乗って遊んでいることもあれば、ときには良い年配《とし》をした男性が廊下から来てそのひとつにぐたっと腰を沈め、おそらく知らず識らずに、車を前後へ遊ばせながら、陰惨きわまる顔つきを宙へ向けている。

「自業自得よ」と女性は窓へ目をやった。自身のことを言った口調で、どうやら、見舞いつい

でに外来で診てもらってきたものらしい。館内はゆるめの冷房が行き渡り、戸外は暮れ方へ向かって降りつづくともやんだとも高い階からは見分けがつかず薄霧に煙り、いましがた病室の窓を細目にあけて額を寄せたところでは、館内と同じぐらいに気温がさがっていた。朝方、駆けつけた頃にも、かなりさがっていた。

今年は春先から季節が先を急ぐ様子で、夏の盛りには欅などの葉がところどころ黄ばみかけて、秋も早いという勘がはたらいたのに、六月のうちに始まった猛暑が八月の下旬にかかっても衰えずに続いた。前日も暮れから宵に及んで日中よりも重い蒸し方をしていたのが、夜更けからいくらかの雷を伴って大雨となり、夜半を越してくりかえし叩きつけ、明け近くにようやく間遠になり、朝には並みの降りとなって落着いた。ちょうど東京辺の上空を、停滞した前線に沿って、小低気圧が夜更けから明けにかけて通過したらしい。

傘のことがときおり、それどころではない場で、気にかかった。表玄関の外の、錠もすべて壊れた傘立ての中に、おおよそに突っこんで、すこし傾《かし》いだままに捨ててきた。雨があがれば杖についてひきずる癖があるので先端のもうだいぶまがった安物の傘だ。館内は建増しが幾度かにわたったようで、ここまで来る道がすこしこみ入っていた。売店の脇のエレヴェーターに乗る。それから廊下にひかれた赤い線をたどって角をいくつか折れ、急に閑散として、今にもどこかへ迷いこみそうな心持になりかける頃、長い橋がかりのような廊下を渡り、その先にあらわれるエレヴェーターでまたあがる。ここは表口からだいぶ奥まったところにあたる。それでも一度きりの乗換えであり、あとは赤い線をたよればつぎの降り口に行き着ける。わかりきった道のはずなのに、まる一日病室のあたりに居つづけると、その乗換えが何階であったか、よくは考えられない。病棟を移されたのが、この前の見舞いの時のことだったか、ここは初めてなのか、その覚えさえ怪しい。ただ置き去りにして来た傘だけが、いよいよ遠くなったその分だけ鮮明に、何の変哲もないくせに大きくうかびかかる。いつ帰ることになるのか、この建物を出る時にはどの通路を取るのか、先が知れなかった。

その宵の内に、最後にのこった二人が、前夜はろくに眠っていないどうし、今夜のところは病院にまかせ明日に備えることにして、表玄関から雨のあがった戸外へ出た。駆けつけた時には三分と直視していられない容態でも、七時間八時間とそばに詰めているうちに、わずかな変化を良い方へ良い方へ取るようになる。

傘は館内から思いうかべていたほどひどく傾いでいなくて、その間にすっかりだらけたように立っていた。疲れの底から、鋭いけれど脆そうな、食欲が動いていた。

四月、新居へ移った時に、痩せたのが兄弟の目についた。その月には夫婦で旅行をしている。五月にも夫婦で旅行中に、かるい腹痛を訴えた。その数日後に町の婦人科の病院に入院した。六月の初めに大学病院へ転院、十九日に手術、十日ほど後には廊下を歩き、寝床の上に端坐して一日に十通ほども、見舞いの礼状をしっかりした手で書いていた。大げさなことにされたくないとしきりに困惑した。退院したらスペインに行きたいと意気ごむので、それならイベリア半島の地図を足もとの壁に貼りつけたらどうだとすすめると、そんなに長くここに居るわけでないのでと一笑にした。七月の誕生日までには出られないと医者に申し渡された時には泣いたらしいが、婦人科から外科に移され、月末には退院、婆婆はやっぱりいいね、と車の中ではしゃいで家に帰った。見晴しのよい十階のテラスに立って涙を流した。病中は楽しい夢ばかり見ていた、と御亭主に話したという。八月の十五日に、数日前から痛みが出て、自分から進んで再入院した。家を出かける時には、面倒だからと、浜ではくような草履を素足に突っかけて車に乗りこんだ。痛みを遮断する点滴のために、数日後には意識が低下して、それでもまだ分かるうちにと親族が順々に見舞いかけたところへ、大雨あがりの二十三日の朝に、危篤の報らせが病院からあり、親族へ触れがまわされた。その暮れ方からは持ち直したように見えたのだが。

五十なかばとして、迅速だったというべきか、まだしも緩慢だったというべきか。どうであれば迅速であり、どうであれば緩慢なのか。六月なかばにすでに、第三期の進行状態と推定されると知らされていた遺族には、まだ感じ分けがつかない。新婚半年とすこしばかりだった。

炎天続きの夏だったと思われるが、あとから振り返れば、雨の日ばかりがうかぶ。出がけに地図をあらためて睨んで、どこからでも行けてどこから行っても迂遠な病院へ、道の取り方をもう一度思案した末に、まずバスで近くの私鉄の駅まで出て、車を拾うその前に、そこの商店街を裏通りから裏通りへせかついて歩きまわった、あの時にも傘をさしていた。鰻屋を探していた。鰻が食べたい、と病人が言ったと聞いた。腹を開けてからまだ十日ばかりに、信じられない話だが、それならさいわい、病人も少女時代に白金台のほうで耳に馴染んだはずの鰻屋の看板が、出店か暖簾分けか、この郊外の町の裏通りに掛かっているのを知っている。そう思いついたとたんに固定観念のようになり、つい先日も看板を見たばかりの気持でその辺までまっすぐ来たところが、家並にその跡らしいところも見あたらない。思っていたところよりひとすじ離れた通りに、違った看板の鰻屋があったが、あいにく休日の札をさげていた。考えてみれば、通りがかりにおやと看板へ目をやったのは、もう十年あまりも前になる。しかし自宅の郵便受けにそこの店の品書きが抛りこまれていて、こんな遠いところまで出前をやるのかと感心させられたのは、ここ一、二年のうちのことの気もする。あきらめよりも、こだわりが先に立って、記憶のないあたりまでうろうろと探しまわり、こんなことで時間《ひま》をつぶしているうちに病院まで蜿蜒と住宅街の間を細く縫って続く道が車で塞がってしまうとおそれながら、さらに見当のあるはずもない駅の反対側へ渡り、商店街をはずれかけたところで、何をしているんだとやや途方に暮れて、一、二度食事をしたこともある、中華料理店の看板に目をとめた。

棚に並んだいろいろな饅頭をほどほどに見つくろって、奥で蒸してもらっている間、店の隅の卓について待った。十五分ほどと言われたのが、五分も過ぎた頃からじりじりと、焦《あせ》りが差し返してきた。肌着の内はぐったり汗ばんで、冷房の中で発汗が続いているようだった。まっすぐに走っていれば今頃はもう病院に着くところなのに、といらだちかけるのを、あとは車に乗ってしまえばあなたまかせで、道が渋滞していようとすんなり通ろうと、ここの十分十五分の遅れは大差ない、とつとめて気をくつろがせながら、考えてもいなかった饅頭などをもっともらしくあつらえている自分が、かるはずみに思えてきた。ここまで来る道々、焼肉とかモツ焼とか、そんな看板の文字に色にむやみと目が行った。できるかぎり癌細胞を掻き取ったばかりの病人に、そんな食欲があるわけもない。それでは自身の食欲かと言えば、出がけに昼飯をそそくさと済ませてきたばかりで、それに昨夜眠りを稼ごうとしてつい過した酒の、なごりがまだみぞおちの辺によどんで、胃も腸も湿気の中で萎えていた。すべてが、鰻という固定観念によって、食欲の外に掻き立てられたものだった。

脇の壁に掛けられた変った意匠の時計は、中心部が黒く塗りつぶされ、何もなしののっぺら坊で、周辺のほうに矢印ほどの白い針の先端だけがふたつ、これも中心点からすっかりはずれて、それぞれ勝手な弧を描くような角度で傾き傾きながら、それでも円い文字板にひたりと沿って回っていた。気がついてみたら、濡れた傘を店の中に持ちこんでいて、両手で柄をつかんで先を床にぎりぎりと立てていた。歯ぎしりをする癖はありませんか、と歯医者にたずねられた。もう十五、六年も昔のことになる。さあ、そう言われたこともありませんが、と女たちの目を思いうかべて答えると、硬くて丈夫な歯なんだがな、と医者は首をかしげていた。

ここの食事もまだ満足に食べられないのよ、と病人は歎いて、店のことだけをたずねた。鰻とは、いっときの気持のはずみから出た言葉らしかった。

広い建物の内で雷を聞いた。黒雲がその建物の背後の空に押し出していたのは、坂をあがり横断歩道の手前から正面玄関を望んだ時に目にしていた。それから人に案内されてエレヴェーターに乗り、窓のない長い廊下を行く間に、すでに雷鳴がしていた。着いた部屋の磨りガラスの窓には、大粒の雨が叩きつけて糸をひいていた。中庭に面しているという。これだけ降っても、水源地のほうはどうだか、と集まった人間たちは日照り続きの水不足のことを話題にした。ガラスはよほど厚くできているようで、夕立ちのざわめきは入って来ない。窓に背を向けた席について、打合わせが始まった時には、戸外のことを忘れた。ただ、間遠な雷鳴を得体の知れぬもののように耳にしていた。さきほど廊下を歩いていた時には、たしかに天に聞いた。エレヴェーターの内にいる時には、もしもすぐ近くに落雷があったとしたら、この筒の中をどんな衝撃が突き抜けることか、あるいはすでに頭上の雷雲に感応して、人体に感じられぬ電流か、何らかの変化が筒の内を走っているのかもしれない、とそんなことを想像して天井を見あげたものだ。それが今では、天でもなく、上のほうでもかならずしもなく、館内に鈍くこもって、どこだか見当のつかぬところで重い物を載せた手押車を転がしているような音に聞えた。

そのつど、ここは一体、何階になる、と会議中にいらざる訝りが念頭に取りついた。受付のある玄関はそもそも何階にあたるのか。外来者は案内なしに歩くことを許されないところなので、幾度来ても館内のおおよその地理が呑みこめない。それは是非もないとしても、エレヴェーターに乗ってきたのは、あれは昇ったのか降ったのか、にわかに思い出せなくなった。つい近頃、別の仕事でここを訪れた時の記憶と混淆したらしいが、しかしこれは記憶というよりも、いましがたの、この身体《からだ》の、感触のことではないか。その連続が落ちている。しきりとあきれながら、人との受け答えはさして不自由もなく続けていた。そのうちにふと、今日は何日、何月何日だ、昨日は何だった、と首をかしげて、その座から零れ落ちそうになり、いたずらに遠くへ耳を澄ました。雷はそれきり鳴らなかった。

来る日も来る日も家の内で、暑さもろくに身に覚えないほどに、近所の工事の音に苦しめられた頃だった。日数が重なるうちに、音そのものよりも、音が跡絶えるそのつど、つかのま冴え返ったように張る静かさが、耳から心身にこたえるようになった。際限もなく耳を細く澄しそうな、そらおそろしさにひきこまれる。工事の音のとうにおさまった夜にも、周辺にざらに立つ騒音を超えて、執念深いように耳をやっている自分に気がつくことがあった。かと思うと、わけもわからず、つくづくと人心地がついている。人前に出ると、相手の声も自身の声もこころもち遠いながらに、日頃よりも軽快に渡りあった。幽霊のようによく喋る、とある晩、やはり人前で、胸の内でつぶやいて、苦笑もせずにひとり目を剝いた。

ある晩また、雨の夜道をひとりで歩きながら、傘さえさせば人は幽霊になる、と妙なことをつぶやいた。長い不案内な地下道を抜けてぽっかりと、あたりがさびしくなり、見知った裏通りに出た。二十年ほども昔に、喰うために、通い馴れた道だ。あの頃とは、町の様子が変った。見違えるほどに、と言ってもよい。そこへいきなり地から湧いて出れば、自身の影のほうが薄くなったように感じられるのも無理はない。しかし考えてみれば、二十年昔にも町は急速に変りつつあった。日頃はそれと意識もせずにいたが、年に一度か二度、朝から暗いような、傘をさしても肩から裾まで濡れて髪の毛も湿る降りの日に、その十年ほども前に幾度かかりそめに通りかかった、同じ土地の風景が思い出されて、あんなものはなかった、こんなふうではなかった、と傘の下からあきれてのぞくうちに、眺める自身の影のほうが、ここを毎日のように通っていることもふくめて、薄くなりかかることがあった。あの心地が、そっくりそのまま、今につながってきた。あれは幽霊どころか、喰うために通っていた。ほかに暮すようすがもなかった。今はたまたま半端になった時間をつぶすために歩いているが、それでも喰うための、労苦と労苦のあいまにはちがいない。さしあたりこれとあてのない、気ままなはずの歩みにも、物へ急ぐ習性が抜きがたくひそんで、ともすれば早足になる。立ち止まってあたりを見渡したり振り返ったりもしない。だいたい、あれとこれとがひとつの心境に重なってしまっては、その間の歳月は、さまざまあった事どもは、それこそ行方不知《ゆくえしれず》にならないか。何人もの人間が消える。自身が消えたいという願望はさらさらないのに、こうして物の役にも立たない傘を深くかぶって、ときおり路上を白く叩いて降りしきる雨あしを、わずかに分けていると、その傘のためだけのように、しんしんと幽霊めいてくるのが理不尽だった。

ここまで蒸《いき》れと冷房の中を交互にくぐりぬけてきたために、すっかり萎えた胃腸に、それでも空腹を覚えていた。これからまた人に会う前に、少々のものを腹に入れておく必要もあった。何でもよい、どんな店でもよい。昔行きつけたところが目をひけばその足で入っていくつもりだったが、それにもとくにこだわらなかった。ただ、この時期をはずせばまたなしくずしに失せていく食欲であることが感じられた。それなのに、店ごとに雨の中からしげしげとのぞきこみながら、足がひとりでにその前を通り過ぎた。やがて食欲も漠とした飢餓感へ拡散して、取りつきどころがなくなり、小一時間ほども街のうらおもてを歩きまわった末に、どこにも入りそびれて駅前までもどり、人の列のあとについて車《タクシー》に乗りこんだ。雨につつまれて走る冷房の中で、ようやく足もとから膝へ染みこんでくる湿気に、かすかに疼き出した胃腸をかばって、身をかるくすくめ、行儀よく坐るうちに、車はだいぶの距離を走り、いつのまにか消えた疼きの跡に、席に立てかけた濡れた傘が、それだけがぽつんとのこる気がした。

また別の日、都心のほうで、空が暮れるより先に、黒雲が北から一面に押し出して、地表に白いような明るさが漂った。大粒の雨がちらほら落ちかけたが、まだ傘を差すまでにはならなかった。そのまま地下鉄に乗って十分あまりも北へ向かった。途中、それほどぎっしりとも込んでいない車内で、なにがなし息苦しさを覚えて唇を薄く開けた。ホームへ降り立った時には、膝頭のあたりに衰弱感が溜まっていた。幾度と来たこともない構内を、案内板をたよりに、また疼きをかばう足取りでそろそろと歩いて、乗換えの階段へ向かう人の流れと別れ、町中へじかに出る長い閑散とした階段を昇った。アーケードの商店街を物珍しく眺めて通り抜け、そのはずれで小降りの雨に止められて、折畳傘を取り出したものかどうか、とあたりを見渡すと、路面はところどころ水の溜まるほどに濡れていた。暗い大通りでは車が驟雨の盛りのような飛沫を立てて往きかっている。ひとしきり南へ走った夕立と、地下鉄の中で行き違ったらしい。そう言えば駅の構内の床も、人の傘の持ち運んだ滴で濡れていた。それだものでひとりでにあんな、疼きをかばうふうな歩みになっていた。

病人のための願掛けで名代の地蔵堂の、水場の陰に立って、暗い境内に間遠に入ってくる人の姿を眺めていた。初めに若い女性が入ってきた。手前の角を折れて境内を斜めに、脇目もふらぬ早足で横切った。仕事帰りらしく、駅の構内を急ぐ足取りと変らず、きりっと精彩のある身なりをしているので、境内を抜けて家へ帰るところかと目をはずしたが、だいぶして本堂のほうを眺めやると、じっと手を合わせて動かぬ後姿があった。それから本堂を離れると、先と同じ早足になり、見返りそうにもなく、境内をまた斜めに切って、来た道を引き返して行った。あとにのこされて、本堂の前に立ち静まった姿よりも、その往き復りの、すこしの無駄もない足のほうに、身内に重い病人があれば節々で時間が張りつめるのはあたり前であるのに、なにか凄いものを見た気がされて、つぎに入って来る人間を待って目が離せないようになった。それから二人、やはり若い女性と三十前後の男性がそれぞれ、判で捺したような早足で本堂に近づいて、長いこと手を合わせ、そんななごりもなげな大股の歩みで駅のほうへ去った。そのうちにもう一人、四十から五十年配の女性が、普段着に近い恰好に重たげにふくらんだ袋を片手に提げ、これは長い疲れが遠くまで臭ってきそうな姿で、視線を落して膝も屈みぎみに、道中は惰性にまかせてただ立ち止まらないだけの足を、ゆるりゆるりとひきずって入ってきた。さしあたり、いまどこにいるとも、どこへ向かっているとも意識しない、歩きながらでもとろりとまどろみそうなその様子が、しかしよく見ると、境内の端から庫裏らしい建物の前へ寄り、その土台石のはずれの角をゆっくりかすめて、先の若い者たちがそれでも境内の中ほどを通って行ったのにひきかえ、堂まで確かな最短距離をひとりでにたどっていた。これには思わず目をひきこまれ、左右に傾ぎかかる後姿が本堂に近づき、堂前の段をさらに緩慢に踏みあがって立ったとき、縛を解かれたみたいに我に返ると、ときおり落ちかかる大粒の雨を避けて水場の軒の下に入っていたのが、女性の姿を見送るにつれ、身をひそめるふうに腰を落して、しまいには水受けのそばにしゃがみこんでいた。立ちあがって空を見あげると、南にあたる方角で、弱い稲妻が雲の湧きかえりをのぞかせて閃いた。

露天に立つ地蔵を水で洗う。病人の病むところを、束子《たわし》でこする。力をこめて幾重にも磨くようにする、何年も前に、昼のうちにここに立ち寄った時には、境内に人が出盛った中で、老人や中年の男女が長い列をつくって熱心に洗っていたが、その晩はしばらく留まって眺めていたかぎり、誰一人として本堂からその地蔵のほうへまわらなかった。夜のせい、雨のせいもあっただろう。雨の宵に足を運ぶことがすでに、時間も体力も切り詰まったしるしかもしれない。それに、病人から遠く離れた石の肌といえども、束子のようなものでこするのは忍びないような、病状の境はある。

最後の日は、前夜の十一時頃に寝ついて、未明の三時過ぎに電話に起された。前日の朝方の急報にはその後でいたずらに家の内をうろついて出仕度に半時間ほども手間取ったものだが、この朝は十五分足らずで家を出て近くの通りで車を拾った。車は環状八号線に出て、甲州街道へ折れた。そこから先は、おおよその見当はつくが細かい道はわからないと運転手はあらかじめことわり、ほどほどのところで右折して、このあたり複雑な裏道へ入った。途中二度、一度はたまたま交通事故があったようで駆けつけていたパトカーの警官に、もう一度は新聞販売店の前に集まった青年たちにたずねて、やがて前方左手の遠くに病院の建物が見えてきた。雨は降ってはいなかった。

この道がすでに明けそめていたか、まだ暗かったたか、その記憶がその夜のうちに、寝床に就いて思い返すと怪しくなっていた。午前の三時過ぎには、夜はまだ明けない。それでも、家の近くから車に乗りこんだ時には暗かったが、街道をそれて道を探りはじめた頃には路面が白みはじめていた。表を閉ざして寝静まった家並が、狭い辻ごとに、街灯に照らされるよりはくっきりと、朝の表情でうかんだ。病院の建物が遠くに、灰色に煙りながら蒼みをふくんでいく空を背負って、すっくりと立った。しかし車が三十分ほどで病院に着いたことは、その時、玄関口で確めている。八月下旬の午前四時前に夜が白むわけもない。道はずっと暗かったはずだ。つぎに病室を出て、談話室で息をついた時には、窓の外は明けていた。そのせいかもしれない。死者の横たわっていた部屋の、窓はどうであったか、覚えがない。ただ、枕もとの吸入器も吸引器も、ベッドの脇の点滴の道具もすっかり片づけられているのが、むやみと静かに見えた。あるいは、車が走る間、ひたすら前日に駆けつけた時の覚えを見分けようとして、角ごとに張りつめていた目には、街灯の光も十分に白くて、夜も朝もなかった。瞳孔がやや開ききるということもあるのだろう。

正午頃に病院をひとりで出て、車で最寄りの私鉄の駅へ向かった道では、空は淡く晴れていた。駅前で煙草を三つ買って大きな札をくずしたついでにスタンドで蕎麦を掻きこんだ。切符売り場の前でもう一度道の取り方を思案した末に、私鉄を迂遠なように乗り継いで自宅のほうへできるかぎり寄り、家の近くでバスから降りた時には炎天になっていた。汗まみれになった身体《からだ》を冷い水で流して、強い酒を一杯だけあおり、仕事部屋に薄縁《うすべり》を敷いて一時間ほど昏々と眠った。起きあがって昼寝の汗をまた水で流し、朝方の上着をきこんで三時すこし前に、玄関からまた猛暑の戸外へ出かけたところで、北から西へかけて遠くに雷雲の湧いているのを目にとめ、小返りして折畳傘を提げた。

十五分ほども炎天下を歩いて先とはまた別の私鉄に乗りこみ、吊革につかまってうつらとしてから窓の外へ顔をあげると、電車はちょうど高架にかかり、目の下からひろがる町のすぐむこうに、山が黒々と立ちはだかりつらなっていた。盆地か山際の町を山あいへと運ばれていく、そんな錯覚にひきこまれた。よく見れば、ほぼ西から東へ走る電車の、すぐ北側から、日は照りながら、雷雲が迫っていた。それから十分足らずして乗換えのホームに立った時には、そこはわずかにまた北へ寄っているようで、すでに篠つく降りとなり、電車に乗りこむ間も軒のあわいから注ぎかかる大粒の雨に肩が濡れるほどで、さらに北西へ向かって走るほどに刻々と暗く雨足を増して、車輛をつつんで掬いあげるように叩きまくり、またしばらく行って左右の窓を見渡すと、北側のほうは暗さがやや薄れて、ちょうどガードから渡りかかった、夜のような車のライトのひしめく環状線の、その南のほうへ、自宅の方角へ、雷雨の盛りは移っていた。

目的の駅に降りると、頭上の空は明るんで雲の切れそうなけはいがのぞき、雨も車中にくらべればよほど和らいでいたが、まだ夕立の勢には変りなく、小さな折畳傘を両手に握りしめたまま、しばらく踏み出しかねて廂を見あげていた。そこはホームから階段をあがった高架になり、ちょうどその時刻に、その足下の踏切りを南から北へ渡って、棺は教会のある高台へ運ばれて行った。

やがて雨足のもうひとつ細くなった様子を見て廂の下から飛び出し、水嵩をまして走る川を渡り、学院脇の長い坂をひと息に登って教会にたどりつき、ふたたび棺の前に立って、笑っているような顔をのぞきこんだ時には、肩から裾までぐったりと濡れていた。

あれだけの降りなのに、あの日は雷鳴を聞いた覚えがない。

なにかの出来事を境に、生涯、呆然として過す。これは語られる以前に、人の心に親しい物語だ。今は見る影もないが昔は事に賢い者であった、とおおよそに切り出されるだけで、人は聞く耳をもつ。おのずと劇的な出来事を、さもありなんとうなずく心準備をして待つ。何を話されても、どんな仔細であっても、語り口が感慨の色をふくんでいれば、劇的な出来事として受けとめて物思わしいような気分になる。生涯を腑抜けにしたほどだから、そのはたらきだけでも、いずれ劇的にはちがいないが。

おそらく、人は誰でもその類の物語を自分自身についてもひそかに抱いている。よく耳にするところの、昔は自分もひとかどの者であったとか、あの事さえなければもっと違った人生を送っていただろうとか、わりあい声高で雄弁な悔恨は、切実さはともあれ、そのうちではもっともおおまかなあらわれと取れる。多くの場合は正直のところ、振り返ってこれというほどの変り目も、それほどの大きな出来事も思いあたらない。人から見れば、人に語って聞かせれば、なるほど重大な異変、劇的な出来事として通りそうな事でも、内から思い返せば、それ自体が日常を踏んでしかも夢のように過ぎていった。それ以後も、腑抜けている閑どころか、つぎつぎに身にかかる現実に対処してきた。おおむね、張りつめていたといえる。にもかかわらず内にひとすじ、ある境からふっつりと切れて、あとは呆然と歳月を送っているものがあるように感じられる。それがときおり、今こうしてある、その全体へひろがりかかる。

官職からはずれた下級貴族の男が、大宰の帥《そち》に任じられた公卿の伴をして鎮西にくだり、そこに近頃渡ってきた唐人に、算を置くことを習う。中国は宋の時代になる。算木と今の算盤とが、どう同じでどう違うかは知らない。算を置くと言えば算術になるが、当時はそれ以上に、医術や呪術もふくんだものらしい。人の病を癒すこともできれば、人を呪い殺すこともできる。算盤占い程度のことなら、今のわれわれにもその感覚は遺《のこ》っているが。

学習はまず本人が申し出た。唐人は真にも受けなかったようで、はじめは熱心にも教えなかったが、すこしやらせてみればなかなかの才能があるのを見て、本腰を入れて教えだした。その際、いずれ術を覚えたら自分に従いて唐へ渡ることを、教授の条件とした。生徒はあっさり約束した。どうせこの国にいても良いことはなさそうなので、とそれぐらいの気持からだったらしい。

教えるに従って一を聞けば十を知る。師の唐人も舌を巻いて、本国にもこれほどの才能はすくないとまで思うに至った。それにつけても、初めの約束どおりかならず唐へ渡る旨、誓いをあらためて立てさせた。これにも生徒はたいした考えもなしに応じた。師の唐人はさすがに危惧を覚えたようで、人を殺す術は舟の中で教えよう、とその一事だけは留保した。

誓いは結局、反故にされた。たまたま主人の大宰の帥の身に訴訟のことがにわかに起って京へ急ぎのぼることになり、家来としてそれに随行しようとするのを、師匠の唐人は聞き咎めたが、弟子は主人への義務を言い立てたうえに、鎮西にもどったらすぐさま唐へ渡ることを重ねて深く契り、その時にはそれにまんざら偽りもなかったのだろうけれど、京に着けば兄をはじめ親しい者たちから、そんな遠いところへ行くことはないだろうと止められて本人もその気になり、それきりもどらずじまいになった。唐人はしばらく待ったが、やがて裏切られたと知ると、よくよく呪いおいて、ひとり本国へ帰った。その呪いにより、それまでは賢かった男が、いみじくほうけて、ものもおぼえぬようになり、せんかたなく法師となり、入道の君と人にはかろんじ呼ばれながら、ほうけほうけとして、兄のところと山寺を往来して暮したと——。

物語として後から束《つか》ねればそんなことになるのだろうが、その時その場の現実を忖度するに、どんなものだろう。唐人の呪いがなくても、この男、同じような結果になったのではないか。西へ行く以前から、うだつはあがらぬ境遇であった。主人が大宰の帥になって京を離れたのも、おそらく不本意な、左遷に近いものだったのだろう。これに付き従って、官職からいよいよ遠くなりそうな鎮西までくだったのは、行き詰まった身の是非もない賭け、主人の返り咲きに期待して、そのあかつきには格別の恩に浴することをあてこんだにちがいない。やがて京へ駆けのぼった主人の訴訟の首尾は知らないが、男が主人の恩からはずれたことはたしかのようだ。それきり行き迷えば、誰でも腑抜けのようにはなる。

一を聞いて十を悟ったというのも、その間の経緯から察するに、学習欲の熱烈さというよりは、持ち合わせた天分のしからしめたところと取れる。天分があれば知識はおもしろいようにはかどる。しかし自身の意外な天分の深さに気がついて次第に物を思うのとは、また別の事だ。遠国へ渡ることを、成り行きまかせに、ずいぶんとかるがるしく約束している。京へのぼるにあたりいよいよの決断を迫られた際にも、師の唐人の手前、困惑はあったものの、自身の内の葛藤はたいして見受けられない。京へのぼるのもかりそめ、唐へ渡る誓いを立てるのもかりそめ、というほどの気持だったのだろう、京の知人縁者たちに制止されて、鎮西へもどらぬことに思いを決した時には、ひとまずの成就へもう一分のところまで来て留まることになった天分を惜しみ哀しんだことか、それとも、九分どおりでも学び取ってしまえばこちらのものだ、と高を括ったことか。どうやら、そこまでも自身の天分を意識していたようにも見えない。まして唐人のかけた呪いを、たちどころに身に感じることもなかったはずだ。それにしても、天分というものはおそろしい。いったん急速に展開した末に、にわかに止まった。その跡の空洞は深いにちがいない。

しかし人はたいてい、おもむろにほうけていくものだ。初めのうちは、おそらく一年二年と、再三にわたって、あてにしていた恩に洩れて足掻いたことだろう。もっぱらその点で、鎮西行は徒労となった。こんなことなら、いっそ唐人に従って異国へ去ってしまったほうが、生ける甲斐はあったものを、と悔む余裕すら、あったかどうか。やがて手蔓もすっかり絶えて、官途をあきらめる。その虚脱感の中で、一度はしばし閃いた身の才に心をなぐさめようと、あるいはそれが世を渡る助けになるかとも期待して、算木を手に取ってみると、初心に楽々と覚えたことも、忘れてはいないのだが、手答えのようなものが失せている。これでは、ただ算を置くことはできても、人の病いを癒すほどのことはとうてい望めない。まして、人を呪い殺すなど、いや、これは教えられなくてさいわいだった。この時でも、唐人のかけた呪いを思わず、すべてをその間に意気地のなくなった自身に帰していたのだろう。

生きわびて、法師になったという。これは回心や出家を言ったものではなさそうだ。同じような境遇に落ちた下級貴族たちの、官途を離れて生きるための、ほとんど常套の道であったと思われる。法師となり、多少の名声と財もあった兄の入道の邸と、山寺との間を往来して暮した。法師というのは一般に、計数に明るくて、土地の経営や管理、さらに在地勢力との交渉などに通じた者として、世の中に通っていた。おそらく兄の入道の知行するいくらかの荘園の、こまごまとした管理やら交渉やら書類手続やらの実務を、おりおりに山寺から呼ばれて請け負って、半端ながらに働いていたのだろう。算術にはもとより長けている。呪術の精気は抜かれても、実務に最低必要のほどの技術は、いったん身についてしまえばのこる。ただし気ばたらきは見せない。言われたことは、言われただけはたして、足はまめに運ぶが、はかばかしい物言いもしない。

ほうけほうけて、人にはかろんじられて、暮したという。しかし痴呆感のごときよりも、むしろ実直そうな、しかつめらしい顔が目にうかぶ。気はいっこうに利かないようだが、仕事は命じられたかぎり丁寧に確実にやり、得意らしい様子も見せないので、兄の入道から、木偶の坊あつかいにされながらも、だんだんにかなりの部分の知行地の実務をまかせられていたのではないか。いつか一族にとって、実際にはなくてはならぬ者となっていたかもしれない。それでいて、あるいはだからこそいよいよ、あってないような者と周囲から見なされた。女たちのくつろいでいる部屋の、片隅の壁についともたれてひとり黙りこんでいても、誰ひとりにも苦にされない。ほうけほうけとは、人と情の交錯をできるかぎり避けて、あたえられた役目をひたすら実直におこなうことの謂ではないか。

そうして年が過ぎた。十年や二十年は経なくては、話にもならないところだ。ほうけほうけと仔細に暮して、それ以外の自分も、それ以前の自分もすでに思いうかべられなくなった頃に、かつて失われたものがようやくわずかずつ、空洞は空洞ながらに、輪郭の感触をおびはじめることはある。欠損もまた、欠損として本人にしかと感じ取られるためには、よほどの歳月を待たなくてはならない。虚脱は長年かけてそれ自体がそれなりの暮しの実質に満たされた時に初めて、芯に抱えこんだ空洞を際立たせる。やがて実質と空洞との間に、奇妙な力の逆転がきざす。

唐人に遠方から呪いをかけられたことを、男はある時から悟る。悟るというよりは、気がついてみたらそのことを、初めから知っていたように、知っていた。おもむろに我に返った心地がしたことだろう。唐人の呪いにより、あの日、ひとたびは展開した天分の力と精気が、一瞬のうちに核心から抜き取られ、さかのぼって掻き消された。その瞬間の戦慄が、十年も二十年も隔たって、今になって伝わったように、身中に実現した。その直後のままに、空洞がからんと張りつめた。その空虚の力は、つかのま実質に紛らわしい。かえって実質を呑み込みかける。

これもまた瞬時のものでしかなかったはずのこの空洞の緊張が、惚気《ほうけ》もきわまったが上に定まった日常の中を、暗い意識には見え隠れに、長い歳月を物も思わずくぐってきたその功徳か、細くひとすじに持続するようになった。

実際にこの男、それによって昔の才の蘇った形跡も見えぬままに、いつのまにか、人をほとんど呪い殺すほどの、師の唐人からも習わなかった術を、おのずと身につけていた。また、身につけていることを、自分で知っていた。しかもそれを復習《さら》うでも試すでもなく、いつか行使しようとひそかに構えるでもなく、ただ知って無為に過していた。つまり、知らぬも同然であった。

この話、この辺までなら、往生譚の部類に入りそうではないか。どこが、どこからが往生なのか、それをたずねられると、困るのだが。

九月十五日、火曜日、晴。

今日は楽だという日がこれで五日も続いている。夏は終ったと見てよいか。タオルケットも夏蒲団に替えた。今朝方などはケットと蒲団を重ねたのにくるまっていた。しかしほんとうのところ、涼しくなったのか、まだ暑いのか、よくは分からない。めっきり楽になったと思いながら、ときおり、額からじっとりと汗ばんでいる。寝床に入って夏蒲団一枚を心もとないように感じながら、しばらくすると、ゆるく立てた脚の、向う臑が冷いように濡れてくる。気温が落ちてからも、昼夜一度ずつは、にわかに肌苦しい気がして、冷水を浴びている。時ならぬ風呂場の音を聞きつけて家の者はあきれているが、水を冷いとも感じない。浴びたあとで涼しくなったかどうか、夏の盛りよりもかえって感じ分けがつかない。

夏のならいはしばしば肌のほうに長くのこる。涼気が立ってからよけいに暑さに苦しむ。肌さびしいほどの涼しさに、シャツをもう一枚着こむかと考えるうちに、その肌が脂汗のようなものを滲ませる。夏の盛りを、その暑さほどには汗をかかずに過してきた、その後遺であることが多いようだ。冷房のせいともかぎらない。

痩せたとひさしぶりに会う人ごとに言われる。たしかに目方はいささか落ちた。じつは夏の前から、さかのぼれば春頃から、落ちている。暑かったから、この夏は、と答える。暑い最中にも、そう答えていた。そのかぎりどうでもいいようなものの、答える間合いがほどほどになるよう、おのずと神経を使っている。まあ年が年だけに、また、たずねるほうもたいてい年配なので、どうしても、困った想像がちらりと動く。こちらにだけでなく相互に、相互の間に動く。こういうことでは、人の思いはつかのまひとつになりやすい。すこし厄介なものだ、これもお互いに。だからといってまた、相手としては、たずねずにいるのも悪い、いろいろな意味でまずい。

しかしそれよりもなにか厄介なのは、痩せたと人に言われる時にかぎってその前に、その場所へ行く道々、往来で人の痩せがしきりと目につくことだ。肥満に苦しむ時代とは言いながら、こうして見ると、痩せた人間はずいぶんと多い。若くて細いのは論外、生来痩せぎすの人間も別だ、これは勘で分かる。そうではなくて、近頃めっきり痩せた、そんな顔がすくなくない。行きずりの人間のことだから、とっさに受ける印象になるが、これが身内や知人ならばひそかに気にかかるだろうほどの、なまあたらしい痩せ方だ。目の光が張りつめて射し、物に縋るようにしながら、途中で斜視ぎみに散乱する。すでにうらめしげにも見える。

実際に大勢の中には、本人も知らず、すでに進行性の病いを内に抱えこんでいる人間もいるだろう。その割合いは、この自分が現にそんなものに侵されているかもしれない、その確率と大差もないはずだ。じつに一年後には、ここに往来する人間たちのうち、かなりの数がこの世の者ではない。これを重ねて眺めれば、往来は今において幽明の境、生者と死者の行きかうところだ。是非もない。

近頃、死亡率が急上昇したとは聞かない。流行病のごとくに、人が死ぬ、という話も伝わらない。あの痩せにはしかし、どこか伝染性の気味がある。

やや鬱《うつ》の日に振り返ると、手前が年来、いかにも殺気立った暮しを続けてきたように思われるのは、そんな焦燥にはとうに飽いて、喰う苦労はあたり前、あとはできるだけくつろいで生きようと心づいてからひさしくなるはずなのに、どういうわけか。

例によって、ほうけほうけとして片隅に坐っていた。庚申の夜のことだ。小生意気な女房どもが睡気ばらいに、からかいにかかった。こういうとぼけた人はおかしな物語をするものです、ひとつ、人を笑わせるような物語をしてごらんなさいな、と。よくあることだ。退屈まぎれに人をからかえば、退屈がさらにきわまって、あげくには思いがけず気が立ってくる。用心すべきところだ。しつこく責めたのだろう。相手を間違えた。とぼけたお道化者ではなくて、長年大まじめに、ほうけた者であるのだ。

自分は口下手で、人さまを笑わせるほどの物語はとてもできません、とやがて答えた。あまりにも律儀な困惑の表白、と周囲は取ったことだろう。じつはすでに返答であった。

ですが、笑わせよとおっしゃるのなら、笑わせてさしあげます、と。この実直な物言いの気味の悪さにひるんで、鼻白みながらも退くべきだった、女たちは。ところが、返答を引き出してしまったからには手遅れと言うべきか、おや、おもしろい、と乗っていった。物語はしない、ただ笑わせよう、というのは猿楽でもなさるおつもりか、それならいよいよ結構、と。いえ、ただ笑わせてさしあげるつもりです、と男は同じ答えを繰り返した。さあさあ、早く笑わせてくださいな、と女たちは燥ぎ立った。早くも笑っていた。物狂いがましい笑いだったのだろう、すでに。

男は立って算木を取ってきた。灯のそばに寄って、さらさらと算を置いた。これを見て女たちは、これが、おかしいことなの、さあさあ笑いましょう、とさらに挑んだ。あぶないところへ自分からのめりこんでいく。

算木というものがどういう仕組みになっていたかは知らないが、とにかく男は八分どおりまで算を置いたのを手に捧げて、ご婦人がた、あまり笑って、お苦しみなさいますなよ、と念を押した。その恰好こそ、おかしいわよ、と女たちははやし立てた。大げさに腹を抱えこんでみせたのだろう。ところが、のこり二分の算を男が置き加えたそのとたんに、一同揃って、すずろに笑壺《えつぼ》に入ったという。

先刻からむやみと笑い立て、笑い散らしていたのが、あらためて笑いに入ったことになる。その境目で、一瞬、真顔に返ったはずだ。笑壺に入るというと、後世の語感では、ひとりが思わずにたにたと目尻あたりから笑みくずれ、やがて人から人へさざめき伝わっていく、そんな一座の笑い出しの光景が思いうかべられるが、どうやらもっと急激な、発作や恐慌の始まりに近いものらしい。笑壺の壺もそれぞれの壺というよりは、座をひとつの器《うつわ》としたような、ひとつの急所と取ったほうがよさそうだ。そこを衝かれると、一座ひとしく、しかも一気に笑いのきわみまで跳ねあがる。

笑いをとめようにもとめられず、腸《はらわた》の切れる心地がして、死ぬように思われて、涙をこぼし、物も言えず、男に向かって手を摺り合わせた。だから申したではないか、存分にお笑いになりましたか、と男に言われてうなずきさわぎ、七転八倒、笑いに笑いながらまた手を摺った。算を払って術を解かれたあとは、身を寄せあってただぐったりと伏していた。

この笑い、しかし、あらゆる肉体の苦痛のきわまったのがそうであるように、過ぎ去らない。やがて女たちは身を起して、てんでに立ち去る。ひきつづき物も言わず、たがいに目をそむけあっていた。あるいはやつれた顔が合うと、安堵と羞恥の笑みをたよりなげにかわした。男はその前にいち早く、よけいな口はきかずに姿を消していたはずだ。しばらくは山寺のほうにこもり、呼び出されて兄の邸にあらわれる時には、用が足るだけの受け答えをして、もっぱら仔細らしく振舞った。見たかぎり年来の、ほうけほうけの入道の君の姿に変りはない。それに助けられて、女たちの間にもすぐに日常はもどる。七日十日というものは笑いがためらいがち、こわばりがちであったろうが、ひと月もすぎればまた些細なことにも笑いさざめくようになる。

笑いを奪われては、女房なる存在は維持しがたい。笑いによって身を守り、また人を攻める、笑いが懐剣のようなものだ。それだけに笑いで苦悶を見た直後には、どうしてもあの夜のなごりに縛られて、大事な際で笑いがかすれて、ずいぶんやりにくいことだったろうが、やがてそれにも馴れる、女房として生きるためにはそれをも乗り切る。笑いの恐怖の実相を知ったその分だけ、笑いは切りつめられる。切りつめられたその分だけ、懐剣として細く鋭く、はたらきも素速く、わずかな機微をつかんで大胆にさえなる。いずれ賢い、気の強い女たちだ。気の弱い女は、こんなおそろしいところにいられないと、早々に里へ逃げ帰ったにちがいない。

そのうちに、あの夜の仲間どうし、夜更けに集まった時などに、死ぬほどだった苦しみが思い出されあうようにもなる。もちろん、笑いながらだ。そうでなければ、座が陰惨になる。危険にもなる。さりとて高笑いや、身を震わす笑いや、すべて不用意にあがる笑いは、たがいにいましめあう。頰はそれぞれゆるめて、あの夜の苦悶をぽつりぽつりと語っては、その苦悶を胸からそっと抜いて、安堵の笑いを洩らす。しまいにはかならず、算木の呪術の恐ろしさへ感歎が移り、一同揃って、たった一人の男のことを思う。

あの男をやんごとなき術者として世上に祭りあげる用意はできている。名人達人どころか、聖人まであがめあげて、往生さえ約束させなくては、起った事の取りなしはつかない、とまで思っている。ところが男はときどき姿を見せても、相変らずあたえられた役目のほかは物も思えない様子で、何事もなかったような、そんなおそろしい術は我身に縁もなげな顔を守っている。あらたまった扱いを示そうにも、相手がその隙をあたえない。陰険な底意と取って危ぶんでいるうちにしかし、その態度はいっこうに破れるけはいもなく、それがまんざら見せかけでも見かけでもないことが感じ取れてきた。ある日、あの時のことを、覚えているかと率直にたずねると、忘れてはいない、しかしあれだけのことを二度とやれと言われてもできるものではない、いや、生涯二度とできないものかどうかも自分ではわからない、だいたい、あの術を自分は知らない、習ったこともないのであの夜思い出したわけでもない、ありきたりの算を八分まで置いて二分は手にまかせたまでだ、と答える目に韜晦の色も見えない。それでは初めになぜ、できもしないことをできると思ってそう返答したのかとたずねれば、人がもう笑壺に入るばかりになっているのが見えたので、自分としてはただ、いつも人に促されて算を手に取る時の、まず相手の思惑を八分どおりまで算に置いて、そこで一度、こんなところになりますがとお目にかけて、うなずくのを待ってのこりの自明な算をさらりと置く、あれと同じことをしたはずなのだが、と首をかしげる。

事情を知らぬ者が男をひどくかろんずる態度に出ると、女たちはことさら咎め立てもせず、おおよそ見て見ぬふりをして過したその後で、あの人はああ見えても唯者ではありません、と謎めいた声音でつぶやく。そして男の存在の秘訣と一脈ひそかにつながっているような、満足感を覚えた。いずれかならず、極楽往生を遂げる人です、とこれは胸の内でつぶやいた。

そのまま歳月はまた過ぎた。日常さまざまに立つ笑いに、あの夜の苦悶の影がまつわりつくことは、さすが年ごとにすくなくなった。それでも人の笑いが奔放になりかかるとき、苦悶に覚えのある者どうし、その笑いを超えて耳を澄ましあった。空耳ながらいきなりけたたましくきそい立つ、獣の欲情のような、断末魔のような叫喚から、やがて顫えが落ちて、響きも失せ、あげくは音まで消され、ただてんでにのたうちまわるけはいがつづく。それぞれ眉をひそめて、目を薄くつぶり、下顎をわななかせ、せっぱづまって物に縋ろうとしながら、そらおそろしいような緩慢さにとらえられている。刻々が際限もなくふくらんで、永遠に過ぎ去りそうにもない。ある夜、何も知らぬ若い女たちのたまたま立てた甲走った笑いが、遠くの無言の悶えと、はずれはずれ振れあった。あまり高笑いをすると、物に魅入られますよ、と苦笑してたしなめたとき、座の中心に、人の真顔が、からんと掛かった。

そのうちにあの庚申の夜の仲間も一人こぼれ二人こぼれ、ある者は遠い土地へ去り、ある者はもっと遠くへ往き、のこった者もたがいにうとむともなく隔たりがちに暮して、笑いをひとつに合わせる機会もまれになった頃、およそ笑いの気《け》に遠い時にかぎり、たとえば一人で長年やりなれた仕事に耽って反復そのものの心になった時、あるいは夜々の床に年来寸分と変らぬ恰好で就いて、寸分と変らぬ間合いで息をつき、睡い目を一度大きく仔細らしくひらく時など、あの夜の苦悶がやはり声もなくあたりに張りつめた。あれは終らない、今でも笑い悶えている。どうしようどうしよう、胸がもう破れる、と喘ぎせまり刻一刻とはてしもなく送っている。そうつぶやいて今の我身のやすらかさをそらおそろしいように訝るうちに、あたりで声のない笑いがまたひとしきり高まり、腸も切れんばかりにしぼったが上にもうひとつしぼりあげ、異様な感触となって浮きかけた苦悶の中から、真顔がひとつ、また宙に静まった。

　笑っていないというだけの顔だ。笑いから置かれた困惑も、笑いを拒むこわばりも見えない。底意もない、魯鈍でもない。格別の表情もないが、とりわけ無表情でもない。何の変哲もない、日常平生の、長年の顔だ。決まった仕事を、物も思わずやっていれば、誰でもたいてい、そのような顔になる。人目をあらためて意識しない時の、立居の顔だ。

　面相はどうでも、自分の顔であってもよい、いや、自分の平生の顔だ。長年、さまざまな事はあっても、おおよその時間をこの顔で過してきた、と一人でうなずくと、あたりの笑いがふいに息を呑み、怯えが一座に張りつめ、すでに前へのめりこむざわめきをはらんで、あらためてひとつの顔が、男の顔がうかんだ。いや、ただそこにあった。

　その恰好こそ、もっともらしくて、おかしいわよ——。

　仔細に八分まで置いた算木を手に捧げて、男がすっと仰いだとき、それを押し返すように、口汚いほどに昂ぶって罵りあった女たちの声は、すでに追いこまれてうわずっていた。いつもながらその生まじめな、きょとんとした顔が、それがそれだけでおかしいのよ、と歯をかるく喰いしばって胸の内でつぶやき返した。承知の様子を確めて男は算木の上へうつむき、のこりの二分を実直に入れると、またこちらを見あげた。つかのま沈黙が、妙なこわばりが一座をとらえた。待ち受けたとおりの、男の顔だった。どこまでも同じ顔だわ、すこしも変りやしない、そのことをまるで恥じてもいない、とあきれて憎さげに眺めやり、どう笑ってやったものかともどかしがりながら、こわばりはまたひときわ深くなり、おそろしいことに、そういう自身こそ、ほうけた真顔を剝き出していく。と、男がかすかにうなずいた。

それを合図に身も世もあらぬ狂乱の中へ放りこまれたその後も、男のか自身のか、あらわな真顔がひとつ宙に掛かり、忿怒も特別の表情もなく、無表情の恐怖もなく、どこまでも日常平生の反復でしかないのに、そこから、もっぱらそこから、笑いのうねりはくりかえし、ひと波ごとにせっぱづまって寄せてくる。

その真顔に向かって、笑い悶えては手を摺り合わせていた。初めはただせつなくて、わびはてて、どうでもいいから術を解いてほしい、そこから消えてほしい、と哀願していたのが、やがて帰依の心になった。それにつれて、身体のほうはいよいよ無残に、ひとりでにお道化まくり、ときには摺り合わせた手もはずれて、顔の掛かる宙の一点をわななわなと、世にも滑稽なものをあげつらうように指差しながら、あらたな笑いに堪えかねて手足をばたつかせ床を叩きつのったが、山の端から、山よりも大きく差し出《い》でた、来迎の顔を拝むのと、すこしも変りはなかった。

物に立たれて

十二月二日、水曜日、晴。

深夜の道路端に車を待って立つ客の姿は、ひょんな場所《ところ》だろうと、商売柄、遠くから目に入るものだが、たまに、すぐ近くに来るまでその人影のまるで見えない客がある、とタクシーの運転手が話したのを聞いたことがある。いまそこに立ったのではないことは、気がついた時に一目でわかる、という。その辺の光線のぐあいや運転するほうの目のせいばかりでなく、服装や体格にもあまり関係なく、とにかく姿の見えにくい、そんな客はあるものだ、と。

それでも早目に気がつけば車を寄せる、ぎりぎりになっても寄せられないことはないのだが、なんだか運転の呼吸が狂わされそうで、悪いけど通り過ぎてしまうこともある、と。

それはたまらないぞ、と腕をもうひとつはっきりと伸ばして大きく振ると、車はつと速度を落して寄ってきた。客の姿ににわかに気がついたわけでなく、客のほうの目に、閑散とした未明の道路を来る車のライトは、停まるとも過ぎるとも、ぎりぎりまでその表情が読みにくかった。よろこんで乗りこんだあと、それにしてもひと気もない道端でひとり大騒ぎする姿は、車の内からは妙なものに見えただろうな、と前方からたぐりこまれてくる歩道に人影を探す目をやり、なにか言訳をしなくてはいけないような、言訳をするのも変なような、落着かぬ心持でいるうちに、寒くはありませんか、と運転手のほうから声をかけてきた。ガラスが曇ったので、空気を入れ換えたばかりのところなもので、と。いやあ、外に立つのにくらべれば、極楽だあ、とそれに頓狂な調子で答えて、鞄《バッグ》を膝の上に抱き寄せると、ジッパーの口の端からすっと、鞄の内に溜まっていた冷い空気が流れ出た。

「いまK病院まで、客を運んだその帰りなんですよ」と運転手は言った。老年の瘦せの来かけた横顔はそれでも五十代のなかばほどと見えて、声はごく穏やかだった。父親の危篤の報らせを受けて駆けつける年配の男性の客だったという。その客が途中で、最後にせめて病人に酒を呑ませてやりたいので、どこかで手に入らないものかと言い出した。しかし時刻が時刻なので、自動販売機でも酒は買えなくて……。

腕時計をちらりと見た。その病院には何時頃着いたか、おおよそ見当がついた。縁もないことなので言わずにおこうと思ったが、うしろの座席から黙って聞いているのも、気味がよろしくないようで、話すことにした。

「じつはわたしも、ついこの夏あの病院へ、呼ばれてタクシーで駆けつけているんですよ。同じような時刻だったな」

「で、間に合いましたか」

「いえ、電話が来た時にはもう」

いくら焦《あせ》っても、夏場だったので、車の窓ガラスが内から白く曇るようなことはなかったわけだ、とあたり前のようなことにひそかに驚くと、窓の外はふくれあがる騒音にもかかわらず静かさにはりつめて見えて、車はひろい道路へ右折にかかり、その左角のあたりに、灯と湯気をつつんだシートがうかんでうしろへ捨てられた。

「屋台に駆けこめばよかったのではないかな。ラーメン屋でも、酒は置いてるはずだから、わけを話せば」

「そうだねえ、屋台があった。だけど場合が場合だから、屋台の前に車を停めるのも、気分はどうだろう。客も急いでいたし……」

いや、わけを話せば、ああいうところの主人《おやじ》は、コップをひとつくれて、熱い酒を七分目ほどについだその口をビニールと輪ゴムでしっかりつつんでくれる。一合瓶もあるかもしれない。なんなら、使いさしの一升瓶をそっくりもらいうければよい。

環状道路に出ると、車は速度をあげて脚の重い大型トラックを二台つづけて追い抜いた。

十二月三日、木曜日、晴。

まだ十時前ですが、一般道路《した》を行きますか、と運転手に聞かれて、高速《うえ》でも一般《した》でも、と答えた。どちらでも、早いほうを、とつけ加えた。早いほうね、と運転手はちょっとまじめに取

いや、べつに急いで帰るわけでないので、とこれをさえぎりかけたが、自分の受け答えがひどく投げやりなものに思えた。自分の暮し全般へ及んだ。

あれは、今では、変なものになっているんですよ、と知人が七階ばかりの窓から首都高速を指さした。一週間ばかり前のことだ。そう言われても、車にも道路にもまるでうとい者には、その機微らしいものも通じなかったが、ああ、変なものにね、とつぶやいて、夜の繁華街の上を堂々とくねるその、変なものへ目をやった。できた当初には屋上みたいなところを走ってとあきれ眺めたものだが、あれから二十年あまりも経って、また、変なものになっているんだ、とわけもわからぬまましきりに感心していた。

霞《かすみ》が関まで行って渋谷方面の様子を見てみましょう、と運転手は慎重策を取った。その入口へ近づくと、やっぱり、渋滞と出てますね、と脇へ逸れかけ、あっ、消えた、と言って車をまっすぐ料金所へ進めた。高速へあがったとき、「日頃の私は、狭い親族・知友の間を循環しているだけだから、行動の径は、世田谷、渋谷、新宿、目黒の範囲にかぎられており、滅多にその外に出ることはない」と、昨年の十月に六十六歳で急逝した詩人のエッセイの冒頭を思い出した。つい十日ばかり前に読んだところだ。世田谷、渋谷、新宿、目黒か……こういう、地名をたどつらねたような箇所にさしかかると近頃、深く物を思うような気分へひきこまれる。車は二十年近く運転していて、国道２４６と環七が、生活の動脈だという。さらに、電車に乗るのは年に二、三回程度、新幹線に乗ったことは一度もない、とあった。一九八〇年とあるから、七年前の文章だ。

自分も、もしも車の運転を覚えていたら、それに近くなっていたかもしれない、という思いがまず動いた。車の運転ができたら、それきり当分電車にも乗らなくなっていた、そんな契機となったかもしれない出来事は、身辺おおむね無事とは言いながら、この二十年に何度かはあった。それにしても亡くなるまで四分の一世紀ほども、この東京の市街をほとんどもっぱら車の内から眺めて、歳月が車の内外に経っていく、その心地はどんなものだろう。土地のことは地元の者がいちばんよく知っていると言われるのは、この大都市にあっては、そういう目のことかもしれない。

新幹線には二十三年前の開通の秋から、数えきれないほど乗っている。まだそれが建設中の頃、国鉄にいた友人が、計算ではどうしても確めきれないことがある、それは人が飛びこんだとき、あたりようによっては、二百キロの時速で走る車体がどうなるか、そのことだと話した。それから開通も間近の頃にまた会うと、いやあ、試験運転中に思いがけず、三件ばかり、実験ができてしまった、と報告した。その結果から判明したことは、一は人がまともに飛びこんだところで列車はむやみなことにはならない、二はどう厳重に柵を設けたところで人は高いフェンスをよじ登ってでも飛びこむ、さしあたりその二つだという。あれから二十三年、そのことではどれだけの体験が積まれたのか。新開の土地が土地になるには歳月がかかる。つまり、そこで人がどれだけ死んだかによる。道路も鉄道も、死者が積もれば、土地となる。両側の土地とは境をいささか異にして、前後にどこまでも細く伸びる土地だ。ただし、死者の記憶も絶えず運ばれていく。死そのものも運ばれていく。

変なもののひとつも出るようになれば、立派に土地だ、と誰かが言った。新幹線にはもう数えきれないほど——ほんとうに、そうだろうか。記憶をよくよくたどれば、あんがい、数えきれてしまうのではないか。二十三年間で百回や二百回なら、出没という程度の頻度だ。

「仏壇の中ががらっぽなんで、困るんですよ」と運転手が歎いた。今年か去年亡くした老父の話だった。その宗派では、信者が死ぬと、仏壇の中心である本尊を本山に返上しなくてははならないという。家の者が信心を継げば、本尊はあらためてくだされるか、そのまま留めおいてよいのか、とにかく家で死者の供養をその信心にのっとっておこなうことができる。それだもので生前、老人は息子に入信をせまった。息子は父親の信心をうとんだわけでもなかったが、その気にもなれなくて断り徹した。しかも老人は最晩年になり、長年熱心に奉仕した、その宗派の信徒団体から、意見の相違があって抜けた。それで宗旨を捨てたわけではなくて、信心をいよいよ深めたらしい。位牌もないというのは、その事情と関係があるのか。人の写真は本尊の前に置くものではないという、これは宗派のいましめを、本尊がなくても、息子は故人の信心を重んじて、守っている。

それでさしあたり仏壇の中には何もない。息子はどの宗派にも寄るつもりはないけれど、おいおい、先祖の供養のかたちを、どうにか整えていくと考えているという。一代の信心か。

十二月五日、土曜日、曇。

長い小路の片側に朝日が差していた。三月の初め、まだ凍りついた運河から家並ひとすじ隔てた閑静な界隈だった。町の広場からも遠くはない。教会の塔も棟の上から見え隠れしていた。右手に明るく続く石壁の先にひとところ、ひときわ暖かに、ガラスの輝く店が見えた。喫茶店だろうか、と睡気のまだのこる身体が、張りつめた寒気の中に珈琲の香りを探った。土地の産物のレースなども掛かって、洋品店のようだ。いや、家具店らしい、だいぶ高級な。

ガラスの内には典雅なニス塗りの、棺が飾られて、これも朝日を浴びていた。店の奥にはさらにいくつかの棺が、すこしずつ意匠を異にするようで、壁や椅子にやすらかに立てかけられ、楽器のようにも見えた。あいだにところどころレースをあしらい、床も綺麗に磨かれて、人の姿はなく、すべてが朝の長閑《のどか》さにひたされていた。

ああ、と思いついたふうに、ガラスの前に足を停めたものだ。しばらくは時も所も忘れて、見立てでもする恰好で仔細らしくのぞいていた。背中に陽ざしが心地良かった。それから半時間後には同じような恰好、同じような気分のつづきで、小広場の隅のほうに見つけた小さな店のガラスの前に立って、馬券の代理店《エージェント》のようで、三色に塗り分けられた凱旋門の上を馬が駆ける図案のポスターの大きく貼り出されたのを眺め、TIERCE, QUARTE, QUINTET という単語をくりかえし読んでいた。競馬はまだシーズン・オフらしく、店の扉は閉まっていた。それからまた半時間ほどの後には大広場に面した喫茶店に腰をおろして、ガラスの外を往来する若い女たちの姿を眺めるうちに目が年寄のほうへ移り、良い身なりをしているんだなと感心したとたんに、先の「家具店」のことが思い出されて、通りかかった店の男に下手な英語で、町の人口をたずねた。十万ということだった。

なぜだか、昨夜の宿の食卓でとても食べきれなかった、ふんだんな量のブイヤベースのにおいが鼻の奥にひろがった。

それからひと月ばかりの旅の間、あちこちの宿の朝の寝覚めに、ふっとその気になり鈴の鳴る扉を押して店の内に入ると、不自由なはずの言葉がきりつめただけ楽に通じて、値段をたずねればむやみと分不相応なものでもなくて、手持ちのカードもつかえるとわかり……話が済んで朝日の中でしばし寛いでいる、ガラスの外を行く人の姿を細めた目で眺めてその甲高く冴えた足音を聞いている、とそんな夢とも空想ともつかぬものを寝台の上でめぐらした。しあわせという言葉をひさしぶりに我身に寄せたような気がそのつどしたものだ。そこの家並のすぐ裏手で凍りつく運河の蒼さと、家並をはずれかけたあたりで敷石のところどころに露われた土の荒さを思っても、こころよげな気分はいっこうにひかなかった。やがて目が覚めきると、あれは早桶と違って、手間をかけて造る物だろうから、本式の指物だろうから、いつ注文しておくのだろう、出来あいを買いあげるとしても、それまでどこに保管しておくのか、と考えこんだ。たしかに品によって、格ばかりでなく、好みもあるようなのだ。

おそらく店は十代二十代、あるいはもっと長きにわたって続いていることだろうから、良いあんばいにおさまるようになっているにちがいない。たとえば五十の歳になると、それぞれ身分により境遇により注文しておく。すぐに造りはしない。品の番号と寸法と、それから求めによっては多少の仕様が、店の帳面に書きこまれる。金もその時に払いこまれて、すべて完全に登録される。店の当代《あるじ》はその帳面、百年の帳面をにらんで、年々どの品をどれだけずつ備えておけば足りるか、おおよその見当をつける。世の中が、寿命や物価が変動しても、今までのところ、全体の目算に大きな狂いもなかった。旧習を墨守しているようでも、その時その時の世の移りにすこしずつ対応しているので、これからもさほどの狂いはないと思われる。天災、疫病、戦争などの異変が起った時には、職人たちが昼夜を徹して働く。あらかじめその兆《きざ》しを目ざとく読むことも勉強の内に入る。材料の貯えにはつねに何年か分の余裕《ゆとり》を持たせてある。

境遇やら心境やらの変化により、買い換えるということもあるだろう。帳面にその変更を記してもらい、差額があればその場で払う。それで済むことだ。その日から、生きる心地も多少は改まる。買い換えようかと思いながら、年々そのままに過すのも、かえって悪くはない。迷いながら気持のほうがだんだんにその寸法にはまっていく。

ときどきは店の前を通り過ぎがてら、新しいのに気があるようなないような目つきで、ガラスの内をのぞきこむ。自分の注文したのと同じ型の品が今日もそこに飾られていれば、これでもう何年、あれに乗ってきたことだろう、というような感慨が起るかもしれない。店の内から招かれて、珈琲を一杯御馳走になり、どこぞの家の娘の消息などを話してくるのもよろしい。

客のところには年に一度ずつ、年末か春先に、店の主人から懇切な挨拶状が届き、その末尾に、ごく形式的な表情で、注文の変更の有無をたずねる、ということも考えられる。遠くに住まうことになった客のところにも、かならず来る。大都市までも、手を尽くして、問い合わせる。

注文だけがのこることもあるだろう。しかし百年のかぎり、帳面から抹消しない。それはそれで生き続けていてくれなくては、長期にわたるあんばいに狂いの出るおそれがある。

十二月六日、日曜日、雪のち曇。

朝の六時前に寝覚めして台所で茶碗酒をひとつあおり、それから居間に出て昨日届いたばかりの毛並みの細かい絨毯の上に素足で立ち、なにか怪しい気持がしてガラス戸のほうへ目をやると、この時刻に夜はまだ明けていなくて、黒く濡れてくねりあう枯木の間を、ゆらりゆらりと小雪が落ちていた。

物に立たれたような、目つきをしたものだ。枯木の幹が何かに見えたのではない。ましてまばらな雪が、物の姿をうかべかけたわけでもない。こんな時刻に戸外を見たのはひさしぶりだったので、夜の明けていないことをつかのま訝しくは思った。雪の落ちる緩慢さが目をひきはした。しかし立ったのは、立ったと感じられたのは、けはいにせよ何にせよ、絨毯の上のこの自分しかなかった。身長一七一の体重六二、近頃すこし痩せはしたが、白髪もめっきり増えたが、分不相応の品を気紛れに買いこんで来て居間に敷かせるということをするほどには元気である。

物に立たれたように、自分が立つ。未明の寝覚めとかぎらず、日常、くりかえされることだ。日常はその取りとめもない反復と言えるほどのものだ。たいていは何事もないが、ときには、自分がいましがた、長いこと失っていた姿をふと取りもどしたかのような気分から、見馴れたあたりが、ことさら見渡されることがあり、それにつづいて、いや、むしろいよいよ失ったのではないか、と何もかもが紛らわしくなりかける……。

未明から朝にかけて、西から接近していた低気圧が南の海上を通り過ぎたらしい。夜半には空気がなまぬるく感じられて雨がさわさわと降っていたので、北の山岳のほうからにわかに寒気が鋭く吹きこんだのだろう。天候の急激な変化を、人の肉体は家の内にいてそれとは分からぬままに、怪しいと感じる。怪しいと感じて、まわりに相応の変化が見られなければ、やがて我身のほうが怪しくなる。実在感が薄くなるか、逆に濃くなるか、どちらも人の心におよぼす影響は同じようなものだ。

この未明、雪の降り出し頃に、首都圏の道路のあちこちで車の死亡事故が相続いた。

隠形とは術により姿を消すことを言うそうだが、姿を消されるのも隠形の内に入るらしい。姿を消されるというのも、考えてみれば、身につけていた下着を盗まれるのにおとらず、滑稽な話だ。夜に橋を渡りかけたら、むこうから大勢が火をともして近づくので、やんごとなき方のお通りかとおそれて、いそぎ橋の下に隠れると、これが百鬼夜行、ひとつ目あり、角《つの》もんあり、手のあまたあるもあり、一本足で踊るもあり、そんな化物どもに臭いを嗅ぎつけられ橋の下から引き立てられたあげく、大した咎のある者ではない、と放免される際に唾を吐きかけられ、おかげで姿が消えた。どうも、悪魔との一対一の契約の末に影を売り渡した話にくらべれば、だいぶ格の落ちることになるが、しかし息災なままに影どころか姿まで消されたという憂き目にはなにやらその程度の、夜の巷でちょっとした騒ぎにうかうか巻きこまれたとか、ささやかだが露骨な屈辱を受けたとか、そんな荒涼とした契機のほうがふさわしい。百鬼も数はそろわなくても、たまたま通りかかった見ず知らずの男を、気に入らない面相をしているとつい毒々しい目で眺めるうちに、じろりと睨み返され、一瞬、視線が負けた。とそれぐらいのしくじりで、姿は消える。おりしも十二月の晦日、大つごもりの夜のことで、いつものように六角堂の観音さんに参ったその帰り道だという。六角堂ですでに姿が、すこし薄れかけていたと疑えないでもない。

姿の消えたのも知らず、無事に逃がれたのを喜んで、こんな事があったよと細君に話したくて、家路を急いだ。ところが家に着いてさっそく息せきこんで話を始めても、妻子は返事もしない。家へ駆けこんだとき、妻子はそろってこちらへ目をやりながら、物も言わなかった。あることではないか。

妻子が長年のうちに亭主の存在にたいして冷淡になる。亭主が日頃、どんな態度で家にもどるか、それにも問題はある。戸口から声もかけず、迎える者の目も見ず、着いた安堵もあらわさず、ただもっさりと入って、もっさりと坐りこむ。家の者の間にあり、食事をともにしながら、まるでひとり、厠の内にいるみたいな顔をする。人のかける言葉にはいちいち、つっかかるかはらうか、でなければ、はかばかしい反応もない。かと思えば、家に入るやいなや、家の者らが何をしているかもかまわず、外で受けてきたささやかな屈辱のことを、べらべらと喋り出す。合いの手を入れようにも、話がひとり勝手で、言葉の切れ目もない。途中で話の前後をたずねると、そんなことじゃない、とはねつけておいて、また夢中でまくし立てる。飯時になっても終らない。そのうちに家の者もただ喋らせて放っておくようになる。何年もくりかえされれば、声を聞きもしなくなる。

さて、いくら話しかけても返答がないので、男はさすがにあさましと思って、近くに寄ってみたが、人にそばに立たれた様子も家の者たちは見せない。その時になり男は身の異変を悟って、思ふにかなしきことかぎりなし、という運びになる。その時にとは言っても短い間ながらひろがりも曲折もあるところだろうけれど、この際どうも、男は言葉を跡切って首をかしげた時にはすでに、姿の消されていることを一瞬のうちに悟っていた、とそのように思われてならない。妻子のほうは、家の内にいる亭主の姿が見えぬままに、一夜をやはりまんじりともせずにすごし、明けると、ゆうべどこぞで人に殺されてしまったのでしょうよ、と歎きあったとあり、ここではいくら何でも物語の省略法が大胆に行使されていると思われ、当時の京の、夜の治安のはなはだ悪かったことも考え合わせるべきなのだろうが、しかし長年のことが積もり積もった末に、一夜亭主がもどらなかっただけでこれきり失われたと家の者たちにいきなり感じられる、そんな一夜はありそうだ。人生には人生の、途中省略法がある。

自分は人の姿を見ること以前と変りなく、人の言うことも障りなく聞える。ところが人はこちらの形を見ない、音も聞かない、人の置いた物を取って喰っても、人はこれを知らない。とこの状態を記述すればまあそういうことになるだろう。置いた喰い物が減ったり無くなったりするのを、人はどうして怪しまないのか、それはこの物語の関知するところでない。姿が見えず音も聞えないとしても肉体はあるだろう、ぶつかりはないか、肉体まで消えたとしても本人が物を思っているからには何もかも失せたわけでもなかろう、そこに居るけはいはまるで感じられないものか、とそのようなことにこだわるならば、別の物語になるまでのことだ。ただし、ちょっとした独白は添えたくなる。

曰《いわ》く、思えば自分は以前から家の内で人の姿をろくに見ず、人の声をろくに聞かずにきた。それがいまでは、すこしも自分の姿を見ず声も聞かぬ人の立居を、つくづく見ている、つくづく聞いている、まるでにわかに我に返ったように。人の置いた物を取って喰っても人がいっこうに気がつかないのを見るにつけても、日頃、自分は物を喰っても、うまいともまずいとも、口にも顔にも出さなかった。実際に物の味をろくに覚えずに喰っていた。腹の満ちたあとのくつろぎも知らなかった。食膳をふいと離れるとただ寝そべって眠ってしまう。喰った後と前で家の者の目にはどうとも様子が変ったように映らなかったにちがいない。半分も喰いのこそうと、ほかに取りわけた分まで黙って喰ってしまおうと、家の者はもうたずねもせず、甲斐もない顔で膳をさげていた。そのありさまが、目のあたりに、思い出される。まるでそれらすべてを人並みに、あさましと驚いたとたんに、姿が消えたみたいに……。

そうしてさらに幾日か、日ごろを経るにとあるから十日や半月にはわたるのだろう、姿形のあらわれるのを待って、家の内に留まった。そんなことも、考えてみれば、可能なのだ。居なくなってみればまた、もともと居なかったも同然の存在だった。のこされた家の者たちの気分も生活態度もそう急には変りようがない。亭主が蒸発すれば妻子はたちまち生活に詰まるというのはもっともっと後代の常識であり、当時の庶民の女はずいぶんの働き手であったようだ。亭主の帰りを待って歎き暮したとは、書かれていない。これなら、姿の消えた亭主もひきつづき家に居られる。喰い物を盗むのも控え目にやれば、日々のことなのでかえって人目に立ちにくい。それまでもあまり喰わなかった、喰う楽しみの薄かった男だと考えられる。そうでなければ、百鬼夜行に唾を吐きかけられたぐらいで消えるものではない。置かれた物を片端から喰いまくって、自分の存在を家の者に知らせる、ということもやらなかった。やらない性分だったのだろう。

それでも結局、家には居られなくなった。姿が消えては、日月にも置かれるということか。家の暮しがすっかり定まり、影にすら居場所がなくなったか。あるいは、何かちょっとした事があった。たとえばある日、姿がつかのまあらわれた。井戸端でも竈《へっつい》の陰でもよろしい。本人がきょとんとして立っていると、そこへいそぎ通りかかった家の者が、ああ、お父さん、居たの、とそれどころでない目をちらりとやって過ぎ、それきり何の騒ぎも、不審も起らなかった、とか。

家を出て例の六角堂に籠もった。ここでもほかの参籠者たちの持参の物を盗んで喰って、すこしも知られなかった。さて、ひたすら願をかけた。もとのごとくわが身をあらはしたまへ、といまやこの一事に尽きる。無論のことだ。問題は、ではこれまで、やはり熱心にここに通いつめていたというが、どんな願をかけていたのか。伝えられていないので、知るすべもない。ただ、六角堂からの帰り道に百鬼夜行に出会って姿を消されたという次第は、偶然の不運というよりも、それまでの願にたいする、一応の回答と取れる。

二七日《にしち》ばかりというから半月もして、暁方の夢にお告げがある。夜が明けたらすみやかにここを出て、道で最初に出会う者の言うことに従え、とこれは型どおり、型にかなっている。

寺の門を出たところですでに、いとおそろしげな牛飼童の、大きな牛を引いたのに出会う。童といっても子供ではない。雲衝くような大男だったかもしれない。従いて来いとその童に言われて、とにかく人から見られた、姿があらわれたことを喜んだ。さらに夢を憑《たの》んで童の後から行くと、やがて大きな棟門に至った。その閉じた扉の、人のとても通れぬわずかな隙間から、童は内へ入ろうとして、お前も入れとうながす。こんな細いところを、と男が尻ごみすると、いいから入れとその手を取って、中へ引き入れた。この分では姿はまだあらわれてないぞ、と落胆する閑が男にあったかどうか。隠形男とは透明人間と違って、自分の姿があらわれているか隠れているか、あくまでも人次第で、本人には判別がつきかねるものであるらしい。

しかし薄板一枚にも足りぬ隙間を男にひかれてむこうへ抜けた時には、驚き呆れもさることながら、快感も伴ったことだろう。門の内をきょろきょろと見渡して、いやあ、でかい邸だ、人も大勢おる、とたわいもなく感歎していたかもしれない。姿がないと、罪悪感の起りようもない、ともあるいは言える。

童は男をひきつれて板敷にあがり、つかつかと内へ入っていった。やはり見咎める者もない。はるか奥の方まで来ると、そこには姫君が重い病いに臥し、まわりには女房たちが付き添っている。その床の辺に童は男を坐らせ、小さな槌を手に取らせ、姫君の頭やら腰やらを打たせると、そのたび姫君は頭《かしら》を立てて苦しみまどい、それを見て父母は、もはやこれまでかと泣きあう。

日頃から信心が篤く、大きな不幸をいま身に負ったこの男が、どんな顔をしてそれをおこなったか。童におどされてお役で叩いたか、やがてお役熱心に叩いたか。病人の苦悶にひきこまれるみたいに乗り出して叩きつのったか。とそんな陰惨な仔細は物語の伝えるところでない。姿なき者が、姿ある者に、これほどの痛みをあたえられることを、そらおそろしくは感じなかったか。それ以上に、これほどに人を苦しめてもこの姿が人の目にあらわれない、むしろ打つほどに隠されていくようなのに、怯えを覚えはしなかったか。とそんな難儀な曲折は読者の想像のおよぶところでない。ただし、身内の病人の最後を看取ったことのある、五時間六時間もはや手も情も拱《こまね》いて人の苦悶を眺めるばかりになったことのある者は、この槌の拍子を、どこかに聞くのではないか。拍子とはとうていならぬ無表情な間合いが、それでも物狂いか、嘲弄のようなものをふくむのを。そしてその拍子がまた、病人を囲む生者たちの、病人を見まもるこの自分の、この呼吸にも鼓動にもつながっているのを。

病人の近くでは、例によって、僧による誦経がおこなわれている。加持祈禱のことだとはわかっていても、重い病人を取り囲む躁々しさは、どうも今の世の人間の感覚にあまる。やがてやんごとなき験者も呼ばれて、病人の傍に着き、般若心経を読みはじめる。これを聞いてこの男、かぎりなく尊く感じたという。さらに、身の毛がよだちてそぞろ寒きように思われた。尊さありがたさが恐怖にひとしい戦慄を伴うということは、よく伝えられるところだ。とくにこの男、一方では観音を憑みながら、他方では魔性の役をはたらいているので、ありがたがりながら怯えるというのも理にかなっている。しかし、閉じた扉の隙間も抜けられるような身の、その毛がいったいよだつものだろうか。この際、まんざら屁理屈のこだわりとも思えない。なんだか、せつない気分がした、というぐらいならわかるのだ。身の毛のよだったのは、すでに身のあらわれかけていたしるしか。

その間に、牛飼の童は験者の姿を見るなり、一目散に逃亡した。この道の者のようなので、これは当然である。僧はさらに不動の火界の呪というものを唱えて加持をきつくした。すると男の着物に火がついて、めらめらと燃えあがり、男は声を立てて叫んだ。そのとたんに姿があらわれた。いと賤《あや》しげな男が、病人の傍に坐っているのを、まわりの人間は見た。

情景を想像するに、着物ばかりか、烏帽子から髪から顔まで炎をかぶって、火の消えてしょぼくれた不動尊というところか、見られた姿ではなかった。しかし姿は人に見られた。実直な顔に、目をきょとんと瞠っていたように思われる。おずおずと頭などをさげたかもしれない。まわりの人間たちもしばし病人のことを忘れて、あきれていたことだろう。部屋からひきずり出されはしたが、問われて一部始終を話すと、一同、希有なことだと感歎した。おまけに、男の姿があらわれたとたんに病人のほうは、かきのごうように、癒えたそうで、咎あるべき者でもないと験者からも、百鬼夜行の言ったのと同じ口添えをされて、男は放免された。

咎あるべき者でもない、と無事に放免されて姿が消えた、姿があらわれて、咎あるべき者でもないと無事に放免された、という次第になる。では、何の理由で、姿を消されたのか。理由も何もない、ただの悪運だったのか。どうもこの男、初めから影が薄かった、あるいは近頃とみに薄くなっていた、そんなふうに思われる。そうでなければ、鬼どもに橋の下からひきずり出されたからには、唾を吐きかけられるぐらいのことでは済みそうにもない。また重病人の床の辺にいきなり湧いて出て、いくら煤まみれの惨めったらしい様子だろうと、これが人並みほどにもなまなましい男であったなら、大事な姫君を取り殺しかけた元兇として、とてもただでは済まない。

殺すにも足りぬ者よ、と唾を吐きかけられただけで、帰り道に心地がおかしくなり頭《かしら》が痛んで、姿まで消えてしまう。話をしたくていそぎ家へ駆けこむと、家の者はそろって戸口のほうを見たらしいので、その時には姿が消えきっていたかどうか、疑問のこるところだが、話しかけても返事をされない、近くに寄っても目を向けられない、さては鬼の唾により姿形を隠されたか、と気がついたその時から、この男、人におろおろとすがるどころか、呼びつのった形跡も見えない。いくら声の通らぬことに絶望したとは言いながら、姿を消されたという理不尽さにたいして、あきらめが莫迦に早いようなのだ。日頃からいささか、隠形掛かった心地が、常態であったのかもしれない。それでもあんがい世間には通る。人の評判はかえってよろしいぐらいのものだ。

それ以後もほとんど口をきかなかったようだ。六角堂の主人《ほんぞん》に訴えかけるのは、これは別である。人の喰い物を頂くのは、これは姿が見えなくても、物を言いながらやるものではない。しかし夢のお告げがあり、堂を出たところで牛飼童に出会って姿を見られた時にも、その安堵を口にするでもなく、初対面の挨拶をするでもなく、供をしろと言われて黙って従った。病人の傍に坐らされて小槌を手に取らされた時にも、わけあいをたずねなかった。初めにたずねこねると、途中で立ち止まれない、訝ることもできなくなるということはよくある。何事もはやなるがままに受け容れるという態度になり、一個の思考を超えたもののはからいを憑む心なのか、ただの自己放棄なのか、現場では紛らわしいところだが、あなたまかせに槌を振るう手に、熱がこもらないとはかぎらない。見まもる双親がこれまでかと観念しかけたほどだから、手ごころやためらいはなかった。目の前の人の痛みに感じるにも、姿形というものは、やはり必要だ。あるいは槌を実直に打ちおろす自身の姿が、端からとろとろと見えていた。自身のふるまいが端から見るように見えるのが、姿形を失ったしるしだ。

着物に火がついて燃えあがり、声に出して叫んだその瞬間、姿があらわれたそうだが、まわりの人間の目には、どんな順序で、それが起ったのか。病人の床の辺から、愁歎場の最中に、いきなり奇怪な火があがり、人の叫びが聞えて、炎がおさまると、そこに見知らぬ男がひとり坐っていた。そうではあるまい。身よりも衣のほうが先に物としてあらわれる、つまり燃えあがるとは、すこし考えにくい。また不動火界の火が、可視の火とも思われない。まずいきなり人の叫びが立って、愁歎の声にしても度はずれているので、一同呆気にとられて振り向くと、そこに赤黒く煤けた男がきょとんと、物にでも立たれたがごとく、目を瞠っていて、炎のにおいがあたりに流れた。

まわりはさぞや仰天したことだろう。時が時だけに、断末魔の叫びを、なぜだか病人から離れて、すぐそこに聞いた思いがされて血も凍りついた。いや、そうでもなさそうなのだ。邸内に恐慌が走った様子もなく、男もその場で半殺しの打擲には遭わなかった。情動の起るに先立って、瞬間の機微というものがある。一同振り向いたその瞬間、まるで男が最前からそこに控えていたような、なにかの事情か因縁があり大目に見られていたか、あるいは特別の用がありわざわざ呼び寄せられていたような、そんな偽記憶がそれぞれの内で、板敷へついとあがって近づいて来た姿にまでとさかのぼり、とにかく居ても居なくても気にもかからぬ面相がすでに目に馴染んでいて、それを見ているとなにやら、ここで叫び立てたのもその役であった気がされて、おかげで驚愕も驚愕になりきらず、夢の覚め際に似た訝りへ流れた。見れば病人もやすらかな寝息を立てている。

男も男で、咎めるともない目つきに一斉に眺められると、こんなところにいきなり姿をあらわしてしまったふつつかを、とりあえずその申し開きをしなくてはならないと焦り、前後けっしておぼろげではないのだが、なにぶん頼りないほど細くて透明な記憶をたどりかえすうちに、百鬼夜行に唾を吐きかけられたのが半月前のことだったか、それとも昨日か、三年前のことだったか、その辺のことが不思議になっていった。

世を心細く渡る者として、人と生きにくい者として、いかに切実な祈願であっても、それがただちにかなえられれば、居ながらに姿形の隠れるよりほかにない、そんな祈願があるらしく……。

十二月十三日、日曜日、雪。

着ぶくれて馬事公苑まで雪見に出かけると、朝のうちに白くなった枯木の林の間から紅と黄、燃えのこった楓と櫟が濡れて映えていた。地面に落ちた葉も雪に漬かり照っていた。冬の訪れた公園の情景をうたった西洋の詩のうちに、照り輝くダマステ、ダマスク織りとあるのを、白く降り敷いた雪のことか、紅や黄に散り敷いた落葉のことか、何人かで二派にわかれ、むきになって議論したあげく、日が暮れて酒を呑みに巷までそろって降りて行ったことがある。金沢にいた頃のことで、かれこれ三十年近く昔になるが、ダマステとはどんな織物か、ついぞ確めたこともない。

雪中の池も興のあるものだ。あれは、なぜだか、水が澄みかえる。黒いように澄みかえる。何ひとつ影を映していないのが、よけいに不思議なものに見える。やはり若い頃に、深い雪の中にぽつんと明いた小池の岸に屈んでのぞきこんだら、黒く澄んだ水の底にゆらゆらと、大きな緋鯉が泳いでいた。湧き水ですと屋敷の女主人に教えられて得心したが、鯉の体感が、微熱でも帯びたみたいに、身に乗りうつってくる気がしたものだ。風邪をひきかけていた。

目が覚めると雪が降っていて、一週間が経った。その間、ただ風邪をひいていた。いや、風邪にかまうどころか、息つく閑もなかった。どちらでも、同じことだ。

長いつきあいだけど、これまで見たこともないほど、憔悴していたので、ちょっと気にかかって……今日は顔を見て安心した、と仕事を終えて一緒に呑みに出る車の中で知人に言われた。金曜の晩のことだ。憔悴の様子をしていたというのはそのひと月前の金曜の晩、同じ仕事の時のことで、居合わせた誰々も心配していたという。

はて、爽快なぐらいだったがな、とひと月前の夜のことを思い出しながら首をひねったが、いや元気だったとひとり強調するのもなにか面妖なようで、今日のほうがよほど疲れていると言えばそのままそこへ倒れこむみたいで、しばし困惑するうちに、はたと膝を打つ気持で、そうだよ、あの翌日は早くから、競馬場へ出かけたものと答えると、そうなの、それなら同情することはなかった、と相手は笑って、でも元気だねえ、とつぶやいた。

でも剣呑なことだねえ、とこちらもさかさまみたいなことを、これは口に出さず胸の内でつぶやいた。あの夜は元気だった。間違いなく爽快だった。しかしひどくやつれた顔つきをしていたことは、人の目撃したところに従わなくてはならない。疲れていた。それには平明なる理由があった。その暮れ方に、夏越しの仕事をひとつ人に手渡した。前夜遅くまでかけて断念したところだ。これが夜の部の仕事で、昼の部の仕事はその日家を出るまぎわまで粘って、一日遊ばせて三日後には終る見通しをつけてきた。片づいた。いや、まだ済んでいない。済んだところで、何も片づきはしない。それはよくよく承知しているのだが、一応の区切りのつくその手前で、ついたところではなくてその手前で、何もかも目出たくなった気分が毎度、性懲りもなく起る。そこで心身の間に時差が生じるようなのだ。肉体はまだ疲れの中に留まっているのに——。

心身でとめておけばよさそうなものを、肉体とは、困った言葉を使った。これではまるでもう一方に、魂があるかのようではないか。魂というものがあるのかないのか、じつはひさしく我身にひきつけて考えたことがない。あるとすれば厄介なことになる。かならずないとなればまた、まともに歩くこともむずかしいのではないか。あるともないとも日頃思い定めず暮している。ただ、魂が浮く、離れかかるという、肉体感はたしかにある。

そのあとを、肉体は実直につぶやきながら従いて行く。分離の無理は、肉体のほうがもっぱら負わなくてはならない。理不尽なことだ。恍惚のほうは、距離そのもののうちにあるようだ。その距離にもしかし、肉体にとって、限度がある。境を超える時には、何事でも、かるはずみに似る。ひと息ふた息、あるいは三分もおいて、魂の苦悶のごとく、不本意にも大仰な身ぶりで立ちつくし崩れ落ちるのも肉体のほうだ。

このひと息ふた息、あるいは三分の間に、肉体はどんな顔つきをするか。気むずかしくて仔細ありげな、イキみはじめる赤ん坊のような顔が目にうかぶ。それも過ぎると、爽やかに立ち去る顔になるのか。物を置き忘れて行く者のように、足取りもかるく。ただし、あくまでも肉体だ。

この状態が三分間どころか、十日二十日と続くことも考えられる。三年五年となると、やはり途轍もない。

十二月十四日、月曜日、晴。

雪国の早春の日和に似て、雪が烟るように輝き、池の水は土色に濁った。ダートコースに雪解けの水が、細い流れを集めて川をつくり砂上に地形をつくり、空中から見おろす大河の姿にまがりくねった末に、薄く張った氷の下へもぐりこんで、泡がたえず生まれて動くさまが、爽やかな蘇生の鼓動に見えた。酸素吸入器の泡と同様、無表情のはずなのだが。

夜更けに仕事場の窓をあけて空気を入れ換えた時には、雪がまだかなり降っていた。農場の向こうに立つ屋内テニスコートの、横に五重にくびれて、それぞれドーム式にふくらんだ荒打ちのコンクリートの壁が、急傾斜をなして落ちるその寸前のところに雪をわずかにためて、高山の岩壁の陰惨さを見せていた。左腕の肘のあたりの筋肉が冷気に感じてひとさし深く疼いた。炎症の熱をかすかにふくんで、赤い魚のようだった。ブリキの缶の中に押しこんだ蜜柑の皮のことを思った。

クッキーの入っていた小さな円い空缶だ。仕事机の隅に置いて、その中へ鉛筆の削りかすと、灰皿から煙草の吸いがらを取り分けて捨てた後の灰を、かわるがわる放りこむ。長年、死ぬほど飽いた習慣だ。ちょうど缶の八分目ほどまでたまっていた。それがまだ宵の内に、たまたま目をやると、かすかな煙を隙間からくゆらせた。蓋に手をかけるとかなり熱くなっていた。一時間あまり前に、火ののこる灰をその中へ明けてしまったらしい。切り出しの小刀を手に取って柄の尻で灰を一面に叩いて押しつけたが、火はすでに灰の内部まで、細かく混った削りかすに深く回ったようで、熱は失せきらない。台所へ持ち出して水をかけなくてはならないかと考えたが、腰をあげるのも面倒で、それに、濡れた灰の汚さが眉をひそめさせた。どうしたものかと思案するうちに、机の端に放り出された蜜柑の喰いがらが目にとまり、その水分にまかせることにして、灰の上にのせた。二つ押しこむと、缶がちょうどいっぱいになり、蓋をしめた。

あれも忘れるだろうか、と読みさしの本にもどって、ちらりと思った。しばらく読みすすんでまた、つぎに蓋をあけて蜜柑の喰いがらがふたつこんなところにきちんと押しこまれているのを見たら、放心の仕業と気味悪がるだろうか、と思った。それからも間遠に幾度か、早く皮を捨てたらどうだ、とつぶやいた。そうでないと、わずかでも、気が触れるぞ、と。一度顔をあげて、蜜柑の皮が缶の中にのこって、人の姿形が消えるということもあるか、とそんなことを考えた。また顔を本の上にうつむけて読みつづけるその前に、放心の仕業に驚いたその分だけ、あるいは驚かなかったその分だけ、姿形は消えるらしい、とつぶやいてちょっと首をかしげた。

雪の盛んに落ちるのを窓から見あげていた時には、まだ蜜柑の皮は缶の中にあった。あの後、いつ捨てたのか。

十二月十五日、火曜日、晴。

たとえば忘年会から亭主が帰ってくる。夜半にかかる時刻に家の者たちはまだ起きていて、戸口に立った男のほうへ目をやるが、おかえりなさいとも声をかけない。これは、男のほうもただいまとも言わず、ふだんから自分で鍵をあけて黙って入ってくる習慣なので、さほど奇妙なことでもない。つぎに、男は背広のまま、ネクタイは先刻ゆるんでいて、居間の隅に坐りこみ、そこはいささか居候の姿めくが、いきなり癇走った声をあげて、今夜の会で怪しからぬ言動のあった上司や同僚のことを罵りはじめ、日頃の憤懣に及んで止めどもなくなる。家の者たちはそれぞれのことをしてまるで取りあわない。長年いかにも聞き甲斐がないという表情が、顔に貼りついている。そのうちに男は家の内のささやかな落度、不整頓か不始末か、たとえば変なところに蜜柑の皮の押しこまれているのを見つけて、同じ憤懣のつづきで嵩にかかって言いつのりかけるが、そのいきおいがだんだんにおぼつかなげになる。自分でやったことでしょう、と家の者たちはつぶやいている。

この隠形の芝居を、腕のある演出家ならば、舞台上にどう見せることか。夢幻劇であってはならない。あくまでも、それ自体は変哲もない家庭劇とする。特別の仕掛けも、照明や扮装の効果もつかわない。男の姿は初めから終りまで、当然のこと、客席の目に見えている。

姿形を消されたほどのことだから、それに気がついた時の男の驚愕や悲歎は、小さくない。しかしひとつ燃えあがりきらない、どこか煮えきらない、というほどがふさわしい。もちろん、取り乱す。でないとまた、芝居にならない。家の者の名を叫んでは裾を引く、肩をつかむ、手をにぎる、女房の腰にはすがりつく、とそれぐらいのところは見せなくてはならない。男のほうは触れているのに、家の者はいっこうに触れられていないという「すれ違い」は、古い芝居から伝えられた類似の所作もあるだろうから、きっとおもしろく演じられる。男の姿が見えないはずの家の者たちに、まるで見えているような表情と物腰をさせる。まるで男をわずかの差ではぐらかすような動きをさせる。これも芝居の愛嬌というものだ。

しかし男の迫るはげしさは、やはりほどほどというか、半端なぐらいにしておいたほうがよい。絶望に駆られながら、姿を隠されたという事実を思い出すにつけ、すがる手をつい控えてしまう、そんな性分、そんな習い性だ。それに、男があまりの絶望を見せれば、その身体はいきおいなまなましくなり、それに気のつかぬ家の者のほうが、姿形なき者に、客席から見えてくる。

男の姿が消えていることを早々に客席に分からせることは、あらわな説明の台詞にたよらなくても、たやすいことだろう。その上で匠みを好む演出家は、男の姿の消えているというしるしをだんだんに、双方の台詞や所作から、できるだけまた消していく。客席が再三、主人公のおちいった厄災をつかのま忘れるまでに。さらに野心ある演出家は、すれ違いのおかしさもぎりぎりまで切りつめてしまい、男のふるまいと家の者のふるまいとをただ平行させる。きわめて日常的に、交わっているのかいないのか紛らわしいまでに近々と。ときおりたまたま話がかみあう、相槌がひびきあう。この偶然もまた、自然なのだ。

日常に変らぬ場面が、変らぬ口調で、どこまでも続く。そのうちに客席から、心の繊細な客が立ちあがり、すでに嗚咽をふくんで、こんな酷い場面は見るにたえられない、と悲痛の叫びをあげる。今世紀の中頃までは激烈な芝居の上演の際によく見うけられたが、ここ十年二十年は絶えてなくなった光景である、とそれほどのことも起りはしないだろうけれど——。

芝居であるからには仕舞いの場面がなくてはならない。終らせる必然もない気がされるが、かりに食卓の光景とするか。最初夜半だった設定が、宵の口に時間がもどったとしても、この際、もはやいっこうにかまわないように思われる。姿形が失われては、時間も融通してしまう。

主人の帰りを待ちわびて、一同、食卓を囲む。待ちわびられている主人も、その一席を占めている。心地の違《たが》った様子もない。頭《かしら》はすこし痛んでいる。家の者はやはり大事にしなくてはならない、でないと身の置きどころもなくなる、と安堵のような後悔のような、平生《つね》より和らいだ色も見えるが、やはり黙って喰っている。

陰膳ではない。居る者のための膳から喰っている。その辺のところは、忍び寄った餓鬼みたいな真似を男にさせなくても、献立を少々工夫すれば、芝居として通る。いや、その点ではいまどき、たいした工夫もいらない。

お父さん、帰らないわね、とやがて家の者がそろって、物音もせぬ戸口のほうへ目をやる。ひと呼吸ほどおくれて男も食卓から顔をあげ、物にでも立たれたように、おずおずと戸口へ振り向けた時には、家の者の目はもう食卓にもどっている。やはり終らない。照明などを使ってことさら仕舞いの効果を出すようなことも、してはならない。

十二月十六日、水曜日、晴。

同じ屋根の下、という言葉がいまどきまったく明快かどうか知らないが、同じ屋根の下に幾年かでも続けて共棲する人間たちはひとつの安定した、微生物の系をつくりなし、ヴィルスもそこにふくまれ、その系と心身ともに折り合って暮している、と考えられる。外から日々にかりそめに運びこまれる微生物にたいしては、この系はきわめて柔軟に対応し、百鬼夜行に唾を吐きかけられた程度の影響は、直接《ちょく》やられた本人には重篤になり得ても、系としては大差もなく、たちまち呑みこんで以前とわずか違った釣合《バランス》の中へ落着かせてしまうが、しかし誰かがあらたに入りこむとなると、猫一匹の場合でも、系は大きく動揺し、家の者たちもどことなく心身に動揺をきたし、どうかして心違《こころたが》い頭痛《かしらいた》むがごとき心地になるか、あるいはむやみと心は晴れて気は振れて、それが落着くまでにけっこう月日がかかる、と考えられる。それにひきかえ、人が去るか消えるかした時には、人は居なくなってもその者に馴染んだ微生物はのこるので、しばらく系全体として大きな変化もなく、漸次新たな釣合へ移行するので、その間にさほどの混乱もない、と考えられるのかどうか。消える前から、居ながらにその者の微生物のはたらきが控え目になり、系からすこしずつはずれていく、ということがあるのかどうか。とくに六角堂のようなところに繁々とお籠もりをして、家を忘れ人も思わず、ただ一個の願いごとに心身をあげ、夢のお告げを得んものと、ひたむきあやしげな、いや、聖なるまどろみをもとめて来た者は、そこの参籠所の、それこそ百鬼夜行のごとく錯綜した微生物の系に深く染まって、家うちの系からはおのずと、おもむろな排除を受けていたのではないか。

とそんな埒もない考えをもてあそんでいたところが、あれも先月のこと、さる会の果てた後で、近寄って来た見も知らぬ秀麗な中年女性に、先生と呼びかけられた。金沢関係の会だったので、あるいはあの土地の往年の教え子かと尻ごみしかけると、それがそれ以上の縁で、本多町の平尾さんのお屋敷の二階に、ご一緒に下宿していた学生です、と言われて一瞬、頭を抱えこむような心持になった。

女性のためにも、自分のためにも弁じておくが、困ったことがあったわけではない。先生の寝言を聞いたと、よろこんでましたよ、と屋敷の主婦に洗面所のあたりで笑われて頭を掻いた程度のことだ。

旧武家屋敷だった。大ぶり簡素な切妻式の建物で、ひろい破風にあたるところを正面へ向けていた。二階は全体の構えからすればちょっとした座敷でも造れそうなものを、実直な藩士として奢侈の誇りを憚ったものか、屋根裏部屋程度に留めていた。

分厚い踏み板の階段をあがると、たしか三畳だったが、旧式の畳なのでだいぶひろく見える空部屋があり、その両側にこれもがっしりとした腰板障子が閉てられ、左手の玄関側の部屋には女子学生が、右手の庭側には若い教師が住まっていた。青年は独身の外食なので、しばしば夜更けに酔って帰ってくる。そんな時、忍び足で階段をあがり、左手にひっそりと閉じた、むろん鍵などのかからぬ障子が、ついぞ気にかからなかった、と言えば女性の面目にも少々かかわりそうになるが、そういうことではなく、それどころでなくて、青年教師は酔って帰るたびに、幽霊になやまされた。

そう聞いても女性はいまさら怯えることはない。あくまでも青年自家用の、ほかの誰にも出没するおそれのない物なのだ。空部屋の左右は障子だが、つきあたりには板戸が閉てられていた。横に桟のたくさんに走った、またずいぶん古めかしくいかつい板戸で、赤っぽい塗りがほどこされ、時代に燻んで、夜目には深い艶に照った。これをぐいと引き開けると、そのむこうには、何もない。いや、頭上に天井はあるが、足を踏み出すべき床がない。眼下にさむざむと、座敷がひろがる。主人の背から客の前あたりが、ちょうど自然に見おろされる。危急の時には槍を小脇に抱えて、ここから座敷へ、主人と客との間へ飛び降りる。なるほど、板戸の上の長押《なげし》に、槍は見えないが、槍掛けはのこっていた。侍《さむらい》隠《がく》しの間にあたるらしい。夜分お帰りの時には気をつけてくださいね、と越してきた初めに主婦がわざわざ板戸をあけて注意してくれた。はあ、これは、板戸を引き開けたいきおいで、足がそちらへ踏みこみそうですね、と思わず腰をひいて呆気に取られていたが、あれから、二度とそこを開けたこともなかった。しかし以来、酔って夜道を帰るそのたびに、艶やかな板戸が行く手にほの暗く見えて、なまじ深い戒めの表情を帯びるのがいけなくて、強迫観念にじわじわと苦しめられた。うっかり戸を開けて、宙を踏んで、転げ落ちる、のではないのだ。知りながら、取りも取りあえず、ありもせぬ槍を小脇に掻きこんで、血相を変えて板戸をこじあけ、飛び降りる。莫迦など妄想を振り払うそのそばから、いよいよ大童《おおわらわ》に、忠誠の熱にうかされ、くりかえし飛び降りる。

そのうちに、巷で呑んでいる最中から、酔いがまわりかけるともう、その躁々しい幽霊になやまされた。人もいない真暗な座敷に落ちて不覚や尻もちをついても我に返らず、殿と叫んでさらに気が走りつのり、主人を背にかばって槍を大車輪に振りまわし、しかしこれだけ暴れているのにあたりが妙に静かで、囃子のごときけはいがのどかに湧きあがる、とふと訝ってあたりを見まわすと、二百年の座敷をのこして我身の姿が消えていた……加賀宝生とは、また悪い土地に来たものだ。

部屋の中で寝床に入ったその後でも、雨がさあっと屋根に覆いかぶさってくるまぎわなど、槍を抱えた幽霊が走り出しかけることがあり、しかしその時にはさすがに、女性の部屋が匂うように目にうかんで、いま何時ですか、と頑是ない燥《はしや》ぎをたしなめた。

それにしてもじつに頓狂で陽気な幽霊だった。どこへ行ったのか。

去年聞きし楽の音

――去年《こぞ》聞きし音楽の音今少し近づきたり
前《さき》の音楽の音、年を追ひて近づく
就中《なかんづく》、近日寝屋の上に聞ゆ

女人往生の話から三行、抜き出して合わせてみた。一行から二行への間に、また一年が過ぎている。初めの年には、往生の期の近づく故か、といぶかり、あくる年には、今、往生の期至れり、とさとる。日夜に念仏を唱えて怠りなく、ようやく年積もりて老いに臨む頃だという。往生など知らぬわれらにも、何かしらが年々、微妙なる楽の音とは言わず、寝間に近く聞えて来はしないか。コンクリートの壁の内、アルミサッシの窓の外、軒にもならぬ軒の彼方から、未明の車のさざめきにまぎれて、しかし去年よりは、思えば、わずかながらきわだって、いや、何も近づきはしない。季節はずれの蟋蟀《こおろぎ》の声やら、場ちがいな狸囃子の賑わいやらを耳にするようでは、厄介なことだ。

しかし寝ている自身の声は年々、寝ながらに聞えることが、やや繁くなりはしないか。寝言はなさず、寝息よりはやすらかならず、細い喘ぎに似た、なさけない喉声が。眠りそのものの重みに苦しんでいるふうな、どうかして、払いのけんとするような、また縋るような。年をかさねるにつれて若い頃ほどに眠れなくなるのは、体力の衰えたしるしだ、と言った人がある。眠るにも体力は必要だということだ。熟睡がある境より、さらに深くなりかかると、心臓だか脳だか、肉体がおのれをあやぶんで、眠りの内から悶え出ようとするのか。ふっと和《なご》んで、どこぞへ往ってしまうとも知れない、と。

年が行って眠りが浅くなるのはまた、だいたい目覚めからして、さほど劃然とした目覚めではなくなり、たえず周辺から眠りに侵されつつ過すせいだ、とも考えられる。しかし、睡気のすこしも差さぬ日はある。不眠のことではない。寝起きはむしろよろしい。とりわけ多事、とりわけ興奮の状態にあるわけでもない。乗物の中で居眠りすらする。ことんと眠り、はっと覚め、前に睡気につつまれず、後に睡気をひくこともない。健やかさに似ている。日常のはたきには差障りもないので、そのことに気づく必要もない。実際に気づくこともほとんどないのだが、仕事と仕事とのちょっとした閑に、あるいはただ場所から場所へ移る間などに、睡気をすこしもふくまぬ、自身の目覚めが、なにかのはずみで見えることがある。いきなり寝覚めして、眠りにすっかり去られたのをいぶかる、老人か病人のような顔が。それがしわしわの、泣き顔へ崩れかかる。

周辺から睡気にやわらかくつつまれているのが、睡気がその中へゆるやかに満ち引きするのが、自然の健やかな目覚めではないのか。それが人心地というものではないか。事にあたって不断の緊張をもとめられる人間でも、ときおり睡気に差されて人心地がついてこそ、緊張をあらためられる。はげしい動きの中にある人間も、睡気にかすかにつつまれてこそ、勘ははたらき、身のこなしはたしかになる。ところがくっきりと、白い闇に接したような目覚めがある。睡気とは馴染まぬ目覚めが。夜の眠りも前後に睡気をともなわず、不眠のきわみからいきなり深く落ちて、時間の経過もろくに知らず、ぽっかりとうかびあがると、心身はあんがいに澄んで、そのあやしげな透明さがかすかな恍惚感となってまる一日保たれるので、自分ではいつか、寝起きが壮健のように思いこむ。それが十日二十日と続く。やむを得ない事情のこともある。

しかし事の節目まで漕ぎつけて、折角の人心地をしっかりつけぞこなうと、軽躁ならまだしも、一種沈鬱な、苦の傲りのようなものに固着して、無用の緊張が半年一年と持ち越され、やがては人心地を拒む習いとなる。そこで自分をもてあましもせず、人の邪魔をよろこびもせず、そのまま二年も過せば、あとの五年十年の経つのはあんがい造作もない。いや、そんな状態ばかりで暮せるわけはない。ときには人にも我にもくつろいだ日ははさまる。何日も続くこともある。それでも時間にいったんこわばり癖がつくと、疲れがいくらほどいてくれても、つぎに拒絶の気分がもどったとたんに、歳月がはるか溯ってひとつながりに、隙もなく硬直してしまう。くつろいだ記憶もなくなる。じつに、人心地を拒んだのを境に、その先三十年の歳月から、まろやかな睡気がいっさいひいた、という極端な例も、人はひどい状態にあってもうかうかと年を過すということを考えれば、ないではなさそうだ。

夜々ただ時間を失って、あげくに眠りは掠《かす》れる、目覚めは瘦せる。寝屋に年々楽の音の近づく境地とは、およそ縁遠い。

しかし誰やらが、ようやく長い昏睡に苦しんで、細く呻き出すけはいは、年に一寸ぐらいずつ、近づいて来るようだ。

こんな話などはかえって、救いはあるほうか。

あたらしい女と出会って、十三年もその親の屋敷で満足して暮したつもりが、ある日、家にあがりこんで来た見も知らぬ男に杖で追い立てられ、狭い口から這い出してみたら、本《もと》の家を出てから十三日後、しかも本の家の蔵の下に大勢の狐どもに囲まれて臥していた、と。蔵の下はわずか四、五寸、われわれの知る尺貫法ならいくら何でも低すぎると思われるが、とにかくそこでその間、男の子を一人産《な》している。もう十三歳になった。とそう思いこんでいた。

それから十余年生きて六十一で死んだというから、当時、四十代の末から五十にかかる年配と取れる。中古でも男盛りにあたるのだろうか。備中は賀陽《かや》の郡に住まい、銭を商って家豊なりとあり、また天性淫奔、好き者ではあったらしい。ちょうど秋の頃、妻は京に上っていた。どのような事情があったか、どれほどの期間であったか、それは知れないが、男の境遇を、寡にして独、と物語は呼んでいる。夕暮れ時に外へ出て、たたずみ行《ある》くうちに、若い女に出会った。たちまち愛欲の心を発して触れようとすると、女は逃げる様子も見せない。歩み寄りつかまえて、いかなる人ぞと問えば、誰にも非ず、と答えた姿もろうたげだった。あとは仔細もなげに、つかまえたまま女に案内させて、そこからごく近いあたりの、清げに造りなした家に入ると、家の内は上中下の男女さまざまあり、君おはしましにたり、とさわぎあった。近間すぎるのがすこしくひっかかるところだが、まず男の夢想を絵に描いた図である。明くる朝には舅らしい人にも会っている。人の結びつきは、運ぶ時には、かるがるしい夢想に酷似する。

本の家では、暮れ方から男の姿の見えないのを、例のいづこに這ひ隠れたるにか、とぐらいに人は思い、夜になっても帰って来ないのをにくむ者もあった。夜の更ける頃にも、あな物狂はし、たずね申せ、と眉をひそめる程度であったようだ。ところが夜半が過ぎて、近辺をくまなく探しても見つからない。遠出をしたかと思えば、装束はすべてのこり、普段着のままで出かけている。ようやくさわぐうちに夜も明けて、その頃になるとさすがに、出家や身投げの可能性をいちおう思うものらしい。しかし男の年、というよりも日頃の人柄のほうだろう、それを考えると、そんな思いつめたようなことも、ありそうにもないので、いと奇異なるわざかな、とただ首をひねった。その頃にはすでに、男の入りこんだ家では、女が身ごもり、日満ちて男子を安産した。そんな双方の時間の経ち方である。

こういうことでは当時、失踪の後、幾日ほど経ったら、その人が亡くなったと遺族はあきらめたのだろう。いずれも土地の有力者である兄弟たちが集まり、せめて屍《かばね》をと一同願を発し、柏《かしわ》の木を伐り、失せた人と等身大の十一面観音像を造らせたというのは何日目だろう。またかの失せし日よりはじめて、念仏読経をおこなって後世をとぶらったとあるのは、その日を命日として数えてという意味だと思われる。あるいは実際に、姿の消えた翌日から死者として扱った、一夜帰らなければ幽明すでに境を異にすると取られた、そんな環境、そんな風習、そんな感じ方であったのかもしれない。七日目には初七日、死者の扱いだった。十三日後というのは二七日《にしち》の前夜、日の数えようでは、当日の内であったか。

とにかく十三日後の、夕暮れである。「故人」の屋敷で人々が、さても奇異なことであったとまたしてもあやしみ、昨日のことのように思われると感慨にふけりあううちに、目の前の、蔵の下から、怪しく黒き者の、猿のやうなるが、高這いをして出てきた。わしだ、と一同に声をかけた。すでに成人しているらしい息子が地面に降りて引き起すと、家を出てからの経緯を語った。十三年の夢からまださめていない。あちらの腹の子を嫡男《たろう》とさだめ、こちらの家の子を次の子とする、などと当の息子に申し渡したりする。あきれた息子が、その御子はどこにいるのですかとたずねると、あそこだと蔵の下を指さした。その主人《あるじ》の姿を見れば、病人のごとく痩せてはいるが、身なりは十三日前の、普段着と変りはない。人をやって蔵の下をのぞかすと、たくさんの狐が逃げ散った。

その後も、陰陽師を呼んで祓わせたり、たびたび沐浴させたり、正気にもどるまで、閑がかかったようだ。余生の十何年かは恙《つつが》なく暮したという。

あそこだと本人が蔵の下を指さしたのもおかしいが、あまりにも近間だということがこの際、やはり苦笑をさそう。色香に惑った男の行動範囲は、空間はともあれ心理の上からすると、いずれこんなにも狭いものなのか、と悲哀のごときを覚えさせられる。考えようによっては、その時間もまた実質、同様にわずかなひろがりなのかもしれない。行動欲や事業欲に駆られて出奔した場合も、これに準ずる、と。

それはともかく、この十三年すなわち十三日の間で、男にとって、いちばんせつなかった境は、どこにあったか。むろん最後、十三年にとっても十三日にとっても最後の一日にあたる日だ。秋の暮れ方の、煮炊きの匂いの漂う頃か、奥でくつろいでいると、いかつい杖をついた見知らぬ者がつかつかとあがりこんできた。それを目にした瞬間、恐怖が走って、歳月はすでに破れかけた。しかしあとは杖に追いまくられて、また夢中である。家の者どもも侵入者の姿を見ておそれ、皆逃げ去ったとあるが、これもあんがい男の恐怖の投影で、男が助けを呼んで屋敷内を逃げまどう頃には、一同また平生と変らぬ様子にもどり夕餉の仕度やら一日の後片づけに忙しく動きまわり、聟殿の狂奔も眼中にないか、あるいはもはやひややかな、自分から騒ぎ立てて逃げ出したのが取り返しのつかぬ間違いだったと言わんばかりの、横目をちらりちらりとやっていたかもしれない。人の沈黙には拒まれ、杖には叩かれ、あげくは背中をこづかれて狭い口から戸外へ押し出され、さらに庭の離れにいる者たちの助けを求めて駆け降りたかと思ったら、暗がりからぬっと這い出した。それでも、すぐ目の前から呆気に取られてこちらを見ている息子を始めとした本の家の者たちに向かって、俺だ、十三年留守にしたが、俺は俺の人生を歩んだ、とばかりに、帰ってきた家の主人の態度をとっさに示した。

陰陽師になにやかにやと騒々しい祓いをされたり、頭からざぶざぶ水をかけられたりして、半夢半醒で過した何日かも、さぞやせつなかったことだろう。

それでは十三日前、十三年の入口の境は、どうであったか。のうのうと誘いこまれたふうに伝えられている。あやかしのはたらきであるから、そうにはちがいない。しかしその光景を外から、これもあやかしの力により近間でも人目にはつゆ触れなかったはずだが、かりに夢の外の目で眺めたとしたら、暮れ方に所在なくてその辺へそぞろあるきに出た主人が、まもなくふらりともどってくる。庭づたいに板敷のほうへまわり、縁先からあがるかと思ったら、そのむかいの、蔵の下へ這いこんだ。あくまでも一人である。とろけた顔に、この幸運をつかのまに失いはせぬかと不安の色でもまじれば、いよいよ酷《むご》くも滑稽な眺めとなる。暮れ方なので、まわりで立ち働く家の者たちを配するのもよい。やはり、主人の姿は眼中にない。主人のほうはむろん、別の時間を見ているのだから、周囲のことは目に入らない。

しかし蔵の下へもぐりこむ直前に、動きがしばし、すぐ周囲の人の声を遠くにふと聞いたように、滞ったのではないか。一日が一年と変る、歳月の境目を越すのは、往きも復りも、いずれ苦しいもののはずだ。冷い水の中へ身を沈めていくつらさにも劣らない。もう、お里心がおつきですか、と女は振り返る。いや、何の、と答えて膝を折りかかるとすでに、顔も着物も黒く汚れてはいないが、猿のようなあやしい姿になった。腰をだんだんに深く屈めながらそれでも、目の内から淫蕩のゆらめきがひいて、最後に一点、境の意識がともり、近間がなぜ千里も百年も隔たるのか、と思案しきれぬことをなお思案する、暗い色がこもり、地面にすっかり這いつくばるまで、細く続いた。

這い出て来た時に病人のようにやつれていたのは、蔵の外から見れば、十三日もの断食のせいだが、蔵の下から見れば、十三日が十三年の、歳月の侵蝕のあらわれである。喪神はその後も尾をひいたというものの、そんなにも長いことではなかったらしい。そのことは注目してもよいところだ。むずかしい心の持主ならば、なかなか助からない。単純計算をしてみても、当時かりに四十八歳として、その身に十三年の侵蝕を受けたとすれば、六十一歳の疲弊にあたいする。それがその上十余年生きて、六十一の天寿を全うした。この男に、何かの人徳があったと思われる。

天性淫奔ながらに、夢を見やすい、つまり、だまされやすかった。惹かれれば由々しき境をさほど迷わず越える。いったん内に入ればそこの時間に安息する。別の時間を留保してよけいな神経をこじらせたりしない。忘れる時にはきれいに忘れる、素直な天性であったようだ。果敢な往生聖たちと遠く通じあうところもあったか。さらに家の主人とは言いながら家の内にあって余計者であったとすれば、世を好色にはかなむということもある。いつでも憬《あこが》れ出るつもりの心はおのずと普段の立居にあらわれるはずで、主人が一夜帰らなかったというだけで、宵の内には性懲りもないほっつき歩きとにくんでいた家の者たちが、たちまち死者と扱って後世をとぶらう、何日か後にはせめて屍をと願を立てる、このあまりに明快な処遇も、男の往生の資質と見合ったものか。

観音の御利益にはちがいないが、観音としても助けやすかった事例のようだ。

三月七日、月曜日、晴。

暦によれば五日の土曜が啓蟄、その啓蟄の日に熱を出した。前日の金曜は望《もち》、暮れ方に戸口から空を仰いで思案した。短い傘は降らなければ手に小煩い、長い傘は杖に引けるが年末の雪の日に公苑を散歩するうちに雪の重みで柄がたわんでそれきりになっている。天気は夜半まで持つと踏んだ。築地の辺に集まって、季節にはずれかけた河豚を喰う。今年はまだ穏当なほうで、五月に呼び出された年もある。初夏に河豚を喰うという興にさそわれたものだ。奇特な店がある。しかし世話役から電話をもらった時には、店への道を忘れていた。店の電話番号を聞いて、聖路加を左右どちらに望んで行くかを確めただけで、それ以上はたずねもしなかった。近頃、知った場所でも、地元に降り立たないことには思い出せない。なまじ仔細に頭へ入れて行くと、かえって迷う。はたして、地下鉄を出ると足がひとりでにそちらへ向かった。その間際まで道がすこしもうかんでいなかったので、ひどい恣意のように、歩いていて感じられた。

十人ばかりが集まった。鍋の煮え立つ頃に、いま流行中の風邪の話題になった。幾度でもひきなおすという。座の一人も近頃高熱にやられたそうで、まだぶりかえしをあやぶみあやぶみの様子が酒の呑み方に見えた。風邪はのべつひいているようなのに、熱らしい熱の出たのは八年前が最後になる、と自分はこぼした。よくないことだ、と皆もそう思うらしかった。本家の主婦から、骨を早く墓から出せとせっつかれて、ともう一人が辟易していた。分家筋の骨のことらしい。年を取ると、こういうことに、こんなに煩くなるんだねえ、昔はあどけなかったのに、と苦りきった。これから親族の集まりに駆けつけなくてはならないという。これはそれぞれの身辺をやや近く掠める事柄のようで、しばし骨の話題になった。骨を入れるの出すの、そんな言葉が食卓を飛びかった。河豚の骨が鍋の脇にだいぶ積まれた頃だ。県境に水屍体が浮かぶと、発見した当局がまず最初にやるのは、竿でもってついと、死者を管轄外の岸へ押しやることだそうだ、と話はそこまで流れた。

会は上機嫌に終った。暗い路を大通りへ揃って向かうとき、空をしきりに見あげて、いましがたまで湯気のこもる座敷の中で、外は雪になっているような気分でいたことを思い出した。酒が入っているので何とも言えなかったが、なま暖いような晩だった。もう一軒だけ寄って、遅くまで道路がずいぶんこんだが、夜半には家に帰った。風呂に入り、番茶も呑んだ。

翌日は寝たり起きたりで過した。三十七度五分という、やはりあいまいな熱で、脱力感ばかりがひどくて、夜まであがりもさがりもしなかった。うっかり躁げば、居ても立ってもいられない所在なさに取っ憑かれそうで、寝るにせよ起きるにせよ、おおむねひと所でじっとしていた。よく一日、動かずにいられたものだ。

日曜日には平生どおりにしたが、暮れ方に机に向かううちに、胸から膝までがやるせないようになり、目がこころもちかすむので、念のために測ってみたら、七度三分ほど出ていた。この状態にはもうこの一週間ばかり、暮れ方ごとに覚えがある。今日の暮れ方はもう熱も測らずにいた。あるいは、もっと長きにわたっている発熱かもしれない。

三月八日、火曜日、晴。

椅子に腰をかけたまま眠る。居眠りとは違う。背に深くもたれこんだり、顔を伏せたりはしない。机のたぐいには向かわず、ソファーのようなものに沈むのでもなく、固くて頑丈な椅子がよい。腰を深く正しく入れ、背を伸ばし、脚は組む。さらに腕も組んで、その上へ頭を、頤をひく程度にうつむけ、その姿勢を崩さず、一時間ばかり、くっきりと眠る。家ではやらない。家の者がのぞきこむとうす気味悪がるので。

電車の中でも端然と眠る人は見うけられる。目的の駅に着くと、すっと立ちあがり、眠りのなごりも見せずに降りて行く。つい目を返して空席を、そこに姿がまだのこるように、眺めさせられる。近くに立つ客もすぐには腰かけない。会議中にも張りつめた面相で眠る人がいる。あれは深く思案しているふうに見える。実際にしばしば話の、途中は消えても節目はかえってつかんでいる。しかしどちらの眠りも、周囲の目覚めに支えられているところがある。それとも違う。

たいていは旅行中の、ひとり部屋の内になる。一日動きまわり暮れ方にホテルに着いて、夜にはまた街へ出る前に、半端な閑があまる。湯でも浴びてひとやすみしてから、ロビーで会おう、という時だ。しかしシャワーはおろか、着る物をゆるめて横になったら最後、目を覚ました時には熱でも出ていそうに、くたびれている。書卓の椅子をひきだす。どちらへ向けるかには少々迷う。人が入ってくるわけではないが、戸口のほうへ向くのはやはりはばかられる。電灯もつけず、どうかして靴も脱がない。

くつろがずに眠る。睡気を介在させない。目をつぶり姿勢の定まったところで、眠ろうと眠るまいと、どちらでもかまわなくなる。雑念はさまたげずに流しておく。その動きがやがて緩慢になり、つなぎが恣意になり、分明さはさほど減じぬままに、しばらくしてまたゆるゆると流れ出すとき、その間すっかり停まっていたことがわかる。それが繰り返される。そのうちに姿勢だけがのこり、持続する。ときおりその輪郭が冴えるが、目覚めではなくて、それ自体が眠りと感じられている。

白い明るさにひたされた部屋を夢見た。何かの出来事をしまえて、ひと気なく静まっていた。明け暮れ静まっている。その部屋の内へ眠りも行き渡り、隅々にまで淡く満ちて、眠る者も消えた。

摂津の国は箕面《みのお》の滝の下方に大きな松があり、その木の下に一人の修行僧が宿を借りていると、ちょうど八月十五夜のことで、月は明るく、天は晴れて静かなるその中を、例の微妙なる楽の音と、櫓を漕ぐ音が渡る。と、木の上に声があり、わたしを迎えにおいでになったか、とたずねる。それに答えて天に声あり、いや、今夜は他所へ行く、そなたは明年の今夜だ、と聞えて櫓の音は過ぎ、音楽も遠ざかる。四十八大願の筏の音であり、約束は翌年しかと果たされた。樹上往生、尊い話である、美しい光景だ。しかし、お迎えか――いや、今夜は他所だ、というやりとりの、口調ひとつによっては全体が、ずいぶんおかしな場面にもなる。いつからそこにつかまっていたのか、櫓の音には樹上からすわと身を乗り出した男の姿が見える。天上ではあきれなだめて漕ぎ去る。樹下では、あんなに高いところまで登って話をつけようとは、いったい、何事の行き違いか、と僧が見あげている。やがて男は幹をつたって降りてきて、ま、上々の首尾と思わなくてはなるまいて、という顔で手の塵をはたく。どこぞの河岸《かし》の、年の市の賑わいの中からも頓狂にあがりそうなやりとりではないか。ありがたさは、それですこしも減じはしないが。

もっと静かなというか、しんねりとした、しかし思い立ってから運びの迅速な往生も伝えられる。冬の十月、夜三更に及び、とあるから夜半過ぎに、弟子の小僧を呼んで、松明を持って来い、阿弥陀仏を拝もうと思うだけで他意はない、と命じてその弟子を従えて堂に渡り、しばし仏像の顔を見まもり、仏相を観じ、それから小僧に告げて、わしの房はお前にゆずろう、往生の時が来た、そう言って礼盤とは須弥壇の正面の台のことだそうだが、そこに居ながらにして、眠るがごとく入滅した、と。長年おこない澄ました僧のことだから、それまでのひと月ふた月、あるいは一年の内にも、さまざまな兆しはひそかにあらわれていたのだろうが、呼ばれた小僧が何心なく言いつけに従ったところでは、ぎりぎりまで年頃と変らぬ暮しを続けていたものと見える。それがある夜、夜半から午前二時の間に、阿弥陀仏を見に行くと立ちあがり、それから何時間とは隔たっていないはずだ、あざやかに往生している。これはありがたい、あらまほしい。

仮に、往生の時の到来を間際まで知らなかった。これは往生必定の聖にあってもあり得る。時を知る、とひと口に言っても、どの境で知るかは、往生人によりさまざまなのだから。その夜三更に、僧房でやすんでいたとして、寝覚めしたとたんに、時を知った。あるいは目をひらいた時には、阿弥陀仏像を見たいという思いしかなかったのが、小僧を呼んでそのことを口にした、他意はないとわざわざ添えた、その時に知った。あるいはまた、仏像の顔を眺めるうちに、いつか知っていた。どれにしても、早々に知っていたのよりは、もうすこし、ありがたい気持がする。

また仮に、三更の寝覚めと、小僧を呼ぶのと、阿弥陀仏を拝みに立つのとがこの一年二年、三年五年、毎夜の習いとなっていた。小僧も慣れたものだった。ふっと思い立ったように言うのも、毎度変らぬ口癖であった。ではただの夜々の行かと言うと、それともまた違って、そのつどあらたな予感にともなわれていた。あるいはまったくの習慣であったとしても、かまわない。時の到来に関しては、知ると知らぬとは、分明でなくなるのが自然である。仏像を拝んで、しばし観想にふけり、ここの房もまもなくお前のものになる、と小僧をねぎらって寝床にもどる。このなかなか堅固な反復のひとつとして、その夜も始まった、と考えれば、なおさらありがたい。

ここの房はいよいよお前のものだ、往生の時が来た、と告げて礼盤に端坐し、夜々往生を遂げては、朝には寝床から起きる、という老耄めいた境も、想像されないではない。毎度のことであり、長年きびしい行により鍛えあげたお人でもあるので、小僧も眠るがごとき入滅の姿を見届けると、堂からそっとひきあげ、早暁《あかつき》起きのためにもう少々の仮眠を稼ぐ。老師は自分から寝床にもどり、明けて顔を合わせる時には、昨夜もまた往生したことなど影も見せず、元気にお斎時《とき》を頂く。たまには礼盤の上であのまま、すやすやと眠っている。戸口からひくく咳《しわぶき》すると、いや、あまりしばしば寝覚めをするのでの、などと惚《とぼ》けた返事をしてもうすこし観想をつづける。ところがその朝は、仔細らしく咳いた小僧の顔が、ひと息置いて、そこに妙な虫でも見たような面相へこわばった、としても、いっこうに、ありがたい。

それとはまた別の話、高野山に二人の聖人がいた。ともに鎮西の人で、山の南北に居を占めたので、南筑紫、北筑紫と、それぞれ呼びならわされた。仏道を修行して、敢て退転する無し、このほかに紹介の記事も見えない。要するに、聖《ひじり》である。さて、このうち南筑紫の往生の仔細が、つぎのとおり。

聖人八十歳の春のこと、まず半夜以前に、童子を呼んで、夜は明けたか、と問う。まだ鶏鳴《けいめい》にもなってません、と童子は答える。半夜とは夜半、鶏鳴とは未明の二時頃のことだそうで、戸板一枚隔てて耳にしたら、ふきだしそうな問答だ。

それきり物を言わず、つぎに、いま何時か、と問う。すでに寅螺《いんら》が吹かれました、と答える。寅《とら》の刻の法螺《ほら》貝のことだろう。未明の四時頃になり、言葉の運びとは言いながら、これはまた時間が一気に進んだ。

またしばらくして、明けかけたか、と問う。凌晨《りょうじん》です、と答える。夜が明けはなたれたの意味だろう。ここでは童子の答える刻限のほうが先行している。

そこで童子とともに趣いて、房中を洒掃《さいそう》し、荘厳《しょうごん》をつくし、新浄の衣を着けて、阿弥陀仏に向かった。結跏趺坐《けっかふざ》し、衆僧も招かれて念仏を唱え、午から申の刻に及んで、つまり正午から暮れの四時頃にかけて、念仏を断《た》やさず端坐入滅したという。例の紫雲とか芳香とかは省くことにして、以上である。

まるで楽しい宴会でも明日に控えた、もどかしい夜ではないか。そうつぶやくのは不謹慎というよりも、往生を楽しい会とは思っていない、不信心のしるしらしい。それにしても、このような夜の経ちかた、幼少の頃の遠足の前の晩と言わず、格別の前夜でもなくて、近頃、身に覚えがありはしないか。

夜半にもならぬうちに、夜は明けたかとたずねれば、家の者は顔を見る。気が触れたかと疑われてもしかたがない。でなければ、家の者の間にあっても時を心得ない、およそ心ここにない人だ、と匙を投げられる。まだ一番鶏の刻限にもなってませんよ、とこれは取りようによってずいぶん皮肉な返事、拒絶のようなものにも聞える。では、宵の内から眠りこんでいたのが目を覚まして、そうたずねたとしたら、どうか。高熱でも出していたのなら、いたわってもらえるだろう。相手が思わずふきだしてくれれば、寝惚けと言われようが、耄碌とからかわれようが、まだしもさいわいななりゆきだ。

まだ夜半も越えぬうちから、夜明けのことを思うのは、通常の夜には、やはりいまわしい。実際に、その思いはかすめても、たいてい留まりもしない。ただ寝床に就いて、仰臥して枕を定めるとき、何とはなく、せつない気持がする。眠りこむ寸前に、かすかな緊張がともなう。それでも熟睡はする。そんな夜をかさねて、しかしそのうちに、寝覚めがちな夜が来る。不眠でもなく、寝つきも早いのだが、わけのわからぬ間合いで、深い眠りの中から、ぽかりぽかりと目覚める。そのつどおなじ、外のけはいを感じてさてと起きかかる、物へ出かける顔つきをしているのが、自分でも見える。

夜は明けたか──いま夜半をまわったところです。もう白みかけたか──あれから三十分しか経ってません。鴉の鳴くのが聞えるが──鴉は近年、夜中だって平気で叫びますので。ぼんぼん時計は、いやだった──盗っ人も、あれが打つ間は目をつぶって、眠る者とひとつ心になっておくと、あとがはたらきやすいそうです。

覚めたら、自分でも知らぬ間にすっかり着換えて、寝床にどっかり坐っていたよ──覚めないうちに、また着換えて、寝床に入ったら、跡に何がのこりますでしょうね。

家の外を女が大きな声で泣いて通る、家の内では男が死んでいた──まったく別々の事件だったそうですね。

一時は過ぎたろうな──いえ、もう三時です。

白むにはまだ少々間があるな、なにかが聞えるぞ、去年よりはだいぶ近くなった──おもてを、いつもの朝の馬たちが通ります。今夜もお疲れさまでした。

三月十二日、土曜日、晴。

今日は春になった。辛夷《こぶし》が大木にふた花ほどひらきかけた。風邪をひきこんでから一週間になる。そのあいだ公苑と歯科医と、それより遠くへ出なかった。買物は煙草と、競馬のための新聞だけ。熱は一日でひいたが、あれ以来、背中やら腕やら膝の外側やらにかわるがわる、寒気が走るというよりは、水のような冷たさが貼りつく。目ではわかる日和が、肌にもうひとつ伝わらない。午前の散歩のあいだ、汗ばみながら背中にひとひろがりの冷たさを負っていた。かわりに頭の内が、微熱をふくんだみたいに、疼きにならぬ疼きに浮く。体液はやや煮つまり、粘膜は爛れぎみの、これも春めきか。

昨日は午前から南風が埃を運んで吹いた。起き出した時からだるくて、午後には歯の消毒のにおいのなごりを口中にふくんで仕事をひきずるうちに、暮れ方から、このひと月ばかりよくあることだが、根気が一度にひいた。目はつらくなり、なにやら息苦しいように、膝頭もたるむ。しばらくぼんやりしていればいくらか持ち直して、仕事をもうすこし続けられるのだが。夜が更けてからは、居間に寝そべり、絨緞に片頰を押しつけて、その模様を間近から物珍しく眺めるという、小児の退屈を思い出した。その目をあげて部屋の内を見渡すと、どの家具も平生よりもいかつい、見馴れぬ質感で立った。こちらの目の力がよわっているのではないか、とも思われた。

十何年ほど前にしきりと聞いたチェンバロのレコードをかけてみた。気楽に、無責任に流した。昔のようにひしひしと聞くのは好まない。ひさしぶりのせいか清新にはたどれた。しかし何かが聞えなくなっている。情感だろうか。かわりに、昔は聞えなかったはずの、なにか音楽とも別の、あらわなもの、ひどく単調ながら内から切迫する、夜が冷えこんで梁が軋むみたいなけはいが、聞えかかる。やがて、剣呑な興味だと感じた。歳月の隔たりをじかに耳で聞き取ろうとすることは、生身の人間はさしあたり慎しんだほうがよい。生身ではいけなければ、何ならよいか、わからないが。気を逸らすためにガラス戸をあけると、外はいつか大風が渡り、揺すられる樹の音に室内の音楽は細くまぎれ、戸を閉めきると、あぶなげのない曲に落着いた。そのまま片面だけ聞いてやめた。

夜半を過ぎてから寝床に就いて明かりを消すと、枕もとの窓から、四、五十米も離れた深夜の道路工事の音が伝わってきた。神経の立ちようでは耳につきそうだが、戸外の騒音には悩まされるほうでもない。眠りを妨げられはしないが、こうして明け方まで続くはずの音は、眠りの中へどんな影を落すものか。ただやかましい機械の音のようでも、深夜に人が集まって何事かをなす賑わいはある。その声がいつか天へ昇らないとはかぎらない。

自宅から西へ早足で半時間も往ったあたりに大きな緑地公園がある。環状八号線の西の岸にあたる。あれは十年ほども前になるか、一時期、毎日のように散歩に通った。古くはゴルフ場であった、中央に欅の巨木の聳える起伏のある芝生を大まわりに一周して、また半時間の復り道に就く前に、大公園の脇に別に囲われた小公園で一服していく。巨木ではないが、それでもかなり高い白樫やら櫟やら楢やら楓やらが林をなし、初冬にも初夏にも落葉を焚く煙が流れて、閑静な場所だ。静かだ、もったいないほど長閑《のどか》だ、とつぶやきつぶやき、あれで春夏秋冬、ふためぐりもしたか。閑静さに毎度感じ入りながら、しかしここに来ると物が考えられなくなる。考えかけてもふっつり跡切れる。これも馴れぬ贅沢のせいかと苦笑していたが、ときたま、わけのわからぬもどかしさが底から押しあげて、思わずベンチから腰をうかし、ひきつづき平穏な林の風景をあやしげに見渡すことがあった。貧乏性のせいだとしても、一瞬せっぱつまった感じがどうにもいぶかしくて、首をかしげて過すうちに、春先のある日、芝生の公園から通用門を抜けて林に入り、中央の小びろく明いたところまで来て、いつもの習いで、長閑なことだと梢を仰ぐと、ひと息ふた息、妙な間を置いて、さあっと、突風が吹き渡ると聞えて、木の葉はそよとも動かず、出どころの知れぬ、甲高いざわめきが林に満ちた。

高速の音だとやがて悟った。緑地公園の南はずれを東名が走る。用賀のインターも近い。そのことは前から知っていた。人の運転する車の中からフェンスのすぐむこうに公園の緑を眺めたこともある。こんな間近の騒音が樹木たちによって遮られている、と日頃感心してきた。それがなにかの具合で、車の音の痕跡も失って、この林へ降りかかり、吹き溜まるらしい。しばらくして、ざわめきはまたふっと止んだ。しかしベンチに腰をおろして耳を澄ますと、静かなことは静かだが、茫然とした心地に、長く親しい覚えがあり、おなじざわめきがそれまでつねに、耳には聞えぬほどに、林に掛かっていたことがわかった。近い喧噪が耳につかなくなり、天井へかすかな賑わいとなって昇ることは、あるのかもしれない。山に囲まれていれば、山の端のあたりへ。

未明の時刻が進むにつれて、わずかながら、寝床の中から息苦しさがつのり、雨になるなと思った。この半年ほど、それが妙に感じ分けられる。はたして朝のうち雨となった。一時《いっとき》ひどい降りだったそうだが、これは寝過した。正午前にはうららかに晴れあがった。

テレビの画面の内の馬たちの肌にも春が見えた。悦に入るうちに、メインレースの始まる頃から、軒先のほうで陽が翳りがちになり、暮れ方からまた大風になった。窓の外に聞える消防車か救急車の、道をあけるようマイクで車たちに呼びかける声も、切迫していた。

三月十三日、日曜日、晴。

今日は穏やかに暮れていく。春先の夕空に枯木が細い枝を張るのを眺めるのは、忙しくしている身にも、日の永い心地がする。ひと枝ずつ、菫色に染まっている。

人と話をしていて、声が棒調子になりかかる。格別の緊張や魂胆があるわけでもないのに、声が抑揚を失う、というよりも、抑揚に去られる。そんな時にかぎり、自分で自分の声がくっきりと外に聞える。しかも話す内容が、自分のまるで知らぬことに聞える。あれは嫌なものだ。

電車の中で人と話す。音に負けぬよう声をはずませているのが、電車が停まったとたんに、棒調子になる。あるいは半日もたまたま物を言わずにいた。それから人に会うと、声がどうしても走る。躁々しいことだ、と自分でもてあますうちに、いつのまにか、陰気なような棒調子で喋っている。

その時の顔が、面相がある。自分の場合は内から感じ取れる。人においてはしばしば、遠くからでも見て取れる。目がこころもち据わる。物音に耳を澄まして、しかも聞き取りきれずにいる時の目つきに似る。熱心に話す口もとに、うっすらと不安の翳がまつわる。そばに寄ると、あんがい陽気なことを喋っている。人の話はまず遠くから、見るものだ、という説がある。

棒調子に話す人の前では、少々注意したほうがよい、とこれは言える。こちらとしてはどうしても勘所を押さえにくいので、あれこれ聞き返すうちに、話が思いがけずこじれることがある。勘所がつかみづらいのは、まず喋り方にめりはりがとぼしいせいだが、これだけならまだしも、むずかしいのは、話の内容あるいは話の情にそのつど、それにふさわしい抑揚がともなわない。それにおよそそぐわぬ抑揚でもって、かかってくる。こうなると、耳には聞えていても、おそろしいほどに、耳より内に入らないものだ。そこで念のため、こちらもつとめて言葉をさしはさみ、その律儀さが過ぎて、相手の機嫌を損ねる。これだけならこれもまだしも、退きよう取りなしようはある。恐いのは、何心なくたずねているつもりの言葉のひとつひとつがおのずから、相手にとって刺となり、険となり、逆鉤《さかかぎ》となってはたらくことだ。相手の何かに、いつのまにか、こちらの感情も染まっている。

しかし自分自身の場合は、どう注意したものか。棒調子になり、だんだんに口ごもり、あいまいに黙りこむ。これが普通であり、これですくわれているわけだが、ときには意識したとたんに停まらなくなる。それでも人前のことならば、心して慎しめば、かりに後手にまわったところで、さほどひどいことにはならない。せいぜいその場の醜態でおさまる。家の内でも、何かにつけ棒調子があまり長いこと続けば、いずれ家の者のほうから、反動が起る。家の内では、自分一人を相手には、どうか。自身との問答がどこまでも一色、棒調子になった日には。

これこそ始末が悪い。ひとりつぶやきつのる。それが文字通りの棒のごとく固くなり、本《もと》の情念も凝り固まったあまり無表情になり、人には聞き返されず、自分にもじつはすでによくも聞えていないので、曲折はおろか、段落もなくなる。あげくには日常の立居言動から一寸ほども浮いて、自動のようになり、ただひしひしと続く。つぶやきが道を通る。つぶやきが人に向かう。つぶやきが飯を喰い、女人に触れる。つぶやきが眠る。いっそ無責任のようでも、これはこれで確実に精力を消費するので、全体の経済として、ほかの立居言動もその分だけ身から剝離する、つまりいくらか上の空になる。視覚、聴覚、触覚、味覚も、やはり剝離をまぬがれない。俗に言う、うまいもまずいも心ここにない。暑さ寒さもろくに身におぼえない。尖端医学があらゆる技術を動員して、これを測量《はかり》にかけたなら、暫時の紛糾の、いつか恣意の緊張の中に安定した状態を、記録してよこすかもしれない。

これが十日二十日と続いて、それから我に返る。物が聞えてきて、物が見えてきて、なにやらなつかしい。この上もない喜びのはずだが、これにすら、せつないものがともなう。安堵の境に入る手前で、物すべてが空虚に沈む。立居の一々において、心身の掛かりどころもなく感じられる。いよいよの間際には、内から周囲へ、周囲から内へ、ついに狂い出しそうなけはいをふくんで、はてしもなげに静まる。まして棒調子が二年三年と続けば、この一時の空虚がつらくて、人心地はつきにくい。五年十年ともなれば、棒調子が生き心地となる。

かりに三十年続いたとする。棒調子もようやくその力が掠れてきた。夜々、何かが破れそうになり、ひそかに束《つか》ねなおす。夜半と明け方あたりの寝覚めがとくにあやうい。年の衰えか、眠りももろくなった、とつぶやいて、襟をつと合わせるように動揺の静まりを待つ間、長年の頑なな寝顔が見える。息をひそめながら、うっすらと笑っている。そのまま夜をかさねて、百夜ごとに眠りの力が一段とまたよわり、そしてついにある夜、棒調子の生き心地がうすくなった衣のようにおのずと左右に裂けるその時、まず耳に聞えるのは、あらわな荒涼だろうか、あるいは、楽の音のごときものか。

長年保存された内なる聾唖が、はては天上の音楽を聞くという、そんな機縁はないものか。


五月の二十七日に小悩ありてその明旦、というから二十八日朝、不動尊像を数百体、手ずから模写してただちに開眼供養し、巳の刻つまり午前十時頃に及んで、衆僧を勧めて同音に念仏を唱えさせ、右脇を下に西面して、寂然として気絶えた。享年九十三という。

その日、いくつかの瑞相があった。まず申の刻、午後の四時頃に奇雲が俄に天を覆って、室内は暗くなり、時刻がしばし移ってから、陽がさして晴れあがった。それから、暮れきった後、院内の僧二人がそれぞれ房の内から、遥かに天上の楽を聞いて、諸房の僧にこれを告げたところが、分明に聞き取った者もあり、ただ髣髴《ほうふつ》と耳を傾けただけの者もあった。さらに後夜、夜半から未明に臨んで、ふたたび楽の音があり、しだいに遠ざかり西を指して去った。しかし誰の往生とも、院内では知られなかったという。入滅が午前《ひるまえ》とすれば、瑞相がずいぶんおくれた。楽の音が宵と未明と、二度にわたって聞えたというのは、宵のほうは迎えの音か。とすれば西へ出発するまでにまた手間取ったものだ。

何人の往生であったか、それが知られるまでには、なんと九十一年もかかった。入滅が寛治七年とあるから、白河院の院政期にあたり、それから元暦元年とあるのは、すでに後鳥羽天皇の世、一の谷合戦の年になる。さる阿闍梨の逝去の夕のこと、別の上人の夢に、阿闍梨を迎えに来た聖衆たちの間にまじって、百年近くも前に逝った件《くだん》の聖の、紫雲に乗った姿が見えたという。それで、もし往生人でなければどうして聖衆の中に列していようか、と人が悟る次第だ。そんなに年代の隔たった先人の顔を、霊夢の中とは言え、どうして見分けられたものか、そう問い詰めれば理屈になる。後世からの往生の認定には、どうかして、だいぶの閑がかかると見て取ればよい。往生もまた、世間とのかかわり上、ひとすじ縄では行かぬものだ。

その往生人の名は教懐、小田原迎接《ごうしょう》房聖とも呼ばれ、のちの高野聖の祖とも言えるお人なのだそうだ。生まれは京の貴族で、幼少にして出家、興福寺にいたが、壮年になり寺を離れて、小田原というのは山城と大和の境にあるらしい、そこの興福寺別所へ移った。さらに老年に至って高野山に登り、往生はそれから二十何年後になる。高野山上にまた別所を開いて、念仏を重《おも》とする聖たちの中心人物となり、そこも小田原と呼ばれた。あるいは場所よりも人のほうが先にそう呼びならわされたのかもしれない。その小田原なら、私も行ったことがある。七年あまりも前になる。小田原谷と聞いて来て見れば、車やバスの往きかう山上の大通りであった。そこから右手の小路へ、枝谷の名を聞き覚えていたので分け入ると、道は杉山へ登っていく。はてと思い、しばらくして振り返ると、ちょうど暮れかかるところで、道の片側がなるほど、ゆるやかな谷をなして落ちている。いくらか建てこんだ家の灯も杉の木の間から見えた。

あらためて眺めわたせば、表の通りもさらにゆるやかながら谷、本谷であることがわかった。いずれ、しかし狭い、湿っぽいところだった。

そのあたりが別所で、あの往生の夜に、天上の音楽が聞えた院内というのは、当時正規の寺域内だったのだろう。聞いたり聞えなかったりした房住まいの者たちも、正規の僧たちだったのだろう。聖人は谷の別所で弟子の聖たちの念仏に囲まれて息をひき取った。弟子たちは師の往生を目のあたりにし、その遺志を継ぐ心をさらに固めたが、すぐ近間の院内まで、瑞相の伝わるのに半日の隔たりがあった。院内の僧たちは楽の音を耳にして奇《あや》しんでも、それが何処に降り立ったかをたずね取ろうともせず、また別所の新規流入の躁がしい念仏聖どもの、首領の死とも結びつけず、そのまま百年近くが経った。

その百年の間に、別所には聖集団の数がさらに増えて賑わい、内外の出入りも盛んで、大勢の聖たちが非公認の往生を遂げ、念仏の声はいよいよ高く、遥か遠方、山の外まで鳴り響く頃になってようやく、一人の阿闍梨の往生のついでに、もう一人の上人と言うからこれも聖か、その夢によって、別所の祖の往生が追認される。我身一人のためならともかく、人のためには、人とともには、百年もかかって往生することがあるようだ。

またひるがえって見れば、我身一人の往生は、これはもどかしいはずだ。物狂おしいはずだ。百年どころか三年とは待てない。人に忘れられぬうちに、できるなら即刻、往生を周囲に、何としても認めさせなくてはならない。天上には楽の音が、部屋には芳香が、山の端には紫雲が、どうでもなくては済まぬところだ。往生しおおせさえすれば、人にまったく無視されようと、あとは知らぬ、とすべてがそんなものでもなさそうだ。おそらく、さかのぼっては半生一生の、土地から山へ追いあげられて生活のたつきの梯子もはずされ、給食の薄粥を啜り、貧しい寝具にくるまって眠ったかと思うともう起され、厠では足腰の俄には立たぬこともしばしばあり、老いれば何かにつけてそれとなく、全体に数の足りぬ房を明け渡すよう催促され、病めば荒涼とした涅槃堂か、別所のまた別所の差掛小屋のようなところへ移って往生を心おきなく遂げるよう懇切にすすめられ、仕舞いまでお話にもならぬ湿寒貧《しつかんぴん》の生存の、意義がかかっている。土壇場に迎える、最大の生存闘争だ。

　ところで、迎接房聖教懐について、こんな因縁話が往生の記に添えられている。教懐の父親は参議まで昇った人で、かつて讃岐の国司であった頃、罪人を召し取って苛責を加えた。幼年の教懐はこれを憐れんだが、罪人は霜刑に堪えず命を失った。やがて悪霊となり、深く怨念を結んだ。それにより参議の子孫はことごとく夭亡《わかじに》するに至り、教懐一人がわずかに命を存《ながら》えたが、それでも霊はおとろえず、祟りがしばしばあらわれた。

　それにより山城を避けた。壮年に興福寺を去り、老年にはその別所である小田原も去った。さらに高野山に登り、そこに別所を開いて小田原と称し、草庵を結んで暮したが、霊はまだ去らなかったという。

　そこでおこなったことは、彼の真影、というのは悪霊となった往年の罪人の姿とまず取れる。それを絵に描いて草堂に安置した。見る者涙に咽び、聴く者腸《はらわた》を断つという凄惨の姿、断末魔の図であった。舌をやや垂れ、眼は瞬《またた》くがごとく、右方へ首を傾け、安坐唱滅の体だという。袈裟の緒を護仏、阿弥陀仏だろう、それに結んでいる。これを紙につつんで、上下これを捻る、とあるのはただ大切に蔵《しま》ったのか、それとも何かの呪いか、わからない。

そうして悪霊を祭った。これを黒法と呼んで、依持し此を護ったとある。庇護のことかもしれない。とにかく、それにより災いを永く絶って、臨終におよんでは正念、往生を遂げた。誠に知る、仏界と魔界は、一如にして無二なることを、とある結びの言葉は、黒法などという言葉とあいまって、近代の心をたやすく惹きがちなので、これは取りあえず敬遠することにして――。

おそろしいこの箇所《くだり》をたどり返すと、また別様にも読めるように思えてくる。つまり、彼の真影を図して此の堂舎に安んずとある、その堂舎とは記録者の訪れた現在における聖人の遺居であり、真影とは聖人その人の臨終の姿ではないか、と。それなら、袈裟の緒を護仏に結びつけるというのもふさわしくなる。安坐唱滅が、記の先のほうにある右脇西面と違ってくるが、そこまで端を合わせることもあるまい。悪霊を祭って正念往生に至ったというのは、それはそれだ……と。

しかし、舌をやや垂れ、眼は瞬くがごとく、右方へ首を傾け、というのはやはり、笞や杖による長い苛責の末に、力尽きて息絶えなんとする、罪人の姿だ。仔細にすぎるぐらいのものだ。その末期に破れた布衣を解いて袈裟を着せ、その緒をそこにありもしなかった阿弥陀仏に結んだのは絵の虚構、むしろ祈願と取ればよい。そのままに、往生の様子とした。それを日夜、ひとりひそかに、祭っていた。怨霊がここを先途と荒れるその中で。草庵の外からは、いよいよおこない澄ました、念仏の声としか聞えなかった。

それでもまだ、聖人末期の真影であってもよいように思われる。黒法は行なった。罪人末期の図こそ目の前になかったが、心像はしかとあり、それに向かって、なまじの供養よりも、生涯の恐怖を澄ましていった。終の棲家に移ってからも二十何年、年々、恐怖は狂躁を洗われて深く静かにあらわになり、それにつれ罪人末期の像も往年の記憶像にまして真に迫り、たえだえの呻きさえ流れ、やがて月ごと日ごとに、人と像と、ふたつがひとつの苦悶にかさなり、たがいに忍耐の境目まで来たとき、同時に絶体絶命の、ひたむき往生をもとめる叫びがあがり、同時に答えられた。

遺された真影が百年後には、聖人末期と罪人末期と、そのどちらに取られても不思議はないところだ。

三月十七日、木曜日、小雨。

彼岸の入りになるらしい。陰暦は二月の晦日だそうだ。朝方には小雪がちらついたと起きて聞いた。気温はあがらず細かい雨となった。雑木林には笹の白さが目に立った。雪を置いた光景にも見えたが、すでに暖かな白さだ。

Poggibonsi という町の名がうかんだ。記憶にあたりをつけて地図を調べると、フィレンツェからシエーナに至る道中にあった。一昨年の三月、ちょうどいま頃だ。キャンティの丘陵地の、見渡すかぎりの葡萄山の横腹を、蜿蜒と巻いて登ってきた。やはり前日から春先の気温が落ちて、眺めもまだ冬枯れだったが、陽ざしの色は暖かだった。今日は半日行程なので運転者《ドライバー》が楽しみに選んだ遠まわりの道になり、幅は狭いが道なりの一本すじで迷うおそれはないと思われたが、登るにつれて農家はまれになり、牛や羊たちの姿も消えて、それにしては時間がかかりすぎていた。それでもようやく丘陵地の南端にかかったようで、岡の上の小さな石の村に入り、道端の古井戸などを眺めやって、まっすぐ下ろうとしたとき、見映えもせぬ辻の右手に道標があり、Poggibonsi なる文字が目に入り、車内声をかけあって、にわかに右へハンドルを切った。

それがまた太い丘陵の腹をどこまでもくねるわびしい村道となり、家もひと気も絶えた。たしかにわずかずつ下ってはいるが、山を出る道とも、ただ山に添って続く道ともつかない。おおむね西のほうへ逸れて行く。枝道もない。正午に近づいて陽差しは長閑に照り渡り、高空を旅客機のひとり渡るのが見えた。道端に見えない道標のかわりに、先ほど見た町の名前の、文字の綴りをしっかりと頭につかねていた。そのうちに、おい、さっきの辻からして、じつはなかったのではないか、と冗談口を叩こうとして、睡気が降りてきた。しばしその文字だけになって眠った。やがて国道に降り、速度をあげてたちまち東へ抜けた、無縁の町の名前だった。

文字とかさねて、ときどき、豚の姿もうかべていた。あれはキャンティの丘陵地に入ったあたりだ。道端の裕福そうな農家の、庭に大きな豚が一頭、すこやかに寝そべっていた。走り過ぎるわずかな間に、穏和な光景にひかれて目をもうひとつ見はると、その腹がぱっくりと、桜色にひらいた。鋭利な刃物ですっきりと裂かれて、内臓もきれいに抜かれ、その中へ春先の陽がうららに差しこむのまで見えた。まわりでは鶏たちが遊んでいた。至福感とまぎらわしい静かさがのこった。

声まぎらはしほとゝぎす

老いるということは、しだいに狂うことではないか。おもむろにやすらかに狂っていくのが本来、めでたい年の取り方ではないのか。では、狂っていないのは、いつの年齢のことか。そうまともに問いつめられても困るのだが……。

高名な登山家が言っていた。せいぜい四十にかかる頃の言であった。年を取ると本人も気がつかぬうちにスタンスが、というのは岩場などで体重を移す時の足の踏みこみのことになるが、それがどうしてもほんの数センチずつ浅くなる。その狂いを感じ取っていれば、それなりの身のこなしようはあるのだが、よくよく懲りたつもりでも、半端な急場にかかるとつい忘れて、むかしの間合いで踏みこんでいることがあるので怖い、と。

年月につれてのおとろえのことだが、その場を想像するに、難所を年相応にこころして渡るうちにもわずかずつ、足のおくりが狂ってくるのだろう。ひと足ごとに、現在《いま》がずれてくる。

やがて姿勢がきりつまって、無理のきわへ乗り出すとき、まだ取り返すのはたやすいと思いながら、前後のつづきがとぎれて、恣意の静かさがあたりに降りる。動きのすくんだ自分を、やや離れたところから、のどかに眺める。瞬間がふくらみ、その重みに苦しんで、どこやらで間伸びのした、莫迦囃子のさざめきが、岩肌をつたってながれだす。墜ちるとはかぎらないのだ。たいていはいやな気持がした程度で、通り越す。そして繰り返す。

　高年に至っても、たとえば木芽どきになれば言動のあやしくなる人があるらしい。これがまた、そうそう深刻な話とはかぎったものでもないと聞いた。ひと月も不調がつづいて、天気もさだまれば、憑き物が落ちたみたいに平生に返り、あとは一年中、暮しにもつきあいにも、さしさわりのない人もすくなくはないとか。その時節には周囲と多少、困ったこともある。しかし人迷惑も年々の範囲を大幅には越えない。あれは当分、使いものにならないので、と人は眺めてやりすごし、本人もおおむねひとりひきこもって穏和《おとな》しく、世の末みたいに、ふさぎこんでいる。たまには躁ぐ。いきなり駆けこんできて、わけのわからぬ思いつきへ人をうながし、ほどほどにあしらううちに、人間離れのした声でわめきだす。その呪縛についひきこまれて我を忘れる者があり、どちらが狂っているともつかぬ、奇妙な罵りあいの持ちあがることもあるが、それすらもその最中からしてすでに、野放図なりに、年々の反復の色を、おたがいにおびている。きそって叫びつのるだけで、自分の言うことも相手の言うことも、中身はどうでもよく、自他のけじめもはっきりせず、だいたい耳にろくに聞えていないので、あとでしこりをのこしようもない。どうだな、ちっとは良いようかね、と翌日には通りがかりに、こだわりもない声をかける。ああ、心配かけたけれど、おかげで、ようやく良くなってきた、明日からははたらくよ、と相も変らず曇った声で答える。まだしばらく、かかるようだねえ、今年は、と陽気のかげんをちらりと見あげて遠ざかる。

麦秋や狐ののかぬ小百姓

蕪村だったか。あれは、田植えが過ぎて、麦の熟れる頃になっても、ということか。それとも、麦刈りを終えてから田植えの始まる土地だとしたら、いよいよ困ったことだ。小農といえども、一家の主人にちがいない。自作にせよ小作にせよ、大事な農繁期に、大黒柱にぶらぶらされては、釜の蓋があかなくなる。いや、さほど困ったことのようにも見えない句の表情だ。いつもの年よりもぐずついているな、と周囲も承知の顔と見える。この場は、その家の年寄や女子供たちが頑張ってしのげばよい。どのみち、田植えやら麦刈りやらは多分に村の共同作業だったのだろう。平生は実直なはたらき者として通っているとも考えられる。

中年に深く入っても性懲りなくあらわれる病いにたいして、これからもっと年を取ればいずれおさまっていくだろう、と周囲の人間たちはそれぐらいに大目に見てすごし、本人もそんな心あてで暮している、とそうにちがいない。今の世の都市人の考えそうなところと、おおよそ正反対になるが、それがまっとうな考え方というものなのだろう。生まれつきだろうと、早すぎた宿業のせいだろうと、ごく若年の頃から、ありきたりの日常とのあいだに、修正のむずかしい、狂いやずれやをかかえこんだ人間はいくらもいる。そのうちのあらかたが周囲の行事と、人よりもゆるいつながりを、人よりもおくれおくれながら、おしなべて大したやぶれもな

し に生きていく。暮しの流れがゆるやかで、おおよそかわらぬ反復から成っていれば、合わせやすく、やぶれは出にくいわけだ。むしろ、人が事を馴れにまかせてやっつけ、ひと息ついてあたりを見渡す頃になり、ひとりこつこつと、取りついたが先途とばかり、莫迦ていねいに事をおこなうので、よけいに信頼のおける人物と映る。新しい事態が生じても、常人と違って、躁いだりはしない。日常の事でさえ人におくれて追っつけているぐらいだから、新しい事には、取り乱しようがない。人のやる事に、穏当なところが出た頃になり、従うまでだ。
そうして若年の病いもはたの目につくほどにはあらわれなくなり、人の世話で相応の妻をもたされ子たちもつくり、所帯を無難にささえて、三十を過ぎ四十の坂にかかり、四十代に深く入り、心身のやや老いるにつれ、周囲とのこまごまとしたつながりをそのつどつかねてきたその力が、いくらか弱まってくるのは、自然のなりゆきである。とくに、自分に固有の流れを、人のいとなみの運びに合わせる、その労苦が安定して、さらに固定しかけたとき、時間そのものが粘着性をなくしたか、あるいはかすれて細ったかのように、目の前にあっさりとやぶれがひらくことはある。若年の病いがふたたび、もっとあらわなかたちで出てくる。すると人は、あれは若い頃からそうだった、と思い出す。そして、いまさらなとあきれあううちに、そう言えばその間もずっと、陰に陽に、年々繰り返されていた、と実だか虚だかいろいろなことに思いあたり、しかしどうってことはなかった、とさしあたり大事とも取らなくなる。本人としても、まわりから言われてみればそうにはちがいない。人に見られるまま、あつかわれるままに、たかだか去年今年のことにすぎないのに、なにやら長年おなじ迷惑を人にかけてきた者のように自分のことが感じられ、いつかそのようにもふるまっている。その時節になり、人が心配しはじめると、まもなくおのずとのように、ふさぎこまれ、周囲のいとなみからこぼれおちる。うずくまる場所も、もたれこむ壁やら柱やらも、年々かわらなくなり、道から人がのぞきこむと、ほぼ間違いなく昨日のとおりの、昨年のとおりの、ぼんやり眺める姿が見うけられる。何が目に映っているのだか、と人は物思わしげに首を振り、白昼闇の気分にいささか染まって通りすぎる。

じつは、白昼の人のいとなみが、その白昼からもこぼれて、反復への固執を物狂おしいまでに剝き出しているのを、病人はいぶかり眺めている。日は移っていく。しかし人もいない山奥の谷で、夜がしらみ、昼がかたむき、おもむろに暮れへ向かうのと、かわりがない。人は日の影をひきずって、時の移りを心得顔の、せまらぬ足取りで動いている。しかし風が吹き渡るそのつど、一斉にほぐれてなびく草の穂の間に孤立して、時の失せた闇の中で依怙地にはたらきまくる姿が見える。ときおり手をやすめて腰を伸ばし、時刻をたずね、陽気のかげんをはかりあい、人の噂話などもして、辻褄を合わせているが、ひと息入れるその顔にも、長い狐憑きのあいまのような、やつれが浮いている。

幾度かは白い闇の嵐に吹かれてゆらゆらと、紙人形のように燃えあがりそうなところまで行きながら、それでも日が落ちれば、今日もお天道さまと一緒にはたらいた顔でもどって来て、病人を見かければ、朝と晩と、ちっともかわらないねえ、退屈はしないのかな、などと声をかけて家へもどって行く。夜が更ければその家々から、声にはならない呻きが伝わってくる。眠るうちに、浮いていた魂がもどって、おのれの重みに、うなされているらしい。

しかし真昼間に、どこかしらで高笑いがあがって折れたのを境に、あたりもぽっきりと、静まり返る。陽の降りそそぐままに、明るさが遠くまでぬぐい取られる。天も地も、これ以上、人の物狂いを受けとめなくなった。人の音がひとつにつながって流れずに、それぞれ離れたきり、立ったところからひしゃげていく。それでも人はまだ悟らず、何もかもが耳に遠くたよりなくなったもので、よけいに忙しくはたらく。その動きも足もとからずるずると投げやりになり、一斉に停まりかかり、その上もしも声がつかのまでも絶えたなら、人は闇にうずくまりこんで、すべてから理由《いわれ》が失せて、取り返しがつかなくなる。とりあえず、誰かが叫ばなくてはならない。人が正気づくまで、叫びつづけなくてはならない。

——皆、目をひらいてくれ。我に返ってくれ。もう長いこと、自分らこそ、うつしごころもなくすごしてきたことを、知っているか。今では日も月も見えず、闇の中へ沈みかけているのが、わからないか。正気がもどらないのなら、せめて一緒に叫んでくれ。訴えに訴えて、声を絶やさず、この天地の黙んまりを、とにかくしのいでくれ。狂わずに、叫んでくれ……。

人は顔をあげ、いまにも悟りの光の差しそうな、暗い目つきで眺める。しかし何も言わず、すねたふうな笑みをふくませて、やりかけの仕事へもどる。その中で一人だけ、たまたま目を深く合わせたばかりにひきぞこねて、気持のおきどころのなさから、血相を変えて罵りかかってくる者がいる。お前のように、この糞忙しい時期に、ぶらぶらと腑抜けて、人の荷物になっている者に、気ちがい呼ばわりされてたまるか、と正気を言いはりながら、声音が振れて、疲れた目が泣き濡れてくる。その声もたちまち白い闇に吹きちぎられて、ひき取っているひまもないので、こちらもこちらの言葉を叫びつのり、そうして二人して、周囲に無視され、からみもせぬ声をてんでに宙へ張りあげ、二本の棒杭みたいに、衆の上へ落ちかかるおそろしい沈黙を刻々、先のあてもなく支えている。やがて相手の叫びの力がようやくかすれ、その分だけこちらへ重みが寄り、支えられるか支えられぬかの境で、立往生の苦しみに息をつめたとき、天井が崩れかかって、相手はふっと坐りこみ、そうだよ、とつぶやいた。

――こちらこそ、狂っている、狂っていくんだよ。世のため人のため、年のため、すこしずつ狂っていくからこそ、節々がどうにか合わさって、間が合って、生きられる。はてはどうなるか、それは神ほとけ、あなたまかせだ。そこへ行くと、お前こそ、神妙ではないな。不断に狂っていくことにさからうものだから、年に一度ずつ、まとめておかしなことになる。それもしかし、末はめでとう狂っていくだろう……。

天とその声のなごんでいくのをいぶかって、叫びの支えをそろそろとおさめて眺めやると、天井は傾いだまま頭上に落着いて、相手はいつか仕事のほうへ向きなおり、何もかもしょせんは無駄だと言わんばかりの、淡いかなしみを口もとにうかべ、心ここになく、手はひとりでにひしひしと、憑かれたようにはたらいて仕事を片づけていく。その手の動きの、雨晴れ曇りも知らぬげなはげしさに、こちらは思わず惹きこまれるうちに、正気に返ったのか、人の狂いに押し入られたか、頭の内が天よりも真白に、疼きにうかされて、また物が思えなくなった。

送る人もなく、何事もなかった道をもどるあいだ、天地はひきつづき傾いで、闇がなだれ渡っていたが、あちこちで人がその嵐をわずかに押し分けて、のどかな姿ではたらくのが見られた。それぞれにおなじ動作をおなじ間合いで繰り返しながら、すこしずつ、斜めに流されていく。見渡すかぎりそろって流れていくので、風景はさしあたりやぶれない。ときおり、あたりがけうといようにはりつめて、よじれかけると、誰かがひょいと反復から振れて、小手をかつぎ腰をひき、いまにも踊り出しでもしそうな、ひょうきんな身ぶりをちらりと見せるが、しかしおどけるでもなくて、はたもまた笑うでも囃すでもなく、重たるい仕事の顔のまま、おなじ身ぶりが順々につたわり、全体が草の穂のなびくゆるやかなうねりを打って、声もこぼさず、こもったひずみが抜き取られ、一同また反復に就いて、あらためて斜めに流される。狂っては落合い、落合ってはまた狂い、逸れながら逸れながら、おおよそ流れるべき道を流れていく。

その呼吸が、気がついてみれば、闇の嵐にもろに吹かれてふらふらと帰り道をたどるその足にもひそんで、歩みを支えている。鳥の声がけたたましく立って、嵐のすさまじさをそのつどなだめた。

――来る年も来る年も、おなじ病いを繰り返して、埒のあかないことだが、そうやっていても、年を取っていけば、年の狂いに病いが吸いこまれて、おいおい良くなるだろうよ。

おいおい良くなるだろうよ、と声に出してつぶやいたとたんに、軒に張った蜘蛛の巣がやぶれて、遠くで木の洞《うろ》をにぶく間遠に叩きかわす音が聞えるにつれ、太い山の闇が盛りあがり、蛙の声だったか、とつぶやき返して寝覚めた。窓が細くあいていて、カーテンのふくらみから、林のにおいが吹きこんだ。まだ熟れぬ喉で、わずか二声ずつ、たどたどしく鳴きかわしている。眠る前にも聞えていた。おなじ二匹にちがいない。長い尾根からゆるやかに落ち窪んだ谷の、鳥一羽の甲高い叫びでも覆いきれそうにもない闇のひろがりの底から、ひとつがい、ひくく半端な、そのつど孤立する声と声が、その隔たりをこれだけ遠くまで、手に取るように伝えてくる。眠りこんでいた間も、つづいていたはずだ。しかし声がすこしは寄りあったふうにも聞えない。声と声の間合いも、近づいていない。しかも洞を叩くようなとぼけた声であるのに、山の沈黙をやぶって立つきわには、ほんの一瞬だが、はりつめた、ほととぎすの鳴き出しのけはいをふくんで、耳をそばだてさせる。窓をあけたまま眠ったのは、その錯覚に誘われてのことだ。

窓はまだ白んでいないが、夜明けに近いことは、日頃の寝覚めの習いから、時計を見なくても知れた。四時間ほども眠ってから、頭がひとりでに物を考えはじめる。およそ無用無縁の内容であり、夢のふくらみもないくせに、つなぎつなぎが荒涼と狂っている。そのことは眠りの中でも感じて、眉をしかめてもいるようだが、恣意へそれていくほどに、しかつめらしく、しつこく考えつづける。そのうちに想念が流れをなくし、半透明の模様になって、額からすこし浮いたあたりにかかり、読み取ろうとすればざわめきたち、あらわな無意味のかたちながらに、奇っ怪なまとまりもあるようで、それをやみくもに主張する顔で、ただはりつめていく。その緊張に或る境から、呪文を唱えつのるに似た切迫がややこもり、からだがせつなくて、眠りはやぶれる。想念のたどり返せたためしはない。おもむろにたわみかかる細長い物の先端から、なにやらが、ついと落ちて宙へ離れた、そんな動きの感触だけが、あとでわずかに尾をひくことはある。

旅行に出ても、寝覚めはかわらなくなった。朝に家を出て、正午すぎから日の暮れまで同行二人、七年ぶりの土地を歩きまわった。町角やら裏路やら、石段ののぼりに七年前の自分らの足取りを見つけ、まるまる半日遊び暮したのはいつが最後だったか、ほかに客もないケーブルカーに運ばれて山の上まで来て、夕刻の谷ではたらく啄木鳥の音のはげしさに笑った。照りつける陽にあぶられた額は夜にかけても火照り、酒もくつろいで、寝つきもまことにすこやか迅速であったのに、寝覚めてみれば、いつものようなことを、またつぶやいていた。蛙の声が呼びかわしの表情をおびてくるまでは、どこでもおなじ、いっそどこでもない寝覚めだった。

注射を打たれて昏睡したまま病院に運びこまれ、何時間かして、誰もいない部屋へ目を覚ます。天井の罅《ひび》が見えて、四方の壁もすでに見馴れて、ここが自分にとって、いま唯一の居所とさだまった。泣き出すか、それとも、時刻をたずねるか。泣こうにも、ここまで来た道が思い出せない。時刻をおしえられたところで、その今がいつなのか、つかめそうにもない。わたしは、どうしたのでしょうか、とたしかめるのも、あぶない。どう答えられても、我身に照し合わせることができない。遠くで蛙の声の呼びかわすのが聞えるが、それも今の声だという保証はない。今は冬です、それにここは環状線のそばですけど、と困惑されればそれまでだ。喉はかわいた。汗をかいたらしい。人を呼んで、お水を一杯もらえませんか、とたのめば、つながりはできる。汲んできてくれた水を、両手で押し頂いて、しみじみと飲む。安堵して涙がこぼれる。それを見て人もうなずく。時間はまた流れだす。しかしどこかで、喰い違いの、取り返しがつかなくなる。あなたは、誰ですか、とグラスを返して、たずねる。その問いが、かすがいとなって裂け目に立つか。

蛙の声を聞き分けるまぎわ、ここがどこであるか、ひと呼吸の間ほどわからなかった。いや、そんなことはない。ここはシングルルームのベッドの上で、ホテルは比叡山の南の中腹にあり、窓の外には四明嶽の尾根がほどよい遠近から立ちはだかっている。それには半夢の境でも紛れはなかった。ここは旅の宿であり、それ以上に、どこであるか、くるしみもしなかった。ただ、この宿に、草臥れて着いたのは、いつのことだったか、ほととぎすが鳴いてはいなかったか。

到着した姿が見えた。家を出がけに鞄をうるさがってそれに代えた、大きな厚布《ズック》の一切袋の、長い提げ手をまとめて右肩から掛け、ずりさがる重みを片腰に押しあげ揺すりあげ、玄関からロビーに入ると、もう一歩も進めぬ、白髪も一度にふえた顔つきで、天井からほのかな、目には見えぬ花でも垂れかかっているふうに、睡むたげに仰いだ。

七年前ではなくて、この暮れ方のことだ。五月の中頃、午後から三十度を越した日だ。山への登りを待っていると、ケーブルカーで降りてきた勤め帰りの僧が、今日はよう照った、と改札口へいまさら堪えがたげな声をかけ、手を涼しく合わせて通り抜け、町へさがって行った。山を越えて到着したホテルの部屋にも昼の熱のなごりが淀んでいた。まず靴を脱ぎすてて、冷い水を長いこと浴び、火照りのおさまったところで、肌着のまま椅子に腰をかけてしばらくまどろんだ。日の落ちた頃に階下へ降りて、芝生のテラスから、目の下にひらけた谷へ耳を澄ますと、暮れ方の薄靄の中で、喉を裂かれたような、叫びが立った。カケスのようだった。暗くなってから、同行《つれ》者と閑散としたグリルでおちあって、ワインをたのんで食事をする間、閉てきったガラス戸の外、さきほど凄惨な叫びの立ったあたりよりまだ先の、南へ尾根つづきにだいぶ下った山の闇の中に、ひとまとまり、街の灯が見えた。七年前、いや、そのもう一年前の冬の夜のことだ。おなじところに、得体の知れぬ灯がまばらながら碁盤の目に並んで、四角い庭のような境域をうかべているのを、おなじ同行者と、あれは山上の共同墓地ではないかと眺めた。さらにその庭のはずれから点々と、やや赤く濁った灯が脇の谷へつづいて、はては京都の街の灯の海へ流れこむのを、まるでそれとは逆に松明が谷からつらなり登ってきて、尾根に近づくにつれ濁りが澄んで、やがては庭上の星の列に加わって光り静まり、見つめるうちにもその数がふえていくのに全体の閑寂は深まるように、目を遠く惹きこまれ、あれはあたらしい分譲団地だと店の人におしえられても、目を返せばまた、達者で暮す人間たちも夜々、知らずに往生しているのではないか、とうち眺められたものだが、今では家の灯がぎっしりとつまって、車のライトらしい光も流れ、新興住宅地の歳月を見せていた。しかし山の闇をわずかな方形に押し分けたかたちにはかわりなく、夜が更けるにつれて、闇の底から湧き出したばかりの、ふたたび不思議な賑わいと感じられた。

　あそこの団地でも、この八年、どれだけ葬式が出たことか。新建材のにおいのまだあたらしい家の通夜ほど、不慮の引越しめいて、さむざむしいものはないが、死者の数があちこちでふえるにつれ、貧相だった植木はややうっそうとして、家々の灯もなにやら深いようになり、主人たちの背はかがまっていく。おいおい町は良くなっていく。

　それでも心地よく酔って、話は走らずとぎれずぽとりぽとりと滴り、誰もいないバーへ移って酔いを足し、睡気の差すのも昔の夜の更け方に似て、夜半にはまだ余裕《ゆとり》のある時刻に、長い廊下に足をひきずって、それぞれ部屋にひきあげた。

　あつい湯をつかいながら、また静かさをおぼえた。八年前にはこうして何も知らずに床に就いて、熱にうかされるような眠りをつづけるうちに、山は大雪になっていた。七年前には大雨が窓のわずかな庇を、水煙あげて叩きまくり、そのけたたましさのむこうで、山をつつむ雨あしが重く静まり、その奥からのべつ、鳥の鳴き出しそうなけはいが立って、耳をくるしめた。しかし今夜は奇妙な、聾唖のようなやすらかさにまもられていた。湯からあがると、風の入る窓辺で持参のブランディをなめて涼み、すぐにでも寝つけそうなのを惜しんで、山の闇の中へゆるやかに耳を澄まし、刻々の徒労さえも楽しんでいたが、あまり待てばおのずと執念深いようになるのを嫌って、窓は細目にあけて床に横になった。蛙の鳴きかわす、あいまあいまの沈黙には耳をあずけていた。あれだけ深い谷の闇の底にたった二匹ひそみながら、日のまだ高い頃に、麓の大社の境内の清流の中で、かみしも一間ばかり離れて、岩間に姿を隠してやはり二声ほどずつに間遠に呼びかわしていたのと、まるでかわらぬ隔たりに聞える。そのことをいぶかり、たやすく眠りこんだ。そこまで淀みや捩れはなくて、近頃めずらしく、夜はなだらかに更けた。眠りもまず安穏だった。それなのに四時間ばかりの寝覚めのきわに、この宿への到着が、遠いことに感じられた。着いた時には、元気だった、と。

元気だった頃をなつかしむ、かなしみがふくらみかけた。暮れ方に、たいそうな長旅でもしてきたふうに、すぐ階下の、玄関口のロビーに立った姿が、すでに取り返しのつかぬ、遠い日の安堵と見えた。死ぬほど草臥れた、と目をうるませて、肩で息をついている。そのつぶやきとともに、七年前の到着も、八年前も、あの頃にはまだ白髪も見えず、足には岩山でも踏みあがれそうな編上靴をはいていたのに、ひとつの姿にかさなった。壮健な疲れの中から、その場かぎりの心ながら、いつか死ぬという思いに、今のやすらぎとして、なごんでいる。顔にも目鼻立ちがやわらいで、おもがわりの相が透けている。病人とは違って、陰惨さよりも、平生にはないやさしさがまさる。それがまた病人を超えて、息をひきとったばかりのやすらかさにも、すでにかすかに通じている。むざんなように眺めるうちにしかし、山をとにかく越して着いたこの宿だけではなく、これまでの無数の旅先での到着の姿がうかびかかり、ひしめきながら年さまざまにひとつにかさなり、足をひきずってフロントに寄り、宿泊の手続をすます間、あらゆる関心がさしあたり絶えて、用紙に書きこむ自身の名前も住所も心あたりがうすくて、年齢はさらに出まかせと感じられ、短くうけこたえする声に、宿をことわられるわけでもないのに、行き暮れた色が濃くなる。どこか目の隅のほうへほのかな花の影が垂れさがり、ただかなしみのうっすらと吹きながれるだけの、魂のぬけがらみたいなこのからだを、どうでも床の上へ投げ出して、しばらくでも死ぬほど眠りたい一心の、その脳天で鳥がひと声叫んで肉を切り裂いて去り、膝からおもむろに力が抜けて、あとは野となれ煙《けむ》となれ、と内で泣きぬれて叫びかわしたそのとたんに、うしろから慇懃に呼びとめられ、カウンターの上に一日後生大事に持ち歩いてきた貴重な小物が置き忘れられてあるのを、もう一歩もひきかえせぬ、恨めしげな目で眺めやる。

それらすべての姿に向かって、元気だった、まだまだ達者だった、靴をはいていた、と寝覚めの境からむせび呼びかけていた。玄関口から部屋までの造作もない道のりが、いつか千里の隔たりとなった。暮れ方に着いたのが、ひと眠りするうちに、半月となり三月となり、やがては思いも届きにくい昔となった。その理不尽さに叫びかかり、時の狂いを、自身が狂って宥めようとして、ふっとかなしみのもとを見うしない、遠くで木の洞を間遠に叩きかわす音へ耳をそらされて、意味もない掛けあいだが、それでも山を盛りあげていくな、たった二点で闇の重みを支えあげている、とあきれて聞き入った。

モリアオガエルと呼ぶようで、名前はすがすがしくて、姿もやさしいのかもしれないが、声はいかにもむさくるしい。夜じゅう近寄った様子もないところを見ると、あの蛙どもは、やみくもどころか、じつは幽明の境もわからぬほどの心で、呼びかわしているのではないか。それぞれ相手の声を、遠い山から返ってくる木魂ぐらいに聞いているのではないか。それでも、果てはまじわる。おたがいに木魂どうしになりきったとき、距離は一気につまり、肌がかさなりあう。水へあずけるまじわりこそ、生と死の境の、はるばるとうちひらいたまじわりだ。

窓へ耳をあずけてまた眠った。時の移りは蛙の声へ掛けて、四角の空間の、部屋そのもののような眠りだった。やがて手に持てるほどの大きさの、箱のような眠りとなった。人は力がおとろえて時間の流れに添いかねると、箱となって眠る。輪郭の保たれた空洞をせめてもの拠りどころとして、遠くで呼び声が立って内でほそい木魂が起り、それをきっかけに、人心地がついて明けて行くのを待つ。もしももっぱら反復に感じて、長い闇へひきこまれたら、それきりになるおそれはある。しかし夜々の仮死にもおのずから、夜々わずかな振れはあり、狂いはあり、おいおいめでたくなっていく……。

つぶやきも落ちて、どれだけ経ったか、くぐもった木魂がおもてにひょいと立ち、耳を澄ますと、蛙の声はやんでいた。眠りの内が白んだように感じられ、目をひらく前に、山のほうからあっさりといまひと声、ほととぎすの鳴き出しと知れた。とっさに枕元の物の具をつかみ寄せるいきおいで、身をひき起したものだ。窓は暗かった。しかしもうひと声を待って、顔をおもてへつきだすと、谷の一面闇から放たれて、山の端が蒼く浮きかかり、三声目はすでに夜明けの声とあがった。

あとは、待つほどもなく、くりかえし立った。いつ耳にしても奇っ怪な、鳴くでも叫ぶでもなく、半端の舌ったらずの、大事を告げようとして語り出しだけで終る声が、七年前にはずいぶんまがまがしくも聞かれたものだが、今朝はまた、全山の沈黙を一手にひきうけて、誇らかに狂っていた。一夜闇の底で呼びかわした末に水中で遂げた蛙どもの無言の往生を、なりかわり天へ狂いあげている。そう眺めるうちに空は明けはなたれ、気がついてみたら、心は鳥獣どもの恍惚に染まりながら、身はひきつづき、まるで太刀だか数珠だかひっつかんで、どこぞへ陽気な弔いにでも駆けつける、勇み立った足の踏んばりようをしていた。

今では二十年も昔、三十年の昔に寄りつつあるか、いずれ年月はこうしていても流れていくので、その間あたりの事としておくのがよい。市街でも山中でもいたるところ土木工事がすすみ、大規模な造築の完成を見るたびに百人に近い死者がかぞえられ、朝の九時頃の高い足場から人のゆらゆらと舞って落ちるのが通りがかりに眺められ、交通事故の死者が一万人にせまって造作もなく超えながら人の寿命はじりじりと押しあげた、そんな頃のこと、人と別れてひとりで暮す女のところに、男がわずかな荷物を運びこんで居ついた。年齢《とし》はどちらも三十の手前で、ほかに寄りつくあてもなくなっていた。家は当時の新郊外よりもまたはずれて、建売りの少々は賑わう丘陵の、その山陰《やまかげ》にあたる畑の縁にあり、そこのお百姓の離れというにはすこし離れすぎた小さな一軒家で、事情があって病人が置かれていた前歴は初めから家主にふくめられたが、女は行きあたりに格安の家賃をよろこんで借り受けた。

朝には晴でも雨でも女はゴム長をひきずって黒土の道を抜け、バス停の脇の、古くからあったというナンデモ屋のお神に声をかけて、そこの土間の隅でハイヒールなどにはきかえ、夕は夕で事務所がひけると街にいるのも味気なく、それに電車とバスをあわせればずいぶん時間もかかり、夜が更けかけても靴の主のために表戸を閉てのこしておいてくれる店の人の心づかいに気がひけて、早々にひきかえし、いつもの土間で靴をまたはきかえたあとであれこれ買物もして、両腕にかかえて暗い道を家に着くと、たった一日あけていただけなのに、人も棲みつかぬ、荒れはてた空気が戸口から吹いてくる。しばらく戸をあけたまま、においのかわるまで外で待つほどのもので、病人が亡くなってからまる一年は雨戸もあけずに放っておいたと聞いたけれど、いったん荒れた家のにおいは、二月や三月やではあらたまらないものなのかしら、と女は毎夜のように思いながら、それでも何かをつつしむ心で、日々判で捺したように暮すのがやすらかで、そうして半年も過すうちに、春先のこと、めずらしく夜の更ける時刻まで街にいることがあり、男に率直にもとめられた。不意討ちに女は身がすくみながら微笑んでいた。こんな場に立たされると、ひと気もないバス停の脇で小さな灯をもらして待っている店の人の親切が、いっそう貴重に思われた。男を置いて駅の構内まで来て立ちどまり、店の子供たちのために、こまかな菓子をあれこれ取り合わせ買いこんで、その包みをあたたかくかかえて最寄りの駅に降り立った。

つぎの時、女は例の店で靴をはきかえたあと、内心困りはてながら、うちとけたお神の話の相手をいつまでもしている間、男は女の家のほうへ寄った畑の縁の、コートの白さのかすむほどの距離に立っていた。その夜は、男は家の内をめずらしそうに見渡して、部屋の真中に腰をおとし、くつろいでみせてから、茶をいれようとするのもことわって帰った。十分と居なかったのに、あとで家の内がいつもよりひと気づいたように、女には感じられた。

またつぎの時、もう梅雨のはしりの大雨の夜更けに、街から傘もなくて男と一緒に乗ったタクシーが、まだ片端の戸を一枚だけ閉てのこした店の前を通りすぎたとき、女はにわかに、男のことはどうでも、そのかたわらで所を得た顔の、自分のからだをにくんだ。家へ折れる畑の角も越して、ひとつ先の角もすぎかけたところで、女は車を停めさせ、男がこのまま一人で先へ行くような顔をしたので、自分から料金を済まし、とまどう男の肘をひいて降ろし、今夜は泊まってくださってもいいですから、と言いすてると、いたわりにかかった男を雨の中に置いて、店の灯を掻き消して飛沫《しぶ》く村道を、幽霊のように店の戸口に立つため、ひたむき駆けてひきかえした。

それからまた半年もして、居所をなくした男が年末に移ってきたとき、女はうれしく思ったが、同棲に入った心持もあまりしなかった。毎日、朝の七時前に女は出仕度を済ませ、居間に立って待っていると、男はまもなく帰ってきて、ああ、まだいてくれたの、となつかしそうに顔を見る。二人は外着のまま、男の朝食の用意されたちゃぶ台をはさんで立ち、女は昼と夜の食事の仕度を指図して、男はいちいちうなずき、ほかに言葉をかわす閑もなく女が玄関から駆け出すと、男はいつでも縁側のほうへまわって、姿が畑の縁から消えるまで見ている。晩の七時頃に女がもどると、今度は男がネクタイも締めないくたくたの上着ながら出仕度を整えて、夕飯の跡もよく片づいていて、つくりすぎたので、取っておいた、と言訳するように笑い、玄関口で女をゆるくだきしめて出ていく。晩には男が雨戸も閉てておいてくれるので、女には男の出勤を見おくる習慣もつかなかったが、だきしめられた感触のなごりのせいだか、耳がしばらくさとくなり、男の足音が道路へ出るまでたどれた。

つくりすぎたのでと男が照れてことわって行った料理はかならず女のための、半端ではない献立になっているので、女は少々のものをつくり足して夕食を済ませ、二夜に一度は銭湯に行き、十時前には床に就いて、男の眠りのぬくみのまだのこる蒲団にくるまって眠りこんだ。朝は五時すぎには起き出して、男の食事のためにひとはたらきするのも、習慣となって苦痛とも感じなくなった。

月曜の朝から土曜の朝まで、朝夕、十分間と余裕《ゆとり》の入らぬ交替だった。男は夜の電車を三度乗り継いで、東京を縦断して、南の工場地帯のさらに南端のほうまで通った。夜の九時には工場に入って、作業着にかえ、油にまみれる作業ではないが、四六時中運転する機械の保全点検にあたる役目で、技師の手下として、幾度か定時に工場内を見まわるほかに、五時のひけ時まで、おおよそ、計器などはむやみと多いが閑散とした一室に四、五人で無駄話をして詰めている。事故が起ると厄介なので、神経はつねにすこしずつ張りつめているが、することはあまりない。退屈しても頭に来ない、血の気のすくない者が見こまれたらしい、と男は笑っていた。三交代の最後の組になり、時給の雇いだった。大学を出たあと就職しそびれていたのが、親たちに続いて寝こまれ、末の男なので金は出せないかわりに病人の世話にかかりきっているうちに三十の手前まで来て、兄たちにも見放された。そんないきさつも、土曜の暮れ方の枕話に、男の口から思い入れもない調子でぽつりぽつりもれたが、女のほうも、男の身上をしたわしくは思ったが、自分の一身に他人事としてしか考えていなかったことが起ってからというもの、人の話という話がかえって、自分の実際から遠い物語にしか聞けなくなっていた。

「あたしもよく、せつなくて自分を相手に、身上話をしたものなのよ。でも、違うんだわ。ああいうことがあった、こういうことが起った、ということではないの。話せば話すほど、大事なことが消えていくの」

「我身に不幸が起ると、人の話がしみじみ聞けるというのは、あれはたしかに違うな。自分の話も聞けなくなるもの。話すほど、うすくなっていくものが、あれが、ほんとうに自分に起ったことなんだろうな。しまいに、幽霊みたいな、身上が今にのこるだろう。それでご飯を喰ったり、こうして抱きあったり……」

だから、離れられないんだ、と男はそのあとで初めて、情愛をまともに口にした。土曜の午後には、女は家で眠る男の顔をちらちらとうかべながら、わざとゆっくり街に留まって、食料品などをよく選んで買いこみ、三時すぎにはたくさんになった荷物を提げて畑の縁をよたよたと入ってくると、家の雨戸はあけはなたれて、部屋の内も掃除が済んで、男は小さな濡れ縁に立ち、近づいて来る女の顔を眺めてから、腹がへったよ、と訴えた。女が外で昼も食べずに来るのを知っていて、自分も昼を抜いて待っている。女もそれを承知で、すぐに食べられるものを三人前、外でつつませてきて、あいだにひろげ、男にビールを呑ませておいて、自分は早々に済ませ、もういいのか、と男が顔を見てもう一人前にかかると、立ちあがって台所から奥の部屋へまわり、戸締まりをして、蒲団を敷きのべた。

男に抱かれるうちに、軒が暮れていく。その時間を女は、眠りこんだ男を暗くなった部屋に置いて寒い台所で夕飯の仕度を続けるあいだも、肌に曳いていた。しあわせという気持にまして、いつかこの時間がつくづくしあわせだったと思い返される時があるだろうなと感じた。土曜の夜ごとにくりかえされても、どこかたがいに人見知りのされる、人並みにさしむかいの夕飯のあと、女は男を銭湯にやると、この家に入った時からの習慣で、なにか先住者の、病院の鋭い嗅覚をはばかるような神経から、そそくさと汚れ物を始末して、男の帰りを待って居間に坐りこむ。ときおり、男がいま大勢の見も知らぬ裸の男たちの間に裸で混っているのだと思うと、何に感じたつもりもないのに、顔がひとりでに赤らんだ。

その顔の赤らみが、帰った男と入れかわりに来た銭湯の洗い場で思い出されて、周囲を見まわすと、いろいろの境遇のはずの同性たちの、ごく若い娘は大目に見るとしても、自分とおなじ年頃どころか、はるか上の年配の女たちまでが、あらかたぺったりと尻をながしのタイルについて、湯を飛ばして洗っている。今の今まで、通いながら気がつかなかったが、つい何年か前までの銭湯では見かけぬことだった。自分の見ていない間に世の中は変ってしまったのかとあきれるうちに、ちょっとだけ、おなじようにしてみようかしらとさそわれ、気がついてみたら、いよいよ片膝を細く立てて、肌がほかに触れるのを惜しむようにしていた。家にもどって、寝床の中で待つ男のそばに添うと、夜のまじわりは、抱かれながらほのかな暮れ方とくらべると、世の男女並みと感じられた。初めに外でゆるしていたら、ずっと外でつづけていただろう、そうしたら、いつでもこうだったのかしら、と女は思った。

そのまま日曜の昼も通して、物もろくに食べず、身を寄せあって眠った。男は六日の昼夜のひずみを一日で伸ばそうとするふうに昏々と眠った。女も、朝の早い疲れはあっても夜はふつうにやすんでいるので朝寝ほどで足りそうなものを、かたわらの男の昏睡にひきこまれて眠った。夜明け頃に、初めも終りもおぼろに、抱きあうことがあった。情欲もかすれて、ただ肌をもとめて、触れあうほどにたよりなく、いつまでも去りがたい、影のようなまじわりだった。

暮色の見えはじめる頃、女は寝間を立って表の雨戸だけをそろそろと開け、塵をさっと掃き出して、夕飯の仕度もできかかる頃に男を揺り起すと、男は寝間着のまま出てきて居間の真中に腰を落し、初めてこの家に来た夜とかわらず、そのうえ膝を抱えこんで、部屋の内がまた暗くなっていくのも知らぬ様子でうずくまっている。昨夜とおなじさしむかいでも、やはり時間にせかされて取りこみめいた食事のあと、男はすぐに着替えて玄関まで出ると、そこでまた、上がり口に腰を落したきりしばらく動かずにいる。

「疲れたのではないの。そろそろ、昼の仕事にかわったら。その間のつなぎは、あたしが見るから」

「いや、疲れてはいない。もとから、日曜の晩から出かけるのが、わびしいほうでね。いつまでも慣れない」

そんなやりとりが日曜の宵ごとにかわされ、男は笑って出かけた。こんな時刻から親の病院へ泊まりこみに行くこともよくあったからな、とつぶやいた晩もあった。男がいなくなると、女は平生さすがに行き届かぬところへハタキをかけて、一週間分の大掃除にかかるが、その途中で動きがふっつり停まって、この家はいくら女が手をかけても、男と女が一緒に暮しても、荒れた家の雰囲気が抜けない、と気落ちして見渡すことがあった。最後は悲惨であったらしい病人のことが、やはり思われた。しかし病人のことなら、男が居つくようになった一年半も前から、ある時期などは、夜ごとに思った。肌がひとりで冷くなるような時があっても、おおよそは承知の上で棲みついたことなので、それに、ここへひきこもるつもりになったとたんに、すさみかけた気持からすくわれたので、不吉なことを思うことは押さえられなくても、見も知らぬ故人のために、おそれたり気味悪がったりしてはすまない、住まわせてもらっている礼に何かが供養になるとすれば、それは静かに暮すことだ、とそういいましめているうちに、不思議に生きやすくなり、ここで人がひとりきりで亡くなったのだというけうとさが、それがそのまま静かさに変って、いつか身にも染みついた。この家で男に初めて抱かれた時にも、自分のからだに染みついたものを、男はなぜだか触れ取って、おたがいにいましめかばいあうようにしてくれた。その気づかいを女は肌から感じ受けたので、もう一度、また一度、来てほしくなった。おいおい話を聞けば、男もこの五年のうちにつづけて双親を見とった。息をひきとった女親とはその夜、ひどく荒れたところで、二人きりで、明けるまですごしたという。

それなのに、掃除の手を停めて見まわすと、家の内はとたんにがらんとして、まるで男がもう去って女ひとりがのこされた、それどころか、その女もとうに居なくなり、男女の暮しの跡も消えて、死者の運び出されたあとで雨戸を閉てたきりひさしくなった、空屋のけはいが感じられた。そんな夜は掃除をほどほどにしてきりあげ、暮れ方の温みののこる蒲団に入り、自分たちは、尋常な男女の仲とは逆に、肌がなじむほどに、棲まいからひと気がうせていくのではないか、はてはどうなるの、と女は男のにおいの中に鼻を埋めた。

そうして暮して半年もたち、また梅雨時にかかる頃、日曜の夜に、女はひとりで眠りに就いて夢を見た。男のとうに去った家の中で、女は死人《しびと》になっていた。死人となって蒲団に横たわり、請け出す人もなくて、ひたすら男を待っていた。長い間待っていた末に、男がそばにいた。よろこんですがりつくと、男こそ死人だったと分かった。それでも女はそれがうれしい発見でもあるように、そうだったの、道理で、あなたは死んでいたの、一緒にいた時からそうだったのね、とうちとけて語りかけ、ひしひしとかき抱いて、いとおしさのあまり、もどかしくて、軒を叩く雨の音に眠りがやぶれた。

あくる朝、空も晴れあがったので女はあたらしい服を着て、なにやら気がせいていつもより早目に玄関の板の間に出ると、まもなく畑の縁を物に追われるような早足が近づいて、玄関に男が憔悴した目つきで立ち、女も昨夜の夢が思い出されてついうつむくと、男は黙ってあがりこんで、いつもとおなじに女をゆるく抱きしめる、その腕にすこしずつ力がこもって、女の背のほうにまわって胸板を押しつけ、腕をほどいて両手で女の腋をはさんで、それでもやさしく、脇腹から腰のくびれまでたどると、下腹をかぶせてからだの重みをあずけながら、怖い夢を見た、と女の耳もとで懇願した。どこで見たの、と女が思わず聞き返して、膝をたわめて重みをこらえると、電車の中なんだ、目がさめたら、違った線に乗っていて、親のいた病院に近い駅まで来ていた、と息は走りながら声は遠いようになり、そうだったの、と女がその場にそぐわぬ親身な口調で答えて、玄関わきの壁の陰にやっとのがれ、両手を壁にあてがって膝のくずれこみを支える間に、男はうしろからその腕を腋へかかえ取り、顔を見たい一心で、街道まで走って車を拾ってまっすぐ帰ってきた、と声が呻くようにこもって、膝の内へ手がはいってきたときには、女は壁のすぐ下の床に頬をすりつけて、片手でわずかに玄関の柱をさぐっていた。家じゅうの戸はあけはなたれ、玄関も男がすっかり締めなかったようで、朝の光が細く斜めに土間から板間までのぼり、女は壁と障子との隅のわずかな物陰にうずくまり、ただ着ている物をまもるような醜い恰好から、昨夜の夢のつぐないの気持で、されるままに身をあずけていると、そのからだがひとりでに、夢とすこしもかわらず、男を受け容れていた。今日はこれでもう出かけられなくなった、日の高いうちから、何を話してすごしたらいいのだろう、とそんなことを考えた。

しかし途中の駅で急行に乗り換え、超満員の車内に押しこまれて、斜めに傾いだ姿勢がやっとまっすぐにおさまったとき、女はまわりの男たちを見あげて、なにか間違いの起った気持にひきこまれた。どれも、毎朝、おなじ電車の中で見る顔ばかりだった。時計を見ると、いつもの時刻の電車だった。それでは、せまい壁の陰で男とうずくまっていた時間は、どこへ吸いこまれたのか。男がふっと離れたので、あられもない恰好のまま振り返って、ひとりでに、もう大丈夫とたずねると、男はこっくりうなずいた。一年半も前に街で、初めてもとめられた時と、おなじ率直な顔だった。男の目の前で身づくろいを始めたときには、これから飛び出しても半時間の遅れになると踏んだ。途中、目ばかりを大きく瞠《みは》って、物も見えていなかった。その目をつぶると、ここに来るまでの道の、緊張が一度にほぐれて、淡い疲れのひろがるその隅を、細い光がひとすじ斜めに伸びて板の間へ這いあがり、いまさら素肌が胸の先から冷く締まって、その肌をつつむ衣服のほうが火照り出すように感じられた。

遅刻もなくて、その日も一日、女は平生とかわりなくすごした。ときおり振り向いて、あたしたちのあの時間はどこへ、そっくり隠されたの、と男に笑いかけたい心に誘われたが、日の暮れに近づくにつれておなじ驚きが物思わしいようになり、おたがいに影のうすいしるしと感じられて、家の近くまで来た時には、着いたら自分から男をおだやかに抱き寄せて送り出そうと考えていたところが、男は黙って女をゆるく抱き返し、その足で玄関へ降りようとしたとき、女は男の袖を、肉にくいこむまでつよくつかんで、いやよ、と叫んでいた。暗い寝間へ走りこんで裸になってうつぶせた女のところへ、男はゆっくり添ってきて、脱いでいる閑がないのでと正直にことわって上着を脇へ投げ、女を仰向かせると、それまで渺とした困惑しか見せなかったのに、すぐにつよいからだを合わせてきた。立ち上がると女の寝間着を取り出して、裸体の上へふわりとかけ、風邪をひくからと言って、玄関に出て錠の締まりを何度か確めてから離れていった。その足音を耳でたどり、女は野に横たわる者のように、ひんやりと眠った。翌朝、女の着替えがもうすこしですむところへ男は戻ってきて、なつかしそうにそばに寄り、仕度を手伝う懇切さで、肌着を脱がせはじめた。二人してひっそりと、一人の女を裸にしていくようだった。

おなじことが朝夕、馴れた男女の戯れではなくて、そのつどあらたにくりかえされた。それまでは顔を合わすだけの隙《ひま》だったのが、こうして二人してわずかの無駄も惜しみあうと、以前よりひろがるわけではなかったが、一日のうちで、長い時間と感じられた。

男はあせりやいらだちや、荒いあつかいを見せることもなくて、とくに朝の帰りには男の早足でまだ静かな街を抜けてきたそのなごりが、おおらかに息をつく胸のあたりにもすこやかに触れられ、女も男の腕の中でわずかばかりの時間をくつろがせ、一度は時間も忘れて遠くへひきこまれるまでになったが、そのかわりに昼間の、人にまじってはたらく時間そのものが、いくらのしわよせもないはずなのに、おのずときりつめられて、固い緊張をおびることがあり、それが昂じると空間にまでおよんだ。しかしその中で女は揺らぎもなく、つかのま心もとなく投げやるふうにして返す言葉や振舞いがいちいち、以前よりもぴったりと人とも物事とも落合った。男と暮しているのを外へ隠しているのが、それまではからだつきや身のこなしからおのずと露われているのではないかと、自分でうっとうしがっていたのが、今では通りがかりにガラスなどをのぞくと、男女のことをとうに去って、あと何年か何か月か何日か、先を見さだめたような姿が映った。朝夕、人もはばからないその罰かもしれない、と思うこともあったが、その罰という思いすら、変に明るかった。

梅雨の最後の盛りにかかり、雨が降りつづいた。男は閑散とした夜の上り電車に乗りこむと、出がけに女に触れてきたにおいを膝に抱えて、終着駅まで途中も知らず眠った。窓の外のひろい野の闇の中を、現実の風景であるはずもなく、赤い灯がまばらに流れてゆっくりとまわり、眠っていれば造作もなくむこうに着いてしまうよ、と昔の声が耳もとでささやいて、それに涙をこぼしてうなずいている夢を幾度も見た。

人の乗り降りのまだはげしい都心部をつっきっていく時には、泣き疲れてなごんだ目の感じがあった。吊り革につかまっているうちに、都会のほうが動いて、自分は立ちながらに、はずれまで運ばれる。家の暗がりの中でたった一人、射精されたままの裸体で寝ている女の姿を思いうかべた。身じろぎもしないでいると感じられた。

女は二時間ほどもして起きあがると、夕飯をあさくすませ、掃除もこだわりにならぬ程度にあっさり片づけ、かわりに、以前よりもまめに洗濯をするようになった。梅雨時のこともあるが、二人とも体臭が濃くなったように思われた。それでいて自分はいつか銭湯から足が遠くなり、洗濯機をまわす間、薬罐にわかした湯を盥に汲んで、下ばきひとつになり肌を拭きながら、この頃、食は細くなっているのに、胸と腰まわりが人のもののように太くなっているのを毎夜のようにあやしんで、同時に洗濯機のほうへ耳を澄まし、その中で揺れ動く水の音から、かならずその音の中からだけ、日に日にやつれていく男の顔をうかべた。実際には日ごとに淡くほどけていくふうなのに、その瘦せの影がまたいぶかしかった。妊娠のことを思った。朝夕のまじわりに、その手立てをする運びはないことは、二人とも知っていたが、女には受胎ということが、自分のこの肉体はあくまでも受け身で、男がこの家に勝つか、それにかかっているように思われた。

男は仕事室に入ると、女の顔を見るのとはもうひとつの安堵を覚えた。女に触れてきたにおいも、たちまち蒸散した。しかし夜半もだいぶまわり、目配りの用意だけをのこして頭の内が静まり、うつろになると、女を抱いている情景がうかんだ。それも、出がけに抱いてきた、帰ってても抱くだろう、今ではせつないなりにやすらかなまじわりでなく、初めの時のようにうしろからすがって壁の隅へ追いつめている。玄関口ばかりでなく、せまい棲まいの内のあちこちの隅へ追いつめる。やがて、どちらがどちらをともなく、二人してかばいあいながら追いつめられていく。その時、妊娠のことを男も思った。

「木内さんね」とある夜、そばにいた年配の工員をつかまえてたずねた。「ここには機械の音がいろいろこもってるよね。耳に聞えるのも聞えないのも。しかしときどき、管がやぶれて息がひゅうと吹き出すような、鳥が喉笛切られてひと声だけ叫んで黙りこむような、長い間をおいてくりかえす音、木内さん、聞えないか、あれは何だい。あの音が立つと、頭の中が真っ白になるけれど」

「ああ、あの声かい」と相手は大まじめな顔で答えた。「あれはな、あんた、ほととぎすよ」

「この工場でもけっこう人が死んでいるからね」と深刻げにうなずき、相槌を打たせておいて、けたたましく笑い出した。

その朝も五時すぎに男は雨の中へ飛び出し、傘を傾けて急いだ。都内を抜ける間も、いくらでもある空席に腰をおろさず、吊り革にすがりついて、いちいち駅に停まるのをしいんとにらんでいた。車内の湿った空気が女の肌の息をはらんでいた。最後に下りの私鉄に始発駅から乗りこんだ時には、さすがに先が長いので腰をおろして、ここまで来るといつもの癖で、にわかな眠りにおそわれた。その朝は、行くほどにはげしく叩く雨の音が眠りをつつんだ。その雨の遠くから、老工員がからかった、ほととぎすの声が、今までに耳にしたこともないのに、すくんで声になりきらぬ叫びのように、なにか狂いそうな間をおいて立つのを、これだったのかと、夢の中でかなしく腑に落ちて聞いていた。

霧をふくんだ風が吹きつけて、目をひらくと、電車はひとつ手前の駅を出るところで、向かいの席にずらりと並んで、濡れた傘をついて一斉に揺らぐ男女の顔がどれも、何年か前にこの辺から遠くもない病院で、廊下などをほんのりと歩いているのを、あれはもう長くないと付添婦たちにささやかれていた、年なりにわかやいだ面相を思わせた。大雨の日の顔だとすぐに分かった。しかししばらくしてまた見渡すと、おだやかな猿の面を思わせる顔があらためて、あちこちからなまなましく、ひとつふたつと目についてきて、つい数えそうになるのがおそろしく、ひきこまれて先まで運ばれそうで、腰をあげて扉の前に立った。朝の客のもう寄せて来る階段を、肩をひねってよけて降り、駅前にたまたま一台だけ、するすると走りかけたタクシーの、ボンネットに身をすりつけるようにしてブレイキを踏ませ、あきれて目を剝く運転手のうしろから乗りこんだ時には、女を抱くばかりのからだになっていた。

畑の縁まで来て、今朝はまだ雨戸をとざした一軒家を目にしたとき、男は傘も間に合わぬ降りの中に立って、はるばると地を叩いて渡る雨あしにひきさらわれそうな心地から、朝には抱きあったあとでお前が電車に運ばれ俺はまた蒲団にもぐりこむ、晩には俺がさびしい上り電車の中で居眠りするころお前は暗がりに裸で横たわる、あのあいだ、俺たちはもう何年も前に死んでいるような気はしないか、こうして帰って来る時には、すぐ近くまで寄りながら、もうすこしのところでたどりつけなくて、せめて肌を触れたいという心だけのこして、身が消えかかるような、そんな気はしないかと、今朝も服は居間に揃えて、洗い立ての肌着をひたりと肌につけて待つはずの女へ呼びかけた。

しかし玄関の扉をあけると、病人のにおいが鼻をついて、家の内は暗く、台所にも居間にも人の姿は見あたらず、出仕度も食事の用意もないばかりか、ながしには洗いかけの食器がつっこまれて水が細く蛇口から落ち、その条《すじ》ばかりがほの白く、奥の寝間をのぞくと、女は裸体の上から浴衣をゆるくかけて横たわり、髪の中から男を見あげた。男は雫の垂れそうなレインコートのまま女の枕のわきに立ち、その怯えきった目を見つめて、いましがた駅前で走り出した車の前へすっと寄って行った時の、ひきこまれるような気分を思い出し、自分でも唐突として、妊娠か、とたずねた。枕の中から腫れぼったい顔がうなずいた。

何か悪い事が、あなたの身に起るのと、どちらが先かと思っていた、と嗚咽がもれて、細った腕が男のコートの裾へわなわなと伸びた。

四方に雨を見るやうに

阿夫利《あぶり》はすぐで、秩父は間がある、と植木の職人がおしえた。それぞれ山地から寄せる夕立の遅速のことだ。阿夫利とは丹沢の大山のことで、ここらからは西南の方角にあたる。秩父ははるか西北になる。奥多摩とでも言ったほうが見当は近くなりそうだが、これは呼び名がよほど新しいのか、長年の仕事の上の体験と言いながら、古くから継がれた雨占《あめうら》のなごりでもあるのだろう。

公苑の奥の池のほとりにある四阿《あずまや》の中、正午《ひる》前の散歩の途中でにわかに降りだした雨に、ずぶ濡れになる寸前、駆けこんだところだった。私もまた、戸外で働かぬ人間としては、雨の近づきを嗅ぎ分けるほうなのだ。街なかで予言が当たって連れに感心されたこともままある。若い頃には山登りをして天候の変化に気をつかったその習いか。近年ではときおり、平生頑健でしおらしげもない身体《からだ》だが、気管から肺へかけて、生来、気圧に感じやすいところがあるのではないか、とうたがわれる夜もある。その日、家をふらりと出た時には、戸口は北側になり、そちらの空はまずまず晴れて、夏の陽ざしが照っていた。南へまわって公苑の中へ入り、雨ふくみの風に感じて、黒い雲が南から押し出しているのを目にとめ、傘を取りにもどろうかと思った。早くも前触れがぽつりぽつりと落ちていた。しかしそのまま雑木林に入り、ほんの数分後には、頭上の木の葉がさわさわと鳴るのを、ひさしぶりに目の覚めた心地で聞いていた。樹冠はまだわずかしか雨滴を漏らさなかった。それから林を出て、地面に雨足の刻々とはげしくなるのを眺め、いつもの道をいつもとかわらぬ足取りでたどった。すでにかなりであった降りの中をしばらく、どうとも思わず歩いていた。池のところまで来てようやく、水面が狂い躁ぐさまに、あわてて走り出した。屋根の下でひと息ついた時には、軒のすぐ外から簾のように掛かる雨を見つめて、何心もなくしているとあんがい濡れないものだ、と考えた。

いまそこの遊園地で、若い母親が小さな子を遊ばせていたので、夕立が来るから早く帰ったほうがいいと言ってやったが、本気にしないでまだぐずぐずしていたところでは、今頃はこの降りの中で往生しているだろう、と職人は笑った。この男と私のほかに、二間四方の四阿の中には女の労務者が二人、額を寄せ合って、雨宿りの閑に鎌を磨《と》いでいた。男の話に耳を貸しながら物も言わず、薄暗がりに光る刃を上へ向けて、小さな砥石をたゆまず動かしていた。そこへ雨を分けて、傘をさした女が池のほうから、かえって濡れたような姿であらわれ、もう一本傘を提げていて四阿のだいぶ手前で立ちどまり、虫捕りの網をもった青い帽子の男の子を見かけませんでしたか、とおずおずとたずねた。男はここではすべてに通じた顔で、ああ、その子なら、心配ないよ、雨が落ち出した頃には、一目散に門のほうへ走って行った、と答えた。いやあ、はしっこい子だった、家はどこだか知らないけれど、あの足の速さなら、たいして濡れないうちに家に着いているから、行き違いに、とさらに請け合う声が、ここまで迷いこんで取りのこされた母親を憫んで雨宿りへ招く口調になり、ひたすら鎌を磨いでいた女たちが揃って傘の女のほうへ顔をもたげ、口を添えるとも棄て置くともつかぬ、うすい笑みをうかべた。そうでしたか、と母親は気落ちした首をかしげ、あとずさりでもしそうな腰つきから、傘に顔を隠すと雨の中へ消えた。

たちまち四阿をつつんで雨がひときわ、甲高いほどにざわめいた。女たちはまた鎌を磨ぎにかかった。男も黙りこんだ。私も四方の雨の勢に耳をあずけた。さきほど自分がここに駆けこんだ時にも、新入りをいたわる男をよそに、女たちの顔に、うとましげな笑みが、ふくみころされたようだった。あるいは降り出しからそれまでに、それぞれ年配の男一人と女二人の間に、雨のまぎれに、おのずと男女の艶のかかったやりとりが始まっていたのではないか。いまさらの臭《にお》いにすぎないが、あることだ。ごく若い頃には自分も、おなじような夕立に、女と二人きりで、おなじようなところに降りこめられたことはある。許しあっていたので、少々のなぐさめはかわしたが、四方の雨の壁はけっして破れない、人の来ることはない、と身体《からだ》のほうが信じきっていた。若い性欲の力が雨とはりあって、雨を押し分け、人の絶えた空間をつくっていた。かりに人が駆けこんで来ても、若い耳はさとくて、身のこなしはすがるく、臭いものこさない。雨を透してかいま見られたところで、若い肢体は、醜態ともならない。しかし年をかさねて、こんなふうに閉じこめられれば、雨に四方を絶たれ、時間の前後もさしあたりほどかれ、自身が空虚な閑所《ひま》そのもののようになる。その内にそこはかとなく漂う禁断症状が、あるいはそれとおそらく根はひとつの、反復の既視感が、やがてそのまま、ほのかながら色をおびていくか。この空虚が、つまりは色となるか。三途の川とやらの手前には荒涼とした篠原がひろがっているとか聞いたが、そこを渡るにも人は、先をおそれ後をひかれながら、それぞれにたゆみのない足取りで往くものらしい。その原中でときには、篠を乱して、驟雨の走ることもあるだろう。あの世でもずぶ濡れになるのはせつない。それに、その辺はまだ、どの世とも境が知れない。ちらほら木立でもあれば、てんでに逃げこんで、雨の過ぎるのを待つ間に、世間話はする。もともと見知らぬどうし、いよいよ見知らなくなっていく者どうし、ほかに話すこともない。やがて徒労感につかれて、それぞれ口をつぐんで雨をながめるとき、その沈黙も、空虚のあまり、なごりの色に染まっていく。生者よりも死者のほうが、もしもすべてにつけて感慨が深いとすれば、あるいはしょせん感慨ものこらないことにつくづく感じていればなおさら、はるかに色っぽいはずだ。

　雲が通り越したから、じきにあがるな、来るのも速いが往くのも速い、と男が軒を見あげた。しかし雲の縁《へり》がまだ掛かっているので、縁でもうひと降りすることがあるから、急いで出て行くとひどい目にあうぞ、とまたつぶやいて煙草に火をつけ、腰を落着けなおすのかと思ったら、その足で軒の下を離れて、まばらにはなったがまだ雨足の見える中を、すたすたと遠ざかった。片手に鉈《なた》を提げていた印象が、後姿の見えなくなったあとにのこった。煙草を吸いつけたあと腕組みして出て行ったので、手には何も持っていなかったはずだ。長年の習いか、そんな歩き方ではあった。

しばらくして晴れ間がのぞいたところで私も四阿を立った。雨あがりの苑内をもう半まわりもふらつくうちに、雲行きがまた怪しくなったので足を速めて、十分足らずで団地の構内に着いた時には、水溜りにまだ陽は差して、子供みたいにあわてたなと苦笑させられたが、家の内に入るとひと足違いぐらいに、先に劣らぬ雨が落ちてきた。四阿の中では、女たちはひきつづき鎌を磨いでいるのだろうか、とそんなことを思った。

翌日、暮れ方に街で人に落合うと、ひと足先に着いていた相手が手巾《ハンカチ》をつかって、服の肩から裾から、黒く濡れたところをひしひしと拭っていた。髪までがなまあたたかい湿りをひろげるのを、私はしばらく、遠い所から到着した人間を前にしたように眺めた。私自身、自宅から最寄りの駅まで、雨の中をやって来た。出がけに杖に引くぐらいのつもりで手に取った蝙蝠傘が、大通りを渡ってまもなく役に立った。行くにつれて降りつのる道々、さすがに阿夫利は速いぞ、と悦に入っていた。二十分ほども歩いて駅に着いた時には、軒の外は烟るほどに降りしきっていたが、肩もさほど濡れずに済んだ。電車に運ばれるあいだ幾度か、雨がけたたましく窓を叩くのを、薄目をあけて見ていた。そのつどすぐにまた眠りこんだ。目の覚めきった時には、苦しいうたた寝のあとの汗が滲んで、窓の外では雨があがっていた。街でも人は傘をとうに無用の物に引きずっていた。話を聞けば、相手は私が家を出たのより半時間ほども遅く、私の住まうところからそうも隔たっていない地域から出て、駅までの十分足らずの道で、折畳みではない傘をしっかりさして、吹き降りでもないのに、このとおり濡れたという。電車の中で冷たさが染み通った様子で、火の気がほしい、と歎いた。通り雨がわずかな時差で転々と移る近頃の天気癖ではあるが、それにしても、あたりに大勢いる人間の中でこれほど濡れた者もほかに一人として見あたらない。しかし私自身、もうだいぶ話しこんで、雨のこともおたがいに忘れた頃になり、ふっとせつない心持がして自分の膝へ手をやり、下のほうへそろそろとたどってみると、裾まで冷たく、いましがた大降りの中を着いたように湿っているのがわかった。気楽に酒を呑んでいるのに、物に怯えた裸体のにおいが昇ってきた。

今年の夏は、どうなってしまったのだろう。八月のなかばにかかる頃から、人と会うごとに、それが挨拶がわりのようになった。そう同音にこぼしながら、さほど離れてもいない所から寄り合ったどうし、肩のあたりがそれぞれ濡れていたり乾いていたりして、話がすこしずつ喰い違ってくる。なかには、目にしたほうがこれはと驚くほどに、ひどく濡れてやって来たのが、雨の災難のことをたずねられると一瞬、何のことかとばかりに、いぶかしげな目を剝いて、あたりへ聞き耳を立てるふうにする。それから、いや、ひどい目にあった、と変になまなましい照れくささを見せて笑う。それきり、天気の話をやり過してしまう。無愛想というのでもなく、そういう雨晴れも知らぬ反応が近年、繁く見うけられるようになった。地下鉄で往来することが多くなったせいでもないはずだ。

敗戦の夏よりも、ひどい天気になった、とそのことを口にする年配者はやはりいた。あの年の梅雨明けは七月の末だったと聞くが、その境目のことはともかく、七月にはうっとうしい日が続いた。私たちは五月末の山手空襲で東京西郊の家を焼かれて、岐阜県の大垣市にいた。もともと湿潤の土地で、台所の土間には掘抜き井戸から清水が四六時中水槽へ流れ落ちていた。防空壕を掘れば一間足らずの深さで水が湧いて、蚊の巣窟になり、六月のうちは警報が出てもその中に這入らなかった。逃げるだけの用意をして、縁側を開け放して暗い居間に老女と女二人と小児一人が集まり、頭上をつぎつぎに通る敵機の音をただ聞いているそのあいだ、土間では水の音が、天井の太梁あたりにまでこもる爆音の唸りにあわせて高くなり低くなりさざめいた。水が合わないので、と大人たちは言ったが、栄養不良のせいか、あるいは一種の恐怖反応だったか、子供は身体のあちこちに腫れ物をこしらえた。

蚤に刺されて掻きむしった跡から、赤く疼いてふくれあがる。節々のリンパ腺は痼《しこ》り、微熱をもつ。膝の裏側に大きなのができた時には、満足に正坐もならなくなり、それを行儀が悪いと老女に小言をいわれる。医者の惜しみ惜しみ呉れる軟膏を気やすめに塗って、つまりは熟れきるまで待ち、手足を押さえつけられた上で、力づくで膿を絞られ、悲鳴とともに根っこの嚢まで出て、それでどうにかおさまった頃には、つぎのところが腫れている。移り移って腰をひと巻きすると、人は死ぬ、と大人たちは話していたが、半まわりと持つものか、と子供心に思った。腫れ物の絶える間もなく、微熱もほぼ常態となり、血液までが濁ったような、そんなだるさをこらえて、所在もない日々を暮しながら、子供はときおり小路に面した門の内から、番傘などを提げて往来する町の人間たちの、他所《よそ》の厄災には縁もなげな、長閑《のどか》な顔や姿を、すでに阿鼻叫喚を聞くような、そらおそろしい心持でのぞくことがあった。焦土作戦と、その言葉は知らなかったが、敵はどこまでも焼き払うだろうことは、それまでの体験から感じ取っていた。

やがて、すっかり焼野原と化した大垣の町を、道路端にところどころ莚《むしろ》をかぶせて置かれた物へ目をやり通り抜け、駅で長いこと汽車を待ち、おなじ焼野原の岐阜の町に降り立った。あの年の梅雨明けが七月の末だったとすれば、中部地方ではたぶんあの日、あのあたりだったのだろう。どちらの焼跡にも、白いような陽がじりじりと照りつけ、迎えに出た年寄りが蝙蝠傘を日傘に差していた。七月なかばの大垣の空襲の夜には、小路を抜けて濠端の通りへ逃げると、わずか三発ほど、二百米はゆうに離れていたのだろうが、焼夷弾の落下に追われるかたちになり、振り向いて着弾の炸裂も目にして、あげくに女子供ばかりが七、八人、小さな水場を囲んで動きもならず、直撃を受けたらもろともに死にましょう、と一人が叫んだきり、たがいに肩を抱きあってすくみこんだ。その足もとも日頃の雨をふくんでぬかるんでいた。そのうちに頭上から爆音がひいて、あたりは平穏になり、ところどころ棟から炎の盛んにあがる町の中を、夜祭りの人出か、亡者の群れのように、避難者たちは物に追われるともなく、どこかへ逃げようとするでもなく、ただ大勢の行く方についてぞろぞろと歩きまわっていた。あの時にも小雨が降り出して、細い雨が落ちる途中でほの赤く染まって舞うのを見あげた。道々しきりに片手拝みする老女にもう片手で腕をつかまれて、町を何となくひとまわりして小路にもどって来ると、家は無事だった。さっぱり焼き払われたものと子供は思いこんでいたようで、踏み留まって消火にあたった者たちのそばへひとり感きわまって駆け寄る老女のうしろから、いっそう黒々と立ちのこった屋敷を、これからも恐怖を呼びつづける、まがまがしい物と眺めた。

玄関のすぐ脇に大きな穴があいて、泥水が溜まっていた。大型の焼夷弾が軒を掠めてそこに落ち、火柱をあげて土にめりこんだところへ、人がつぎつぎに突進して水をかけて消し止めたという。着弾の衝撃で地下からも水が湧き出したのだろう、いつまでも嵩《かさ》が減らず、異様に鋭い臭いを立てるその泥水が、夜も明けはなたれてから、いきなり炎をゆらゆらとあげ、人がバケツを提げて駆け寄った。おなじことが朝のうちに幾度か繰り返され、黄燐焼夷弾と判定された。それはその日のうちに当局の手で始末されたようだが、鼻を刺す臭いはのこり、騒ぎも落着いて数日して、雨の夜にお宅の門があちこち鬼火のように光るので、敵機の目標になる、と防空団に警告された。さっそく若い人に頼んでまる一日かけて門から塀から、玄関の羽目板まで、束子《たわし》で水洗いしてもらったが、黄燐の飛沫は落しきれず、雨がちの夜になると、ところどころ蒼く光るのが、家の者の目にも分かった。土の中にも染みこんでいるはずだから、暗い夜に高い空からのぞけば、この家の門から玄関あたりが、蒼くうかんで見えるのではなかろうか、と家の内でささやかれた。それが気色悪かったか、つぎの空襲にさすがに怖気づいたか、一週間ほどもして一家は屋敷の管理を人にまかせて、西の在所の知人宅に身を寄せることになり、子供はひさしぶりに心をのばし、腫れ物もつくらずに十日も過した頃、ある夜、田園でもこれはと思われるほどおびただしい敵機が頭上を低く掠めて、町の方角で爆発音が相継いで、総勢十何人が狭い防空壕の中で、音の通るたびに甲高く念仏を唱える老女と、緊張に堪えかねてやがて怒鳴り出した病人の青年のほかは、息をこらしていたが、空のほうがようやくおさまった頃に、壕からそろそろと這い出ると、畑のはずれに農家の屋敷や林の影がくっきりと立ち、そのむこうに白光に透ける、町の地獄火を見た。

あの炎天の焼跡の日から、美濃の奥へ逃げこんで、敗戦の日まで、夕立のほかは、雨天はなかったと記憶している。もしもあの年、七月があれほど悪天候続きでなかったなら、梅雨がもう半月も早く明けていたなら、あるいは原爆の投下を見ずに、戦争は終っていたかもしれない。かわりに、焦土作戦はもっと徹底しておこなわれ、全国各地でさらに大量の焼死者が出ていたはずだ。

年が行くと、御精進みたいなもので酒を呑むのが、あんがい良くなる、と雨の音のする酒場で話していた。精進揚げに、ひろうず・がんもどき、しぎやきに、ごま豆腐に、蒟蒻やら牛蒡やら芋やらの煮つけ、煮豆などでも味つけがあっさりしていればけっこう呑める、古漬けのこりでも一本二本はすすむ、などと上機嫌に数えあげ、刺身をつついていた。ところで、そんなものでひと通り酔いがまわると、内から身体《からだ》がさわやかに燥《かわ》いて、ほのぼのと香りの差してくる心持がするな、杉とか菊とかの、とそこまで言おうとして、その夜、湿気の中から黄燐のにおいをかすかに鼻にした。年の盛りに来て越えかかると、いつ来ていつ越えるのか、じつは本人のよくも知らないところだが、とにかくそんな境に入ると、男も女も、やや汗ばみさえすれば、水の中で燃える燐のにおいを素肌からくゆらせるのではないか、と。

その夜も、深更からまた雨が再三走った。

その翌朝にかけてもかなりの大雨が降ったようで、正午前に公苑の例の四阿の近くまで来て見ると、大小二つの池が、間を隔てる乗馬の障害コースを呑みこんで、ひとつにつながってい た。大池の岸の松は水中に立ち、小池の睡蓮と菖蒲は影もなく水面下に没して、いつもは底の浅い水濠障害も満々と泥水をたたえ、灰色の波を重たるく押し分けて鯉が渡っていた。あきれて眺めていると、なにかあられもなくつながって横たわる池の表情から、とうとう自分を投げ出したあとの、やすらぎのようなものが伝わり、池が死んだというべきか、水が蘇ったというべきか、と埒もないことを考えた。寝床の上でもう動くこともなくなった人を目の前にしながら、おなじ人がふっと息をついて起きあがり、さわがせましたとさびしく笑って手洗いへ立つのをいまにも見るような、あの時間の静かさを、思い出していた。

午後からも雨がまた降り、三時頃に、地震があった。ひとつ下から衝きあげて横揺れになり、もうひとつ大きいのが来るかと思ったら、それきりにやんだ。それから五分ほどして電話が鳴り、姉の一周忌の日取りを義兄が知らせてきた。教会のほうでは周年祭と呼ぶようで、小平にある教会の共同墓地に集まって祈禱を捧げ、その後で司祭を囲んで、世間の法事並みの会食の席を設ける予定だという。打ち合わせはすぐに済んで、話はいましがたの地震のほうへ移った。ちょうどその時、義兄は私の長兄のところへ周年のことを知らせている最中で、電話のむこうで地震と声を聞いてから、ひと息ほど間を置いて、足もとが揺れ出したそうだ。長兄の自宅にせよ勤務先にせよ、義兄の住まうところからは、同じ都内でも、だいぶ南へ隔たっている。伝わるのに時差はあるものですな、と義兄は感心していた。震源地はまた海のほうになりますか、と私も相槌を打ちながら、義兄はおそらくいまダイニングのテーブルに寄って、左手になる十二階のテラスから、南西の方角にほぼいっぱい、中間の住宅街はすでに高層の新築が規制されているそうで、見渡すかぎりひらけた地平へ目をやっているにちがいない、と声にふくまれたはるけさから想像した。故人もちょうど昨年の八月には一時退院して、その眺めをよろこんでいた。延べふた月半あまりの入院を振り返って、病院では、楽しかったことばかり夢に見ていた、と話していたという。いや、この時期なら、もう食物が喉を通らなくなり、腹膜の痛みが始まっていた。それにしても、地震の寄せてくるけはいが、地鳴りとして耳に聞えると同時に、目にも見えたとしたら、どれだけ物凄いことか。そんな想像へまたそらされて、地平のことを思っているはずなのに、天のほうの雨雲の動きを、不吉な予兆をはらむもののように目にうかべ、今年の夏の天候不順についてありきたりの感想を二言三言かわして電話をきりあげようとしたそのまぎわになり、ちょっと迷ってから、ところで、癌の原発のことですが、と耳ざわりな言葉でひきとめた。

それがとうとうわからずじまいになりました、と義兄は答えた。初めは卵巣の、それも三期に入ったと診断された。昨年の六月の初旬のことになる。その中旬に手術を受け、長い時間をかけて、腹腔内にひろがった癌細胞を摘出された。その後、原発は膵臓と見られた。膵臓が形をなさぬまでに崩れていたという。それから八月末まで、まわりの者はそれと思いこんでいた。いちばんむずかしい箇所《とこ》《ろ》からやられた、と。最後には、腹部の内臓が癌細胞によってひとつに癒着するまで進んでいたと報告された。ところが、原発の所見のほうが揺らぎ出した。判定までには何カ月かかるということで、ひと月後の礼拝に集まった時にも、ふた月後の雨の日の納骨の時にも、まだ不明だった。それから十月《とつき》ばかり、そのことに首をかしげながら義兄のところに問い合わせそびれているうちに、過ぎてしまった。その間に義兄は幾度か医者に会ってたずねたが、結局は卵巣ないしその周辺の原発という曖昧な判定に終った。知り合いの医者にもたずねてみたが、その辺のことは今の医学でもなかなかむずかしい、と言われたそうだ。

ふたとおりの癌細胞が見つかったので、前後関係の判定が、つかなくなったのでしょうかね、と私はたずねた。そうとしか考えられませんね、と義兄はおぼつかなげに答えた。発癌がほかの組織の発癌を誘うということが、あるのでしょうね、と私はまだこだわりながら、そんな自家調達の説明で間に合わせなくてはならないかとあきらめた。初めに三期と言われたのは、じつはもう四期に入っていたそうです、と義兄はそちらのほうへ思いをひかれていた。四期とは末期になる。

その暮れ方も、空が落着いているのをたしかめて、公苑前の欅並木まで散歩に出た。公苑の正門と大通りとの間のわずかな道を、並木の左に沿い右に沿い、ただ行きつ戻りつ、何周も歩いて、日の暮れきる頃、夕飯に間に合うように帰ってくる。日中の仕事に痼った頭が、そうでもしなければ、夜へ向けてほぐれてくれない。雨の日でも、苦しければ、傘を差して出て行く。たいていはふらりふらりとしまりもなく歩いているが、どうかして思わず知らず、物に急ぐ、突っかかるような足取りになる。これは、気がつくと我ながら、年をかさね甲斐もない心持がされるので、つとめていましめている。物は考えられない。頭の内はただかたくて、まずからっぽだ。大通りへ出る右手の角をひろく占めて、綺麗なファミリーレストランがあり、家族づれや若い者どうしのくつろいでいる姿が、並木道の暗がりからよく見える。その脇を通るたびに、もしも内で談笑している客がいっとはなく、窓の外をくりかえし通りすぎる、判で捺したように空虚な横顔へ目が行くようになったとしたらさぞかし、初めは奇怪に感じ、やがて可笑しくなり、しまいにはうっとうしくなるのではないか、とそのつど少々は気がひけるが、これも御免蒙らせてもらうことにしている。

夏の盛りの、八月から九月初め頃までに限った習慣なのだ。九月の中頃にもなれば、その日の仕事の行き詰まる時刻には、外はもう暗くなっている。日はさらに短くなり、暮れ方は寒くなる。しかし五月、六月、七月と、日のいちばん長そうな、暮れ方の爽やかな時節にも、気分次第で出かけたり出かけなかったりで、面倒臭くて家に居ることのほうが多い。猛暑の暮れ方に憂さばらしに並木道まで散歩に出ることはここ二十年よくあったことだが、それが頑固で御苦労な習癖みたいになったのは、一昨年の夏からのように思われる。あの八月、並木道でリハビリにはげむ老人によく出会った。一歩ごとにいったん両足を揃えては根気よく進むのを、後から追い越し前からすれ違ううちに、ある日、毎日御精が出ますな、とむこうから関西なまりの声をかけられて、口をきくようになった。一年ほど前に脳出血でたおれて、足の不自由さがのこったという。並木道を長いことかけて往復しては、公苑側のはずれの車止めの、円筒形のコンクリートの台の上に腰をおろして息を入れている。そこでちょうど落合うと、こちらもしばらく立話をしていく。そうこうするうちに、初めてお見受けした頃よりもずいぶん脚が達者になられましたね、と愛想を言いかけるほどに、私のほうにも日数が積もっていた。いやあ、もうさっぱりですわ、と老人は苦笑して、この道は百米もありますやろか、とたずねた。私は夕暮れの明かりの中を大通り側のはずれまで目測して、百米はたっぷりありますと保証した。それでも物足りぬ気がして、さらに目を凝らし、いや、百五十米はくだらないな、とややむきになって言い添えると、そうやっしゃろか、と老人はうれしそうに笑った。やがてそろそろと腰をあげ、今日はおさきに失礼させてもらいますと挨拶して、傍に立てかけてあった自転車をあぶなっかしい腰つきでひき起し、脚がいかれてましてな、この自転車、と言ってサドルにまたがるや、すいすいとペダルを漕いで走り去った。

年は七十をもうだいぶ越していること、たおれるまでは病気ひとつせず仕事も休まず晩には五合の酒を欠かさなかったこと、こうして関西弁で通しているがじつは何十年来東京で暮していること、身体《からだ》が思うように動かなくなってからは家の者たちの態度がなにかにつけ変ったので腹が立ってならないのを暑い日中じっとこらえていること、そんなことまで聞かされた頃には八月も末にかかって、並木の間の夕闇もめっきり濃くなり、おたがいに歩いていて三十米も隔たると、例の一歩ごとに両足を揃える影の揺らぎしか見えなかったが、それが向き合いに近づいて数米の距離に入るといきなり、地表に漂う薄明りを集めて老人の顔がくっきりと浮きあがり、あらためて見ればいかにも頑健な骨相の、髪も黒くて乏しからず、目の光は強くて、足に不自由さえなければいまにも家の者や使用人を叱咤してしまわりそうなけはいに、毎度のように感心させられ会釈してすれ違いするうちに、九月に入り、どちらが引っこみがちになったせいか、顔を合わせなくなった。

昨年は八月の末になっても姿が見えないので、どうしているのだろうと気にかけていると、九月に入ってまもなく、短くなった日の暮れかける時刻に、ひさしくお見受けしませんでしたな、と暗がりから声をかけられ、こちらこそこの夏は事が続いて奔《はし》りがちでいたことを知らされた。お元気でしたか、とたずねると、なかなか思うようには、と笑って首を幾度か横に振った。それだけの言葉をかわして、おたがいにろくに立ち止まりもせずにすれ違ったあと、いまさら人の様子が気になって振り返ると、足の運びはだいぶ滑らかになったように見えたが、やはり両足を揃え揃え進んでいるのかどうか、後姿の影もぼんやりとして見分けられず、それよりも、こうして振り向きながらふらふらと歩く自分の身体が、前の夏にくらべてめっきり痩せたと感じられて、これも一年ぶりに人に見られたせいか、どうせすぐにまたすれ違うからその時に確めてやろうと足を速めたが、その日はなぜだか、行きつ戻りつをしばらく繰り返しても二度と行き会わなかった。それきり今年の八月も十五日に近づいているのに、姿を見かけていない。

それにしても、今年の夏は、暮れ方が暗いな、とつぶやいた。例年も八月のなかばにかかれば、日の暮れやすくなったことに驚かされるものだが、夕映えはそれにつれてあかあかとなり、高空の雲がいつまでも焼けのこり、地上は暮れても、道を往く人の顔を照らす。顔だけがほのぼのと照って往来するものなのに、今年は雲間にのぞく空も淡い青のままに褪せて、近づく人の顔は、いつでも驟雨を抜けてきたばかりの、疲れのくすみにつつまれている。大通り側のはずれまで来て左右を見渡すと、道路は日の落ちる方角へいっそう暗く沈んで、つらなって流れる車のライトが、それぞれ光の賑わいをひろげず、路上の夕闇を際立たせて通り過ぎていく。車までが暗いなと眺めてまた踵を返し、もしや自分のほうが、去年の九月の初めに行き違ったきり今まで、老人の姿をここでたびたび、目に入れながら見ていなかったのではないか、人を思う時間がどこかで停滞してはいなかったか、とうしろの寒い疑いにゆるくまつわりつかれて、歩みが不自由のようになり、公苑の閉じた門の前まで来て、だんだんに足が揃って立ち止まった。

池の水はいまごろどうなっただろう、いずれ浅い溜まりとなって引くはずの、大池と小池の境の出水《でみず》の中で魚たちはまだ泥水を分けて游《およ》いでいるのか、と思いながら、公苑の奥、南の方からまた押し出す雨雲を眺めやり、その目を手前の空へ返すと、苑内からかぶさる黒い樹冠の縁が、そこだけがほのかに暮れのこって、蝙蝠たちが忙しく、狂ったように飛びかっていた。その情景がその日の安堵をもたらした。

つくづくと一年《ひととせ》をくらすほどだにも、こよなうのどけしや、という言葉がひどい嘲笑となって聞えた。

五七・五という数字が、昨年の日程表の、八月中旬末の項の隅に、擲り書きされていた。それが目にとまったのは、この八月の中頃のある夜、今夏は無事なのにどうしてこうも仕事の運びが切りつまるのかと、それが腑に落ちなくて、去年の日程と比べ合わせている最中だった。その数字が何を指しているのか、まるで記憶もなかった。わずかに見当をつけるとすれば、その週末と日曜日にも新潟のほうでおこなわれる競馬の、どのレースかどの人気馬かの斤量《きんりょう》、ハンディの重さのことのようで、それにしても週の初めのほうに斤量が発表されるものかどうか怪しかったが、それよりほかに思いあたることもなかった。その週末の朝の電話で、病人の急を知らされて駆けつけている。土曜はまる一日病院に詰めて、暮れ方になり小康を得たように見えたので、いったん自宅にもどると、日曜の夜明け前にまた電話に叩き起されて、十分で家を飛び出したが間に合わなかった。いや、もう息をひきとったという知らせだった。そのわすか五日前のことになるが、まだ先のことと多寡《たか》を括っていた頃なので、つぎの土日《どにち》曜の競馬の斤量に頭をなやますぐらいのことは、やりそうなことだ、と突き放して終った。

ところが、もう九月に入ってから、ある日、あれはあの時の、自身の体重のメモであったことを、とつぜん思い出した。私は平生、六十二キロほどの目方はある。三十代にはもう三キロあまりあったが、四十の坂にかかる秋に、わけもなくじりじりと痩せて、もしも六十を割ったら、考えなくてはならないな、とどこかで息をひそめて日を送るうちに、一度はその辺まで行ったのが、また何となく盛り返し六十二あたりにおさまって、その後は変りもなくなった。それが一貫あまりも、おそらく短期間の内に落ちこんだとなれば、一貫と言えば生まれてしばらくの赤ん坊の目方であり、五十すぐ手前に来た人間の、考えることは知れている。しかし少々でも深刻な不安をいだいた記憶はない。同じ年配の肉親が癌の末期にあり、数日後には亡くなったのであるから、当座はあたり前のような話だが、その年の内も平気で過した、と記憶している。年を越して三月四月、五月の頃からようやく、秤の針が六十の目盛りを切るのを、気色悪がりはじめた。じつは昨夏からの、おもむろな恢復期にあたっていた。この夏の内には、目方は元にもどった。

もしもあの時、肉親が死病に取りこめられていなかったとしたら、自分はどううろたえていたことか。じつに肉親の病と死とは、そのすぐ前後ばかりか、葬いを済ませたあとも半年や一年は、生きのこった者をしきりと寒がらせながら、一方では死病への不安をすくいうけてしまうもののようだ。死者にたいしてありがたいような、ひるがえって生者の横着さをうとむような、とにかくあきれた気持で息をついて、あらためて昨年のその日の項をのぞきこむとしかし、疲れた目には筆の染みと見えたものが、ウツという字に読み取れた。小さくいじけた片仮名で、そそくさと書きつけて閉じたと見えた。自分の大事を、こだわりながら等閑にして、等閑にしながらこだわりつづける。この手でわざと記《しる》しておいてさらに曖昧になしくずしていく、おさないような横顔がありありとうかんで、この、たわけが、と目をそむけた。それから、ウツとハンディとは、結構な取り合わせだ、と笑った。

躁《さわ》いでくらそうと、一年はどのみちつくづくと、いずれのどかに過ぎるものだ、とある日、硝子《ガラス》の外を眺めた。まだその数字の意味を悟る前の、八月の内のことだった。そんな言葉がつぶやかれたところを見ると、思い出しかけていたのかもしれないが、心は梅雨時に似た曇天に低く掛かる黒雲の塊のほうへ行っていた。高層ビルの最上階に近い窓から、眺めは城北の市街へひらけ、四谷、市ケ谷、九段、雲の真下はおそらく神田のあたりか、芋の葉みたいな雲だと感心するうちに、その雲が腹からひとすじ薄黒い、ゆるくよじれた半透明の糸束のようなものを吐いて、地上まで垂らしているのに気がついた。やや濃くなるにつれ、逆に地上から長い狼煙が雲まで届いているようにも見えたが、その脚は地に着いていなくて、その直下の街がひとひろがり、あたりよりもむしろほの白く靄っていた。遠近はおぼつかないが、わずか一キロ半径ほどの内だろうか。おそらく今、大雨に叩かれている。耳を聾する雨の中で、人は走り、あるいは軒の下の物を取りこみ、あるいは面談の最中にもどかしく声を高めるにつれて話の流れが微妙にそれていくのにくるしみ、あるいは半日物も言わず沈みこんでいたのが驚いて暗がりから目を瞠り、車は一斉にライトをつけてワイパーを振り、驟雨よりもけたたましく飛沫をあげているのだろうが、これだけ遠い高所から眺めるとその界隈だけが、市街のひしめきから切り離されて、静かさにつつまれていた。あの雨の下で今、自分の寿命を感じ取った人間は、何人ぐらいいるのだろうか、とそんな想像へ誘われかけた。

半時間とは続かなかった。その半分にも至らなかったのかもしれない。いっときは宙に立つ柱ほどに濃くなったのがいくらかまた淡くなったかと思うと、たちまち掻き消されて、雲は無縁に浮かび、街はひとしなみに灰色につながった。その中間に、所在ないような明るさが漂った。硝子の内から安閑と眺めていただけなのに、息を詰めていたようで、胸がかすかに喘いでいた。近頃、無意識のうちに、いたずらに息を詰める癖がついている。あとの弛緩のやるせなさに覚えがあった。吉《よ》くない癖だ。こうして外の景色の見えている間はまだしも、夜になり部屋の内にこもれば、雨の叩く軒らしいものもなく、窓の外がよほどざわめき立つまでは、雲行きも知らない。知らずに、息を詰めて、おそらく反応している。まして夜明けにかけて、くりかえし立つ雲の柱の下で、息を詰めがちに眠っているのは、あやういことかもしれない。急雨の気に感じて、人体の細胞という細胞がごくわずかずつ膨らみはしないか。その差をすべて合わせたところで全体としてまだ微量のうちであるにせよ、脳や脊髄の、内圧は強まる。人は苦しんで、かえって身をすくめる。その上、息を詰めがちにしているとすれば——まさかそれだけで、剣呑な要所が結滞するまでは行くまいが、ときおり、はっと息を吸いこんで、眠りから滑り落ちることはある。その直前に、長い息をぎりぎりまで吐いていたようで、手足が窒息感のなごりに萎えて、心臓がよるべなげに打っている。ほんのしばし、もしも影が枕もとに立って、お前は息を引き取った、これはもはやあの世の呼吸だ、と告げられればそれまでの、時も所も弁えられぬ境がはさまる。それからおろおろと我身いとおしさが差してきて、そばに寝ている女の肌を抱きしめにかかるようにするその時、降りかかる急雨の音を耳にする。どうやら、雲の柱が立つというか、降りるというか、そのまぎわで起りやすいことらしい。

硝子の外へまた目をやると、先よりも西へ振れた方角に、先の雲が移ったのではなく、あたらしく南からちぎれて押し出されたらしい雲の塊が、腹からほのかな糸をいくすじも吐いて、それが徐々に束にまとまって垂れ、やがて薄墨ほどの透明度で立ち、その下の一円はまだ変りもない。あの境目で、未明の寝覚めには、窒息感のなごりから、そばに寝てもいない女の肌のにおいがふくらんで、その甘さに縋りむさぼり息を継ぐうちに、それが自分自身の、一度に年寄ったにおいだと嗅ぎ分ける。あのふたつのにおいが、どうしてまぎれあうのか。昼間、空の見えない屋内にいる時には、どうなのか。やることは続けながら、だんだんに物が見えなくなる。馴れたはずの手順がひとりでにすこしずつずれていき、どうしようもなくはずれそうになっては妙な間合いで落合って、いつまでも破れない。それを、どうこう取り止めようともせず、ひきこまれて見ている。やがて遠くから寄せるように、恣意感が降りてきて、荒涼としていなければ恍惚とまぎらわしく、どうでも自分はもうここにいないぞ、と叫びかかるまでつのるが、身体《からだ》のほうはその奔放さをゆるくつつみこんで、大事な際《きわ》に差しかかったふうに、静まる。静まって、何事も起らない。何事も起らないことに、よけいにまた静まりかえる。その沈黙のはてしもなげに深まるその底から、赤熱した鉄の吐く炎のような、ゆらめきがほの見えるが、無事は刻々と続く……。

雲の柱の下がようやく烟りだし、またしても息を詰めている自分に気がついた。どうしてやるか、と現場を押さえた業腹さから、そのまま喉もとを硬く絞って、知らぬ顔で遠くを眺めやると、一円は白くやわらいで、靄のふくらみをせりあげ、柱の裾へ吸い寄せられていくように見えて、その安堵に誘われてこちらも喉の力をゆるめ、詰めた息をすこしずつ抜いて、細い糸のように吐き、息の尽きたと感じられたあともうひと吐き、腹の底から長く押し出し、喉の奥が鳴り、睡気に似た窒息感の満ちるまでこらえて、息をはっと吸いこんだそのとたんに、遠い柱が薄れてあやうい明るさが中空に張りつめ、喘ぎかけた鼻先を遮断して、太い雨足が硝子のすぐ外にまっすぐ立った。篠つく勢が建物をつつみこんだ。甘い肌のにおいが夜の部屋に流れて、人がそこに、枕もとへすっと膝をついて顔をのぞきこむ、そんな幻影がつかのま見えた。

九月九日、金曜日、晴。

使い馴れた小刀《きりだし》が、湿り気を切るために、鞘を抜かれたまま机の上にあった。十日ぶりで晴れあがった。昨日、午後の一時過ぎに出かける前に、古い砥石を持ち出して、風呂場で磨《と》いだものだ。この夏の間、切れ味の悪さに眉をしかめながら閑もなく、思い立っては忘れて、不自由を忍んで使っていたが、砥石にあてれば、子供の頃から得手の仕事で、五分とかからず刃は立った。磨ぎあがった刀身をぼろぎれでよく拭ったあと、指先で刃を撫ぜるとまだ水気に粘るようで、鞘にはおさめずに机の上に置いた。それきり、しばらくして出かけた。天気予報ではひさしぶりに晴れて残暑になるはずのが、午前中から雲が垂れて、湿気がこもり、例の驟雨のかならず来そうな様子だった。頭の芯がかすかに疼いて、胃の底に吐気《むかつき》がひそんでいた。地下鉄に乗りこむと、人の顔がどれもくすんで、疲れが浮き出し、湿気の重みがあらためて感じられた。外出はここのところ、近間の通夜に参列したほかは、じつに半月ぶりだった。しかも出かけてみれば、手間のかかると思われた最初の仕事はあんがい早く片づいて、つぎの仕事へまわるまでに、街中で三時間も、為ることの無い閑があいた。たちまちまた幽霊のような心地になったのが、我ながらおかしかった。

その閑をどうにか動かずにつぶして、余りも半時間足らずになり、つぎの仕事の場所の近くまで来たとき、ふと思いついて、もう三年も顔を見ていない知人を会社に訪れる気になり道かられた。何という気まぐれかとあきれながらにわかに足を速めて、一度だけ来たことのある覚えをたどり、ビルの看板に社名をたしかめてエレヴェーターの四階のボタンを押したとき、通常の会社の引け時はとうに過ぎていることに気がついて、むしろ安堵の息をついた。しかし扉があくと、そこからすぐに続くオフィスで人がまだ働いていて、入口のあたりで二人の男性が熱心に何事かを打ち合わせている。その一人が、おずおずと近寄って案内を乞うこちらの顔を、啞然として見つめた。それから、笑い出した。知人の名前を口にしながら、すぐ目の前に立つ本人を見分けられずにいたものだ。時間が今度はきりつまった。十五分ほども雑談してビルを一人で出た時には、あれきりの間に、腸のポリープの手術の話から、東南アジアの香木の話までできたことが、また不思議におもわれた。暮れまで都心では雨が落ちず、湿気は夜へ続いた。未明の道路で雨がばらついた。家に着いて、机の上に剝き出した小刀は目にとまったが、今日もまた一日雨のつもりで床に就いた。

ぐっすりと眠って正午過ぎに目を覚ますと、頭の内はからんと、疼きの輪郭だけをのこして静まっていた。陽差しは澄みながらやや赤みをおびて、散歩に出かけると団地の構内の駐車場に、大きな靴の底が見えて、作業服の男たちがアスファルトの上へ大の字なりに転がって午睡をしていた。すぐ脇の道で工事をしていて、数米ほどの長さを掘り起したところで、昼休みになっていた。この工事の機械の音を耳にしながら眠っていた、と疼きの輪郭の正体が知れた。

ふっとやんだ音がまた立つのを、内を空洞にして待っていた。

公苑の雑木林を抜ける時に思った。毎日のように、ここまで来ると、樹々の緑が見えていながら目にもうひとつ入って来ない、と毎度つぶやいている。それから、ある日、ここでふと我に返って、緑を見渡し、長いこと結滞していたものだとおどろき、十日や二十日にはなるが、正確にはいつが境だったか、と安堵して数えかえしている自分を思いうかべる。ありありとうかべながら、何事もなく林を出て行く、毎日のように。

おびただしい雀の群れが暮れ方に東の空を南から北へ、のべつすこしずつ向きを変えるようで、黒く塊ったり胡麻を散らしたようになったりして長く渡り、黒雲のわだかまるところまで来て掻き消されたと見えたのは、どの日であったか。

月蝕の夜はめずらしく空が晴れたが、あの雀の大群はその前のことかその後か。月蝕の翌日も晴天が続いた。しかしその夜半前から未明にかけて、家の内から眺めていても恐いような大雨が走り、朝には公苑の池が、この前よりもひろくつながった。

——まだ、いたのか。いい加減に帰ったらどうだ。腰も据わらんくせに。

昏睡していると見えた病人が薄目をあけて言った。私の顔を認めたかどうか、細いながらにしっかりした声だった。ひきつづき苦悶の面相に、それとまぎらわしく、憫笑の影がわずかに差した。

——いや、いま来たところなのだ。

しどろもどろに答えた。その口調がとっさに言訳めいて、病人をいたわることも忘れた。細君も客を取りなすより先に、分かるの、あなた、気がついたの、と病人に顔を寄せて肩を揺った。何々さんが来てくださったのよ、とさらに呼びかけて、揺する手が停まった。その細君の背に隠れて見えなかったが、病人は名前に反応せず目をつぶったらしい。

――失礼しました。なにか夢を見てますようで。

細君は寝床の乱れをあちこちなおしてから客にわびた。

――どなたか、男の方が一人、ずいぶん縁の深い人のようで、もう何日もそばに詰めきりでいるのを、気づかって帰そうとするような、そんなことをときたま口にするのですが、わたしどもには、身内にも、知人にもそのような人はなくて。息子もおりませんで。

私もそのような縁の内に入らない。ごく若い頃から、その後も細々ながら跡切れずに続いてきた仲なので、先のない病いと聞かされれば、見舞いには来る。ひと月ほど前に初めて、おそるおそる見舞った時には、病人はこちらの姿を目にするやベッドから降りて戸口までやあやあと迎える元気さで、手術に閑がかかったが退院も近いようなことを言って、私のことをたいそう懐かしがり、帰りには心配する細君を押し留めて中階にあるロビーのような談話室まで私を案内した。いましがた病室で私の話した、二十五年も昔に二人で寄ったことのある山の温泉場がいまでもそこだけぽっかりそのままにのこっているという噂を、また細かくたしかめて大いに乗り気の様子だった。それだけのことで、近年ではほとんど顔を合わせることもなかったのに、あの日のやすらぎが細君のほうの心にのこったせいか、三日前の晩に電話があり、まだまだ先のこととは思われるが、話のできるうちに病人に会ってやってもらえないか、と率直な申し出を聞いた。

実際に、十五分ほども前にやって来たばかりだった。それも、身内が他人にあの知らせ方をするのはすでにかなり迫ったしるしなのだろうと受け取りながら、なか二日もおいて、三週後に近づいた海外旅行の手続をするついでに、そのあとにはまた別の仕事へまわる予定で、暮れかかる頃に病院にたどり着いた。病室の扉をそっと叩くと、細目にあいて細君の蒼い顔がのぞき、困惑の色を見せてから、背中で部屋の内を隠すようにして抜け出し、目礼して廊下のはずれへ導いた。そこで、じつはあの電話の夜半から容態が急変して、まもなく危篤と告げられたが、この二日はそれなりに安定しているので、今日からは家族が交替でやすむようにしている、とおしえられた。それでもお会いになりますか、とたずねられて、相手の意をはかりかねているうちに、ええ、折角ですから顔を見てやってくださいませ、と意を決したふうに言われて、それでは一目だけ、と後に引けなくなった。

背に従いて病室に入ると、荒い息づかいが部屋中に満ちて、細君の肩越しにどんな顔を見ることかとおそれたら枕の上から、無残な吸入器のマスクを口鼻につけられてはいるが、いつに変らぬ、いや、ここ平生のことはひと月前に会っただけなので、いつに変らぬというよりは、それ以上に深く目に馴染んだ、青年になりかけの頃の面立ちが、それこそ誰のものでもない陰惨な面相の内に取りこめられて、そこからよけいにくっきりと透けて出た。枕もとに寄って名を呼び、空をつかむようにしがちの手を握っても見たが、昏睡は破れそうにもなく、息苦しいようで手を振りほどこうとするので、やがて立って壁際へのき、早々に分相応の挨拶をしてひきあげる機を待って、いよいよ細君に低い声をかけようとした、その矢先のことだった。

――邪慳に追い帰すみたいに言いますが、帰したくもないようなんです。

細君はあらためて弁解した。

――女の人ではないんです。あたしでも、娘たちでも、亡くなった母親でもない。父親はとうにいませんし、一人いた弟は早くに亡くなりました。一体、誰のことを……。

長い看病の疲れの中から、やるせなさそうに訴えた。客は受けようもなくて、ただ居つづけることになった。客として、病人の顔を見まもるより、ほかにすることもなかった。おのずとしげしげと眺めるかたちになると、それにつれて細君も、ひさしぶりに看病の立場をつかのま離れたように、ぼんやりと亭主の顔を眺めやり、ほんとうに、誰なのかしら、と繰り返した。その放心からいきなり支《つか》え棒をはずすのも悪い気がされて、客は立往生していた。そのまま半時間もしてさすがに、こうして見ていることが、この場に居ること自体が、出すぎたことに思われて、息をひとつ長くついてから、それでは、私はこの辺で遠慮を、とようやく切り出すと、細君ははっと振り返り、目に涙を溜めていて、遠いところを、ほんとうに、わざわざ、と熱っぽく礼を述べだした。それに客はまた困惑して、どうぞ奥さまこそ、お大事に、とここでは穏当かどうかあやしいいたわりの言葉を口ごもり、廊下までしりぞいて、そこでもうひとつ、また参りますので、とよけいなことを口にした。その時、

――もうすこし、落着いて暮すことを考える時だぞ。

奥から病人の声がして、部屋の内と外とで顔を見合わせた。思わずひとつの表情になりそうな間合いをおたがいにわずかずつそらして、ついと目礼をかわし、扉が閉じられた。足取りを乱さずに、廊下のはずれまで来て、角を折れた時には、病人の顔が吸入のマスクのほかはうかばなくなった。じつはすこしも見ていなかったのかもしれない、と思った。

――なぜ、いつまでも、ここに居られる。来る日も来る日も、朝から晩まで、ひとり浮かぬ目を瞠って。言うことがあるなら、遠慮せずに、言われたらよかろう。

病人がつぶりかけた目をちらりと動かして笑った。私はつい憮然として、重い病いだと呼ばれたから来たので、もうすこし様子を見ていてくれと言われたから留まっているのではないか、と病人の勝手をたしなめようとしたつもりが、

――いえ、たいそう場ふさぎでなければ、このままもうしばらく、片隅にでも居のこらせていただきたい。お目ざわりではありましょうが、それが、わたくしの、務めでもありますので。

おのずと慇懃で事に馴れた、辛気臭い物言いになっているのに、自分でぞっとさせられた。しかも、病人がひそかにあわれんでいるように、日夜この家に詰めきって病人の立居を神妙らしく小心に見まもっているばかりでなく、けっこう閑を盗んでは、ほかの用を足しに、気晴らしに、出かけている。女を抱いて来たこともあった。

――片時も目を離さずにいてくれるのは、ありがたいことだが、わたしもこの際《きわ》は大事で忙

しくて、病みあがりを言ってはおられない。おかまいもできないのが心苦しくてな。

おおようにねぎらって病人は目をつぶると、面相が一変して、やつれた眉間に筋が寄り、たちまち力尽きた、昏々とした眠りに落ちた。のべつ私に見られているようなのを煩がりながら、おおかた私の存在を眼中に置いていないので、しばしば私が不在で、誰一人にも見られていない時のあることに、気づいていない。かわりに、私は外の目を運んで戻ってくる。そのつど、この家の主人《あるじ》が、病みあがりどころか、日に日にさらに弱っていくのが見えた。

ひろい屋敷だった。いや、さほど大きくもない。しかしおなじ家の内が、人も道具も減らないのに、何かの折りにつけて広漠と感じられる、そんな境はあるものだ。全体が打ち沈んでいるのでもない。それどころか、主人の寝静まったあとも、終日弛《たゆ》みもなかった主人の活動のなごりが、いま一度、けだるい興奮の気となって家じゅうに漂い、あちこちの部屋でまだ寝つかれずにぽつりぽつりとささやきあう女たちの声も、その色に染まり、その色に滴《した》っていた。

主人のほかには女子供ばかりの、身寄りさまざま、大勢の家だった。幼いほうにしても、頑是ないという年ではない。それが揃って日々に、ほんのりと浮き立っていく。片端からてきぱきと指図をしてまわる主人が、強い声を出すたびにひそかに腹を庇って眉間に皺をよじらせるのを、誰一人として目にとめていない。主人のときおり疳立つのにも、かえってたのもしそうにしている。主人がすっかり床を離れてからわずか十日あまりですでに、危機をしのいだ安堵の家というよりは、めでたい大事をもっぱら前に控えた家になっていた。それが不思議だった。

主人はそれでも、夜の眠りには私だけをそばに置いて、つぎの間に寝かせていた。病気のことがまだ心もとないというよりは、夜の床に女たちを近づけないという、万端に締まりもないが、ここはせめてもの潔斎のしるしだな、と笑っていたが、未明に一度はかならず、呻きこそまじらないが、異様に長い息を吐いて、末は喘ぎが喉に掛かる。それを私は耳ざとく聞き取って、すっと枕もとへ寄ると、ちょうどその頃、病人は眼《まなこ》をうちひらいて、短く詰まる息を継ぎながら、縋るふうにこちらを見るうちに、姿に怯えた顔つきになっていく。物を言いかければすぐにほぐれるものの、眠りの破れるのをあらかじめ測ったように枕もとに坐られる、その間合いが病人の心に、四六時中私に見られているという印象を刻みつけたのにちがいない。

——知っていないと思っているのだろう、もう迫っていることを。

その夜はしかし病人のほうが先に、怯えの色を払って物を言いかけてきた。ここは、うなずいても首を横に振っても事を告げるにはおなじになり、さりとて躁がしげな言いまぎらわしも通りそうにも思えなかったので、私は日頃の寡黙な実直の顔をまもって、病人の額の汗を拭い、ただひとつ病いのしるしとして夜の枕もとに置かれた吸口から水をふくませ、蒲団の乱れを整えにかかった。裾のほうへまわったとき、病人がまた、独り言のように、たずねた。

——いつ、どうやって、知らせたものかな。

誰に、と私はあやうく聞き返しそうになったが、家の者たちのことだとすぐにわかり、これにも答えられる立場ではないので、どうしたものでしょうか、と枕のほうには聞えぬほどにつぶやいて、はたらきつづけた。雨の降り出しのように、病人は静かに話しはじめた。

――じつは、この暮れ方になって、あきらめた。いや、命のことではない。これは前々から、そのつもりで床を離れたようなものだ。しかし、命の尽きるのと、事の成るのと、どちらが先になるか、あらそうようなまねはしていた。もとより、事が先に成ろうと、まもなく主人《あるじ》がいなくなってしまえば、のこされた家の者たちにとって、甲斐はまことにすくない。それも見えていた。それでも、事が済んで三日でも、主人が壮健に暮して、のどかに話しおけば、のちの人の心も、事のなりゆきも、多少はやわらぐのではないか。わずか三日だ。お前がたのように聖《ひじり》立った者たちは、これを妄執と呼ぶのだろうが、のちの始末を確かにして安堵したいというつもりはさらさらない。ただ、さっぱりむなしくなって、つくづくと日を暮したいだけだ。人にもそう見せたかった、自分でもそうしたかった……。

口をつぐんで、やすらかな寝息が立ってから、またつぶやいた。

――結局は、あのなま聖に、わたしに告げさせるかたちで、家の者に知らせるより、ほかにあるまいな。わたしは、身のことも知らずのどかに暮していたことにしたい。どのみち、のどかには違いないのだから。

寝息は続いた。

あたりをつつみこんで雨が降りだしたかと思って目をあけると、寝床を囲んで女たちが一斉に泣き出した声と聞き分けられた。

――心にのこるといけないので、今のうちに言い遺すことは、言い遺しておいたほうが……。

　男が枕もとへ顔を寄せていた。まだおなじことを言ってやがる、と私はあきれたものの、口がもうきけず、女たちの顔を順々に見まわす目から、ただ涙がこぼれて、頬を伝うようだった。まだ寝っきりになる前に、家の者がたまたま集まったところで、精根尽きたふうに物に寄りかかり、男がどう切り出してくれることかと待っていたら、人間、誰しも、先の知れないことですから、といまさら遠まわしの前置きをして、遺言のことをすすめだしたのは、あれは昨夜のことか、十日も前のことか。たわけたことを言う、と腹の内で苦りきり、ことさら遺言などなくても、死ねば処分にまぎれというほどのものもない、その程度の分限だ、とつぶやきながら、汐時だな、わたしもそう思う、と答えたあの時にも、女たちはやはり、篠原に雨が降り出すように、順々に嗚咽にくずれた。まるでそれまで、夢にも思っていなかったように。――心にかけられていたあの大事は、あれで済んだのです。済むことなど、人生にはないのです。

　かけちがったみたいなことを、男は言っていた。夜明け前に、息をいきなりはずされて、眠りが破れさえすれば、もう枕辺からのぞきこんでいる。目にする初めは、夜々寸分と変らぬ影にうなされるが、ひと息入れれば、片時もそばを離れぬ殊勝な面持から、巷をうろついて来た、ときには女に触れて来た臭いが、ぬけぬけと吹き寄せる。この男こそ何も知らずに暮している、と眺めるたびに可笑《おか》しくなるが、めでたさにあきれるほどに、こちらの顔がうらめしげになるようで、それがせつなくて、目をそむけてつぶる。この際《きわ》まで来ても、眺めれば可笑しくなるのは、もう是非もない。

男のいまさら宥めるあの一件はもともと、片づかない事でもないが、片づいてどうという執着はさらさらなかった。大事でもない。生涯の最後に、熱心に振舞っただけのことだ。人のため、のこされた者たちの思い出のため、と今は言えるぐらいのものだ。事柄のほうは、自分がいなくなれば、なかったことになる。それで不都合がないように、配慮もしてきた。のちの処分と言えば、それが処分だ。あれはなかったことにして、俺が最初に床に就いたあの時に立ち返るのが、お前たち、やりやすいよ、と伝えてやりたいところだが、舌はまわらず、それに、言い置かなくても、いずれそうなる。やみくもに進めて来たようでも、引く時にはそこまで引いてひとまず落着く節目はこしらえておいた。どのみちそこまで落ちて悟るだろう。その先はそれぞれにまかせる、もどかしくもない、と胸の内でつぶやき返したそのとたんに、

──まだ、いたのか。いい加減にひきあげたらどうだ。つぎへまわる用があるのだろう。早く往生しろよ。

思いのほかはっきりとした言葉が口から出た。男はふわりと腰を浮かしかけたが、何聞かぬ顔でまた据えなおし、いよいよ神妙にそこに居続ける様子で、どうにもうっとうしい。手前のことばかりにかかずらいながら手前から逃げている男とは、こんなに臭《くさ》いものなのか。しかしこれもこのまま、まもなく消える、と思い棄てて目をつぶりかけたとき、男はおもむろに女たちのほうへ向きなおり、なかなか堂に入った物言いで、やすらかな御最期でした、お心のこりもなかった御様子でしたので、のこされた方々こそ、これからもどうか、御自身

の心の日々のやすらぎをお大事になすってください、と口上を述べると、こちらをもう一度深く拝んで、中腰に女たちの膝を分けて部屋から出て行くそのまぎわ、そそくさとなった背が見えた。

それでも女たちは声を顫わせて泣き出した。これこそ、その内に取りこめられて一方的に聞かされることになったら、死ぬほどうっとうしかろう、とつねづねおそれていたところが、そうでもない。四方をつつんで終日《ひねもす》しとしと降りしきる雨のように、のどかで心地よく、こいつは生涯、思い違いをしていたか、すまないことだった、と悔まれると、泣くにも思いさまざまだとあらわに聞き分けられるのはどうでもよく、ただいとおしさがひたすらふくらんで、しかし物狂おしくもなくやわらいで、せめて今を知らせてやりたい。そちらからはどう悶えているように見えるか知らないが、俺はいま至極、安楽なのだよ。身も心も空虚《からっぽ》で、情も思いも片時、とりとめもなく通り過ぎるだけだが、からっぽのまま、いとおしいことはいとおしいのだよ。とそのようなことを漠とでも話しかけようとこころみたものの、それだけの口もきけなくて、どうにか呻きまじりに押し出せたのは、入国審査は取れたか、航空券に手違いはないか、とそんな頑是もない譫言ばかりで、さいわい、耳を近づけた者にも聞き取れなかったようなので、あきらめてただぽっかりと眺めていると、その目におのずと、哀しみともなく、涼しい涙がさらにあふれてきた。

翌日、夜明け頃に寝覚めして、しばらく重い空気に堪えて眠りを待ってから、起きあがって窓をあけると、東の低空に赤く焼けた暗雲の大群が、南から北へひしめいて、それぞれに逆巻きながら、刻々と狂いつのる勢で走っていた。
地上はほの明るくてさほどの風も見えなかった。

愁ひなきにひとしく

円蓋を顔に架けて寝ていた。遠くから鐘の音が渡りはじめた。鴉の群れが可憐な声で呼びかわした。顔に架けてと、そんなことは、あるものか、とやがて呻いた。ひとつ間違えれば、おそろしい夢になるぞ、と緩慢にたしなめて目が覚めた。長年馴れた床にいることはその直前から分かっていた。

部屋の天井よりは高い見当になる。未明の一色闇の、内がついと迫りあがって、堅さを帯びた。はてしもない堅牢の感触が虚を隔てて伝わった。それを目覚めのきわから、眺めるかたちになった。目ではなくて、顔で眺めていた。あれが消えてくれないと、力の関係からして、こちらが失せることになるが、とおそまきに悪夢の味がした。

聖堂の円蓋の真下で一人仰向けに寝ていた、というような大それた夢ではなかった。切り立った柱もなければ壁もなく、石すら見えなくて、大体が夢にもなりきっていない。勝手な体感の投影にすぎず、寝覚めの手前でふわりと放りあげたのが、どういうはずみでか宙に留まって、憑《たの》みもしなかった質感に受け止められ、分不相応に壮大になりかけたと、そんなところだ。それでも、天に架かった円蓋と、この顔とが、たまたま振り仰いで出会ったように、まともに向かいあった境は少時ながら持続した。あれにはさすがに、いささか凄味があったか。それとも、夢に感じてつぶやこうとした時、言葉の恣意のほうに自分でうなされたか。

眠りにまぎれて、とにかく、恥かしいことだった。まるで漏斗《じょうご》に首を突っこんで寝ていたようなものではないか、と自嘲を引き寄せると、安易の心がついて、穢《な》れた苦笑で詫びて立ち去るふうにしたが、ふとまた物の隅の狭い穴に目をとめて、そこにあらためて取りつきたげな、性懲りもない顔つきが見えた。これは参った、完結とはこのこと、一点非の打ちどころもない、目やら心やらをあらたに添わせようにもその間隙もない、と口ではひきつづき穏やかな敬遠の感想をのべていた。この壮大な構築の前に立たされては、石の掻き傷にも足りぬ物、と言いたいところだが、そんな影も蒙らぬ身としては、かろうじて当方の礼儀に縋っていないかぎり、妙なところへ迷い出た偃鼠か、それにも劣る虫けら、とそれもそうには違いないが、いずれ無縁の者には、そこまで感じるいわれもなくて、と咎め立てを先まわり先まわりしてかわしながら、抜け穴へひしひしと頭をもぐりこませる動きを思う目が、思う動きそのものが、どうして真剣に据わっていく。われらのごときは、くたびれた口からふと洩れた田螺《たにし》臭い吐息ほどの存在で、堂内を渡る風にたちまち吹きちぎられて、堂の主人《ぬし》は鼻も向けない、こちらもほんとうにかまわれたら具合が悪いので、すこしの痕跡ものこさず早々に退散しますので、と求められもしない言訳が過ぎて躁々しいほどになりながら、刻一刻と、あとすこしでどこかへ抜けるとばかりに、暗い焦《あせ》りをひそめている。やがて鼻のすぐ先から、石畳がひろがった。

全体がゆるやかに迫りあがっているが、石のひとつひとつも迫りあがっている、といまさら感心した。石の頭が円くふくらむだけではなくて、見るからに迫りあげの力を受けて、たがいに抑えあっていた。小さな広場の端のようなところに、穴からわずかに頭を、額の高さほどに差し出した恰好になる。そのことは、やや上目づかいに、きょとんと見渡す顔つきからも分かった。しかしそのうちに、石畳の見え方をまた訝りはじめた。広場の中ほどへ向けて盛りあがっているはずなのが、今ではやはりゆるやかながら、中窪みに、反《そ》って見える。そしてその反りに合わせて、それに上から平行に寄り添わせるように、眺めるほうの身体も、ゆるい弓なりに反った。まるで宙からうつむきに吊りさげられ、頭はさがり脚は背へ撥ねあげ、胸を石畳の上すれすれに、こすりつけんばかりにして、そこから首をひょいともたげた、そんな視野だった。あるいは高いところから腹を下にして飛んで来たのが、地面に叩きつけられる寸前、逆海老に反って、地にかぎりなく平行に接近しながら、そこで時間が微少に刻まれたあまり停り、敷石のひとつひとつが手で撫ぜるばかりにくっきりと見えて、それぞれにさらに迫りあがりつづけるのを訝るような。しかし墜落の急迫も、宙吊りの苦悶もなく、ただ反り返りのひずみが腹のひきつりに感じられるばかりで、敷石だけに満たされた視野は長閑《のどか》だった。しかもひきつづき穴の中にいるようだった。狭いところからようやく抜け出してきたばかりの目を、地平すれすれの高さから瞠《みは》っていた。下から這いあがってきたのか、上から這いさがってきたのか、首を表側に出したのか裏側へ突っこんだのか、何とも決まりのつかぬ困惑から、目の前の石のつらなりを手もなく眺めていた。

おびただしい数だ。広場の端から端まであまねく踏んで歩く偏執に堪えるなら、しょせん数えあげられる量には違いないが、この不自由な姿勢では、すでにぎりぎりの境に入った。視野を満たす石たちがもうひと伸び、じわと迫りあがれば、あらわになった無限に視野は破れる。人も破れる。それにしても静かだ、と声もまた長閑につぶやいて、それがそのまま、髪の根を締めつける急迫感へ転じそうなけはいに息を詰めたその時、気がそらされて、広場をたった一人歩く男の姿が見えた。端正な背が石畳をまっすぐ横切って立ち去るところだが、いましがた人の視線を感じてなにやら恥かしい恰好を引き繕ったようで、肩から首すじから長い耳にかけて、まだ背後をうかがう神経が、夜目にも白いように張っていた。やってたな、と何事とも分からぬままにとっさに見て取り、見ぬふりで横目をつかっているとはたして、男は広場の縁の手前で立ち停まり、物でも落してきたような、いや、どうしてそんないやしげな様子ではなく、ここまで遠ざかってようやく後悔の念に心が和んだふうに背が静まり、穏やかに踵を返すと、次第に決然とした足取りになり、広場をひたむき横切ってもどる姿になりきったところで、胸に溢れかかるものがあったか、足がまた停まった。そのまま、往来の絶えた広場に屹立して、周囲の建物の重みを優雅な背に受け、完璧な立ち姿、完璧に堪えた姿から、心の振れをわずかにあらわして、いつか手にした杖《ステッキ》の先が、足もとから徐々に遠くへ、石畳をかつかつと叩いた。敷石をひとつひとつ、念を入れて、数えていた。さきほど後暗いようにして去ったところと、寸分も違わぬ場所だった。

何という無謀なことをする。ほんとうの中心か末端かならともかく、中ほどというだけの、あいまいな見当から全体を数えあげようとするのは、無限の中へ身を亡ぼすようなものだ。あきれるうちに、杖の先は石のひとつに、まったく偶然のひとつに粘りつき、済んだはずのところに惹かれて先へ移りかねて、目は据わり、腰は人目を忘れて屈まり、言わぬことではない、ありもせぬ隙間を杖でこじあけてもぐりこもうとするのと変らぬ恰好になったかと思うと、低くしすぎた頭から前へのめり、もんどり打って転げるところを、足を懸命に送ってこらえたその勢で、どどっと駆けだした。躁々しいことだが、しかし、なにか大事な錯誤を悟って取り返しにかかる悲痛さはなくしていない。たちまち広場のむこうはずれに取りついて、今度は手堅く、端から順を踏んで、石をいちいち叩いて昏乱をきたす愚は避けたようで杖は脇に衝いて、ゆるやかながら淀みのない足取りで縁をたどり、右のほうへ二、三十歩もやすらかに進んだところで、塔でも仰ぐか歩みはさらにゆるくなり、静かな夜の散策者の姿がもうひとつ静かに、ことさら瞑想者風に、夜の時の満ちた姿になり、しかし尻尾が笑っていた。そんなものは端正な装いのどこにものぞいていなかったが、なにやら尻尾のような、あるいは虫の肢、数ある肢の内の一本のような部分で、苦しくて困りはてて笑っていた。

足もとへ目をやり、踵のあたりをちらりと振り返ったのが、物腰にはまだ余裕《ゆとり》があったが、間違いだった。半歩ほど返って念を押し、それで得心するつもりでいたようだが、ずるずると五、六歩もさがると堪《こら》え性が破れて、初め数えだした地点も通り越し、またしても偶然なところに屈みこんで、杖を腕に抱えこんで、もろに数えはじめた。それもものの五分と続かず、がばりと跳ね起きると、別のはずれへ向かって一目散に駆け出し、あとはあちらをちょっと数え、こちらをちょっと数え、せわしなく、広場を縦横に走りまわった。取りとめもない狂躁、自棄の欣喜、夜の広場をひとり踊りまくる男と、遠目には映ったが、くりかえしこちらに向かって駆けつける顔は、そのつどあらたな確信に照り輝いていた。それが不思議で、悪夢めいて、お節介者が、よくも出ない声をかけた。

――それでは、埒が明きはしないぞ。数えたところから、忘れることが肝要だ。踏まえるだけで、後へ棄てるんだ。その時その時の持続の情、それだけが現実だ。前も後もその中にふくまれる。前方の聖堂へ向かって歩く時、持続に揺るぎがなければ、背後の法院はなくなるものか。かりに、歩く跡から地面が陥没して、踵が深淵を踏むとしても、知らなければ、知ったことか。そうして広場をおおよそひとめぐりすれば、いや端から端までしっかりと渡っただけでも、数えあげたことになる。少々数え落そうが、重ねて数えようが、全体として大した狂いもない。あらためてつくづく見渡したら、広場がなくなっていた、荒涼とひらいた穴と化していた、とそんなことも、そう見れば、ないではなかろうが、それでも、今日は無事だったと、あてにもならぬ目はつぶって寝床にひきあげればよろしい。朝起きて見れば、たいてい何もかもが良くなっている。偏執に着けば、虫の這いこんだ隙間ひとつ、無限になるぞ。好んで躁いでいるのなら、口をはさむまでもないが。だいたい、すべてが数えあげられた日には……。

思いのほかの雄弁さに上機嫌になり、さらに喋りつのろうとしたのが、そこでいきなり固い物を口に銜《ふく》まされて息が詰まり、喘ぎを抜こうと調子をいくらかさげて、その日には、もしも勘定が、石ひとつ分、合わなくなったら、そしてその石ひとつに、親しい覚えがあるような気がしてきたら、とつぶやくと怯えの味が口中にひろがり、眼球の内にも苦悶の圧力が満ちてくるようで、またかつがつに眺めると、男は相も変らず広場を狭しと、そのつどおよそ恣意とし か思われぬ方角へ、大童に駆けつけ駆けつけしていたが、上半身はもどかしく、前へ前へと放り出されて、頓狂なほどの躁ぎようなのに、それを追いかける脚は、駆けてはいなかった。大股の弾力ある歩みで、速さは速いが、両の脚が揃って宙へ浮くことは片時もない。行く手へ差し伸べられたと見えた両の腕も、じつは腋をしっくりと締めて、自由な手先がときおり襟もとを品よく繕った。まさに夜の散歩の足取り、あの人らは速足で寛ぐからな、と思わず見とれて、それにしても上下の半身の、相伴うような伴わぬような動きをまた奇妙なものと追ううちに、ちょうどまた一目散に遠ざかりつつあった背がいつかゆるやかに伸び、すでに睡気をひろげて、広場のむこうはずれから歩道へあがった。

——おやすみ、穴からのぞく人。

そうつぶやいた息が広場を渡って伝わった。そうか、やはり穴の中にいたのか、人に言われてみなければ、わからないものだ、と安堵の情が差した。たしかに目のすぐ高さからはるばると、石がつらなっている。何のあやうさもない。中央へむかってゆるやかに盛りあがり、そこからまたやすらかにさがり、それにしてははずれまで一面に、中窪みのように見通せるのは妙だが、男はもはや踵を返す様子もなく、そもそも駆けるということが想像しにくい後姿となり、最初の角を左へ折れて消えるその前に、立ち停まったでもないのに、もう寝顔のような、皺ひとつない横顔が一度くっきりと見えて、若い声がまた石の表面を流れてきた。

——良い眠りを、宙吊りにされた人。

道理でな、とまた感心させられた。でなければ、広場をこれほどひろくつくづくと、石のひとつひとつまで張りつめて、見渡せるわけはない。どうだろう、石たちが反りを打って眼の内へじかに続くこの充実は、とさらに感に入り、それにしては平面の安定のいっこうに破れないのを腑に落ちぬことに思いながら、これも天地逆のはずの、小路からひきつづきやすらかに響く足音を耳でたどった。

一日の仕舞いの大事を済ませて帰る姿の、手に取るようにうかぶ足音だった。行くにつれ、小路は左のほうへ流れて、広場の左手に立つ家並の背後へまわりこみ、重たげな木の戸が軋んで、足音は狭い通路にこもり、中庭へ抜けると、枯葉を踏んで、やわらいだ底にうっすらと張りつめたものがあり、鍵を出して表の扉に取りついた。階段を慎重に、一段もおろそかにせず、昇っていく。廊下に入って思わず速足になりかけたのを戒めて、自身の部屋の扉の前にいったん息をひそめて立った。この錠にこの鍵を射しこむ深い浅いのあんばいに、十年経ってもこの手がすっかりは馴れずに、夜ごとにささやかながら危機があることは、良いことだ、とささやいている。人には見せぬ笑みが、恐怖の自足が、頰にふくらんだ。

やがて四階の窓のひとつに、物をそっとおろして据わりをうかがう呼吸で、灯が点った。わずかな揺らぎののち、無事におさまった。それでも最後の慎重を期するか、淡い影がその中に膨らんではひいた。安堵を破らず、安堵に耽らず、床に就く順を踏んで、儀式の渋面を剝かせず、きわどい境で寛いでいた。それから長い息をひとつ、乱れずに吐ききるふうにして窓が暗くなり、それを待って広場は闇に沈んだ。石畳の表面《おもて》は逆に、部屋のあかりがそこに拭いのこされたように、ほのかな赤味をあまねく帯びた。

夜々、棺に入る心で眠るわけか、と天地も分からぬままにうなずいた。だからこそその前のあの躁ぎか、とまた眺めやれば、石ひとつひとつ、いましがたの躁ぎのなごりも見せず、これからも躁ぐことはない、そんなことは永遠にあり得ぬ表情でつらなり、ひとたびきっぱりと展開されたその堅牢さの前に、想念のほうが跡切れた。少々は破れることもあるだろう、あちこちで工事をしているところを見たぞ、下はいかにも荒れた土だった、とときおりざわめきかけたが、それも続かず、ただ目蓋を降ろさずにいた。

夜々、寝床から広場の底へ沈められて、あるいは抜け道を運ばれ地下から押しあげられて、数限りもない石の、そのたったひとつとなり、たがいに迫りあがり抑えあいながら、眠るのか、とだいぶ経って身をよじるようにしたが、身動きがならぬどころか、動かすべき身が感じ取れず、石のひろがりには、かすかなよじれも寄らなかった。眠りに就く時にはまだしも往生のしようはある、しかし寝覚めかけた時に、ある日、忍耐が破れはしないか、と危惧が他人事の控え目な顔をしてささやいた時には、四方はまだ闇にふさがれていたが、石の表面でかすかに、霧の足が白んでいた。自身はやはり宙吊りなので、天地がそもそもさかさまなので、この石の眠りの反復から免れている、と辻褄も合わぬ言訳に得心していた。

——これだけ破れがたい顔を守っているからには、いつか破れる日の来ることを、知っているわけだ、この石たちは。

どうやら剣呑なことを、表面をそそくさと撫ぜて済ます素速さで、我身からも遠のけて、あたりに人もいないのをたのみに、お目こぼしに言い放った。そうして無縁の立場をあらわしておいて、それでやめておけばよさそうなものを、ただ物を言いたい誘惑に負けて、また余計なことを口走った。

——その日はその日として、しかしこの間隙もなく組まれた石たちの中で、もしも一人だけが先に、時期尚早に、持ちこたえられなくなったら、ほんとうに反復を破ってしまったとしたら、その日にはどうなる……。

なりかわっておそれる調子が、われながら身のほど知らぬお節介、親切ごかしに聞えて、途中から取りとめもつかぬ独り言へ押さえこむと、これにかえって、みずから歎きつのる熱がこもり、あわてて唇をかんだ。それから息を抜いて、いつのまにか明けはなたれた広場へ向かって、口をぬぐい、用も足りたので立ち去る顔をした。その鼻先へいきなり、黒く濡れた塊が飛んで、力の満ちきった翼の端で眉間をはっしと叩くと、弧を描いて遠ざかり、石の上に平たく貼りついた。やがて前後にはげしく動き出した。

——その日には、虫けらになって、捨てられるのよ。

ついでに声も飛んだ気がして、もう一度頭をひょいと目の高さまでひっこめ、それからまたおずおずと鼻までもたげた。その小心で性懲りもなげな動きから、これまでずっと穴の中にいて、天の下にいま抜けたばかりの顔を差し出していたことを知らされた。女はモップの柄のずいぶん高いところを両手で握りしめ、腰は立てたまま、体重をほぼまっすぐにかけて、石畳を力まかせに拭いていた。せわしない肘の動きに癇の立ったのが見うけられたが、こちらには目も呉れず、初めから眼中にない、存在にも気がついていない様子で、モップをこちらへ振ったのもひとりで腹を立てたせいか、その端が眉間をはたいたのも、的《まと》の矮小さからするにただの偶然の当りか、すくなくとも、罵ったと聞えたのは、そんな親切心もなさそうで、空耳だったかと思われた。それでやや安心するとお節介心がまた、穴からもうひとつ頭をもたげて、そのやり方では、かぎりもなくて途中で絶望するぞ、もっと手際よく、箒でさっと掃いて、あとで水を涼しく打って済ませたらどうだ、これでは長年の汚れを石にこすりつけるようなものではないか、脂《あぶら》でも塗るみたいに、とこれはさすがに声に出さず、柄に力をこめつのる女の剣幕におされて、目はモップの動きに釘づけにされたきり、思いは内へ押し返され、これだけ石に固められた世界の内で、もしも人の憎悪を惹き寄せる存在となったら、さぞや逃げ場もないだろうな、ほんとうに、虫にでもならなければ穴も隙間もないところだ、とよそごとながら一人でひるんでいるうちに、女はモップの先を大きなバケツの中へ突っこんで前後に勢よく揺り、水は大波を打ったが、縁からすこしも溢れない。

やがて女は水気をよく振り落したモップを斜めに、宙へ高く掲げ、風の中に太い腹を突き出した姿が晴れがましく、痛快なほどの憎悪の色が目にもどかしく差して、柄の先をゆらりゆらりと、いまにも打ちおろしそうに揺すりながら、そんな荒業《あらわざ》を行使するまでもなく、穴の者を一撃で粉砕する言葉の、喉にあがってくるのを待った。眼中にあったか、と身がすくんだそのとたんに、ありとあらゆる罵倒の言葉が女に先まわりして、おのれの不浄を決めつけながらみずから不浄の顔つきをして、穴のまわりをけたたましく駆けまわったが、女はふっとモップをおろすと、広場をゆっくりと見渡して、少女の笑みを頰にふくんで、太い声を押し出した。

——あら、いやだわね、石がひとつ足りないわ。どこぞの鼠が、びっくりした拍子に、呑みこんでしまったのだろうね。今夜あたりから、苦しみはじめるわ。

それで今朝の勤めは仕舞いになったか、すでに珈琲の香の漂う中で、排水孔へバケツを傾けて丁寧に流しこんだ。その汚水の地下へ落ちる音に耳を澄ますと、何百年にもわたり幾重にも石に染みついた血の跡の、どろりと煮つまっているのがきこえた。

つまり、昨今、人は死ななくなった、とだしぬけに言い放った。午前《ひるまえ》の起き抜けの散歩の帰り、十一階建ての棟にさしかかって自宅の窓を探るふうに見あげ、何年住まっても二階と三階との間に目がとっさに迷うことはあるものだ、と感心させられた、その隙を衝いてのことだった。人が死ななくなっただと……何を言う、物の表現としても、とあきれて自分の顔を見た。そのようなことを未明に、眠りこむ前にとろとろと考えた覚えはあった。それにしても近頃、半端に考えていた事柄から、もう忘れた頃になり、それなりの連環をいくつも飛ばして、前提やら条件やらもきれいに落して、奇怪な結論めいたものが口をついて出る、ということがしばしば起る。まあ、筋道はあとで聞こうか、どうせろくでもない戯言《たわごと》だろうが、と払いのけて、郵便受けをのぞきに管理室に寄った。

印刷物の間から航空便の葉書が目についた。元気な撲り書きだった。体調が良いのだろうな、とうらやんで手に取ると、宛先に家の女たちの名前が三人並んでいて、自分の出した手紙だと分かった。ウィーン、南駅のビュフェで、とあった。覚えはある。丈の高いテーブルにもたれて、昼のビールを呑みながら書いた。ビール二十シリング、サンドウィッチ十六シリングとある。サンドウィッチはカツレツがひとつ、鰊の酢漬けがひとつ、家を出てから半月、食欲は旺盛だが、懐のこりが、先々心細くなりかけていた。東欧南欧系の顔がいろいろ見えておもしろい、すこし恐いですが、とある。たしかに、こちらが怯えか険相を剝いたらあぶない事になりそうな雰囲気はあった。五十男のやる旅ではないですね、と結んであった。まさに、元気な幽霊からの便りだ。六シリングの切手しか貼っていない、それだけの間違いだった。構内の本屋で絵葉書をもとめると勘定台の小母さんが切手はいるかとたずねてその場で貼ってくれた。東京だがと確かめると、東京、大丈夫だとうなずいた。その運びがはなはだ軽快で、滞らせるのも惜しくて、これはしまったと気がついたのは、ポストへ放りこんだ後だった。のこりの半月の旅の間、あの手紙は料金不足で宙に迷った、と思っていた。家に戻ってそのことを話すと、届いていると家の者は答えた。そうか、と思っただけだった。じつは届いていたのは別の便で、当の葉書は船便扱いでまるふた月ほど旅をしていた。手紙の主はひと月半も前に着いている。その間に、病院で二度、内臓を覗かれた。手術は避けられないかと腹を据えていたのが、さしあたり、無事と放免された。しかし、旅に出る前からはっきり抱えこんでいた危惧ではあった。でかい手順前後を犯すところだった。実際に犯したわけだ。

それにしても、昨今、人は死ななくなった、とはどういう了見か。夜になってたどり返すと、はたして、およそ舌足らずのことだった。不食の病いというものを、漠と思っていた。何事かを境に、物が喉を通らなくなり、日に日に痩せおとろえて、寝ついてほどなく臨終に至る。これが人にとって、もっともなだらかな、どうにか折り合える、仕舞いの運びではないか、と。それは今の世でもあまた聞く話ではあるが、物の食べられない状態が続けばかならず、病院へ行って癌だの何だのと診断されて来るので、本人の意識もそれに取り籠められるので、不食によって果てることにはならない。しかし人は本来、物が食べられなくなったのでやがて死ぬ、そういう存在なのではないか。すくなくとも、そう感じるのが、唯一の得心のしかたではないのか。人は癌やら何やらで終るのではない、だから昨今、満足に死ぬこともならなくなった……と。

お話にもならない。それでは、物を喰う喰わぬの閑もない最後はどうなるのか。飲み喰いの最中にひょいと頭が傾く、不思議そうに目を瞠る、たちまち昏睡に入る、それはどうなる。事故、天災、戦乱、殺戮の犠牲者たちは。だいたい、不食どころか、大量餓死の現実のあることをどうする。そう反論されれば、ひとたまりもない。おもむろな衰弱の、物が食べられなくなると先はもう長くないというのも、不食の病いとは、同じではなかろう。

姑息ながら、しかし、何かを救い出したがってはいるようだった。鼠が重い物を小さな穴の中へ引きこもうとするように。あらゆる死は自然死だ、と見たいのか。どんなに短い時間の内にせよ、最後のところには自然死の、それ自体はゆるやかな、経緯がこめられる、と。白刃一閃の境にまで、おなじ経緯を想うとすれば、大胆なことだ。それにくらべれば並みの仕舞いはまだしも、ふんだんな閑をふくむ、いま一度生涯を生き返す、仕舞い返せるほどのものだ、とあるいはそうなのかもしれず、そう伝える人もあるようだが、なってみなければ知れたことではない。生きている人間の考えられる事情ではない。考えるべきでもない。あるいはそうして涯《はて》の手前まで詰めておいて、行き止まりで弾みをつけて、その境の気味を、長い時間のほうへ振りもどすつもりか。生まれ落ちた時には死へ向かっている、とこれでは埒もなく、助からない。何事かを境に、とこの辺に、魂胆はありそうだ。どうとも取れる前提だ。

その事を境に、と物語のような縁起を、我身に重ねる了見は、まさかない。やれば本物ではないので俗悪になる。そのような出来事は起り得る。いつなんどき降りかかってくるか知れないが、たとえ事にいたく叩かれた後でも、境は前後、至極曖昧で、出来事からすでにはずれ、そのなごりもかすかで、事らしい事もない時期にあたる。めっきり物が食べられなくなるでもなく、日に日に痩せ細っていくでもない。

ただ、すべてが遅引する、無為に過ぎていく、と感じられる。しかしすべてとは、重立ったことは何と何か、さしあたり必要な、何事が為されていないか、それが思いつかない。苦労して書いておきながら一日二日、出しそびれている返事の葉書へちらりちらりと目が行くばかりで、これとても四日と留めておくつもりはない。思うだけでも面倒な用事は、事欠かないが、予定は立っていて、その日になれば仕方なしに重い腰をあげることは目に見えている。取りかかれば、出来るところまでは済ます。限られた気力体力に、出来ることと出来ないこととの弁えは、以前よりはつくようになった。いったん怠惰に流れると締まりのなくなるのに幾度も懲りて、見限った上で心がけているせいか、近頃、自分としては、むしろ物の始末はまめなほうだ。

追い立てられるほどに時間は妙に緩慢に流れ、それにつれて、心にかかる事がずるずると、十日二十日ひとまとまりに、おそろしいような速さで、やり過されていく。自身の無為を責めるほどに他人にたいして気持がけわしくなり、どうかして激烈な物言いに走るが、そのそばから内心の声は倦んで、放肆の色に染まり、浮いて躁いで、しばし手のつけようもないままに、外の声は陰気な険を剝く。苛立ちまくる最中に腹の内がにわかにうつろになり、ついで膝の顫えるほどの飢餓におそわれて振り返ると、さきほど飯をがつがつと、身の危険でも迫ったように掻きこんだ覚えはあり、さて、何を喰ったか、いっこうに思い出せない。かわりに、ふっと感触が変ってさざめきのひいていく女の肌から、重たるく立つ訝りのにおいのようなものが、鼻先にふくらんだ。目方はじりじりと増えているのに、痩せ細った感じが着た物からまつわりつき、余りもないはずの肩から上着がだらりとさがり、突っかかるような勢で歩くと、膝のあたりがよけいにくたびれて見えた。横着さを憎んでいた。事を悟らずにいる心身の弱りを、自他の見境もつけず、ひたすら疎んで、時にはそのあまり静まりかえった。

それも、今では一時期の訝のように感じられている。習いとなった心身の軋みが、谷ひとつ隔てて、和らいで伝わってくる。そして事はつくづくと遅引され、つくづくと無為に過される。事柄としていちおうの始末を見たところから、遅引ははじめて遅引の素面をあらわして、刻一刻と、取り返しのつかぬ境にしばし堰かれて落ちていく。やむを得ず済ます大小の行為のあとには、大小の無為が、済ます前よりもいっそうあらわにのこる。時は失われるほどに長閑になる。日々にいとおしんで物を喰えば、その穏やかな満足がそのまま、日々に食の細くなる、おもむろな衰えへ遠くつながっていく。無為の日そのものがすでに、痩せに痩せた臑をさすり、その兆しを眺めた日々の静かさを振り返り、かなしんでいる。横着さを憎んでいた。自分の生命を守る時機さえ、知りながらやり過して、愁いもなげに、終日気ままに歩いては、暮れごとに和んでいるのを、脇から歯ぎしりする思いで眺めやるうちに、ある日、疲れのようやく濃く浮き出た姿が橋の手摺りにもたれこんで、石の冷たさに苦しむ脇腹を片手で押さえ、それでも水の流れに寛いでいるのが見えた。

その日、夕映えも沈んだと思われた宙空を低く翔けてきた一羽の鳥が、川のなかほどで赤く燃えあがり、つかのま尻を落してひとところではげしく羽搏いた翼の、裏の軟毛の先まで豪勢に輝かせ、また黒い塊となって岸へ越えた。

閻魔の庁まで出頭したところが、書類審査の上、定命がまだ尽きていないと放免された。やれありがたやと息はついたものの、さて、放り出されたきり帰りの案内がなく、ところの東西も知らない。困りはてていると、意外な人に出会った。

師匠にあたる僧で、生前、世間の布施を受けて暮すのに嫌気がさして、庵を構えて隠遁した。少々の田を小作させて食扶持にあて、あとは戒律をまもり、読経にひたり、ひとえに後世を願った。そんな人だから、こんな所にいるいわれもなさそうなのが、経を一巻手に持ってふらりと現われ、弟子の顔を見分けて、とにかく、わしの栖に寄ってみなさい、と連れられてきた庵室を見れば、生前の住まいなしと変りもない。

聞けば、隠遁がかえって罪とされ、ここに召し出されたという。仏弟子であるからには、法を説いて人に聞かせ、聞法の縁を結ばせるのが義務、とこれが罪状の大すじであり、それに添えて、田作ルトテモ仏子ノ儀ニアラズ、ソレモ咎ナリ、という理由で拘留を申し渡された次第だが、どうやらその後者の、いささかなりとも田を経営した事実がなかなか、問題とされたようだ。後世の都市人からすれば、人の布施にたよるよりは、自前の資産によりかつがつ口を糊して道に専心するほうが、よほど清廉な生き方に思われるが、当時、土地を経営するということは、規模は最小でも、さまざま陰惨な事情をふくんだものなのだろう。今でも、そうなのだが。

とにかく、おなじ咎によりこの辺に住まう人間は多くあるという。しかし、そのほかの苦患は受けずにいる、という。ならば、地獄も京《みやこ》、いや、市井よりも隠遁には恰好の場かも知れない、とつい思いたくなるところだが、ここはまだ地獄の外、せいぜい門前にすぎない。それにしても、どんな住み心地、どんな生き心地だろう。日夜、続々と着く亡者たちを、どう眺めて過していることか。

それはそれとして、このわたくしは、どうなるのでしょう、と弟子の僧は訴えた。無理もない話だ。俗界の役所であっても、うしろめたい筋で呼び出されて、広い庁舎の中をあちらでたずね、こちらでたしかめ、どうにか間違いなく所轄の窓口にたどりついたあげくに、問題なしとあっさり放免されたとしたら、安堵と徒労感のあまり、玄関までの道がにわかには思いうかべられない。まして閻魔の庁には、通常、連行されて来るものらしい。門前や庭先に火の車を見るというのはよほど手厚い迎えのほうで、蘇生者たちの話を伝える記によれば、たいていは獄吏が二人、鬼というのもあれば冠をつけた役人というのもあり、亡者を搦めて、駆けるように追い立てて行く。まれには湯あがりにたちまち絶え入り、そのまま大きな穴からまっさかさまに堕ちて行くと、すでに目には猛火の炎を見、耳には叫喚の声を聞き、やがて庁の中庭に着いて、役人たちが東西に列を敷いている、というまことに迅速な話もあれば、もうすこしゆるやかに、引っ立てられて行くうちに黒い山の麓に至り、山中に大穴があり、そこへ押しこまれ、猛烈に吹きつける風の中を、両手で目をふさいで堕ちるという話もあり、あるいはまた、垂直の方向はまったくなくて、道端で息をひきとるや立ちあがり、一人広い路を西北の方へ歩いて行くとやがて前方に門楼がそびえ、いかめしき棟どもが見えるという話もあり、広漠とした野の中を一人とぼとぼと歩むうちに次第にほかの亡者たちと群れをなして行くなどというのはわれわれの想像にもずいぶん親しいところだが、そんな場面にまで生者の情の甘えはまつわりつくようで、伝えられるところではどうして、そうもやすらかな旅ではなさそうだ。

さて閻魔の庁の光景は、検非違使の庁に似たりと、昔の人も生前の観念をあまり超えられなかったようだが、庭に役人たちがずらりと着陣して、大勢の亡者どもの罪の軽重を、俗に閻魔帖と呼ばれる身上書類に照合査定して、長官の手もとまで廻される件はすくないようで、有罪の者はただちに縛りあげて地獄へ送られる。その泣き叫ぶ声は雷の響きのごとくで、さらに続々と門前に到着する者たちの足音や悲歎や哀訴やで、とにかく躁がしい場所であった。しかし、さしあたり無罪とは言わず、期限未満了とか、書類不備とかで差し返された者は、どうしたらよいのか。あらゆる役所同様、この庁にも手続の誤りはとかくあり、また無駄足を運ばせたとて、取りなしもない。一度呼び出されて来たからには、どうせまた来ることになるだろうから、と睨まれれば、出頭者としては黙ってさがるよりほかにない。それはいいけれど、帰りの便宜は一切はかってくれないようなのだ。

そういう宙に浮いた連中を助けるために、この界隈を、地蔵菩薩が日夜奔走しておられる。そう師の亡者に教えられて弟子の亡者は、まもなくそこへ錫杖をついて早足で通りかかった菩薩のもとに駆け寄って、困惑の旨を訴えると、菩薩はいちおう確認のために、ここは長官のところまで男を伴っておもむいた。もとより放免なので、掛け合うまでもなかった。

さて地蔵菩薩の姿は、形《かたち》端正なる、あるいは端厳なる小僧《しょうそう》、と多くの記が伝えている。化身として俗世にひそむ時には、牛飼の童の、十五、六歳ばかりのが、のべつ主人に打ち責められて、泣き叫んでばかりいる、とそんな姿にもなる。あるいは人の夢の中にあらわれて、年の頃十四、五ばかりの小僧が、膝の上にすわって頸《くび》を抱いて語りかける。小僧という言葉はどうやら、丈の小さなというこころをふくむ。色白のという描写をどこかで見た覚えもある。泣き目と申しては畏れ多いが、潤みがちの目をした、小柄の美少年の僧の像《イメージ》は、さまざまな記を通じてある。そんな小僧の姿を取り、あるいは合戦の場を、いささか信心ある侍のために、矢を拾い集めて走りまわり、やがてみずから背に矢を受ける。あるいはお堂の火事を浜の家ごとに告げてまわる。あるいは山上の僧の切なる祈りに応えて、路頭に死人の累々と横たわる飢餓の京《みやこ》を抜け、細々と露命をつなぐ老母の夢枕に立ち、実際に美絹をそのもとへ運ぶ。疫癘の世にはことに巷を駆けめぐったようだが、本領はやはりあの世の境、三途の辺にある。

閻魔の庁の内外を、亡者の群れにまじり、片手に錫杖をつき、片手に一巻の文、関係文書を携えて、つねに東西に走り歩き、諍いごとのある気色だという。縋りついてきた中で、どうにか助けられる亡者を庁の前へひきつれて、冥官に掛け合うことを、主なる仕事とする。手もとに用意したところの、行業を記した文書と、役所の記録と校合させて、すこしでもこちらに歩があれば、ただちに身柄を貰い請ける。歩のまるでない場合でも、あらかじめ亡者には、いくらわたしでもお前のような悪人を勝手に放免させるわけにはいかないのだ、まあ、役人に話すだけは話してみるが、とそう突き放しておいて、いざ獄庁の前に出て役人の正当なる却下にあうと、そうか、罪業をどうにも転ずるわけにはいかぬか、と深くうなずいて、にわかにはらはらと涙を流し、それでは、わたしが代って苦を受けよう、と袈裟を脱ぎかける。これには役人衆も驚いて、たちどころに亡者をゆるす。とにかく、庁の庭を通りかかれば、勤務中の鬼どもまでがおのずと地に跪く、それほど尊いお方なのだ。ありがたい仰せではあるが、あまりしばしば超法規の慈悲を行使されては、冥界の法治が保てなくなり、亡者ばかりか、ひいては生者の心がたるむ、そちらの関係官庁から苦情を持ちこまれるのはわしらではないか、と冥官たちもあとで苦りきっていることだろう。わしらの心も動いた、しかしわしらは当分、死ぬに死ねない役の者であるからな、是非もなく、と。

冥官たちの愚痴も無理のないところで、時には亡者の泣きつく前に菩薩のほうから近寄って、いや、お前のことはつね日頃から心にかけて守っていたのだが、わたしがたまたまよそへ出かけている隙に、役人どもが書類を通してしまってな、とさっそく手をひいて掛け合いに行く。そんなわけはないのだ。冥官とは閻魔王を長官に戴く者であるからあくまでも公正に、それは時に間違いもあるけれど、所柄、私心などは挟みようもなく、記録に照らして呼出しを決定しているのであり、いくら地蔵の奔走がけむたいからと言っても、菩薩の目はいずれまぬがれられず、また通らぬことは通らないので、留守を盗むような姑息なことはやるわけがない。地獄の沙汰も金次第と言うような、そんな不信心の時代ではまだなかった。しょせんは、いささかでも助けられる縁のある者は、助けてしまうという、菩薩の了見である。そんな助け甲斐のある連中ばかりとも思えないが、あれだけ菩薩に持って行かれても、獄庁はいっこうに手がすかず、いよいよ火の出る忙しさであるところを見れば、放免された者もたいていはまたここにやって来る。むなしいような反復ではあるが、一時の目こぼしがあり得るので、陰惨な場所も少々は和らぐ、ということで良いのだろう、と冥官たちも内心折り合っている。それからまた首をかしげて、しかしもどって来た日には、罪業がまたふくれあがっているので、わしらの手間もふえるわけだ、たいていは、虚言誇言の罪がつけ加わる……と。

拒むこともあるのだ。思いのほかのことでこんなところに連行されました、どうか大悲の誓いを思い出されて、わたくしを助けてください、執行猶予でもよろしうございますので、何とか手をまわして、釈放を取りつけてください、とここを先途と口説きかかるのを、女色そのほか、お前の罪業はお話にならない、と弾指《つまはじき》して払いのけ、後向きに立っている。後向きに立つというのがここでは、背を向けるというよりはふさわしい。亡者がいよいよ切々と泣きついて、国へ帰ることができたなら、とあれこれ誓言を重ねるうちに、言葉としては生前幾度となく神仏の前で口走ったのとあまり変りばえもしないのに、やがてくるりと前を向いて、いまの言葉が真実《まこと》なら、ためしに、貰い請けてみるか、とまた掛け合いに行く。

亡者が娑婆から獄庁の辺に着くまでには、穴から直接堕ちる場合もあるが、やはりどこかで広い野を渡るものらしく、また連行されて来るとはかぎらぬようで、原中で道に迷って泣いているのを、形端正なる小僧が、兼ねて待ちうけていたか、たまたま行きあったか、憫れみをかけて、その場から、独断、帰してしまうこともある。またある女は子たちを遺して、やはり広い野をただ一人行くうちに、道に迷って泣き暮れているとむこうから、これは冠をした官人が一人やって来て、捕えて引き立てて行く。またしばらくして、端正なる小僧があらわれ、女の顔をしげしげと見て、この女人はわたしの母親だ、と即時放免を官人にもとめた。菩薩に出会ったその時から公務の停止は覚悟した官人も、この方便には啞然として、女と菩薩の顔をつくづく見くらべた。しかし仰せにはさからえず、いちおう任務完遂の形を取るためか、それとも、あまりのことにその気になったか、一巻の文書を取り出して女に向かい、罪状は二条、その一は男淫の罪、その二は説法の途中で座を立つ罪、以上、今後悔い改めよ、と読みあげて立ち去った。方便というものの、あやうく現実へ、血も肉もあるものへ転じそうな、奇妙な戦慄に憑かれて、後もろくに振り返らず、獄庁の楼門をめざして足を速めた。

この二つの場合などは、あるいは野中でひとり道に迷って泣くということがすでに救われる機縁、さらにすでにして成就であり、大半は泣くに泣けずに行く、泣き喚いたところで連行されているので道に迷わない、というのが実情なのかもしれないが、それにしても、獄庁の手続に入るそのはるか手前で、無事に娑婆へ返されては、役所の台帳に狂いが生じて、それが順々に後へ及んで、期にも満たぬ者が呼び出されるというような、間違いが生じかねないのではないか。

この日のこの一件は楽であった。男はもともとこのたびの亡者の員数に入っていないので、請け出されようと、役所としては不都合もない。菩薩のほうも、こと地獄に関するかぎり、やって来た間違いも何かの真実、とそう考えているので、役人を咎めたりはしない。呼ばれてさからうのもあれば、呼ばれもしないのにやって来て、さまざま世話のやけることだ、と長官とおたがいに苦笑しあって、獄庁の内外の様子について二言三言情報を交換したあと、門のところまで男をつれだし、よいか、帰ったらこれを機によくよく心を改めるのだぞ、わたしも菩薩の仕事に忙しいので、それではこの辺で別れよう、とつぎの救援へ駆けつけようとすると、男はその袖をつかんで、おそれいりますが、わたくしはその、帰り道がわかりませんので、困っておりますのです、とまた訴えた。その心底弱りはてた顔を見て、菩薩もはてと、額へ手をやった。

放免されて帰る道を知らぬとは、なるほど、ありそうなことではあるが、しかしこれまでのところ、ゆるされたかと安堵するほどに、まもなく目を覚ます。枕元から家の者たちが顔をのぞきこんでいる。息が絶えてから半日、一日一夜、長くて三日と経っていない。あるいは道を教えられたかと思うともう家にいる。とそんなふうに蘇ったものなのに、この男の、まぬがれた苦患も知らず、ただこの一点に掛かって愁訴する鈍い顔つきは、かりに嚙んでふくめて教えたところで一人ではとても、十年かかっても家にたどりつけそうにも見えない。往路はともかく、復路に迷って泣かれるとは、声を聞いたからにはやはり駆けつけざるを得ないだろうが、さてそれから、手を引いて里までつれだしたものか、いっそまだ近い獄庁へつれもどしてあらためて勘合させたものか。菩薩としても業務はいよいよ繁雑になり、役人どもも厭がるであろうが、さりとてこのまま放っておいては、さしあたり冥界に用もない半亡者どもが、三途の原あたりを大勢さまようことになりかねず、来る者の邪魔にもなる。これは昨今、人間の性が変ったか、菩薩の配慮にも、不備が生じてきたようだ、と考えこんだ。

菩薩が新規の事情に出会ってはたと思案するなどと、そんなことはあるものか、とそう考えるのは間違いとしなくてはならない。すべてを見透す仏性はむろん底に備わっていても、それにべったりと付いてしまっては、菩薩業にもならない。とくにこのような阿鼻叫喚のけたたましい境にあっては、巌の上で禅定に入るばかりだ。それでは、隠遁の罪で獄庁の門前町にただ居留させられている聖たちと、似たようなものになる。あくまでも、みずから俗界の煩悩および混濁を通して、人の時間に沿い、おもむろに考えてくれているはずだ。

というわけで、生前法師の、帰ればまた法師の半亡者をひきつれて、多忙の身が、広い野中を里へ向けてはるばるとたどることになった。ありがたや、と叫んだその瞬間に、自分で一気にたどり帰るはずの道を、こうも懇切に案内してやっては、この男、万端にいよいよ、道を一人では心得なくなる。過保護の害は目に見えていても、地獄の叫びのすぐ間近まで来ながらいっこう物を悟らず、帰路の便ばかり考えているような男なので、見捨ててはおけない。来る時には、どんな気持で来たのか。途中、一人でたどる道もあっただろうに。帰る今、どんな感慨でいるのか。感慨さえあればおのずと道は通じるはずなのに、男はただ戦々兢々と、地蔵の衣の裾に縋りつきながら、まるで鬼に引き立てられてこれから往くように、及び腰の足を送っている。これを見るに、時期尚早に呼び出されたのも、まんざら役所の手落ちではなくて、この男自身に、間違いはあるようだ。あるいは呼び出されもしないのに、勝手にほかの亡者どもにまぎれて、来てしまったという疑いはある。来たのが間違いなら、帰るのも間違い、地蔵の案内も間違いということになる。しかしどうして、生死の境にかかわることで、このような仕儀になったのか……。

行くうちに、野中に餓鬼たちのあまた群れ居るところにさしかかり、遠くから人の臭いに感じて、風に芒の穂のあおられるように、地を嘗めていた頭がゆらゆらと、つぎつぎに起きあがり、訝しげな目を向けた。おなじ訝りを抱いておるな、と地蔵は眺めて足をゆるめず、その背に男は顔を押しつけ、腰は後へ引くので、頭隠して尻隠さずのかたちになり、菩薩の蔭へ蔭へと這いこむようにする。そのくせ念仏のひとつも唱えない。横着なことよ、と菩薩はあきれながらも、おそれることはないと宥め、おそれるとかえって惹き寄せるぞ、とたしなめたが、男はいよいよ怯えを剝いて、生前からの習い性でもあるようで、一人で怯えにひたりこんでいく。何も見てはいない。何も聞えていない。

見馴れぬ物にやはり惹かれたか、餓鬼たちは地を流れるように寄り集まってきた。しかし生者や半亡者ならいざ知らずこの冥界、この六道に正規の籍を置く身分で、この菩薩の姿を見分けぬ者はなく、菩薩の行く手をすこしも遮らず、背後へまわりこもうともせず、ただ片側にやや遠のいて群れ、てんでによろけながらうなだれて従いてくると、菩薩もそれに歩みを合わせた。おそれることはないのだ。地蔵のひきつれた亡者に手を出すはずもない。日頃、地蔵が野を通りかかる時には、途中で迎え取った亡者をつれていようと、遠くに留まったまま、それぞれ菩薩を拝んで、ゆるやかに頭をさげ、やすまず餓鬼の業を続ける。貪婪というよりは、菩薩の前でおのれの罪へ、あらためてへりくだるようなしおらしさが見える。

たまさか、長年の勤務に倦いた官人が連行中の亡者の、罪も知らぬげな詠歎に腹を立てて、群れの前へ放ることがあり、餓鬼たちは四方からそろそろと、むしろ哀しげな面持で亡者のまわりに寄り、長い溜息を口々につくとあとはおのれの業に忠実に、たちまち喰いつくして離れるが、餓鬼は満たされぬはずで、骨ものこらなかった亡者がその頃には元の姿にもどって官人の傍に決まり悪げに立ち、官人はいよいよ疲れはてた顔つきでまた引き立てて去る。終始、静かなのだ、野の者たちは。幻の肉を啖う音も、野の沈黙から出て、野の沈黙をつくりなす。羞恥のけはいすら、暮色のように漂う。

それにひきかえ一人けたたましく、なまなましく怯える男を、菩薩は姿なき物のごとく腰に縋らせて、錫杖を鳴らしてゆっくりと進むと、餓鬼たちは一間ほどもさがって、やはり草のなびくほどに静かに、巡礼よりも穏和しく従った。そのうちにすこしずつ歩みを控えて後へ落ちて行く者たちがあり、やがて女たちばかりの群れとなった。

その法師は、わたくしの息子です、としばらくしておずおずと声が立って、老いた女が長い指を差した。

あれを養うために、多くの罪をつくり、今はその報いを受けて、このとおり飢渇の苦しみに責められております、と年の頃は男と変りもなさそうな、年配の女が痩せこけた胸をはだけて見せた。

あまりにひもじくて、やるせないので、その子をわたくしに、どうか、放ってください、とうら若い女が骨と皮ばかりなのに妙に白い腕を伸べた。

訴えたところから、それぞれ力尽きて、膝からくずおれ、地に伏してゆるやかに悶え、眺める菩薩の目に憫れみの光が差して、杖が停まると、その腰の陰からひときわなまぐさく、怯えの臭いが立ち昇り、ほかの女たちもつぎつぎに進み出て、老いも若きも、子いとおしさに犯した親の罪をひとしく歎き、そこに隠れる我子を、この飢餓をせめてつかのま癒すため、くださるよう、口々に哀願して、手をわななと伸ばしかけてはうずくまりこんだ。求めることは無残だが、声は哀しみにかすれて、物腰もかそけく、年々繰り返される儀式の優美さがあり、悶えさえも不思議な香をくゆらし、菩薩を近くに仰いで、あさましいありさまをあらわしながら、無限の苦患にいましばし寛いでいる。人心地がついている。細い嗚咽がひとつになり、野にそって渡った。

その声の行く末に耳を澄まし、野に満ちた哀しみの深さをはかるふうにしていた菩薩の、眉がふとひそめられ、錫杖がおのずと固く鳴り、腰のうしろから男がふらりと離れた。おどけ出たような顰めづらに、総身の毛を逆立て、前から迫るものを必死に打ち払う手つきをしながら、うずくまったきり動かぬ女たちの群れにじりじりと惹き寄せられ、あげくは自分から狂い立ち、まっこうから群れの中へ駆け入り、たちまち膝が萎えて頭から倒れこみ、さらに逃げ惑うように這いずりまわるうちに、たまたま一人の女の膝に手がかかり、地にくずおれたその身体を喘ぎ喘ぎ引き起し、さからいもしないのをのけざまに倒しておおいかぶさり、とたんに甘やかな顔になり、耳もとへ唇を触れて、睦び誓い、ひしひしと掻きいだくと、女は地蔵に似た眉をひそめて愛撫に堪え、怯えのさらに滴るような男の、喉もとからひっそりと、肉を啖いはじめた。

錫杖がまた鳴って、菩薩の手がうしろざまに動き、またしても腰の蔭を離れて女たちの前へ躍りでようと半身を乗りだした男を戒めた。留めておいて今にも逆に放りそうな、その手のけわしい力に、ひと息置いて、女たちのほうからわずかに振り分けられたか、憫れみの感触が伝わってきたが、遠くへ据えられた白いような目にはすでに、餓鬼道よりも甚しい狂躁の、涯もない反復が一時《いっとき》に映し出されていた。その眉がもう一度かすかにひそめられ、女たちは揃って起き直り、従順な飢餓を顔につけて、静まりかえった。

物の見えぬ者は、生かすよりほかにない、と菩薩はやがてつぶやいた。それからあらためて男をうしろ手に庇い、女たちに向かって、この者はお前たちの子ではない、とおごそかに否定した。よく似てはいるが、覚えもさまざま動くだろうが、しょせん別人だ、いや、情がすこしも応えていないところを見ても、お前たちの苦には似ても似つかぬ、無縁の者だ……。とたんに女たちの群れから悲歎の叫びが巻き起り、無縁の者のためにこれほどの苦患を、とまた訴えて嵐のようになりかけたが、菩薩の制する目に従って、たわいもなく安堵した男の顔を一斉に眺めやるとふっつり静まり、やがて眼中にもなくなり、一人ずつ菩薩に手を合わせ、苦しげな腰を起して野に散った。

ここまでは案内しましたが、この先は一人でもおいおい、道に覚えが出てくることでしょう、と野のはずれまで来た時、小柄の若い僧は両足を揃えて立ち停まった。途中でちょっと道をたずねただけなのに、黙って目でうながすと、どこまでも先に立って行く。その懇切さを迷惑なようにも感じて、そろそろまた一人になりたいと思っていたところだったが、こうもあっさり別れを切り出されて見れば、すぐ行く手で道は草の中へまぎれ、曲がり目には剣呑な穴でもありそうで、だいたい、いっこうに、道に見覚えがまさらない。にわかに心細くなり、それに、これだけ世話になったのに相手のことをすこしもたずねなかったことに気もひけて、しばらくでもひきとめたい一心で、あれは何事でしたか、見も知らぬ女たちが揃いも揃って、自分はお前の母親だと言う、ああも大勢、母親がいては、身が持ちやしない、あなたが追い払ってくれたので助かりましたが、あの界隈は、御僧侶が一人で通りかかっても、ああして言い寄ってくるのですか、母親を大勢持つというのは、考えてみれば、これこそ地獄の最たるものでね、ところであなたの母上は、御息災ですか、と気が走ってたずねると、僧は答えず、潤みがちの目でつくづく顔を見つめてから、こちらに向かって、まともに手を合わせた。

十二月十五日、木曜日、晴。

水を落した池の底に泥土が厚く溜まった。年末の柔らかな陽は差しても、目を据えて見ていると、曇天の下にひろがる干潟の陰惨さを思い出させた。今年の夏は九月にかけて雨が降り続いた。公苑のそこら一帯の、地面の吸いきれなくなった泥水を集めて、池は幾度か倍ほどにもふくらんだ。十月はどうであったか、国を留守にしていたので、今年は木犀の香も知らない。十一月には晴天が続いた。それでも夏場の日照不足が今にこたえて、樹木の紅葉は冴えなかった。欅や桜は焼けたそばから枯れていった。楓も染まりはじめた頃には乾いて巻く葉が目についた。楢や櫟は十一月の深くまで分厚い葉を繁らせ、これはおくれて見事に焼けるかと思わせたが、いざ黄葉してみると、もうひとつ盛りきらず、脆かった。年内は褐色の葉の、落ちのこりの賑わいを見せるはずの雑木林も、あらかたが裸木となった。

その中で一株、いまだに紅葉し続ける楓がある。丈はだいぶになるがまだ若木の、しなやかに伸びる枝々の葉が、年々に劣らず紅く焼けた。盛りにあたる時期には、そうでもなかった。ほかの楓と同様に、今年は紫から黒みがかって、重く内にこもり、そのまま色褪せていくかと見えたのが、楢や櫟の葉も落ちる頃になり、日に日に鮮やかな紅に、染め返していった。やがて焼けきわまって、晴れた日に曇り日に照るのを、今が盛りかと眺めて通り、半月ほど過ぎてもしかし、色はいっこうに衰えず、はかばかしく散りもしない。この樹にかぎり来年の萌芽の力が足りぬのか、それとも、今年は発散されなかった林の力が、この一木に集まり鬱屈して、盛りのままうつろうにもうつろえないのか。造り物めくその一歩手前まで摺り寄りながら、いよいよ細く照り映える。一夜二夜の高い発熱の跡がこんなふうにして、いつまでも人体のどこかに、とくに夜の眠りの中にのこる、ということはある。

風はすでに北西から渡っているようだが、林のそのあたりは静かで、わずかに熊笹が風上から順に顫えて、枝に落ちのこった干枯びた葉がくるりくるりとまわり、耳を澄ませば地に散り敷いた落葉にも風のおもむろにつのるけはいが感じ取れるのに、その枝からは、ひとひらの葉も宙へ離れない。

池は泥の腹を日にさらして浚渫を待っている。もう一度、泥にかぶるかかぶらぬほど水を入れて、おそらく鋤き返すようにしながら、真空仕掛けにより、泥土を吸いあげる運びらしい。

また明後日ばかりまゐるべきよし

昭和二十年の東京では、梅はいつ頃咲いたか。荷風の日記を引くと、三月二十一日の記に、近隣人家の庭に梅花のひらくを見る、数日来世情全く一変せり、とある。深川江東の大空襲のあおりにより麻布市兵衛町の住まいを焼かれてから十二日目、仮に身を寄せていた代々木の辺のことになる。梅の咲くのがずいぶん遅かった。あるいは、この日になってようやく花に目のとまるほどの心地がついたのかとも思われたが、そうではないと分かった。

おなじ年、内田百閒は三月二十六日の記に、市ケ谷の三年坂の枝垂梅のことを書き留めている。坂のつきあたりの塀の上に咲きかかり、今がちょうど盛りだとある。今年は寒かったので梅は一帯に遅れた様である、と記している。この枝垂梅の咲く塀の近辺はまもなく強制疎開により打ち壊されることに決まっていたそうだ。それだけに、この春が名残りと百閒は感慨深く花の盛りを眺めた。ついでながら、強制疎開と聞くと、私は五十を越した今でも、小児の身ぶるいを覚える。建具を取り払われ裸にされたとは言いながら、まだまだ常の姿を留めた家を、大黒柱に鋸を入れて綱を縛りつけ、外から大勢、綱の先に寄ってたかって、力づくで引き倒す。いくら引いてもびくともせぬと見えたのが、棟がゆらゆらとふるえると、屋根から前へ崩れ落ちる。人の首のはねられるのを見るようで嫌だった。修羅とは敵が到来してから始まるのではない。

もっとも、あの酷い措置が取られていなかったなら、おなじ年の五月の末に、荏原あたりの、中原街道へ逃げた私たちも、無事に済んだかどうか。道路の両側に並んでいた家がもしもそれまで壊されずにいて、あの未明に一斉に火を吹いたとしたら、炎と極熱の風が人の群れる路上を走ったはずだ。着た物から燃えあがる。三年坂の枝垂梅は、家屋の引き倒される方向になければ、生きながらえたかもしれない。しかし坂のつきあたりの塀の内では、作業の邪魔になって、無事ではなかっただろう。

とにかくあの年、東京では梅の咲くのが、彼岸は三月の十九日だったというから、それよりもまだおくれたようだ。まして三月十日の深川江東大空襲の夜には、私たちの住まっていた西南の郊外でも、まだちらほらともしなかった、と見なくてはならない。私の記憶が違っていたことになる。あの未明、東北の方角の空がひろく焼けて、その内から白光がくりかえし押しあげ、近くの家々の二階の軒も窓も遠い火の色に染まり、そして庭に梅の香が漂っていたような、そんな記憶が今にのこった。大風の夜だったはずなのに、その時にはあたりが静まっていたように覚えているのも、ずいぶん怪しい。しかし庭に立つ家の者の顔がほの赤く浮いて、自分の手を前に出して甲を返して見ると、それもおなじ赤さに照った。その足もとから、地面は暗くて、甘い香りがその底にひたりとついて、あまねく立ちこめていた。

家ごとに人が防空壕から出ていた。赤い空の下では十万にも及ぶ人が焼き殺された。梅の香がしていたというのは、それ以後の記憶が入りまじったのかもしれない。あり得ることだ。郊外の住人にとっては、恐怖はむしろその日から始まった。それまでは、敵機の来襲こそ頻繁になっていたが、郊外のあたりではさほど急なことにも感じていなかった。それより先、二月の二十五日には、雪の降る昼間の二時過ぎから、B二九が一七九機東京上空に侵入して、日本橋、神田、浅草にかけて二万戸あまりを焼き払っているが、私の記憶には、白い障子がほの見えるだけで、それ以上にはさだかにならない。空襲の最中にも、家の内に留まっていたようだ。さらにその先の、二月の中頃には、すっかり明けた朝方に、敵の艦載機の編隊が西の空を低く、ちょうど隣家の松の木ほどの高さに見えて、悠然と南へ飛んでいくのを庭から眺めた。たしか前日から敵艦隊本土接近とか重大事態が触れられて、家から出たり入ったりではあったが、二日続きの防空壕暮しになり、その間その辺の空にはいっこうに緊迫した様子もなく、朝方になると大人も子供も埒の明かないのに飽きはてて、だんだんに壕から這い出し、それでも家の中には入らず、庭を歩きまわっていたところだった。閲兵式の日とそうも変らぬ低空を行くのが、すべて真っ黒の敵の戦闘機とは、子供心にも何とも言われぬ屈辱感を動かしたが、あきれて見送った後にはひきつづき、前日来の、夜には寝巻に着替えなくてもよく朝には顔を洗わなくてもよい暮しの、けだるい気分がのこった。帝都上空を我物顔に行くというよりは、こちらをもう構いつけもしないような、敵の表情だった。大人たちもまたそんな口振りに聞えた。あの二日間、敵の艦載機は関東一円を駆けて、各地の航空基地を叩いてまわった、と後になって知った。あの編隊を眺めた日に、都内だけでも五百人からの死者を出したとは、当時、私の周辺では思いも寄らなかった。機銃掃射だったのだろうか。

三月十日の後、梅の花の咲いて散る頃まで、しかし東京は無事であった。記録にあたっても、十二日は名古屋、十四日は大阪、十七日は神戸、十八日未明にかけては名古屋、二十五日にも名古屋、二十七、八日は北九州と、それぞれかなりの空襲を受けてすくなからぬ死者を出しているが、東京では防空壕へ駆けこむほどのこともなかった。毎日のように敵機が少数飛来して、そのつど警戒警報のサイレンが鳴ったが、たいてい空襲警報には至らずに、まもなく解除された。ほとんどが昼間だった。学校はまだあったが、これものべつ途中から下校になった。授業中にサイレンが鳴り、教師が窓から首を出して確認している間に、生徒たちは待ちかねてどやどやと立ちあがる。油を売りながらゆっくり帰ってくる。晴れた日に決まっていた。朝の登校中にも鳴ることがあり、しめたとはしゃぎ立つと、班長がいましめて、きをつけの姿勢を取らせ、敬礼して散会する。と言っても、班長は四年生で、三年生が一人と、一年生の私と三人しかいない。私の兄たちもふくめて、高学年のほうから、疎開させられていた。大まじめな敬礼も巫山戯《ふざけ》のうちで、手をおろすと、だらけた足取りを並べて引き返す。ませた四年生の、赤ん坊ができるまでには、三回、やるんだ、というような話に、生垣の角で長いこと立ち止まっていることもあった。家へまっすぐもどっても、近所には遊び友達がこれも疎開でいなくなり、遠くへ行くことも危険だと禁じられ、腹はすいて、所在もなかった。火種の絶えた暮れ方の部屋の隅で一人膝を抱えこんでいることが多かった。夜には、親がもう面倒がって、いざという時には上の物を着こめば済むよう、肌着にズボン下をはいたまま寝ることが許されていた。

夜中にサイレンの鳴ることもあった。三月十日の後には子供も遠い鳴り出しに敏感になっていたが、親たちにはやはりおくれるようで、目をひらいた時には、暗闇の中で居間のラジオがひとりでに点いたように、正面を物に覆われてその縁へ赤い光をうっすらとにじませ、抑揚のとぼしい声が敵機の洋上接近を伝えて、親たちはもう寝床にもどっている。情報を聞いているようなけはいもなく、やがてかるい寝息が立ちはじめる。夜の空襲に備えて一家四人がひとつ部屋に、蒲団をつないで眠るようになってからは、それまでとくらべれば、雑魚寝めいた安易さがあった。子供も眠りにひきこまれる。そのうちに、天井のかすかに震えるような、細い唸りが降りてくる。耳をやれば、風の音しかない。居間のラジオは黙りこんでいて、サイレンの鳴った覚えもない。それでも遠くから空がじわじわと、頭上へかけて焼けてくる。閉てた雨戸の隙間がすでに赤く照っている。人は起き出そうともしない。温もった下腹がむず痒い。折り重なって、きれいな顔をして、死んでいたそうだよ、とささやく声が聞えた。伝単の予告した十五日は何事もなかったけれど、油断させておいて、やるんだろね、と誰もいない庭が赤く染まっていく。さめてはきれぎれに繰り返される夢だったが、あの時、梅の香が家の内まで流れこんではいなかったか。

それから、四月に入っていた。新学期の始まって間もなくの頃だ。良く晴れていた。その日、学校で午前のまだ早い時刻にサイレンが鳴って下校となった。その月に入って、何日か前にも、ひさしぶりに上空が敵機で賑わうことがあったので、道草はしていなかったはずだ。それでもたいした恐れもなしに帰って来た。友達と別れて一人になり、もう家に近い角が先に見える、ゆるい坂の上にかかったとき、ちょうど四つ辻のところで、天から呻くような、空襲警報が鳴りだした。日頃、教えられていたとおりに、腰にさげた防空頭巾をかぶるために、立ち停まった。あたりにはたまたま人影が絶えていた。耳が遠くなり、見も知らぬ道が真白に伸びた。頭巾の紐を妙にゆっくりと結んで、つかのま、動けずにいた。それから駆けた。坂をくだり、角を折れて、家の塀のはずれにかかり、そこから先のわずかな道がどうしても駆け抜けられないような焦りに取り憑かれて、足が浮きだしたとき、母親の声がした。塀の内からのどかに呼んでいた。頭上にはいつのまにか敵機の爆音が満ちて、高射砲の音が盛んにあがっていた。まもなく門のくぐり戸がひらいて、笑っているような、母親の顔がのぞいた。おいでおいでをして、寄ってきた腕をつかむと、庭を走って防空壕へひきずりこんだ。

どこで転んだの、と壕の中であきれてたずねられた。頰に血がにじんで、服をまくると、肘から膝から胸にまで、なまなましい擦傷が見えた。坂の途中で、と答えたものの、じつは思い出せなかった。家の門までまっすぐ、やすまずに駆けて来たつもりだった。どこで空襲のサイレンを聞いたの、と母親はまたたずねた。坂の上の四つ角のところでと答えると、転んだぐらいで、そんなにうろうろして、機銃掃射でも受けたらどうするの、とおそろしげに顔を眺めた。おかげで、白昼空襲下の坂道でひとりごろんと転がったままでいる、あり得もしない姿があとにのこった。

あの日、花を見た。これは桜の花だ。東隣の塀越しに咲き盛っていた。陽の光のけたたましく躁ぐ庭を、腕をつかまれて駆ける最中に、つまずきそうになったか、両足を揃えて立ち停まりかけ、いっそう邪慳に前へ引かれてよろけたとき、防空壕のむこうから、目の内いっぱいにふくらんだ。おなじ花の色を、壕の暗がりから、頭上を敵機の編隊の通りかかるたびにうかべたのは、それからわずか後の夜のことになる。あれは灯火管制の暗闇の中で敵の目標になりはしないか、と思ううちに、いつか花の白さへ耳を澄ますようにしていた。おそろしい声だった。

家の者たちの気持も、初めて追い詰められた夜だった。昨日は無事に過ぎた。一昨日の夜に北の方面でかなりの空襲があった。今度は南がやられるという噂がその間にひろまった。急死したルーズベルトの弔合戦になるので容赦もなく焼き払うだろうと言われた。その夜は警戒の警報を聞いただけで家の者は身なりを固めて庭へ出た。前日から用意した荷物を手分けして防空壕へ運びこんだ。隣近所の庭々でも、声はおのずとひそめているが、人の働くけはいがして、それが急になっていくように感じられた。しかし空襲の警報はなかなか出なかった。欲にひかれると命を失うと言うから、とほどほどのところで断念して壕の中に入ったあとも、空には音もなく、母親がつい閑を惜しんで、庭から家の中へ駆けこんでは小物を持ち出した。そのうちにサイレンがようやく鳴り、まもなく頭上に低く爆音が満ちわたり、壕の中では息もひそめきりになった。

　警報に起された時から目は暗さに馴れているが、敵機の来襲を聞いて入口の板蓋を落したとたんに、壕の内は闇になる。やがて蓋の縁にそって、黴のような蒼さが土に染み出す。夜とは月がなくても明るいものだ。あてどもなく漂うその明るさを見あげて、爆音の近づくのを聞いている。盛った土を支える梁が、のしかかる音に共鳴して、こまかく震えだす。強制疎開の跡から運んできた古材だ。土も鳴っている。梁から降りて壕そのものの唸りとなり、ふくらみにふくらんで、ふっと引く。爆音が遠ざかっていく。頭上にぽっかりと、月ののぞく雲間のような静かさがひらいて、恐怖があらたまり、つぎの編隊が近づいてくる。

　膝の上に物を抱きこんでいる。知らぬ間に手あたり次第の物をひき寄せている。敵弾落下の際には、目鼻口耳を両手でおさえて地に伏せよというのは、防空壕の中では土に埋もれるおそれがあるので誤りだ、と近頃になり訂正された。背を伸ばして坐っていたほうが、土の中から救出されやすい。さらに、鳶口のような、長い柄の物を立てて抱えこんでいるのが、目じるしになるので望ましい、とそう達せられたが、そんなものがどうして狭い壕の中に入る、と人は相手にもしなかった。棒を押し立てて目鼻口耳をおさえて土中に正坐しているとはまた珍妙な、オダブツの恰好だ、と笑う者もいた。

　その夜はお櫃を抱えていた。宵の口に母親が、今夜はいけないかもしれないと、取って置きの米を炊いて食べさせ、あまりを櫃ごと毛布にくるんでおいたのが、膝の上で温もっていた。飯のにおいも膝のまわりから闇に流れた。それが、爆音ののしかかるたびに濃くまろやかに、せつないほどになった。直撃を受けたらどのみち、生きてる閑もないので、まわりに火の手のあがるのを見て、まだ命があったら、何もかも放って逃げることですよ、後生大事に物を抱えて死んでいてはつまりませんもの、と陽なたの縁側に寄って花を見ながらせかせかとささやいて帰った女がいた。その腰を掛けていた跡に、変に甘たるい、嫌なにおいがのこった。おなじようなことを、母親もやがて口にした。今にでも、壕の中が赤く照ったら、まずこのお櫃を膝からどけなくてはいけない、と子供は思った。しかし刻々と櫃の重さは生温く膝に馴染んだ。直撃を受けてもこの今はのこる、ほんの一瞬の間でも、後がないので、と子供心にそんなことを考えていた。

そのうちに、家の者の顔がにわかにくっきりと浮き出した。家の者と言っても父親は不在で、母親と女学生の姉と、子供と三人しかいない。女たちの顔が首からいきなり闇の中に際立って、肌に蒼い発光を流したように、板蓋を仰いで、天の高みへ目を凝らした。緊張に堪えかねた面相がほのぼのと苦悶の色へゆるみかけた。子供も耳を澄ましたが、ちょうど爆音が遠ざかっていくところで、つぎの波はまだ近づかず、薄紙をはがしていくふうにひろがる静かさのほかには、何ひとつ伝わらなかった。それでも女たちは一心に、やわらいで、天から降りてくるものを待ちうけていた。こんなにも耳が聞えないのは、もう死ぬのだな、と子供は思った。背後にあたるはずの、塀の上に咲き盛る花が、うつけた聾啞の中で、ひとひらずつちらちらと震えるのが、いま一度見えた。

その日は無事に過ぎた。隣まで火がまわったので、逃げてきました、と訴えて、庭から小さな男の子を横抱きにして壕の中へ転がりこんできた知合いの女性が、ここもうあぶないからと母親にまずすすめられて、櫃から茶碗によそわれた飯を、怯えて手も出ない子をよそに、いまさら切羽づまった顔つきで掻きこんでは、おいしい、ああ、おいしい、と荒い息をつくうちに、空には地平に至るまで敵機の音がひいていた。

あちこちから男の太い叫びが立って、末は甲高いまでになって切れた。防火にあたる男たちの呼びかわす声と聞いていたが、ひと月と十日ばかりして、つゆ用心もなかった夜に家を焼き払われた後で、遠く炎上を望んでただ犬のように吠える男たちのあることを知らされた。

年末の十五日に、前年亡くなった姉の、御亭主が小さな忘年会を構えて私たち兄妹を招いてくれた。場所は私の住まうあたりから電車を乗り継いで半時間とかからない町になる。若い頃から何かと縁のあった土地だ。それどころか、仕事のごたごたでその夜は出席できないことになった次兄が、一年ほど前からその界隈に越して来ている。長兄も遠くはないところにいる。だいぶ隔たったところに住まう義兄がわざわざここを選んだのは、私たちの足の便をはかってくれたことになるが、あるいは生前やはりこの町に親しんでいたらしい姉の縁に、ひかれたのであるのかもしれない。駅に着いてみればまたあらためて、ずいぶん近いんだと感心させられた。こんなに近間なのに、もうひさしく来ていない。学生の頃から、じつに三十年ぶりになるか、とつぶやいて、自分であきれた。十八年前に亡くなった母親の何回忌かに、この町のどこかに家の者たちで集まって食事をしている。いつであったか、どんな店であったか、まるで思い出せなかった。父親もまだ元気に酒を呑んでいた、とその辺の感慨で済まそうとしたところが、父親がそこにいたかいなかったか、それまでがあやしくなった。いなかったとすれば、六年前の父親の時のことになるが、そんなことも分からなくなるとは、と首をしきりに振って、忘年会の店の前を、その看板を目にしながら通り過ぎた。

約束の時刻にまだ少々間もあった。五分ほども歩いて繁華街のはずれにかかり、まわりは昔と変ってしまったが、ゆるいのぼりになる道に若い頃の覚えのあるのを感じて、それで何に得心したのか、店へひきかえした。微熱の出かけているけはいがあり、もう一日だけ、もたせなくてはならないな、と考えた。その翌日の暮れ方には、締切りの仕事をしまえて、夕飯の前に床屋に行った。前回の散髪は九月の末になり、外国へ旅行する三日ほど前にあたった。四週間後の十月末に帰って、二日おいて仕事にかかった。その仕事をすましたのが十一月のなかば過ぎで、その翌日、近所のかかりつけの医者のところに行った。徴候を話すと、医者は多くはたずねず、これも歩いて行ける近さにある綜合病院へ紹介状をその場で書いてくれた。四日後に、その病院に朝の八時から詰めて、最初の検診を受けることになった。片づいたのが正午すこし前で、いちおう無事だ、と言われた。来週また足を運ぶことになり、その晩は友人と街で会って酒を呑んだ。前からその予定でいた。半年ぶりで見る顔が劇場の前を横切って近づいてきたときには、助かったらしいよ、と一人で笑っていた。

床屋に気前よく刈り落される髪を、どんなふうに捩れているか、手に拾って眺めてみたい心持がしたものだ。二度目に病院に行くと、無事とは思われるが、念のため、さらに検診を受けるよう、洗いなおすよう、すすめられた。正午に家にもどり、その日からまた、つぎの仕事にかかった。検診は三日後に定められ、翌日の昼飯から食事制限が始まった。翌々日は指定どおり午後の三時に薄粥を啜ったきり、あとは絶食となったが、もう十二月に入ったので、仕事をすこしずつ進めておくことにして、やるせない身体を机の前に据えた。そのうちに身がかるいようになり、恍惚感にまぎらわしいものが夜半へかけて差してきた。あやうさの中にやすらいだ、せつないことはせつないその体感が、それから二度にわたった検診のあとまで持ち越された。

最後の検診は十二月のなかばにかかり、朝早くから長いこと、さむざむとした廊下の椅子に空っ腹を抱えて待たされた末に、超音波室に呼ばれて、裸になって台の上に横になると、カーテンを垂れた隣から、若い女性の笑いころげる声が立った。看護婦の低い笑いも混じるので、病院馴れした患者が検診の後できわどい冗談を言いかけられて苦しがっているのかと思ったら、仕切りのむこうで明かりがついて、このつぎにしましょう、と医者の不機嫌な声がした。痛くて我慢のできないのなら、まだしも、と咎めていた。若い人はどうしても、くすぐったいのね、でも、そんなにもう若くはないでしょう、と看護婦がたしなめて、家で子供が待っているそうですので、と医者に取りなしていた。あらためて耳をやればたしかに、全身を硬くして喘ぐのが伝わってきた、それでも検診がまた始まると、こらえにこらえた端々で、切羽づまったその分だけ甘えたみたいにふるえる笑いが喉を割って洩れた。やがて自身も脂を塗られた腹に機械の先端を押しつけられて、こんな陰気な、不吉なほどの感触なのに、相応の疑念にうながされて来たはずの者が、くすぐったさに勝てないものなのか、といぶかると、とうに静まった隣の声が、酷い手におびえる、命乞いの嗚咽となって耳にのこった。

放免されれば、病院での半日の労苦の後で、会計の窓口に呼ばれるのを待つ間ももどかしいほどの空腹を覚えて、波の上を踏むみたいな足取りで家にもどって脂濃い物を掻きこむと、若々しい食欲がそのまま三日ほどは続いた。それから旺盛さはさすがに年なりに失われたが、穏やかな食欲は定着したようだった。これにくらべればこの一年二年は物をよくも喰っていなかった、とある晩、感慨めいたものを抱いた。かるい驚きを覚えて振り返ってみると、しかし、そうでもなかった。むしろここのところ年々、すさんだような物の喰い方を嫌悪して、すくなくとも夕飯には、腰をじっくりと据えて、くつろいでかかるようにしてきた。実際に、食は進んでいるはずだった。しかしそれがまた、いくらかムキになっていたように、今になって感じられた。ひしひしと物を喰う横顔が見えた。ことに、十月の旅行中は盛んに喰った。仕事から解放されて、日がな楽な恰好で歩きまわっていたせいとは言いながら、腰をおろせば酒を呑んで物を喰い、いきなり腹がすけば立ちながらでも喰い、日に二度は肉の物をかなりの量摂って、仕舞いまで飽きなかった。休暇がのこりすくなくなるほどに、よく喰った気がする。あれは、どこか一心不乱のところがあった。半端な時刻に、酒が呑みたくなったついでに、大ぶりなレバーのフライの、皿に山盛りに出されたのをたいらげて、喉もとまでそのにおいの詰まった身体で、ちょうど正面から照りつける西日へ向かって、まぶしがる目の内から睡気に染まり、満腹に酔ってふらりふらりと長い市場を歩いていた。腹の底に肥えたトグロを巻く物の棲まうような、重たるい壮健さだった。しかし出がけに気にかけた徴候は影をひそめていた。あれで、筋肉ばかりに痩せて帰ってきたものだ。医者のところに行くのは、ひと仕事すました後と、強情に決めていた。

今では穏やかな食欲の底に、飢餓感を淡く漉し取ったようなものが、初めの絶食の直後から、細く尾をひいている。

蕎麦屋さんは、どこへ移りましたか、とたずねた。散髪をした翌日の、競馬場のことだ。長年、下見所の脇にあった味の良い立喰蕎麦の小屋が、一年ぶりに来てみると、場内改装工事のために、影も形もどころか、工事現場の内へ取りこまれたようで、跡も分からなくなっていた。案内所のボックスには係の中年女性が二人いて、その一人が、はあ、と大きくひらききった目を向けた。にわかに耳の聞えなくなった顔に、つかのま見えた。日本蕎麦ですか、とやがて聞き返して、同僚と二人してひそひそと、いかにも難題をもちかけられたふうな額を寄せ合っていたが、そのあとは丁寧に、観覧席《スタンド》二階の一郭をおしえた。行ってみればそこは前から知っていた和風の食堂だった。それでも蕎麦は置いていたので用は足りて、店を出たあと、あの立喰はやはりなくなったのか、と惜しんで長い二階を歩いてくると、右手の屋台の並びに、人が群れて蕎麦を掻きこんでいるのが見えた。聞き方がおかしかったか、とその時は思っただけだった。蕎麦屋さんとやにわに言われたので、こんな場所に、町にあるような店がうかんで、その像に案内がふさがれてしまったか、と。

その日は競馬場に着いた時から身体が透明に感じられて、物がすこしあやういほどにすっきりと見えた。こんな日には、予想が紙一重ではずれつづけることは、長年の経験から知っていた。なま見えと自分でも呼んでいる。はたして馬券は、よくも毎度こんな近くをかすめられるものだと感心させられる正確さで、はずれつづけた。そのうちに一度、勝負にかすりもしなくなった。そのつぎのレースでは、だいぶ脈絡の乱れた組合わせ方になった馬券の片端に、結果のほうがひっかかってきた。良い徴候である。これで陽気になれる、乱暴になれる。心はすでに手放しで躁ぎかけながら、しかし身体のほうに、ひとりさらに静まっていくけはいがあった。どうやら、紙一重で確実にすり抜けるうす気味悪さへ、こだわりつづけたがっている。これは、競馬場に来てみれば、年に一度や二度はあることだ。心は雑になり、身体は細く澄む。この妙な分裂もとうに心得たことで、こだわればはてしもないことだから、と身体のほうをいましめるうちに、身体も弱腰になったか、濁りはじめる。ところがこの日の身体は、振り払ってのめっていくわけでもないが、さりとてすなおに乱れようともせず、おそれを知らぬげな透明さを留保していた。

つぎはその日のメインレースになり、下見所で馬をよく確めた上で、馬券を売る窓口の列についていて、一点で勝負をしようかと誘われかけたが、もっと気持のざわついた日ならばそれも景気が良くて面白かろうが、こうもひややかに取っ憑かれた状態ではあとがおそろしいと逃げて、ほかに四点ばかりを躁々しく添えて安心したところが、発走のもう間際になり、初めに思い定めた一点を買い忘れてきたことに気がついた。窓口でまず添え物のほうからそそくさと買い足して、ひと息ついたそのとたんに、本筋がはたりと落ちたものと見えた。すぐに駆けもどればいけない締切りにまだぎりぎり間に合う頃だったが、何心もなく窓口から離れてきたなとつぶやいて、腰が席から動こうともしなかった。あの時、淡い明るさにひたされた気分の中から、蕎麦屋さんは、とたずねられて振り向いた案内所の女性の顔がうかんで、鈍い目つきながらに、その間に、鼻のあたりから、やや切羽づまって見えた。それと同時に、まわりから人のざわめきがおもむろに拭い取られて、梅の香が、盛りをまわって朽たれていく甘いにおいが流れた。このにおいは、人の声も物の音も聞えなくなり、いたずらに目を瞠る時に、おのずからあたりに満ちるものか、とそんなことを思った。

馬たちが遠いコーナーをてんでに傾くようにしてまわり、ひと塊となって押し寄せ、一頭が早くに抜け出し、おくれてもう一頭が群れの外側から脚を伸ばして、買い落したとおりの馬券となり、二頭がほかを離してゴールを抜けた時にも、まわりの喚声は聞えていたが、無音の感じが耳の底にのこった。もう幾度となく眺めて、寸分と変らぬ光景を、また眺めている心地が、馬群が直線のなかばにかかる頃からしていた。四・七かい四・八かい、とこんな明瞭な結果にも目がくらんだらしくすぐ脇からおよそ見当違いのことをたずねる声があり、四・五ですよとニベもなく答えると、取ったあ、と叫んで駆けて行った。苦笑して自分も階段を降りかけた頃になり、いましがたとっさに答えられたことが、ありがたいように思われた。

この四・五という馬券が、二着に入った馬が走路妨害を犯したと判定されて失格になり、あたり馬券は三・四に変更された、とだいぶしてから場内に発表された。ちょうどつぎのレースの下見所にいたが、その辺のスピーカーが故障のようで、何を告げているのかも聞き取れずにいるうちに、ぎっしりと詰まった人垣の中を、初めは不吉な噂のように、失格というささやきが、幾波にも分かれて、さわさわと寄せてきた。助かったよ、と笑って、はてと首をひねった。こんな間違いが重なっては、変に負《ふ》のほうへ磨ぎ澄まされた勘が、つぎの最終レースの窓口で、どんなきわどい目へ突っこむことやら、とまだおそれがうっすらつきまとったが、いざ馬券を買ってみれば、下見所で目を凝らしていたにしては、およそ恣意乱暴な、ようやく陽気な組合わせとなっていた。今日はあぶないところだったかな、とその時になって思った。

窓口を離れて、物も言わず脇目もふらず行きかう人の中に立ち停まり、こうして寒い最終レースまで帰らずにいる客のうち、何人に一人ぐらいが、来年の暮れ頃には、競馬場と言わず、この世にいないことだろう、とすでに薄暗くなった場内に、一日の火照《ほて》りを照り返すみたいに際立った顔々を見渡した。どこの人の群れだろうと、おなじことにはちがいないが、とにかく、そんなことをとくに思わせる場所、思わせる時刻ではあるな、と目をゆるめると、てんでにくっきりと異なる、なにか一回限りの印象さえ受ける顔々が、そのままかえって、どれもひとしい思案の面相に見えてきて、あれだけ面相があらわに通いあっては、いくらたがいに無縁の大衆だろうと、おそらく身体の相と言ったものもいっとき通いあうことだろうから、もしもこの場に何かの、はやり病いの種子《たね》でもひそんでいたら、たちまちひろがって、根をおろすことになりはしないか、と埒もない危惧が風とともに吹き抜け、足もとが冷えこんで、立ち停まったばかりに肌から蒼味をおびてくるように感じられた。

居のこった客たちの、気は一段と濃くなるのに、馬たちはその気につつまれなくなり、暮色の降りた馬場を、人ともはやかかわりもないように駆ける。もう冬至に近い。果てると一度に、人がすでに宵の顔をしている。あきらかに病人の顔も見えた。

翌日は、日曜でもまるきり閑であったわけでないのに、何カ月ぶりかで閑になったような、睡たい一日だった。おなじ睡気がそのまた翌日も暮れ方まで、手をゆるめるわけにもいかぬ仕事につきまとって、さほどの妨げともならず、夜更けにかけて澄んだ目覚めと紛らわしくなり、ちょっとした物を手に取りかけて、よくよく眺めながら、あっさり取り落した。そのあとから笑うようにひろがりだした脱力感をあやしんで、ためしに体温計をあててみると、三十九度のほうに近い熱が出ていた。風邪気はまるでなくて、ただもう何日も、あるいは半月もひと月も、身体に馴染んで折り合っていたふうな熱だった。

年末に熱を出して大晦日まで寝たり起きたりとろとろと過すことが、ここ四、五年、秋にやや深く入るともう先のたよりに見る夢だったが、いざ年が押しせまれば、疲ればかりが積もって、熱はひょんとも出ない。出ないはずだよ、その閑がないのだから、と毎度あきれて新年を迎えることになる。その夢がかなえられそうになったわけだが、暮れの十九日ではなにせ早すぎる。粗忽な熱だ、とその夜は旅行の前に医者からもらった薬のこりを飲んで床に就くと、翌日にははたして、からんと引いていた。午後からとりあえず机の前に腰を据え、その日の仕事の片づくのを待って病院に駆けこんで、風邪と診断されてもどると、また熱が出ているようで、体温計をあてるのも面倒ですぐに床をのべてもぐりこんだ。起きて夕飯を喰ってはまた眠り、夜半に立って顔を洗っては眠り、翌朝、やはり風邪気の影もなかった。

暮れ方まで働いて、発熱寸前になり床に就くという状態が三日くりかえされ、それから二日つづけて、忘年会のために外出した。酔って内が温もるにつれ肌が殻のように冷える感覚に苦しめられて、ぶりかえしは避けられないと覚悟したが、そのつど無事に過した。さらに三日働いて、二十九日の午後には年内の仕事をしまえて、ぼちぼち部屋の大掃除にかかった。体力の余りのすくないのを感じて、例年なら一日でやってしまうことを三日に分けて、たしかに手順にどこか取りとめがなくて無駄な動きが多かったが、ゆっくりゆっくりと進め、大晦日の暮れる前には片づいていた。最後の塵《ごみ》を捨てがてら、日の穏やかに傾く町の中をゆるりとひとまわりして戻ると、仕事部屋には家の者の手で小さな鏡餅と花瓶が飾られて、居なかったわずかの間に、水仙の香が漂っていた。窓も内側からにわかに閑散とした表情になった。それを睡たく眺めて、家の者たちの立ち働く賑わいに耳をやり、今日ぐらいは寛ぐかとつぶやいたなり、ひきつづきここには居ないような、すでに居ないような心地へひきこまれた。こんな繰り返しに、堪えられるか、とつぶやいた時には、立っているのもつらい衰弱感につつまれていた。片づいた部屋に寝床を荒く伸べてもぐりこむと、すぐに睡気が降りてきて、枕もとから暮れる窓がぽっかりうかんだ。その白さだけの眠りとなった。

大晦日の暮れ方から、正月三日の昼深くまで、昏々と眠りつづけた……。

そうではないのだ。大晦日の宵の七時頃には家の者に起されて、発熱もなくて、食卓についた。酒を呑んで、平生よりもよほど饒舌で、沢山に喰った。除夜の鐘の鳴る前に起き出して、年越しの蕎麦を一人で二人前も喰い、家の者にうながされて近間の神社まで初詣に出かけた。

元日の朝には十時過ぎに起されて、屠蘇を祝ったついでに一合ばかりの酒を呑んで、雑煮を喰った上で、重箱のあちこちをつついて、いつまでも食膳に坐りこんでいた。日の傾きかけた頃には、けだるい昼飯を掻きこんだ。夜にはまた食膳に腰を据えて上機嫌にしていた。夜半には、いつものように、家の者の寝間へひっこんだ後、台所でひとり洋酒を嘗めた。しかしその中間はほとんど眠っていた。二日も同様だった。

　仕事部屋に寝床が、大晦日の暮れ方のままになっていた。昼間でも、暗幕を引かずに、すこしやすむぐらいのつもりで横になると、深い眠りに入った。ときどき、よく眠っているな、と自分で感心して眺めることがあり、部屋の明るさも見えているのに、それで眠りが破れるわけでなかった。夢も見た。あとにのこるほどの内容ではないが、やや覚めかけて、夢の中に夢を見るとは、日常、ざらにしていることなのだ、と思うことがあった。何ということでもない。夢を見るうちに、その夢を見ている自分が見えてくる。それがまた夢であることがやがて分かる。寝ている場所が違う。年月が違う。どうかして、人が違う。それがどう此処《ここ》と違い、今と違い、自分でありながら、人が違うのか、きわめて明快に説明できている。やすらかな意識だ。これほど明るくやすらかなのは、夢の中のことにちがいない、とすでにまた眺めている。この果てしもなくなりそうな連続にしかし、悪夢の気はおろか、つらさもない。目覚めをつぎつぎに夢の中へ放って、果ての目覚めのほうへ限りなく近づく動きであるはずなのに、夢のまた夢の方向へ、いよいよ遠のいていく。しかも、遠ざかるほどに、現実がようやくあるがままにしっくり落着いてくるように感じている。覚めきって、窓に日の移ったのを、平生仕事の中からちらりちらりと目をやるのと、すこしも変らぬ光景だなと眺める時にも、格別の哀しみはなかった。

生前と何もかも、まるっきり変らなくなるんだよ、そうなるともう往生は近いんだ、往生するよりほかに、ないんだよ、どうしてもこうしても、すでにして、往生なんだから、とどの境の夢だか、空屋の掃除の段取りでもおしえる声で、人が話していた。たやすく聞き取って、たやすく分かった。ほんのしばらくすれば、何のことやらまるで分からなくなるということも、分かっていた。垣根越しのようだった。

夜は夜で夢のかけらもなく眠った。眠りそのものがひとつづきの夢であるような、そんな眠りだった。年の癖で夜明け頃に一度は寝覚めすると、小さく身をまるめて眠る姿が見えている。実際には床に就いた時と変らぬ仰臥の姿勢でいた。ずっとその姿勢を崩さずにいたようで、まっすぐに伸びた背が寝床にひたりとついて、長いこと馴染んだせいでその感触が空虚になったか、背を宙に立てているような錯覚が、覚める際まで伴った。仰臥していたはずのがいつか正坐の姿勢でいるというのも面妖なことだが、続いていた眠りは、やわらかにまるまった姿として、やや離れたあたりに見えた。自分で知るかぎり、青年期を抜ける頃から、そんな眠り方はしなくなっている。初めはたしかそれを嫌って、いましめてのことだったが、おっつけ骨も硬くなり、ただ苦しいばかりになった。それが今になり、関節の硬さも融けてほぐれたか、眠りの安堵そのもののように、戻ってきている。しかも、その安堵を保持するものが、ひたりと伸ばした背であるように感じられた。

三日の朝も酒を呑んで雑煮を喰って、また寝床にもぐった。すぐに眠りこんで、午後の三時頃に目を覚まし、眠れば眠るほど、疲れが染み出して、明日のことが遠くなるな、とまた眠りこむつもりの、なまあたたかい首すじから胸へかけて撫でまわし、その肌が妙にすべすべに、子供のようになっているのにあきれるうちに、腰がかすかに疼き出した。これ以上は寝ていられないしるしだった。やはり、長くは寝ていられない体質だ。床ずれができるぞ、と笑って、腰をかばいかばい、三日ぶりで床をあげた。窓を開け放った時になって初めて、部屋の内に甘い病いのにおいのこもっているのが嗅ぎ取れた。惜しいことをしたとつぶやいた。

その日、正月になり初めて家の外に出て、公苑まで来ると、枯れた雑木林の手前で、梅の花がちらほら咲き出していた。遠目には焚火の煙のなごりほどの薄い靄が枝から枝へまつわりついているように見えて、近く寄っても香りはまだ淡く、これぐらいかそやかなのがちょうど良いとよろこんで通り過ぎた。それから雑木林に入って、頭痛のことを思っていた。寝が足りたあとで全身さすがに爽快で、頭の内の疼くようなけはいもなかった。それなのに、笹の葉のさやぐ音を耳にするたびに、ほのめきかけた枯枝を見あげるたびに、葉の一枚ずつ、枝の一すじずつが、その細い先端から疼きをはらんで、それに答えて砂の上に続く馬蹄の跡までがひとつずつ、それぞれに疼きだしそうな、そんなあやうさにうっすらとつきまとわれ、物をむやみに見つめないように、足はつとめて楽に踏んで、また梅の木のところまで引き返してきたとき、耳が聞えなくなったように目を大きくひらいている顔に気がついた。だいぶ前からそうしていたようで、遠くに立った物音をつかまえて、その聾唖の面相をほぐすまでに、少々の間がかかった。

四日の午後から仕事にかかり、机の前に腰を据えると、風邪気は落ちていて、わずかに悪寒の、すでに実質でもなく、さざめきもせず、ただの輪郭だけに痩せたなごりが、素肌に薄く貼りついて、内の快癒感を締めつけていた。六日の夜半すぎから、続いていた天気が崩れた。旅行からもどった十月末の小春日和から、思い出せる雨の日と言って、まず十一月のなかばに医者を訪れて、徴候をひと言で話してすぐに聞き届けられた日に、小雨が公苑前の欅並木を濡らしていた。つぎに、初めの検診の詳しい結果を病院に聞きに行った日に、呼出しを待つ間、順番のはかばかしくも進まぬベンチを離れて、喫煙室の脇のガラス戸の前に立つと、狭くて何もない、ただの建物の隙間みたいな中庭に、晴天のはずが、そこだけ狂ったように、大雨が叩いていた。正午に放免されて病院を出た時には朝とおなじ日が照っていた。それから、十二月のなかば、亡姉の御亭主に呼ばれた忘年会に、暮れ方からそそくさと出かける玄関先で、傘を持って行こうかどうか、あれは錯覚であったか、近い雨気を鼻に感じて、ちょっと迷った。それぐらいのものだ。身体は暗くて、来る日も来る日も、晴天が打ち続いたように、後からは思われる。

二月に入れば、私の住まう家は毎年、じつは梅の宿のようなものになる。集合住宅の二階になり、部屋の内からはその花の影も見えないが、真下にあたるよそのお宅の、南側の細長い庭の隅に植えられた若木が、いつか二階のテラスへ枝先の届きそうな丈まで育って、春先になればいっぱいに花を咲かせる。その香りはすぐ二階の住まいにこそ濃く満ちるはずで、半月あまりはその中で寝起きしていることになるのに、主人《あるじ》はその季節に一度ばかり、湯あがりなどにテラスに立って風に吹かれるうちに、下の庭の暗がりから白いものがふくらんで昇ってくる妖しさに、ややといまさら目を瞠るありさまで、夜中にひとり酒に酔って遠い花を思うこともあり、繁華街の只中でもどこぞの梅の香の伝わってくるのを嗅ぎ分けると自慢しているくせに、日頃はろくに気づきもせずに暮している。未明の寝覚めに、近頃、俺の夢には梅の香が染みるようになったぞ、とその吉凶を怪しんで息をひそめるところなどは、笑止と言わなくてはならない。赤いような夢をきれぎれに見ては、覚めるたびにその香が鼻の内にのこることがあるので、無理もない思いこみでもあるのだが。

二月ももう末の、暖く晴れた日に、偶然の縁があって、川崎の競輪場にいた。あの頃にもまだ家の近所の公苑では梅がしぶとく咲いていた。近年、花がいつまでも散らず、すがれすがれて枝にのこり、香りもおしなべて舌たるいようになったのは、気象につれて地味も変ったせいだろうか。競輪には初心者というので、高いところへ案内されて、保護されるかたちで場内を見おろしていた。じつはずぶの初心者でもなかった。あれは十八年前の春、二月の末に母親を肺癌で亡くして、街では卒業式のために着飾った若い女たちの、晴着に馴れぬ尻がしきりと目についた日だったので、三月も下旬になる。午過ぎに千駄ケ谷あたりで閑になって、一人でわざわざ、当時まだあった後楽園の競輪場まで足を運んだ。やはり穏やかに晴れた日だった。それより何年か前に、水道橋の町のどこか高い建物の上から、野球場からではなかったと思うが、競輪場のバンクのわずか一部分が遠くにのぞけて、そこを傾いて走る選手の姿がちらりと見えた。ほんの一瞬のことで、そんな視角がほんとうにあったものか、今では夢のようにも思われるが、その勢とその色彩が痛く焼きついて、いつか現場に行ってみたいという心がついた。あるいはごく若い頃のことで、それから十年も、誘われる機会があれば、とひそかに待っていたのかもしれない。

三十過ぎのことだった。結果は、早々に撃退されてきた。場内、あまりにも、静かすぎた。自転車がそろってゆらりゆらりと走りだし、足馴らしか、勝負の前に気をほぐしているのかと思ったら、やがて一列に落着いて、コースを何周もまわり、車輪に音の立たないのは不思議もないが、スタンドに詰まった客たちがひとしく黙りこんで、ひと気に見捨てられたようなコースへけわしい目を凝らしながら、てんでにぶつぶつとつぶやくのが、たがいに答えかわす賑いともならず、まだまだレースは途中と思われて、何の変化のあったとも見えぬうちから、何某はもうない、何某は死んだ、とおごそかに告げる、ひくく沈めた声があちこちから伝わり、初心者は息苦しいようになり、早く始末のつくのをひたすら待つうちに、半鐘のようなものが打ち鳴らされて、それを合図に今まで何周もの経緯がまったく徒労となったか、車の列はがらりと順序が変り、乱れては乱れ返し、最後のコーナーの斜面に上下から殺到して、客たちがようやく沈黙を破って、短く沸き立ったきり、終っていた。呆気に取られている間に、まわりから人の潮が引いた。おくれて降りてくれば、予想屋たちの声ばかりがけたたましくて、それぞれの店の前にたかる客もあるにはあるが、大方はまたてんでに離れて立って予想紙をにらみ、そのあまねく静まり返った光景が、いましがたつかのまながらどよめいた、スタンドの熱狂とまた結びつかなくなり、奇怪な集会であったように思い返された。それでも三度試みたものだ。まぐれにでもあたれば、場の雰囲気がおのずと通じてくるのではないか、と望みを抱いたが、そうは好運に行くはずもなく、三度目のはずれをスタンドから見定めると、今度は客の引き足よりも早く、降り口まで分けて出て、そこで見おさめに振り返り、白く静まったコースを目にしたとき、あの時にもやはり、この大勢の賑わいの中にあって、自分一人が、さっきから耳が聞えなくなっているような、疑いの念へ足もとから沈みかけた。

もう二度と来ることはあるまいな、あれは自分の根気にあまる、と長い春の日の暮れやらぬ道をたどり、あの日しかし、ささやかな願いがたまたま叶えられたことに、それこそどうでもよさそうなことに、嬉しい心持でいた。ふと思いついて立ち寄ったのが最初で、そのまま最後となった、と考えると、いましがた抜けて来たばかりの群衆の情景がすでに遠い記憶の、懐かしさの味にふくらんだ。肉親の葬式を出してから一月と隔たっていないのに、ほのぼのと和んでいた。

あれから十八年、五十の坂も越して、また競輪場にやって来れば、場所こそ違っても客の静かさは変らず、よくよく数えるとその日がまさに、亡母の命日にあたっていた。人の世話にも運ばれたが、初心者という思いにもひかれて川崎まで来た。この土地にこのまま足を運んだのは、厄年の時であったか。競輪は二度目の初心となり、うかうかしていれば、今度こそ最後になりかねない。同行の経験者たちの間にまじると、実際に初々しい心がして、無知も恣意も清潔に感じられた。一回かぎりだが、的中ということも知った。午後から四レースも遊ぶうちに、もう半日も楽しんだ気分になり、最終の車券も早々にもとめたあと、堪能して場内の賑わいを見おろした。

やはり、客の大方がてんでに離れて立っている。予想紙をにらんで動きもせぬ沢山の姿から、夕日影がおなじ方向へ揃って長く伸び、その影すら暖い色に染まっているようなのを、目を細めて眺めるうちに、しかしレースの終るたびに、スタンドが空《から》っぽになるのは、なぜだろう、と十八年前にもそのつどたちまち閑散と引いてしまうスタンドを見渡して抱いたのとおなじ訝りが、なにやら一段と強い、まるで重大事みたいな輪郭をおびて甦った。競馬のほうには下見所というものがあるが、それでもレースの合い間にも大勢の客がスタンドに居のこって、ベンチに坐って思案している。競輪とは、立ったきりでなくては物の考えられないものなのか。ほとんどの客が、かなりくたびれた年寄りまでが、まだ余裕《ゆとり》のあるはずの早い時刻のレースから、そうしているところを見ると、気の張りつめ方が競馬とは大いに違うらしい。それにしても、物に寄るでもなく、それぞれおよそ半端な、偶然の場所に、偶然の向きで、道を来て立ち停まったきりの恰好でいる。いまどき、これほど切りつまった人の立ち姿は、ほかで見られるだろうか、とその数の多さにいまさら舌を巻いていると、それが顔に出たか、同行者の一人が、終戦直後の風景を思い出させるでしょう、と脇から声をかけてきた。

そうですね、と苦笑して胸の内で、物を張りつめて考えている人間の姿は当世でも、痩せこけて見えるものか、とつぶやき返したが、同行者の言葉に触れて念頭にうかんだのは、焼跡の盛り場でもなく、焼けただれて剝き出しの駅舎の鉄骨でもなく、今を盛りに燃えあがる、近くには人の声もない、遠い街の炎上だった。しかし深川ではない。白昼のことだ。良く晴れている。それほど遠くでもない。真南から東西にかけて、かなりの範囲に、黒煙が立ち昇り、つぎつぎに沸きあがり、その底から赤い炎の舌のちらちらと伸びるのものぞいた。川崎の方角だ、と人がつぶやいた。徒労の切迫感があった。徒労なだけに、ひと声、よけいにさしせまって聞えた。目の前には南へひろびろと、高台から大通りへ、線路を越えてさらにその先まで、焼野原が一面にひらけ、黒焦げの樹木があちこちで枝をくねらせ、陽炎でも立ちそうな明るさだった。このあたりが焼き払われた夜から、そろそろ一週間になり、家々の焼跡には、それぞれ粗いバラックを建てて、人がまだのこっていた。空襲になればそれでも防空壕にもぐりこんで、爆撃はもう、さしあたり縁もなくなったようなものの、敵だか味方だか戦闘機の音もまじるので、機銃掃射をおそれて隠れているが、空が静かになると、警報の解除を待たずに、小用を足しに、穴からぞろぞろと這い出してくる。遠い大火を、うつけた心身で眺めていた。見るほどに、黒煙の勢はまがまがしくふくらんだ。しかし今は怯えることもない。無事と恐怖がくっきりと接して、たがいに際立った。安易にひたる身体に、見つめる目ばかりが凄くなる。家を焼かれて気楽になってから、たしかに目つきはどうかして、大人も子供も、恐いようになった。白いようになった。

川崎がやられた、と眺めたのは、そこから真北へわずか十キロ、二里半しか隔たっていない荏原辺の住人としては、まず自然なことだ。しかし川崎だけが集中的に叩かれた、と子供がそう思いこんだのはなぜだろう。じつは横浜を中心にした空襲で、横浜では五千に近い人間が焼き殺され、被害は川崎からさらに、荏原とは目と鼻の先の蒲田や大森にまで及んだ、と後年知らされた。南に立った煙を目にして最初に聞いたのが、川崎という地名だったせいか。親の大師詣の土産に白木の日本刀の玩具をもらって、それも家とともに焼かれたせいか。いや、そうでもない。まもなく都下の八王子にいったん身を寄せた後にも、川崎はもう地獄だったそうだという噂が、眉をひそめて伝わってきた。なにかの情報の偏りが、転移か集中かが実際にあったようだ。焼夷弾に爆弾を混ぜて撒きちらした上、人の逃げまどうところへ、戦闘機が急降下をかけて、機関銃を撃ちまくった、とそんな話を聞かされて、子供の心にはそれ以来、深川にかわって、川崎が恐怖の名となった。美濃の大垣の城下町へさらに逃げて、梅雨時の午後に裏小路を行く履物の音を軒の内から耳でたどり、その長閑さに、おもむろに重苦しいものを呼び覚まされる時にも、その土地の名が口中に粘った。川崎、と声には出さずに息に抜くと、その名に怯えながら、災をわざわざ惹き寄せかねない沈黙が、まず目の内から張りつめてくるのが分かった。おなじ目つきを、七月に入り、梅雨はあがっていなかったがこの城下町もまもなく敵に焼き払われるという噂のひろまった頃、道を行く大人たちの顔からもときおり、子供は嗅ぎ分けた。

これは終戦直後の風景とも、静まり方がまるで違うな、と我に返ってまた見渡すと、長い影を流して立つ姿が一斉に、日が翳ったように、けわしさを増した。賭け事であるから、欲に出たものには違いないが、あるところから先へ、成り行きを読み取ろうと執すれば、だんだん

もう一度、その先を、そのこり、我《が》のような無私の、ない、ただせつなくなる。

ひとつでも先を粘り抜こうとするが、それ以上は考えることが、どうでもこうでも徒労な境はある。そのことは分かっている。初めから、知っているのだ。しかしいったんそこまで来てしまうと、笑って偶然の陽気さのほうへ振れもどることもあるが、しばしば、引き返せない。いや、そんな執着めいたものではもうなくて、透明な徒労に触れて我すらもほどけ、白く張りつめた沈黙だけになる。引き返そうとすれば離れられるが、心身があまりに静まって、しばしその境に留まっている。

その沈黙がやがて、あたりに孤立する無数の人間たちの、この勝負の場を越えてあまねく世に暮す人間たちの、その底にひとしく、ひとつながりにひろがる荒涼の気を、立ち姿の中へ吸いあげる。それぞれに立ちつくして、足もとから広漠とうち伸びるものを、それぞれ一身に吸いあげるにつれて、姿は痩せ細り、輪郭だけにきわまったようなそのあとも、もうひとつ切りつまって、もうひとつ異様な、無事の静まりを引いてくる。ひと足歩き出せば、破れることだが。ひきつづき、その静まりを後へ後へ置きのこして暮すことになるわけだが……。

惹きこまれて眺めるうちに、年末のなごりか、細い痰きが肺の先端あたり、鎖骨の下にそって走り、ゆるく締めつけたあと、これこそ群衆の静まりを見つめる眉であるかのように、くっきりと弧を描いて留まった。やがて暗い咳がひとつはぜて、人はすでにぎっしりとスタンドのほうに移り、その日も穏やかに、あくまでも穏やかに暮れていくようだった。

四月に入れば、ここはもう一度、花の宿になる。南の居間の戸いっぱいに花がひろがる。これも自家の物ではないが、住まいとともに、植えて二十年になる桜だ。人の静まった夜中に、部屋を暗くして、花に向かって一人坐ると、顔が白くなる。やがて皺ばんで、泣いているような笑っているような、年寄りの面相が宙に掛かり、頭に泥を頂いていて、ある夜、荒い息づかいが闇の底からふくらんで、人が山道を急ぎ登ってきた。最後の坂の途中から、いよいよだ、いよいよ無事だ、と喘ぎ伝えると、そうか、無事か、来るものがついに来たか、と杉林から沈んだ声が答えて、それを合図に、谷の先に続く野の果てから、塔の影がつぎつぎに突き立ち、南の空が焼けはじめた。男たちは林の中に寄り合い、下土に低く腰を垂れて、まず腹ごしらえに握り飯を取り出した。しばしは言葉もなく、ただ顔を間近から見かわして喰らうにつれてしかし、遠い赤光は紫をおびて、眺める間に紫からさらに青味がかり、なにかいかにも濃い漿液の、うわ澄みを想わせる薄明が地平に淀んだ。熱に渇いた口蓋の臭いが、風に乗って運ばれてきた。眉をひそめて近いあたりを見まわすと、いましがた麓から着いた男も、峠で待ち受けた男も、ともに藤色に染まった粗い物を身にまとい、黒いような縄を腰紐に締めて、おなじ異臭を裾からほのかに立ち昇らせながら、言わぬことではない、おなじようなことを叫んで、おなじような興奮に心をまかせれば、帰れば口やら顔やらぬぐって一時の祭り騒ぎだとひそかに高を括っていても、身体の質のほうがもっとひそかに、おのずとひと色に通じあうので、そこへ悪疫の種が落ちたら、ひとたまりもない、と一人がつぶやいた。熱狂も忿懣もひと色に熟れて、道にはすでに累々と、折り重なっているか、と一人がたずねた。道は喧噪ながらにひと気が絶えて、表も裏も、人の奔《はし》る跡から閑散としている、と一人が答えた。そうか、無事がきわまったか、と息をついてそれきり声は跡切れた。蒼ざめた地平から、今日も息災に明けていくぞう、日々にあらたまるなあ、と太い呻きがまっすぐ天へ昇り、喉の奥が陰気に鳴って、はたと目を剝いたふうに落ちた。それに耳をやっていたなごりをふくんで、ところで、この谷に集まっておる者たちは、往生人か、と気のない声がまたたずねた。いやいや、あれは、すでに穢に触れたかどうか、そのあらわれを、ここで息をひそめて、かなたの沈黙におのれの沈黙を重ねて、ただ待つ連中にすぎない、と答えていた。ふいに背後へ山が迫りあがり、その懐にひろがって、花が一斉に咲いたように、白く坐りつく姿が、それぞれに小さく切られた土の棚から棚へ、無数に反復した。

五十の坂で

著者から読者へ

古井由吉

表題の「仮往生伝試文」は、仮往生伝への試文と読んでいただきたい。ここで往生伝というのは、平安の後期に書き留められたかずかずの聖人たちの極楽往生の記録のことであり、それを読むうちに、今の世に生きる人間にもひょっとしたら、仮往生伝ぐらいは書けるのではないかと、ふっと思ったのが始まりだった。仮免許の仮である。しかしまた考えてみるに、いくら仮という文字をかぶせたところで、無信心の徒には、仮にも往生伝は書けるものでないと悟って、試文と付け足すことにした。蛇足のたぐいか。

文芸誌「文藝」の、当時はしばらく季刊になっていたが、昭和六一(一九八六)年の春季号から連載を始めて、重ねること十三回、昭和六四年、平成元年に了えた。五十の坂を登り越えながらの仕事になる。後にバブルと呼ばれた過剰景気の最中にもあたる。我が身には縁もないことではあったが、あの浮き足立ったような、それでいて草臥《くたび》れたような世の中にあって、ひとり抹香臭いことをしんねりと書き続けていたとは、今になり可笑しい。

「今昔物語集」には若い頃から親しんでいた。怪奇と狼藉と滑稽に満ちて諧謔の横溢する世俗の部を初めのうちは好んでいたが、年が行くにつれて、仏法の部のほうにも興味を覚えるようになった。ここにも往生話がさまざまおさめられている。あらかたが尊くも有難き話ではあるが、話によっては尊厳のきわみにひそかな諧謔の顫《ふる》えが忍びこみそうになる、と感じられるところがある。烏滸《をこ》という言葉に表わされるところか。しかし烏滸にして尊いのだ。やがて「日本往生極楽記」など、本格の往生伝も読むようになり、これらは謹厳一方のものであり、記録者にも諧謔の心はさらさらないようだが、往生の話には、悪意のない、まっすぐな笑いを誘いかける、そんな境が節々にあるのではないか、と探りながら退屈もせずに読んだ。

待ち受けた来迎の紫雲を見て往生を得たと喜んだところが、これがあやかしで、朝には大木の枝に吊りさげられていた僧の話があり、これはまさに烏滸の話になるが、それでもこの僧、人が助け降ろそうとするのに逆らったという。

寺の厠《かわや》の中で心澄んで無常を悟り、その足で出奔した僧もあり、この僧が往生を遂げたのはしかしその何十年も後、乞食僧として遠国を放浪した末のことだという。

生まれて初めて手を染めた賭博で稼いだ金でもって長年の貧しい宮仕えから足を洗い、

さらに巷の店の屋根の上に坐りこんで念仏行者となり、往来の人の喜捨により元手を減らさず、ついに遁世を果たして、やがて極楽往生を遂げた俗人の話もあり、遁世にも金がいるんだ、と身につまされる。

これを要するに、この人たちは何時、往生したことになるのか。寺から身ひとつで出奔した僧にとっては、厠の中で心澄んだその時が、賭博で儲けた金を元手に遁世した男にとっては、賽の目のあまりの僥倖にそらおそろしさとはかなさを覚えさせられたその時が、それぞれ往生の機縁であり、最期の往生はその証《あ》かしではなかったか。たぶらかしに遭った僧ですら、後年に極楽往生を果さなかったとはかぎらず、宙に拉致《らち》されながら感涙にむせんでいたその時こそ、往生の先取りではなかったか。「仮往生」などというけったいな言葉の思い浮かんできた所以《ゆえん》である。

「生前」の往生と言えばいよいよおかしなことになるか。しかし本人はすこしも知らず、じつはひとたび往生しているということも、ありそうなことだと考えた。あるいは、その時には心が傷むあまりに澄みきったのを、やがて忘れて日常世俗のいとなみにかまけていても、幾分かは捨身の境に心は留まる。往生したよ、という俗なつぶやきも、あれでなかなか意味深いように思われてくる。

その程度の考えで作品を始めたのだから、軽卒の至りである。どうせ小説としては早々に破綻を来たして随想のごときものになるのだろうと自分でも見ていたら、思いのほか筆ははかどった。抹香臭いことをしんねりと綴っていたように思われたが、あれほど筆が走ったことは後にも先にもない。それもそのはず、古人の文章に折々、ヒッチハイクのような旅であった。

　ところどころ日記体をはさんだのは、自分の現在に降りて、長旅の腰をおろしたかったのだろう。

仮の、往生の、傳の、試みの、文

解説
佐々木中

往生とは、死ぬことである。一応は。ただ、往生というこの文字のおもてに、死は影も見せない。それは文字通りに「生き往く」ことであり、生きに往く、ことだ。この世の生を脱して、他の世界に生まれることだ。

善因によって死後天界に生まれ変わらんという考えは仏教以前、インドにあっては古来から存在した。だがこれは「輪廻」を超えない。samsāra すなわち、それ自体が「生死」とも訳される「輪廻」を。輪廻において死は死ではない。個々の死は、死ではない。死んだことになっていない。死はゆくりなく「次の生」に転位してしまうのだから。来世が犬畜生の類であろうと蚊蜻蛉の類であろうと、生きていることには変わりがない。

釈尊はここに一つの断絶を置く。絶対的な死を置く。解脱と言う、涅槃と言う、往生極楽と言う。その絶対的な死において「生死」である「輪廻」を脱出しないかぎり、生ある者は正確には死ぬことができず、迷いと苦しみの世界である三界六道を「生死」を繰り返して「輪廻」し続けなければならない。

ここにあるのは、奇妙な「死の絶対化による死の相対化」だ。真の死による、個々の。ひとが恐れ、惑い、憧れすらする、あの動かしがたいと思われた「死」はここに脱臼する。あっけなく生と死の対立は蒸発し、生と死の相互作用だの弁証法だのといった文言も萎え果てて行く。生や死などといったものはない。あるのは「生死」＝「輪廻」である。それは同じ一つのものである。同じ一つのものの別の側面、ですら、ない。他方が他方を含むのでも他方が他方の結果、でもない。

すでに、生と死を二つ独立した項として考える思考は無効になっている。さらに釈尊は、この「生死」を超える「死」に向かう道を示して行く。初期仏典によれば、その彼方にあるのは感官が通用しない、時間がない、場所ですらない、もはや無ですらないかもしれぬ何かだ。そう読める。そこに向かうことを「往生」と言う。生き往くこと、と呼ぶ。

以上、何ら難解なことはないはずである。

大乗仏教の空観では、ここで「生死即涅槃」と言う。つまり、大乗仏教は釈尊が設けたこの「生死（＝輪廻）」対「涅槃（＝絶対的な死）」という対立自体を解消してしまう。迷える衆生の苦界こそが、そのままに不生不滅の涅槃であり極楽浄土である、と。まさに生死を超えた悟達の世界がありうると考えることこそが、凡夫の執着にすぎないのだ、と。

ゆえに、「生死即涅槃」であり、「煩悩即菩提」となる。

以上、まずは入門どころか門前にすら居ない、門外漢の復習にすぎない。が、この空観の「解決」は何かが早い気がする。何か観念の遊戯の匂いがする、と言えば、言葉が過ぎるか。これもまた長い歳月を経て生まれた思考なのだから。だが、これは何かを飛ばしている、か、その後に付け足すべき何かが要る文言だ。むろん、法然と親鸞が「来迎」を拒み、それぞれ結縁を拒絶し平生往生を説いたなどという挿話はわれわれを揺り動かすが、それは、しかし。

――と、食い下がっても詮方無い。すくなくとも、ここでは。門外漢の繰り言はこれくらいにしよう。

また、言語学者バンヴェニストを俟つまでもなく、言語の本質は間接法である。間接話法、だ。蜜を発見した蜜蜂は蜜の存在を他の蜜蜂に伝えることができる。ゆえに蜜蜂は直接法現在を知っている。だが、蜜の存在を伝えられた蜜蜂は他の蜜蜂に蜜の存在を知らせることはできない。つまり、蜜蜂には「伝聞」がない。だから蜜蜂は間接法を知らず、ゆえに言語を持たない。伝聞そして間接法は言語の本質である。それは派生物ではなく、言語の起源である。

そしてまた、白川静によれば、伝の旧字「傳」は、そもそも「大きな袋のなかに担げる財産を詰めさせてこれを背負わせ、追放する」の意味である。故郷を捨てて四方に官を求めることも傳と言う。いわく、「伝質とは、出仕するときの贄を負うて、諸国に歴遊する意」。

『仮往生伝試文』は、仮の、往生の、伝についての、試みの、文である。表題は正確無比である。何の気取りも衒いもそこには無い。無い、残酷なまでに。往生の、伝についての、文、ならば、これは正気で書けるものではなくなる。ゆえの仮であり、ゆえの試の字であると、古井氏も言っていなかったか。

冒頭、「厠の静まり」から、原則として各章は、古典に属するさまざまな「往生伝」の引用、それについての解釈、克明に日付が打たれた日記と思しき文章、の三要素から成立している。これを安易な読書随筆の類と取り違えてはならない。これは、それ自体が「伝」である「往生伝」をまた伝聞する企てである。繰り返す、伝聞は言語の本質である。が、間接法に間接法を重ね、伝に伝を重ねることは言語の、語りの確実性を揺さぶる。静かに、しかし確実に。往生伝だ、はじめから伝聞である。しかもこれは「往生」した者の伝聞であって、伝聞される側の者はこの世には居ない。死とは呼べぬとしても、消滅の伝聞である。そこでもう何かが定かならぬ。それをまた伝聞すれば、その語りは恣意に晒される。往生伝それ自体の恣意と、さらにいや増すみずからの語り自身の恣意に、だ。本文で浮き彫りにされて行くのは、原典として成立し活字化されてもいよう往生伝に「語られていないこと」だ。それは「表象不可能」だの「言語化不可能」だの、そのまた逆だのといったただらしのない事柄とは関係ない。単に、伝聞されなかったということだ。恣意だ。端的な言語の本質の苛酷さだ。単純な忘失によって、傳の袋に詰められなかったということだ。追い立てられて、故郷を放逐されるときに。

或る国文学者に拠れば、明治以前の和本はすくなく見積もって百万残っており、そのうち活字化されているものはたった一万以下、つまり一%以下に過ぎないと言う。あなたはあの、筆で書かれた古文書を読めるか。われわれは日本語を知らない。われわれは日本語が読めない。ということにならないか。

古井由吉は、ここで消滅の伝聞をまた伝聞することによって、この歴史のただなかにある言語の苛酷な薄明としか言いようがない何かを見ようとする。一糸まとわぬ恣意だ。傳によってまた恣意に重ねられた恣意だ、そしてその往生の人々の生も恣意にさらされている。まさにそのことが描かれていく。[1] だが、それだけではない。迂回して行こう。以下具体的に述べるが、このような作品をまた伝聞するわけだ。おそらくは痴愚にかたむく列挙と、そして反復は避けられまい。

本書冒頭に来る「厠の静まり」は、或る上人が往生の前に一場の囲碁と泥障《あふり》胡蝶の舞いをする描写からはじまる。ただ、若いころ目にして「好ましと思ひしが」「年頃は忘れたりつる」ことごとにすぎない。恣意だ、しかし伝聞されて、その伝聞にまた恣意が挟まる。その伝聞の恣意に、解釈を重ねていく。みずからのその行いの恣意をまざまざと意識しながら、そしてまたこの小説で伝聞されなかったことの匂いを濃く残しながら。古井由吉は次のように書く。

> 今はつゆ思ふことなし――生涯の心のこしを、最後に果たした。人のやっていたのを眺めて、自分もやってみたいと思ったが、やらずじまいで来たことを、最後に形ばかりなぞって往く。やりおおせた、遂げたことになるのだろうか。いや、これはすでに反復である。自分もやってみたいと、うち眺めたことが、やったにひとしい、そんな瞬間はある。それが臨終の際に、思い出され、繰り返される。充足がひとつに重なり、忘失の輪が円結する。すでに遂げた、つねに遂げた、いままた遂げた。生涯、聖人はかりそめに、碁を打っていた、泥障をかぶって胡蝶を舞っていた、おもしろくもおかしくもないが、好ましと思った。[2]

されば また、まことに最後に思ひ出でむこと――。

最後とは往生の際になるわけだが、しかし、そうと限ったものでもない。日常坐臥の内にもおのずと、そのつど最後はある。その時までの最後だと考えられる境はある。常住即何やらと、そんな尊げな見当ではなくて、生きる心がいきなり、先をつかのま堰かれて、何事かがいまにも思い出されかかる。遂げばや、と歎息する。遂げるというほどの、おもおもしい事柄が念頭にあるわけでない。情念がどこかへ粘るでもない。ただ、いつかたまたま心にのこして過ぎた、ささやかな時が振り返られる。しかし何時だか、何事だか、定まらない。自身の行為だか、人の姿だか、それも分からない。過去に実際にあった事なのか、それとも、今ここで何事かを振り返る自身を、すでに一身を超えた情景として、自身がまたどこかから振り返り、眺めているのか、泣き濡れて……。

往生の伝をまた「傳」すること。それは生死輪廻《サンサーラ》の巨大な反復そのものを言語の本質を使ってふたたび二重化することにほかならない。ここまでは理解はたやすい。たいしたことではない。次だ。「生死」を超脱する「涅槃」への「往生」は、しかし「生死即涅槃」で堰きとめられて空転する。生死を超える、筈、だった「往生」はまた新たに生死に帰着する。そこにはとめどない反復しかなくなる。ここにおいて、往生とは反復を反復することでしかなくなる。そして往生伝とは反復の反復を反復することでしかなくなる。そして『仮往生伝試文』は、反復の反復を反復することになる。ゆえにそこでは、一つの生の折節、あらゆる襞に反復が潜在することになる。その反復の一回転ずつ、「円結」ずつ、生は遂げられていくことになる。「すでに遂げた、つねに遂げた、いままた遂げた」。そこではもう、「しかし何時だか、何事だか、定まらない。自身の行為だか、人の姿だか、それも分からない。過去に実際にあった事なのか、それとも」。反復、永劫回帰というものはない。その主体も。それはその都度創り直されねばならない。すなわち、反復と永劫回帰とは、これである。ここでなされていることである。

厠の中から不意に消えて、数十年後往生した上人の話を引用してのち、古井氏はこの僧はいつ往生したことになるのか、と問う。「夜中に寝覚めして、とうの昔に往生していた自分を、まだ往生していない身でもって、思い出すような、そんな心地になったこともあったかもしれない。やがて厠から立った姿が、念仏に縋ってこちらへ転げるように駆け降りてくるのを、訝しく眺める」。「あれ以来つねに往生していた。往生していながら往生を求めてやがて往生した」。

あれ以来つねに反復を反復していた。反復を反復しながら反復の反復を求めてやがて反復を反復した。という、ことに、なる。その伝聞を、また伝聞している。今。ここで。「ごとしごとし、またごとし、菩薩の衆に例の微妙の音楽、雨と降る花、やがて」。

かくして時間はその瞬間ごとに過去と未来を孕んで異常なまでに屈曲する。屈曲する、か。そうではない、われわれの生きている無事の時間ありのままを、古井由吉は書いている。われわれのこの往生そのものを。古井由吉の文体の特徴は一つ、正確無比ということだけだ。長らく難解と呼ばれてきた氏の文体だが、こう反問することが許されよう。なら、あなたは、自分の生を、自分の往生を、難解だと言うのか。――伝聞、それはうわさ話、でもあるのに。それが難解か。難解なのだろう、おそらくは。あまりの明晰、あまりの正確は、なかなかに耐え難いのだから。

「厠の静まり」に戻る。往生の伝の、伝、が連ねられたあと、不意に「十二月十三日、金曜日、晴」の一行が置かれて、日記と思しき文章が書かれる。十二月十三日が金曜日だったのは一九八五年であり、「文藝」の一九八六年春季号が初出のこの一章と日付は一致する。何故の突如の日記か。氏が何と言っていようとも、氏が往生伝の著者が思いもかけなかったことをこの書で書いている以上、ここでわれわれはこの問いを発することが許されている。許されている、この小説の運動自身に。

以下各章、往生伝と日記をつらぬいて、信心と不信心、食と飢餓、通夜と野晒し、清浄と汚穢、男女の交わり、夫婦の睦み合い、旅と彷徨、食い扶持の稼ぎ、病と病人の世話、老いと老人の遺棄、博打、窃盗、わけては四季の光景の、誰が見たとも知れぬ描写がつづく。それぞれ反復こそを本義とし、反復の位相においてしか描かれ得ないことごとだ。あるいは反復の反復……を正確に書くことにおいて比肩する者が居ない古井由吉の筆によってしか。時折挟まれる頓狂なユーモアは、その正確な記述によってさらに水際立ったものとなる。

その蛇行する筆のはこびのなかで、厠から行方知れずになった僧をはじめとして、家を出て姿を消した者たちの彷徨の話は幾度と無く繰り返される。出家、の話なのだから当然だが、しかし。たとえば、「いかゞせむと鳥部野に」では老人を捨てる、往生を前にして家を出す話が引用される。「家にては殺さじ」。「世上の多くはいずれ、息のあるうちに、野辺とは言わず、家から出される者たちだ」。そうだ、これは「往生伝」の「傳」である。「傳」は、そもそも「大きな袋のなかに担げる財産を詰めさせてこれを背負わせ、追放する」の意味であるとは、既に述べた。故郷を捨てて四方に、諸国に歴遊することだと。だが、古井氏が本書で述べるところにしたがって問おう。追放、歴遊、彷徨はいつはじまったか。それは往生とおなじく、いつはじまったかいつ終わったかもわからぬものではないか。彷徨はつねにすでにはじまり、彷徨はつねにすでに止む。つまり、ここで彷徨は往生となり、往生は彷徨となり、つまり往生と傳は一つの同じ反復を反復することになる。だから往生伝とはすでに贅語であり、ゆえに反復の反復である。本書は、反復の反復の反復であると言った。それにまた、反復が反復する。なぜそうしなければならないのか、と問うならば、また反復は重なり行くことになる。

ここで注意しよう。すでに往生伝を伝える文章のあとに日記という形式はかりそめのものとして、冒頭「厠の静まり」の直後の「水漿の境」で既に破られている。この章では、往生伝の伝聞が日記になってもう一度往生伝に戻ってきている。次の章「命は惜しく妻も去り難し」では、日記と往生伝が交互に置かれる。ばかりか、その次の「いかゞせむと鳥部野に」では藤原定家の日記「明月記」が日記のただなかに執拗に引用され、その内容は定家の老父の俊成の往生伝である。往生伝が日記のなかに、日記の引用として、出現する。さらに、その次の章「いま暫くは人間に」では、末尾、三月十八日の日記全体がほぼ「明月記」の引用そのものとなる。安貞元年十一月十二日から延々と、異様なまでに。伝聞の伝聞として過去を語る往生伝の部分が、いま現在を語る筈の日記を侵食し、蹂躙する。そして「声まぎらはしほとゝぎす」で、遂に日記の日付は消える。古典の引用も止む。ならば、ここで『仮往生伝試文』は、日記でも、往生伝でもなくなったのか。違う。反復に反復を重ねるこの小説にこの語が適当かどうか不明だが他に致し様もないので本文と呼ぶが、この目前の本文そのものが「往生伝」になるのだ。それは伝聞を一枚剝いだことに、反復を一枚薄くしたことになるか。それも違う。何が起こっているのか。

間接法は原則として過去の叙述をその始原に持たざるをえない。あの蜜蜂が蜜を見つけたと、その蜜蜂は私に語った……。だから語りは、言語の本質からして、過去についての間接話法にならざるを得ず、ゆえにそれはもっともわれわれの日々に親しい通俗なるものとしての物語にならざるを得ない。

だが、伝に伝を重ね、間接法に間接法を重ねて、願望と伝聞とに願望と伝聞とを重ねて、そしてまた過去に過去を重ねて、しかし古井由吉はそのことにおいて、直接法を、現在を目指そうとする。歌を、とまで、古井作品の全体を見渡すならば言いうる。物語をつむぐ筈だった過去と間接が、今ここに殺到する。そのことによって、今ここを絶対的な反復そのものに、反復の反復の反復の反復……そのものに、する。今ここは知れぬ誰かの、知れぬ何かの、何時ともわからぬ反復となる、からこそ、生きそして書いている、往生しつつ伝聞しつつある今ここは、果てしない未来への「直前」になる。本書の言い方を借りるならば「生前」に。過去が反復として現在に胚胎されているのなら、今ここは、次の瞬間の永遠の未来に向かって無限に警戒すること、いや無限に身を解くことにしかならない。こうして、異様な澄明さで、古井由吉の小説は、未来の小説となるのだ[3]。未だ来ぬものについての、未だ来ぬ文だ。ゆえに、それは試みることしか出来ぬ。おそらく、ここで古井氏が行っていることは、言語の本質を摑みつつ、なおも言語を虐げ、軋ませるわざだ。おそらくは、演劇でも詩でも演説でも可能ではない、小説のみがなせることだ。だからこそ、もはや古井氏の小説をめぐって語られる「生と死のあわい」だの「過去と現在の混交」などという常套は破られている。ここにあるのは生でもなく、死でもなく、過去でもなく、現在でもない。そのあいだでもない。往生であり、傳である。未来を無限に待機する過去を反復する現在、その反復のありのままである。

　そしてこの章はこうはじまる。

老いるということは、しだいに狂うことではないか。おもむろにやすらかに狂っていくのが本来、めでたい年の取り方ではないのか。では、狂っていないのは、いつの年齢のことか。

まさに、老いと狂いと、反復の語りが反復される。そしてこの章は、古井由吉がその最初期から繰り返し語ってきた、家を出て身寄りもない男女の偶然の邂逅と交わりを、「新世帯」の結びを語るのだ。「そんな頃のこと、人と別れてひとりで暮す女のところに、男がわずかな荷物を運びこんで居ついた。年齢《とし》はどちらも三十の手前で、ほかに寄りつくあてもなくなっていた」。つまり、この男女は、傳の境涯にある。袋ひとつ身ぐるみを負って家を出て彷徨う、そのありふれて反復されてきた流謫にある。二人は誰もがするように出会い、誰もがするように睦み合い、そして誰もがするように新たな栖《すみか》を結ぶ。われらもそうするように、あるいはわれらの親がそうしてきたように。あるいはわれらの子らも。「男に抱かれるうちに、軒が暮れていく。その時間を女は、眠りこんだ男を暗くなった部屋に置いて寒い台所で夕飯の仕度を続けるあいだも、肌に曳いていた。しあわせという気持にまして、いつかこの時間がつくづくしあわせだったと思い返される時があるだろうなと感じた」。「俺たちはもう何年も前に死んでいるような気はしないか、こうして帰って来る時には、すぐ近くまで寄りながら、もうすこしのところでたどりつけなくて、せめて肌を触れたいという心だけのこして、身が消えかかるような、そんな気はしないかと、今朝も服は居間に揃えて、洗い立ての肌着をひたりと肌につけて待つはずの女へ呼びかけた」。この男女は生きている。反復を、傳を。つまり、往生している。

そして、次章「四方に雨を見るやうに」では、空襲が語られる。古井由吉がやはり初期から繰り返し語ってきた、あの空襲が。初期の「円陣を組む女たち」の末尾にあらわれるあの光景が、ふたたび反復される。「七月なかばの大垣の空襲の夜には、小路を抜けて濠端の通りへ逃げると、わずか三発ほど、二百米はゆうに離れていたのだろうが、焼夷弾の落下に追われるかたちになり、振り向いて着弾の炸裂も目にして、あげくに女子供ばかりが七、八人、小さな水場を囲んで動きもならず、直撃を受けたらもろともに死にましょう、と一人が叫んだきり、たがいに肩を抱きあってすくみこんだ」。今も、私がこれを書いている今も、あなたがこれを読んでいる今も、くりかえし、くりかえし、誰もがそうするように、世界のどこかでそうするように、家を焼きだされて、傳に在って、往生している――。

ふと、この章で日付が戻ってくる。だが、そこで語られるのは、まさに語り手の友人の、往生伝そのものだ。そして語り手は死の床にある友人にこう言い放たれる。

——まだ、いたのか。いい加減にひきあげたらどうだ。つぎへまわる用があるのだろう。早く往生しろよ。

もう説明の用はあるまい。最終章「また明後日ばかりまゐるべきよし」ではこう語られる。

生前と何もかも、まるっきり変らなくなるんだよ、そうなるともう往生は近いんだ、往生するよりほかに、ないんだよ、どうしてもこうしても、すでにして、往生なんだから、

そしてこの小説の末尾はこうである。

蒼ざめた地平から、今日も息災に明けていくぞう、日々にあらたまるなあ、と太い呻きがまっすぐ天へ昇り、喉の奥が陰気に鳴って、はたと目を剝いたふうに落ちた。それに耳をやっていたなごりをふくんで、ところで、この谷に集まっておる者たちは、往生人か、と気のない声がまたたずねた。いやいや、あれは、すでに穢に触れたかどうか、そのあらわれを、ここで息をひそめて、かなたの沈黙におのれの沈黙を重

ねて、ただ待つ連中にすぎない、と答えていた。ふいに背後へ山が迫りあがり、その懐にひろがって、花が一斉に咲いたように、白く坐りつく姿が、それぞれに小さく切られた土の棚から棚へ、無数に反復した。

無論、かなたの沈黙におのれの沈黙を重ねてただ待つのならば、それは発話に発話を重ねて待つにひとしく、まして姿が無数に反復するのならば、ここにあるのは傳であり、往生である、などと言えば蛇足の類になる。

驚嘆すべき小説である。ひとはこの小説を反復せざるを得ない。古井由吉は現存する世界最大の作家だ。——などという当然のことを述べて、また蛇足に蛇足を重ねることにする。しかし、これは、どうも、以前にどこかで書いたことがあるような気がする。これからも、繰り返し、語ることになる気がする。[4]

1. 恣意、そして永遠と災厄の作家としての古井由吉については、以下の拙稿を参照。「古井由吉、災厄の後の永遠」、『古井由吉自撰作品』四、河出書房新社、二〇一二年。『この熾烈なる無力を』、河出書房新社、二〇一二年に再録。

2. かりそめ、という文言が引用に見える。「仮ながらせっかく立《たち》往生に居《すわり》往生しているのを」（同章）など、この『仮往生伝試文』の「仮」「かりそめ」は本稿の理路からしても反復の別の位相を意味する言葉として理解しうるが、錯綜に錯綜を重ねることをおそれる。割愛して、ここでは読者の推論に期待する。

3. 当然だが未来のことを物語に書いても過去形でしか述べることが出来ない。いわゆる未来小説は未来小説ではない。

4. 空観の解決は何か早い気がすると書いた。古井氏はその驚くべき遅さ、氏の小説を読んだ者なら甘やかに思い出されもしよう読むものの身ごとを霧雨にすこしずつ濡れさせ重くさせていくような遅さで、これを補い得ていると考える。が、ここでは紙幅がない。

年譜

古井由吉

一九三七年（昭和一二年）
一一月一九日、父英吉、母鈴の三男として、東京都荏原区平塚七丁目（現、品川区旗の台六丁目）に生まれる。父母ともに岐阜県出身。本籍地は岐阜県不破郡垂井町。祖父由之は、明治末、地元の大垣共立銀行の経営立直しにもかかわった岐阜県選出の代議士であった。
一九四四年（昭和一九年）　七歳
四月、第二延山国民学校に入学。
一九四五年（昭和二〇年）　八歳
五月二四日未明の山手大空襲により罹災、父の実家、岐阜県大垣市郭町に疎開。七月、同市も罹災し、母の郷里、岐阜県武儀郡美濃町（現、美濃市）に移り、そこで終戦を迎える。一〇月、東京都八王子市子安町二丁目に転居。八王子第四小学校に転入。
一九四八年（昭和二三年）　一一歳
二月、東京都港区白金台町二丁目に転居。
一九五〇年（昭和二五年）　一三歳
三月、東京都港区立白金小学校を卒業。四月、港区立高松中学校に入学。
一九五二年（昭和二七年）　一五歳
九月、東京都品川区北品川四丁目（御殿山）に転居。
一九五三年（昭和二八年）　一六歳

三月、虫垂炎をこじらせて腹膜炎で四〇日入院。同月、高松中学校を卒業。四月、独協高校に入学、ドイツ語を学ぶ。九月、都立日比谷高校に転校。同じ学年に福田章二（庄司薫）、塩野七生、二級上に坂上弘がいた。

一九五四年（昭和二九年）一七歳

日比谷高校の文学同人誌『驚起』に加わり、小説一編を書く。この頃、倒産出版社のゾッキ本により、内外の小説を乱読する。

一九五六年（昭和三一年）一九歳

三月、日比谷高校を卒業。四月、東京大学文科二類に入学。「歴史学研究会」に所属、明治維新研究グループに加わる。アルバイトにデパートの売り子などをした。七月、登山の初心者だったが、いきなり北アルプスの針ノ木雪渓に登らされた。

一九六〇年（昭和三五年）二三歳

三月、東京大学文学部ドイツ文学科を卒業。卒業論文はカフカ、主に「日記」を題材とした。四月、同大学大学院修士課程に進む。

一九六二年（昭和三七年）二五歳

三月、大学院修士課程を修了。修士論文はヘルマン・ブロッホ。四月、助手として金沢大学に赴任、金沢市材木町七丁目（現、橋場町五番）の中村印房に下宿。土地柄、酒に親しむようになった。『金沢大学法文学部論集』に「『死刑判決』に至るまでのカフカ」を載せる。岩手、秋田の国境の山を歩いた。

一九六三年（昭和三八年）二六歳

一月、北陸大豪雪（三八豪雪）に遭う。半日屋根に上がって雪を降ろし、夜は酒を呑んで四膳飯を食うという生活が一週間ほど続いた。銭湯でしばしば学生に試験のことをたずねられて閉口した。ピアノの稽古を始めて、ふた月でやめる。夏、白山に登る。

一九六四年（昭和三九年）二七歳

一一月、岡崎睿子と結婚、金沢市花園町に住む。ロベルト・ムージルについての小論文を学会誌に発表。

一九六五年（昭和四〇年）二八歳
四月、立教大学に転任、教養課程でドイツ語を教える。ヘルマン・ブロッホ、ノヴァーリス、ニーチェについて、それぞれ小論文を立教大学紀要および論文集に発表。北多摩郡上保谷に住む。

一九六六年（昭和四一年）二九歳
文学同人「白描の会」に参加。同人に、平岡篤頼・高橋たか子・近藤信行・米村晃多郎らがいた。一二月、エッセイ「実体のない影」を『白描』七号に発表。この年はもっぱら翻訳に励み、また一般向けの自然科学書をよく読んでいた。

一九六七年（昭和四二年）三〇歳
四月、ヘルマン・ブロッホの長編小説「誘惑者」を翻訳して筑摩書房版『世界文学全集56 ブロッホ』に収めて刊行。／九月、長女麻子生まれる。ギリシャ語の入門文法をひと通りさらったが、後年続かず、この夏から手を染めた競馬のほうは続くことになった。

一九六八年（昭和四三年）三一歳
一月、処女作「木曜日に」を『白描』八号、一一月「先導獣の話」を同誌九号に発表。／一〇月、ロベルト・ムージルの「愛の完成」「静かなヴェロニカの誘惑」を翻訳、筑摩書房版『世界文学全集49 リルケ　ムージル』に収めて刊行。／九月、世田谷区用賀二丁目に転居。一二月、虫歯の治療をまとめておこない、初めて医者から、老化ということをほのめかされた。

一九六九年（昭和四四年）三二歳
七月「菫色の空に」を『早稲田文学』、八月「円陣を組む女たち」を『海』創刊号、一一月「私のエッセイズム」を『新潮』、「子供たちの道」を『群像』、「雪の下の蟹」を『白描』一〇号に発表。『白描』への掲載はこの号でひとまず終了。／四月、八十岡英治の推輓で、学芸書林版『現代文学の発見』別巻『孤独のたたかい』に「先導獣の話」が収められる。／一〇月、次女有子が生まれる。この年、大学紛争盛ん。

一九七〇年（昭和四五年）　三三歳

二月「不眠の祭り」を『海』、五月「男たちの円居」を『新潮』、八月「杳子」を『文芸』、一一月「妻隠」を『群像』に発表。／六月、第一作品集『円陣を組む女たち』（中央公論社）、七月『男たちの円居』（講談社）を刊行。／三月、立教大学を助教授で退職。八年続いた教師生活をやめる。この年、『文芸』などの仕事により阿部昭・黒井千次・後藤明生らを知る。作家たちと話した初めての体験であった。一一月、母親の急病の知らせに駆けつけると、ちょうど三島由紀夫死去のニュースが入った。

一九七一年（昭和四六年）　三四歳

二月より『文芸』に「行隠れ」の連作を開始（一一月まで全五編で完結）。三月「影」を『文学界』に発表。／一月『杳子・妻隠』（河出書房新社）を刊行。一一月、「新鋭作家叢書」全一八巻の一冊として『古井由吉集』を河出書房新社より刊行。／一月「杳子」により第六四回芥川賞を受賞。二月、母鈴死去。六二歳。親類たちに悔やみと祝いを一緒に言われることになった。五月、平戸から長崎まで、小説の《現場検証》のため旅行。

一九七二年（昭和四七年）　三五歳

二月「街道の際」を『新潮』、四月「水」を『季刊芸術』春季号、九月「狐」を『文学界』、一一月「衣」を『文芸』に発表。／三月『行隠れ』（河出書房新社）を刊行。一一月、講談社版『現代の文学36』に李恢成・丸山健二・高井有一とともに作品が収録される。／一月、山陰旅行。八月、金沢再訪。一二月、土佐高知に旅行、雪に降られる。

一九七三年（昭和四八年）　三六歳

一月「弟」を『文芸』、「谷」を『新潮』、五月「畑の声」を『新潮』に発表。九月より「櫛の火」を『文芸』に連載（七四年九月完結）。／二月『筑摩世界文学大系64 ムージル ブロッホ』に「愛の完成」「静かなヴェロニカの誘惑」「誘惑者」の翻訳を収録刊行。四月『水』（河出書房新社）、六月『雪の下の蟹・男たちの円居』（講談社文庫）を刊行。／三月、奈良へ旅行、東大寺二月堂の修二会のお水取りの行を外陣より見学する。八月、佐渡へ旅行。九月、新潟・秋田・盛岡をまわる。

一九七四年（昭和四九年）三七歳

三月『円陣を組む女たち』（中公文庫）、一二月『櫛の火』（河出書房新社）を刊行。／二月、京都へ。神社仏閣よりも京都競馬場へ急行した。四月、関西のテレビに天皇賞番組のゲストとして登場する。七月、ダービー観戦記「橙色の帽子を追って」を日本中央競馬会発行の雑誌『優駿』に書く。八月、新潟まで競馬を見に行く。

一九七五年（昭和五〇年）三八歳

一月「雫石」を『季刊芸術』冬季号、「駆ける女」を『新潮』に発表。同月より「聖」を『波』に連載（一二月完結）。／三月『櫛の火』が日活より神代辰巳監督で映画化される。六月『文芸』で、吉行淳之介と対談。

一九七六年（昭和五一年）三九歳

一月「櫟馬」を『文芸』、三月「夜の香り」を『新潮』、四月「仁摩」を『季刊芸術』春季号に発表。六月「女たちの家」を『婦人公論』に連載（九月完結）。一〇月「哀原」を『文学界』、一一月「人形」を『太陽』に発表。／五月『聖』（新潮社）を刊行。／この頃から高井有一・後藤明生・坂上弘と寄り合う機会が多くなった。三月、『文芸』で武田泰淳と対談（一〇月武田泰淳死去）。一一月、九州からの帰りに奈良に寄り、東大寺の三月堂の観音と戒壇院の四天王をつくづく眺めた。
一九七七年（昭和五二年）四〇歳
一月「赤牛」を『文学界』、五月「女人」を『プレイボーイ』、六月「安堵」を『すばる』に発表。九月、後藤明生・坂上弘・高井有一と四人でかねて企画準備中だった同人雑誌『文体』を創刊、「栖」を創刊号に発表。一〇月「池沼」を『文学界』、一二月「肌」を『文体』二号に発表する。／二月『女たちの家』（中央公論社）、一一月『哀原』（文芸春秋）を刊行。／四月、京都東本願寺の職員組合に招かれ、若い僧侶たちと呑む。八月、金沢に旅行して金石・大野あたりの、室生犀星も遊んだはずの、渚と葦原が、埋め立てられて臨海石油基地になっているのを見て唖然とさせられる。帰路、新潟に寄る。
一九七八年（昭和五三年）四一歳
三月「湯」を『文体』三号、四月「椋鳥」を『海』、六月「背」を『文体』四号、七月「親坂」を『世界』、九月「首」を『文体』五号、一一月「子安」を『小説現代』、一二月「子」を『文体』六号に発表。／六月『筑摩現代文学大系96』に黒井千次・李恢成・後藤明生とともに作品が収録される。一〇月『夜の香り』（新潮社）を刊行。／四月、若狭の矢代という漁村に「手杵祭」という祭りを見に行く。一二月、大阪での仕事の帰りに京都・奈良に寄る。同月、美濃・近江・若狭をめぐる。さまざまな観音像に出会った。この旅により菊地信義を知る。
一九七九年（昭和五四年）四二歳
一月「咳花」を『文学界』、三月「道」を『文体』七号、六月「葛」を『文体』八号、七月「牛男」を『新潮』、九月「宿」を『文体』九号、一〇月「痩女」を『海』、一二月「雨」を『文体』一〇号に発表。／九月『女たちの家』（中公文庫）、一〇月『行隠れ』

（集英社文庫）、一一月『栖』（平凡社）、一二月『杳子・妻隠』（新潮文庫）を刊行。／この頃から、芭蕉たちの連句、心敬・宗祇らの連歌、さらに八代集へと、逆繰り式に惹かれるようになった。三月、丹波・丹後へ車旅。六月、郡上八幡、九頭竜川、越前大野、白山、白川郷、礪波、金沢、福井まで車旅、大江山を越える。八月、久しぶりの登山、安達太良山に登ったが、小学生たちにずんずん先を行かれた。一〇月、北海道へ車旅、根釧湿原のほとりに立つ。一二月、新宿のさる酒場で文芸編集者たちの歌謡大会の審査員をつとめた。この頃から『文体』の編集責任の番が回ってきたので、自身も素人編集者として忙しく出歩いた。

一九八〇年（昭和五五年）四三歳

一月「あなたのし」を『文学界』に発表。エッセイ「一九八〇年のつぶやき」を『日本経済新聞』に全二四回連載（六月まで）。三月「声」を『文体』一一号、四月「あなおもしろ」を『海』に発表。五月より「無言のうちは」を『青春と読書』に隔月連載（八二年二月完結）。六月「親」を『文体』一二号（終刊号）、一〇月「明けの赤馬」を『新潮』に発表。一一月「椎」を寺田博主幹の『作品』創刊号に連載開始。／二月『水』（集英社文庫）、四月〜六月『全エッセイ』全三巻（作品社）、四月『山に行く心』、五月『言葉の呪術』、六月『日常の〝変身〟』）、八月『椋鳥』（中央公論社）、一二月『親』（平凡社）を刊行。／二月、比叡山に登り雪に降られる。帰ってきて山の祟りか高熱をだした。五月、近江の石塔寺、信楽、伊賀上野、室生寺、聖林寺まで旅行した。その四日後のダービーの翌日、一二年来の栖を移り、同じ棟の七階から二階へ下ってきた。半月後に、腰に鈴を付けて大峰山に登る。五月『栖』により第一二回日本文学大賞を受賞。鮎川信夫と対談。六月

『文体』が一二号をもって終刊となる。一〇月、高野山から和歌浦、四国へ渡って讃岐の弥谷山まで旅行。

一九八一年（昭和五六年）　四四歳

一月「家のにおい」を『文学界』、二月「静かさや」を『文芸春秋』、四月「団欒」を『群像』、六月「冬至過ぎ」を『すばる』、一〇月「蛍の里」を『群像』、一一月「芋の月」を『すばる』に発表。同月『作品』の休刊により中断していた「槿」の連載を新雑誌『海燕』で再開（八三年四月完結）。一二月「知らぬおきなに」を『新潮』に発表。／六月『新潮現代文学80　聖・妻隠』（新潮社）、一二月『櫛の火』（新潮文庫）を刊行。／一月、成人の日に粟津則雄宅に、吉増剛造・菊地信義と集まり連句を始める。ずぶの初心者が発句を吟《よ》まされる。「越の梅初午近き円居かな」。一一月、京都・伏見・鞍馬・小塩・水無瀬・石清水などをまわる。六月、福井から敦賀、色の浜、近江、大垣まで「奥の細道」の最後の道のりをたどる。また、雨の比叡山に時鳥の声を聞きに行き、ついで朽木から小浜まで足をのばし、また峠越えに叡山までもどる。同じく六月、東京のすぐ近辺で蛍の群れるところを見た。七月、父親が入院、病院通いが始まった。

一九八二年（昭和五七年）　四五歳

一月「囀りながら」を『海』、エッセイ「風雅和歌集」を『読売新聞』（一一〜一四、一六日）に発表。二月『青春と読書』に隔月で連載した作品が第一二回「帰る小坂の」で完結（『山躁賦』としてまとめられる）。四月「陽気な夜まわり」を『群像』、七月「飯を喰らう男」を同じく『群像』に発表。同月『図書』に連載エッセイ「私の《東京物語》考」を始める（八三年八月まで）。／四月『山躁賦』（集英社）を刊行。九月、文芸春秋『芥川賞全集』第八巻に「杳子」を収録刊行。同月より『古井由吉 作品』全七巻を河出書房新社より毎月一巻刊行開始（八三年三月完結）。／六月、『優駿』の依頼で、北海道は浦河の奥、杵臼の斎藤牧場まで行き、天皇賞馬モンテプリンス号の育成の苦楽を斎藤氏一家にたずねるうちに、父英吉死去の知らせが入った。八〇歳。

一九八三年（昭和五八年）　四六歳

一月より「一九八三年のぼやき」を共同通信配信の各紙において全一二回連載。四月二五日より八四年三月二七日まで、『朝日新聞』の「文芸時評」を全二四回連載。八月『図書』連載の「私の《東京物語》考」完結。一二月、菊地信義と対談「本が発信する物としての力」を『海』に載せる。／六月『槿』（福武書店）を刊行。／九月、仲間が作品集完結祝いをしてくれる。同月『槿』で第一九回谷崎潤一郎賞を受賞。

一九八四年（昭和五九年）　四七歳

一月「裸々虫記」を『小説現代』に連載（八五年一二月完結）。九月「新開地より」を『群像』に発表。一〇月「客あり客あり」を『海燕』に発表。一一月、吉本隆明と対談「現在における差異」を『海燕』に掲載。一二月「夜はいま――」を『潭』一号に発表。／三月『東京物語考』（岩波書店）、四月『グリム幻想』（PARCO出版局、東逸子と共著）、一一月、エッセイ集『招魂のささやき』（福武書店）を刊行。／六月、北海道の牧場をめぐる。九月『海燕』新人文学賞選考委員をつとめる（八九年まで）。一〇月、二週間の中国旅行、ウルムチ、トルファンまで行く。一二月、同人誌『潭』創刊。編集同人粟津則雄・入沢康夫・渋沢孝輔・中上健次・古井由吉、デザイナー菊地信義。

一九八五年（昭和六〇年）　四八歳

一月「壁の顔」を『海燕』、二月「邯鄲の」を『すばる』、四月「叫女」を『潭』二号に発表。エッセイ「馬事公苑前便り」を『優駿』に連載（八六年三月まで）。五月「斧の子」を『三田文学』、六月「眉雨」を『海燕』、八月「道なりに」を『潭』三号、九月「踊り場参り」を『新潮』、一一月「秋の日」を『文学界』、一二月「沼のほとり」を『潭』四号に発表。／三月『明けの赤馬』（福武書店）刊行。／八月、日高牧場めぐり。

一九八六年（昭和六一年）　四九歳

一月「中山坂」を『海燕』に発表。二月、『文芸』春季号に「厠の静まり」を連作『仮往生伝試文』の第一作として発表（八九年五月『文芸』春季号「また明後日ばかりまゐるべきよし」で完結）。四月「朝夕の春」を『潭』五号に発表。『優駿』の連載エッセイを「こんな日もある　折々の馬たち」のタイトルで再開。九月「卯の花朽たし」を『潭』六号、エッセイ「変身の宿」を『読売新聞』（一九日）、一二月「椎の風」を『潭』七号に発表。／一月『裸々虫記』（講談社）、二月『眉雨』（福武書店）、『聖・栖』（新潮文庫）、三月『「私」という白道』（トレヴィル）を刊行。／一月芥川賞選考委員となる（二〇〇五年一月まで）。三月、一ヵ月にわたり粟津則雄・菊地信義・吉増剛造らとヨーロッパ旅行。吉増剛造運転の車により六〇〇〇キロほど走る。一〇月岐阜市、一一月船橋市にて、前記の三氏と公開連句を行う。

一九八七年（昭和六二年）　五〇歳

一月「来る日も」を『文学界』、「年の道」を『海燕』、二月「正月の風」を『青春と読書』、「大きな家に」を『潭』八号、八月「露地の奥に」を『新潮』、九月「往来」を『潭』九号に発表。一〇月、エッセイ「二十年ぶりの対面」を『読売新聞』（三一日）に掲載。一一月「長い町の眠り」を『石川近代文学全集10』に書き下ろす。／三月『夜はいま』（福武書店）、四月『山躁賦』（集英社文庫）、八月『フェティッシュな時代』（トレヴィル、田中康夫と共著）、九月、吉田健一・福永武彦・丸谷才一・三浦哲郎とともに『昭和文学全集23』（小学館）、一一月『石川近代文学全集10　曽野綾子・五木寛之・古井由吉』（石川近代文学館）、『夜の香り』（福武文庫）、一二月、ムージルの旧訳を改訂した『愛の完成・静かなヴェロニカの誘惑』（岩波文庫）を刊行。／一月、備前、牛窓に旅行。二月、熊野の火祭に参加、ついで木津川、奈良、京都、近江湖北をめぐる。四月「中山坂」で第一四回川端康成文学賞受賞。八月、姉柳沢愛子死去。

一九八八年（昭和六三年）　五一歳

一月「庭の音」を『海燕』、随筆「道路」を『文学界』、四月「閑の頃」を『海燕』に発表。『すばる』臨時増刊《石川淳追悼記念号》に「石川淳の世界　五千年の涯」を載せる。五月「風邪の日」を『新潮』に、七月「畑の縁」を『海燕』に、一〇月「瀬田の先」を『文学界』に発表。／二月『雪の下の蟹・男たちの円居』（講談社文芸文庫）、四月、随想集『日や月や』（福武書店）、七月『ムージル　観念のエロス』（岩波書店）、『槿』（福武文庫）、一一月、古井由吉編『日本の名随筆73　火』（作品社）を刊行。／一〇月、カフカ生誕の地、チェコの首都プラハなどに旅行。

一九八九年（昭和六四年・平成元年）　五二歳

一月「息災」を『海燕』に、三月「髭の子」を『文学界』に発表。四月「旅のフィールド・ノート〈オーストラリア〉」を『中央公論』に連載（七月まで）。七月「わずか十九年」を『海燕』阿部昭追悼特集に、「昭和の記憶　安堵と不逞と」を『太陽』に発表。八月『毎日新聞』に掌編小説「おとなり」（二日）を載せる。一〇月まで「読書ノート」を『文学界』に連載。一一月「影くらべ」を

『群像』に発表。『すばる』に「インタビュー文芸時評　古井由吉と『仮往生伝試文』」（聞き手・富岡幸一郎）が載る。／五月『長い町の眠り』（福武書店）、九月『仮往生伝試文』（河出書房新社）、一〇月『眉雨』（福武文庫）を刊行。／二月、『中央公論』の連載のためオーストラリアに旅行。

一九九〇年（平成二年）　五三歳

一月『新潮』に「楽天記」の連載を開始（九一年九月完結）。五月、随筆「つゆしらず」を『文学界』、八月「夏休みのたそがれ時」を『日本経済新聞』（一九日）、九月「読書日記」を『中央公論』に発表。／三月『東京物語考』を同時代ライブラリーとして岩波書店より刊行。／二月、第四一回読売文学賞小説賞（平成元年度）を『仮往生伝試文』によって受賞。九月末からヨーロッパ旅行。一〇月初め、フランクフルトで開かれた日本文学とヨーロッパに関する国際シンポジウムに大江健三郎、安部公房らと出席。折しも、東西両ドイツ統合の時にいあわせる。その後、ドイツ国内、ウィーン、プラハを訪れる。

一九九一年（平成三年）　五四歳

一月「文明を歩く――統一の秋の風景」を『読売新聞』（二一～三〇日）に連載。二月「平成紀行」を『文芸春秋』に発表。『青春と読書』に「都市を旅する　プラハ」を連載（八月まで四回）。三月、エッセイ「男の文章」を『文学界』に発表。六月「天井を眺めて」を『日本経済新聞』（三〇日）に掲載。九月「楽天記」（『新潮』）完結。一一月より九二年二月まで『すばる』にエッセイを連載。／三月、新潮古典文学アルバム21『与謝蕪村・小林一茶』（新潮社、藤田真一と共著）を刊行。／二月、頸椎間板ヘルニアにより約五〇日間の入院手術を余儀なくされる。四月退院。一〇月、長兄死去。

一九九二年（平成四年）　五五歳

一月『海燕』に連載を開始（第一回「寝床の上から」）。二月「蝙蝠ではないけれど」を『文学界』に発表。三月、養老孟司との対談「身体を言語化すると……」を『波』、四月、江藤淳と対談「病気について」を『海燕』、松浦寿輝と対談「『私』と『言語』の間で」を『ルプレザンタシオン』春号に載せる。『朝日新聞』（六～一〇日）に「出あいの風景」を執筆。五月、平出隆と対談「『楽天』を生きる」を『新潮』、六月、エッセイ「だから競馬は面白い」を『現代』、七月「昭和二十一年八月一日」を『中央公論』、九月、吉本隆明と対談「漱石的時間の生命力」を『新潮』に掲載。／一月『招魂としての表現』（福武文庫）、三月『楽天記』（新潮社）を刊行。

一九九三年（平成五年）　五六歳

一月、大江健三郎と対談「小説・死と再生」を『群像』、随筆「この八年」を『新潮』、「無知は無垢」を『青春と読書』に載せる。『文芸春秋』に美術随想「聖なるものを訪ねて」を一二月まで連載。五月、「魂の日」（連載最終回）を『海燕』に発表。七月、創作「木犀の日」と評論「凝滞する時間」を『文学界』に発表。同月四日から一二月二六日までの各日曜日に『日本経済新聞』に「こころ」と題して随想を連載。八月「初めの言葉として《わたくし》」を『群像』に発表。九月、吉本隆明と対談「心の病いの時代」を『中央公論　文芸特集』、一一月「鏡を避けて」を『文芸』秋季号に載せる。／八月『魂の日』（福武書店）、一二月『小説家の帰還　古井由吉対談集』（講談社）を刊行。／夏、柏原兵三の遺児光太郎君とベルリンを歩く。

一九九四年（平成六年）　五七歳

一月「鳥の眠り」を『群像』、江藤淳と対談「文学＝隠蔽から告白へ――『漱石とその時代　第三部』について」を『新潮』、二月

「追悼野口冨士男　四月一日晴れ」を『文芸』春季号、随筆「赤い門」を『文学界』、「ボケへの恐怖」を『新潮45』、三月「背中ばかりが暮れ残る」を『群像』、奥泉光と対談「超越への回路」を『文学界』に掲載。七月『新潮』に「白髪の唄」の連載を始める（九六年五月まで）。七月四日より一二月一九日まで『読売新聞』の「森の散策」にエッセイを寄稿。九月「陰気でもない十二年」を『本』に、一〇月『世界』に「日暮れて道草」の連載を開始（九六年一月まで）。／四月、随想集『半日寂寞』（講談社）、『水』（講談社文芸文庫）、八月『陽気な夜まわり』（講談社）、一二月、古井由吉編『馬の文化叢書9　文学　馬と近代文学』（馬事文化財団）を刊行。

一九九五年（平成七年）　五八歳

一月「地震のあとさき」を『すばる』、「新宿から山登り」を『青春と読書』、二月、柳瀬尚紀と対談「ポエジーの『形』がない時代の表現」を『海燕』、「震災で心に抱えこむいらだちと静まり」を『朝日新聞』（一六日）、四月、高橋源一郎と対談「表現の日本語」を『群像』、八月「『内向の世代』のひとたち」（講演記録）を『三田文学』に掲載。／五月『ムージル著作集』（松籟社刊）第七巻に「静かなヴェロニカの誘惑」「愛の完成」を収録。一〇月、競馬随想『折々の馬たち』（角川春樹事務所）、一一月『楽天記』（新潮文庫）を刊行。

一九九六年（平成八年）　五九歳

一月「日暮れて道草」（『世界』）の連載完結。五月「白髪の唄」（『新潮』）の連載完結。六月、福田和也と対談「言語欺瞞に満ちた時代に小説を書くということ」を『海燕』、同月「信仰の外から」を『東京新聞』（七日）、七月、大江健三郎と対談「百年の短編小説を読む」を『新潮』臨時増刊号、八月

『早稲田文学』に小島信夫・後藤明生・平岡篤頼らと座談会「われらの世紀の文学は」を掲載。一一月『群像』に連作「死者たちの言葉」の連載を開始。一二月、「クレーンクレーン」(連作 その二)を『群像』に、江藤淳との対談「小説記者夏目漱石——『漱石とその時代 第四部』をめぐって」を『新潮』に掲載。／六月『神秘の人びと』(岩波書店、「日暮れて道草」の改題)、八月『白髪の唄』(新潮社)、『山に彷徨う心』(アリアドネ企画)を刊行。

一九九七年(平成九年) 六〇歳

一月『群像』に、連作「島の日(死者たちの言葉 その三)」(以下、三月「火男」、四月「不軽」、五月「山の日」、七月「草原」、八月「百鬼」、九月「ホトトギス」、一一月「通夜坂」、一二月「夜明けの家」、九八年二月「死者のように」で完結)を発表。同月、中村真一郎との対談「日本語の連続と非連続」を『新潮』、随筆「姉の本棚 謎の書き込み」を『文学界』に掲載。二月「午の春に」(随筆)を『文芸』春季号に発表。六月「詩への小路」を『るしおる』(書肆山田)に連載開始(二〇〇五年三月まで)。七月「《追悼石和鷹》気をつけてお帰りください 石和鷹の声」を『すばる』に発表。一二月、西谷修と対談「全面内部状況からの出発」を『新潮』に掲載。／一月『白髪の唄』により第三七回毎日芸術賞受賞。

一九九八年(平成一〇年) 六一歳

二月「死者のように」を『群像』に掲載。八月、津島佑子と対談「生と死の往還」を『群像』に掲載。八月より、佐伯一麦との往復書簡を『波』に連載(翌年五月まで)。一〇月、藤沢周と対談「言葉を響かせる」を『文学界』に掲載。／四月、短篇集『夜明けの家』(講談社)を刊行。／三月五日から一七日、右眼の網膜円孔(網膜に微小の孔があく）の手術のため東大病院に入院。四月、河内長野の観心寺を再訪、如意輪観音の開帳に会う。同行、菊地信義。五月一四日から二五日、再入院再手術。七月、国東半島および臼《うす》杵《き》に、九月、韓国全羅南道の雲住寺に、石仏を訪ねる。一一月五日から一一日、右眼網膜円孔に伴う白内障の手術のため東大病院に入院。

一九九九年（平成一一年）　六二歳

一月、花村萬月と対談「宗教発生域」を『新潮』に掲載。二月より「夜明けまで」に始まる連作を『群像』に発表（以下、三月「晴れた眼」、五月「白い糸杉」、六月「犬の道」、八月「朝の客」、九月「日や月や」、一一月「莓」、二〇〇〇年二月「初時雨」、同三月「年末」、同四月「火の手」、同六月「知らぬ唄」、同七月「聖耳」で完結）。／一〇月、佐伯一麦との往復書簡集『遠くからの声』（新潮社）を刊行。／二月一五日から二三日、左眼に網膜円孔発症、前年の執刀医の転勤を追って、東京医科歯科大病院に入院。同じ手術を受ける。五月六日から一一日、左眼網膜治療に伴う白内障手術のため東大病院に入院。以後、右眼左眼ともに健全。八月五、六日、大阪に行き、後藤明生の通夜告別式に参列、弔辞を読む。一〇月一〇日から三〇日、野間国際文芸翻訳賞の授賞に選考委員として出席のためにフランクフルトに行き、ついでに南ドイツからコルマール、ストラスブールをまわる。

二〇〇〇年（平成一二年）　六三歳

九月、松浦寿輝と対談「いま文学の美は何処にあるか」を『文学界』に、一〇月、山城むつみと対談「静まりと煽動の言語」を『群像』に、一一月、島田雅彦、平野啓一郎と鼎談「三島由紀夫不在の三十年」を『新潮』臨時増刊に掲載。／九月、連作短篇集『聖耳』（講談社）を刊行。一〇月、『二〇世紀の定義

1　二〇世紀への問い』（岩波書店）のなかに、「二〇世紀の岬を回り」を書く。／一〇月、長女麻子結婚。一一月、新宿の酒場「風花」で朗読会。以後、三ヵ月ほどの間隔で定期的に、毎回ホスト役をつとめ、ゲストを一人ずつ招いて続ける（二〇一〇年四月終了）。

二〇〇一年（平成一三年）　六四歳

一月より、「八人目の老人」に始まる連作を『新潮』に発表（以下、二月「槌の音」、三月「白湯」、四月「巫女さん」、五月「枯れし林に」、六月「春の日」、八月「或る朝」、九月「天躁」、一〇月「峯の嵐か」、一一月「この日警報を聞かず」、一二月「坂の子」、二〇〇二年一月「忿翁」で完結）。一〇月から『毎日新聞』で松浦寿輝と往復書簡「時代のあわいにて」を交互隔月に翌年一一月まで連載。／五月、『二〇世紀の定義7　生きること死ぬこと』（岩波書店）に「『時』の沈黙」を書く。／三月三日、風花朗読会が旧知の河出書房新社編集者、飯田貴司の通夜にあたり、焼香の後風花に駆けつけ、ネクタイを換えて朗読に臨む。一一月、次女有子結婚。

二〇〇二年（平成一四年）　六五歳

三月、齋藤孝と対談「声と身体に日本語が宿る」を『文学界』に、四月、養老孟司と対談「日本語と自我」を『群像』に、同月、奥山民枝と対談「怒れる翁とめでたい翁」を『波』に掲載。六月、連作「青い眼薬」を『群像』に連載開始（六月「1・埴輪の馬」、七月「2・石の地蔵さん」、八月「3・野川」、九月「4・背中から」、一〇月「5・忘れ水」、一一月「6・睡蓮」、一二月「7・彼岸」）。一〇月、中沢新一、平出隆と鼎談「正岡子規没後百年」を『新潮』に掲載。／三月、短篇集『忿翁』（新潮社）を刊行。／九月、長女麻子に長男生まれる。一一月四日から二〇日、朗読とシンポジウムのため、ナント、パリ、ウィーン、インスブルック、メラノに行く。二一日から二九日、ウィーンで休暇。

二〇〇三年（平成一五年）　六六歳

一月、小田実、井上ひさし、小森陽一と座談会「戦後の日米関係と日本文学」を『すばる』に掲載。一月五日から日曜毎に、随筆「東京の声・東京の音」を『日本経済新聞』に連載（一二月まで）。三月、連作「青い眼薬」を『群像』に掲載（三月「8・旅のうち」、四月「9・紫の蔓」、五月「10・子守り」、六月「11・花見」、七月「12・徴《しるし》」、九月「13・森の中」、一〇月「14・蝉の道」、一二月「15・夜の髭」）。四月、高橋源一郎と対談「文学の成熟曲線」を『新潮』に掲載。／一月二三日から三〇日、NHK・BS「わが心の旅」の取材のため、リーメンシュナイダーの祭壇彫刻を求め、かたわら中世末の《聖女》マルガレータ・フォン・エブナーの跡をたずね、ヴュルツブルク、ローテンブルク、メディンゲンなどを歩く。九月、南フランスでシンポジウム。

二〇〇四年（平成一六年）　六七歳

一月、『群像』に連作「青い眼薬」の完結篇「16・一滴の水」を発表。六月、高橋源一郎、島田雅彦と座談会「罰当たりな文士の懺悔」を『新潮』に掲載。七月、「辻」に始まる連作を『新潮』に発表（以下、八月「風」、九月「役」、一一月「割符」、一二月「受胎」）。八月、平出隆と対談「小説の深淵に流れるもの」を『群像』に掲載。／五月、連作短篇集『野川』（講談社）を刊行。一〇月、随筆集『ひととせの　東京の声と音』（日本経済新聞社）を刊行。一二月、新装新版『仮往生伝試文』（河出書房新社）を刊行。

二〇〇五年（平成一七年）　六八歳

一月、連作「辻」を『新潮』に不定期連載（一月「草原」、三月「暖かい髭」、四月「林の声」、五月「雪明かり」、七月「半日の花」、八月「白い軒」、九月「始まり」で完結)。五月、寺田博と対談「「かろうじて」の文学」を『早稲田文学』に掲載。／一月、『聖なるものを訪ねて』(ホーム社・集英社発売)刊行。一二月、一九九七年六月から二〇〇五年三月まで『るしおる』に二五回にわたって連載した『詩への小路』(書肆山田)を刊行(ライナー・マリア・リルケ「ドゥイノの悲歌」の試訳をふくむ)。／一〇月、長女麻子に長女生まれる。

二〇〇六年(平成一八年)　六九歳

一月、「休暇中」を『新潮』に発表。三月、蓮實重彥と対談「終わらない世界へ」を『新潮』に掲載。四月、連作「黙躁」を『群像』に連載開始(四月「1・白い男(『白暗淵』収録にあたって「朝の男」と改題)」、五月「2・地に伏す女」、六月「3・繰越坂」、八月「4・雨宿り」、九月「5・白暗淵」、一〇月「6・野晒し」、一二月「7・無音のおとずれ」)。七月、高橋源一郎、山田詠美との座談会「権威には生贄が必要」を『群像』に掲載。一二月、「年越し」を『日本経済新聞』(三一日)に掲載。／一月、連作短篇集『辻』(新潮社)を刊行。／四月、次女有子に長男生まれる。

二〇〇七年(平成一九年)　七〇歳

一月、連作「黙躁」を『群像』に掲載(一月「8・餓鬼の道」、二月「9・撫子遊ぶ」、四月「10・潮の変わり目」、五月「11・糸遊」、六月「12・鳥の声」で一二篇完結)。三月、『群像』誌上で松浦寿輝と対談。／八月、松浦寿輝との往復書簡集『色と空のあわいで』を講談社より発刊。九月、エッセイ集『始まりの言葉』を岩波書店より刊行。一二月、短篇集『白暗淵』を講談社より刊行。／七月、関東中央病院に検査入院。八月六日、日赤医療センターに入院。八日、頸椎を手術、一六年前と同じ主治医による。二三日、退院。

二〇〇八年（平成二〇年）　七一歳
一月、福田和也との対談「平成の文学について」を『新潮』に掲載。二月、岩波書店の連続講演「漱石の漢詩を読む」を行う（週一回で計四回）。同月、『毎日新聞』に月一回のエッセイを連載開始。講演録「書く　生きる」を『すばる』に、三月「小説の言葉」を『言語文化』（同志社大学）に掲載。四月、『新潮』に連作を始める（四月「やすみしほどを」、六月「生垣の女たち」、八月「朝の虹」、一一月「涼風」）。／二月、講演録『ロベルト・ムージル』を岩波書店から刊行。六月、『不機嫌の椅子　ベスト・エッセイ2008』に「人は往来」を収録。九月『夜明けの家』を講談社文芸文庫から刊行。一二月『漱石の漢詩を読む』を岩波書店から刊行。／この年、七〇代に入ってから二度目の連作にかかり、終わるものだろうかと心細くもなったが、心身好調だった。

二〇〇九年（平成二一年）　七二歳
一月、前年からの連作を『新潮』に発表（一月「瓦礫の陰に」、四月「牛の眼」、六月「掌中の針」、八月「やすらい花」）。二月、随筆「招魂としての読書」を『すばる』に掲載。六月「ティベリウス帝『権力者の修辞』［タキトゥス『年代記』］」を『文芸春秋』に掲載。七月から『日本経済新聞』に週一度のエッセイ連載を始める。同月、島田雅彦と対談「恐慌と疫病下の文学」を『文学界』に掲載。／八月、坂本忠雄著『文学の器』（扶桑社）に福田和也との対談「川端康成『雪国』」を収録。一一月、口述をまとめた『人生の色気』を新潮社から刊行。／この年、新聞のエッセイ連載がふたつ重なり、忙しくなったが、小説のほうにはよい影響を及ぼしたようだった。

二〇一〇年（平成二二年）　七三歳
一月、大江健三郎との対談「詩を読む、時を眺める」を『新潮』に、二月、佐伯一麦との対談「変わりゆく時代の『私』」を『すばる』に、三月、「小説家52人の2009年日記リレー」の二〇〇九年一二月二四日〜三一日を担当し『新潮』に掲載する。同月、往年の『文芸』および『海燕』の編集長寺田博氏亡くなる。四月、一〇年ほども新宿の酒場で続けた朗読会を第二九回目で終了。五月より「除夜」に始まる連作を『群像』に発表（以下、七月「明後日になれば」、一〇月「蜩の声」、一二月「尋ね人」）。一二月、佐々木中との対談「ところがどっこい旺盛だ。」を『早稲田文学　増刊π』に掲載。／三月『やすらい花』を新潮社から刊行。この年、ビデオディスク『私の1冊　人と本の出会い』（アジア・コンテンツ・センター）に『山躁賦』を収録。／この年、初夏から秋にかけて長年の住まいの、築四二年目のマンションが三回目の改修工事に入り、騒音に苦しんで暮らすうちに、住まいというものの年齢を考えさせられた。

二〇一一年（平成二三年）　七四歳

一月、随筆「『が』地獄」を『新潮』に掲載。二月、前年からの連作を『群像』に掲載（二月「時雨のように」、四月「年の舞い」、六月「枯木の林」、八月「子供の行方」で完結）。三月「草食系と言うなかれ」を『文芸春秋』に掲載。四月から翌年三月まで、『読売新聞』「にほんご」欄に月一度、随筆（「時字随想」）を連載。六月「ここはひとつ腹を据えて」を『新潮45』に、一〇月、平野啓一郎との対談「震災後の文学の言葉」を『新潮』に、一二月、松浦寿輝との対談「小説家が老いるということ」を『群像』に掲載。／一〇月『蜩の声』を講談社から刊行。／三月一一日の大震災の時刻は、自宅で「枯木の林」を書いている最中だった。

二〇一二年（平成二四年）　七五歳

一月、随筆「埋もれた歳月」を『文学界』に、片山杜秀との対談「ペシミズムを力に」を『新潮45』に、又吉直樹との対談「災いの後に笑う」を『新潮』に掲載。三月、随筆「紙の子」を『群像』に掲載。五月、「窓の内」に始まる連作を『新潮』に掲載（以下、八月「地蔵丸」、一〇月「明日の空」、一二月「方違え」）。同月、「『古井由吉自撰作品』刊行記念連続インタヴュー『40年の試行と思考古井由吉を、今読むということ』（聞き手佐々木中）『文学は「辻」で生まれる』（聞き手　堀江敏幸）」を『文芸』夏号に掲載。七月、神奈川県川崎市の桐光学園中学高等学校にて、「言葉について」の特別講座を行う（二〇一三年八月、水曜社より刊行の『問いかける教室　13歳からの大学授業』に収録）。八月、中村文則との対談「予兆を描く文学」を『新潮』に掲載。一二月、一〇月二〇日に東京大学ホームカミングデイの文学部企画講演「翻訳と創作と」を加筆・修正して『群像』に掲載。／三月『古井由吉自撰作品』刊行開始（一〇月、全八巻完結）。『戦時下の青春』（『コレクション　戦争×文学』）に「赤牛」が収録、集英社から刊行。七月、前年四月一八日からこの年三月二〇日まで『朝日新聞』に連載した佐伯一麦との震災をめぐる往復書簡を『言葉の兆し』として朝日新聞出版から刊行。／思いがけず河出書房新社から作品集を出すことになった。

二〇一三年（平成二五年）　七六歳

三月、前年からの連作を『新潮』に掲載（三月「鐘の渡り」、五月「水こほる聲」、七月「八ツ山」、九月「机の四隅」で完結）。／一月、又吉直樹がパーソナリティーを務めるニッポン放送のラジオ番組「ピース又吉の活字の世界」に出演（一月一六、二三日放送）。

二〇一四年（平成二六年）　七七歳

一月より、「躁がしい徒然」に始まる連作を

『群像』に発表（以下、三月「死者の眠りに」、五月「踏切り」、七月「春の坂道」、九月「夜明けの枕」、一一月「雨の裾」）。一月、随筆「病みあがりのおさらい」を『新潮』に、五月、随筆「顎の形」を『文芸春秋』に掲載。六月、大江健三郎との対談「言葉の宙に迷い、カオスを渡る」を『新潮』に掲載。／二月、前々年からの連作をまとめた『鐘の渡り』を新潮社から刊行。三月、『古井由吉自撰作品』の月報の連載をまとめた『半自叙伝』を河出書房新社から刊行。

二〇一五年（平成二七年）七八歳

前年からの連作を『群像』に掲載（一月「虫の音寒き」、三月「冬至まで」で完結）。一月、随筆「夜の楽しみ」を『新潮』に掲載。／三月、TOKYO MXの『西部邁ゼミナール』に富岡幸一郎と出演（三月一五、二二、二九日放送）。五月、「東京大学新図書館トークイベントEXTRA」（飯田橋文学会、東京大学大学院総合文化研究科附属共生のための国際哲学センター、東京大学附属図書館共催）における阿部公彦とのトークショーで、『辻』『白暗淵』『やすらい花』について語る。／四月、大江健三郎との対談集『文学の淵を渡る』を新潮社から刊行。六月、『群像』の連作をまとめた『雨の裾』を講談社から刊行。『現代小説クロニクル1995～1999』（日本文藝家協会編）に「不軽」が収録、講談社文芸文庫から刊行。

（著者編）

著書目録

古井由吉

【単行本】

円陣を組む女たち　昭45・6　中央公論社
男たちの円居　昭45・7　講談社
杳子・妻隠　昭46・1　河出書房新社
行隠れ　昭47・3　河出書房新社
水　昭48・4　河出書房新社
櫛の火　昭49・12　河出書房新社
聖　昭51・5　新潮社
女たちの家　昭52・2　中央公論社
哀原　昭52・11　文芸春秋
夜の香り　昭53・10　新潮社
栖　昭54・11　平凡社
椋鳥　昭55・8　中央公論社
親　昭55・12　平凡社
山躁賦　昭57・4　集英社
槿　昭58・6　福武書店
東京物語考　昭59・3　岩波書店
グリム幻想＊　昭59・4　ＰＡＲＣＯ出版局
招魂のささやき　昭59・11　福武書店
明けの赤馬　昭60・3　福武書店
裸々虫記　昭61・1　講談社
眉雨　昭61・2　福武書店
「私」という白道　昭61・3　トレヴィル
夜はいま　昭62・3　福武書店
フェティッシュな時代＊　昭62・8　トレヴィル

日や月や　昭63・4　福武書店
ムージル 観念のエロス　昭63・7　岩波書店
長い町の眠り　平元・5　福武書店
仮往生伝試文　平元・9　河出書房新社
与謝蕪村・小林一茶＊（新潮古典文学アルバム21）　平3・3　新潮社
楽天記　平4・3　新潮社
魂の日　平5・8　福武書店
小説家の帰還＊　平5・12　講談社
半日寂寞　平6・4　講談社
陽気な夜まわり　平6・8　講談社
折々の馬たち　平7・10　角川春樹事務所
神秘の人びと　平8・6　岩波書店
白髪の唄　平8・8　新潮社
山に彷徨う心　平8・8　アリアドネ企画
夜明けの家　平10・4　講談社
遠くからの声＊　平11・10　新潮社
聖耳　平12・9　講談社
忿翁　平14・3　新潮社
野川　平16・5　講談社
ひととせの　東京の声と音　平16・10　日本経済新聞社
聖なるものを訪ねて　平17・1　ホーム社
詩への小路　平17・12　書肆山田
辻　平18・1　新潮社
色と空のあわいで＊　平19・8　講談社
始まりの言葉　平19・9　岩波書店
白暗淵　平19・12　講談社
ロベルト・ムージル　平20・2　岩波書店
漱石の漢詩を読む　平20・12　岩波書店
人生の色気　平21・11　新潮社
やすらい花　平22・3　新潮社
蜩の声　平23・10　講談社
言葉の兆し＊　平24・7　朝日新聞出版
鐘の渡り　平26・2　新潮社
半自叙伝　平26・3　河出書房新社

文学の淵を渡る＊　平27・4　新潮社
雨の裾　平27・6　講談社

【翻訳】

世界文学全集56　ブロッホ　昭42　筑摩書房
世界文学全集49　リルケ　ムージル　昭43　筑摩書房
筑摩世界文学大系64　ムージル　ブロッホ　昭48　筑摩書房
愛の完成・静かなヴェロニカの誘惑（ムージル）　昭62　岩波文庫
ムージル著作集7　平7　松籟社

【全集】

全エッセイ　全3巻　昭55・4〜6　作品社
古井由吉　作品　全7巻　昭57・9〜58・3　河出書房新社
古井由吉自撰作品　全8巻　平24・3〜10　河出書房新社
全集・現代文学の発見　別巻（孤独のたたかい）　昭44　学芸書林
新鋭作家叢書（古井由吉集）　昭46　河出書房新社
現代の文学36　昭47　講談社
筑摩現代文学大系96　昭53　筑摩書房
新潮現代文学80　昭56　新潮社
芥川賞全集8　昭57　文芸春秋
昭和文学全集23　昭62　小学館
石川近代文学全集10　昭62　石川近代文学館
日本の名随筆73　昭63　作品社
文芸春秋短篇小説館　平3　文芸春秋
馬の文化叢書9（「平成紀行」収録）　平6　馬事文化財団
川端康成文学賞全作品　平11　新潮社

Ⅱ

戦後短篇小説選5 平12 岩波書店
(「親坂」収録)
山形県文学全集第Ⅱ期4 昭和戦後編2 平17 郷土出版社
(「秋雨の最上川」収録)
コレクション 戦争×文学15 戦時下の青春 平24・3 集英社
(「赤牛」収録)

【文庫】

雪の下の蟹・男たちの円居(解=上田三四二 年) 昭48 講談社文庫
円陣を組む女たち(解=清水徹) 昭49 中公文庫
女たちの家(解=後藤明生) 昭54 中公文庫
行隠れ(解=高井有一) 昭54 集英社文庫
杏子・妻隠(解=三木卓) 昭54 新潮文庫
水(解=小川国夫) 昭55 集英社文庫
櫛の火(解=平岡篤頼) 昭56 新潮文庫
椋鳥(解=平出隆) 昭58 中公文庫
聖・栖(解=前田愛) 昭61 新潮文庫
山躁賦(解=渋沢孝輔) 昭62 集英社文庫
夜の香り(解=川村湊) 昭62 福武文庫
雪の下の蟹・男たちの円居(解=平出隆 案=紅野謙介 著) 昭63 文芸文庫
槿(解=吉本隆明) 昭63 福武文庫
眉雨(解=三浦雅士) 平元 福武文庫
招魂としての表現(解=佐伯一麦) 平4 福武文庫
水(解=川西政明 案=勝又浩 著) 平6 文芸文庫
楽天記(解=佐伯一麦) 平7 新潮文庫
木犀の日 古井由吉自選短篇集(解=大杉重男 年 著) 平10 文芸文庫
日本ダービー十番勝負＊ 平10 小学館文庫
白髪の唄(解=藤沢周) 平11 新潮文庫

「著書目録」は著者の校閲を経た。／原則として編著・再刊本等は入れなかった。／＊は対談・共著等を示す。／【文庫】はこれまで刊行されたものを掲出した。（　）内の略号は、解＝解説　案＝作家案内　年＝年譜　著＝著書目録を示す。

（作成・田中夏美）

【底本】
『古井由吉自撰作品六』　河出書房新社　二〇一二年四月刊

仮往生伝《かりおうじょうでん》試文《しぶん》

古井《ふるい》由吉《よしきち》

二〇一五年 七 月一〇日第一刷発行
二〇二〇年一〇月一九日第五刷発行

発行者――渡瀬昌彦
発行所――株式会社 講談社
東京都文京区音羽2・12・21 〒112-8001
電話 編集（03）5395・3513
販売（03）5395・5817
業務（03）5395・3615

デザイン――菊地信義
印刷――豊国印刷株式会社
製本――株式会社国宝社
本文データ制作――講談社デジタル製作

定価はカバーに表示してあります。

講談社
文芸文庫

ISBN978-4-06-290278-6

講談社文芸文庫

野坂昭如 — 人称代名詞	秋山 駿——解／鈴木貞美——案
野坂昭如 — 東京小説	町田 康——解／村上玄一——年
野崎 歓 —— 異邦の香り ネルヴァル『東方紀行』論	阿部公彦——解
野田宇太郎 - 新東京文学散歩 上野から麻布まで	坂崎重盛——解
野田宇太郎 - 新東京文学散歩 漱石・一葉・荷風など	大村彦次郎-解
野間 宏 —— 暗い絵|顔の中の赤い月	紅野謙介——解／紅野謙介——年
野呂邦暢 — [ワイド版]草のつるぎ|一滴の夏 野呂邦暢作品集	川西政明——解／中野章子——年
橋川文三 — 日本浪曼派批判序説	井口時男——解／赤藤了勇——年
蓮實重彥 — 夏目漱石論	松浦理英子-解／著者———年
蓮實重彥 — 「私小説」を読む	小野正嗣——解／著者———年
蓮實重彥 — 凡庸な芸術家の肖像 上 マクシム・デュ・カン論	
蓮實重彥 — 凡庸な芸術家の肖像 下 マクシム・デュ・カン論	工藤庸子——解
蓮實重彥 — 物語批判序説	磯﨑憲一郎-解
花田清輝 — 復興期の精神	池内 紀——解／日高昭二——年
埴谷雄高 — 死霊 Ⅰ Ⅱ Ⅲ	鶴見俊輔——解／立石 伯——年
埴谷雄高 — 埴谷雄高政治論集 埴谷雄高評論選書1 立石伯編	
埴谷雄高 — 埴谷雄高思想論集 埴谷雄高評論選書2 立石伯編	
埴谷雄高 — 埴谷雄高文学論集 埴谷雄高評論選書3 立石伯編	立石 伯——年
埴谷雄高 — 酒と戦後派 人物随想集	
濱田庄司 — 無盡蔵	水尾比呂志-解／水尾比呂志-年
林 京子 —— 祭りの場|ギヤマン ビードロ	川西政明——解／金井景子——案
林 京子 —— 長い時間をかけた人間の経験	川西政明——解／金井景子——年
林 京子 —— 希望	外岡秀俊——解／金井景子——年
林 京子 —— やすらかに今はねむり給え|道	青来有一——解／金井景子——年
林 京子 —— 谷間|再びルイへ。	黒古一夫——解／金井景子——年
林 芙美子 — 晩菊|水仙|白鷺	中沢けい——解／熊坂敦子——案
原 民喜 —— 原民喜戦後全小説	関川夏央——解／島田昭男——年
東山魁夷 — 泉に聴く	桑原住雄——人／編集部——年
久生十蘭 — 湖畔|ハムレット 久生十蘭作品集	江口雄輔——解／江口雄輔——年
日夏耿之介 - ワイルド全詩（翻訳）	井村君江——解／井村君江——年
日夏耿之介 - 唐山感情集	南條竹則——解
日野啓三 — ベトナム報道	著者———年
日野啓三 — 地下へ|サイゴンの老人 ベトナム全短篇集	川村 湊——解／著者———年
日野啓三 — 天窓のあるガレージ	鈴村和成——解／著者———年

▶解=解説 案=作家案内 人=人と作品 年=年譜を示す。 2020年10月現在

平沢計七 ―一人と千三百人|二人の中尉 平沢計七先駆作品集　大和田 茂―解/大和田 茂―年

深沢七郎 ―笛吹川　町田 康―解/山本幸正―年

深沢七郎 ―甲州子守唄　川村 湊―解/山本幸正―年

深沢七郎 ―花に舞う|日本遊民伝 深沢七郎音楽小説選　中川五郎―解/山本幸正―年

福田恆存 ―芥川龍之介と太宰治　浜崎洋介―解/齋藤秀昭―年

福永武彦 ―死の島 上・下　富岡幸一郎―解/曾根博義―年

福永武彦 ―幼年　その他　池上冬樹―解/曾根博義―年

藤枝静男 ―悲しいだけ|欣求浄土　川西政明―解/保昌正夫―案

藤枝静男 ―田紳有楽|空気頭　川西政明―解/勝又 浩―案

藤枝静男 ―藤枝静男随筆集　堀江敏幸―解/津久井 隆―年

藤枝静男 ―愛国者たち　清水良典―解/津久井 隆―年

富士川英郎 -読書清遊 富士川英郎随筆選 高橋英夫編　高橋英夫―解/富士川義之-年

藤澤清造 ―狼の吐息|愛憎一念 藤澤清造 負の小説集　西村賢太―解/西村賢太―年

藤田嗣治 ―腕一本|巴里の横顔 藤田嗣治エッセイ選 近藤史人編　近藤史人―解/近藤史人―年

舟橋聖一 ―芸者小夏　松家仁之―解/久米 勲―年

古井由吉 ―雪の下の蟹|男たちの円居　平出 隆―解/紅野謙介―案

古井由吉 ―古井由吉自選短篇集 木犀の日　大杉重男―解/著者―年

古井由吉 ―槿　松浦寿輝―解/著者―年

古井由吉 ―山躁賦　堀江敏幸―解/著者―年

古井由吉 ―聖耳　佐伯一麦―解/著者―年

古井由吉 ―仮往生伝試文　佐々木 中―解/著者―年

古井由吉 ―白暗淵　阿部公彦―解/著者―年

古井由吉 ―蜩の声　蜂飼 耳―解/著者―年

古井由吉 ―詩への小路 ドゥイノの悲歌　平出 隆―解/著者―年

古井由吉 ―野川　佐伯一麦―解/著者―年

北條民雄 ―北條民雄 小説随筆書簡集　若松英輔―解/計盛達也―年

堀田善衞 ―歯車|至福千年 堀田善衞作品集　川西政明―解/新見正彰―年

堀江敏幸 ―子午線を求めて　野崎 歓―解/著者―年

堀口大學 ―月下の一群 (翻訳)　窪田般彌―解/柳沢通博―年

正宗白鳥 ―何処へ|入江のほとり　千石英世―解/中島河太郎-年

正宗白鳥 ―世界漫遊随筆抄　大嶋 仁―解/中島河太郎-年

正宗白鳥 ―白鳥随筆 坪内祐三選　坪内祐三―解/中島河太郎-年

正宗白鳥 ―白鳥評論 坪内祐三選　坪内祐三―解

町田 康 ―残響 中原中也の詩によせる言葉　日和聡子―解/吉田凞生・著者-年

講談社文芸文庫